Arne Dahl
Neid

ARNE DAHL

NEID

Thriller

Aus dem Schwedischen von Kerstin Schöps

Piper München Zürich

Mehr über unsere Autoren und Bücher:
www.piper.de

Die Originalausgabe erschien 2013 unter dem Titel »Blindbock«
im Albert Bonniers Förlag, Stockholm.

Von Arne Dahl liegen im Piper Verlag außerdem vor:

Misterioso
Böses Blut
Falsche Opfer
Tiefer Schmerz
Rosenrot
Ungeschoren
Totenmesse
Dunkelziffer
Opferzahl
Bußestunde
Gier
Zorn

ISBN 978-3-492-05537-6

Gesetzt aus der Swift
Satz: Kösel, Krugzell
Druck und Bindung: CPI books GmbH, Leck

1 – Blindheit

Autobahn

Magdeburg – Braunschweig, 2. Januar

Sie ist direkt in das Licht gefahren. Es ist so hell, es blendet beinahe.

Als sie ihre lange Reise von Berlin nach Brüssel antrat, war es noch Nacht. Dann fuhr sie in die Morgendämmerung hinein, und jetzt geht die magisch klare Wintersonne über der Stadt auf. Sie weiß, dass es Magdeburg ist. In der Ferne, links von der Autobahn, meint sie die Doppeltürme des gotischen Doms zu erkennen. Die Sonne steht direkt hinter ihren Spitzen, als würde das Licht aus den Türmen strahlen und sie wie einen Glorienschein umgeben. Unter der Autobahn schlängelt sich der Mittellandkanal in die Elbe – oder vielleicht ist es andersherum –, um nicht weit entfernt, aber außer Sichtweite, die größte Wasserstraßenkreuzung Europas zu bilden. Eine andere Kreuzung – die der Autobahnen A2 aus Berlin und A14 aus Leipzig – lässt sie nur wenige Kilometer später an die warnenden Worte des gestrigen Abends denken.

Normalerweise fährt sie nicht Auto, schon gar nicht so weite Strecken, und wenn sie in letzter Zeit doch den Wagen nehmen musste, war sie immer gefahren worden. Aber heute nicht, heute herrschen besondere Umstände. Das letzte Schleudertraining hat sie mit zwanzig Jahren absolviert.

Und es ist glatt dort draußen. Mehrmals hat sie gespürt, wie der Wagen die Bodenhaftung verlor – so ein Moment, wo diese hinterhältige, uralte Angst den Brustkorb zusammenzieht –, und sie hat auf der Fahrt das ein oder andere mit Reif bedeckte Autowrack gesehen, das die A2 säumte. Eher

Pannen als Unfälle, dennoch durch das Glatteis verursacht. Allerdings hatte ihr Automechaniker felsenfest behauptet, dass ihre Winterreifen den höchsten Ansprüchen genügten.

Es dürfte keinen Grund zur Sorge geben.

Wenn nicht der gestrige Abend gewesen wäre. Silvester in Berlin war überstanden. Eine träge Mattigkeit hatte sich über den Neujahrstag gelegt. Ein neues Jahr, neue Erwartungen, genau genommen neue Möglichkeiten. Ein mildes nach innen gerichtetes Lächeln. Es war viel besser gelaufen, als sie es zu hoffen gewagt hatte. Ihr Gegenbesuch. Jetzt erschien ihr alles viel sinnvoller, viel hoffnungsvoller. Und dann diese unerwartete Warnung.

»Deutschlands gefährlichste Autobahn.«

Die beginnt gleich hinter der Bundeslandgrenze, oder? Direkt hinter der Grenze zwischen Sachsen-Anhalt und Niedersachsen –, und gerade als sie versucht, sich an die Städtenamen zu erinnern, passiert sie ahnungslos diese Grenze. Kurz dahinter taucht ein Autobahnschild mit Entfernungsangaben und Ortshinweisen auf. Sie erkennt zwei Namen wieder, Helmstedt und Peine. Das waren doch die beiden, oder?

Ja. Natürlich, die vertraute Männerstimme sagte: »Die gefährlichste Autobahn Deutschlands ist die A2 zwischen Helmstedt und Peine.«

Sie spürt, wie ihre Konzentration steigt. Bald hat sie Helmstedt erreicht. Zwischen Helmstedt und Peine liegt Braunschweig.

Professionelles Wissen aus Brüssel, sie liebt es, den Überblick zu haben. Das hier ist die Hauptverbindung zwischen Ost- und Westeuropa, sie führt einmal quer durch Deutschland. Täglich passieren sie hundertzwanzigtausend Fahrzeuge. Schwertransporter aus Polen. Große Mengen von Abgasen, Treibhausgasen, von klimaverändernden Emissionen, deren Bedrohungspotenzial nur von der Anzahl der Verkehrsunfälle übertroffen wird. Es heißt, die Braunschweiger Autobahnpolizei sei die am meisten beschäftigte Verkehrspolizei Europas.

Und jetzt auch noch Glatteis.

Die Schönheit des Winters ändert mit einem Schlag ihr

Gesicht. Auch die Sonne, die es geschafft hat, den Horizont zu erklimmen, verändert sich. Ihre Magie verdunkelt sich – wird schwarze Magie. Als sie an Helmstedt vorbeifährt, spürt sie einen dicken Klumpen im Hals.

Sie ist noch nie gerne Autobahn gefahren. Diese seltsame Grenzenlosigkeit. Dass man gezwungen ist, häufiger in den Rückspiegel zu sehen als nach vorn. Dass man unentwegt auf Männer mittleren Alters gefasst sein muss, die sich selbst überschätzen und von hinten in ihren egotherapeutischen Schallgeschwindigkeitsblasen angerast kommen und sich mit Fernlicht an die Stoßstange hängen, weil man nur hundertsechzig fährt.

Gut, man konnte nicht im Ernst behaupten, dass die französischen Autofahrer so viel besser waren. Allerdings wurden die kulturellen Unterschiede an keiner Stelle so deutlich sichtbar. Fühlte sie sich tatsächlich im rechtlosen Raum des Verkehrsdschungels von Paris wohler als in der aufgeräumten Autobahnlandschaft?

Keines war dem anderen vorzuziehen. Beides war falsch. Beide Formen gehörten ins 20. Jahrhundert, und das war vorbei. Es war Zeit, endlich das neue Jahrhundert einzuläuten.

Wir haben die Chancen des 20. Jahrhunderts verstreichen lassen. Seine zahllosen Möglichkeiten, endlich eine Gesellschaft zu etablieren, in der für alle genügend Platz ist, in der niemand außen vor bleiben muss. Zum ersten Mal seit Menschengedenken verfügten wir über ausreichend Ressourcen. Und was haben wir damit gemacht? Wir sind praktisch widerstandslos zu den mittelalterlichen Werten zurückgekehrt, in eine primitive Gesellschaftsform, wo das Prinzip *survival of the fittest* herrscht.

Sie weiß genau, dass ihr diese Gedanken kommen, weil sie so schnell wie möglich diesen Autobahnabschnitt um Braunschweig hinter sich lassen will. An etwas anderes denken will. Als würde die Autobahn es zulassen, dass man an etwas anderes denkt.

Soeben hat sie den Kopf nach links gedreht und einen Blick auf die Silhouette von Braunschweig erhascht, als sie etwas anderes sieht. Ihr vorausschauender Blick, der gerade auf der Autobahn so wichtig, so lebenswichtig ist, registriert ein blinkendes Licht. Es ist das erste Signal einer ganzen Perlenkette von Zeichen, die mit einer Geschwindigkeit auf sie zurasen, dass ihr Interpretationsvermögen auf eine harte Probe gestellt wird. Etwa vier, fünf Wagen vor ihr leuchten Warnblinklichter auf. Davor sieht sie noch mehr Scheinwerfer aufblenden, Bremslichter und Warnblinker, rot und orange, in unmittelbarer Nähe hört sie Bremsgeräusche, Vollbremsungen. Schlittergeräusche?

Dann herrscht Stille.

Erst als ihr Auto zum Stehen kommt und der kurze schicksalsschwere Blick in den Rückspiegel bestätigt, dass auch die Autos hinter ihr stehen, folgt die nächste Kette von Ereignissen. Allerdings auf der gegenüberliegenden Fahrbahn.

Zuerst steigt Rauch auf. Und es ist kein zarter, anmutiger ätherischer Dunst, der sich in den Himmel schlängelt. Ganz und gar nicht. Es ist ein sphärischer Rauchball. Es sieht aus, als wäre dieser schwarze Ball auf der Erde aufgeprallt und würde wieder nach oben springen, zu einer gigantischen Hand, die schon längst zurückgezogen wurde. An ihrer Stelle befindet sich nun etwas anderes dort oben im Himmel, wo sich der Rauchball verflüchtigt – und *das* dürfte auf keinen Fall dort sein. Und sie sollte auch auf keinen Fall aus dem Auto steigen, um es anzusehen. Und das sollten die anderen Autofahrer ebenso wenig tun. Aber sie tun es. Das ist quasi unvermeidlich.

Dort, wo vorher der Rauchball in den Himmel stieg, ist jetzt ein Lkw-Anhänger. Ein schwerer, sehr schwerer Anhänger. Es ist wie ein Standbild. Man kann sich die Kräfte nicht vorstellen, die diesen Anhänger in die Luft katapultiert haben.

Es ist der Anhänger eines Tanklastwagens.

Das Ganze findet in einiger Entfernung statt und beinahe wie in Zeitlupe, sodass alles unwirklich erscheint, aber vermutlich sollte man in Deckung gehen. Diese Erkenntnis liest sie auch in den Blicken der anderen Autofahrer. Aber jetzt ist es zu spät, etwas dagegen zu unternehmen, denn der Anhänger stürzt zu Boden. Sie registriert die Bewegung. Eine Massenkarambolage. Sie sieht mehrere schwarze Autos, zwei rote, ein blaues, ein silbernes, und sie sieht ein kleines weißes Auto im Zentrum des Geschehens. Alle sind ineinander verkeilt, aber es wirkt nicht wie ein tödlicher Zusammenstoß, noch nicht.

Denn das Letzte, was sie wahrnimmt, bevor der Anhänger auf der Unfallstelle aufschlägt, ist, dass etwas aus dem Anhänger läuft. Aber nicht einfach nur läuft, sondern vielmehr fließt, strömt, ja stürzt. Von der klaren Flüssigkeit, die sie im Bruchteil einer Sekunde erkennt, steigt ein Flimmern auf. Die Flüssigkeit aus dem Tanklaster versetzt die Luft in Vibration.

Dann schlägt der Anhänger auf. Nahezu lautlos.

Sie dreht sich zu den anderen Fahrern um und erkennt, dass auch sie wissen, was jetzt geschehen wird. Sie kann es in deren Augen sehen.

In der Langsamkeit, mit der sie sich bewegen.

Mit der sie ihre Köpfe senken, wie zu einem gemeinsamen Gebet. Zu welchem Gott auch immer.

Die Stille dehnt sich unerträglich aus, während sich der Anhänger nach seinem langen Flug zurechtlegt. Sie kann es nicht sehen, aber das zunehmende Flimmern in der Luft verrät ihr, dass die Flüssigkeit unaufhörlich ausläuft.

Und dann tritt das Unausweichliche ein. Die Flüssigkeit entzündet sich. Eine einzige vollkommen lautlose Stichflamme schießt in die Luft, wie aus einem seitlich vergrößerten Bohrloch, in alle Richtungen. Dann kehren die Geräusche zurück. Wie eine Sequenz von Donnerschlägen. Als ein Benzintank nach dem anderen explodiert. Die unbarmherzige Kettenreaktion fossiler Brennstoffe.

Jetzt steht ein Flammenwald über der Autobahn. Ein dichter Feuerdschungel. Trotz der Entfernung erfasst die Hitze die Zuschauer auf der entgegengesetzten Fahrbahn. Sie werden von dem Echo der Explosion förmlich überrollt. Aus irgendeinem Grund muss sie daran denken, dass ihre Augenbrauen gerade versengt werden.

Mit welch einer wahnsinnigen Geschwindigkeit das alles verbrennt. Das ist gar keine Kettenreaktion. Alles geschieht gleichzeitig. Die Welt steht in Flammen. Die Hitze verschluckt jedes Geräusch. Es wird vom Feuer vertilgt. Alles ist Feuer. Erneut bildet sich ein schwarzer Rauchball, der in den Himmel steigt.

Dann ist alles so abrupt vorüber, wie es begonnen hat. Das Feuer erstirbt, nachdem es alles verschlungen hat, was in seinem Weg war. Der Rauchball schwebt davon, und es folgen ebenfalls schwarze, aber nicht so kompakte Schwaden. Und aus ihnen taucht ein Autowrack nach dem anderen auf, jedes vollkommen ausgebrannt.

Alles ist schwarz. Verkohlt. So sieht die Erde nach der Götterdämmerung, nach Ragnarök aus.

Und doch ist das nicht ganz richtig. Denn inmitten des Kreises der Zerstörung steht etwas. Und das ist nicht schwarz. Es ist weiß.

Ein kleines weißes Auto in all dem verkohlten Schwarz.

Da geschieht das Unglaubliche, und die Tür des Wagens öffnet sich. Ein junger Mann stolpert heraus, so weiß wie sein Auto. Er sieht sich um. Allerdings ist es unwahrscheinlich, dass er wirklich etwas sieht. Seine Bewegung wirkt eher wie ein tief verwurzelter, mechanischer Reflex.

Der junge Mann bleibt neben seinem Wagen stehen. Er sieht nichts. Aber er lebt.

Auf der gegenüberliegenden Fahrbahn sehen die Menschen umso mehr. Sie sehen ein kleines weißes Auto, umgeben von ausgebrannten rauchenden Wracks, das offensichtlich vollkommen unbeschädigt ist. Und es ist wie eine Offenbarung, eine Vision.

Sie sieht sich um. Mustert die anderen Autofahrer. Ihre Blicke begegnen sich. Sie sehen alle dasselbe.

Sie sehen, wie das Weiße aus all dem Schwarzen hervorsticht, hinter dem Rauchvorhang, der sich immer mehr lichtet.

Und sie denkt: Ein Elektroauto.

In diesem Augenblick weiß sie, was sie tun muss.

Der Ankauf

Tîrgu Mureş, Rumänien, 17. Februar

Die meisten Menschen überrascht es, dass Mander Petulengro Hell und Dunkel unterscheiden kann. Viele glauben, dass er schummelt und doch über ein Mindestmaß an Sehkraft verfügt. Aber das ist nicht wahr. Er wurde blind geboren und konnte noch nie sehen. Er weiß nicht einmal, was das bedeutet.

Das unterscheidet ihn von den Erblindeten, die er kennenlernt. Sie leiden darunter, empfinden ihre Blindheit als einen großen Verlust und Mangel. Und setzen ihr Leben fort als Schatten im Universum der Sehenden.

Aber er tut das nicht. Er steht damit allein. Wenn er hingegen manchmal anderen Blindgeborenen begegnet, erlebt er so etwas wie ein Gemeinschaftsgefühl. Dann berühren sie seine Welt für kurze Zeit. Sonst existieren sie nicht wirklich. Denn auch sie sind allein in ihrem Kosmos.

Es gab Zeiten, da hätte er es sich gewünscht, dass jemand sein Universum betreten und dort seinen Platz finden würde. Das war die Zeit der Wanderung. Seine kleine Luminitsa aus Sarajevo. Auch sie war blind wie er, und doch konnte sie ihn sehen wie kein anderer. Besser als er sich selbst. Und für eine kurze Zeit befanden sie sich im selben Universum.

Nein, diesen Stein wollte er nicht umdrehen.

Er hat sich zurückgezogen. Dieses Pflegeheim soll seine letzte Station sein. Eigentlich wartet er nur auf die nächste Dunkelheit, die Finsternis. Er ahnt, dass der Übergang gar nicht so drastisch sein wird.

Sogar seine Gitarre hat er beiseitegestellt. Als er sich im Bett aufsetzt und an einem frischen Flohstich kratzt, lässt er seine Hand auch über die Kurven des Instruments gleiten. Der Gedanke an Luminitsa aus Sarajevo wird brutal vom Widerstand des Staubs zwischen seinen Fingern verdrängt. Für eine Sekunde erfüllt ihn der Kummer, dass er seine Gitarre schon wieder verstauben lässt. Aber dann schiebt er auch diesen Gedanken weg. Er hat sich zurückgezogen. Er hat genug gespielt, genug gesungen und ist lange genug umhergewandert. Und er hat bedeutend mehr gesehen als alle Sehenden.

Er riecht an dem Staub. Verreibt ihn zwischen den Fingern. Er kennt diesen Geruch von Schmutz, altem Schmutz, aber da ist noch etwas anderes. Der Geruch von Metall. Schwermetall. Ist das hier wirklich der richtige Ort, um sich zur Ruhe zu setzen? Sollen all diese Jahre hier ein Ende finden?

Tîrgu Mureş ist nicht seine Heimatstadt. Sie liegt im falschen Teil von Transsilvanien. Seine Heimatstadt war Caşin, in der Nähe von Miercurea Ciuc im Landkreis Harghita. Aber nach dem, was dort geschah, existiert diese Stadt nicht mehr. Auf seiner Karte existiert sie nicht mehr. Es hatte ihn zu einem Dasein als Wanderer verdammt. Jetzt hat er diese Wanderung beendet. Und auch das Gitarrespielen. Und das Singen.

Er hat aufgehört zu leben.

Seit Längerem lauscht er schon ihren Stimmen. Sie waren von einem Zimmer ins nächste gegangen, der Leiter stolziert hinter ihnen her mit einem Klang in seiner Stimme, den er bisher noch nie gehört hat. Ihm wird klar, dass es hier um etwas Wichtiges geht, und in einem anderen Leben hätte er schneller reagiert. Da hätte er das Heim schon längst über den Hinterausgang verlassen – den kannte er besser als seine Westentasche –, bevor es zu spät war. Aber zu spät wofür? Was konnte ihm denn hier noch drohen? War er denn nicht schon ganz am Boden?

Viel zu spät begreift er, dass Ruhen nicht bedeutet, dass man am Boden ist. Es gibt einen Boden, wo ein Ausruhen nicht mehr möglich ist.

Es ist Mitte Februar, Viertel nach zwei Uhr am Nachmittag. Er spürt das Licht. Er weiß genau, wie hell es ist. Die Tür ist geschlossen, das hört er, das spürt er am Licht, sie haben offensichtlich die Türen zu allen Räumen geschlossen. Er spürt, dass sich etwas anbahnt.

Aber er spürt keine Furcht. Wovor sollte er auch Angst haben? Hat er nicht schon alles erlebt?

Aber als die Tür zu seinem Zimmer aufgestoßen wird, spürt Mander Petulengro zum ersten Mal seit vielen Jahren – nein, keine Angst, das wäre zu viel gesagt, aber ein Unbehagen, das Gefühl, dass ein vertrauter, statischer Zustand ungewollt eine Eigendynamik entwickelt.

Denn er weiß, dass es eigentlich heller wird, wenn die Tür aufgeht. Draußen im Flur ist es heller, der Raum der acht »Gäste« ist der dunkelste des ganzen Pflegeheims. Aber dieses Mal wird es nicht heller. Obwohl er hört, wie die Tür aufgestoßen wird, wird es dunkler. Noch dunkler.

Zuerst glaubt er, dass sein vielfach belegtes Gespür für Licht – über das er ja eigentlich gar nicht verfügen dürfte – außer Kraft gesetzt wurde. Doch dann begreift er, dass etwas anderes im Gange ist.

Etwas ganz anderes.

An den Schritten erkennt er, dass es neben dem Heimleiter drei sind. Verglichen mit dessen nur ungefähr siebzig Kilo leichten Schritten, sind diese drei Personen wesentlich schwerer. Zwei von ihnen sind sogar richtig schwergewichtig.

Aber die Stimme des Dritten hört er als Erstes: »Der Hydrozephalus ist großartig, davon abgesehen sind wir überhaupt nicht zufrieden.«

Eine Bassstimme, gewohnt, Befehle zu erteilen, trotzdem neutral, geschäftsmäßig, der drohende Unterton lässt sich kaum heraushören. Bleistiftspitzen auf Papier. Mander Petulengro versucht sich daran zu erinnern, was »Hydrozephalus« bedeutet, während seine Nase wahrnimmt, dass der Heimleiter anfängt zu schwitzen.

»Aber die Chorea Huntington ist doch auch ausgezeichnet«, versucht es der Heimleiter mit einem Flehen in der Stimme.

»Und der Junge ist noch so klein. Den könnte man hervorragend mit einer üppigen Mutterfigur kombinieren.«

»Es ist wohl kaum Ihre Aufgabe, uns unsere Arbeit zu erklären, oder?«

»So war das doch gar nicht ...«

»Ich habe selten so eine abstoßende Achondroplasie gesehen«, unterbricht ihn die Bassstimme. »Glauben Sie im Ernst, dass er auch nur einen einzigen Cent einspielen wird?«

Mander Petulengro hört den Heimleiter tief Luft holen und versucht, die Puzzlestücke zusammenzufügen. Was ist das hier? Was geht hier vor? Und was hat es mit ihm zu tun? Vielleicht ja gar nichts. Er hofft es. Er möchte sich am liebsten wegdrehen, sich auf das Bett zwischen die hungrigen Flöhe legen. Aber das tut er nicht. Er bleibt reglos sitzen. Konzentriert sich. Hydrozephalus, Chorea Huntington, Achondroplasie – das waren alles medizinische Ausdrücke. Wofür? Für Krankheiten?

Und was war damit gemeint: »Glauben Sie im Ernst, dass er auch nur einen einzigen Cent einspielen wird?«

Er hört die schweren Schritte durch den Raum der acht »Gäste« schreiten. Wenn er ehrlich ist, weiß er nicht, ob auch alle acht anwesend sind. Seine Wachsamkeit ist schon so lange erloschen.

Er hört, wie der Heimleiter sich räuspert und sagt: »Dafür haben wir uns das Beste bis zum Schluss aufgehoben.«

Mander bewegt sich keinen Millimeter. Er hat seine alte Wachsamkeit doch nicht verloren, sie hat nur brachgelegen, seit sie ihm auf seinen langen Wanderungen immer wieder das Leben gerettet hat. Sie und der Gesang. Und die Gitarre.

Nach langer Zeit hat er zum ersten Mal wieder das Bedürfnis, die Saiten seiner Gitarre anzuschlagen.

Erneutes Kratzen der Bleistiftspitze, dann nähern sich die Schritte. Sie kommen direkt auf Mander zu. Und plötzlich fallen alle Puzzlestücke an ihren Platz. Und ein Gesamtbild erscheint. Ein Bild, das niemand außer ihm sehen kann.

Er sieht es auf seine Weise.

»Der da?«, fragt die Bassstimme skeptisch.

»Blind geboren«, sagt der Heimleiter eifrig. »Sehen Sie sich diese Augen an. Wer kann vollkommen weißen Augen widerstehen?«

»Aber er hat eine schwierige Geschichte, richtig?«

»Er hat sich zurückgezogen«, sagt der Heimleiter. »Er hat die ethnischen Säuberungsaktionen in Harghita im August 1992 überlebt, ist nach Süden geflohen und war fünfzehn Jahre untergetaucht.«

»Ich habe Sie nicht um seinen Lebenslauf gebeten«, sagt die Bassstimme. »Ich will nur wissen, ob er uns Schwierigkeiten machen wird.«

»Er ist die Ruhe selbst«, antwortet der Heimleiter.

Einen Moment lang herrscht Schweigen. Mander Petulengro meint, ein bestätigendes Nicken als leichte Druckveränderung in der dunklen Luft wahrzunehmen.

»Ciprian klärt mit Ihnen die finanziellen Details«, sagt die Bassstimme, und einer der beiden Schwergewichtigen setzt sich in Bewegung. Die mittlerweile wesentlich sichereren Schritte des Heimleiters folgen ihm. Die beiden verlassen den Raum.

Erneutes Kratzen des Bleistiftes auf dem Papier, dann nähern sich andere Schritte. Ein monströs lautes Schnaufen, der Kerl ist vor ihm in die Hocke gegangen, dann sagt er mit verräterischer Milde in der Stimme: »Du wirst uns doch keine Probleme machen, oder?«

»Ich heiße Mander Petulengro«, antwortet Mander.

»Ich will nicht wissen, wie du heißt.«

»Sie haben mich jetzt also gekauft?«

»Das ist die letzte Frage, die du stellst, kapiert? Wir haben einen vielversprechenden Wasserkopf, einen verkrüppelten zappelnden Sechsjährigen und einen richtig hässlichen Zwerg gekauft. Und jetzt noch eine unsichere Karte, eine Blindschleiche mit gruseligen verdrehten Augen. Los, komm.«

Während sich die schweren Schritte des dritten Mannes nähern, begreift Mander, dass sein Leben mitnichten hier in diesem Bett voller Flöhe enden wird. Sondern dass sich jetzt wieder alles ändern wird. Ihm kommt eine Idee, und er streckt seine linke Hand aus. Er spürt die Kurven des Instrumentes und sieht plötzlich Luminitsa aus Sarajevo ganz deutlich vor sich.

Er sieht sie auf seine ihm ganz eigene Weise.

»Ihr bekommt sogar noch einen Bonus dazu«, sagt er, als sich eine schwere Hand auf seine Schulter legt. »Ich bin Musiker.«

Es herrscht einen Augenblick lang Schweigen. Die Hand lässt seine Schulter los.

Schließlich sagt die Bassstimme: »Musiker kriegen wir woandersher.«

»Aber ich bin ein blinder Musiker«, entgegnet Mander und hört, wie laut sein Herz schlägt.

Erneutes Schweigen. Die Sorte von Schweigen, die – so hatte er herausgefunden – bedeutet, dass Blicke gewechselt werden.

»Na gut«, sagt die Bassstimme dann, und ihr Besitzer erhebt sich, sein Schnaufen lässt nach. »Ich gebe dir eine Minute. Zeig uns, was du draufhast!«

Mander Petulengro greift nach seiner Gitarre. Er pustet die Staubschicht weg. Der Gestank nach Schwermetallen sticht ihm in die Nase, während er das Instrument auf sein Knie hebt. Sanft streicht er über die Kurven des Korpus, und dieses Mal verdrängt er das Bild von Luminitsa aus Sarajevo nicht.

Sein ganz eigenes Bild.

Als er den ersten Akkord anschlägt, ist sein eigener Herzschlag ruhig und gleichmäßig. Und es ist so hell wie an einem normalen Nachmittag im Februar.

Die Kontaktaufnahme

Den Haag – Amsterdam, 28. Juni

Das grelle Sonnenlicht, das durch die Fenster des Hauptquartiers der Opcop-Gruppe in Den Haag fiel, schien jedes einzelne Staubkorn in Bewegung zu versetzen. Und verursachte merkwürdig fremde Schatten.

Überhaupt war es ein unerwartet einsames Gefühl, durch die Räume der Opcop-Gruppe zu laufen. Es waren dieselben, und doch auch nicht mehr. Dabei war alles wie bisher: die offene Bürolandschaft, die Besprechungsecke, die sie das »Whiteboard« nannten, der Konferenzraum mit dem sakralen Spitznamen »Kathedrale« und Paul Hjelms Chefbüro, mit Blick auf das Großraumbüro und über den Raamweg auf die Innenstadt. Als er in dem leer geräumten Zimmer aus dem Fenster über die Stadt sah, meinte er, die asymmetrischen Konturen des neuen Hauptquartiers von Europol ausmachen zu können, das sich auf der anderen Seite des kleinen Stadtparks Scheveningse Bosjes befand.

Der Umzug war praktisch überstanden, nicht zuletzt, weil sich Teile der Gruppe die ganze Zeit in Amsterdam aufhielten, wegen eines sehr personalintensiven Auftrags. Die Räume standen leer. In der Bürolandschaft, wo in den vergangenen Jahren so viele Gedanken gewälzt worden waren, befand sich kein einziger Computer mehr, kein Stuhl, nicht einmal ein Schreibtisch. Das Whiteboard zeichnete sich jetzt in erster Linie durch seine Abwesenheit aus, die elektronische Whiteboard-Tafel war längst umgehängt worden. Die Kathedrale sah aus, als hätte sie schwere Kriegsschäden zu beklagen. An den Wänden gähnten siebenundzwanzig rechteckige Löcher, in denen einst die Bildschirme der siebenundzwanzig EU-Mitgliedsstaaten angebracht waren, mit deren Repräsentanten die Gruppe in Kontakt stand. Und das Chefbüro war so leer, wie Paul Hjelm sich fühlte.

Allerdings fühlte sich das gut an.

Eine Ära war vorbei. Eine neue würde beginnen. Und sie begann auf die denkbar beste Weise.

Er ging auf den Ausgang zu. Als er sich noch einmal umdrehte, wurde ihm bewusst, dass er diesen Raum vermutlich zum letzten Mal sehen würde. Er verharrte für einen Augenblick und sog die Erinnerung an die wahrscheinlich wichtigsten Jahre seines beruflichen Lebens in sich auf.

Und die einsamsten seines Privatlebens.

Allerdings war das nun auch vorbei. Während er Richtung Amsterdam nach Norden fuhr, steigerte sich seine Vorfreude zu einem fast pubertären Gefühl. Ein Glücksempfinden erfüllte seinen Körper während der fünfzig Kilometer auf der Autobahn, und als er die Ausfahrt mit dem eigenartigen rhythmischen Namen Haarlemmermeer nahm, begann sein Herz in einem anderen Takt zu schlagen. Rhythmischer.

In Haarlemmermeer befindet sich der größte Flughafen Europas, und in Schiphol, direkt am Ankunftsgate, wurde ihm bewusst, dass sein Leben noch einmal neu begann. Die zweite Hälfte seiner Lebensphase läutete sich in dem Augenblick ein, als er sie erblickte. Klein, dunkelhaarig, bescheiden, und trotzdem hatte sie eine Ausstrahlung, die ihn überwältigte, als sie ihn erblickte und ihn anlächelte.

Für beide war es ein Gefühl, als würden sie nach Hause kommen, Paul Hjelm und Kerstin Holm.

Sie hatten nie Schwierigkeiten, miteinander zu sprechen, eher damit aufzuhören. Aber dieses Mal fiel es ihnen schwer, die richtigen Worte zu finden. Jede Aussage hörte sich irgendwie platt an. Deshalb schwiegen sie, bis er ihr Gepäck im Kofferraum verstaut hatte und sie im Auto saßen. Dann erst küssten sie sich. Es war ein langer Kuss.

Dann räusperte sie sich und sagte: »Jorge lässt grüßen und dankt.«

»Wofür denn?« Paul Hjelm lachte auf und startete den Motor.

»Dafür, dass er wieder ein bisschen Chef sein darf.«

Hjelm lachte noch lauter. »Du dagegen bist jetzt alles andere als eine Chefin.«

»Damit komme ich für ein paar Wochen klar«, entgegnete Kerstin Holm und lächelte.

Dann schwiegen sie. Es fühlte sich gut an.

Auf Höhe des Rembrandtparks sagte Kerstin: »Das Ambassade Hotel, oder …?«

»Herengracht.« Paul nickte. »Eine kleine Suite mit Blick auf den Kanal.«

»Wie feudal!« Kerstin lächelte. »Aber …?«

»Aber was?«

»Es klang, als hättest du noch ein ›Aber‹ auf der Zunge.«

»Hast du schon einmal darüber nachgedacht, Detektivin zu werden?«

»Also nicht zuerst in die Herengracht, sondern in die Lauriergracht?«

»Hättest du was dagegen? Es ist nur ein paar Hundert Meter vom Hotel entfernt. Bloß kurz vorbeischauen. Dann kannst du das live erleben. Außerdem lernst du unsere Neuen kennen.«

»Wovon der eine verdammt hart arbeitet, wie ich gehört habe.«

»Adrian, ja. Wir sind gerade ungewöhnlich stark auf seine Fähigkeiten angewiesen. Um keine externen Dolmetscher einsetzen zu müssen.«

Kerstin Holm nickte. Sie hatte nichts dagegen. Wie sollte sie das auch? Sie hatte sich nur auf etwas anderes gefreut. Und zwar so schnell wie möglich. Am liebsten in einer extravaganten Badewanne.

In Amsterdam Auto zu fahren war immer ein Wagnis. Es herrschte ein ständiges Verkehrschaos in einem Dschungel aus Einbahnstraßen; wie aus dem Nichts auftauchende Straßenbahnen, Fahrradfahrer, die sämtliche Verkehrsregeln außer Kraft setzten – und dazu die schmalen Straßen entlang der

Kanäle, diese vielen Grachten, die kaum voneinander zu unterscheiden waren.

Die Lauriergracht war eine der kürzesten. Und schmalsten. Man konnte ohne Weiteres in seiner Wohnung auf der einen Kanalseite sitzen und in die gegenüberliegende sehen. Zudem befand sich in unmittelbarer Nähe eine Brücke. Bei Bedarf wäre man also innerhalb von Sekunden auf der anderen Kanalseite, um sich dort dem anderen Team anzuschließen, das in einer Wohnung des Hauses gegenüber Position bezogen hatte. Und zwar in der Wohnung, die direkt unter der observierten lag.

Das registrierte Kerstin Holm instinktiv, ehe sie das Gebäude durch einen Seiteneingang betraten und den sträflich falsch geparkten Wagen seinem Schicksal überließen.

Im hochsommerheißen Treppenhaus roch es feucht und leicht nach Schimmel, sie folgte ihrem Lebensgefährten die schmale Treppe aus dem 17. Jahrhundert hinauf bis zu einer Wohnungstür im ersten Stock, auf deren Namensschild »Bezuidenhout« stand. Die alte Frau Bezuidenhout war seit einigen Wochen in einer bedeutend luxuriöseren Wohnung in der Jan Luijkenstraat untergebracht.

Die dreiundachtzigjährige Reederwitwe hätte ihre alte Wohnung nicht wiedererkannt. Sie war übersät mit den unterschiedlichsten Varianten von Überwachungstechnik und Abhörgeräten, die Kerstin Holm gar nicht erst versuchte zu identifizieren. Ihre analytische Energie wurde davon in Anspruch genommen, den kahlköpfigen Mann zu identifizieren, der ausgestreckt auf dem Feldbett lag, das vollkommen unpassend mitten im Wohnzimmer stand. Er trug einen schnurlosen Kopfhörer und riss die Augen auf, als hätte man ihn bei etwas Verbotenem erwischt. Dann hievte er sich von der schwankenden Pritsche, während Kerstin Holm ihre Aufmerksamkeit zum Fenster richtete. Dort nahm eine sehr große dunkelhäutige Frau ihren Kopf von einem Gerät, das aussah wie ein Teleskop, und sah die Besucher erstaunt an. Dann richtete sie sich auf, lächelte breit und sagte: »Der Chef. Und Kommissarin Holm, nehme ich an?«

»Wir haben uns bisher ja nur digital gesehen«, antwortete Kerstin Holm und streckte ihr die Hand hin. »Corine Bouhaddi, richtig?«

»In ganzer Größe«, sagte Bouhaddi und schüttelte Holms Hand mit einem Händedrück, den man wortwörtlich als eisernen Griff bezeichnen musste.

Sie setzte sich an einen Schreibtisch, auf dem ein halbes Dutzend Monitore und Tastaturen standen. Dem Kahlköpfigen war es mittlerweile gelungen, sich von dem widerspenstigen Feldbett zu erheben, und er kam auf sie zu.

»Adrian Marinescu«, stellte er sich vor, schüttelte Holms Hand und wandte sich dann Paul Hjelm zu. »Chef, verzeihe, wenn es aussah, als hätte ich geschlafen. Das habe ich nicht.«

»Alles in Ordnung«, sagte Hjelm. »Du hast doch auch hart gearbeitet. Im Moment also keine Aktivität?«

Marinescu schüttelte den Kopf und rückte seinen Kopfhörer zurecht, der ihm auf seinem offenbar spiegelglatten Schädel ein bisschen verrutscht war. Dann antwortete er: »Seit gut einer Stunde nichts mehr.«

»Aber das könnte sich jetzt gleich ändern«, erklärte Bouhaddi und betätigte ein paar Tasten. »Deshalb stand ich auch gerade am Teleskop. Jemand, der definitiv wie ein Fahrradkurier aussieht, ist auf dem Weg ins Gebäude.«

Marinescu seufzte und sagte dann: »Ich bin bereit.«

Bouhaddis Finger flogen über die Tastatur, und auf einem der Monitore war zu sehen, wie der Fahrradkurier eine Treppe hinaufging, in seiner großen schwarzen Umhängetasche wühlte und dann an einer Tür klingelte, an der ein winziges Schild mit der Aufschrift »U. M. A. N. Imports« angebracht war. Auf dem benachbarten Monitor erhoben sich zwei feiste Männer aus einem Sofa und knöpften ihre viel zu dicken Jacketts zu. Ein Dritter glitt zwischen ihnen hindurch und drückte sich neben der Eingangstür an die Wand. Einer der Männer sah durch den Türspion, versteckte dann die Pistole hinter seinem Rücken und öffnete mit der Linken die Tür. Er nahm einen wattierten Umschlag im C5-Format in Empfang und quittierte, ebenfalls linkshändig, den Empfang mit einer elektronischen

Unterschrift. Der Fahrradkurier sprang mit der für Kuriere typischen Geschwindigkeit die Treppe hinunter, und der Mann an der Tür reichte dem Kleineren den Umschlag, der damit aus dem Bild verschwand. Sofort betätigte Bouhaddi einige Tasten, und aus der Vogelperspektive war zu sehen, wie der Mann sich an einen Schreibtisch mit mehreren Computern setzte. Dann legte er den Umschlag in einen Apparat. Ein Lichtstreifen wanderte darüber, zweimal, und der Mann studierte aufmerksam die Monitore. Erst dann riss er den Umschlag auf und sagte etwas mit tiefer Bassstimme in einer Sprache, die Kerstin Holm an ein grobes Italienisch erinnerte.

Die Übertragung seiner Stimme war relativ schwach, dafür aber war Adrian Marinescus unmittelbar folgende Simultanübersetzung in einem sorgfältig modulierten Ostblockenglisch umso lauter: »Jetzt wollen wir doch mal sehen, ob die das hinbekommen haben. Ich habe die Skandinavier so satt. Verdammte Geizhälse. Und in Griechenland hat noch nicht einmal mehr die feine Gesellschaft Kohle.«

Danach waren Grunzlaute im zweistimmigen Kanon zu hören, wahrscheinlich Gelächter. Der Mann faltete das Papier aus dem wattierten Umschlag auf und las es. Er nickte, schwieg aber.

»Die agieren *sehr wenig* auf digitalem Weg oder via Handys«, sagte Bouhaddi. »Wir sind der Ansicht, dass sie so das Abhörrisiko verringern wollen.«

»Aber sie haben keinen Verdacht geschöpft, oder?«, fragte Holm.

»Dafür gibt es keine Anzeichen«, erwiderte Hjelm. »Das scheint eher eine allgemeine Vorsichtsmaßnahme zu sein.«

»Könnte man nicht den Fahrradkurier abfangen?«

»Die Lieferungen gehen auf die unterschiedlichsten und absonderlichsten Weisen vonstatten«, sagte Bouhaddi, »außerdem gibt es hier in Amsterdam eine absurd große Anzahl an Fahrradkurierfirmen. Unser waghalsigster Zug war bisher, dass einer unserer Leute auf der anderen Seite den Kurierfahrer angehalten hat und so den Inhalt des Umschlags fotografieren konnte. Das warst du, Marek, oder?«

Auf einem dritten Bildschirm tauchte Marek Kowalewski auf. Er saß an einem bedeutend kleineren Schreibtisch in einem wesentlich kleineren Raum als dem eleganten Wohnzimmer der Witwe Bezuidenhout. Er schob sein breites, rotes Gesicht in die Kamera und sagte erstaunt: »Mann, seid ihr viele.«

»Ein Ehrengast«, erläuterte Hjelm.

Ein weiteres Gesicht schob sich von der Seite in die Kamera, eine Südländerin, die Kerstin Holm aber nicht kannte. Allerdings vermutete sie, dass es sich um Donatella Bruno handeln musste, die ehemalige Chefin der nationalen Opcop-Einheit in Rom. Sie hatte sich dazu überreden lassen, sich von der meteorologischen Hitze Roms in die professionelle Hitze von Den Haag versetzen zu lassen.

Es folgte eine kurze Begrüßung, bevor Marek erzählte: »Ja, das war ich. Ich habe den Fahrradkurier erwischt, ehe er die Eingangstreppe betreten hat. Also habe ich ihn um die Ecke gezogen, den Umschlag geöffnet und seinen Inhalt fotografiert. Ihr habt Kopien auf euren Rechnern. Danach musste ich den Umschlag wieder sehr sorgfältig verschließen.«

»Wir wissen, dass die Umschläge vor dem Öffnen immer erst geröntgt werden«, sagte Bouhaddi. »Wir wissen allerdings noch nicht, wonach die dabei suchen.«

»Meine größte Befürchtung war«, fuhr Kowalewski fort, »dass der Kurierfahrer das große Zittern bekommt, wenn einer der Fleischschränke die Tür öffnet. Aber es ist alles gut gegangen. Die haben keinen Verdacht geschöpft. Aber das ist keine zukunftsträchtige Vorgehensweise. Viel zu riskant.«

»Hier ist das Dokument«, sagte Bouhaddi und öffnete auf einem vierten Monitor eine Aufnahme. »Es handelt sich um einen Code, wie ihr seht. Unsere Experten sitzen schon seit einer Woche daran, ohne ihn knacken zu können. Er besteht aus zwei Teilen, dies hier scheint ein Fließtext zu sein, und das sieht eher aus wie eine Liste.«

»Und was glaubt ihr, worum es sich dabei handelt?«, fragte Holm und betrachtete die handschriftlichen Buchstabencodes.

»Vermutlich handelt es sich um Lageberichte der verschiedenen Niederlassungen in ganz Europa«, erklärte Hjelm. »Ereignisse, Probleme, Einnahmen und natürlich Neuzugänge – die expandieren ja in einer erschreckenden Geschwindigkeit. Vielleicht geht es auch um ein operatives Geschäft.«

»Ich begreife nach wie vor nicht, wie man so viel Geld mit Bettlern verdienen kann«, sagte Kerstin Holm aufrichtig erschüttert.

»Doch, das kann man tatsächlich«, bestätigte Donatella Bruno. »In den katholischen Ländern sind wir mildtätiger, und anders als zum Beispiel in Skandinavien erledigen wir unsere Geschäfte am liebsten noch mit Bargeld.«

»Dann liegt es also doch nicht daran, dass wir Skandinavier so ›verdammte Geizhälse‹ sind?«, warf Hjelm mit stilistisch einwandfreier Selbstironie ein.

»Das liegt eher an eurer tadellosen lutherischen Arbeitsmoral«, entgegnete Kowalewski mit einer wesentlich neutraleren Form der Ironie.

»Auf der anderen Seite«, fuhr Donatella Bruno fort, »haben wir wahrscheinlich zum ersten Mal belastbare Indizien für eine Verbindung der Bettelmafia zu einem großen Menschenhändlerring. Und vielleicht sogar zum organisierten Verbrechen.«

»Allerdings wissen wir bisher noch nichts Genaues«, warf Hjelm ein, »und darum sitzen wir hier auch.«

»Wenn ich der Chef wäre«, sagte Corine Bouhaddi mit einem lieblichen Lächeln, »wäre ich ein bisschen vorsichtig mit dem Wörtchen ›wir‹.«

Kerstin Holm musste zu ihrer eigenen Überraschung laut auflachen. Sie versuchte ihren Fauxpas schnell mit einer Frage vergessen zu machen. »Und diese Männer kommen aus Rumänien?«

»Ja, Bukarester Dialekt.« Adrian Marinescu nickte. »Und die Bettler sind auch fast ausnahmslos Rumänen. Vermutlich Roma. Musiker und mehr oder weniger behinderte Roma. Die gibt es zurzeit in jeder europäischen Großstadt. Wir sprechen da von Zehntausenden versklavten Menschen.«

»Roma aus Rumänien«, sagte Holm.

»Ich weiß, was du denkst«, entgegnete Marinescu etwas aufgebracht, »aber wir dürfen nicht vergessen, dass innerhalb

Europas in Rumänien mit Abstand die meisten Angehörigen dieser Ethnie leben. Allerdings hängt das davon ab, ob wir die Türkei zu Europa zählen oder nicht. Laut Präsident Băsescu sind es rund eineinhalb Millionen Menschen. Es ist nicht so, dass wir besonders stark rassistisch wären.«

»Wir lassen diese Frage vorerst ruhen«, sagte Hjelm vermittelnd. »Wir müssen los.«

»Hat die Konferenz schon angefangen?«, fragte Bouhaddi.

»Nein«, antwortete Hjelm. »Aber heute Abend findet zum Auftakt ein Bankett hier in Amsterdam statt.«

»Wir übernachten im Hotel«, sagte Holm. »Wahrscheinlich hat euer Chef seine Junggesellenbude seit Monaten nicht aufgeräumt.«

»Konferenz?«, wiederholte Marinescu, der sich wieder beruhigt hatte. »Verzeiht, ich bin hier zwei Wochen vollkommen isoliert gewesen ...«

Paul Hjelm erläuterte: »Vor der offiziellen Einweihung des neuen Hauptquartiers von Europol findet eine dreitägige Konferenz in besagtem Hauptquartier statt, die European Police Chiefs Convention. Sie endet mit der Einweihung am 1. Juli, und dann darf auch die Opcop-Gruppe dazustoßen, also diejenigen von euch, die nicht hier sitzen werden.«

Sie verabschiedeten sich. Als sie auf die Straße traten, sahen sie den Strafzettel hinter dem Scheibenwischer stecken. Paul Hjelm warf ihn ins Handschuhfach, in dem Kerstin Holm eine ganze Reihe ähnlicher Papiere ausmachte.

»Amsterdam«, sagte Hjelm nur und gab Gas.

Die Herengracht befand sich in unmittelbarer Nachbarschaft. Es war nur eine sehr kurze Fahrt, und zu Kerstin Holms großen Überraschung fanden sie sogar einen Parkplatz in der Nähe. Ihnen wurde ihr Zimmer zugewiesen, tatsächlich eine kleine, sehr geschmackvoll eingerichtete Suite mit mehreren Fenstern und Blick auf die Herengracht. Sie umarmten einander leidenschaftlich, ohne vorher die schweren Gardinen zuzuziehen. Während die Kleidungsstücke zu Boden fielen, fragte Kerstin Holm: »Was hältst du von einem Bad?«

»Sehr gerne«, antwortete Paul Hjelm.

Dänisches Tagebuch 1

Chicago, 9. Mai

Energiedichte.
Reichweite.
Ladezeiten.
Umwelteinfluss.

Seit zehn Jahren dreht sich mein Leben beständig um diese Begriffe. Um nichts anderes. Damit diese einzigartige Effektivität erzielt werden kann, die plötzlich alles freisetzt und alle Bedingungen von Grund auf verändert.

Bisher ist das unmöglich gewesen. Bisher hat es nur Theorien darüber gegeben. Aber jetzt sehen wir Licht am Horizont, und zwar aus mehreren Blickwinkeln gleichzeitig, das hat mir diese Konferenz gezeigt. Aber ich habe noch etwas anderes erkannt, daher schreibe ich auch diese Zeilen – obwohl ich sonst nie schreibe. Ich hatte ein merkwürdiges, beunruhigendes Erlebnis. Ich werde später darauf zurückkommen, »liebes Tagebuch«.

Konferenzen dieser Art sind, ehrlich gesagt, total nutzlos. Man hält seine Zunge im Zaum, spricht nur so viel, wie man muss, hört seiner Konkurrenz zu, die sich ebenfalls bedeckt hält, man versucht, die Bedeutung hinter den Worten auszumachen und den unvermeidlichen Augenblick nicht zu verpassen, in dem der andere sich verplappert. Spitzenforschung, eingehüllt in nichtssagende Floskeln bei grotesker Wachsamkeit.

In gewisser Hinsicht ist die Konferenz in Chicago genau so abgelaufen. Die verschiedensten Forschungsgruppen haben wie Habichte über ihre Worte gewacht. Aber die Stimmung war anders als sonst, der Geist der Konferenz. Es herrschte nahezu

Erfindergeist wie in alten Zeiten. Wie in einem alten Dampfkochtopf. Der Druck steigt, die Temperatur ebenfalls, die Kochzeit halbiert sich, und wenn alles fertig ist, wird das kleine Ventil geöffnet, und aus ihm entweicht zischend Dampf, der heißer ist als gewöhnlicher.

Es scheint, als würden alle auf dieses Zischen warten.

Als könnte es jeder Beliebige von uns erzeugen.

Wir sind wie immer Außenseiter. Hier sind Forscher von den großen amerikanischen Universitäten und zum Teil auch von kleineren Instituten aus aller Welt. Aber die Gesandten der kleineren Universitäten kommen, um zu lernen, und die der großen arbeiten ganz bestimmt nicht frei und selbstständig. Die haben ihre etablierten Geschäftspartner in der Auto- und Ölindustrie. Und die allermeisten Anwesenden sind natürlich Forscher, die für Unternehmen mit rein kommerziellen Interessen arbeiten. Virpi und ich haben gestern beim Abendessen festgestellt, dass wir unter den größeren Akteuren wahrscheinlich die einzigen unabhängigen sind.

Aber so sieht die Welt von heute nun einmal aus.

Und niemand rechnet mit uns. Das ist ganz angenehm, vor allem im Hinblick auf Jovans Nachricht von heute Morgen. Ich wäre am liebsten ins erstbeste Flugzeug gestiegen und nach Hause geflogen.

Das ist nur ein weiterer Grund, warum ich dies hier schreibe. Aber der Hauptgrund ist ein anderer. Ich bin gezwungen, noch darauf zurückzukommen.

Dennoch ist es spannend, von den Fortschritten der anderen zu erfahren. Tesla Motors scheint nach wie vor führend in der Fahrzeugentwicklung zu sein, IBM setzt weiterhin heldenhaft auf die Lithium-Luft-Akkumulatoren, und Envia Systems scheint kurz vor einem Durchbruch bei den guten alten Lithium-Ionen-Akkumulatoren zu stehen. Und doch hat die Forschergruppe vom MIT die meiste Aufmerksamkeit für ihre »semi-solid flow cell« erhalten. Während des Vortrags der Vertreter vom Massachusetts Institute of Technology, dem MIT, habe ich mich bei dem Gedanken ertappt: Da habt ihr aber erst die Hälfte des Weges hinter euch.

Wie die Gruppe vom MIT haben auch wir die beiden grundlegenden Funktionen der Batterie voneinander getrennt: das Speichern der Energie, bis sie benötigt wird, und das Freisetzen der Energie, wenn sie eingesetzt werden soll. Und auch unser größtes Hindernis dabei war natürlich die Lagerung. Es fehlte die durchschlagende Idee. Aber nun wird man hoffentlich in naher Zukunft ein Elektroauto nicht mehr langwierig aufladen müssen – was die allermeisten Forscher weiterhin hartnäckig verfolgen –, sondern die entladene Batterieflüssigkeit an jeder beliebigen Tankstelle gegen geladene austauschen können. Die entladene Flüssigkeit wird unterdessen wieder aufgeladen, chemisch, ohne Stromverbrauch, nur mit Restprodukten. Ganz umweltfreundlich. Dann kann sie wieder getankt werden.

Jovans Nachricht heute Morgen war zwar nicht gerade die durchschlagende Idee, aber wir kommen voran. Bald wird das Lagerungsproblem aus der Welt sein.

Ich bin nicht stolz darauf, muss aber zugeben, dass ich dem Vortrag der Leute vom MIT mit so etwas wie Schadenfreude zugehört habe.

Als hätte es dieser Journalist mir angesehen – direkt nach dem Vortrag kam der auf mich zugeschossen. Es war eher eine Attacke. Ich habe ihn sofort nach seiner Akkreditierung gefragt. Er hielt mir etwas unter die Nase, aber das ging so schnell, dass ich keinen Buchstaben lesen konnte. Und dann kamen seine Fragen, Schlag auf Schlag. Wie weit eigentlich das gesamteuropäische Projekt gediehen sei? Wie nah wir am Ziel seien? Ob wir der Ansicht seien, dass die mit Benzin betriebenen Autos bald ausgedient hätten? Und wann das denn so weit sei?

Und dann hat er tatsächlich folgende Frage gestellt: Warum der Professor so ironisch gelächelt habe, während die Vertreter des hochkarätigen MIT ihren Vortrag gehalten hätten? Und er fügte noch hinzu: »Worum ist es in dem Telefonat gegangen, das der Herr Professor beim Frühstück geführt hat?«

Ich empfinde mich als einen ungewöhnlich rationalen Menschen. Dennoch ist es mir unmöglich, die Kräfte zu erklären, die mich dazu gebracht haben, nach seiner Akkreditierung zu greifen, die ihm um den Hals hing. Ich wollte unbedingt sehen, wie er hieß, wer diese Person war. Seine Reaktion war, gelinde gesagt, ungehobelt. Hatte ich zwar mit großer Kraft, aber unüberlegt gehandelt, so reagierte er mit noch größerer Kraft und äußerst überlegt. Die Kraft, mit der er mir seine Plastikkarte aus der Hand riss, passte nicht zu einem normalen Wissenschaftsjournalisten, das kann ich versichern.

Ich hatte keine Gelegenheit, seinen Namen zu lesen. Aber wenn ich mir jetzt im Hotelzimmer den Schnitt in meiner Handfläche ansehe, sagt der mehr als jeder Name. Das Blut, das mir über den Handrücken heruntertropfte, hat mich dazu gebracht, dieses Tagebuch zu schreiben. Unter einem bestimmten Gesichtspunkt war das nicht mehr als ein unbedeutendes Ereignis während einer medial aufgeladenen Energiekonferenz. Vor einem anderen Hintergrund betrachtet, scheint es mir, dass es nicht länger ausschließlich um Energiedichte, Reichweite, Ladezeiten und Umwelteinfluss geht. Hier geht es um die Zukunft, und das setzt ganz andere Kräfte in Bewegung.

Es ist durchaus möglich, dass ich übertreibe. Es ist sogar äußerst wahrscheinlich, dass es sich bei diesem Mann nur um einen Wissenschaftsjournalisten handelte, der dachte, er hätte einen riesigen Fisch am Haken, und der deshalb übereifrig war. Aber ich weiß es eben nicht. Meine Gefühle sind gemischt. Einerseits freue ich mich darauf, unsere Arbeit zu Hause fortzusetzen; wir sind kurz vor dem Ziel.

Andererseits habe ich tatsächlich ein bisschen – Angst.

Das Bankett

Amsterdam, 28. Juni

Die Sonnenflecken tanzten unentwegt über die Decke des Hotelzimmers. Kerstin Holm benötigte etwas mehr Zeit, um sich herzurichten. Paul Hjelm, der im Smoking auf dem Bett lag, konnte ungestört eineinhalb Fußballspiele im Fernsehen verfolgen. Drei Halbzeiten der holländischen Fußball-Liga. Obwohl die wahrscheinlich jetzt auch Sommerpause hatten, was bedeutete, dass Wiederholungen gesendet wurden. Das wiederum war jedoch egal, da Hjelm sich sowieso nicht mit den Vereinen auskannte.

»Wie lange muss ich noch warten, bis dieses Handballspiel beendet ist?«, erklang eine Stimme in der Wohnzimmertür.

Paul Hjelm sah auf, betrachtete die elegant gekleidete Kerstin Holm und musste an die vielen kleinen Ungerechtigkeiten des Lebens denken.

Die kleinen waren ein Teil des Lebens, die großen sollten das nicht sein dürfen.

Er nahm sie in den Arm und küsste sie. Dann ließ er seinen Blick an dem hellroten Abendkleid hinuntergleiten und sagte: »Es hat sich gelohnt, darauf drei Halbzeiten zu warten.«

Sie lachte und rückte seine Fliege zurecht. Dann wagten sie sich hinaus in die noch immer heiße und bedrückend volle Stadt.

In einem Taxi mit defekter Klimaanlage sitzend, fragte Paul Hjelm den nach Rauch riechenden Fahrer: »Wie weit ist es bis zum Muiderslot?«

»Ungefähr fünfzehn Kilometer«, antwortete der Fahrer mit heiserer Stimme.

»Ich finde das sehr sexy, wenn du holländisch sprichst«, sagte Kerstin.

Hjelm lächelte und meinte: »Allerdings hätte die richtige Frage lauten müssen: Was ist Muiderslot?«

»Willst du damit ernsthaft sagen, dass du dich nicht auf heute Abend vorbereitet hast? Muiderslot ist ein mittelalterliches Wasserschloss auf einer kleinen Insel, an der Südspitze des künstlichen Binnensees, des IJmeeres. Großes I, großes J. Früher lag das Schloss am Meer, jetzt an einem See.«

»Ein Schloss aus dem Mittelalter?«

»13. Jahrhundert.«

»Apropos Vergangenheit«, sagte Hjelm. »Habe ich dir erzählt, dass Gunnar sich gemeldet hat?«

»Welcher Gunnar?«

»So schnell hast du deine alten Kollegen vergessen?

»Mist, meinst du etwa Gunnar Nyberg?«, rief Kerstin Holm. »Ich habe seit einem halben Jahr nichts mehr von ihm gehört. Was wollte er denn?«

»Ob du es glaubst oder nicht, aber er hat seinen Roman so gut wie fertig.«

»Und deshalb hat er dich angerufen?«

»Höre ich da einen Hauch von Ironie in Ihrer Stimme, Madame?«

»Nun, es ist doch schon eine Weile her, dass du dich mit Romanen beschäftigt hast, oder?«

»Ich lese zurzeit tatsächlich mehr als je zuvor. Allerdings vorwiegend Polizeiberichte und Aktennotizen. Gunnar hat mich aber nicht aus literarischen Beweggründen angerufen, leider, sondern aus finanziellen. Er fragte mich, ob ich über gute einschlägige Kontakte verfüge, um EU-Fördergelder zu beantragen. Ich habe schon mit ein paar Leuten gesprochen.«

»Und wie geht es meinem Gunnar? Genießt er das Leben als Schriftsteller?«

»Ludmilla und er haben vor Kurzem geheiratet.«

»Ich glaube es ja nicht. So etwas muss man doch seiner ehemaligen Partnerin erzählen.«

»Es geht ihnen offenbar gut auf Chios, aber ich hatte den

Eindruck, dass ihn doch finanzielle Sorgen plagen. Und eine gewisse Unruhe.«

»Na ja, er hat ja auch rasant von hundert auf null heruntergefahren. Die Folgen von so einer Vollbremsung zeigen sich immer erst nach einer Weile.«

Das Taxi hatte sich aus dem Zentrum Amsterdams herausgeschlängelt und die Autobahn in Richtung Osten erreicht. Hjelm konnte nicht aufhören, über die Polder, die künstlichen Seen und Landschaften der Holländer, zu staunen. Hier hatte man die Natur selbst in die Hand genommen, einfach eine Meeresbucht, die Zuiderzee, eingedeicht und sie dadurch in einen großen Binnensee verwandelt, das IJsselmeer, das sein Süßwasser aus dem Fluss IJssel bezieht. Zwei Drittel der Fläche wurden trockengelegt und so Neuland gewonnen. Im Zuge dessen entstanden kleinere Seen, zu denen auch das IJmeer gehörte, auf das sie jetzt zufuhren.

Kurz darauf hatten sie den kleinen, relativ anonymen Ort Muiden erreicht, den sie durchqueren mussten, um zur Schlossinsel zu kommen. Die grauen Zinnen und Türme des Muiderslot erhoben sich mächtig vor dem blauen Wasser. Als sie sich näherten, stellten sie fest, dass die Befestigungsmauern zusätzlich von einem typischen Wallgraben umgeben waren. Für einen kurzen Moment fühlten sie sich ins Mittelalter zurückversetzt, doch dann waren plötzlich Segelboote und Autos zu sehen. Daneben flatterten altertümliche Standarten im Wind, die mit dem europäischen Sternenkreis statt mit feudalherrschaftlichen Insignien versehen waren, was unerwartet selbstironisch wirkte. Die Standarten wurden von mittelalterlich anmutenden Gauklern getragen, die jeden eintreffenden Wagen zum Schein attackierten. Die meisten Gäste kamen jedoch nicht mit dem Taxi, sondern in Limousinen, um die eine Bande sich selbst geißelnder Mönche auf dem Schlossparkplatz herumtanzte. Die Chauffeure versuchten, sie zu verscheuchen, während sie sich auf eine lange und zähe Wartezeit gefasst machten.

Hjelm und Holm stiegen aus und wurden von einer weiteren mittelalterlichen Gruppe bestürmt. Diese bestand aus Musikern mit historischen Instrumenten wie Fideln, Holzquerflöten, Dudelsäcken, Schalmeien, Einhandflöten und Naturtrompeten. Hjelm verblüffte vor allem die durchgehend dunkle Hautfarbe der Musiker. Als würden sie alle einem Volksstamm angehören.

Das Paar näherte sich dem Schlosstor, das von Dienern in Livreen bewacht wurde, deren Blicken aber nichts Dienendes anhaftete. Hjelm war sogar der Meinung, eines der Gesichter aus den Fluren des Europol-Hauptquartiers wiederzuerkennen. Vermutlich ein Polizist, der das nicht operative Dasein satthatte. Er wandte sich demonstrativ ab, als Hjelm ihm zunickte. Offensichtlich handelte es sich doch um einen ungenehmigten Nebenverdienst.

»Willkommen«, sagte einer der Livrierten mit einer wenig willkommen heißenden Stimme und hakte die beiden auf der Gästeliste ab. »Sie finden Ihre Tischplatzierung auf einer Tafel, die im Innenhof aufgehängt wurde.«

Im Innenhof des Schlosses wimmelte es nur so von festlich gekleideten Menschen und einer überproportional hohen Anzahl an Kellnerinnen, von denen eine sie sofort mit zwei Gläsern Champagner versorgte. Die etwas schrille mittelalterliche Musik schien aus allen Ecken gleichzeitig zu ertönen, sodass Hjelm den Verdacht hatte, dass mehrere Musikantengruppen unterwegs waren. Die Herrschaften Hjelm und Holm balancierten ihre Champagnergläser durch die Menge, ohne dass ihnen ein einziges Gesicht bekannt vorkam. Endlich hatten sie sich bis zu der Tafel mit der Tischplatzierung vorgearbeitet und stellten fest, dass sie einander schräg gegenüber sitzen würden an einem Tisch, der sich im Wapenzaal befand und über mehrere Treppen zu erreichen war. Als Hjelm eine Berührung auf der Schulter spürte, wandte er sich um und blickte in das jugendliche Gesicht des Direktors von Europol. Sie begrüßten einander freundlich. Auch Kerstin Holm war ihm ein paarmal begegnet, und er hatte auf sie immer einen sehr reflektierten Eindruck gemacht.

»Ich befürchte, dass Ihr Tischnachbar, Fräulein Holm, ein wenig spröde ist«, schrie er, um den Lärm der Naturtrompeten und

Querflöten zu übertönen. »Maltas Polizeichef, Hubert Carabott, Achtung: Frühvergreisung. Aber ich frage mich, ob Sie hingegen, Paul, Ihre Tischdame nicht sogar sehr schätzen werden.«

»Und das sagen Sie einfach so in meiner Anwesenheit?«, schrie Kerstin und lächelte.

»Natürlich nur platonisch!«, unterstrich der Direktor. »Sie ist eine unserer Ehrengäste. Marianne Barrière, EU-Kommissarin aus Frankreich.«

»Sieh mal einer an«, rief Hjelm wenig beeindruckt.

»Ich weiß, Sie freuen sich am meisten auf den Moment, wenn Sie diesen Abend überstanden haben«, schrie ihm der Direktor ins Ohr und legte ihm die Hand auf den Oberarm.

»Sprechen Sie aus eigener Erfahrung?«, entgegnete Hjelm und spürte, dass seine Stimme ihn verließ.

»Ich bin der Direktor einer großen EU-Behörde«, rief der Direktor mit neutraler Stimme. »Da hat man solche Gedanken einfach nicht.«

»Aber trotzdem …«, hob Hjelm an, doch da hatte sich der Direktor schon weitertreiben lassen.

Paul und Kerstin versuchten zusammenzubleiben, aber schon fünf Minuten später hatten sie einander verloren. Paul fand sich in ein Gespräch mit der dänischen Polizeichefin verstrickt, aber kaum hatten sie ein Thema gefunden, wurde sie außer Sichtweite gedrängt, und er stand bei dem griechischen Innenminister, der so einiges über die EU zum Besten gab, worauf Paul gut hätte verzichten können. Obwohl die Übersetzung griechischer Schimpfwörter einen großen Unterhaltungswert hatte. Da ertönte eine Glocke, und die Gäste strömten zu den Eingängen ins Schloss.

Große, breite Türen, Steintreppen, die auf undefinierbare Weise nach Mittelalter rochen, Frauen in langen engen Abendkleidern und auf High Heels, die sich die Stufen hochquälten, die in einer Zeit gebaut wurden, als diese Art von Garderobe noch nicht das Licht der Welt erblickt hatte. Ein Klangteppich aus vielen verschiedenen Sprachen erfüllte die Gänge. Es folgte die Jagd durch die Säle nach dem richtigen Raum, dem richtigen Tisch, dem richtigen Stuhl.

Der Wapenzaal war aller Wahrscheinlichkeit nach der alte Waffensaal, wo die Ritter vor langer Zeit ihre Hellebarden und Armbrüste ablegten. Es war der mit Abstand größte Raum, in den Paul Hjelm auf seiner Suche geraten war. Am Ende half ihm eine der Kellnerinnen an seinen Platz. Auf der anderen Seite des Tisches stand Kerstin Holm. Ihr Anblick war für ihn wie eine Offenbarung, wie eine Oase in der Wüste. Ihren Mund umspielte ein leicht ironisches Lächeln. Ein älterer Herr führte sie an ihren Platz, aller Wahrscheinlichkeit nach Maltas Polizeichef Hubert Carabott. Der Platz zu Hjelms Rechten war noch nicht besetzt, aber das Namensschild neben einem der zahlreichen, noch leeren Weingläser kündigte Marianne Barrière an. Daher wandte Hjelm seine Aufmerksamkeit zunächst seiner Tischnachbarin zur Linken zu, die ebenfalls ihren Tischkavalier noch vermisste. Sie begrüßten sich. Die Frau war eine Oberstaatsanwältin aus Bratislava, Slowakei, allerdings gelang es ihm nicht, ihren Namen zu verstehen. Nicht einmal in Schriftform. Während sie über dies und das plauderten, warf er einen Seitenblick zu Kerstin. Ihr Blick wiederum sprach Bände, hätte aber nicht gar so vorwurfsvoll sein müssen. Das Beängstigende war, dass er die Staatsanwältin daraufhin mit Kerstins Augen ansah und erst da erkannte, wie gut aussehend sie war. Allerdings hatte sich mittlerweile ihr Tischnachbar eingefunden, der wie ein ergrauter, aber kastrierter Hollywoodstar aussah. Während Paul Hjelm darüber grübelte, wie er ausgerechnet auf diesen Vergleich gekommen war, drehte er sich um und erblickte endlich auch seine Tischdame. Sie war eine beeindruckende, sehr französisch aussehende Frau Anfang fünfzig.

Sie lächelte ihn an und sagte mit einem nur schwachen französischen Akzent: »Ich habe mich gerade gefragt, wann Sie sich wohl für Ihre Tischdame interessieren werden.«

»Verzeihen Sie bitte«, entgegnete Paul Hjelm und streckte ihr die Hand entgegen. »Paul Hjelm.«

»Marianne Barrière. Normalerweise wird von dem Herrn erwartet, dass er seine Tischdame ausfindig macht, sie zu Tisch führt und ihr den Stuhl heranzieht. Er plaudert mit ihr und führt sie nach dem Essen zum Tanz.«

»Ich bin mir nicht so sicher, ob wir viel zum Tanzen kommen«, sagte Hjelm und rückte ihr den Stuhl zurecht. »Wie viele mittelalterliche Tänze beherrscht Madame denn?«

»Genau genommen ist es ›Mademoiselle‹«, erwiderte Marianne Barrière. Sie setzte sich nicht auf den dargebotenen Stuhl, sondern begrüßte stattdessen die anderen Gäste um sie herum, was Hjelm natürlich auch längst hätte machen sollen. Schließlich konnte er nicht mehr die Unschuld vom Lande mimen, diese Zeiten waren vorbei. Er war ein Teil des Ganzen, ob er wollte oder nicht. Er sah, wie Kerstin Holm und Marianne Barrière sich die Hand gaben und ein paar Worte wechselten, die von einem Lachen und einem Blick zu ihm begleitet wurden. Er lächelte nur.

Endlich, wie auf ein unsichtbares Zeichen hin, nahmen alle Platz, und das Essen begann. Irgendwann würde auch Hjelm diese geheimen Zeichen verstehen, das redete er sich zuversichtlich ein. Es müsste doch möglich sein, dieses Wissen vor seinem Lebensende zu erwerben.

»Ich weiß im Übrigen so einiges über Sie und Kerstin Holm«, sagte Marianne Barrière. »Allem Anschein nach auch wesentlich mehr, als Sie über mich wissen.«

»Ich weiß lediglich, dass Sie EU-Kommissarin sind«, gab Hjelm zu. »Für Frankreich, nehme ich an. Aber wie kann es sein, dass Sie überhaupt etwas von unserer unsteten Existenz wissen?«

»Weil ich tatsächlich an diese Idee glaube, dass wir alle zusammenhalten und versuchen sollten, den Frieden in Europa zu bewahren. Daher bin ich der Ansicht, dass es zu meinen Aufgaben als Mitglied der EU-Kommission gehört, einen Überblick über die Aktivitäten in der EU zu haben, vor allem über die Bereiche, die wir *strategisch sensibel* nennen ...«

»So können wir das gerne nennen, solange wir leise sprechen. Ehrlich gesagt, weiß ich aber gar nicht, was eine EU-Kommissarin macht.«

»Nun, die Europäische Kommission vertritt bekanntlich die Interessen der Europäischen Union insgesamt. Ihre Aufgabe ist es, dem Europäischen Parlament und dem Rat der EU neue

Rechtsvorschriften vorzuschlagen. Außerdem stellt die Kommission sicher, dass EU-Recht in den Mitgliedsstaaten umgesetzt wird. Jedes Mitgliedsland stellt einen der Kommissare, insgesamt sind wir also achtundzwanzig Abgesandte, einschließlich des Präsidenten und des Vizepräsidenten, und jeder hat einen bestimmten Aufgabenbereich.«

»Das entspricht ungefähr meinen Kenntnissen«, sagte Hjelm und stach die Gabel in die Vorspeise, die er hinterher nicht mehr würde benennen können. »Ich betreibe ja auch so eine Art EU-Kommission im Mikroformat. Aber was machen Sie genau?«

Marianne Barrière ließ ein perlendes Lachen hören und antwortete: »Ich bin die EU-Kommissarin für Umwelt. Was man auch von der etwas antiquierten Struktur der Kommissionen halten mag oder von dem beliebten Vorwurf, dass sich die meisten Kommissare nur bereichern wollen und die parteipolitische Zusammensetzung Schlagseite hat – eines steht fest: Wir sind nach wie vor der größte und wichtigste Machtfaktor in Europa, wenn es um europäische Rechtsprechung geht. Die EU-Kommission hat das alleinige Recht, gesamteuropäische Gesetzesvorschläge vorzulegen. Gesetze, die sich über die Rechtsprechung aller achtundzwanzig Staaten hinwegsetzen können. Die mächtigsten Gesetze der Welt.«

Paul Hjelm hob sein Weinglas und prostete ihr zu. »Das klingt, als hätten Sie gerade einen sehr spannenden Gesetzesvorschlag auf dem Tisch liegen.«

»Haben Sie schon einmal darüber nachgedacht, Detektiv zu werden?«, erwiderte Marianne Barrière lächelnd und hob ebenfalls ihr Glas.

»Dann stimmt es also?«, fragte Hjelm und genoss den Weißwein, der wahrscheinlich ein Chablis war. Allerdings waren seine Geschmacksknospen jetzt schon überstrapaziert.

Marianne Barrière leerte ihr Glas, beugte sich zu ihm, sah ihn mit ihren grünen Augen scharf an und flüsterte verschwörerisch: »Das ist wie bei der Opcop-Gruppe: Es ist noch viel zu früh, um darüber zu sprechen.«

Hjelm lachte und lehnte sich zurück. Nach einer weiteren

Vorspeise und einem neuen Glas Weißwein überkam ihn ein wohliges Gefühl, das er gar nicht richtig benennen konnte. Aber es hatte tatsächlich mit Politik zu tun. Er begegnete in seinem Beruf vielen Politikern und hütete sich in der Regel vor politischen Gesprächen. Ihn beschlich dabei immer das unbehagliche Gefühl, er stünde einem lediglich an Finanzen interessierten Beamten gegenüber, der einen langen einstudierten Monolog hielt. Aber Marianne Barrière war anders. Ihr sah man die Leidenschaft für Politik an, die Begeisterung für die Aussicht, das Leben vieler Menschen so gut wie nur möglich zu gestalten. Natürlich war es denkbar, dass er übertrieb – ihre Unterhaltung war schließlich viel zu kurz gewesen, um das wirklich beurteilen zu können –, aber er erlaubte sich gedanklich eine kleine Reise, auf der er vieles hinter sich ließ: die nationalen und persönlichen Machtspiele, die mehr oder weniger sichtbare Korruption, den Lobbyismus, die Intrigen, Steuerhinterziehungen und Budgetkämpfe. Und er spürte, wie er sich dem Kern dessen näherte, was Politik eigentlich sein sollte: die Gestaltung einer gerechten und tragfähigen Gesellschaft. Mehr war es nicht.

Er lachte in sich hinein und sah hinüber zu Kerstin Holm. Ihre Blicke trafen sich. Irgendwie hatte er den Eindruck, dass es ihr ähnlich erging. Er sah das in ihren überraschend konzentrierten Gesichtszügen. Sie prosteten sich zu, und ihr Gesichtsausdruck entspannte sich. Mit einem leichten Nicken deutete sie nach rechts, und Hjelm konnte sich ein Lachen nicht verkneifen, als sein Blick auf Maltas Polizeichef fiel, der mit geschlossenen Augen und mit einem gefährlich schwankenden Weinglas in der Hand neben Kerstin Holm auf seinem Stuhl hing. Während Hjelm sich nun seiner Nachbarin, der slowakischen Oberstaatsanwältin, zuwandte, sah er aus dem Augenwinkel, dass Kerstin sich über den Tisch beugte und Marianne Barrière ansprach. Sie wechselten ein paar Worte, die er nicht verstehen konnte. Und das war auch gut so.

Dann wurde das Hauptgericht serviert, und das Festmahl nahm unter zunehmendem Gemurmel und Geraune seinen Gang. Aus dem Schlosshof drang in Abständen der ein oder andere schrille mittelalterliche Ton zu ihnen hoch, während die weiß gekalkten Wände des Muiderslot immer feuchter wurden, je länger der Abend andauerte. Durch den Atem der Anwesenden.

Kerstin Holm hatte zum Schluss ihren Tischherrn aufgegeben und sich wie ihr Lebensgefährte in eine neue Unterhaltung gestürzt. Als der letzte Fingerbreit Rotwein sich mit dem beeindruckenden Hauptgericht vereinte – unzweifelhaft wurde auch hier das Mittelalterthema beibehalten, es gab ein undefinierbares, aber makellos zartes Stück Fleisch, das über dem offenen Feuer gegrillt worden war –, beugte sich Kerstin Holm vor und sagte mit einer Handbewegung in den Wapenzaal: »Wir hatten letztes Jahr einen großen Fall, und da wurde mir eine Sache klar. Die Zivilisation kämpft unentwegt gegen das sogenannte Mittelalter. In unserer Gesellschaft existieren Parallelgesellschaften, die glasklar den Wertekonzepten der dunklen Jahre, dem finstersten Mittelalter verschrieben sind. In diese Welten sind weder die Renaissance noch die Aufklärung vorgedrungen.«

»Das ist sehr wahr«, erwiderte Marianne Barrière und nahm einen kräftigen Schluck. »Gleichzeitig hat diese Welt aber auch etwas extrem Verführerisches. Etwas Basales. Ursprüngliches. Elementares. Die Frage ist nur, wie kommen wir zurück zu den Grundfesten der modernen Zivilisation, ohne uns unterwegs im Barbarischen zu verstricken? Sowohl die Welt der Gangster als auch die der Gangs und Fanatiker haben das gemeinsam. Alles ist wichtig. Man verteidigt die absolute Wahrheit. Es geht immer um Leben und Tod. Es existieren weder Ironie noch Sarkasmus oder Humor. Da stehen ganz fundamentale Werte auf dem Spiel. Aber die Methoden sind so grotesk. Sie haben vollkommen recht, diese Welt ist weit von der Aufklärung entfernt. Und wenn es Humor gibt, ist er gewalttätig. Mobbinghumor. Mittelalter.«

Nun mischte sich Paul Hjelm in das Gespräch: »Verhält es sich nicht sogar folgendermaßen: Der Superindividualismus im Neoliberalismus hat ein akutes Bedürfnis nach Gemeinschaft erzeugt, gerade weil dessen Sieg sich darauf gründet, dass alle Volksbewegungen – sein Hauptfeind – ausgerottet werden müssen, am besten von innen zersetzt. Es ist gelungen, alle Gemeinschaften der Sozialdemokratie zu vernichten, die Einsamkeit der Habgier hat gesiegt, und dadurch war der Weg frei für die falschen Gemeinschaften, wie sie der Rassismus, der Fanatismus und die Mafia anbieten.«

»Ganz genau«, sagte Barrière, »ich würde sogar noch einen Schritt weitergehen. Auch die Neoliberalen haben begonnen, Gemeinschaften zu bilden. Und man ist sogar zu der Erkenntnis gekommen, dass es ein Bedürfnis nach stimmberechtigten Gemeinschaften gibt, das über Wohltätigkeitsvereine und Zusammenschlüsse Gleichgesinnter in der Oberklasse hinausreicht. Aber wir reden hier nicht von einer Gesellschaft – die hat man in tausend Stücke zersprengt, und das lässt sich nicht so schnell heilen –, es geht vielmehr um kleinere, einfach zugängliche Gemeinschaften. Der Logik von Hooligans folgend. Wir gegen die. Die da draußen, wir hier drinnen. Der Flirt der europäischen Rechten mit den Rechtsextremisten folgt einer strengen, historischen Logik.«

»Ah«, rief Kerstin Holm laut aus. »Ich wusste doch, dass ich Ihren Namen kenne. Aus der Opposition gegen Sarkozy.«

»Ja, da habe ich mich leider zu einer reflexartigen Reaktion hinreißen lassen. Das tut man nicht ungestraft.«

»Verzeihung bitte«, sagte Paul Hjelm. »Ich kann nicht mehr folgen.«

Kerstin gestikulierte wild mit den Händen und erklärte: »Marianne Barrière war diejenige, die vergangenen Herbst am leidenschaftlichsten gegen Sarkozys Entscheidung protestiert hat, die Roma aus Frankreich abzuschieben.«

»Ich saß zu exponiert, um zu schweigen«, sagte Barrière. »Wir haben eine riesige Debatte ausgelöst und alle siebenundzwanzig Mitgliedsstaaten dazu gebracht, nationale Strategiepapiere und Richtlinien auszuarbeiten, wie die Roma integriert werden können. Ich weiß nämlich, dass es die Roma sind, die als Erste ausgewiesen werden, wenn sich die falsche Gemeinschaft des Faschismus in der Gesellschaft verankert. Zusammen mit den Juden, denn der Antisemitismus und der

Antiziganismus gehen immer Hand in Hand. Sarkozy hat dafür gesorgt, dass letztes Jahr über zehntausend Roma ausgewiesen wurden. Das war Teil seines Plans ›Krieg gegen die Kriminalität‹, und er hat behauptet, die Roma würden ein Sicherheitsproblem in Frankreich darstellen. Damit hat er versucht, die Le-Pen-Wähler auf seine Seite zu ziehen. In Ungarn bereiten sie sogar schon Konzentrationslager für die Roma vor …«

»Ich habe vor Kurzem gelesen, dass neun von zehn Roma in Europa in Armut leben«, sagte Holm.

»In Europa leben mehr Roma, als es Schweden gibt«, erklärte Marianne Barrière. »In den Ländern, in denen die meisten leben – Frankreich, Italien, Bulgarien, Griechenland und natürlich Rumänien –, heißt es, dass jedes zehnte Roma-Kind keine Grundschule besucht. So viel zum Thema Mittelalter.«

»Vielleicht irre ich mich ja auch«, warf Hjelm ein, »aber sind Ihnen die Mittelaltermusikanten im Schlosshof aufgefallen?«

Marianne Barrière lachte und blickte ihn an. »Natürlich sind sie mir aufgefallen. Und Sie haben recht. Das sind Roma. Allerdings befanden sie sich im Mittelalter noch auf dem Weg von Indien nach Europa. Sie kamen über Ägypten, darum auch die englische Bezeichnung Gypsies.«

»Hervorragende Musiker«, sagte Hjelm. »Aber mir behagt es nicht so sehr, dass Europol sie anlässlich des Banketts verpflichtet hat. Ich weiß, dass sie oft …«

»Oft was?«

»Opfer von Sklavenhändlern sind. Die Bettler beziehungsweise Musiker. Wir versuchen gerade, an die Verantwortlichen heranzukommen. Das ist eine Welt, die man nicht für möglich gehalten hat. Menschenhandel wie im Mittelalter.«

»Ich bin davon überzeugt, dass Europol nicht für die Rekrutierung dieser Musiker zuständig war«, sagte Barrière, »und außerdem gibt es ja unzählige selbstständige Roma-Musiker. Aber wenn es Ihnen gelingt, diese Bande zu fassen, werde ich die erste Gratulantin sein. Das sind alles Zeichen unserer Zeit. Wir sehen an Bettlern der U-Bahn einfach vorbei, weil wir unser Gewissen damit beruhigen, dass sie ja alle von einer Bande gelenkt werden, von einer Mafia. Und gleich stellen wir sie uns im Luxusrestaurant vor, mit der Kreditkarte in der Hand. Aber das sind alles Entschuldigungen. Um zu vertuschen, dass wir für das Leiden anderer unempfänglich geworden sind.«

»Neulich habe ich einen alten Mann gesehen«, erzählte Kerstin Holm, »der war bestimmt schon siebzig, mit einem langen grauen Bart. Zielbewusst ist er auf der Fahrbahn zwischen Kungsgatan und Sveavägen in Stockholm herumgelaufen, auf der gefährlichsten Kreuzung Schwedens. Er klopfte an die Fensterscheiben der Autos, die an der roten Ampel warteten. Ich vermute, ihm hat jemand gesagt, dass die Schweden nur da Kleingeld zur Hand haben. Im Auto. Fürs Parken.«

»Das wird die Mafia behauptet haben«, sagte Marianne Barrière und nickte. »Diese Mafia mit ihren mittelalterlichen Wertmaßstäben. Die Sklavenhändler. Und wir kaufen, so funktioniert Wirtschaft, alles ist käuflich, warum nicht auch Roma, warum nicht Menschen kaufen? Aber ich bin davon überzeugt, dass wir ein angeborenes Gerechtigkeitsempfinden haben. Wir spüren sofort, ob unser Tun moralisch verwerflich ist oder nicht. Wir verfügen über einen inneren moralischen Kompass, sonst hätte die menschliche Rasse nicht so lange überlebt. Und den gibt es nach wie vor, vielleicht ist er präsenter denn je. Wir bemerken unsere Fehler instinktiv. Das Problem ist nur, dass wir alle in den vergangenen zwanzig Jahren gelernt haben, mit diesem Gefühl zu leben. Um unsere eigene, zunehmend bizarrer werdende Privatwirtschaft gut aufzustellen – den Hypothekenzins, die Wahl des Stromanbieters und die Rente –, sind wir bereit, unser Gewissen quasi auf null zu drehen. So überlebt man die Erkenntnis, dass man zur Ungerechtigkeit auf dieser Erde beiträgt. Aber das macht man nicht ungestraft. Wir leben in einer Zeit, die immer mehr Psychopathen hervorbringt – unsere Gesellschaft belohnt Rücksichtslosigkeit. Aber die meisten sind dafür nicht geschaffen. Und die werden früher oder später den Dolchstoß ihres Gewissens zu spüren bekommen, davon bin ich überzeugt.«

»Das klingt, als würden Sie an einer flammenden Rede schreiben«, sagte Hjelm.

»Lieber Paul Hjelm, Sie müssen Ihren Detektivsinn auch einmal zur Ruhe kommen lassen«, entgegnete Marianne Barrière und lachte schallend.

»Das hatte ich. Aber Sie haben ihn soeben wieder aktiviert.«

»Niemand versteht, worum es in der Politik geht, weil *die* Gesellschaft an sich nicht existiert. Es existiert kein Gefühl für eine echte Gemeinschaft, die den Einzelnen einbezieht. Und dies führt eben zur Entstehung von falschen, andere ausschließenden Gemeinschaften. Die politische Korruption in Europa ist enorm, auch innerhalb der EU. Die Lobbyisten kaufen die Politiker. Es herrschen hier bald Zustände wie in den USA. Jemand muss sich erheben und politischen Anstand einfordern. Ach, verzeihen Sie mein Gefasel, das ist der Wein, der spricht.«

»Wenn das so ist, darf der Wein gerne eine Rede halten«, sagte Kerstin Holm. »Aber wie bekommt man die Menschen dazu, einem zuzuhören? Gegen das permanente mediale Rauschen?«

Zu ihrer großen Überraschung wurde in diesem Moment ein zweites Hauptgericht aufgetragen: frittierte Barschfilets aus dem IJsselmeer, die in grotesken Stellungen drapiert waren. Dazu gab es selbstverständlich noch mehr Wein.

Nachdem sie an dem neuen Wein genippt hatte, antwortete die mittlerweile ein bisschen beschwipste EU-Kommissarin. »Es könnte sein, dass ich tatsächlich einen Weg gefunden habe.«

Sie schwiegen, während die Süßwasserbarsche in ihren unterschiedlichsten, scheinbar mittelalterlichen Posen serviert wurden.

»Und hören Sie bloß auf, mich mit Ihrem detektivischen Grüblerblick zu mustern«, setzte Marianne Barrière hinzu.

»Aber Sie wollen doch, dass ich grüble!«, gab Hjelm zurück.

»Die Kommissare halten ja hin und wieder diese sogenannten Sommerreden. Mitte Juli. Vor den Ferien.«

Paul Hjelm konnte sich nicht länger zurückhalten und platzte heraus: »Und dieses Jahr sind Sie an der Reihe. Weil Sie einen wirklich aufregenden Gesetzesvorschlag in der Hand haben. Und der hat mit Umweltdingen zu tun, da Sie ja die EU-Kommissarin für Umwelt sind. Und dieser Entwurf wird so eine Resonanz haben, dass Ihre Rede über politischen Anstand und über unser angeborenes Gerechtigkeitsempfinden auch Gehör finden wird. Endlich!«

»Ich habe eindeutig schon zu viel gesagt.«

»Ich kann Ihnen versichern, dass sowohl Kerstin als auch ich absolutes Stillschweigen bewahren werden, wenn Sie das wünschen.«

»Davon bin ich ausgegangen. Einige Details müssen noch abgeklärt werden, aber wenn das erledigt ist, ist es nicht mehr nur ein Gesetzesvorschlag.«

»Sondern?«

»Sondern ein Gesetzesentwurf, der auch durchgeboxt werden kann.«

»Und Sie wollen uns nicht verraten, worum es dabei geht?«

Marianne Barrière beugte sich zu ihm und flüsterte: »Wenn Sie bei sich in der Behörde jemals über den Begriff ›Plan G‹ stolpern, dann lassen Sie von sich hören.«

»Und was sollte das sein?«, fragte Paul Hjelm.

»Jetzt genießen Sie Ihren Barsch«, befahl Marianne Barrière und begann zu essen.

Das Barschfilet war ausgezeichnet. Diesen Gang verzehrten sie bei angenehmer gedämpfter Unterhaltung. Als die nun nicht mehr so schön angerichteten Fischteller abgeräumt wurden und ein Nachtisch aus Beeren folgte, den Paul Hjelm nicht weiter identifizieren konnte, rief Marianne Barrière unvermittelt: »Sie sind wirklich ein tolles Paar, Sie beide.«

Paul und Kerstin sahen einander an und fühlten sich in diesem Moment auch so. Ein tolles Paar.

Nachdem endlich auch Dessert und Kaffee überstanden waren, erhob sich Marianne Barrière abrupt.

»Jetzt würde ich Ihnen gerne etwas zeigen.«

Die anderen Gäste an ihrem Tisch rüsteten sich noch nicht zum Aufbruch. Kerstin Holm hingegen verabschiedete sich rasch von Maltas Polizeichef Hubert Carabott, der sie verwundert ansah und sich offensichtlich fragte, wer diese Dame neben ihm war.

»Es ist nur ein paar Räume weiter«, sagte Barrière und zog

die beiden durch die Gänge hinter sich her, durch die das Personal wie Fliegen über einem Kadaver schwirrte. Sie kamen in einen abgelegenen Raum mit weißen Wänden, an denen Unmengen von Porträts hingen. Das Mobiliar bestand hauptsächlich aus einem Gegenstand – einem alten Schreibtisch.

»Nach dem Mittelalter und der künstlerischen Blütezeit der Renaissance folgte das Goldene Zeitalter in den Niederlanden«, erklärte Marianne Barrière. »Anfang des 17. Jahrhunderts zog Pieter Corneliszoon Hooft ins Muiderslot ein, der wichtigste niederländische Dichter dieser Zeit. Er war Humanist und Agnostiker und weigerte sich, bei den Auseinandersetzungen zwischen den Katholiken und den Protestanten Partei zu ergreifen. Man kann P.C. Hooft nicht unterstellen, dass er ein Demokrat gewesen wäre – er lebte zu einer Zeit, als die gesellschaftlichen Klassen so getrennt voneinander existierten wie Tierarten –, aber er hatte einen großen Kreis der führenden Künstler und Intellektuellen dieses Goldenen Zeitalters um sich geschart. Sie nannten sich Muiderkring, also Muiderkreis, und sie schufen sozusagen das Fundament der modernen Niederlande.«

Hjelm und Holm sahen sich in dem Raum um, und sie glaubten, einen kreativen Geist zu spüren, der von den Wänden abstrahlte. Hier waren einst wichtige Entscheidungen gefällt worden, so viel stand fest.

Die EU-Kommissarin machte sich auf den Rückweg. Im Flur sagte sie: »Auf dieselbe Weise könnten wir auch die europäische Festung erobern, die im heutigen Mittelalter gefangen ist. Das ist machbar.«

Statt zurück in den Wapenzaal zu gehen, nahmen sie die Treppe hinunter. Auf einem Absatz drehte sich Barrière um und richtete ihre grünen Augen auf das Paar.

»Wo wohnen Sie?«

»Ambassade Hotel«, antwortete Kerstin Holm.

»Herengracht«, ergänzte Paul Hjelm.

»Wunderbar, das liegt auf dem Weg zu meinem Hotel«, sagte Marianne Barrière. »Oder wollen Sie zurück zu den Feierlichkeiten und zu Maltas Polizeichef Hubert Carabott?«

»Wie um alles in der Welt haben Sie sich seinen Namen merken können?«, rief Holm erstaunt aus.

»Ich behalte gerne den Überblick«, entgegnete Barrière trocken.

Als sie in den Schlosshof kamen, empfing sie unerwartet Dunkelheit, die Sterne leuchteten ganz weit oben am Himmelszelt. Der Geruch von nordeuropäischer Sommernacht schlug ihnen entgegen. Gerade als diese hörbare Stille sie umschlingen wollte, lösten sich Schatten aus dem nächtlichem Gebüsch. Paul Hjelms Reptiliengehirn reagierte instinktiv, und er nahm sofort eine Verteidigungsposition ein. Da erreichten die Klänge der Einhandflöten und Naturtrompeten sein Gehör. Und als der Dudelsack mit einstieg, musste er unwillkürlich losprusten. Die Musikanten sprangen um sie herum wie aufgeregte Hühner, Marianne Barrière zückte einen Fünfzigeuroschein. Den gab sie dem Trommler und sagte über die Schulter an Hjelm und Holm gewandt: »Es ist durchaus möglich, dass dieser Schein ihre einzige Gage ist.«

Hjelm zögerte kurz, dann holte er sein Portemonnaie hervor und gab dem Trommler ebenfalls einen braunen Schein. Der Mann geriet aus dem Takt vor Freude. Oder aber unterdrückter Wut.

Der Fahrer der Kommissarin saß hinter dem Steuer und schlief. So, wie er da auf dem Fahrersitz hing, wirkte es beinahe, als hätte er aus lauter Langeweile die Abgase eingeatmet und wäre in aller Stille entschlafen. Still war er allerdings nicht, als er aufwachte. Eine Flut von Entschuldigungen schoss aus ihm heraus, die Marianne Barrière mit einer einzigen Handbewegung beiseiteschob. Sie ließ sich auf dem bequemen Rücksitz nieder und winkte Holm und Hjelm zu sich.

»Ich schlage noch einen kleinen Drink vor, ehe Sie sich in Ihr Nest der beschaulichen, heteronormativen Zweisamkeit zurückziehen.«

Paul und Kerstin wechselten kurz einen Blick, und Kerstin antwortete: »Sehr gerne. Haben Sie einen Vorschlag?«

»Wir meiden wohl besser die Coffeeshops«, sagte Marianne Barrière. »Ich habe morgen früh ein Meeting in Brüssel mit

Lobbyisten der Kernkraftindustrie, und ich habe gehört, dass Ihre wunderbare Konferenz morgen auch ziemlich früh beginnt.«

»European Police Chiefs Convention«, sagte Hjelm mit einem sonderbaren Tonfall.

»Tief in Ihrem Inneren sind Sie doch gar nicht so ein sauertöpfischer Miesepeter, Paul«, meinte sie lachend.

»Doch«, widersprach Kerstin Holm, »ich schwöre es!«

Kurz bevor sie die Brücke zum Festland erreichten, wurden sie erneut von der Bande sich selbst geißelnder Mönche überfallen, die ihre Peitschenschläge auf sich und den Wagen niederprasseln ließen. Der Fahrer fluchte und schrie laut auf Holländisch, aber Barrière ließ das Fenster herunter und reichte den Mönchen ebenfalls einen großen Geldschein. Dieses Mal allerdings widerstand Hjelm, es ihr nachzutun, trotz eines auffordernden Blickes.

Kerstin Holm legte sich die Hand aufs Herz und fragte: »Ist das hier wirklich noch Unterhaltung?«

»Wie immer ihr Auftrag auch lautet, sie nehmen ihn verdammt ernst«, meinte Paul Hjelm.

»Barmherzigkeit ist, dass die Reichen geben – so viel und an wen sie wollen«, sagte Marianne Barrière. »Das macht jeden Bedürftigen zum Bettler. ›Gib mir, ich leide am meisten.‹ Gerechtigkeit sieht anders aus.« Als der Wagen die Autobahn erreicht hatte, fuhr sie fort: »Als ich das letzte Mal in Amsterdam war, bin ich in einer sehr netten Bar in der Prinsengracht gewesen. Ein riesiger Tresen aus Zement und eine große Lounge. Nordafrikanisches Design. Sehr gute Drinks.«

»Bo Cinq.« Paul nickte und erntete dafür einen überraschten Blick von Kerstin.

»Ganz genau«, rief Marianne Barrière. »Ich wusste doch, dass Sie kein Miesepeter sind.«

Da tönte ein kurzes digitales Signal durch die geräumige Karosserie des Wagens. Eine SMS oder MMS. Alle drei tasteten ihre Jackentaschen und Handtaschen ab. Es war schließlich Marianne, die eine Nachricht öffnete. Sie drehte das Handy zur Seite, als Paul den Kopf neigte und sah, dass die Nachricht nur aus einem Foto bestand. Kerstin blickte ihn an und hob eine Augenbraue: »Bo Cinq?«

»Ich war mit Arto und Jorge da, als Jorge uns das letzte Mal besucht hat.«

»Drei schwedische Männer und sonst niemand?«

»Da waren bestimmt noch andere dabei ...«

Marianne Barrière steckte das Handy zurück in ihre kleine Handtasche und sagte: »Ich befürchte, wir müssen unsere Drinks verschieben.«

Paul und Kerstin bemerkten beide die steile Falte, die sich zwischen ihren Augenbrauen gebildet hatte. Auch ihr Blick hatte sich verändert. Die Stimmung in der Limousine sank dramatisch ab.

»Das ist in Ordnung«, entgegnete Kerstin so bestimmt wie möglich. »Ich bin auch schon ziemlich müde.«

»Ist alles in Ordnung?«, fragte Paul.

Marianne Barrière schüttelte nur wortlos den Kopf und blieb stumm, bis die Limousine in die Herengracht einbog und wenige Meter vor dem Ambassade Hotel anhielt. Als Kerstin und Paul ausstiegen, beugte sie sich zu ihnen und sagte: »Es tut mir leid. Es war mir ein Vergnügen, die Herrschaften kennenzulernen.«

»Gleichfalls!«, erwiderte Paul. »Ich wünsche Ihnen alles Gute und viel Glück, Marianne.«

Die EU-Kommissarin nickte und gab ihrem Fahrer ein Zeichen, woraufhin der das Gaspedal durchtrat.

Paul und Kerstin sahen einander an.

»Diese MMS hatte es offenbar in sich«, sagte Paul.

»Dafür haben wir jetzt mehr Zeit für uns«, entgegnete Kerstin. »In unserem Nest der beschaulichen, heteronormativen Zweisamkeit.«

Paul sah über die pechschwarze Wasseroberfläche der Herengracht und wandte sich dann Kerstin zu. Sie lächelten sich an und umarmten sich.

»Da hast du natürlich vollkommen recht«, sagte Paul Hjelm.

Arm in Arm schlenderten sie zum Hotel.

Grünes Licht

Den Haag – Amsterdam, 30. Juni

13:22 Uhr

Die European Police Chiefs Convention war nicht ganz so unerträglich, wie Paul Hjelm befürchtet hatte. Am Tag zuvor waren die über hundert Delegierten in zwei Gruppen eingeteilt worden, um die beiden Hauptthemen des Kongresses zu diskutieren: »Working Group on the Future of Organised Crime« und »Working Group on the Future of Terrorism«. Fast ausnahmslos hatte es sich um anregende und hochinteressante Diskussionen gehandelt.

Paul und Kerstin waren nicht in derselben Gruppe gelandet und hatten den ganzen Tag über nicht einmal den Schatten des anderen zu Gesicht bekommen, bis sie spät in der Nacht in Pauls sogenannter Junggesellenbude zusammentrafen. (Er hatte sie tatsächlich eigenhändig und besonders sorgfältig aufgeräumt, da er sich konsequent gegen eine Putzhilfe wehrte.)

Auch heute nahmen sie zwar beide an Podiumsdiskussionen über das organisierte Verbrechen teil, in dem großen Hörsaal des neu errichteten, lichtdurchfluteten Hauptquartiers von Europol, saßen aber weit voneinander entfernt. Da vibrierte es in Hjelms Jackentasche. Es war eine SMS von Angelos Sifakis, der sich in den nagelneuen Räumen der Opcop-Gruppe ein paar Stockwerke über ihnen befand.

Er öffnete sie.

Sie bestand nur aus zwei Worten: »Grünes Licht?«

Paul Hjelm hob den Blick und sah nach vorn zu den Honoratioren, die auf dem Podium diskutierten. Plötzlich hörte er kein Wort mehr von dem, was sie sagten. Alle Geräusche waren wie abgestellt.

Dann antwortete er: »Grünes Licht.«

13:14 Uhr

Angelos Sifakis wartete. Er saß an seinem Schreibtisch in dem Großraumbüro der neuen Räume der Opcop-Gruppe. Unter anderen Umständen hätte er sich seine Überraschung eingestanden, wie wenig sie sich von den alten Räumen unterschieden. Was hier fehlte, war ein größerer Konferenzraum, so wie es ihre Kathedrale gewesen war, aber die Büroräume sahen weitestgehend identisch aus, vielleicht ein bisschen neuer und aufgeräumter. Außerdem hatte Paul Hjelm ein eigens für ihn entworfenes Büro erhalten, abermals mit Blick über Den Haag sowie über die Arbeitsplätze der Opcop-Gruppe.

Aber diese Gedanken beschäftigten Angelos Sifakis in diesem Augenblick nicht. Auch nicht die Tatsache, dass er umringt war von einer kleinen Gruppe von Kollegen, bestehend aus Marek Kowalewski, Corine Bouhaddi und Donatella Bruno, die ihn alle erwartungsvoll ansahen. Seine Aufmerksamkeit galt den beiden Monitoren und dem Handy, das reglos und still danebenlag. Unerfreulich still.

Die Monitore zeigten zwei unterschiedliche Ausschnitte der Wohnung auf der anderen Seite der Lauriergracht in Amsterdam, etwa sechzig Kilometer nördlich von ihnen. Es herrschte absolute Stille dort. Auf dem Sofa lungerten die beiden Bodyguards, hinter dem Schreibtisch saß der etwas kleinere Mann und studierte ein Papier. Keiner der drei bewegte sich. Es sah aus wie ein Stillleben.

Die Zeit verstrich.

Endlich klingelte das Handy. Sifakis nahm den Anruf entgegen.

»Hershey und Balodis auf Position«, hörte er Miriam Hersheys Stimme sagen.

»Gut«, antwortete Sifakis. »Wartet auf mein Signal.«

Kaum hatte er das Handy ausgeschaltet, nahm der Bandenchef seine Brille ab und legte sie auf den Schreibtisch. Man sah deutlich, dass er mit den Leibwächtern auf dem Sofa sprach. Sifakis starrte das Handy an und versuchte es zu hypnotisieren.

Ruf an.

Es dauerte zwanzig Sekunden, bevor es endlich klingelte. Es war Felipe Navarro.

»Es scheint loszugehen.«

»Scheint nützt uns nichts«, sagte Sifakis.

»Noch keine Bewegung«, präzisierte Navarro. »Aber Adrians Simultanübersetzung lautete: ›Nein, meine Herren, langsam ist das holländische Wetter viel zu angenehm, um hierzubleiben.‹«

»Sind Jutta und Arto bereit?«

»Ihrer Aussage nach schon.«

»Auf mein Zeichen, keine Sekunde früher. Verstanden?«

»Verstanden, Chef«, sagte Felipe Navarro.

Sifakis konnte nicht einmal den Hauch von Ironie in seiner Stimme ausmachen.

Es dauerte eine weitere unerträgliche Minute, ehe der Mann vom Schreibtisch aufstand. Er gähnte und streckte sich, wobei die eine Hand so nah an die Kamera kam, dass sie auf Sifakis' Monitor gigantische Ausmaße annahm. Auf dem anderen Bildschirm sahen sie, dass sich die beiden Schränke ebenfalls erhoben und ihre viel zu dicken Jacketts zurechtrückten.

»Jawohl!«, rief Kowalewski. »Gehen die alle drei?«

»Scheint so«, sagte Bruno. »Dann müssen wir drei beschatten.«

»Aber Laima und Miriam sind nur zu zweit«, gab Bouhaddi zu bedenken.

»Die Wahrscheinlichkeit, dass sie sich alle drei aufteilen, ist relativ gering«, sagte Sifakis und griff nach dem Handy. »Die Fleischschränke sind Bodyguards, niemals würden sie beide ihr Schutzobjekt einfach allein zurücklassen.«

Er benutzte die Kurzwahltaste. Hershey meldete sich sofort: »Ist es so weit?«

»Gleich. Aber es sind drei. Lasst sie nicht aus den Augen. Sind die Distanzmikrofone gesichert?«

»Ich würde sagen, sie sind entsichert!«, lautete die Antwort, dann beendete Hershey das Gespräch.

Auf dem Monitor beobachteten sie, wie einer der Leibwächter durch den Türspion sah und erst dann öffnete. Der andere Leibwächter schlich sich ins Treppenhaus und schaute ein Stockwerk hinauf und dann nach unten. Schließlich nickte er, und der Bandenchef verließ die Wohnung. Eingerahmt von seinen Leibwächtern lief er die Treppe hinunter.

Nur Sekunden später klingelte das Handy.

Felipe Navarro sagte: »Visuelle Bestätigung durch Teleskop, alle drei haben das Haus verlassen und befinden sich auf der Lauriergracht. Biegen ab Richtung Café Tulp.«

»Danke«, antwortete Sifakis und legte auf. Dann schickte er Paul Hjelm eine SMS mit den beiden Worten: »Grünes Licht?«

12:24 Uhr

Im Laufe der ersten Tage der Observation hatten die drei Männer einige Male die Wohnung gemeinsam verlassen. Diese Gelegenheiten hatten Paul Hjelms Leute bisher lediglich dazu nutzen können, die Überwachungskameras zu installieren. Der letzte Ausflug war nun schon einige Zeit her. Normalerweise ließen sich die drei Männer Essen und Getränke liefern, und auch sonst entfernten sie sich nur einzeln. Manchmal kam einer mit einem wattierten Umschlag zurück, häufiger aber mit Lebensmitteln, hauptsächlich Fertiggerichte. Bisher war den Ermittlern keine vollständige Beschattung geglückt.

Felipe Navarro hatte es im Gefühl, dass es jetzt Zeit für die Bande war, das Haus zu verlassen. Er hatte einen vollständigen, aber geheimen Plan entworfen, während er die Monitore in der Wohnung auf der anderen Seite der Lauriergracht bewachte und die Bewohner beobachtete.

Adrian Marinescu lag auf seinem Feldbett, das langsam die Konturen seines sehnigen Körpers angenommen hatte, als er unvermittelt mit der Simultanübersetzung begann: »Ihr vergammelt hier ja total, ihr alten faulen Säcke. Es wird Zeit, dass wir raus an die frische Luft kommen.«

Felipe Navarro reagierte reflexhaft. Vielleicht war er ein wenig übereifrig nach Monaten der Abwesenheit, in denen er sich an seine neue Lebenssituation gewöhnt hatte. Aber in seinen Augen bot sich ihnen jetzt eine großartige Gelegenheit. Er hatte nämlich eine Idee. Genau genommen war es ein sehr simpler Einfall: Die Kameras waren falsch angebracht. Nachdem sich im Laufe der Zeit Gewohnheiten herauskristallisiert hatten, könnte man die Kameras so justieren, dass sie direkt auf das Blatt Papier gerichtet waren, das der Bandenchef an seinem Schreibtisch studierte. Immer an derselben Stelle. Zusätzlich könnte man eine Fernbedienung installieren und so weitere Einstellungen erhalten. Mit der richtig positionierten Kamera würde die Opcop-Gruppe jede weitere Mitteilung lesen können, bevor sie verbrannt wurde – oder was immer damit geschah. Das würde den Fortgang der gesamten Operation entscheidend beeinflussen.

Nachdem Felipe Navarro von seiner Auszeit zurückkehrt war, die er am liebsten Elternzeit genannt hätte, weil dieser Ausdruck ihm ein Gefühl von geordneter Normalität vermittelte, hatte er erkannt, wie falsch Sifakis die Kameras angebracht hatte. Jetzt ist der Moment des Triumphes gekommen, dachte er und griff zum Handy.

»Sifakis«, antwortete dieser prompt.

»Hallo, hier ist Felipe. Sie haben alle drei das Haus verlassen. Das ist unsere Chance, die Kameras so zu justieren, dass wir künftig die Codes lesen können. Und dann installieren wir wie besprochen bei der besagten Kamera noch eine Fernbedienung.«

»Langsam, langsam, ist das nicht ein bisschen überstürzt?«

»Absolut«, entgegnete Navarro. »Und es muss schnell gehen. Ich habe einen Plan.«

»Der wie aussieht?«

»Arto und Jutta gehen rein, justieren die Kameras, bauen die Fernbedienung ein und montieren eine weitere Kamera.«

»Hm«, machte Sifakis.

»Jetzt komm schon, Angelos«, sagte Navarro. »Das ist die Chance, den Stillstand zu beenden.«

»Und Jutta und Arto beherrschen die Technik?«, fragte Sifakis.

»Nur Jutta, um Himmels willen. Arto kann das Zeug tragen.«

»Aber ich schicke Miriam und Laima los.«

»Warum das denn?«, rief Navarro.

»Beschattung«, sagte Sifakis. »Nenne mir einen vernünftigen Ausgangspunkt.«

»Von uns aus gesehen etwa fünfzig Meter links die Lauriergracht hinunter ist ein kleines Café. Das Café Tulp.«

»In Ordnung, ich schicke sie dorthin. So wie ich die beiden kenne, sind sie in einer halben Stunde dort. Und ich will die Aktion von Hjelm absegnen lassen.«

Navarro beendete das Gespräch und betrachtete seinen neuen Kollegen auf dem Feldbett. Das Headset war ihm vom Kopf gerutscht und hatte deutliche Spuren auf dem kahlen Schädel hinterlassen. Jetzt sah er aus, als würde er schlafen.

Er war plötzlich einfach da gewesen, als Navarro aus seiner unfreiwilligen Auszeit zurückgekehrt war. Daher konnte er sich nicht vorstellen, Adrian Marinescu jemals in einem anderen Raum zu sehen. Dieser Ort war für immer mit ihm verbunden.

Felipe betätigte die Tastatur. Auf zwei Monitoren tauchten Grundrisszeichnungen der observierten Wohnung auf, auf einem dritten Jutta Beyers Gesicht. Ihr Blick starrte ins Leere.

»Langweilt ihr euch?«, fragte Navarro.

Beyer zuckte zusammen.

»Manchmal fühlt es sich so an, als würden wir uns selbst observieren«, antwortete sie, nachdem sie ihre Fassung wiedererlangt hatte.

»Jetzt geht es rund«, sagte Navarro. »Eure lieben Nachbarn werden in nicht allzu ferner Zukunft ihre Bleibe verlassen. Es kann jederzeit so weit sein. Dann müsst ihr reingehen und die Kamera neu justieren und eine neue installieren. Beide sollen auf den Schreibtisch gerichtet sein, wo der Bandenchef immer in seinen Papieren blättert. Und sie sollen mit einer Fernbedienung ausgestattet werden, das heißt, ihr tauscht den Chip in der alten Kamera aus und montiert eine neue mit Fernbedienung. Es wird Zeit, dass wir an mehrere Codes kommen.«

»Wie lange hast du das denn schon ausgebrütet?«, fragte eine männliche Stimme neben Beyer. »Das klingt nach einem von langer Hand geplanten Vorhaben.«

»Arto«, sagte Navarro mit einem kleinen Seufzer. »Jetzt hat sich eine Gelegenheit ergeben. Die müssen wir nutzen. Also, wenn es dem Herrn beliebt.«

»Sie müssen beschattet werden, damit sie nicht plötzlich auf der Matte stehen«, warf Arto Söderstedt ein und schob sich neben Jutta Beyer ins Bild.

»Hast du Angst um deine Haut?«, fragte Navarro.

»Immer«, erwiderte Söderstedt. »Habe empfindliche Haut.«

»Natürlich haben wir daran gedacht«, antwortete Navarro und geriet kurz ins Schwitzen. »Miriam und Laima sind bereits informiert.«

»Das sind nur zwei, unsere Nachbarn sind aber zu dritt.«

»Die werden schon zusammenbleiben. Ihr bekommt die Zeichnungen jetzt auf den Bildschirm. Der Umbau wird nicht länger als eine Stunde dauern, wenn ihr wisst, was zu tun ist. Seht es euch genau an. Die erste Zeichnung ist die Kamera in ihrer jetzigen Position, mit der exakten Ausrichtung, die zweite Zeichnung zeigt die Position der Kamera, wie sie sein sollte, ebenfalls mit der exakten Ausrichtung. Der Chip, der in die bereits installierte Kamera soll, ist vom Feinsten, ihr werdet es sehen. Die Feinjustierung erfolgt mit den Mikroschraubenziehern, die ihr schon habt. Die Zeichnungen der Kameras schicke ich euch auch noch. Seht euch auch die genauestens an. Vor allem, wie man sie installiert. Ihr geht auf mein Zeichen rein und keine Sekunde früher. Verstanden?«

»Ja, Herr Oberst«, bellte Söderstedt und schlug die Hacken zusammen.

Dann klickte er Felipe Navarro mit einem Tastendruck weg und wandte sich an Jutta Beyer, die ärgerlich aussah.

»Schon gut, ich entschuldige mich für ›Herr Oberst‹«, sagte Söderstedt.

»Das ist es nicht«, erwiderte Beyer. »Und das weißt du auch.«

»Du findest, ich habe mich in den Vordergrund gedrängt und dir die Show gestohlen.«

»Hier geht es nicht um eine Show. Das meine ich ja. Felipe hat recht. Alles dreht sich um diese verdammten Codes, und wir sitzen hier mit unserer teuren Ausrüstung, die höchsten technischen Ansprüchen genügt, und richten nichts aus. Die verarschen uns, indem sie primitiv sind.«

»Und jetzt können wir endlich etwas unternehmen?«

»Und es kann wie gesagt jederzeit losgehen«, fasste Beyer zusammen. »Also, fang an zu lesen, damit ich nicht alles allein machen muss.«

»Weil du schon alles auswendig weißt?«

Jutta Beyer antwortete ihm nicht, sondern vertiefte sich in die Zeichnungen auf dem Bildschirm. Arto Söderstedt beobachtete sie und stellte zu seinem großen Vergnügen fest, dass der Zug für ihn abgefahren war. Jutta Beyer war ihm im Bereich der modernen Polizeiarbeit um Längen voraus, er konnte sich nur auf seine Erfahrung berufen. Die war zwar ohne Frage herausragend, aber gehörte eben auch der Vergangenheit an.

Er ließ seinen Blick durch die kleine Einzimmerwohnung im Erdgeschoss schweifen. Direkt über ihnen konnten sich die beiden Leibwächter – besser bekannt als »die Fleischschränke« – jederzeit erheben und ihren Chef nach draußen begleiten. Mit einem Seufzer wandte er sich den Zeichnungen zu.

So saßen sie auch noch, als Miriam Hershey und Laima Balodis das Café Tulp in der Lauriergracht erreicht hatten. Sie hatten ihren persönlichen Rekord für die Strecke Amsterdam–Den Haag gebrochen und stellten erleichtert fest, dass der Fensterplatz, von dem man fast ungehindert die Eingangstür beobachten konnte, noch frei war. Balodis ging an die Theke, um Kaffee zu bestellen, während Hershey nach ihrem Handy griff. Als Balodis mit zwei dampfenden Bechern zurückkam, hatte Hershey ihr Gespräch bereits beendet und erklärte: »Wir sollen auf das Signal von Sifakis warten.«

»Große Überraschung!«, sagte Balodis und legte ein Smartphone mit Kopfhörern auf den Tisch. Sie steckten sich je einen Hörer ins Ohr, und dann richtete Balodis das Telefon in die hintere Ecke des überraschend großen Cafés, wo etwa zwanzig Meter von ihnen entfernt ein Paar saß – er dunkelhaarig, sie blond. Die beiden waren in ein leises Gespräch vertieft, das entspannt und ernsthaft wirkte. Sie hörten die Frauenstimme, die Englisch mit skandinavischem Akzent sprach: »Ich will deinen großen geilen Schwanz in mir spüren.«

Hershey und Balodis wechselten Blicke und hoben die Augenbrauen.

»Erinnert mich an Marek«, sagte Balodis.

»Was?«, rief Hershey. »Hast du etwa was mit Kowalewski gehabt? Ausgerechnet mit dem?«

»Natürlich nicht. Ich habe ihn nur in einem Schrank für Schwimmwesten auf einem Boot im Mittelmeer zu spüren bekommen. Vergiss, was ich gesagt habe.«

»Vergessen? Meinst du das ernst?«

Aus Gründen der Diskretion drehte Balodis das Handy ein Stück weiter Richtung Theke, an der die Kellnerin stand und telefonierte. Obwohl sie ihren Mund mit der linken Hand verdeckte, konnten die Polizistinnen ihr Kichern sehr deutlich hören. Auch wenn das Holländisch der beiden äußerst mittelmäßig war, verstanden sie ein paar Vokabeln: neuken, kutje, snikkel.

Balodis legte das Handy auf den Tisch, zog sich ihren Kopfhörer aus dem Ohr und sagte: »Gute Idee, das Distanzmikrofon wie ein Handy aussehen zu lassen. Man darf die Dinger nur nicht verwechseln.«

»Womit kann man sonst überall herumfuchteln, ohne aufzufallen?«, meinte Hershey. »Aber es muss ganz offensichtlich mit einer gewissen Vorsicht eingesetzt werden.«

»Apropos spüren«, sagte Balodis in neutralem Ton. »Wie geht es mit Nicholas?«

»Wir haben einen Beschattungsauftrag«, antwortete Hershey ebenfalls mit neutraler Stimme. »Ich habe nicht vor, *darüber* zu reden.«

Sie brachen in Gelächter aus, da klingelte Hersheys Handy.

In diesem Augenblick hob Jutta Beyer den Blick vom Bildschirm mit den Zeichnungen und sah zu Arto Söderstedt hinüber, der sich gegen eine Klappleiter lehnte und damit beschäftigt war, eine Tasche mit Ausrüstung zu packen. Er ließ ein iPad, eine Minikamera mit Kabeln, eine Bohrmaschine, einen Tischstaubsauger, zwei Sets Minischraubenzieher sowie eine zusätzliche Pistole darin verschwinden.

»Von langer Hand geplantes Vorhaben …«, sagte sie.

»Wie bitte?«, fragte Arto, ohne den Blick zu heben.

»Warum hast du das so gesagt?«, wollte Beyer wissen. »Wer hat das geplant?«

»Navarro«, sagte Söderstedt und erwiderte schließlich ihren Blick. »Seit er wieder da ist, wirkt er so überdreht.«

»Überdreht?«

»Ja, wie soll ich das ausdrücken, ein wenig übereifrig. Wie ein Fußballspieler, der eingewechselt wird und gleich die Rote Karte bekommt oder ein Eigentor schießt.«

»Du meinst, er ist nicht in seiner Mitte?«

»Nun, das ist eine viel nettere Art und Weise, das auszudrücken«, erwiderte Söderstedt. »Er hatte es in den vergangenen Monaten ja auch nicht leicht.«

»Aber gibt es ein ernst zu nehmendes Risiko für eine professionelle Fehleinschätzung?«

»Wohl kaum. Er koordiniert alles mit Angelos und der mit Paul. So füllen sie eventuelle Lücken.«

Jutta Beyer nickte, aber Söderstedt sah die tiefe Furche in ihrem sonst so eigenartig faltenfreien Gesicht.

Da klingelte das Handy. Während Beyer das Gespräch annahm, sagte Söderstedt nicht ganz frei von Ironie: »Auf mein Zeichen, keine Sekunde früher.«

»Grünes Licht«, erklärte Felipe Navarro am anderen Ende der Leitung und drehte das Teleskop so weit wie möglich nach links. Nur etwa zehn Sekunden nachdem die drei Männer am Café Tulp vorbeigegangen waren, verließen zwei Frauen in Jeans das Café und folgten ihnen den Kanal entlang. Navarro kehrte zurück an den Tisch, sah, dass es fünf Minuten vor halb zwei war, und rief mit zwei Klicks auf der Tastatur die Kamera im Treppenhaus auf den Bildschirm. Er beobachtete, wie Jutta Beyer mit dem Schlüsselbund in der Hand die Treppe hochkam. Arto Söderstedt folgte ihr mit einer Klappleiter im Arm und einer Tasche über der Schulter. Beyer hatte die Tür in

Sekunden geöffnet, Navarro wechselte die Kameraansicht und legte auf Marinescus Headset die Distanzmikrofone von Hershey und Balodis. Da registrierte er einen alles andere als angenehmen Geruch. Er blickte über die Schulter und erklärte: »Das wäre jetzt eine gute Gelegenheit, duschen zu gehen, Adrian.«

Adrian Marinescu hatte sich das Headset abgenommen und rieb sich den kahlen Schädel. »Ich würde nichts lieber tun«, sagte er, »aber ist das auch in Ordnung? Die Distanzmikros könnten doch jederzeit angehen …«

»Die Kerle gehen jetzt erst einmal ein Stück durch die Stadt«, sagte Navarro. »Sie haben seit mehr als einer Woche das Haus nicht verlassen, und Amsterdam ist zu dieser Jahreszeit besonders schön. Ich rufe dich, wenn es losgeht.«

Marinescu nickte dankbar und reichte Navarro sein Headset, der es mit spitzen Fingern in Empfang nahm und schnell beiseitelegte.

Meine Güte, sie haben seit mehr als einer Woche das Haus nicht verlassen, dachte Felipe Navarro und schnaufte verächtlich. Das war doch gar nichts. Er selbst hatte vier Wochen lang das Haus nicht verlassen. Und zwar gar nicht. Sein Gehirn drohte überzukochen. Aber er hatte die Wahl gehabt. Es hätte nicht so kommen müssen.

Doch das war Vergangenheit. Jetzt war jetzt.

Er rief die beiden Kameraansichten des Wohnzimmers in der gegenüberliegenden Wohnung auf. Zuerst klickte er die unangenehme Kamera in der Toilette weg, dann die nicht ganz so unangenehme im Schlafzimmer und schließlich die weitestgehend ungenutzte, die etwa die Hälfte der Küche erfasste. Alle Räume waren leer. Anders verhielt es sich in dem großen Wohnzimmer der geräumigen Zweizimmerwohnung, das mittlerweile nicht nur als Büro des Hauptquartiers der organisierten europäischen Bettelmafia fungierte, sondern wahrscheinlich noch weit mehr als das war. Felipe Navarro war fest davon überzeugt, dass der Inhalt der handgeschriebenen Nachrichten, die der Bande auf unterschiedlichste Weise zugespielt wurden – meistens via Boten –, die Ermittlungen entscheidend voranbringen würden. Und dafür sorgten hoffentlich Beyer und Söderstedt in diesem Augenblick. Söderstedt studierte eine Zeichnung auf seinem iPad und hielt mit der anderen Hand die Leiter fest, auf der Beyer stand. Sie waren so nah am Fenster, dass Navarro sie von seinem Standort aus ohne Teleskop sehen konnte. Plötzlich tauchte Jutta Beyers Gesicht riesengroß auf dem Bildschirm auf. Auf der weitwinkligen Aufnahme beobachtete Navarro ihre kleine rosa Zungenspitze, die sich in den einen Mundwinkel schob. Ihre Hände verschwanden links und rechts neben der Kamera, in der Rechten hielt sie einen Mikroschraubenzieher. Langsam veränderte sich der Winkel der Kamera, bis er mit dem Punkt übereinstimmte, an dem der Bandenchef am Schreibtisch seine Nachrichten las. Das war der einfache Teil der Operation gewesen. Jetzt galt es, die neue Kamera anzubringen. Das war der schwerere Teil.

Da hörte Felipe Navarro ein Rauschen in Marinescus Kopfhörern. Adrian stand noch unter der Dusche, daher zog er sich das Headset angeekelt über den Kopf. Aber er hörte nicht Rumänisch, sondern Miriam Hersheys britisches Englisch.

»Sie trennen sich.«

Navarro öffnete auf einem der Bildschirme einen Stadtplan von Amsterdam. Darauf sah er zwei blinkende Punkte, einen grünen und einen roten. Hershey war rot, Balodis war grün, und sie befanden sich beide an der Stelle, wo die Reestraat zur Hartenstraat wurde, auf der Brücke über die Keizersgracht. Als sie die Brücke hinter sich gelassen hatten, bog jedoch der rote Punkt nach links auf die Keizersgracht, während der grüne seinen Weg auf der Hartenstraat fortsetzte.

»Erbitte Situationsbeschreibung«, sagte Navarro.

»Einer der Leibwächter ist allein in die Keizersgracht abgebogen«, sagte Hershey, ihre Stimme wurde durch das Distanzmikrofon verzerrt. »Ich folge ihm. Die beiden anderen gehen in Richtung Innenstadt.«

»In Ordnung«, sagte Navarro. »Ich sehe euch. Kannst du mich auch hören, Laima?«

»Ja«, antwortete Balodis, ebenfalls verzerrt. »Ich hänge mich an die beiden ran.«

Entschlossen drängte Navarro den Gedanken beiseite, dass sich die beiden Rumänen ebenfalls trennen könnten, und überlegte stattdessen, warum der eine Leibwächter abgebogen war. Hatte er einen eigenen Auftrag erhalten? Davon war in der Wohnung mit keinem Wort die Rede gewesen. Hatten sie doch Verdacht geschöpft, dass sie observiert wurden? Oder war das Teil einer universalen antielektronischen Strategie, die ihm irgendwie bekannt vorkam? Wenn es sich nicht um eine private Besorgung handelte, wie besondere Zigaretten in einem bestimmten Laden zu kaufen, dann konnte es nur um Materialbeschaffung gehen. Und in diesem Fall gab es die Chance – quasi als Bonus –, dass sie von einem Lagerplatz erfahren würden. Den sie dann wiederum observieren konnten.

Er beobachtete, wie der grüne und der rote Punkt sich immer weiter voneinander entfernten. Der rote näherte sich der großen Durchfahrtsstraße Raadhuisstraat, während sich der grüne weiter in Richtung Zentrum bewegte und gerade die Herengracht überquerte. Navarro wechselte den Monitor und sah, wie Beyer und Söderstedt die Leiter vor den Schreibtisch stellten. Söderstedt holte einen Akkubohrer und den Tischstaubsauger aus seiner Tasche. Mit einer galanten Geste reichte er Jutta Beyer den Bohrer, die kopfschüttelnd die Leiter erklomm.

Der grüne Punkt überquerte in diesem Moment mit hoher Geschwindigkeit den wohl größten Platz Europas, den Dam, der zwischen dem Nationalmonument und dem königlichen Schloss liegt. Er schien sich auf den Stadtteil De Wallen zuzubewegen, besser bekannt als der Red Light District, der Rotlichtbezirk der Stadt.

Der rote Punkt hingegen wurde wesentlich langsamer, nachdem er den Westermarkt überquert und die Kirche Westerkerk passiert hatte, vor der das Homomonument wie ein spitzes Dreieck in die Keizersgracht ragte. Dann bog er in eine Seitenstraße, die zur Prinsengracht führte, und blieb dort unvermittelt stehen.

»Was ist los, Miriam?«, fragte Navarro.

Keine Antwort.

Er hakte nicht nach, da er wusste, dass es immer Gründe für eine Funkstille geben konnte.

Schließlich kam eine SMS von Hersheys Handy: »Stehe hinter dem Fleischschrank in einer Schlange vor einem Haus rechts auf der Prinsengracht. Kann nicht sprechen. Schlange vor was?«

Navarro musste die SMS zweimal lesen, um sie zu verstehen. Er zoomte den Ort, an dem der rote Punkt leuchtete, näher heran. Da wusste er Bescheid. Und wusste doch nichts. Die Schlange befand sich direkt vor dem Anne-Frank-Haus.

Er informierte Hershey darüber. Die starrte lange auf die Nachricht, nur wenige Schritte hinter dem Leibwächter stehend. Er verharrte in seinem viel zu dicken Jackett reglos in der Warteschlange.

Das Anne-Frank-Haus. Jenes Haus, in dem sich das jüdische Mädchen Anne Frank jahrelang in den Vierzigerjahren mit ihrer Familie versteckt hat, ehe sie verraten und ins Konzentrationslager deportiert wurden. Von acht Familienmitgliedern überlebte nur eines. Annes Vater, Anne nicht.

Aber das offenherzige Tagebuch des jungen Teenagers hatte überlebt. Die Zeugenaussage.

Es war Hershey vollkommen unverständlich, warum sich dieser Fleischschrank in die Schlange vor dem Anne-Frank-Haus gestellt hatte, einem der bestbesuchten Museen Amsterdams. Hershey schauderte, als ihre jüdischen Wurzeln ihr die Haare zu Berge stehen ließen. Der Sklavenhändler war ohne jeden Zweifel auf dem Weg in dieses Haus. Das hatte etwas Schockierendes. Aber sie beherrschte sich und wartete geduldig, stand reglos in der prallen Sonne und schwitzte fürchterlich.

Der grüne Punkt hingegen wurde immer schneller. Mit hoher Geschwindigkeit ging es in den Rotlichtbezirk mit seinen unzähligen Sexklubs. In dem einen oder anderen Fenster saß eine mehr oder weniger verwahrloste, halb nackte Frau, und Laima Balodis bemühte sich sehr um einen neutralen Gesichtsausdruck, während sie dem Bandenchef und dem zweiten Fleischschrank folgte: den Oudezijds Achterburgwal zwischen den Kanälen hinunter, vorbei am Haschmuseum, dem Sextheater Casa Rosso und schließlich dem fünfstöckigen Erotikmuseum. Plötzlich schwenkte der grüne Punkt ab und ging auf die andere Seite der Brücke – auf den großen Kirchplatz der Oude Kerk zu, deren Geschichte bis ins 13. Jahrhundert zurückreichte. Amsterdams ältestes Gebäude.

Unter anderen Umständen hätten diese Kontraste Balodis in großes Staunen versetzt, aber jetzt ging es darum, die beiden Rumänen nicht aus den Augen zu verlieren, die es allem Anschein nach sehr eilig hatten. Sie drängelten sich durch die Touristenströme die Kirchentreppen hinauf. Balodis seufzte. Das würde eine große Herausforderung werden.

Sie betrat die Kirche, die Rembrandt oft besucht hatte – es war das einzige Gebäude in der Stadt, das tatsächlich so aussah, wie es auch Rembrandt gesehen und gemalt hatte –, und war für einen Augenblick von der hölzernen Dachkonstruktion überwältigt. Die größte mittelalterliche Holzdecke in Europa, das hatte sie vor Kurzem irgendwo gelesen. Aber sie hatte es bisher noch nicht mit eigenen Augen gesehen.

Aber ihre Aufgabe war es, das rumänische Duo zu verfolgen. Sie waren ein gutes Stück vor ihr, auf dem Weg zum Altar, dazwischen drängten sich viele Besucher. Balodis holte ihr Handy aus der Jacke. Das falsche Handy. Im selben Moment, als der Bandenchef sich zu seinem Leibwächter umwandte, richtete sie das Handy aus. Exakt. Sie empfing ein paar Silben, die sie nicht verstand. Allerdings hatte sie kurz darauf die etwas atemlose Simultanübersetzung von Marinescu im Ohr.

»Fünf, acht. Beeil dich. Drei Minuten.«

Das war eine Konstellation von Wörtern, die Laima Balodis sofort ihre Gehirnzellen auf Hochtouren schalten ließ. Aber sie konnte die Mitteilung nicht entschlüsseln. Ihr blieb also nichts anderes übrig, als die beiden zu beobachten. Sie setzte sich in eine der Kirchenbänke des schmucklosen protestantischen Kirchenschiffes der Oude Kerk und beobachtete den Leibwächter, wie er sich unter eine Bankreihe ein Stück vor ihr beugte. Er fingerte unter der Sitzfläche herum, und wenn sie sich nicht irrte, war es Sitz Nummer fünf, in Reihe acht. Aber was bedeutete dann drei Minuten?

Der Leibwächter kehrte zum Bandenchef zurück und übergab ihm einen wattierten Umschlag, aus dem er ein Handy hervorholte. Während Balodis sich wie im Gebet vorbeugte, richtete sie ihr sonderbares Handy erneut aus und flüsterte: »Handy.«

Felipe Navarro begann wild auf der Tastatur herumzuhacken.

»Verdammt, ein Handy! Er hat seines in der Wohnung gelassen, wir haben es geortet, das liegt in der Schreibtischschublade. Was ist das jetzt für ein Handy?«

Adrian Marinescu saß neben ihm, bekleidet mit Headset und Bademantel. Er zog die Schultern hoch, als die Verbindung nach Den Haag zustande kam. Auf dem Monitor war Sifakis zu sehen, und im Hintergrund konnten sie die Umrisse von Bouhaddi, Bruno und Kowalewski erkennen.

»Haben wir eine Chance, sie zu orten?«, rief Navarro.

»Jetzt nicht«, antwortete Kowalewski. »Später vielleicht.«

»Das Beste, was wir tun können, ist die Klappe zu halten, um kein Wort zu verpassen«, mahnte Sifakis.

In dem Augenblick hob Marinescu den Zeigefinger: »Er ruft jemanden an.«

Mittlerweile hatte sich die Schlange vor dem Anne-Frank-Haus langsam ins Gebäude gewunden. Die Besucher wurden offensichtlich nur in kleineren Gruppen eingelassen. Miriam Hershey bezahlte ihre Eintrittskarte, ohne ihr Observationsziel aus den Augen zu lassen. Allerdings war der Mann leicht zu beschatten, mit seinen fast zwei Metern Größe und seinem viel zu dicken Jackett. Sie durchquerten die Ausstellung und das Café im vorderen Teil des Hauses, in dem Otto Frank seinen Kräuter- und Gewürzhandel geführt hatte, drängten sich durch die Menge der Besucher und erreichten schließlich eine extrem schmale Treppe. Der Leibwächter stieg die Treppe hinauf. Hershey schob sich hinterher. Das war alles äußerst sonderbar.

Miriam Hershey befand sich in dem Haus, das ihr in ihrer Kindheit am wichtigsten gewesen war. Sie erinnerte sich noch genau an ihre Inbrunst, ihre Erkenntnisse und an ihre Gefühle, als sie *Das Tagebuch der Anne Frank* als Teenager gelesen hatte. Wie es Anne gelang, im Alter von dreizehn bis fünfzehn so aufrichtig zu schreiben, indem sie eine Brieffreundin erfand: Kitty, an die sie sich in ihrem Tagebuch wandte. Wie die Familie beschloss, sich in dem von außen verborgenen Hinterhaus zu verstecken. Wo die Geheimtür hinter dem Bücherregal der einzige Zugang in eine beengte Unterkunft war, die keiner von ihnen zwei lange Jahre mehr verlassen sollte.

Und plötzlich stand sie selbst davor. Vor dem Bücherregal. Dem legendären Bücherregal.

Das Regal war fast ganz zur Seite geschoben worden, wahrscheinlich, damit sich die Besucher einen Eindruck machen konnten, wie es damals ausgesehen hatte. Denn hinter dem Regal befand sich jener Durchgang zu dem berühmten Hinterhaus, und der groß gewachsene Leibwächter bückte sich gerade, um in dem Durchgang zu verschwinden. Hershey drängelte sich zwischen den Besuchern hindurch und stolperte über eine auffällig hohe Türschwelle hinein in das geschichtsträchtige Hinterhaus. Dort drinnen herrschte eine Dunkelheit, die all die Jahrzehnte überdauert hatte. Nackte Glühbirnen beleuchteten den schmalen Gang, aber der Leibwächter war nirgendwo zu sehen.

Hershey befand sich quasi an einer Wegscheide: Sollte sie die steile Treppe nach oben nehmen oder in den nächsten Raum gehen? Schnell entschlossen stieg sie die ebenfalls sehr schmale Treppe hoch und kam in einen kalten unmöblierten, aber relativ großen Raum, der eventuell das Esszimmer gewesen war. Sie lief durch den Raum und sah sich um, so wachsam wie möglich und so touristisch wie nötig. In ihrer Hand lag das Handy, das alles andere war als ein Mobiltelefon.

Aber der Rumäne war nirgends zu sehen. Wahrscheinlich war er an der Treppe vorbeigegangen. Da entdeckte sie eine Holzleiter, die in einen hell erleuchteten Raum hinaufführte. Und plötzlich war sie in ihrer Kindheit. Dort oben befand sich der Dachboden, der einzige Ort, an den sich Anne Frank zurückziehen und allein sein konnte, um die zwei langen, schweren Jahre in dem beengten Hinterhaus auszuhalten. Von dort hatte man Aussicht über den Garten, die Kirche und den berühmten Anne-Frank-Baum, die Rosskastanie, die zum Symbol der Freiheit wurde.

Miriam Hershey blieb einen Augenblick versunken stehen. Einige Sekunden zu lang. Sie hätte sofort erkennen müssen, dass die Leiter mit einer dicken Plastikfolie umwickelt war, was das Betreten des Dachbodens unmöglich machte. Zehn wertvolle Sekunden verflossen, in denen sich der Leibwächter in Luft aufgelöst haben konnte.

Sie lief zurück, sprang, so schnell sie es wagte, die Treppenstufen hinunter und bog nach links in den ersten Stock des Hinterhauses. Sie durchquerte ein Schlafzimmer und stand dann in Annes Zimmer.

Annes Reich war winzig klein. Karg. Zwei Meter breit. Hier war alles entstanden, in diesem Zimmer, das sie sich mit einem Zahnarzt teilen musste, der sie wahnsinnig nervte und des Nachts die merkwürdigsten Geräusche von sich gab.

Hershey verlor erneut wertvolle Sekunden. Der Leibwächter war nicht mehr da. Während sie den falschen Entschluss gefasst und die Treppe genommen hatte, war er offenbar – nach Erledigung seines Auftrags – umgekehrt und hatte das Hinterhaus wieder durch die Tür im Bücherregal verlassen. Hershey verfluchte ihre Unaufmerksamkeit. Sie war doch verdammt noch mal ein Profi, wie konnte sie sich nur so von den Erinnerungen an die Vergangenheit überwältigen lassen.

Soeben drängte sie aus dem Zimmer, als sie ihn entdeckte. Er stand am Fenster des etwas größeren Schlafzimmers – und er war nicht allein. Neben ihm stand ein kleiner elegant gekleideter Mann, der einen wattierten Umschlag in der einen Hand hielt und mit der anderen etwas in seiner Hosentasche suchte. Sie wechselten ein paar Worte.

Hershey hatte keinen geeigneten Standort, um mit ihrem Richtmikrofon das Gespräch anzupeilen, die Touristen schoben und drängten sich an ihr vorbei, sie musste sich augenblicklich einen besseren suchen. Und sie durfte nichts von dem Gespräch verpassen, nicht die kleinste Silbe. Aber sie hatte keine Wahl. Sie musste einen kurzen Moment warten.

Sie kehrte zurück in Anne Franks Zimmer und schickte eine

SMS an Navarro: »Leibwächter hat Mann getroffen, Gespräch folgt«. Dann steckte sie einen Hörer ins Ohr, versuchte, das Kabel zu verstecken, und nahm das Distanzmikrofon in die rechte, ihr richtiges Handy in die linke Hand. Jetzt musste sie noch auf den geeigneten Augenblick warten.

Etwa sieben, acht Sekunden später betraten zwei Frauen das Schlafzimmer, ihnen schloss sie sich an, drängelte ein bisschen – »Entschuldigen Sie, Verzeihung, mein Fehler« – und machte ein Foto von dem Raum mit den beiden sich leise unterhaltenden Männern.

Zum Glück gab es etwas an den Wänden zu sehen, es wäre mehr als merkwürdig gewesen, wenn sie nur die nackten Tapeten angestarrt hätte. Sie wandte den Männern den Rücken zu und versuchte das Mikrofon auszurichten. Endlich bekam sie ein Signal, schwach und ohne ein Wort zu verstehen. Aber für eine Aufzeichnung müsste es ausreichen.

Erst da begriff sie, was zwanzig Zentimeter vor ihr auf der Tapete zu sehen war. Bleistiftzeichen. Striche, Messungen.

Messungen, die angaben, wie die Kinder der Familie Frank gewachsen waren.

Da niemand den Anruf des Bandenchefs entgegennahm, konnte sich Laima Balodis in ihr Gebet in der Oude Kerk vertiefen. Was bedeutete, dass sie sich weiter vorbeugte, um das Richtmikrofon besser zu justieren. Der Touristenstrom hatte zugenommen, und einige Menschen hatten sich in die Bänke gesetzt. Nach einer Weile aber fand sie den idealen Winkel und legte den Kopf in den Nacken, um die großartige Holzkuppel zu betrachten. Sie stellte fest, dass sie keinen Funken Religiosität mehr im Leib hatte. Nach der Abspaltung von der ehemaligen Sowjetunion hatte sich das katholische Litauen, anders als seine protestantischen Nachbarn Estland und Lettland, zum religiösesten Land Europas entwickelt. Sie hingegen hatte den entgegengesetzten Weg gewählt. Und war Atheistin geworden.

Der Bandenchef und sein Leibwächter saßen regungslos und schweigend ein paar Reihen vor ihr. Balodis konnte ihren Atem hören, der des Leibwächters war aufgrund seines Gewichts verständlicherweise lauter. Aber sie sagten kein Wort. Nicht, bevor der Bandenchef ein zweites Mal sein Handy nahm und eine Nummer wählte.

Felipe Navarro wandte den Blick ab, als Adrian Marinescu hektisch aufsprang, wobei sich sein Bademantel auf obszöne Weise öffnete. Er schrie: »Verdammte Scheiße, es sind zwei Gespräche, gleichzeitig!«

»Ich weiß«, sagte Navarro und versuchte, Ruhe zu bewahren. »Hershey hat mir eine SMS geschickt, dass sie gleich ein Gespräch aufnimmt. Aber ich schalte das vorerst aus, du übersetzt ihres danach. Konzentrier dich jetzt.«

Marinescu warf ihm einen wütenden Blick zu und übersetzte: »Ich habe es vorhin schon versucht. Aber es ist keiner rangegangen.« Pause. »Kein Problem damit, nein. Überhaupt nicht.« Pause. »Es ist nur so, dass wir eine Zeit vereinbart hatten ... Ja, nein, Verzeihung.« Pause. »Neue Direktive? Okay, ich verstehe. Aber wir ...« Pause. »Nein, das war nichts weiter. Wann?« Pause. »Ach so, Ciprian ist gerade dort, ja. Aber wie ...?«

Da klingelte Navarros Telefon. »Ja, Miriam?«, sagte er.

»Der Fleischschrank und der Unbekannte verlassen jetzt das Anne-Frank-Haus«, berichtete Miriam Hershey. »Sie gehen jeder in eine andere Richtung auf der Prinsengracht, der Fleischschrank nach rechts, weg von der Wohnung. Der Unbekannte hat ihm so einen wattierten Umschlag gegeben. Wen soll ich verfolgen?«

»Die Anweisung lautete, unser Trio nicht aus den Augen zu lassen.«

»Ich habe nur gedacht, dass ...«

»Überlass bitte mir das Denken«, hörte sich Navarro zu seiner eigenen Überraschung sagen.

Hershey wurde weggedrückt und das Gespräch aus der Kirche fortgesetzt: »Was bedeutet zusammenlegen? Ach so, der Brief. Ja, gut, verstehe.« Pause. »Nein, nein, der ist gesichert.« Gelächter. »Ich werfe die Karte danach sofort weg.« Pause. »Aber können wir eine Mitteilung schicken?« Pause. »Wenn wir noch Fragen haben sollten ...« Pause. »Okay, okay, keine Fragen.

Dann lassen wir das.« Pause. »Der nächste vereinbarte Zeitpunkt gilt noch? Gut, sehr gut.«

Plötzlich hörte Laima Balodis, wie sich der Atem des Leibwächters veränderte. Er war aufgestanden, machte eine fragende Geste, auf die sein Chef mit einem Nicken antwortete und ihm den Umschlag reichte. Der Leibwächter nahm ihn an sich und wandte sich zum Gehen.

»Scheiße!«, stieß Balodis hervor. Schnell tippte sie eine SMS.

»Schrank verlässt Kirche. Wen verfolgen?«

Felipe Navarro hatte Balodis' SMS praktisch gelesen, bevor sein Handy das Signal sendete. Ihm schoss *worst case scenario* durch den Kopf, und er warf dem simultan übersetzenden Marinescu einen derartigen Blick zu, dass Adrian fragend die Augenbraue hochzog.

Der zweite Schnellschuss. Mist. Überlass bitte mir das Denken – wie ironisch. Navarro textete zurück: »Bleib am Boss dran.«

»Das ist ein verdammt wichtiges Telefonat«, sagte er laut in den Raum. »Das müssen wir weiterhören.«

Laima Balodis beobachtete, wie der Leibwächter die Kirche verließ. Sie hielt das Distanzmikrofon so gerade wie möglich, aber ihre Hände zitterten, und für einen Moment wurden die Stimmen schwächer. Der Leibwächter war gegangen. Unbeschattet. Und es war nur ein knapper Kilometer bis zur Wohnung. Wenn er sich beeilte, konnte er in zehn Minuten dort sein. Und wenn er rannte oder ein Taxi nahm – sogar noch schneller.

Navarro öffnete mit einem Klick die Aufnahmen aus der observierten Wohnung. Jutta Beyer schraubte an der neuen Kamera herum. Söderstedt hielt die Leiter, viel mehr musste er gerade nicht tun. Aber er ging sofort ans Telefon.

»Ja, Felipe?«

»Einer der Leibwächter ist unterwegs«, berichtete Navarro mit erhöhtem Puls.

»Verdammt«, fluchte Söderstedt. »Was habe ich gesagt? Wie viel Zeit haben wir noch?«

»Wir wissen nicht, ob er auf dem Weg zu euch ist.«

»Das muss für uns ›Er ist es‹ bedeuten. Wie lange bleibt uns noch, verflucht?«

»Maximal zehn Minuten. Schafft ihr das?«

»Zehn Minuten, Jutta? Sie nickt, aber das kannst du ja auch sehen.«

Sogar in Nahaufnahme, dachte Navarro grimmig. So ein Mist.

»Das Telefonat in der Kirche ist beendet«, sagte Marinescu.

Navarro nickte geistesabwesend.

Marinescu fuhr fort: »Soll ich das andere jetzt übersetzen?«

»Das andere?«

»Konzentration!«, forderte Marinescu. »Das Gespräch im Anne-Frank-Haus.«

»Entschuldige, klar«, erwiderte Navarro und lud umständlich die Aufzeichnung hoch.

Marinescu lauschte der Aufnahme und sah plötzlich ganz verlegen aus.

»Aber ...«, stotterte er.

»Was ist los?«, fragte Navarro.

»Das ist nicht Rumänisch«, sagte Marinescu.

»Nicht Rumänisch?«

»Nein«, erwiderte Marinescu. »Das muss Italienisch sein.«

Felipe Navarro starrte einen Augenblick vor sich hin. In ihm drehte sich alles. »Verdammt!«, brüllte er schließlich und griff nach dem Handy.

»Hershey«, kam die prompte Antwort.

»Neue Anweisungen«, sagte Navarro. »Folge dem Unbekannten. Ich wiederhole: Verfolgung des Leibwächters aufgeben, stattdessen dem Unbekannten folgen.«

»Aber das ist jetzt zu spät«, antwortete Hershey. »Ich bin dem Fleischschrank schon mehrere Hundert Meter gefolgt. Der Unbekannte ist über alle Berge.«

Navarro knallte das Handy auf den Schreibtisch und schlug sich die Hand vor die Stirn.

Der Bandenchef erhob sich von der Kirchenbank und schüttelte den Kopf. Während er sich dem Ausgang näherte, klappte er sein Handy auf. Dann verließ er die Kirche. Laima Balodis folgte ihm den Kanal entlang. Nach etwa zwanzig Metern sah sie, wie er einen sehr kleinen Gegenstand ins Wasser warf. Balodis folgte dem Ding mit dem Blick. Während es langsam auf den Grund schwebte, erkannte sie, um was es sich handelte. Eine Zehntelsekunde überlegte sie, ob sie hinterherspringen sollte. Dann wählte sie stattdessen eine Nummer.

»Wir benötigen einen Taucher«, sagte sie.

»Wir benötigen *was*?«, rief Felipe Navarro.

»Ich habe die exakte Position der SIM-Karte, die der Bandenchef gerade ins Wasser geworfen hat.«

»In den Kanal?«

»Ja, genau vor dem Laden Favorite Chicken and Ribs, Oudezijds Voorburgwal 64.«

»In welche Richtung geht er?«

»Nicht in Richtung Wohnung.«

»Also gut, wir machen Folgendes«, erklärte Navarro, »wir haben die exakte Position der SIM-Karte, aber darum müssen wir uns später kümmern. Verfolge ihn.« Navarro klickte Balodis weg und sagte laut: »Sowohl der Bandenchef als auch der Leibwächter vom Anne-Frank-Haus entfernen sich weiter von der Wohnung.«

»Das heißt aber nicht, dass auch der Leibwächter aus der Kirche das tut«, ergänzte Marinescu. »Wir sollten uns an den ursprünglichen Plan halten. Das heißt, wir haben noch drei Minuten. Wenn er nicht mit dem Taxi gefahren ist, versteht sich.«

Felipe Navarro spürte, wie ihm die Kontrolle entglitt. Aber etwas verhinderte den totalen Zusammenbruch. Es war ein kleiner Junge. Als er die Nachricht erhalten hatte, dass der kleine Junge blind geboren worden war, hatte er sich geweigert, von seiner Seite zu weichen. Keine einzige Sekunde hatte er in den ersten Monaten seinen neugeborenen Sohn allein gelassen. Ein einziger Gedanke hatte ihn begleitet: *Und dich hatte ich nicht haben wollen.*

Er spürte, wie er wieder Kraft gewann. Erneut öffnete er die Kameraaufnahme in der observierten Wohnung. Dann sagte er: »Geh ans Teleskop, Adrian. Wenn der Schrank auftaucht, will ich es sofort erfahren. Und mach diesen Bademantel zu, verdammt noch mal.«

Dann beobachtete er Jutta Beyer, die nach wie vor auf der Leiter stand und die Kamera einstellte. Arto Söderstedt hatte die Leiter losgelassen und lief in der Wohnung herum, saugte den Bohrstaub auf und stellte alles zurück an seinen Platz. Das Kamerabild schwenkte von Jutta Beyers Gesicht auf den Schreibtisch. Zwei Kameras waren jetzt auf die Tischplatte gerichtet, eine dritte in den Raum. Mit dieser konnte er Beyer und Söderstedt beobachten, wie sie den Schreibtisch zurück an seinen ursprünglichen Standort schoben und sich dann im Zimmer umsahen. Jutta Beyer ließ den Miniaturschraubenzieher in ihre Tasche gleiten. Navarro sah auf seine Uhr. Eineinhalb Minuten noch. Er wandte sich an Marinescu, der den Kopf schüttelte, ohne sich vom Teleskop abzuwenden.

Söderstedt klappte die Leiter zusammen, Beyer lief durch den Raum und kontrollierte alles, er ließ den Blick auch über die Decke wandern.

»Kann man etwas sehen?«, fragte Jutta.

Söderstedt folgte ihrem Blick. »Nein, da kann man nichts sehen. Ich glaube, wir sind hier fertig.« Dann nahm er die Leiter unter den Arm und hängte sich Beyers Tasche über die Schulter.

»Ich kann die auch nehmen«, sagte Beyer.

»Ich weiß, dass du das kannst, Jutta. Du hast gerade einen Superjob gemacht. Jetzt bin ich dran.« Dann ging er auf die Tür zu, blieb dort aber stehen. »Ruf zur Sicherheit noch einmal an«, sagte er.

Beyer nickte.

»Wir gehen jetzt raus«, sagte sie.

»Alle Flanken gesichert?«, fragte Navarro.

»Ja«, antwortete Beyer.

Da hörte sie einen unartikulierten Aufschrei im Hintergrund.

»Okay. Und zwar augenblicklich. Marinescu hat den Leibwächter gesichtet. Fünfzig Meter noch, jetzt noch vierzig. Raus, sofort!«, rief Navarro.

»Wir sind in der Sekunde draußen«, sagte Jutta Beyer und spürte, wie ihr Puls raste.

Sie beendete das Gespräch. Söderstedt öffnete die Wohnungstür und bugsierte die Leiter ins Treppenhaus. Sie hörte, wie er die Treppe in die kleine Einzimmerwohnung hinunterpolterte.

Felipe Navarro seufzte hörbar, als er Jutta Beyers Worte vernahm. Er legte das Handy beiseite und schaltete den Bildschirm aus. Seine Idee hatte funktioniert. Der Plan war aufgegangen, und sie hatten nun die Möglichkeit, eine Menge neuer Anhaltspunkte hinzuzugewinnen.

Kurz erwog er, umgehend die Taucher anzufordern. Wie gut sich das alles anfühlte. Der Augenblick des Triumphes.

Während er Angelos Sifakis anrief, hielt Jutta Beyer ein letztes Mal inne und warf einen Blick über die Schulter, bevor sie die Tür hinter sich schließen wollte.

Da sah sie es.

Auf dem Boden war ein kleines Quadrat von Bohrstaub zu sehen, das zum Vorschein gekommen war, nachdem sie den Schreibtisch wieder an seinen Platz zurückgeschoben hatten. Das Staubquadrat leuchtete förmlich auf dem dunklen Untergrund. Hektisch lugte sie nach draußen ins Treppenhaus. Dann rannte sie zurück ins Wohnzimmer, pustete und wischte den Staub unter den Tisch und sprang wieder auf.

Da hörte sie unten die Eingangstür zuschlagen.

Jutta Beyer sah hoch. Es gab keinen Fluchtweg, kein Versteck. Sie würde sich schlecht herausreden können, wenn der Leibwächter, der sich bereits die Treppe hochkämpfte, hereinkam. Und sie würde es niemals in den nächsten Stock schaffen.

Übelkeit stieg in ihr auf, als sie so leise wie möglich die Wohnungstür zuzog.

Von innen.

Beyer rannte durch die Räume, ins Schlafzimmer, in die Toilette. Und schließlich in die Küche.

Die Wohnungstür wurde geöffnet. Sie hörte den schweren Atem des rumänischen Leibwächters. Ihr blieben nur noch wenige Sekunden. Denk nach, Jutta, denk nach!

Die Rumänen hielten sich selten in der Küche auf. Sie bestellten sich Essen, und die Fertigprodukte wurden nur rasch in der Mikrowelle heiß gemacht. Der Küchenschrank war ihre einzige Chance. Er sah eng, dunkel und unheimlich aus. Aber er war die einzige Möglichkeit.

Beyer kletterte in den Schrank und kauerte sich auf den Boden. Dann zog sie die Tür ganz leise zu. Und wurde von tiefer Dunkelheit umschlossen.

Sie holte ihr Handy aus der Tasche und überprüfte auf dem Display die Uhrzeit – 14:13 Uhr. Dann schaltete sie es auf lautlos.

Jutta Beyer presste die Hände auf die Augen und spürte, wie ihr Herz ihren Brustkorb sprengen wollte.

14:13 Uhr

Die Podiumsdiskussion bei der European Police Chiefs Convention zog sich hin, aber wenigstens war sie interessant genug, um Paul Hjelm wach zu halten, während er auf eine Nachricht von Sifakis wartete.

Endlich traf sie ein.

Die Botschaft war kurz und knapp.

»Mission accomplished.«

Paul Hjelm seufzte und lächelte.

Verdammt, wie gut das alles lief.

Knivsöder

Stockholm, 30. Juni

In einem wirren Jahrzehnt im 17. Jahrhundert befand das kleine Land Schweden, dass es eine internationale Großmacht sei. Aber da sein Volk nicht groß genug war, um für die Ausgaben des Heeres einer solchen Großmacht aufzukommen, sah sich Gustav II. Adolf zu extremen Maßnahmen gezwungen. Eine davon war die Einführung von Stadtzöllen. Von heute auf morgen war es verboten, auf dem Land Waren zu verkaufen. Und wenn man sie in die Stadt einführen wollte – denn nur dort war der Handel erlaubt –, war man gezwungen, Steuern dafür zu bezahlen. Den zweiunddreißigsten Teil des Warenwertes. Die Zolleinnahmen gingen direkt ans Heer.

Stockholm liegt zwischen einem Binnensee und dem Meer, zwischen dem Mälaren im Westen und der Ostsee im Osten. Dort wurden die Hafenzölle eingeführt. Von Norden nach Süden konnte man relativ ungehindert das Land durchqueren, dort gelang es den Bauern, ihre Waren an den Zollstationen vorbeizuschmuggeln, die an den Landstraßen aufgestellt wurden. Also war man gezwungen, die Grenzzäune um die Städte im Norden und Süden höher zu bauen. Der einzige Weg in die Stadt führte durch den Zoll.

Die Zollstationen blieben erhalten, auch nachdem der Glanz der Großmacht schon längst erloschen war. Aber sie bekamen eine neue Funktion zugewiesen. Sie wurden die natürlichen Grenzen zwischen Innenstadt und Vorort, zwischen der »Stadt innerhalb der Zollgrenze« und der »Stadt außerhalb der Zollgrenze«. Im Norden gibt es Norrtull und Roslagstull, im Süden

Danvikstull, Skanstull und Hornstull. Keiner dieser Orte genießt einen besonders guten Ruf. Sie sind Verkehrsknotenpunkte, an denen sich die Autos jeden Tag stauen, um in die Innenstadt zu gelangen oder sie wieder zu verlassen. Alle ehemaligen Zollstationen sind ziemlich heruntergekommen, aber am schlimmsten von allen ist Hornstull.

Zumindest war es sehr lange so. Der Stadtteil Knivsöder war das letzte Viertel mit einem solide verankerten schlechten Ruf. Es war ein Zufluchtsort für Gauner, Obdachlose und Junkies. Aber dann geschah etwas. Die wachsende Mittelschicht, vor allem die Medienleute, entdeckten Hornstull für sich. Sie entdeckten Knivsöder, Bergsunds strand und Hornstulls strand und die attraktive Nähe zu den Inseln Reimersholme und Långholmen. Der Gentrifizierungsprozess nahm seinen Lauf. Es wurde teuer, in Hornstull zu wohnen, und die ursprünglichen Bewohner – Gauner, Obdachlose und Junkies – wurden vertrieben. Und plötzlich erkannten alle, wie absurd hässlich die Gegend um die U-Bahn-Station war. Es musste etwas getan werden.

So kam es auch. Innerhalb von zwei Jahren sollte Hornstull von Grund auf verändert werden. Aus den Ruinen mit den dreckigen, nach Urin stinkenden Treppen und den verschmierten Pennerbänken sollte ein moderner, schön gestalteter Platz werden und in neuem Glanz erstrahlen. Am 9. Mai erfolgte der erste Spatenstich, um das neue Hornstull zu errichten.

Da er zu diesem Zeitpunkt verreist war – ein bedeutsames Datum, an dem so einiges seinen Anfang nahm –, hatte er ein wenig den Anschluss verpasst. Das war jetzt zwei Monate her, und beinahe jeden Tag sah die Gegend um die Långholmsgatan anders aus. Neue Fußgängerwege, neue Verkehrsberuhigungszonen, neue Balanceakte in Sachen Geschmack, neue Verkehrsstaus, neue Bettler.

Ihn interessierte das zwar alles nicht besonders. Aber er benötigte einen sehr genauen Plan, wenn der gestrige Zwischenfall nicht nur in seiner Phantasie stattgefunden hatte. Denn das nächtliche Telefonat hatte er sich definitiv nicht eingebildet – er hatte das Handy unmittelbar danach ausgeschaltet –, und wenn diese beiden Ereignisse zusammenhingen, dann durfte er keine Schwierigkeiten haben, sich am U-Bahnhof-Eingang zurechtzufinden.

Er stand reglos am Wohnzimmerfenster, während die letzten Zeichnungen auf sein Handy geladen wurden. Durch eine dicke Schicht diesiger Morgensonne hindurch wanderte sein Blick über Hornstulls strand. Das schwimmende Gebäude des Liljeholmsbadet dümpelte friedlich in den sanften Wellen der Bucht. Das eine oder andere Boot glitt vorbei, entweder mit dem Ziel Mälaren oder in Richtung Ostsee. Diese Postkartenidylle war ein Hohn.

Wie ein Bild aus einer anderen Epoche.

Für einen kurzen Augenblick reiste er in die Vergangenheit, in seine Kindheit im dänischen Ebeltoft. Dünen, Segelboote, das lange Rasenstück, das vom Sommerhaus seines Großvaters bis hinunter ans Wasser reichte. Das Glücksgefühl auf dieser kurzen Strecke, die Erinnerung an das Gras unter den Füßen, dann den Sand und dann das Meer …

Es gab drei Möglichkeiten. Nummer eins: Er konnte Brüssel kontaktieren – das wäre eine drastische Maßnahme, die viele Brücken hinter ihm niederbrennen würde. Nummer zwei: Er konnte sich ein Taxi rufen. Nummer drei: Er konnte jeden Kontakt zur Außenwelt abbrechen. Dann würde er allerdings niemals erfahren, wie es weiterging. Und aufhalten würde es auch nichts.

Dieses Gefühl kannte er schon so lange, dass es ihm sehr vertraut war. Aber mehr als ein Gefühl, dass irgendetwas nicht stimmte, war es allerdings auch nicht. Nicht bevor alles etwas konkreter wurde. Aber auch das Konkrete war jetzt nicht besonders konkret. Als gäbe es keine absolute Grenze zwischen Einbildung und Wirklichkeit. Als würden diese beiden ineinander übergehen können.

Aber das stimmte nicht mit den empirischen Erkenntnissen überein. Auf der einen Seite waren die Fakten, auf der anderen die Einbildung – so musste es sein –, doch Fakten allein genügten nicht. Aber sie könnten eventuell eine Lebensversicherung sein.

Er hatte es keinem seiner Mitarbeiter gegenüber erwähnt. Und keiner von ihnen hatte ihm gegenüber jemals eine Andeutung gemacht, etwas Vergleichbares erlebt zu haben. Er stand allein damit. Das Telefonat deutete darauf hin, dass seine Wahrnehmung keine Einbildung gewesen war. Oder ließ sie sich von diesem Gefühl täuschen? Hatte er gestern auf der riesigen Baustelle in Hornstull wirklich diesen Mann gesehen?

Soeben öffnete sich die Liljeholmsbron. Sein Blick wanderte wie immer automatisch dorthin. Der Verkehr staute sich auf beiden Seiten. Die Brückenhälften öffneten sich wie zwei gigantische Kiefer. Wie ein Haifischmaul. Dann glitt ein wenig beeindruckendes Segelboot mit einem viel zu hohen Mast hindurch. Das Maul schloss sich wieder. Er sah dem Schiff hinterher, das langsam durch die Bucht fuhr.

Genau, dachte er. So würde es sein, wenn er zur Polizei ginge. Die Polizisten würden ihn auslachen. Denn den eigentlichen Grund konnte er ihnen nicht preisgeben. Den Grund, warum sein kleines Schiff einen so hohen Mast hatte.

Genug der Metaphern. Etwas konkreter: Er brauchte ein neues Telefon und eine neue Handynummer. Und er musste das alte in Sicherheit bringen. Wie ärgerlich, dass die Swedbank in der Hornsgatan kein freies Schließfach hatte. Also blieb ihm nur die U-Bahn zur T-Centralen. Die Frage war, ob der Weg dorthin dank der Bauarbeiten noch derselbe war wie gestern. Im schlimmsten Fall musste er sich ein Taxi zum Sergels torg 2 nehmen. Die Frage war, wo die Taxen standen in diesen äußerst wilden Tagen der Stadtteilerneuerung. Oder – eine weitere Möglichkeit – er könnte sich ein Taxi rufen.

Allerdings würde er es dann nicht erfahren, ob er wirklich *ihn* in Hornstull gesehen hatte. Vermutlich würde *er* es nicht wagen, etwas in dem morgendlichen Gedränge zu unternehmen. Es war besser, sich Gewissheit zu verschaffen, als in der Ungewissheit zu leben.

Er sah auf sein Smartphone. Eigentlich war es viel zu neu, um jetzt schon pensioniert zu werden.

Vorzeitiger Ruhestand.

Nach wie vor war er überrascht, dass er mitten in der Nacht

so geistesgegenwärtig gewesen war, um den richtigen Knopf zu finden – als hätte sein Unterbewusstsein schon längst eine Strategie entworfen. Die Betätigung der Aufnahmetaste war gleichzeitig der Todesstoß für das Telefon als Telefon gewesen.

Ab jetzt würde es andere Funktionen zugewiesen bekommen. Lebensversichernde Funktionen.

In zweifacher Hinsicht. Zum einen als Speichergerät für das Gespräch, zum anderen als Sicherung seiner Dokumente.

Zum Glück befand sich sein inoffizielles Handy im Büro. Er musste nichts weiter tun, als dorthin zu fahren.

Aber er zögerte es hinaus.

Die Prozesse waren in Gang gesetzt worden, jetzt konnten sie nichts anderes mehr tun als auf die Ergebnisse zu warten. Wenn alle Testreihen positiv verlaufen waren, würde er sie nur noch unterschreiben müssen. Alles andere war erledigt. Dann wäre der Tag gekommen: Jeder von ihnen würde mit seinem Drittel der Formel der Welt eine neue Richtung weisen können.

Aber da gab es dieses kranke Gespür für das Gleichgewicht. Sobald man etwas Gutes tat, schlug es einem entgegen. Sobald man die Witterung von etwas Gutem aufnahm, entfesselten sich die bösen Kräfte in der Unterwelt.

Er wandte sich von der zunehmend unerträglichen Schönheit vor seinem Fenster ab und machte sich auf den Weg. Es gab kein Zurück mehr.

Das Telefonat mitten in der Nacht.

Und *er* lief da draußen herum.

Oder auch nicht. Wahrscheinlich nicht, und der Anrufer letzte Nacht war nur irgendein Idiot gewesen.

Es war ein wunderschöner Donnerstag in dem Stadtteil, der früher einmal Knivsöder genannt worden war. Die Sonne schien, der Himmel war hellblau und klar, nicht der geringste Windhauch versetzte die Wipfel der Bäume in dem kleinen dreieckigen Park in Bewegung. Er bog in die Bergsunds strand und hoffte, dass der U-Bahnhof oben beim ICA-Supermarkt weiterhin in Betrieb war. Auf Höhe der neu eröffneten Filiale des Fitnesscenters SATS sah er intuitiv über die Schulter.

Er ging auf der anderen Straßenseite, weiter unten, jetzt passierte *er* das Restaurant Moldau. Das war *er*, definitiv. Hatte *er* bemerkt, dass er sich umgedreht hatte?

Schnell wandte er sich wieder um und setzte seinen Weg zur viel befahrenen Långholmsgatan fort. Er seufzte. War der Mann hinter ihm, der ihn schon den zweiten Tag die Bergsunds strand hinunter verfolgte, wirklich dieser aufdringliche Wissenschaftsjournalist aus Chicago?

Plötzlich verlor er die Lust, es herauszubekommen. Dennoch bereute er es, nicht direkt die Straßenseite gewechselt zu haben. Dann hätte er an der nächsten Ecke unbemerkt nach links abbiegen und zu dem Taxistand rennen können. Natürlich könnte er das auch jetzt jederzeit tun, aber dann würde *ihm* sofort klar werden, dass er nicht vorhatte, die U-Bahn zu nehmen, und *er* würde hinter ihm herlaufen. Und zwar deutlich schneller als so ein schwabbeliger Professor mittleren Alters.

Auf dieser Seite der Straße konnte er immerhin so tun, als würde er die Unterführung unter der Långholmsgatan nehmen, die zum U-Bahnhof führte. Mit ein bisschen Glück würde er *ihn* in die Unterführung locken und sich selbst ein Taxi schnappen können, ehe *er* seinen Fehler bemerkte.

Die Straße war voller Menschen, Stoßzeit, offenbar hatten die Sommerferien noch nicht richtig begonnen. Er näherte sich der Treppe, wagte es aber nicht, sich erneut umzudrehen. Jetzt oder nie.

Er nahm die ersten Treppenstufen, bückte sich dann, kletterte durch das Geländer und zwängte sich durch eine kleine Menschengruppe hindurch. Wieder oben auf der Långholmsgatan rannte er los, um rechts in die Verlängerung der Hornsgatan zu biegen. In seinem ganzen Leben war er noch nie so schnell gerannt. Ohne sich umzudrehen, jagte er zur Kreuzung und warf sich förmlich um die Häuserecke. Dort angekommen hielt er kurz an, um zu verschnaufen. Hier herrschte keine morgendliche Hektik mehr. Nur wenige Menschen befanden sich auf dieser kleinen vergessenen Stichstraße, die hinunter zur Hornstulls strand führte. Er drehte sich um. Ihm war niemand gefolgt. Er joggte zur nächsten Straßenkreuzung, womit er absurderweise fast an seinen ursprünglichen Ausgangspunkt gelangte. Erfüllt von dem unguten Gefühl, dass auch seine Wohnung kein sicherer Aufenthaltsort war, warf er einen weiteren Blick über die Schulter. Es waren nur noch wenige Meter zur nächsten Straßenecke. Ein junges Mädchen trat aus dem Hauseingang auf der gegenüberliegenden Straßenseite. Sonst war niemand zu sehen, nur weiter hinten Passanten auf der Långholmsgatan. Es war geradezu gespenstisch leer im Verhältnis zu dem Gewimmel an der Unterführung. Sollte es ihm wirklich gelungen sein, *ihn* auf eine falsche Fährte zu locken? Ein Gefühl der Erleichterung stellte sich ein, als er um die nächste Ecke in die Hornstulls strand bog – zu Hause, ja, es fühlte sich fast wie Hoffnung an. Ein Hauch von Hoffnung.

Er stand zwischen seinem Lieblingsfrühstückslokal Copacabana und Bio Rio, dem kleinen Kiezkino, das nur ein Jahr später anlässlich der EM zum Hauptstadtstudio des Staatsfernsehens umfunktioniert werden sollte.

Aber das würde er niemals erfahren.

Die Ruhe in *seinem* Blick, die Entschlossenheit. *Er* kam auf ihn zu, beschleunigte *seinen* Schritt. Ein kleines Lächeln im Mundwinkel des Wissenschaftsjournalisten. Und ein formvollendeter Laufstil.

Wenn er es nur zurück bis zum Hornstull schaffte und in dem Menschengewimmel auf der Långholmsgatan untertauchen könnte. Dort würde *er* es nicht wagen. Dort wäre er sicher. Er würde in ein Taxi springen und zur Bank brausen, um das Handy dort im Schließfach zu deponieren. Dann hätte er eine solide Versicherung gegen das, was gerade zu geschehen drohte, hier in dieser gottverlassenen Stichstraße. Kein Blick über die Schulter mehr, nur Fliehen, mit wilden, ungestümen, grotesken Schritten, die einen starken Gegner in Form eines fest sitzenden gigantischen Gummibandes um seine Brust hatten, das seinen Lauf drosselte. Er wurde immer langsamer, bis er das Gefühl hatte, stillzustehen, als wäre die Warteschlange an der Busstation dort oben nur eine Fata Morgana in seiner Seelenwüste.

Die Abwesenheit von Geräuschen war fast beängstigender, als es das Echo seiner Schritte gewesen wäre. Natürlich war *er* ein Profi, natürlich war *er*, der Auftragskiller, im Besitz einer Auftragskillerwaffe mit Schalldämpfer. Sein Blut würde plötzlich und vollkommen lautlos aus seinem Körper strömen. Gehetzt sah er an sich hinunter auf seine Brust. Dieses unerträgliche Gefühl, dass es jederzeit passieren konnte. Als würde er auf einer Luke stehen, die sich jeden Moment unter ihm öffnen konnte. Und unter der Luke schwammen Haie im Wasser.

Aber ihn traf kein Schuss. Sein Brustkorb wurde nicht in Stücke gerissen. Er schaffte es bis zur Långholmsgatan und zwängte sich durch die Menschenmenge an der Bushaltestelle, fieberhaft nach einem Taxi suchend. Aber es gab keines. Normalerweise standen sie am U-Bahnhof-Ausgang, aber auch dort befand sich jetzt eine Baustelle. Wo der Taxistand gewesen war, klaffte ein riesiges Loch. Wo zum Teufel warteten die Wagen jetzt? Sein Blick jagte über die Straße. Und da sah er es.

Sie standen auf der anderen Straßenseite, ein ganzes Stück Richtung Västerbro, zwei Taxis hintereinander, beide Taxischilder leuchteten.

Sie waren frei.

Er bahnte sich seinen Weg und wurde dabei immer gröber. Es herrschte dichter Verkehr, an der Ampel standen viele Fußgänger und warteten. Zwischen den langsam rollenden Autos rannte er auf die Straße. Um ihn herum ertönte Hupen, aber er hatte seinen Blick fest auf die Taxis geheftet. In dem Moment erlosch das erste Schild, der Wagen blinkte und schob sich in das Verkehrschaos. Eines war noch übrig. Das musste er unbedingt bekommen.

Er hatte die andere Straßenseite erreicht. Zwischen den Baugerüsten und dem Straßenverkehr gab es nur einen schmalen Weg, der kaum als Bürgersteig bezeichnet werden konnte. Es wurde Slalom gelaufen, Kampfslalom. Ein Fahrradfahrer touchierte seine Achillesferse. Er bemerkte es nicht. Das Taxischild leuchtete nach wie vor, der Wagen rührte sich nicht von der Stelle, aber auch er kam kaum voran.

Es war wie ein Standbild. Er hatte nur noch wenige Meter zurückzulegen, nahm aber alles wie aus großer Entfernung wahr. Die Stelle, an der aus dem schmalen Weg ein richtiger

Bürgersteig wurde, erschien ihm fast wie ein kleiner Platz. Unterbewusst registrierte er viele kleine Details. Das Schild mit der Aufschrift »Mickes CD & Vinyl« leuchtete in sattem Gelb, »Helens Sushi« gegenüber in strahlendem Blau, der Friseur »Stylissimo« in Rosa. Die Leute schoben sich an einem Bettler vorbei, der sich vor dem Plattenladen mit seiner Schale hingesetzt hatte, ein merkwürdiges Paar kam ihm entgegen, scheinbar unberührt von den vielen Menschen, als würde es über allem schweben – und da begriff er, dass die beiden auf dem Weg zum Taxistand waren. Sie war groß, und der Mann war klein, und in der Sekunde, bevor ihn die Panik ergriff, erkannte er, dass er eine Sie war und sie ein Er, ein männlicher und ein weiblicher Transvestit. Die große Frau, die eigentlich ein Mann war, beugte sich zur Beifahrertür des Taxis, und er hörte sich selbst gellend »Nein!« schreien. Aber niemand schien ihn wahrzunehmen. Er war allein in einem versiegelten Universum.

Dabei hatte er es fast geschafft, aber seine Füße waren wie mit dem Asphalt verschmolzen. Etwa auf Höhe des Bettlers angekommen, sah er, wie der kleine Mann, der eigentlich eine Frau war, an der Hand der großen Frau zog. Erstaunt richtete sich die große Frau auf, und der Fahrer machte eine genervte Geste, das Taxischild leuchtete weiterhin. Die beiden Transvestiten diskutierten und gestikulierten wild miteinander, und als die große Frau, die ein Mann war, sich hinunterbeugte, um dem Mann, der eine Frau war, einen Kuss zu geben, wurde plötzlich eine Gestalt hinter ihnen sichtbar. Ein Wissenschaftsjournalist, dem er vor Kurzem in Chicago begegnet war. Ein kleines Lächeln umspielte den Mundwinkel des *Engels*.

Ein falsches Lächeln.

Er drehte sich um und tastete nach seinem Handy. Er wusste, dass jetzt alles vorbei war, dass es hier enden würde. Dass hier alles enden würde.

Aber noch war kein Schuss zu hören, noch blieben wenige Sekunden bis zum Urteilsspruch.

Es fiel auch kein Schuss, etwas anderes geschah. Ein Arm legte sich ihm um den Hals. Dann fiel er vornüber, Richtung

Hausfassade, sah, wie die Morgensonne sich in einem Gegenstand spiegelte.

Knivsöder, Messersüden, wie passend, dachte er, während seine Knie auf dem Asphalt aufschlugen und er die Messerklinge in seinem Hals spürte. Er kippte auf den Bürgersteig und warf sein Handy in die Schale des Bettlers. Das Letzte, was er sah, waren zwei weit aufgerissene Augen mit vollkommen weißen Augäpfeln.

»Blindekuh«, schoss es ihm durch den Kopf.

Dann ertrank er in einem Meer aus Blut.

2 – Weitsicht

Kein Schnickschnack

Amsterdam, 30. Juni

Das war abzusehen gewesen. So war es immer.

Es war genauso, als würde man einen Blick aus dem Fenster werfen, bevor man das Haus verließ. Man sah, wie sich die dunklen Wolken übereinandertürmten, und stand unentschlossen im Flur, mit dem Regenschirm in der Hand. Wenn man ihn mitnahm, schien die Sonne. Wenn man ihn zu Hause ließ, regnete es in Strömen.

Regenschirm und Wetter standen in demselben Verhältnis wie Bereitschaftsdienst und Toilettengang. Folgerichtig saß Brandmeister Edwin van Tienen auf der Toilette, als der Alarm losging. Er, der normalerweise darauf bestand, mehrere Meter Toilettenpapier zu verwenden, musste mit einem tiefen Seufzer einsehen, dass es mit der Ruhe vorbei war.

Nach einer professionellen Bewältigung des Dilemmas gelangte er angesichts der Meldung zu zwei wichtigen Erkenntnissen. Zum einen, dass die Adresse besonders gefährdet war – viele hölzerne Gebäude aus dem 17. Jahrhundert und viele benachbarte Risikozonen. Zum anderen, dass sich die *Jan van der Heyde III* in der Nähe befand. Er entsandte das berühmte Feuerlöschboot und ließ sich die Rutschstange hinuntersausen – elegant. Letzteres allerdings eher in seiner Phantasie.

Im Einsatzwagen ließ er sich neben seinem Vizebrandmeister Dirk-Jan nieder, und als sie endlich mit Blaulicht in der Lauriergracht ankamen, konnte er zwei weitere Erkenntnisse erlangen. Zum einen, dass die *Jan van der Heyde III* vor ihnen eingetroffen war – das flache rote Boot mit den riesigen Wasserkanonen an Bord lag unten im Kanal, als hätte es noch nie etwas anderes getan. Zum anderen, dass aus dem Gebäude tatsächlich dicke Rauchschwaden kamen. Die *Jan van der Heyde III* hatte von der Wasserseite alle Kanonen auf das Haus gerichtet. Und dennoch stimmte irgendetwas nicht.

Edwin van Tienen hob sein Walkie-Talkie und sagte: »Kein Wasser, bevor wir uns das angesehen haben.«

Der Protest vonseiten der Bootsbesatzung interessierte ihn nicht. Edwin van Tienen war hier der Brandmeister und sonst niemand.

Was ihn stutzig gemacht hatte, war die Tatsache, dass das Feuer gerade ganz frisch entflammt war. Der Einsatzwagen hatte acht Minuten benötigt, aber van Tienens Erfahrung sagte ihm, dass der Brand erst entstanden war, *nachdem* die Feuerwehr gerufen worden war. Höchstens vor vier Minuten. Das konnte vieles bedeuten, aber vor allem wies es darauf hin, dass der Brand gelegt worden war. Und der Täter sich noch in der Nähe aufhielt.

Aber warum hatte er die Feuerwehr gerufen? Und weshalb vier Minuten vor dem eigentlichen Brand? Van Tienen fand keine Antworten darauf. Außerdem war jetzt auch keine Zeit zum Grübeln, jetzt war es an der Zeit zu handeln.

Sie stürzten aus dem Einsatzwagen. Er hob die Hand ausgestreckt in die Luft, alle fünf Finger, und seine fünf Männer stülpten sich die Gasmasken über die Gesichter und stürmten in den Hauseingang. Mit gerunzelter Stirn hielt er einen Augenblick inne, dann folgte er ihnen.

Die Rauchentwicklung im Erdgeschoss war massiv; vermutlich befand sich dort auch der Brandherd. Aber der Rauch war so dicht, dass es vermutlich mehrere Herde gab. Er musste in die höheren Stockwerke. Während er die Treppen hochsprang, sah er, wie zwei seiner Männer gegen die Wohnungstüren im Erdgeschoss hämmerten. Aber es schien niemand zu Hause zu sein.

Im ersten Stock waren die anderen drei seiner Männer damit beschäftigt, die Bewohner des Hauses zu evakuieren. Aus der einen Wohnung kamen zwei Kollegen, die eine ältere Dame untergehakt hatten, der das Gehen sichtlich schwerfiel. Aus der anderen Wohnung, an deren Klingelschild »U.M.A.N. Imports« stand, kam Dirk-Jan, gefolgt von drei Männern. Alle hielten sich Taschentücher vor Mund und Nase. Zwei der Männer waren sehr groß und kräftig, der dritte war etwas kleiner. Edwin nickte seinem Vize zu, der das Trio aus dem Haus geleitete. Dann warf er einen kurzen Blick in die Wohnung und sah zwei weitere Feuerwehrleute, einen kleinen und einen großen. Egal wie er rechnete, es waren sieben. Sieben Feuerwehrmänner.

Nicht fünf.

Der große Feuerwehrmann gab ihm mit einer beruhigenden Geste zu verstehen, dass alles in Ordnung sei. Edwin schloss daraus, dass Kollegen von einer anderen Wache dazugekommen waren, ohne dass er davon unterrichtet worden war. Etwas irritiert stürmte er die Treppe hoch in den nächsten Stock. Vermutlich befand sich dort der zweite Brandherd.

Der große und der kleine Feuerwehrmann arbeiteten sich vorsichtig durch die Wohnung. Der Rauch war dicht, die Sicht schlecht. Allerdings bewegten sie sich sehr sicher, so als würden sie die Wohnung bereits kennen. Sie kamen in die Küche und gingen direkt auf den Küchenschrank zu. Und rissen die Tür auf.

Eine Gestalt kauerte in dem Schrank. Sie hustete heftig, der eine Feuerwehrmann holte eine weitere Gasmaske aus seiner Tasche und zog sie der Gestalt über den Kopf. Sie warteten, bis sich ihre Atmung wieder normalisiert hatte. Dann holten sie eine Feuerwehruniform aus einem Rucksack, und die Gestalt – unverkennbar handelte es sich dabei um eine Frau – schlüpfte hinein.

Als die Gruppe die Wohnung verließ, bestand sie aus drei Feuerwehrleuten.

Sie kamen aus dem Haus und sahen die drei Bewohner des Apartments, das sie soeben verlassen hatten, auf der Lauriergracht stehen, nach wie vor in Begleitung eines Feuerwehrmannes und mit Taschentüchern in den Händen, die sie auf Mund und Nase pressten. Die Männer beachteten die drei

Feuerwehrleute nicht, die um die nächste Ecke bogen und nach wenigen Metern hinter einer weiteren Hausecke verschwanden. Dort erst blieben sie stehen.

Der kleinere Feuerwehrmann nahm seine Gasmaske ab und war eine Frau. Eine dunkelhäutige Frau mit scharfen Gesichtszügen.

»Du kannst deine jetzt auch abnehmen, Jutta«, sagte sie.

Jutta Beyer folgte der Aufforderung und zog sich die Gasmaske vom Kopf. Sie war kreidebleich und zitterte stark. »Miriam«, stöhnte sie. »Verdammte Scheiße, tausend Dank!«

»Das war das Beste, was uns auf die Schnelle eingefallen ist«, antwortete Miriam Hershey.

Da nahm auch der große Feuerwehrmann die Maske ab. Er war sehr blond.

»Kein Schnickschnack«, sagte Arto Söderstedt. »Es ging ausschließlich darum, dich da rauszuholen, Jutta. Das ist alles meine Schuld.«

»Besteht keine Gefahr, dass die davon Wind bekommen haben?«, stöhnte Beyer und stützte sich auf ihre Oberschenkel.

»Unwahrscheinlich«, sagte Hershey. »Die Feuerwehrleute werden den Bewohnern nichts über den Hergang sagen, und wenn sie es doch tun sollten, hoffen wir darauf, dass es aufgrund der Sprachverwirrung nicht verstanden wird.«

»Der Rauch verschwindet rasch«, erklärte Söderstedt. »In zehn Minuten wird es davon keine Spur mehr geben. Wir können in unser Loch zurückkehren und die Rumänen in ihres.«

Jutta Beyer richtete sich langsam wieder auf, ihr Atem hatte sich beruhigt. Dann streckte sie die Arme aus, umarmte Arto Söderstedt und zischte ihm ins Ohr: »Wie in aller Welt konntest du den Bohrstaub übersehen?«

Söderstedt erwiderte ihre Umarmung und entgegnete, alles andere als unberührt: »Ich werde langsam alt, Jutta.«

Währenddessen kam auch Edwin van Tienen aus dem Haus, in der Hand zwei sorgfältig verschlossene Plastiktüten, die er zu den Kollegen auf der *Jan van der Heye III* brachte. Vor den skeptischen Blicken der Besatzung des Feuerlöschbootes öffnete er die eine Tüte und holte einen merkwürdigen, verbrannten und qualmenden Gegenstand hervor.

»Rauchgranaten«, sagte er. »Eine im Erdgeschoss und eine im zweiten Stock. Wahrscheinlich handelt es sich um einen Dummejungenstreich.«

Die Männer auf dem Löschboot wechselten bedeutsame Blicke. Sie waren voller Geringschätzung.

Edwin van Tienen fuhr unbeirrt fort: »Was für ein Glück, dass ihr die Kanonen nicht in Betrieb genommen habt.«

»Wir hatten keinerlei Absichten, das zu tun«, entgegnete einer der Seeleute.

»Selbstverständlich nicht«, erwiderte Edwin van Tienen und machte auf dem Absatz kehrt.

Er hatte seinen Einsatzwagen fast erreicht, als ein anderes Besatzungsmitglied ihm hinterherrief: »Dir hängt Toilettenpapier aus der Hose.«

Die Luke

Stockholm, 30. Juni

Leider gab es keinen guten Ort, wo man in Ruhe hätte warten können, während der Tatort abgesperrt, die Leiche abtransportiert, die Dichte der weiß gekleideten Kriminaltechniker geringer wurde, man die Absperrungen wieder abnahm, der Bürgersteig gereinigt wurde und sich das blau-weiße Absperrband im nächsten Baucontainer in ein widerspenstiges Vogelnest verwandelte. In Hornstull herrschte totales Chaos, und weil sie sich auf eine ausgedehnte Wartezeit einrichteten, hatte es sich das Ehepaar auf seinen Klappstühlen auf der anderen Straßenseite der Långholmsgatan bequem gemacht. Von dort behielten sie abwechselnd den Tatort im Blick und konsultierten ihre Tablet-Computer, auf denen in regelmäßigen Abständen neue Verhörprotokolle eintrafen.

»Man kann über die Stockholmer Polizei ja so einiges sagen«, meinte Jorge Chavez, »aber sie haben ihre Effektivität gehörig gesteigert.«

»Hast du bis jetzt auch acht Zeugenaussagen geschickt bekommen?«, fragte Sara Svenhagen und fuhr mit ihrem Finger über den Bildschirm.

»Ich habe neun«, sagte Chavez. »Gerade ist die von dem Transvestitenpaar gekommen.«

»Mir gefällt das gar nicht, dass dein Tablet-PC schneller aktualisiert als meiner.«

»Ich habe die Chefausgabe. Ein bisschen besser, ein bisschen schneller.«

»Man nennt das auch behindertengerecht.«

»Ich glaube, wir können jetzt zum Tatort gehen.« Chavez sah auf die andere Straßenseite. »Und ich glaube, wir kommen in diesem Fall weiter, wenn wir uns mit Kim und Jamie Lindgren beschäftigen, wohnhaft in der Högalidsgatan. Aber zuerst gehen wir rüber.«

Der letzte Streifenwagen hatte soeben den Tatort vor Mickes CD & Vinyl verlassen. Langsam normalisierte sich das Treiben auf dem Bürgersteig. Der Alltag kehrte wieder ein und zog seine schützende Decke über Hornstull, und die Menschen liefen in glückseliger Unwissenheit über die Stelle, wo der Blutfleck gewesen war. Allerdings war das Wort Fleck hier nicht besonders zutreffend. Es hatte sich eher um einen Binnensee gehandelt. Als hätte nicht ein Mensch, sondern ein Nashorn bei einem bizarren Blutsturz sein gesamtes Blutvolumen auf die Straße ergossen.

Als sie die ersten Polizeiaufnahmen vom Tatort gesehen hatten, etwa eine Viertelstunde nach der Tat, hatten sie – ohne viele Worte darüber zu verlieren – gewusst, dass sie sich das vor Ort ansehen mussten. Hier handelte es sich um etwas äußerst Ungewöhnliches.

Eine eindeutig professionelle Tat.

»Das Bemerkenswerteste ist aber doch gerade«, hatte Sara Svenhagen gesagt, nachdem sie sich auf ihrem Klappstuhl niedergelassen hatte, »*diese Zurschaustellung* der Professionalität.«

»Zurschaustellung?«, wiederholte Chavez, während er noch mit seinem Stuhl kämpfte.

»Ein so professioneller Mörder hätte die Tat doch ohne Weiteres als Unfall tarnen können.«

»Stimmt. Und welche Schlüsse ziehst du daraus?«

»Es war eine Warnung?«

»Vielleicht. Aber könnte es sich nicht auch genauso gut um einen Wahnsinnigen mit Schlachterkenntnissen handeln?«

»Das glaubst du doch wohl selbst nicht«, entgegnete Sara Svenhagen.

Jorge Chavez seufzte, beendete seinen Nahkampf mit dem Klappstuhl und ließ sich darauf sinken. »Du meinst also, dieser dänische Professor Niels Sørensen von der Königlich Technischen Hochschule in Stockholm wurde von einem Auftragskiller umgebracht, aber um wen zu warnen?«

»Warum sind wir hier?«, fragte Svenhagen schulmeisterlich.

»Das fragen sich die da drüben auch«, sagte Chavez und zeigte mit dem Finger auf die andere Straßenseite. Die Geste wurde von einigen Polizisten in Zivil erwidert. Chavez erkannte einen Kommissar von der Stockholmer Polizei wieder, mit dem er nicht nur positive Erfahrungen gemacht hatte. Er winkte ihm fröhlich zu. Der Kommissar grüßte nicht zurück.

»Ich glaube, Bennos Lippen haben gerade das Wort ›Beobachter‹ geformt«, sagte Svenhagen und winkte dem Mann ebenfalls zu.

»Ach ja, ich fand, es sah eher aus wie ›Dreckskerle‹«, sagte Chavez. »Allerdings hatte ich vergessen, dass er Benno heißt.«

»Der Vorteil an einem eigenen Büro ist, dass wir unverhohlen observieren und beobachten können«, sagte Svenhagen.

»Wenn der Chef es erlaubt«, fügte Chavez hinzu.

»Also, Chef, warum sind wir hier? Es deutet nichts darauf hin, dass sich Professor Sørensen einer Sache verschrieben hatte, die es wert war, deswegen von einem Profikiller ermordet zu werden.«

»Und genau deshalb sind wir hier. Sowohl das private als auch das berufliche Umfeld von Niels Sørensen ist bis jetzt erst äußerst rudimentär durchleuchtet worden. Dennoch kann die Frage meiner Gattin vorläufig stark vereinfacht folgendermaßen beantwortet werden: Wir sind hier, weil es sich bei dem Toten um einen hochkarätigen dänischen Forscher der Chemietechnik handelt, der in Schweden an einem gesamteuropäischen EU-geförderten Forschungsprojekt beteiligt war, über das wir bisher nicht das geringste Detail in Erfahrung bringen konnten. Für mich genügt das für den Anfang.«

»Du meinst, es ist ein Geheimprojekt?«

»Ich meine vorläufig gar nichts«, sagte Chavez. »Wie du so schön gesagt hast, sind wir nur Beobachter.«

»Schrägstrich Dreckskerle«, ergänzte Svenhagen.

»Das auch. Allerdings müssen wir als Beobachter unsere Samthandschuhe anziehen. Die Verhöre werden zunächst von den Kollegen der Stockholmer Polizei durchgeführt, und erst danach können wir in einer zweiten Runde ihre Ermittlungen mit unserer einzigartigen Perspektive ergänzen.«

»Damit willst du sagen, dass wir sie die Drecksarbeit machen lassen?«

»Ungefähr so!«, gab Chavez zu. »Wir überwachen die Fortschritte der Ermittlungen von einer europäischen Perspektive aus.«

»Und ergänzen sie nach Bedarf?«

»Ja, allerdings ist der akute Bedarf vorerst nur mit einem großen Becher Kaffee vom Café Frapino zu decken.«

Woraufhin sich Sara Svenhagen aufmachte, um die Långholmsgatan für den ersten Spaziergang des Tages hinunterzugehen. Als sich Jorge Chavez dann einige Stunden später von seinem Klappstuhl erhob und feststellen musste, dass dieser nicht hundertprozentig ergonomisch konstruiert war, zählte er insgesamt sechs Pappbecher und vier Papiertüten.

»Es ist doch ein riesiger Fortschritt, dass wir in der modernen Polizeiarbeit Tablet-Computer einsetzen können«, sagte Sara Svenhagen und stand ebenfalls auf, allerdings um einiges leichtfüßiger. »Dennoch vermute ich ein anderes Motiv hinter unserer momentanen Arbeitsplatzwahl. Das dem Motiv des Mörders gar nicht so unähnlich ist.«

»Jetzt verstehe ich gar nichts mehr«, meinte Chavez.

»Auch hier geht es um die Zurschaustellung«, sagte Svenhagen. »Die Zurschaustellung der Beobachtungsbereitschaft von Europol!«

»Es wäre nur gut, wenn auch den Kollegen diese Bereitschaft bekannt wäre«, klagte Chavez, die Nase tief über seinen Computer gebeugt. Er überließ die Klappstühle und den Müll ihrem Schicksal, und sie gingen die Långholmsgatan hinunter und bogen in die Bergsunds strand. Nicht einmal die Tatsache, dass Chavez beinahe von zwei gebückten heruntergekommenen Gestalten umgerannt worden wäre, die aus einem Hauseingang kamen, unterbrach sein Blättern im Computer.

»Dieser Professor Niels Sørensen hat unten in der Hornstulls strand gewohnt, und der erste Zeuge hat ihn ungefähr von hier aus beobachtet, wo ich jetzt stehe. Der Professor habe sich an diesem Bürgersteigabschnitt Höhe Folkskolegatan ›vorgedrängelt‹, also ungefähr dort, wo wir ›unser Lager aufgeschlagen haben‹, wie meine Gattin den Sachverhalt so schön bezeichnet hat. Dann haben wir einen weiteren Zeugen, der angibt, dass der Mann ›ganz weiß im Gesicht war und trotzdem außer Atem‹, Zitatende. Mir ist nicht so klar, wie man dieses ›Trotzdem‹ verstehen soll.«

»Vielleicht hätte eher rot im Gesicht sein müssen, weil er so außer Atem war?«, schlug Sara Svenhagen vor.

Ihr Mann und momentaner Chef stutzte kurz, als würde er ihre Anwesenheit jetzt erst registrieren, und sagte dann: »Klug. Und wahrscheinlich zutreffend. Der nächste Zeuge war ein Autofahrer, der – Zitat – ›den Idioten fast überfahren‹ hätte. Sørensen ist offenbar genau hier in den fließenden Verkehr gesprungen, ›als hätte er es eilig und etwas rechtzeitig erreichen wollen‹ – Zitatende desselben Zeugen. Und auf der gegenüberliegenden Straßenseite fährt ein Fahrradfahrer ein bisschen zu nah an den Fußgängern vorbei und erwischt den Professor an den Hacken. Zitat: ›Das war nicht meine Schuld, der sprang plötzlich auf die Straße, um das Taxi drüben bei dem Bettler zu kriegen.‹ Wenn wir diesen beiden Aussagen Glauben schenken, dann war der Professor auf panischer Suche nach einem Taxi. Und hier kommen wir nun zu Kim und Jamie Lindgren, wohnhaft in der Högalidsgatan.«

Während das Ampelmännchen von Rot auf Grün wechselte, sagte Svenhagen: »Ich vermute, dabei handelt es sich um das besagte Transvestitenpaar?«

»Der Mann ist wesentlich kleiner als die Frau«, erklärte Chavez. »Jamie gibt an: ›Kim bestand darauf, mit dem Taxi nach Vinterviken zu fahren, aber ich fand, dass es auf Långholmen genauso schön ist. Außerdem haben wir kein Geld für ein Taxi.‹ Kim gibt zu Protokoll: ›Wir standen da und debattierten, und ich habe mich gerade zu meinem wütenden Schätzchen hinuntergebeugt, als plötzlich diese Gestalt an uns vorbeisauste.‹ Jamie ergänzt: ›Er hat sich auf diesen armen Mann gestürzt und ihn gehalten, während der hinfiel. Und ich wette, der hatte keinen Tropfen Blut mehr im Körper, als er auf dem Boden aufschlug.‹ Und Kims Schlusssatz lautet: ›Das ging alles so furchtbar schnell. Dieses plötzliche Chaos, alle waren wie auf der Flucht. Und der Mann blieb zurück in diesem riesigen See aus Blut.‹ Und zwar ziemlich genau hier.«

An der Stelle des Tatorts befand sich eine Luke von etwa einem halben Quadratmeter an der Wand, unterhalb des Plattenladenschildes. An der Hauswand und auf dem Bürgersteig konnte man die vagen Konturen des Blutflecks noch ausmachen.

»Und das ist dein Schlusswort?«, fragte Sara Svenhagen und betrachtete die Luke.

»Ja«, antwortete Jorge Chavez. »Sørensen war schon fünfzig Meter gerannt. Er sah seine Chance auf das Taxi schwinden, als sich Kim und Jamie darauf zubewegten. Er stürmte los. Dem Mörder gelang es irgendwie, Sørensen zu überholen. Er warf sich auf den Professor, schnitt ihm die Kehle durch, tastete ihn in Höchstgeschwindigkeit ab und verschwand, ehe ein einziger Zeuge Kleidung oder Statur erkennen konnte.«

»So weit richtig«, sagte Sara und hockte sich hin. Sie fuhr die blassen Konturen des Blutflecks mit dem Finger nach. Auf beiden Seiten der Luke waren Blutspritzer zu sehen. Sie runzelte die Stirn. »›Dieses plötzliche Chaos, alle waren wie auf der Flucht.‹ Beschreibt man so die Tat eines allein arbeitenden, sehr schnell agierenden Auftragskillers? Chaotisch? Wie auf der Flucht?«

»Ich kann dir gerade nicht folgen«, gab Chavez zu.

»Hier, auf beiden Seiten der Luke befinden sich Blutspritzer.«

»Die sehe ich«, sagte Chavez und wurde neugierig.

»Aber auf der Luke selbst ist kein einziger Tropfen zu erkennen.«

»Hm«, machte Chavez – wie Sherlock Holmes.

»Unser wichtigster Zeuge fehlt!«, schloss Sara Svenhagen.

»Hm. Der hier saß? Und sich vermutlich gegen die Luke gelehnt hat? Und so verhindert hat, dass sie mit Blut bespritzt wurde?«

»Bedeutet dann die Bemerkung, alle seien wie auf der Flucht

gewesen, dass nicht nur der Mörder geflüchtet ist? Sondern auch unser wichtigster Zeuge?«

Chavez sah auf sein iPad und blätterte. Dann las er laut vor: »›Das war nicht meine Schuld, der sprang plötzlich auf die Straße, um das Taxi drüben bei dem Bettler zu kriegen.‹«

»Die Zeugenaussage des Fahrradfahrers.« Svenhagen nickte.

»Der Bettler!«, rief Chavez, ebenfalls nickend und folgerte: »Meine Frau ist ein Genie!«

»Das werden die Kollegen von der Stockholmer Polizei natürlich auch herausbekommen«, sagte Svenhagen und richtete sich wieder auf. »Die Frage ist, warum dieser Bettler genauso schnell geflüchtet ist wie der Mörder. Wenn auch etwas chaotischer.«

»Ein Illegaler«, schlug Chavez vor. »Einer, der nichts mit den Behörden zu tun haben will. Der allerdings über und über mit Blut besudelt sein muss. Er ist bestimmt jemandem auf dem Weg zur U-Bahn aufgefallen.«

»Vielleicht wollte er auch einfach nur schnell weg. Wohin auch immer, nur weg.«

»In jedem Fall gibt es ausreichende Gründe dafür, dass wir uns so schnell wie möglich mit Kim und Jamie Lindgren unterhalten.«

»Das wird Benno bestimmt übernehmen«, sagte Sara Svenhagen.

»Keine Frage, aber vielleicht schickt er danach seine beiden, ihm sehr vertrauten Kollegen vorbei, um ergänzende Fragen zu stellen? Einen Mann und eine Frau?«

»Nicht undenkbar«, entgegnete Sara Svenhagen und sah hinauf zu der unverdrossenen Sommersonne.

Die Armenschwester

Stockholm, 30. Juni

Leutnant Louise Ahl drehte dem traurigen Baustellenchaos vor dem Fenster den Rücken zu und sah in den Frühstücksraum. Sie konnte ihren Blick einfach nicht von dem sonderbaren Fremden abwenden, dem sie, aufgrund ihres Auftrags und ihrer Überzeugung, in den frühen Morgenstunden behilflich gewesen war. Als er unmittelbar nach Öffnung des Sozialzentrums durch die Tür gestolpert gekommen war – fast nackt und vollkommen hilflos –, hatte sie das als Zeichen von oben gesehen. Plötzlich stimmte in ihrem Leben wieder alles. Fast alles.

Denn am Morgen hatte Leutnant Louise Ahl bei ihrer Zugfahrt in die Stadt zur Södra Station erneut einer Jugendgang dabei zusehen müssen, wie sie die Passagiere terrorisierte, und da hatte sie für kurze Zeit der Glaube verlassen – nicht an Gott, niemals, aber an sein Abbild, an die Jugend, die Menschlichkeit, an die Einrichtung der Barmherzigkeit, die vor acht Jahren von den Soldaten der Heilsarmee in dem ziemlich heruntergekommenen Stadtteil Hornstull eröffnet worden war. Und als die Jugendlichen an Louise Ahls Schulterklappen mit den Dienstgradabzeichen rissen, auf die so stolz war – und die Knöpfe quer durch den Waggon flogen –, da hatte sie dasselbe Gefühl wie im Sozialzentrum. Dieser unendliche Mangel an Dankbarkeit und Demut. So hatte sich das William Booth bestimmt nicht gedacht gehabt. Auf der anderen Seite konnte er nicht hundertfünfzig Jahre in die Zukunft sehen. Und wenn er das gekonnt hätte, wäre er sofort tot umgefallen, jedes Funkens Lebenskraft beraubt.

In diesem desillusionierten Geisteszustand erreichte Leutnant Louise Ahl das Sozialzentrum der Heilsarmee in der Långholmsgatan. Während sie neue Knöpfe an ihre Uniform nähte, bereitete sie sich innerlich auf das übliche Szenario vor. Etwa eine halbe Stunde hatte sie noch Zeit, um das Frühstück vorzubereiten, die Kleiderkammer aufzuräumen, die Duschen zu säubern, die Tische fertig zu decken. Diese Aktivitäten waren friedvoll, die Ruhe vor dem Sturm. Dann einmal tief Luft holen und die Türen aufschließen. Manchmal stürmten die Leute im wortwörtlichen Sinne das Haus – direkt von der Straße, aus den Nachtasylen, aus ihrem Unterschlupf in Kellern und aus ihren seit Monaten nicht mehr bezahlten Mietwohnungen –, manchmal war es ein bisschen gemäßigter. Aber Waffen gab es immer. Meistens waren sie selbst gebaut. Als wäre das Leben ein ewig währender Kampf um Leben und Tod in einem Paralleluniversum, wie eine Szene aus dem Mittelalter, in der ein Zug sich selbst geißelnder Gestalten am Rand unserer Zivilisation vorbeizog. Und wenn die männlichen Soldaten im Zentrum zum vierten Mal an einem Tag Schlag- oder Stichwaffen der Besucher beschlagnahmten, dann wünschte sie sich manchmal, sie wären echte Soldaten. Mit richtigen Waffen.

Aber sie waren Soldaten der Heilsarmee, doch solange Leutnant Louise Ahl einige Male in der Woche an ihren Auftrag erinnert wurde, war sie in der Lage weiterzumachen. Eines dieser Male war der Augenblick gewesen, als dieser sonderbare Fremde in schlechter Verfassung und halb nackt zur Tür hereingestolpert kam und sie auf diese noch sonderbarere Weise anstarrte.

»Du kannst nicht dem von Gottes Liebe sprechen, der friert und hungert.« William Booths Worte hatten sich einst direkt in ihr Herz gebrannt. Sie passten so ausgezeichnet zu Bertolt Brechts Stücken, mit denen sie sich in den verschiedenen Theatergarderoben rund um Stockholm herumgeschlagen hatte. Da hatte sie gerade ihr Karatetraining aufgegeben und suchte die Nähe zum Theater, stürzte aber immer wieder in das tiefe Loch der Depression. Aber bei Brechts Losung »Erst kommt das Fressen, dann kommt die Moral« fehlte ihr ein wichtiges Element, Gottes Liebe. Und als sie es schließlich wagte, sich der Liebe Gottes ganz und gar hinzugeben, da wurde das Theater mit einem Mal zu dem, was es war, ein Schattenspiel. Plötzlich sah sie die Horden der Armen auf Stockholms Straßen, und sie fand ihre Berufung. Sie wollte den Armen helfen und damit im Dienst Gottes stehen, getreu dem Leitsatz der Heilsarmee: »Suppe, Seife, Seelenheil«. Wie eine Dreistufenrakete, lange bevor es eine solche überhaupt gab.

Wahrscheinlich war der sonderbare Fremde noch nicht empfänglich für das Seelenheil, aber Suppe und Seife bekam er. Zuerst eine Dusche. Obwohl es Leutnant Louise Ahl nicht gestattet war, sich in den Duschräumen der Männer aufzuhalten, sah sie im Vorbeigehen flüchtig, wie sich das Wasser auf dem Fliesenboden rosa verfärbte. Ihr schoss die Frage durch den Kopf, wo er sich wohl verletzt hatte.

Denn sie hatte ihn in Empfang genommen, als er Punkt neun mit Öffnung des Zentrums die Tür aufdrückte. Sie war die Erste, die in diese eigenartigen Augen gesehen hatte. Hinterher fand sie es mehr als sonderbar, dass ihr nicht sofort aufgefallen war, dass er blind war. Er bewegte sich, als würde er sehen können. Einen Augenblick lang war sie wie hypnotisiert von seinen erschreckend weißen Augen.

Eigentlich hätte es sie aufregen müssen. Denn es geschah in letzter Zeit so häufig, dass Menschen seiner Herkunft einen Platz in ihrer Herberge suchten und die üblichen Klienten verdrängten. Und Leutnant Louise Ahl war nicht immer davon überzeugt, dass sie wirklich Not litten. Oft wirkten diese *Zigeuner*, wie sie jene Gäste in schwachen Momenten manchmal nannte, nicht bedürftig. Als würde es andere Mächte geben, die sich um sie kümmerten. Oder, vielleicht eher, sie *besaßen.*

Aber dieser sonderbare Fremde wirkte nicht so, als würde ein anderer ihn besitzen. Und wenn seine weißen Augen auch angsteinflößend waren, so war seine Persönlichkeit der diametrale Gegensatz. Er war ein ruhiger und schüchterner Mann, der ein bisschen Englisch sprechen konnte. Man konnte sich mit ihm austauschen. Er sagte, dass er müde und hungrig sei, er nahm eine Dusche, dann bekam er Frühstück, und jetzt saß er im Frühstücksraum und unterhielt sich mit Janne.

Leutnant Louise Ahl war von dieser Tatsache nicht rundweg begeistert. Janne war vermutlich vollkommen ungefährlich, aber kein angemessener Umgang. Er erzählte zu gern seine Räubergeschichte, wonach er ein hart kämpfender Schriftsteller war, dem es nie gelang, eine größere Öffentlichkeit zu erreichen, und der schließlich von seinem Verlag abgesägt worden war. Leutnant Louise Ahl war sich sicher, dass es eine Lügengeschichte war. Als Janne sich am Tisch des Fremden niedergelassen hatte, hatte sie sich sofort dazugesellt, um nach dem Rechten zu sehen. Jannes Englisch war richtig gut. Als sie wenige Minuten später noch einmal bei den beiden vorbeiging, hörte sie ihn sagen: »Let's try the recording device, then.«

Der sonderbare Fremde nickte.

Über eine Stunde saßen sie jetzt schon zusammen und unterhielten sich. Louise Ahl fragte sich, worüber sie sprachen. Sie wandte ihren Blick wieder nach draußen, auf das Baustellenchaos vor den Fenstern des Sozialzentrums. Von ihrem Platz aus hatte sie einen guten Überblick über die Gegend und wusste immer, was gerade passierte.

Die Vertreibung der Obdachlosen. Die Vertreibung aus der Innenstadt und aus den Stadtteilen zwischen den alten Zollstationen. Vor ihrem inneren Auge sah sie einen Zwangsmarsch über die Liljeholmsbron, und der erinnerte sie in unheilvoller Weise an die Todesmärsche gegen Ende des Zweiten Weltkrieges. Natürlich wusste sie, wie ungerecht dieser Vergleich war. Hornstull musste aufgeräumt und adrett gemacht werden – sie war die Erste, die das zugab –, trotzdem bekam sie diese Bilder nicht aus dem Kopf. Die Formation, in der die Penner über die Brücke schlichen, erinnerte sie sehr an den Totentanz in der Abschlussszene von Ingmar Bergmans Film *Das siebente Siegel*.

Als sie sich wieder umdrehte, stand er direkt vor ihr. Nicht weit von ihrem Gesicht entfernt. Die kreideweißen Augen wollten etwas von ihr.

»Hätte das Fräulein einen Augenblick Zeit?«, fragte er in äußerst versiertem Englisch.

»Selbstverständlich«, antwortete Leutnant Louise Ahl und erkannte ihre eigene Stimme nicht wieder.

*

Anders als die anderen sozialen Einrichtungen führte das Sozialzentrum der Heilsarmee nicht Buch über seine Besucher. Mit anderen Worten erfuhr sie nie, wie der sonderbare Fremde hieß. Aber er blieb lange, bis weit nach der regulären Schließzeit und nahm sogar an der Andacht teil, die dreimal die Woche im Sozialzentrum abgehalten wurde. Zu ihrem großen Unmut war Janne die ganze Zeit mit dabei. Louise Ahl war nämlich keineswegs von seiner Gottesfürchtigkeit überzeugt.

Sie selbst nahm auch an der Andacht teil. Major Bengtsson hielt sie. Ab und zu sah sie zu dem sonderbaren Fremden hinüber. Er wirkte, als wäre er tief ins Gebet versunken, und erst gegen Ende der Andacht bemerkte sie den kleinen Ohrstöpsel, der in seiner Ohrmuschel steckte.

Nach der Andacht saßen Janne und er noch eine ganze Weile zusammen. Sie sprachen leise miteinander, flüsterten. Als sie schließlich Richtung Ausgang gingen, hob der sonderbare Fremde die Hand zu einem eiligen Gruß. Woher konnte er wissen, wo sie saß? Lange blieb ihre Hand in der Luft schweben. Sie war sich nicht ganz sicher, ob er sie nicht doch sehen konnte.

Als die beiden die Långholmsgatan hinuntertaumelten, zwei gebeugte und kaputte Gestalten, folgte sie ihnen mit dem Blick. Beinahe hätten sie einen Mann mit lateinamerikanischem Aussehen und iPad in der Hand über den Haufen gerannt, ehe sie weiter Richtung Bergsunds strand zogen.

Da schoss ihr durch den Kopf, dass sie in einer anderen Epoche nicht Leutnant, sondern ganz anders genannt worden wäre. Und der Anblick der beiden traurigen Gestalten auf dem Bürgersteig ließ sie einsehen, dass diese andere Bezeichnung auch besser gepasst hätte.

Im 19. Jahrhundert hätte man sie eine Armenschwester genannt.

Während sie ihre Sachen packte, um sich wieder mit dem Zug auf den Heimweg zu machen, war sie richtig aufgekratzt. Wie eine echte Armenschwester.

Armenschwester Louise Ahl nach einem Tag, angefüllt mit guten Taten.

Ihr Gang war so beschwingt wie schon lange nicht mehr.

Die Einweihung

Den Haag, 1. Juli

Während das Murmeln zu einem Dröhnen anschwoll, betrachtete Paul Hjelm seine Mannschaft. Alle bis auf vier Kollegen hatten sich in den hinteren Reihen des großen Konferenzsaales im neuen Hauptquartier von Europol eingefunden. Die fehlenden Mitglieder der Gruppe hatten ausdrücklich den Wunsch geäußert, den Einweihungsfeierlichkeiten fernbleiben zu dürfen.

Arto Söderstedts Wunsch hingegen, an der Veranstaltung teilzunehmen, stieß nicht auf einhellige Begeisterung. Aber auch Jutta Beyer war anwesend – obwohl sie nach dem gestrigen traumatischen Erlebnis jedes Recht zu einer Krankmeldung gehabt hätte –, und offensichtlich fühlte Arto, dass er in ihrer Schuld stand. Hjelm lächelte der scheinbar unbeeindruckten Beyer zu und wandte sich dann an Kerstin Holm, die neben ihm saß. Sie war dem Anlass angemessen gekleidet und sah angemessen interessiert aus. Aber sie hatte dieses leichte ironische Glitzern in den Augen, das sich noch verstärkte, als der ohrenbetäubende Lärm langsam verstummte.

Vor ihnen saß ein interessantes Trio. Der attraktive Felipe Navarro machte sich immer gut bei offiziellen Anlässen, Angelos Sifakis, der stellvertretende Chef der Opcop-Gruppe, stand ihm mit seiner asketischen Schlankheit in nichts nach, und ihr weiblicher Gegenpart, die Italienerin Donatella Bruno, besaß das untrügliche Vermögen, sich jeder Situation anzupassen. Allen dreien gelang das Kunststück, erwartungsvoll auszusehen.

Diese Stimmung hatte allerdings nicht ihren Chef ergriffen.

In der Sekunde, als auch das letzte Murmeln erstarb und die holländische Königin den Saal betrat, tauchte er ab und verschwand ein paar Stockwerke höher. Er spürte zwar den Händedruck von Kerstin Holm und erwiderte ihn auch kurz, aber im Geiste war Paul Hjelm nicht mehr einer der siebenhundert Honoratioren im Saal.

Er befand sich ganz woanders.

Es war früh am Morgen, und er stand in den Räumlichkeiten der Opcop-Gruppe im neuen Europol-Gebäude. Sie waren gezwungen gewesen, so zeitig dorthin zu gehen, weil die European Police Chiefs Convention ihren dritten und letzten Tagungstag einläutete, der mit den Schlussworten der jeweiligen Arbeitsgruppen beginnen sollte. Jörg Ziercke von der deutschen Bundespolizei würde die Ergebnisse der Diskussionsrunde über die Zukunft des organisierten Verbrechens zusammenfassen und der französische Kriminologe Xavier Raufer die Ergebnisse über die Zukunft des Terrorismus. Danach war es Zeit für das *high-level discussion panel*, an dem alle Honoratioren teilnehmen sollten. Und im Anschluss würde die eigentliche Einweihung des Gebäudes stattfinden.

Er erinnerte sich an die weit aufgerissenen Augen von Kerstin Holm, als sie die Räume der Opcop zum ersten Mal betrat. Und als sie sich in dem lichtdurchfluteten Großraumbüro umsah, sah auch er den Ort zum ersten Mal so richtig. Mit ihren Augen.

So sollte das Leben sein.

Sie waren allein im Büro – abgesehen von ein paar Handwerkern, die im rückwärtigen Teil hinter einem Plastikvorhang mit etwas Undefinierbarem beschäftigt waren. Er wollte Kerstin alles in Ruhe zeigen. Und bei dieser Gelegenheit sah er wirklich zum ersten Mal das Licht. Dieses schiere Licht. Wie ein Hoffnungsschimmer. Eine freudige Erwartung. Vielleicht hatte Europa ja doch eine Zukunft vor sich.

Schweigsam standen sie eine Weile nebeneinander, das vertraute Paar, und ließen diesen Gedanken zu. Glaubten an das Licht und die damit verbundene Hoffnung.

Dann holte der Alltag sie wieder ein, und einer nach dem anderen kamen die Mitglieder der Opcop-Gruppe – bis auf drei Kollegen. Kowalewski hielt allein die Stellung in der Einzimmerwohnung unter U.M.A.N. Imports, während Bouhaddi gegenüber Marinescu Gesellschaft leistete. Die restlichen Mitglieder versammelten sich in der Ecke des Büros, wo die elektronische Whiteboard-Tafel den Zustand der Welt zusammenfasste. Sie hatten weniger als eine Stunde Zeit, ehe die erste Sitzung der Konferenz anfing.

Auf dem Bildschirm war ein ziemlich ramponiert aussehender Marinescu zu sehen, der sagte: »Nein.«

»Nein?«, wiederholte Paul Hjelm.

»Nein, nichts deutet darauf hin, dass ihnen die Umstände des Brandalarms verdächtig vorgekommen wären. Sie scheinen davon auszugehen, dass so etwas in Großstädten passieren kann. Und sie kommen ja auch aus Bukarest …«

»Sehr gut«, sagte Hjelm. »Danke, Adrian, ruh dich mal ein bisschen aus.« Dann wandte sich Hjelm an seine Gruppe: »Auf der anderen Seite haben wir ja auch festgestellt, dass unsere drei Freunde anders kommunizieren als durch das gesprochene Wort. Das war wohl unser wichtigstes Ergebnis des gestrigen Tages, oder was meint ihr? Zweimal sind sie getrennte Wege gegangen, ohne dass sie das vorher mit einem Wort erwähnt hätten. Sie haben zwei Orte aufgesucht, die in ihrer Unterhaltung kein einziges Mal aufgetaucht sind, beide Termine schienen zeitlich fest verabredet gewesen zu sein, und der Chef hatte ein uns vollkommen unbekanntes Handy dabei. Schon allein das ist äußerst alarmierend. Wir überwachen sie vierundzwanzig Stunden am Tag und verfolgen jedes einzelne Wort, das in dieser Scheißwohnung gesprochen wird. Warum haben wir nichts davon erfahren?«

»Wir wissen«, sagte Angelos Sifakis, der bereits an seinem Rechner saß, »dass sie dieses Hauptquartier vor vier Monaten bezogen haben. Wir aber überwachen sie erst seit zwei Wochen. Eine Möglichkeit wäre, dass sie einem bestimmten Schema folgen, das wir noch nicht ermitteln konnten.«

»Eine andere Möglichkeit wäre noch«, warf Felipe Navarro ein, »dass sie die Informationen anhand dieser Zettel erhalten.

Über die wir uns ab jetzt einen Überblick verschaffen können. Das wird in Zukunft bestimmt einfacher.«

Paul Hjelm zog die Augenbrauen hoch. »Das war ein sehr riskantes Unternehmen«, sagte er. »Es wäre gut gewesen, wenn du deine Vorgesetzten früher darüber informiert hättest, Felipe. Ich nehme an, du weißt, dass wir Jutta fast verloren hätten.«

»Ja, das weiß ich«, antwortete Navarro, »und ich bedauere das sehr. Aber es war auch eine Verkettung unglücklicher Umstände.«

»Wir hätten das besser absichern können, wenn wir darauf vorbereitet gewesen wären«, insistierte Hjelm.

»Aber es gab keinen Plan«, rief Navarro. »Es gab nur eine Sammlung vager Ideen, die plötzlich zu einem Plan wurden. Und dem wurde dann zugestimmt.«

»Dem stimme ich wiederum zu«, sagte Jutta Beyer.

Alle drehten sich zu ihr um und sahen sie an. Ihre schrecklichen Stunden im Küchenschrank waren angesichts der hektischen Rettungsaktion in den Hintergrund getreten. Ihre Kollegen betrachteten sie, als würden sie Jutta Beyer gerade zum ersten Mal sehen.

»Du stimmst dem zu?«, wiederholte Hjelm.

»Mir ist bewusst, dass ich diese klaustrophobischen Stunden noch nicht verarbeitet habe«, sagte Beyer mit klarer fester Stimme, »und es ist mehr als wahrscheinlich, dass sie mich über kurz oder lang in meinen Träumen heimsuchen werden. Aber Felipes Plan war gut. Die kleinen Fehler waren Launen des Schicksals.«

»Abgesehen von dem Bohrstaub«, sagte Arto Söderstedt.

»Abgesehen von der Tatsache, dass ich nur zwei Beschatter für drei Objekte abgestellt habe«, fügte Angelos Sifakis hinzu.

»Und davon, dass ich die Beschatter konsequent habe die falsche Person verfolgen lassen«, sagte Felipe Navarro.

»Und ich grünes Licht für eine Operation gegeben habe, deren Risiko nicht ausreichend geprüft worden war«, ergänzte Paul Hjelm.

»Aber es musste schnell gehandelt werden«, warf Jutta Beyer

ein. »Und es war das Risiko wert. Vergesst nicht, was wir dadurch alles herausgefunden haben.«

»Ja, was haben wir eigentlich herausgefunden?«, fragte Hjelm.

»Eine Sache haben wir ja schon erwähnt, die wortlose Kommunikation«, sagte Navarro. »Alle drei wussten exakt, was sie zu tun hatten und vor allem wann. Ohne diese Aktion mit einem einzigen Wort vorher erwähnt zu haben.«

»Dann müssen wir noch einmal zur Grundfrage zurückkehren«, erklärte Hjelm. »Kommunizieren sie wortlos, weil sie vermuten, überwacht zu werden? Oder wird ihnen eine Vorgehensweise – wahrscheinlich in Briefform – vermittelt, der sie Punkt für Punkt folgen?«

»Mir schoss während der Aktion ein Gedanke durch den Kopf«, sagte Navarro. »Das Ganze kommt mir bekannt vor, es wirkt wie eine universale, antielektronische Strategie.«

»Woher bekannt?«, fragte Hjelm.

»Ich weiß es nicht. Ich kann mich nicht erinnern. Aber nach diesem erniedrigenden Telefonat in der Oude Kerk und dem Treffen im Anne-Frank-Haus wirken sie wie Ausschnitte aus einem Drehbuch.«

»Also, ich habe in der Kirche einen ziemlich gedemütigten Boss gesehen«, sagte Laima Balodis.

»Und die Person, mit dem sich mein Objekt im Anne-Frank-Haus getroffen hat«, fügte Miriam Hershey hinzu und öffnete auf dem Rechner eine Fotodatei, »war eindeutig ein Italiener.«

Auf der Whiteboard-Tafel erschien ein quadratischer Bildausschnitt, dessen Qualität zu wünschen übrig ließ. Aber die beiden Gestalten waren deutlich zu sehen.

»Der eine Fleischschrank heißt also Ciprian«, fuhr Hershey fort, »wenn wir das Telefonat in der Kirche richtig verstanden haben. Über ihn hat die rumänische Polizei keine Daten, wie zu erwarten war. Auch keine über den etwas kleineren Mann, der Ciprian diesen Umschlag gibt. Allerdings müssen wir ihn wohl eher von der italienischen Polizei überprüfen lassen.«

Alle betrachteten die Aufnahme des elegant gekleideten Mannes, dessen Gesicht leider etwas verschwommen war. Die Einzige, die genau wusste, wie er aussah, war Miriam Hershey.

»Kein Treffer bei den Italienern«, sagte Donatella Bruno. »Aber er ist eindeutig Italiener. Sie haben leider nicht viel gesprochen, aber sein Akzent klingt eher süd- als norditalienisch. Und Ciprian murmelt mehr, als dass er spricht.«

»Ich öffne die Reinschrift«, sagte Sifakis, und auf der Tafel erschien der kurze aber energische Dialog zwischen C und I, Ciprian und dem Italiener:

I: Irgendwelche Probleme?

C: Nein.

I: Zwei Faktoren sind hier wichtig. Kannst du dir merken, was ich sage?

C: Ich bin nicht dumm.

I: Ich weiß. Sonst hätten wir dich auch nicht ausgewählt. Ich habe dich nach deinem Erinnerungsvermögen gefragt. Das war nämlich nicht der Grund, warum wir dich genommen haben.

C: Ich höre.

I: Zwei Faktoren. Neue. Okay?

C: Okay.

I: Von dem ersten erfährt Vlad in diesem Augenblick. Das ist wichtig. Der zweite ist, dass euer Verantwortungsbereich erweitert wird.

C: Erweitert?

I: Die Details stehen hier. Aber du musst dich daran erinnern, dass diese beiden Faktoren entscheidend sind.

C: Die Nachricht an Vlad und die Erweiterung des Verantwortungsbereichs.

I: Tüchtiger Junge. Draußen herrschen heute ja fast südländische Temperaturen. Ciao.

C: Ciao.

Sifakis ließ den Text auf der Tafel stehen und sagte: »Miriam hat den Anfang der Unterhaltung verpasst, aber es gibt Grund zu der Annahme, dass der Italiener ein paar vergebliche Versuche unternommen hat, den etwas verstockten Ciprian zum Plaudern zu bringen. Daher hoffen wir, dass wir das Wesentliche mitbekommen haben.«

»Immerhin wissen wir, dass der Boss den geschichtsträchtigen Namen Vlad trägt«, sagte Arto Söderstedt.

»Ich fand die ganze Zeit, dass ihn der Geruch von Blut umgab«, warf Miriam Hershey ein.

»Allerdings hast du eine Gasmaske getragen«, gab Söderstedt zu bedenken.

»Wir reden von Gestank«, sagte Hershey. »Durchdringenden.«

»Konzentration!«, rief Hjelm. »Was erfahren wir?«

»Dass Ciprian von ›uns‹ ausgewählt wurde«, sagte Jutta Beyer.

»Und dass zwei neue Faktoren dazugekommen sind«, ergänzte Felipe Navarro. »Der eine ist die ›Erweiterung des Verantwortungsbereichs‹ und der zweite ist die Information, die Vlad zeitgleich erhalten hat.«

»Was direkt zu dem rumänischen Telefonat in der Kirche überleitet«, sagte Sifakis und öffnete eine weitere Datei. Eine zweite Reinschrift erschien auf der Tafel.

»Ich habe es vorhin schon versucht. Aber es ist keiner rangegangen. – Kein Problem damit, nein. Überhaupt nicht. – Es ist nur so, dass wir eine Zeit vereinbart hatten ... Ja, nein, Verzeihung. – Neue Direktive? Okay, ich verstehe. Aber wir ... – Nein, das war nichts weiter. Wann? – Ach so, Ciprian ist gerade dort, ja. Aber wie ...? – Was bedeutet zusammenlegen? Ach so, der Brief. Ja, gut, verstehe. – Nein, nein, der ist gesichert. Ich werfe die Karte danach sofort weg. – Aber können wir eine Mitteilung schicken? – Wenn wir noch Fragen haben sollten ...? – Okay, okay, keine Fragen. Dann lassen wir das. – Der nächste vereinbarte Zeitpunkt gilt noch? Gut, sehr gut.«

»Wir haben hier nur die Aufnahme dessen, was Vlad gesagt hat«, stellte Sifakis fest. »Was sein Gesprächspartner gesprochen hat und wo er sich befand, konnten wir bisher nicht ermitteln. Aber die technische Untersuchung läuft noch, es gibt also noch eine kleine Chance, das herauszubekommen, haben die Techniker behauptet. Mithilfe einer Art hochspezialisierter Satellitensuche.«

»Aber bis auf Weiteres müssen wir von dem ausgehen, was wir haben«, konstatierte Hjelm. »Und was wird da gesagt?«

»Zuallererst erfahren wir, dass es einen ihnen übergeordneten Rumänen gibt«, sagte Söderstedt. »Vlad ist höchstens ein Unterboss, vielleicht in erster Linie so etwas wie der Administrator der Bettelmafia in Europa.«

»Deren Tätigkeitsbereich in Kürze ausgedehnt werden soll«, fügte Navarro aufgeregt hinzu. »Sowohl er als auch Ciprian werden eingeweiht. Neue Anweisungen und ein erweiterter Verantwortungsbereich. Und Vlad reagiert überrascht. Aber es scheint eine nicht nur angenehme Überraschung zu sein.«

»Aber Fragen dürfen sie keine dazu stellen«, erinnerte Beyer. »Aber sie wollen eine Mitteilung verschicken. Wohin?«

»Das ist ein Hinweis darauf, dass Vlad mindestens zwei Stufen unter der Chefetage und der eigentlichen Macht steht«, sagte Donatella Bruno. »Es gibt eine rumänische Chefinstanz und wahrscheinlich noch eine weitere, eventuell eine italienische.«

»Lasst uns später darauf zurückkommen«, unterbrach sie Paul Hjelm. »Ich will euch einen Film zeigen, den ihr noch nicht gesehen habt.«

Das Schweigen, das in der lichtdurchfluteten Bürolandschaft einkehrte, war nicht lang, aber umso vieldeutiger.

»Hm«, machte Sifakis schließlich und sah seinen Chef von der Seite an. »Zurück zum Telefonat. Damit kann das also nicht einer dieser beiden Faktoren sein, von denen Ciprian erfahren hat: Vlads Mitteilung. Denn das ist der zweite Faktor, die neue Direktive, die Erweiterung des Verantwortungsbereiches. Aber was verbirgt sich dann hinter Vlads Mitteilung?«

»Dass die Briefe *zusammengelegt* werden sollen«, sagte Jutta Beyer.

»Und was soll das bedeuten?«

»Auf ihrer Spaziertour durch Amsterdam haben sie zwei dieser berühmt-berüchtigten wattierten Umschläge eingesammelt«, erklärte Beyer. »Der eine befand sich unter Stuhl Nummer fünf in Reihe acht in der Oude Kerk, den anderen hat der Italiener im Anne-Frank-Haus persönlich ausgehändigt.

Wir wissen, dass diese Umschläge sogenannte Briefe enthalten, und ich gehe davon aus, dass ebendiese Briefe zusammengelegt werden sollen.«

»Ich glaube, du hast recht«, sagte Sifakis, »außerdem glaube ich, dass es uns dabei helfen kann, den Code zu knacken. Wir kommen darauf zurück, nachdem der Chef uns den Film gezeigt hat.«

»Aber da sind wir noch nicht ganz«, bemerkte Hjelm. »Wir haben einen Faden fallen lassen. Felipe, du hast vorhin gesagt, das würde dich an eine universale, antielektronische Strategie erinnern? Und dass das Drehbuch der Operation durch diese beiden Gespräche klarer erkennbar würde. Führe das bitte noch weiter aus.«

Felipe Navarro runzelte die Stirn und rückte seine Krawatte zurecht. Nur trug er gar keine mehr, die hatte er in seiner Elternzeit abgelegt, um nie wieder eine zu tragen. Es war eine sonderbar anmutende Geste.

»Nun ja«, sagte er mit einem tiefen Seufzer. »Es sieht so aus, als würde Vlad die ganze Zeit nur Computerspiele spielen. Wir haben das Spiel identifizieren können. Es heißt Snood und ist ein idiotisches Spiel, bei dem man Leute abknallen muss. Sie haben einen Internetanschluss, WLAN, aber den benutzen sie nie. Es gibt Instanzen, denen es gelungen ist, ihre Macht auch in Zeiten des Internets aufrechtzuerhalten und sogar auszubauen, gerade weil sie traditionelle Methoden anwenden. Sie hinterlassen keinen einzigen elektronischen Fußabdruck. Das kam mir so bekannt vor.«

»Italienische Instanzen?«, fragte Hjelm.

»Vielleicht«, antwortete Navarro. »Der Sklavenhandel in Europa wird zunehmend zentralisiert. Es liegt auf der Hand, dass die Bettlerbranche, die im Gesamtzusammenhang als Marginalie betrachtet werden muss, nicht unabhängig von den Arbeitskräften auf dem Schwarzmarkt oder eben auch von den Zwangsprostituierten betrachtet werden kann.«

»Aber der Sexsklavenhandel war doch bisher in russischer Hand, oder?«

»Ich hatte erwartet, dass die Russen mit ihnen in Kontakt

treten«, erwiderte Navarro. »Und so kann es ja trotzdem gewesen sein. Aus einem einzelnen Italiener wird schließlich nicht gleich die 'Ndrangheta, Camorra oder Cosa Nostra.«

»Aber wenn er ein Russe gewesen wäre, hätte er kein Italienisch gesprochen«, sagte Donatella Bruno. »Das war eine Machtdemonstration. Ich nehme an, dass der Mann, den Ciprian im Anne-Frank-Haus getroffen hat, ein Spieler aus den ganz obersten Etagen ist. Vieles deutet darauf hin.«

»Es könnte natürlich auch ein Italiener sein, der für die Russen arbeitet!«, wandte Beyer ein.

»Selbstverständlich«, erwiderte Bruno. »Obwohl das mehr als ungewöhnlich wäre.«

»Und ich habe ihn gehen lassen«, sagte Navarro grimmig. »Ich habe Miriam Hershey, die Meisterin im Beschatten, den Fleischschrank Ciprian verfolgen lassen – bis zu einem Spezialladen für kubanische Zigarren –, anstatt dass sie dem italienischen Mafiaboss bis zu ihrem lokalen, streng geheimen Hauptquartier gefolgt wäre.«

»Eure Vermutungen«, sagte Hjelm, »passen ausgezeichnet zu dem wahren Grund für diese Überwachung – von dem ihr bisher ja gar nichts Genaues wusstet. Zumal uns die türkische Polizei auch jetzt erst den Film zur Verfügung gestellt hat. Ich ahne, warum. Der musste wahrscheinlich ordentlich überarbeitet werden, um in der EU Bestand zu haben.«

»Türkisch?«, rief Angelos Sifakis.

»In der Türkei lebt die größte Bevölkerungsgruppe der Roma auf der ganzen Welt«, berichtete Hjelm. »Nur wenige wissen davon, zumal sie dort seit Jahrtausenden unbehelligt von Rassismus leben konnten. Im Osmanischen Reich zum Beispiel spielten die Roma eine wichtige Rolle als Pferdehändler und Korbmacher. Im 19. Jahrhundert begann dann auch dort die Unterdrückung wie in Europa. Im Zuge der Modernisierung der Städte wurden die Roma an die Peripherie gedrängt, im asiatischen Teil von Istanbul verwandelte sich das traditionelle Viertel der Roma, Sulukule, in ein gigantisches Roma-Getto. Heute gibt es Pläne der Stadt, dieses Gebiet dem Erdboden gleichzumachen. Wir sprechen von der Vertreibung von etwa einer Million Roma in einer der größten Städte der Welt, und wir im Westen bekommen davon nichts mit.«

»Dagegen wirken die Ausweisungen Frankreichs ja geradezu milde«, sagte Arto Söderstedt.

»Sulukule ist mittlerweile neben Rumänien zu einer der wichtigsten Rekrutierungsgegenden für Bettlersklaven geworden«, fuhr Hjelm fort. »Und von dort stammt auch dieser Film. Es ist das Polizeiverhör von Burak Korkmaz, dem höchsten Tier des türkischen Zweigs der Mafia, das man je zu fassen bekommen hat.«

Auf der Whiteboard-Tafel erschien jetzt ein Standbild von einem Mann an einem Tisch. Sonst war niemand zu sehen, obwohl man die Anwesenheit von mindestens einem weiteren Mann erahnte. Ein dunkler Raum. Gefesselte Hände, gekettet an einen im Boden verankerten Metalltisch. Der Schweiß läuft dem Mann über Stirn und Nase, teilt sich wie bei einem Flussdelta und trägt Schmutz über die Wangen hinunter zu den Mundwinkeln.

Als der Film begann, war Türkisch zu hören mit einer englischen Übersetzung im Hintergrund.

Der Wortlaut der ersten Sequenz, in der Burak Korkmaz mit regungsloser, eiskalter Miene dasaß und kurz angebunden antwortete, lautete: »Wer sind deine Auftraggeber?«

»Ich verstehe nicht, was Sie meinen.«

»An wen verkaufst du die Sklaven weiter?«

»Sklaven? Ich?«

»Wir haben dich auf frischer Tat ertappt!«

»Und wobei bitte?«

»Als du dir gerade ein paar Behinderte aus einem Verschlag im Getto kaufen wolltest.«

»Ich habe niemanden gekauft. Ich habe nur mit meinem Geld dazu beigetragen, dass diese armen Teufel ein besseres Leben bekommen. Das nennt man humanitäre Arbeit.«

»Und inwiefern wird ihr Leben besser?«

»Bessere Schulausbildung, zum Beispiel, bessere Gesundheitsversorgung.«

»Wo erhalten sie eine bessere Schulausbildung und Gesundheitsversorgung?«

»Ich habe Kontakte. Sie müssen raus aus ihrem schädlichen Umfeld.«

»Und deshalb haben wir dich mit zwölf behinderten Zigeunern aufgegriffen, zur Hälfte noch Kinder, auf dem Weg, den dreizehnten zu kaufen?«

»Genau.«

»Du bist dir sicher, dass du es auf diese Weise haben willst?«

Schnitt. Als Burak Korkmaz wieder im Bild erscheint, hat sich sein Aussehen verändert. Sein Gesicht ist zwar gesäubert worden, aber es ist aufgeschwollen, und wo vorher Schweiß lief, tropft jetzt Blut. Die Stimme aus dem Hintergrund hingegen klingt unverändert.

»Wollen wir es noch einmal von vorn versuchen? Wer sind deine Auftraggeber?«

»Ich weiß nicht, wovon Sie sprechen.«

»Willst du wirklich einfach so weitermachen? Findest du nicht, dass du eine Pause benötigst?«

»Auftraggeber …«

»Das hört sich schon viel besser an.«

»Was glauben Sie denn, was ich mache?«

»Wir glauben nichts, wir wissen, was du machst. Aber wir wissen nicht, für wen du es tust. Und das genau wollen wir wissen.«

»Ich mache das auf eigene Rechnung.«

»Du sorgst also dafür, dass die behinderten Zigeuner als Bettler in den verschiedenen europäischen Städten installiert werden, und zwar in Eigenregie?«

»Ja.«

»Oh Mann, ich will gar nicht daran denken, wie du nach der nächsten Runde aussiehst. Ich werde langsam zu sensibel und dünnhäutig für diesen Job.«

»Ich habe Leute, mit denen ich zusammenarbeite.«

»Jetzt bekommt unser Gespräch langsam Konturen. Du bist also der Chef? Du bist verantwortlich für die mindestens dreizehn Einheiten in den verschiedenen europäischen Großstädten, von denen wiederum jede eine große Anzahl von Sklaven verwaltet? Du bist also ein richtig dicker Fisch? Dann müssen wir dich also lebenslänglich im Gefängnis in Diyarbakır einsperren, was?«

»Wer sagt denn, dass die in dreizehn verschiedene Städte sollen?«

»Wie viele sind es denn dann?«

Schweigen.

»Na? Wie viele Städte? Du wolltest den dreizehnten holen, als wir dich unterbrochen haben – wie viele sollten es denn an diesem Tag insgesamt werden?«

»Fünfzehn ...«

»Du hattest also eine Bestellung für fünfzehn Sklaven?«

»Fünf.«

»Fünf? Warum dann dreizehn?«

»Fünf Städte.«

»Eine Bestellung für fünfzehn Sklaven, also für jede Stadt drei? Wie sollten die geliefert werden?«

Schweigen.

»Wie zum Teufel sollten die geliefert werden? Und an wen?«

»Also ...«

»Nichts also, überhaupt kein Also mehr. Sag es endlich.«

»Ich liefere die in einem Haus in Sulukule ab, das ist alles.«

»Für wen?«

»Ich weiß es nicht, es ist ein leeres Haus.«

»Und wie bekommst du deinen Anteil?«

»Im Haus liegt ein Umschlag mit dem Geld. Und einer neuen Bestellung.«

»Wenn wir also zu diesem Haus fahren, finden wir dort einen Umschlag mit Geld und einer neuen Bestellung?«

»Ja. Ich habe keine Ahnung, worum es genau geht.«

»Du hast nie einen der Verantwortlichen getroffen?«

»Nein.«

»Immerhin hast du dir jetzt ein bisschen Zeit erkauft.«

Der Schnitt zur nächsten Sequenz war kurz und brutal. Die Augen von Burak Korkmaz waren nicht mehr zu sehen, als wären sie tief in das aufgeschwollene Gesicht hineingedrückt worden. Sein Kopf wackelte vor und zurück. Die Stimme aus dem Hintergrund klang so ruhig wie zuvor.

»Das war also eine Lüge. Du hättest nicht die Adresse einer Moschee nehmen sollen. Das war nicht so klug.«

»Ich kann über die nicht reden. Das geht nicht.«

»Du glaubst also, dass diese Leute gefährlicher sind als wir?«

»Ich weiß es. Ich habe Sachen gesehen ...«

»Ich verspreche dir, dass wir darauf zurückkommen werden. Aber wer sind sie?«

»Ich weiß es nicht. Ich habe sie nur ein einziges Mal getroffen. Sonst habe ich nur Kontakt zu meinem Mittelsmann.«

»Aber du kannst sie beschreiben?«

»Rumänen.«

»Rumänen?«

»Drei Stück, zwei große und ein kleiner. Aber ich habe keine Namen.«

»Aber du hast sie reden hören?«

»Rumänisch, ja.«

»Und du kannst kein Rumänisch? Überleg dir genau, was du antwortest.«

»Nein.«

Ein erneuter Schnitt. Burak Korkmaz lag vornübergebeugt auf dem Tisch des Verhörraumes, sein Gesicht war in Auflösung begriffen. Es ging ein Raunen durch die Opcop-Gruppe, obwohl deren Teilnehmer alle schon Schreckliches gesehen hatten.

Die nüchterne Stimme sagte: »Wir halten also fest, dass du im Westen von Istanbul in einer rumänischen Flüchtlingsfamilie als Pflegekind aufgewachsen bist, so weit richtig?«

Schweigen.

»So weit richtig?«

»Ja.«

»Wussten diese drei Männer, dass du sie verstehen kannst?«

»Ich glaube nicht.«

»Die gingen davon aus, dass du einfach ein normaler Verbrechertürke ohne besondere Sprachkenntnisse bist?«

»Ich glaube, ja.«

»Und was haben sie also gesagt?«
»Ich kann nicht …«
»Ist es schon wieder Zeit für die nächste Unterbrechung?«
»Nein! Nein, nein. Ich …«
»Du …?«
»Die bringen mich um im Knast. Ich kann nicht.«
»Wie kommst du darauf, dass du es bis in den Knast schaffst?«
»Ich kann nicht.«
»Dann machen wir eine kurze Pause. Emre, schalte die Kamera aus.«
»Nein! Nein, ich habe gehört …«
»Was hast du gehört?
»Ein Telefonat.«
»Und?«
»Ich hab drei Dinge gehört.«
»Sehr gut. Drei also.«
»Ich habe gehört, dass sie eine neue Basis haben. In Amsterdam.«
»Amsterdam? Ausgezeichnet. Und zweitens?«
»Ich weiß nicht, was es bedeutet, aber sie haben ›U.M.A.N. Imports‹ gesagt.«
»Uman?«
»Ja.«
»Hervorragend, Burak. Und das Dritte?«
»Das habe ich nicht genau verstanden, das waren nur ein Haufen Konsonanten. Das war kein rumänisches Wort.«
»Versuche es.«
»Das klang ungefähr wie *Drageta*.«
»Drageta?«
»Ja.«
»Hm. Könnte es auch *'Ndrangheta* gewesen sein?«
»Ja, vielleicht.«
Damit endete der Film. Ein kollektives Seufzen ging durch die Gruppe der Opcop-Mitglieder.
Paul Hjelm ergriff das Wort: »Wir hatten diesen Film noch nicht, als wir vor einem Monat die Observierung planten. Allerdings hatten wir von türkischer Seite den Hinweis auf

Amsterdam, U.M.A.N. Imports und die 'Ndrangheta erhalten. Auf dieser Grundlage haben wir unser weiteres Vorgehen geplant.«

»Und wenn ihr gewusst hättet, dass diese Aussagen durch Folter erzwungen wurden?«, fragte Jutta Beyer.

»Wir hätten in jedem Fall gehandelt«, sagte Hjelm mit klarer Stimme.

»Warum hat noch nicht einmal der Stellvertreter des Chefs und seine rechte Hand davon erfahren?«, fragte Angelos Sifakis.

»Ich wollte, dass wir unbeeinflusst eine Verbindung zu den Italienern herstellen können«, erwiderte Hjelm ruhig. »Wie ihr wisst, könnte das unsere Verbindung direkt ins Herz der Mafia sein. Wenn wir unsere Karten richtig ausspielen.«

»Und indem wir eine Aussage verwenden, die unter Folter erzwungen wurde!«, warf Beyer ein.

»Können wir die Proteste jetzt als gehört und registriert betrachten?«, fragte Hjelm, ohne eine Antwort zu erwarten. »Machen wir weiter? Wir haben nur noch eine halbe Stunde, bis der letzte Tag unserer geschätzten Polizeikonferenz beginnt.«

»Wo waren wir stehen geblieben?«, fragte Laima Balodis unbeirrt.

»Es ging darum, die Briefe zusammenzulegen«, präzisierte Jutta Beyer.

»Haben wir denn«, griff Hjelm den Hinweis auf und sah Beyer an, »verwertbare Aufnahmen bekommen mit der neu eingerichteten Kamera? Gestern war das noch nicht ganz klar, wenn ich mich richtig erinnere.«

Felipe Navarro räusperte sich und sah ungeheuer stolz aus.

»Wenn ich darf?«, sagte er. »Wir wissen ja, dass der Boss, dieser Vlad, die SIM-Karte in den Kanal geworfen hat und danach einen längeren Spaziergang unternommen hat. Während seine Leibwächter in die Wohnung zurückgekehrt sind, folgte Laima ihm bis zu einem Etablissement im Rotlichtbezirk. Dort nach einigen Umwegen angekommen, bewegte er sich mit einer Vorsicht, die wir kaum auf sein Schamgefühl zurückführen können, sondern die eher auf eine Verbindung mit der Mafia hinweist. Also geht es um zwei Arten von Menschenhandel.«

»Es scheint mir, als wärst du gerade auch auf einem langen Spaziergang mit einigen Umwegen«, sagte Hjelm mit einem Blick auf die Uhr.

»Ich bin gleich angekommen«, erwiderte Navarro ungerührt. »Vlad kam also relativ spät nach Hause – nach einem etwa zweistündigen Schäferstündchen im eleganten Red Red Love –, und da lagen beide Umschläge auf seinem Schreibtisch in folgender *Perspektive*.« Er lud die Aufnahmen auf das Whiteboard.

Unterdessen sagte Laima Balodis: »Ich möchte unterstreichen, dass ich nicht weiß, was genau er dort im Red Red Love gemacht hat. Ich habe eineinhalb Stunden draußen gestanden und habe rund sechzehn unanständige Angebote gezählt.«

»Was ich hingegen in dieser Zeit gemacht habe, weiß ich genau, und da war nichts Unanständiges dabei. Versprochen«, brummte Jutta Beyer.

»So«, sagte Navarro und zeigte auf die beiden parallel geschalteten Aufnahmen der Umschläge auf dem Schreibtisch. »Wie ihr seht, klappt das mit den neuen Kameraeinstellungen hervorragend. Hier die Standbilder, aber jetzt geht es los.«

Und so war es auch. Auf einer der Aufnahmen – der neu installierten Kamera, aus größerer Entfernung und in einem spitzeren Winkel – tauchten plötzlich Körperteile von Vlad auf, der nach einem der beiden Umschläge griff; auf der anderen Aufnahme, die von der justierten Kamera stammte, war zunächst nichts zu erkennen. Dann aber sahen sie, wie Vlad den Umschlag in den einem Scanner ähnlichen Apparat einlegte. Ein Lichtstrahl wanderte über den Umschlag, während Vlad auf einen der Bildschirme starrte. Navarro fror die Aufnahme ein.

»Auf den Umschlägen scheint sich eine Art Markierung zu befinden, die sie als authentisch identifiziert. Das überprüft Vlad mit diesem Apparat.«

»Das würde ich mir gerne aus der Nähe ansehen«, sagte Arto Söderstedt. »Schade, dass wir keine Kamera haben, die direkt auf den Bildschirm zeigt.«

»Wir hatten uns dagegen entschieden«, erklärte Navarro, »weil wir festgestellt haben, dass er auf dem Computer nur Snood spielt. Aber wir haben den Chip ausgewechselt und können die Kamera von hier aus steuern. Allerdings riskieren wir dabei, dass die Drehung ein Geräusch verursacht.«

Dann ließ er die Aufnahme weiterlaufen. Vlad nahm den Umschlag aus dem Scanner und öffnete ihn. Er zog ein Stück Papier mit Buchstaben und Ziffern heraus. Doch plötzlich verschwamm das Bild, als wäre die Anlage Opfer einer technischen Störung geworden. Navarro wechselte die Kameraeinstellung. Aber das Bild blieb verschwommen. Ciprian, der eine Leibwächter, sprang auf und rief etwas auf Rumänisch. Die Opcop-Gruppe vernahm Adrian Marinescus Stimme: »Verdammt, ich rieche schon seit einer Weile Rauch.«

Der andere Leibwächter entgegnete: »Hier in Amsterdam riecht es doch immer nach Rauch.«

Und Vlad sagte: »Das hier ist eine andere Art von Rauch, meine Herren. Hättet ihr Lust, mal im Treppenhaus nachzusehen?«

Ciprian ging zur Wohnungstür und öffnete sie. In diesem Augenblick stürzte ein Feuerwehrmann gestikulierend durch die Tür. Der Rauch in der Wohnung nahm rasant zu, die Wohnungstür schien extrem gut zu isolieren. Der Feuerwehrmann fuchtelte mit der einen Hand zur Tür und stieß ein paar niederländische Worte aus. Vlad schob die Umschläge in die Schreibtischschublade und schloss diese ab. Die drei drückten sich Taschentücher vors Gesicht und folgten dem Feuerwehrmann. Ihnen kamen zwei weitere Feuerwehrmänner entgegen. Als diese am Schreibtisch vorbeigingen, streckte der Größere von beiden den Daumen in die Höhe und sah in die Kamera.

Navarro fror das Bild ein und sagte: »Das war aber etwas unprofessionell, oder?«

»Man kann bei diesen Gasmasken doch gar nicht erkennen, wer sich dahinter verbirgt. Das war eine Art Zeichen, exklusiv für dich, Felipe.«

»Obwohl die Geste genau genommen dem Brandmeister im

Treppenhaus gegolten hat. Dem mit dem Toilettenpapier in der Hose«, meinte Hershey.

»Also gut«, sagte Navarro, seine Kollegen ignorierend. »Wir machen einen Sprung. Drei Stunden später. Der Rauch ist verflogen, die Herren sind in ihre Wohnung zurückgekehrt. Sie sind etwas unleidlich. Verlieren aber kein Wort über die mögliche Brandursache, wie uns Adrian bestätigt hat. Direkt zurück zum Schreibtisch. Schlüssel, Umschläge raus. Scannen des zweiten Umschlags, oder wie wir das auch immer nennen wollen. Seht euch jetzt dies hier mal an.«

Auch der zweite Umschlag wurde aufgeschlitzt, und Sekunden später lagen beide Papiere nebeneinander auf dem Schreibtisch. Erneut fror Navarro das Bild ein.

»Hier sieht man die beiden verschlüsselten Botschaften«, sagte er. »Und wenn man sie aus *dieser* Perspektive betrachtet, dann stellt man Folgendes fest.«

Die beiden Dokumente lagen nebeneinander auf der Whiteboard-Tafel. Vorsichtig schob Navarro sie übereinander, und sie ergänzten sich zu einer vollständigen Nachricht. Dort, wo das eine Leerzeichen hatte, befanden sich auf dem anderen Zeichen und umgekehrt. Übereinandergelegt ergaben sie ein Ganzes.

»Hier haben wir also eine komplette, verschlüsselte Botschaft«, sagte Navarro. »Die wurde unseren Dekodierungsexperten ein paar Häuser weiter übermittelt, und zusammen mit dem Dokument, das Kowalewski dem Fahrradkurier abnehmen konnte, haben die Kollegen nun genug Material. Als ich das letzte Mal mit ihnen gesprochen habe, klangen sie ganz optimistisch.«

»Sehr gut, Felipe«, lobte Paul Hjelm und sah erneut auf die Uhr. »Wir dürfen wohl annehmen, dass diese sonderbare Teilung der Botschaft in zwei Einheiten auf ihre Wichtigkeit hindeutet, oder?«

»Wahrscheinlich hat sie auch mit den ›neuen Direktiven‹ und ›der Erweiterung des Verantwortungsbereiches‹ zu tun«, vermutete Sifakis.

»Es ist durchaus möglich«, sagte Paul Hjelm und erhob sich,

»dass Felipes Idee diese Observierung einen entscheidenden Schritt vorangebracht hat. Dass wir jetzt in eine neue Phase gehen. Ich möchte nur noch eine Sache hinzufügen, bevor wir nun wirklich losmüssen. Was dieses unbekannte Handy anbetrifft, können wir folgende Vorgehensweise annehmen: Vlad hat sein Handy nie eingeschaltet, daher können wir es auch nicht orten und überwachen. Er verfügt außerdem über eine ganze Sammlung von SIM-Karten und Prepaidkarten. Die werden nach dem Gebrauch sofort eliminiert. Und zwar sehr sorgfältig, oder, Laima?«

»Nach meinem stimulierenden Aufenthalt vor dem Red Red Love bin ich bei den Tauchern vorbeigegangen. Ich konnte ihnen ja die exakte Position am Oudezijds Achterburgwal zeigen, an der er die SIM-Karte in den Kanal geworfen hatte. Aber sie war unauffindbar. Die Suche wurde bis zum Einbruch der Dunkelheit fortgesetzt.«

»Sehr schade, aber da kann man nichts machen«, meinte Hjelm und nahm die Hand seiner Lebensgefährtin. »Jetzt müssen wir hinunter zur Konferenz. Wir sehen uns heute Nachmittag. Wer die Einweihung schwänzt, muss eine Woche mit Marinescu in Amsterdam die Stellung halten.«

Als sie die neuen, besonders gesicherten Räume der Opcop-Gruppe verlassen hatten, sagte Paul zu Kerstin: »Du warst so still.«

»Es hat mir Spaß gemacht, dir bei der Arbeit zuzusehen«, erwiderte seine Partnerin mit einem Lächeln auf den Lippen. »Ich bin ja wegen der Konferenz in Den Haag!«

So war der Morgen verlaufen. Mittlerweile war es Nachmittag, und Paul Hjelm hatte sich in dem großen Saal des Europol-Gebäudes eingefunden, wo die niederländische Königin Beatrix auf der Bühne stand und eine verdeckte Gedenktafel enthüllte. Der aufbrausende Applaus holte ihn in die Wirklichkeit zurück.

Das neue, umwerfende Hauptquartier der Europol war jetzt offiziell eingeweiht.

Er sah die Reihe hinunter und betrachtete die Mitglieder seiner Opcop-Gruppe. Neues Gebäude, neue Ära, neue Aufgaben. Und auf sie wartete, wie die Konferenzteilnehmer in den Abschlussvorträgen erfahren durften, eine neue Qualität des grenzüberschreitenden organisierten Verbrechens.

Als Königin Beatrix gerade unter tosendem Applaus die Bühne verließ, um eine Spezialführung durch das Gebäude anzutreten, spürte Paul Hjelm das Vibrieren seines Handys in der Jackentasche. Es war eine SMS, und die lautete: »Aus der Decodierungseinheit, Europol. Alles deutet darauf hin, dass wir den Code geknackt haben. Cheers, Tom.«

Paul Hjelm hatte keine Ahnung, wer dieser Tom war, dankte ihm aber in Gedanken herzlich.

Na also, dachte er und applaudierte der Königin mit neu gewonnener Kraft.

Seine Kollegen drehten sich zu ihm um und sahen ihn an.

Skeptisch.

Der Spindoktor

Brüssel, 1. Juli

Als sie den Ausdruck Spindoktor zum ersten Mal gehört hatte, war sie davon ausgegangen, es ginge dabei um Gleichgewichtsstörungen, um einen Arzt also, der etwas gegen Schwindelgefühle tun konnte und die wilden Drehungen des Gehirns anhielt. Nachdem sie dann erfahren hatte, was mit dem Begriff tatsächlich gemeint war, erkannte sie, dass sie mit ihrer Deutung nicht ganz so weit von der Wahrheit entfernt gewesen war. Natürlich in sehr übertragenem Sinne: Der Spindoktor war jemand, den man engagierte, um ein verloren gegangenes Gleichgewicht wiederherzustellen. Das hatte allerdings nicht im Geringsten mit Medizin zu tun, eher im Gegenteil. Es handelte sich um politische Schadensminimierung.

Ihr natürlicher Widerwillen gegen gekaufte Loyalität – von Anwälten bis hin zu Lobbyisten – verhinderte lange, dass sie sich einen Spindoktor zulegte. Erst als sie die Spielregeln der hohen Politik begriff, wurde ihr klar, dass es in dieser Medienwelt höchste Zeit für eine neue Sorte von politischem Ratgeber war.

Ihr Spindoktor stand am Fenster des Berlaymont-Gebäudes und starrte auf die Hauptstadt der EU. Er hatte seine Fingerkuppen aneinandergelegt, hob die Hände an den Mund und tippte mit den Zeigefingern gegen seine Lippen. Dann schüttelte er den Kopf, nahm zum wiederholten Mal das Mobiltelefon zur Hand und betrachtete das Bild.

Zuerst hatte sie nicht gewusst, was sie davon halten sollte. Es hätte auch ein misslungener Scherz sein können, Ergebnis eines nächtlichen Saufgelages oder eines mehr oder weniger mentalen Zusammenbruchs. Natürlich war schon allein die Tatsache, dass diese Aufnahme dort draußen kursierte – losgelöst, aus dem Nebel aufgetaucht –, mehr als beunruhigend. Aber bisher kam ihr die Sache zu abstrakt vor. Es war eine abstrakte Bedrohung. Außerdem völlig unerwartet. Sie hatte sich so wohlgefühlt. Vergnügen daran gehabt, neue Menschen kennenzulernen, die sie in so kurzer Zeit ins Herz geschlossen hatte. Und dann das, Peng!

Vierundzwanzig Stunden hatte sie sich in diesem Zustand der Verweigerung befunden, unwillig, dieses Foto mit etwas anderem als einem Scherz in Verbindung zu bringen. Sie verharrte in dem Gefühl, dass es sich doch noch als dummer Streich entpuppen würde. So ein altes Foto …

Das Leben ging einfach weiter. Die morgendliche Sitzung mit den Lobbyisten der Kernkraftindustrie folgte den immer gleichen Argumentationsmustern:

»Wollen wir wirklich auf diese selbstmörderische Art und Weise die umweltfreundlichste Energiequelle abschaffen, die die Menschheit je gesehen hat?«

»Unseren Kindern, Enkeln und Urenkeln Tonnen der tödlichsten Materie zu hinterlassen, die die Menschheit je gesehen hat, ist also Ihre Definition von umweltfreundlich?«

»Eine Endlösung der Endlagerung steht kurz vor dem Abschluss.«

»Haben Sie gerade Endlösung gesagt?«

»Marianne, es ist unter Ihrem Niveau, sich an einzelnen Wörtern aufzuhängen.«

Und doch war sie die ganze Zeit merkwürdig abwesend, als hätte sie einem Schauspieler ihren Körper überlassen und säße nun im Publikum und beurteilte die Umsetzung der Rolle – mit sehr kritischen Augen. Geliehene Zeit, es fühlte sich an wie geliehene Zeit, als würde eine Zündschnur langsam abbrennen.

Der Wagen hatte sie Dienstagnacht abgeholt. Es folgte eine lange und unruhige Reise auf dem Rücksitz von Amsterdam nach Brüssel. Im Laufe des Mittwochs – nach dem morgendlichen Treffen mit den Lobbyisten und bei der Bewältigung zahlloser anderer Aufgaben – nahm die Unruhe deutlich zu. Es wurde immer wahrscheinlicher, dass es mit *dem Projekt* zusammenhing.

Schließlich hielt sie es nicht mehr länger aus und nahm Kontakt zu der Forschergruppe auf. Aber sie erreichte den Professor nicht auf seinem inoffiziellen Handy – offenbar hatte er es im Büro liegen lassen. Vielleicht sollte sie ihn auf der offiziellen Leitung anrufen, trotz des Verbotes. Aber sie wagte es nicht. Die offizielle Kontaktaufnahme war strengstens untersagt. Sie sprach kurz mit seinem Stellvertreter, Virpi, und dem Laborchef Jovan, beide erreichte sie auf ihren inoffiziellen Handys. Es gab kein Anzeichen für eine Bedrohung. Nichts Ungewöhnliches. Abgesehen von der Beendigung der Testreihe. Alles war bereit. Sie erwarteten ein letztes Ergebnis einer unabhängigen Instanz, und sobald Niels dieses freigegeben haben würde – der letzte Unsicherheitsfaktor –, wäre das Projekt endgültig abgeschlossen. Sie würde ihre Rede halten können. Sie würde ihren Gesetzesentwurf durchsetzen können.

Aber klang Virpis Stimme nicht irgendwie komisch?

Die Nacht auf Donnerstag war schlaflos. Diese unerträgliche Ahnung, dass etwas nicht stimmte. Jede Viertelstunde musste sie den Impuls unterdrücken, Niels auf seiner offiziellen Nummer anzurufen. Schließlich tat sie es trotz des Verbots, über ihre sichere Telefonverbindung. Aber Niels' Telefon war ausgeschaltet. Sie landete direkt auf seiner Mailbox, auf der sie natürlich keine Nachricht hinterließ.

Dann folgte der nächste Morgen. Erschöpft zum gemeinsamen Frühstück mit anderen EU-Kommissaren. Small Talk über die ständigen Querelen mit Straßburg. Sie versuchte so entspannt wie möglich zu wirken. Dann traf die SMS ein.

Von Jovans inoffiziellem Handy. Knapp und präzise: »Professor Sørensen tot. Ermordet. Heute morgen um acht. Weiß nichts Genaues. Jovan.«

Von alldem wusste inzwischen auch ihr Spindoktor, der jetzt vor ihr stand. Sie saß auf dem bequemen Sofa von der hervorragenden ehemals schwedischen, jetzt chinesischen Marke

Endymion. Er drehte sich zu ihr um, runzelte die Stirn und sagte auf Französisch: »Marianne Barrière, was soll ich nur mit dir machen?«

»Hier geht es gar nicht um mich«, antwortete die EU-Kommissarin für Umwelt.

»Ich weiß besser als jeder andere, worum es hier geht«, erwiderte ihr Spindoktor. »Die Frage ist, wohin man unterwegs ist. Aber es geht nicht allein darum, den Kurs zu halten, man muss auch wissen, von welcher Seite der Wind wehen kann, damit man kreuzen kann und vorwärtskommt. Aber in einem Orkan ist es verdammt schwer, die richtige Windrichtung zu finden.«

»Das war eine schöne Metapher, vielen Dank«, sagte Marianne Barrière. »Ich möchte dich bitten, mich von solchen Spindoktor-Klischees zu verschonen.«

»Als ich anfing, für dich zu arbeiten, konnte ich ja nicht ahnen, was für eine Feuerprobe das hier werden würde. Ich hatte gedacht, es wäre vorbei, nach deiner politischen Navigation, über die man in der Zukunft Doktorarbeiten schreiben wird. Stattdessen hat es gerade erst angefangen.«

»Ich weiß, dass du sehr kompetent bist, Laurent ...«

Der Spindoktor schüttelte den Kopf und sah erneut auf das Handydisplay.

»Hier geht es nicht mehr nur um Kompetenz«, sagte er. »Wir reden von einem Wunder. Was meinst du, wie deine heimlichen Unterstützer, die wir alle mit viel Mühe aus dem christdemokratischen Eismeer gefischt haben, auf das hier reagieren werden?«

Er drehte das Handy und hielt ihr das Foto hin, auf dem sie ihr junges Ich in unbeschreibliche Aktivitäten involviert sah.

»Wie um alles in der Welt hast du überhaupt dieses Kunststück bewerkstelligt?«

»Genug jetzt«, unterbrach ihn Marianne Barrière, mit einer Ruhe, die sie selbst überraschte. »Gib mir das Handy.«

Ein wenig kleinlaut reichte ihr der Spindoktor den Apparat.

»Ich gehe davon aus, dass es sich um eine einmalige Jugendsünde handelt?«

»Es trifft zu, dass ich sehr jung war.«

»Meine Frage lautet: Könnten noch mehr Aufnahmen dieser Art existieren?«

»Ich wusste nicht einmal, dass dieses Foto existiert.«

»Das ist keine Antwort.«

»Ich weiß es nicht«, sagte Marianne Barrière aufrichtig.

Der Spindoktor warf verzweifelt die Arme in die Luft und rief: »Was hast du bloß in deiner Jugend für einen Scheiß gemacht?«

»Dasselbe, was ziemlich viele junge *Männer* gemacht haben. Niemand würde die Augenbraue heben bei einem Foto von einem Jüngling in einer ähnlichen Situation. Das ist aber nicht richtig.«

»Dein Job ist das Streben nach Idealen. Danach, den Zustand von Dingen zu verändern. Mein Job ist es, die Dinge genau so zu nehmen, wie sie sind. Mein Job ist die Realität.«

»Und ich werde dir jetzt verraten, wie es mit der Realität in diesem Fall steht. Die Realität ist, dass Professor Niels Sørensen in Stockholm auf offener Straße brutal ermordet wurde. *Das* ist die Realität, nicht alberne Bilder aus meiner Jugend.«

»Aber so naiv bist du doch nicht, Marianne.«

»Naiv? Du bist naiv, wenn du nicht begreifst, worum es hier geht. Das ist ein Zweifrontenkrieg, Laurent. Dieser Gesetzesentwurf, den ich durchbekommen will – mit deiner Hilfe, das gebe ich zu –, soll offenbar um jeden Preis verhindert werden.«

»Ich kann den Zusammenhang zwischen dem Mord und dem Foto nicht hundertprozentig herstellen«, sagte der Spindoktor und schnitt eine Grimasse.

»Hast du das Obduktionsprotokoll gelesen?«

»So etwas gehört nicht zu meiner bevorzugten Literatur, Marianne.«

»Dann muss ich dich als äußerst nachlässig bezeichnen, Laurent. Das war ein Mord auf offener Straße, ein gewaltsamer, brutaler Mord im morgendlichen Stoßverkehr. Die Sorte Mord, die geifernde Überschriften erzeugen. Es ist wahr, dass der Mord an Niels auch zufällig den Abschluss der Forschungsarbeit verzögert – es gibt abschließende Prüfergebnisse, die nur vom Forschungschef abgezeichnet werden können –, aber nach ihm wird ein neuer Chef ernannt werden. Und sobald dieser im Amt ist – und es wird aller Wahrscheinlichkeit nach Virpi –, wird alles weiter seinen Gang gehen. Das war also nicht der Hauptgrund für den Mord.«

»Da irrst du dich gewaltig, Marianne. Hier geht es um Schadensminimierung und den Versuch, diesen Ball möglichst lange im Spiel zu lassen, bis zu deiner Rede und der Abstimmung. Also darf das Foto – oder die Fotos? – nicht an die Medien gelangen. War da überhaupt kein Absender?«

»Der Mord sollte Virpi, Jovan und den anderen Angst einjagen und sie zum Schweigen bringen«, fuhr Marianne Barrière schonungslos fort. »Wenn sie es nicht wagen, die Forschungen abzuschließen, wird es keine Abstimmung geben. Meine Rede wird ruhen, und die große Reform bleibt aus. Du bist naiv, Laurent, wenn du nicht erkennst, welche Kräfte hier mit im Spiel sind, welche Kräfte wir dadurch geweckt haben.«

»Ich habe dich gewarnt …«

»Und du hast gesagt, dass du damit umgehen kannst.«

»Diese Dimensionen habe ich nicht voraussehen können.«

»Aber es ist dein Job, alles vorherzusehen, Laurent. Bis zu meiner Sommerrede sind es noch knapp zwei Wochen. Da muss alles zur Sprache kommen – danach gibt es kein Zurück mehr. Dann wird der Präsident der Europäischen Kommission die Sache in seiner ›Rede zur Lage der Union‹ im September vor der Plenarsitzung des Europäischen Parlaments erörtern. Du weißt so gut wie ich, dass dies der entscheidende Moment ist. Danach wagt es keine der Nationen, ihre Stimme zurückzuziehen.«

»Das wollten wir ja auch bezwecken.«

»Dann müssen wir der Wahrheit mutig ins Gesicht sehen.«

Der Spindoktor, dessen vollständiger Name Laurent Gatien lautete, sah erneut aus dem Fenster, und erst nach einer ganzen Weile sagte er: »Wir wussten genau, mit wem wir es zu tun bekommen. Uns ist es nur nicht gelungen, die Sache geheim zu halten.«

»Wenn man Hunderte von Europaparlamentariern überzeugen will, ist es nahezu unmöglich, allen die Schweigepflicht abzuverlangen. Das waren deine Worte, Laurent, deine Worte.«

»Ich weiß«, sagte Laurent Gatien. »Irgendwo gab es eine undichte Stelle.«

»Und du musst jetzt eine Lösung finden, statt hier herumzujammern.«

Gatien seufzte. »Ich werde versuchen, das Foto aus der Welt zu schaffen. Aber du, Marianne, musst dafür sorgen, dass die Forscher die Arbeit zu Ende bringen. Dafür kann ich leider nichts tun.«

Marianne Barrière war so unendlich müde, sie fühlte sich von der Zeit überrannt. Plötzlich forderte das extrem hohe Tempo, in dem sie die letzten Jahrzehnte gelebt hatte, seinen Tribut. Als hätte sie ihren Alterungsprozess zehn Jahre lang aufgehalten, und diese zehn Jahre setzten sich ausgerechnet jetzt auf ihre Schultern. Sie schloss die Augen.

Veränderung. Tatsächliche Veränderung herbeiführen, anstatt nur zu verwalten. Das war so unendlich viel schwerer. Es war so unendlich viel schwerer, eine Vision zu haben, als darauf zu verzichten. Wenn die Verführung zu groß wurde, ein Leben als Beamtin zu führen – in aller Ruhe, mit langen Mittagspausen, ohne Magenschmerzen erzeugendes Pathos, mit Urlaub, Freizeit, einem kleinen Landhaus in der Provence und entspannten Geschäftsreisen nach Berlin –, genügte ihr zum Glück noch der Anblick eines Bettlers in der Innenstadt, um nicht nur zu erkennen, wie privilegiert sie war, sondern auch, wie viel Macht sie tatsächlich besaß. Wenn *sie* nichts unternahm, wer sollte es dann tun?

Und in Brüssel, der Hauptstadt der gut verdienenden Politiker, gab es reichlich Bettler. Reichlich Augenblicke der Rückbesinnung.

»Marianne?«, sagte Laurent Gatien vorsichtig.

Sie öffnete die Augen. »Ich werde mich mit Virpi in Verbindung setzen. Aber wie willst du dieses Foto aus der Welt schaffen?«

»Zuerst bekommst du das hier«, sagte Gatien und reichte ihr ein Handy, das mit ihrem identisch schien. »Das ist ein Klon von deinem Handy, nur ohne Foto. Und ich benötige dein altes und alle Informationen, die du mir geben kannst.«

Barrière gab ihm ihr bisheriges Handy und sagte: »Kein Absender, kein Kommentar, nichts. Nur das Foto.«

»Eine hocheffektive Drohung«, stellte Gatien fest. »Wer hat das Foto gemacht, und wer könnte es haben?«

»Ich weiß es nicht.«

»Was an sich ja auch eine Information ist.«

»Die da wäre?«

Der Spindoktor seufzte auf und ließ sich neben Marianne auf dem Sofa nieder.

»Meine Leute arbeiten nach dem Need-to-know-Prinzip, wie du weißt. Sie erhalten nur so viele Informationen, wie sie benötigen, obwohl ich mich auf alle hundertprozentig verlassen kann. Aber ich selbst muss alles wissen, Marianne. Nur wir beide kennen alle Details.«

»Das war eine wilde Zeit. Ich habe den Sex spät für mich entdeckt – die politisch engagierte Musterstudentin –, obwohl, eigentlich war das genau im richtigen Alter. Ich habe mir so die traurigen Teenagererfahrungen erspart, und mir hat es gefallen. Natürlich war es auch gefährlich, vor allem für eine Frau, Anfang der Achtzigerjahre, aber in der richtigen Gesellschaft war es einfach nur wunderbar.«

Laurent Gatien nahm ihre Hand und fragte: »Mit Gesellschaft meinst du also eine Art ... Gruppe?«

»Nenn es, wie du willst«, sagte Barrière und befreite ihre Hand aus der seinen.

»Du musst eine Liste all derer erstellen, die bei dieser Gruppe dabei waren. Hast du wirklich keine Idee, wo das Foto gemacht wurde?«

Marianne Barrière riss ihr altes Handy an sich und schimpfte: »Berlusconi, Putin und all die anderen machtgeilen Säcke können mit minderjährigen Prostituierten machen, was sie wollen. Dafür gibt es sogar noch Anerkennung, nach dem Motto: super Job. Diese Welt ist doch krank.«

Sie sah sich die Aufnahme genauer an, was sie bisher vermieden hatte.

»Ich glaube, das war in Berlin«, stellte sie fest und warf Gatien das Handy in den Schoß.

»Berlin?«, wiederholte er.

»Ja.«

»West- oder Ostberlin? Das war vor dem Fall der Mauer, vermute ich?«

»Ja. Westberlin.«

»Wenigstens vermeiden wir so eventuelle politische Komplikationen«, seufzte der Spindoktor. »Bist du viel herumgereist?«

»Nur Berlin und Paris«, antwortete Marianne Barrière.

»Kann ich daraus schließen, dass in eurer Gruppe nur Franzosen und Deutsche waren?«

»Hauptsächlich.«

»Ich habe einen, ähem, schwarzen Mann auf dem Foto gesehen ...«

»Amerikaner waren auch mit dabei.«

»Verdammt!«, rief Gatien aus und sprang vom Sofa hoch. »Was ist das denn für ein Fickkongress gewesen?«

Marianne Barrière warf ihrem Spindoktor einen frostigen Blick zu. Er warf die Arme in die Luft und ging wieder ans Fenster.

»Entschuldige«, sagte er. »Aber es wird langsam unüberschaubar.«

»Niemand wusste, wer der andere ist. Ich glaube, dass höchstens drei Personen überhaupt meine Identität kannten. Ich war eine junge und arme Studentin. Es gab keinen Grund, mich im Gedächtnis zu behalten.«

»Sehr gut, danke«, sagte Gatien, den Blick über Brüssels Dächer schweifen lassend. »Die Namen dieser drei Personen benötige ich unbedingt und umgehend. Dann gibt es natürlich die Möglichkeit, dass einer der anderen Teilnehmer – inklusive des unbestreitbar imponierenden schwarzen Mannes – sich doch wieder an dich erinnert hat, als du eine öffentliche Person geworden bist.«

»Eine so wahnsinnig öffentliche Person bin ich ja gar nicht«, meinte Barrière. »Gemessen an der Macht, die wir haben, sind wir EU-Kommissare ziemlich anonym. Und sieh dir das Bild genau an. Es braucht sehr viel Phantasie, um in dem jungen Mädchen die ergraute reifere Frau wiederzuerkennen.«

»Ich habe es mir sehr genau angesehen«, murmelte Gatien. »Und du hast recht, man muss den einen oder anderen Gedankensprung machen. Umso wichtiger sind dementsprechend diejenigen, die deine Identität kannten. Weißt du, wer das war?«

»Pamplemousse, Minou und Natz.«

»Bitte was?«

»Ja, ich weiß. Lass mich kurz nachdenken. Minou hieß ... Cocheteux. Michel Cocheteux. Er war auch Student. Wir hatten beide Politologie an der Sorbonne belegt. Pamplemousse war mein Freund, der mich in diese Kreise eingeführt hatte, aber ich kann mich nicht mehr erinnern, wie er in Wahrheit hieß. Alle nannten ihn immer Pamplemousse. Natz' richtiger Name war Ignatius. Das ist ein alter Heiligenname. Er hieß ...«

»Es gab keine weiblichen Kontakte?«

»Was willst du damit sagen?«

»Hör auf. Gab es weibliche Kontakte?«

»Nein. Jetzt weiß ich wieder, wie Pamplemousse hieß. Pierre-Hugues Prévost.«

»Und Ignatius?«

»Nein, an seinen Nachnamen erinnere ich mich nicht mehr.«

»Gut, dann werde ich als Erstes versuchen, Michel Cocheteux und Pierre-Hugues Prévost ausfindig zu machen. Hattest du seit damals Kontakt zu ihnen?«

»Nicht direkt, nein.«

»Nicht direkt?«

»Ich hatte einmal Kontakt zu Pamplemousse. Aber nicht lange.«

»Und sonst hast du nichts, was mir weiterhelfen könnte? Ich benötige dringend Ignatius' Identität.«

»Obwohl ich wirklich meine Zweifel habe, dass er etwas damit zu tun hat ...«

»Warum?«

»Ist nur so ein Gefühl.«

Laurent Gatien schüttelte den Kopf und seufzte tief. Während er sich zur Tür begab, sagte Marianne Barrière: »Über eine Sache denke ich die ganze Zeit nach. Warum heißt das eigentlich ›Spindoktor‹?«

Gatien blieb stehen und schüttelte ein weiteres Mal den Kopf. »Wollen wir uns nicht lieber auf die wichtigen Dinge konzentrieren?«

»Antworte doch einfach.«

»Das kommt aus dem Baseball«, erklärte Gatien. »Der Werfer gibt dem Ball den richtigen Dreh, damit es aussieht, als würde er woanders hinfliegen, was es dem Schlagmann ungleich schwerer macht, den Ball zu treffen. Aber um diesem Ball hier den richtigen Dreh zu geben, Marianne, werden wir göttliche Hilfe benötigen. Oder zumindest Hilfe von unerwarteter Seite.«

»Und von welcher Seite?«, fragte Barrière. »Der Polizei?«

Der Spindoktor lachte laut auf und erwiderte: »Ja, was soll's. Warum nicht von der Polizei?«

Aus dem Dunkeln

Den Haag, 2. Juli

Es herrscht absolute Dunkelheit. Nicht der kleinste Streifen Licht. Die Dunkelheit ist wie eine Materie, schwer, drückend, die nach einer Weile immer elastischer wird, teigig, und dieser pechschwarze Teig dringt überall ein, in jede noch so kleine Körperöffnung, in Ohren, Augen, Nase und Mund. Der Mund ist nicht nur angefüllt von der teigigen Düsternis, er wird von ihr aufgedrückt, die Kiefer werden auseinandergestemmt, und als sie gerade das Gefühl hat, dass auch die Lungen sich mit Dunkelheit füllen, hört sie, wie der Kiefer mit einem lauten Krachen zersplittert.

Das Geräusch reißt sie in die Höhe. Sie sitzt senkrecht im Bett. Während das Bewusstsein langsam in ihre tiefschwarze Seele tropft, wird ihr klar, wie absurd dieses filmreife Ende eines Albtraumes ist. Sie holt tief Luft, während sie darauf wartet, dass die Frequenz ihrer Herzschläge wieder abnimmt. Aber sie wird nicht richtig wach.

Erneut taucht sie in die Dunkelheit ein. Alles beginnt von vorn. Nur liegt sie diesmal in einer Gebärmutter. Sie hört einen beständigen Herzschlag, den Herzschlag ihrer Mutter. Sie hört es rumpeln im Bauch. Es ist genauso dunkel wie zuvor – aber vielleicht ist ihr Sehvermögen auch noch nicht entwickelt. Vielleicht hat sie noch gar keine Augen. Flüssigkeit fließt durch sie hindurch. Ihr Mund ist geöffnet, sie atmet Flüssigkeit. Aber dann drängt sich ein anderer Laut auf, es klingt wie ein Schnitt, als würde jemand vorsichtig ein Stück Stoff zerschneiden. Dann tut sich eine jähe Öffnung auf, Licht, grelles

Licht dringt herein, das erste Licht, das ein Säugling zu sehen bekommt. Jemand hat sich in den Bauch ihrer Mutter geschnitten. Sie hört einen kräftigen Klaps und schießt aus der weit aufgerissenen Öffnung heraus.

Und wieder sitzt sie senkrecht im Bett. Und schüttelt den Kopf. Das hier ist doch grotesk. Als auch jetzt wieder eine Spur von Rationalität in ihr Gehirn zurückgekehrt ist, erinnert sie sich daran, dass ihre Mutter sie – im Krankenhaus von Stralsund – mit einem Kaiserschnitt zur Welt gebracht hat. Viel mehr hatte ihre Mutter über die Geburt nicht erzählt, aber sie weiß noch genau, wie ihr Vater erblasste, als er daran erinnert wurde.

Ich darf auf keinen Fall wieder einschlafen, denkt sie und tut es sofort.

Wieder tiefe Dunkelheit, durch die kleine Bläschen blubbern. Meer. Vollkommene Dunkelheit. Sie bekommt keine Luft. Sie taumelt umher, kann oben nicht von unten unterscheiden. Sie spürt die Panik in sich aufsteigen, als der Druck auf das Trommelfell zunimmt. Blasen, erwacht ein Gedanke in ihr, Blasen steigen nach oben. Dass alles immer der Ratio verpflichtet ist, ist ein anderer Gedanke. Während sie ihren taumelnden Körper unter Kontrolle bekommt, verschwinden die Bläschen. Jetzt kann sie ihnen nicht mehr folgen. Sie spürt, wie ihr Körper vor Panik zur Seite kippt. Aus ihrem Mund entweicht etwas Luft, ein stummer Schrei in Form von Bläschen, und diese Luftbläschen gleiten an ihren Wangen vorbei zu ihrem Nacken. Da begreift sie, dass sie mit dem Gesicht nach unten liegt. Nach unten in die Tiefe. Sie dreht sich zur Seite, lässt erneut etwas Luft entweichen, aber keinen Schrei. Wieder die Ratio. Zum Glück. Den Bläschen folgend, meint sie einen Schimmer zu sehen. Sie nimmt ihre ganze Kraft zusammen und schiebt sich mit ein paar kräftigen Schwimmzügen nach oben. Als sie die Wasseroberfläche durchbricht, sieht sie Dieter auf dem Steg stehen, den fiesen Dieter aus der Vierten, und als er sie wieder unter Wasser drückt, geschieht das mit einem lauten Klatschen.

Und das weckt sie endgültig auf. Erneut sitzt sie kerzengerade im Bett. Es dauerte eine Weile, ehe sie normal atmen kann. Noch bevor sie richtig wach geworden ist, springt sie aus dem Bett, sie will kein weiteres Mal zurück in die Dunkelheit. Aber das Schlafzimmer ist auch dunkel, obwohl es draußen Hochsommer ist. Sie zieht die Rollos hoch, und blendendes Licht schlägt ihr entgegen. Wie schneeblind stolpert sie ins Badezimmer.

Tanzende Flecken dominieren ihr Spiegelbild. Nach einer Weile erst sieht sie ihr Gesicht hinter diesem sonderbaren Tanz. Obwohl sie sich nicht wirklich erkennt. Sie muss ihren Namen laut sagen: »Jutta Beyer.«

Aber sie spürt, wie sie geradezu physisch aufgefüllt wird. Vernunft tropft in ihren Körper wie in einen Kolben im Chemielabor. Sie legt den Kopf in den Nacken und denkt an ihre eigenen Worte vom Vortag: »Mir ist bewusst, dass ich diese klaustrophobischen Stunden noch nicht verarbeitet habe, und es ist mehr als wahrscheinlich, dass sie mich über kurz oder lang in meinen Träumen heimsuchen werden.«

Dass es allerdings so schlimm werden würde, hatte sie nicht erwartet. Nachdem der Kolben wieder bis zu seinem gewöhnlichen maximalen Niveau gefüllt war, hätte sie sich eigentlich befreit fühlen müssen, so wie man sich nach einer Weile von seinen Albträumen losreißt. Aber so war es nicht, und doch hatte das Gefühl, das zurückblieb, nichts mit Angst zu tun. Es war etwas anderes. Jutta Beyer duschte, zog sich an, frühstückte, las die Zeitung, fütterte ihren nach wie vor namenlosen Kater, zog sich Jacke und Schuhe an und eilte aus dem Haus. Aber die ganze Zeit über spürte sie, dass etwas aus den Träumen an ihr haften geblieben war.

Und dabei ging es nicht um Dieter, obwohl die Überraschung groß gewesen war, den Quälgeist ihrer Kindheit nach fünfundzwanzig Jahren wiederzusehen. Es war auch nicht der Kaiserschnitt der Mutter, obwohl die Perspektive sowohl bizarr als auch absurd gewesen war. Noch nicht einmal die teigige Materie der Dunkelheit, die sie noch in ihren Körperöffnungen zu spüren glaubte, war es. Nein, es musste etwas anderes sein. Leider half ihr auch die Fahrt auf ihrem unerschütterlich treuen

Kalkhoff-Rad nicht – obwohl diese Aktivität normalerweise alle Fragezeichen ausradierte. Sie fand einfach die Antwort nicht auf die Frage, die sie noch gar nicht formuliert hatte. Es gab sie noch nicht, und deshalb stach und juckte sie.

Sie nahm ihre Standardroute, und als sie auf dem Parkplatz vor dem Europol-Gebäude ankam, stand dort Marek Kowalewski. Auch das entsprach der Routine; sie konnten die Uhr nach einander stellen. Er rasselte mit seinem Fahrradschloss, als sie auf ihn zurollte.

»Nein«, sagte Beyer. »Wir schließen unsere Räder nicht aneinander an, Marek.«

»Ganz genau«, entgegnete Kowalewski und rasselte weiter mit dem Kettenschloss. Aber der Morgen war zu sonnig und klar, als dass es gespenstisch gewirkt hätte. »Und weißt du auch, warum wir unsere Räder nicht zusammenschließen sollten, Jutta?«

»Weil wir nie gleichzeitig Feierabend machen und es sonst jedes Mal Chaos gibt?«

»Gutes Argument«, gab Kowalewski zu. »Aber ich habe noch ein besseres.«

»Dann schieß los«, forderte Beyer ihn auf.

»Weil wir am falschen Ort sind!«

Beyer sah ihn verwundert an. Dann betrachtete sie das Europol-Gebäude, das hinter grünen Klettergewächsen verschwand, aus denen die roten Markisen leuchteten. Und da fiel es ihr wieder ein.

»Verdammt«, stieß sie hervor.

»Jutta, du fluchst doch nie!«

Und dann lachten sie. Sie lachten immer lauter und wilder, und da kam es ihr so vor, als würde sich etwas in ihr lösen. Die Dunkelheit verschwand, und als sie ihr Schloss mit einem lauten Schnalzen aufschloss, fielen die letzten Puzzleteile auf ihren Platz. Die noch nicht gestellte Frage formulierte sich selbst. Abrupt hörte Beyer auf zu lachen.

Kowalewski kicherte zwar weiter, wirkte aber überrascht.

»Verzeih«, sagte sie. »Mir ist da gerade etwas eingefallen. Aus meinen Träumen.«

»Aha?«

»Ich hatte mehrere Albträume, in denen ich im Dunkeln eingesperrt war. Und es kam mir so vor, als würden die Träume etwas von mir wollen ...«

»Etwas von dir wollen?«

»Ja, alle endeten mit einem lauten Geräusch.«

»Und?«

»Ich habe in diesem Küchenschrank etwas gehört. Und zwar nur das eine Mal, als jemand in die Küche kam. Ich habe Schritte gehört und dachte, die hätten mich entdeckt. Das war schrecklich. Aber die Schritte hielten nicht vor dem Küchenschrank an, sondern in der Mitte der Küche. Und dann gab es diesen lauten Knall.«

»Einen Knall wie von einer Pistole oder von einer Kanone?«

»Nein, es war eher ein Schlag. Ziemlich laut, ich erinnere mich, dass ich zusammenzuckte und dann befürchtete, dass er mich gehört hätte. Aber dann entfernten sich die Schritte wieder aus der Küche.«

»Ein Schlag? Etwas, das zuschlägt?«

»Ja, vielleicht. Zugeworfen. Fest verschlossen.«

»Mitten in der Küche? Auf dem Boden?«

»Ich glaube.«

»Und du hast nichts gesehen? War kein Spalt an der Tür?«

»Nein, es war pechschwarz. Ich wollte auch keinen Spalt.«

»Dabei saßt du zwei Stunden und zwölf Minuten dort drinnen.«

»Und dann war da plötzlich dieser Rauch, da dachte ich, mein letztes Stündlein hätte geschlagen. Ich habe mich innerlich darauf vorbereitet, aus dem Schrank zu springen und lieber erschossen zu werden, als bei lebendigem Leib zu verbrennen.«

»Wann war das ungefähr? Die Kameraaufnahmen deuten auf nichts Ungewöhnliches hin. Felipe hatte die Wohnung von der anderen Kanalseite aus ununterbrochen im Auge, und Arto und Miriam saßen in der Wohnung unter dir, um bei Bedarf sofort hochzustürmen, während Corine und ich die Brandbomben und die Feuerwehruniformen besorgt haben. Das war alles Artos Idee.«

»Etwa nach der Hälfte der Zeit, würde ich sagen. Nach einer Dreiviertelstunde ungefähr.«

»Wir müssen sofort zu Europol fahren, und zwar ins richtige Gebäude«, konstatierte Kowalewski.

Sie fuhren durch den kleinen Park Scheveningse Bosjes und sahen schon von Weitem das soeben eingeweihte neue Europol-Gebäude mit seinen vier parallelen Gebäuderiegeln unterschiedlicher Höhe. Kurz darauf saßen sie an Kowalewskis Rechner, im hinteren Bereich der neuen Büroräume. Ohne nach links oder rechts zu sehen, machten sie sich in seinen Daten auf die Suche und fanden schnell die entsprechende Sequenz.

»Ja«, sagte Beyer. »Da muss es sein.«

»Oh verdammt, genau im toten Winkel.«

»Lasst euch von uns nicht weiter stören«, sagte Paul Hjelm.

Beyer und Kowalewski sahen auf und bemerkten erst jetzt die übrigen Mitglieder der Opcop-Gruppe, die sich nur wenige Meter entfernt vor der Whiteboard-Tafel versammelt hatten. Die beiden sahen einander an und grinsten.

»Entschuldigt die Verspätung«, sagte Beyer. »Wir sind zum alten Gebäude gefahren.«

Kurzes Gelächter.

»Aber wir waren unterwegs nicht untätig«, erklärte Kowalewski und klemmte sich seinen Laptop unter den Arm. Er schloss ihn an die Whiteboard-Tafel an und öffnete die Datei. Sie sahen ein Standbild von dem namenlosen Leibwächter mit der inoffiziellen Bezeichnung »Fleischschrank Zwei«, der wie immer im Wohnzimmer auf dem Sofa saß. Der einzige Unterschied zu sonst war, dass er dort allein saß. Er rauchte und blätterte lustlos in einem Pornoheftchen. Neben ihm auf dem Sofa lag der Umschlag aus der Oude Kerk.

Kowalewski startete die Filmaufnahme. Als würde der Leibwächter erst in diesem Moment den Umschlag bemerken, drückte er seine Zigarette aus, legte das Pornoheftchen weg, griff nach dem Umschlag und stand auf. Er legte den Umschlag auf den Schreibtisch. Als er zum Sofa zurückkehrte, entdeckte er einen Zettel, der zwischen den Kissen steckte, und sah ihn sich genauer an. Dann schlurfte er in die Küche und verschwand aus dem Bild.

»Ich erinnere mich daran«, sagte Felipe Navarro. »Ich hatte eine Scheißangst, dass er sich Jutta holt. Ich wählte bereits Artos Nummer, als der Kerl auch schon wieder zurückkam.«

»Was wir hier sehen«, sagte Kowalewski. »Wie lange war er weg? Fünf Sekunden, zehn?«

»Es fühlte sich trotzdem wie hundert an«, entgegnete Navarro.

»Aber du hast nicht auf die Kamera in der Küche gewechselt?«, fragte Kowalewski.

»Dazu hatte ich keine Zeit. Ich saß nicht vor dem Computer und sah nur von Weitem, dass er aufstand und wegging. Da habe ich als Erstes Artos Nummer gewählt. Ich wollte aber gerade umschalten, als er schon wieder zurückkam.«

»Ohne den Zettel«, fügte Jutta Beyer hinzu.

Das sahen die anderen jetzt auch.

Kowalewski wechselte zur Kamera in der Küche. Doch das Bild deckte nicht einmal die Hälfte des Raumes ab, allerdings zeigte es den besagten Küchenschrank, dessen Tür tatsächlich fest verschlossen war. Auf den Aufnahmen war nichts zu sehen. Und sie hatten keine Mikrofone in der Küche installiert.

Kowalewski spielte daraufhin die Bilder aus dem Wohnzimmer ein weiteres Mal ab, wobei er die Lautstärke bis zum Anschlag aufdrehte. Tatsächlich war ein dumpfer Knall zu hören, kurz bevor der Leibwächter ins Zimmer zurückkehrte und sich wieder aufs Sofa fallen ließ.

»Jutta und ich sind der Meinung, dass dieser Zettel eine der chiffrierten Nachrichten ist, die aus Versehen zwischen den Kissen stecken geblieben ist. Wir wussten bisher nicht, was sie mit den alten Nachrichten machen – wir hatten vermutet, dass sie sie irgendwie entsorgen, verbrennen oder so. Aber das stimmt vielleicht gar nicht.«

»Ich habe diesen Knall gehört«, sagte Beyer. »Natürlich wesentlich lauter. Etwas wurde kräftig zugeschlagen. Ich glaube, dass sich im Fußboden eine Luke befindet. Im toten Winkel der Kamera. Und vermutlich liegen die alten Nachrichten dort.«

»Dann müsste da wohl ein ganzer Schatz alter Nachrichten liegen«, meinte Kowalewski mit einer ausholenden Geste. »Falls uns die Decodierung der Texte immer noch interessiert.«

»Du hast recht«, sagte Paul Hjelm, »und ein Nachrichtenschatz klingt außerordentlich verheißungsvoll. Vor allem, weil wir dank der Decodierungsabteilung nun den Schlüssel zu den Botschaften haben und wissen, dass man sie zusammenlegen muss. Das könnte der Durchbruch sein.«

»Wenn ich in dem Küchenschrank ein bisschen aufnahmefähiger gewesen wäre«, sagte Beyer nachdenklich, »dann hätten wir sie auf dem Weg nach draußen schon alle mitnehmen können. Dann hätten wir sie jetzt.«

»Nein«, sagte Hjelm.

»Nein?«, fragte Beyer.

»Natürlich nicht«, sagte Hjelm. »Wenn ihr sie hättet mitgehen lassen, wäre das Vlad sofort aufgefallen, dann wäre unsere Observierung aufgeflogen, und unsere Anstrengungen wären vergebens gewesen. Aber dafür haben wir dies hier. Die bisher von uns zusammengelegten Briefe beinhalten offenbar folgende Nachricht: ›Die Expansion des Unternehmens bringt einige organisatorische Veränderungen mit sich. Jede Einheit wird teilweise neue Verantwortungsbereiche erhalten.‹ Dann kommt ein wenig administratives Geschwätz, das klingt wie in jedem beliebigen Unternehmen, ehe es wieder etwas spezifischer wird. Obwohl, da haben wir noch Probleme mit der Interpretation, nicht wahr, Angelos?«

»In gewisser Weise schon, ja«, antwortete Sifakis. »Die Formulierung ›Jede Einheit‹ bestätigt zunächst, dass unser Trio nur ein kleiner Teil von etwas Größerem ist, so wie wir es auch angenommen haben. Die Bettlermafia ist eine Sektion innerhalb des Menschenhandels, der wiederum ein Bereich einer größeren Organisation ist. Das wissen wir, und zu dieser müssen wir Zugang bekommen. Felipe?«

»Also«, hob Felipe Navarro an, »die folgenden Informationen sind in drei Teile gegliedert. Die ersten beiden kennen wir schon aus dem Brief, den Marek fotografieren konnte. Der erste Teil ist eine Art Report über die Fortschritte im Bettlerbusiness – Vlad bleibt dabei nicht ganz sachlich und sagt so Sachen wie: ›Ich habe die Skandinavier so satt. Verdammte Geizhälse. Und in Griechenland hat noch nicht einmal mehr die feine Gesellschaft Kohle.‹ Dort steht aber auch etwas von einer deutlichen Expansion in bestimmten Städten wie Dresden, Bochum, Montpellier, Toulouse und so weiter. Außerdem werden lokale Probleme erwähnt, etwa: ›Die Polizei von Klagenfurt ist vor allem in der Dämmerung besonders wachsam‹ oder ›In Bologna droht das Aufkommen lokaler Banden‹ und ›Schlechte Stimmung in Einheit vier, Tilburg, Tendenz zum Aufstand‹ sowie ›In den letzten Wochen spürbarer Mangel an Kleingeld in Heraklion‹. Die Probleme werden vermutlich auch lokal gelöst, müssen aber offenbar alle an noch höherer Stelle gemeldet werden – Vlad und seine Männer erfahren auch erst davon, nachdem die Information an höchster Stelle eingetroffen ist. Das war der erste Teil.«

»Der zweite Teil sieht nach wie vor nur wie eine Liste mit Punkten aus«, sagte Kowalewski.

»Und das ist es wahrscheinlich auch«, erklärte Navarro. »Allerdings sind es keine gewöhnlichen Punkte mehr, nachdem sie jetzt dechiffriert sind. Aber sie sind schwer zu deuten. Es handelt sich um einen Code im Code, eine Auflistung von Posten vom Typ S45E und TM08G. Ich glaube, dabei handelt es sich um die nächsten Aufträge unseres Trios, also die aktuellen Arbeitsaufträge, unabhängig von den neuen Direktiven. Vermutlich geht es um Anschaffungen. Meine Hypothese ist, dass jeder Posten für einen Sklaveneinkauf steht, und jeder Einkauf kann, wie wir wissen, mindestens fünfzehn behinderte Sklaven umfassen. Das bedeutet nicht notwendigerweise, dass die drei selbst auf Reisen gehen müssen, aber zumindest müssen sie den Kauf koordinieren.«

»Aber wie zum Teufel können die etwas koordinieren, ohne zu kommunizieren?«, schimpfte Corine Bouhaddi. »Das ist doch total krank. Vlad sitzt da wie eine Spinne im Netz und ist für große Teile des europäischen Sklavenhandels zuständig, und er kommuniziert kein einziges Mal mit seinen Untergebenen. Wie soll das gehen?«

»Die lokalen Einheiten sind vermutlich autonom«, sagte Arto Söderstedt. »Auch eine Methode, um die elektronische Kommunikation gering zu halten. Vlad, Ciprian und Fleischschrank Zwei sind für den Einkauf zuständig. Von unserem beklagenswerten Freund Burak Korkmaz haben wir ja erfahren, dass sie manchmal auch selbst auf Reisen sind. Aber ich gehe davon aus, dass die Einkäufe die meiste Zeit über von Typen wie Korkmaz erledigt werden, lokalen Größen mit tragisch unerfüllten Chefambitionen. Aber ich glaube trotzdem, dass sie irgendwie mit ihren Untergebenen kommunizieren. Sie benötigen ja ganz andere Informationen als die Feststellung: ›In den letzten Wochen spürbarer Mangel an Kleingeld in Heraklion‹. Das genügt doch nicht, es muss auch andere Wege der direkten Kommunikation geben. Vlad muss dem Einkauf ja auch zustimmen, dafür benötigt er Fotos der ausgewählten Sklaven, und er muss akzeptieren oder ablehnen. Und wenn die Sklaven dann an ihrem Zielort eingetroffen sind, muss es dort lokale Gruppierungen geben, die beispielsweise in Duisburg oder Rennes oder wo auch immer alles Weitere steuern. Wir haben sie nur noch nicht zu sehen bekommen. Denn wir haben uns die ganze Zeit darauf fixiert, dass die Kerle elektronisch in Kontakt stehen. Erst jetzt haben wir die Kameras richtig eingestellt.«

»Ich bin trotzdem noch nicht zufrieden damit«, sagte Söderstedt. »Zum Beispiel dieser Satz: ›Schlechte Stimmung in Einheit vier, Tilburg, Tendenz zum Aufstand‹. Tilburg ist eine Stadt mit zweihunderttausend Einwohnern im Süden Hollands. Eine ziemlich kleine Stadt. Wie viele Städte dieser Größe gibt es in der EU? Allein in Deutschland werden es bestimmt an die vierzig sein. Und es gibt auch in Städten wie Linköping Bettler, und das hat nur hunderttausend Einwohner. Lasst uns also von zweihundert Städten dieser Größenordnung in Europa ausgehen. Und in jeder dieser Städte gibt es mindestens vier ›Einheiten‹, in größeren wahrscheinlich wesentlich mehr. Alle diese Einheiten müssen bei Vlad Bericht erstatten. Das wären dann achthundert, nein tausend Berichte. Auch wenn sie das nicht jede Woche tun, müsste es in Amsterdam förmlich Berichte regnen.«

»Obwohl du vorhin noch gesagt hast, dass die lokalen Einheiten wahrscheinlich autonom sind«, warf Hjelm ein. »Vielleicht müssen sie nur einmal im Jahr ihren Bericht schicken. Und das würde auch wieder besser zu der Anzahl der Umschlagslieferungen passen, die wir in den letzten Wochen beobachtet haben.«

»Da ist noch etwas anderes, aber ich komme nicht darauf«, sagte Söderstedt.

»Dann brauchst du es auch nicht erwähnen«, entgegnete Hjelm barsch.

»Zuallererst müssen wir uns die alten Nachrichten ansehen«, meinte Jutta Beyer.

»Lasst mich jetzt meine Zusammenfassung zu Ende bringen«, sagte Felipe Navarro ungeduldig. »Wir haben also eine Serie von verschiedenen Posten mit Bezeichnungen wie S45E und TM08G. Am Anfang stehen ein einzelner oder zwei Buchstaben, in der Mitte sind immer zwei Ziffern und am Ende steht wieder ein einzelner Buchstabe. Ich glaube, die ersten Buchstaben stehen für Orte, Orte mit einer großen Roma-Bevölkerung wie Sulukule in der Türkei – S – oder Tîrgu Mureş in Rumänien – TM. Bei den darauffolgenden Ziffern könnte es sich um mögliche Treffpunkte in den jeweiligen Orten handeln, von 00 bis 99, wie zum Beispiel Einrichtungen für Behinderte oder diese geheimen Häuser, wo die Unterhändler wie Korkmaz ihre Sklavenschar hinbringen. Aber dann gibt es noch diesen Buchstaben am Ende, von A bis Z, und den konnten wir noch nicht zuordnen.«

»Ist denn ein Datum vermerkt?«, fragte Hjelm.

»Leider nicht«, antwortete Navarro. »Natürlich könnte dieses dritte Element von A bis Z auch für ein codiertes Datum stehen. Aber es ist schwer, ein Datum mit nur einem einzigen Buchstaben zu kodieren.«

»Wir wissen also nicht, wann sie das nächste Mal loslegen?«

»Nein«, sagte Sifakis, »und wir wissen auch nicht, wie die Sklaven transportiert werden. Es könnte auch sein, dass dieser letzte Buchstabe etwas über den Transportweg aussagt.«

»In jedem Fall ist es doch interessant, dass diese detaillierten Instruktionen offenbar von einer Vlad noch übergeordneten Stelle kommen«, warf Söderstedt ein. »Eigentlich müssten sie doch von ihm selbst an die Leute vor Ort wie Burak Korkmaz gehen. Und die Informationen darüber, wohin die Sklaven gebracht werden sollen, müssten separat an diejenigen weitergegeben werden, die für den Transport der Sklaven zuständig sind. Es gibt doch keinen Grund dafür, dass so einer wie Korkmaz davon weiß. Er sammelt die Sklaven nur ein, sie werden ihm abgekauft, er übergibt sie, bekommt sein Geld und haut wieder ab. Das Need-to-know-Prinzip ist der Schlüssel für den Erfolg. Aber auch er muss von Zeit zu Zeit mit Vlad in Kontakt treten. Uns fehlen die Kommunikationswege!«

»Du wiederholst dich«, sagte Hjelm. »Dabei sind wir doch schon ein gutes Stück weitergekommen.«

»Das ist absolut der Fall«, bestätigte Sifakis. »Aber Arto hat im Prinzip natürlich recht. Wenn die Instruktionen zu den Details von übergeordneter Stelle kommen, was ist dann Vlads Rolle in dem Ganzen? Ist er gar nicht der Kopf des Bettlerrings in Europa? Warum sollte man drei Männer in einer teuren Wohnung unterbringen, wenn sie praktisch nichts bewerkstelligen, sondern die meiste Zeit Däumchen drehen?«

»Vielleicht finden sie geheime Hinweise in den Pornoheftchen?«, schlug Kowalewski vor.

»Es könnte doch auch sein, dass dies die bereits geprüften Listen sind«, sagte Beyer. »Vlad hat sie erstellt und bekommt sie auf diesem Weg als genehmigt zurück. Jetzt kann er ans Werk gehen.«

»Aber wie hat er sie dann losgeschickt?«

»Darauf müssen wir später zurückkommen«, entschied Hjelm. »Denn es gab noch einen Punkt in den zusammengelegten Briefen, richtig? Einen Auftrag, der mit den neuen Direktiven zusammenhängt.«

»Exakt«, sagte Sifakis. »Ich glaube, das haben wir jetzt geknackt. Dort steht zum Beispiel, dass – Zitat – ›die Fotzen zwischen C08 und F14 verteilt‹ werden sollen, an anderer Stelle …«

»Bitte, was soll verteilt werden?«, rief Corine Bouhaddi.

»Ja, es tut mir leid«, sagte Sifakis verlegen, »aber so steht es dort.«

»Sind wir jetzt beim Sexsklavenhandel gelandet?«, fragte Beyer. »Bisher befand sich doch immer ein wasserdichtes Schott zwischen den beiden Branchen. Haben wir also nun plötzlich einfach so die Grenze zwischen Bettlern und Prostituierten überschritten?«

»Worauf würde das denn hindeuten?«, fragte Hjelm.

»Auf Panik«, sagte Kowalewski. »Verzweiflung.«

»Aber weshalb? Sie expandieren doch?«

»Vorläufig können wir C08 und F14 nicht zuordnen«, sagte Sifakis. »Vielleicht handelt es sich um Bezirke? Klubs in Amsterdam? Wie das Red Red Love? Der nächste Auftrag lautet, ›unseren gelben Freunden bei der anstehenden Lieferung‹ zu helfen und ›den Kontakt zu den Jungs im Lager außerhalb von Utrecht herstellen‹.«

Plötzlich ertönte eine Stimme, die noch nicht so oft in den neuen Räumen zu hören gewesen war: »Steht da wirklich ›Jungs‹?«

Die Mitglieder der Opcop-Gruppe drehten sich um und versuchten, den Besitzer der ungewohnten Stimme zuzuordnen. Es zeigte sich, dass die Person direkt hinter Paul Hjelm auf einem Stuhl saß. Es war Kerstin Holm, die Lebensgefährtin des Chefs sowie die Chefin des lokalen Büros der Opcop-Gruppe in Stockholm. Und zufällig zu Besuch in der Stadt.

»Ja, warum?«, antwortete Sifakis.

»Jungs wie Kinder? Jungs wie Jünglinge oder eher wie Kumpel und Kollegen?«

»Intuitiv habe ich das als Jungs wie Kinder übersetzt«, erwiderte Sifakis. »Aber natürlich kann es auch anders gemeint sein. Wie ›the boys‹.«

»Danke«, sagte Kerstin Holm und verfiel wieder in Schweigen.

Sifakis wandte sich erneut zu seinem Monitor um und fuhr fort: »Es gibt also eine Art ›Lager‹, das mit ›unseren gelben Freunden‹ zu tun hat. Chinesen?«

»Das nenne ich eine echte Expansion«, sagte Kowalewski. »Eine Erweiterung der Geschäftsbereiche – die wir bisher noch nicht näher identifiziert haben – bis nach China.«

»Und im Extremfall«, fügte Jutta Beyer hinzu, »handelt es sich um eine äußerst beunruhigende Verbindung zwischen der 'Ndrangheta und den chinesischen Triaden.«

»Via eine rumänische Bettlermafia«, sagte Hjelm. »Der Sache müssen wir natürlich nachgehen. Aber es stand noch mehr auf diesen Listen, oder?«

»Ja«, antwortete Sifakis. »Felipe hat sich damit beschäftigt.«

»Das habe ich«, übernahm Navarro, »allerdings ohne besonders viel herauszubekommen. Es gibt einige Bezeichnungen, die ich nicht genau zuordnen konnte. Vlad soll sich *Stand-by* halten für folgende ›Projekte‹: ›Roter Faden‹, ›Plan G‹ und ›Projekt URKA‹.«

Paul Hjelm saß schweigend auf dem improvisierten Podium, und alle sahen ihn an.

Kowalewski wählte den Weg der Barmherzigkeit: »URKA ist doch diese merkwürdige Gruppierung Krimineller in Transnistrien, zwischen Moldawien und der Ukraine?«

»Genau«, bestätigte Navarro. »Eine extrem geschlossene Verbrecherorganisation, deren Mitglieder Nachfahren von deportierten Sibirern sind, die zuvor äußerst wenig Kontakt zur Außenwelt hatten.«

Als er wieder zu Hjelm sah, hatte der sich offenbar erholt und war in die Wirklichkeit zurückgekehrt.

»Es ist nicht so einfach, die verschiedenen Aufgaben zu koordinieren, weil wir uns in Amsterdam aufteilen müssen ...«

»Ich finde, der Chef sollte ein bisschen vorsichtiger sein mit dem Wörtchen ›wir‹«, schlug Corine Bouhaddi vor.

»Verzeihung«, sagte Hjelm mit neutraler Stimme. »Ich meinte natürlich ›ihr‹. Nichtsdestotrotz müssen wir diesen Spuren folgen. Im Moment sind Miriam, Laima und Donatella mit Adrian in Amsterdam. Ich erstelle einen Arbeitsplan, wenn ich mir alle Abläufe genauer angesehen habe. Bis dahin will ich, dass ihr mit dem weiterarbeitet, was wir haben.«

Er stand auf, um zu signalisieren, dass das Meeting beendet

war, aber so leicht wurde es ihm nicht gemacht, denn Arto Söderstedt sagte rasch: »Im Prinzip müssten wir eine der Kameras drehen, um auf den Monitor sehen zu können.«

Hjelm seufzte und setzte sich wieder hin.

»Was meinst du genau?«

»Amsterdam«, erläuterte Söderstedt, »Vlads Rechner.«

»Aber wir haben doch schon festgestellt, dass er damit nur spielt.«

»Ich will ihm dabei zusehen, wie er Snood spielt«, sagte Söderstedt.

Hjelm wandte sich an Navarro.

»Benötigen wir beide Kameras für die Briefe?«

»Ja, wenn wir sie sichern wollen, auf jeden Fall. Außerdem besteht die Gefahr, dass sie es hören, wenn wir sie mit der Fernbedienung neu justieren – was allerdings möglich ist, dank des heroischen Einsatzes der Kollegen.«

»Eigentlich sollten sie lautlos sein«, warf Söderstedt ein. »Außerdem sind sie in der Decke versenkt. Glaubt mir, ich weiß es, ich habe eine installiert.«

»Versucht es aber nur, wenn sie gerade nicht in der Nähe sind«, sagte Hjelm.

»Wie bitte?«, fragte Navarro. »Jetzt?«

»So schnell wie möglich«, befahl Hjelm und erhob sich wieder.

Söderstedt, Bouhaddi, Kowalewski, Beyer, Navarro und Sifakis verließen die Runde und begaben sich an ihre Arbeitsplätze. Am Ende waren nur Paul Hjelm und Kerstin Holm übrig.

Ihre Blicke begegneten sich, und Hjelm deutete mit einem Kopfnicken zu seinem Büro.

Dorthin gingen sie, Seite an Seite, und jeder von ihnen spürte, dass der andere schwer an einem Gedanken trug. Sie mussten sich austauschen, nur sie beide. Als Paar. Als Einheit gegen den Rest der Welt.

Hjelms neues Büro sah aus wie das alte. Er hatte dem Architekten zwar, als dieser ihn vor etwa einem Jahr im alten Europol-Gebäude aufgesucht hatte, in der Tat gesagt, dass er sich ein ähnliches Büro wünsche. Aber Kerstin Holm fand das Ergebnis geradezu lächerlich. Es war schlichtweg eine Kopie des alten. Die eine Fensterfront ging auf die Stadt hinaus, die andere in das Großraumbüro. Es war eine Blaupause, nur etwas neuer und aufgeräumter.

Paul Hjelm drückte ihre Hand und setzte sich dann an seinen Schreibtisch.

»Denken wir an dasselbe, Kerstin?«

»Ehrlich gesagt, glaube ich das nicht«, entgegnete Kerstin Holm und ließ sich auf den Besuchersessel sinken.

Hjelm runzelte die Stirn und nickte. Er nämlich dachte an ein Flüstern, ein hastiges Flüstern.

Aber Holm sagte: »Wir nennen das einen *long shot,* einen Schuss aus weiter Distanz.«

»Manchmal treffen auch solche Schüsse. Woran denkst du denn?«

»Schweden, Herbst 2005. Ein unerwarteter Flüchtlingsstrom chinesischer Kinder, alle mit der exakt identischen Geschichte über ihre verstorbenen Eltern im Gepäck. Sie hatten identische schwarze Taschen, identische Kleidungsstücke, identische Spielsachen, identische Handys. Aber als die Polizei endlich den Zusammenhang begriffen hatte, gab es niemanden mehr, den sie befragen konnten. Die Kinder waren spurlos verschwunden. Darunter ein Zwillingspaar, Söhne einer Chinesin namens Wang Yunli. Die Jungen trafen am 12. Oktober 2005 in Schweden ein. Cheng und Shuang saßen zwei Tage lang im Flüchtlingslager in Åkersberga. Dann verschwanden sie spurlos.«

»Ah, ja«, sagte Hjelm. »Die Putzfrau Wang Yunli, die schwarz gearbeitet hatte. Aber das ist so lange her. Das war unser erster großer Fall ...«

»Vlad soll ›unseren gelben Freunden bei der anstehenden Lieferung‹ helfen und ›den Kontakt zu den Jungs im Lager außerhalb von Utrecht herstellen‹.«

Hjelm sah aus dem Fenster, die Mittagssonne blendete ihn, und er schloss die Augen. Dann sagte er: »Allerdings ist *long shot* nur der Vorname ...«

»Angelos hatte dasselbe Gefühl wie ich, dass mit ›Jungs‹ Kinder gemeint sind …«

»Ein Gefühl, meinetwegen …«

»Lass mich bitte die Sache mit dem ›Lager außerhalb von Utrecht‹ überprüfen.«

»In Ordnung«, antwortete Hjelm. »Aber du darfst nicht alleine aktiv werden. Aber das weißt du ja.«

»Dazu kommt es auch sicher nicht«, sagte Holm. »Das ist alles viel zu vage. Aber ich bin es Wang Yunli schuldig, nach jedem Strohhalm zu greifen, den ich entdecke.«

»Das verstehe ich«, sagte Hjelm. »Sei bitte vorsichtig.«

»Aber das war es nicht, woran du gedacht hast, oder?«

Hjelm sah erneut aus dem Fenster.

»Nein.«

»Und woran hast du gedacht?«

In Bruchteilen von Sekunden hatte er eine Entscheidung getroffen.

»Arto.«

»Arto?«

»Seine Vermutung.«

Kerstin Holm stand auf. Seine Kerstin. Er sah die Falte zwischen ihren Augenbrauen, als sie sich streckte. Er sah, dass sie wusste, dass er nicht die Wahrheit sagte.

Und alle beobachteten sie beide durch die Glasfront. Er konnte Kerstin nicht umarmen. Er konnte auch seine Lüge nicht zurücknehmen.

Sie nickte ihm kurz zu und ging. Er sah ihr hinterher, wie sie an ihren temporären Arbeitsplatz am Rand der offenen Bürolandschaft ging, wo die Tische für die nationalen Vertreter standen. Sie setzte sich. Jetzt sah sie bedrückt aus, fand er.

Er öffnete eine Datei und suchte sich ein Musikstück aus. Heutzutage gab es zu wenig Zeit für Musik. Er entschied sich für einen Song der Einmannband Loney Dear, »Calm Down«, ein schöner Titel. Während Paul Hjelm sich von den heilenden Tönen umfangen ließ, musste er an eine Unterhaltung in einem mittelalterlichen Schloss denken. Es ging um einen Gesetzesentwurf, der Europa verändern würde. Ein gesenkter Kopf und geflüsterte Worte.

»Wenn Sie bei sich in der Behörde jemals über den Begriff ›Plan G‹ stolpern, dann lassen Sie von sich hören.«

Und während die sonderbaren Vibrafonklänge einsetzten, dachte er an Marianne Barrière.

Das Handy

Gnesta, 2. Juli

Während das Wasser ihn umspült, spürt er, wie sauber er wird. Er fühlt sich buchstäblich gereinigt. Dabei ist es gar nicht so lange her, dass er zuletzt geduscht hat. Das war vorgestern. Aber ihm kommt es vor, als hätte sich seitdem besonders viel Schmutz auf seinem Körper abgelagert. Der löst sich nun, als er unter die Wasseroberfläche taucht. Seine schlechtere Hälfte gleitet von ihm ab wie eine Ritterrüstung, eine scheinbar identische Kopie seiner selbst sinkt langsam zu Boden.

Jetzt liegt er am Boden und lässt die Finger über die veralgten Steine streichen. Er gleitet durch das kühle Wasser. Verwendet die Seife, die er in dem verfallenen Haus gefunden hat. Schrubbt seinen Körper und ist von dessen Sehnigkeit überrascht. Er hat das Gefühl, als hätte sich sein Körper von allem losgesagt, als könnte er endlos die Luft anhalten. Als würde sein Körper nichts mehr benötigen, nicht die kleinste Kleinigkeit.

Er ist fast fertig mit seinem Bad, da gleitet ihm die Seife aus der Hand. Er meint sogar, sie davonschweben zu sehen, als hätte sie ein Eigenleben. Dabei weiß er ja gar nicht, wie eine Seife aussieht.

Seit zwei Tagen war er nun schon in dem Sommerhaus, aber erst jetzt war er wirklich davon überzeugt, dass es so einsam lag, wie Janne versprochen hatte. Erst jetzt wagte er es, im See baden zu gehen.

»Im Zug wird dich keiner weiter beachten«, hatte Janne gesagt. »Aber wenn du am Bahnhof in Gnesta ankommst, sei bloß vorsichtig und hüte dich vor allem vor diesem Gitarrenteufel. Der ist absurd wachsam und bemerkt jeden Fremden sofort. Und du wirst wie ein musizierender Zigeuner aussehen.«

»Ich bin ein musizierender Zigeuner«, hatte Mander Petulengro geantwortet.

Und er war vorsichtig. Ein Blinder an einem neuen Ort – es war nicht sein erstes Mal. Er hatte schon wesentlich schlimmere Orte bereist als Gnesta, und es war ihm immer gelungen, unbemerkt zu bleiben. Man musste nur gut hören. Und spüren. Und Mander Petulengro konnte sowohl hören als auch spüren. Er folgte der Wegbeschreibung, das fiel ihm nicht schwer. Als hätte Janne genau gewusst, wie es war, blind zu sein.

Blind geboren zu sein.

Schon kurz hinter dem Bahnhof wurde er von einem Wald umschlossen, die starken Düfte der Gehölze stiegen in sein hochsensibles Sinnesorgan, und er vernahm eine gedämpfte, matte Stille. Er lief und lief, Jannes Hinweise genau beachtend: »Nach etwa zehn Minuten hörst du Kühe, zwanzig oder fünfundzwanzig Minuten später sprudelt ein kleiner Bach, und wenn du den Scheißköter hörst, musst du deine linke Hand ausstrecken und die Reihe mit den Briefkästen entlangfahren.« Er zählte sie ab, alles stimmte. Noch zwanzig Schritte, dann durfte er den Pfad am Straßenschild nicht verpassen. Der wand sich hinunter zu dem kleinen See – er nahm wahr, wie der Geruch von See stärker wurde –, und schon war er angekommen.

»Dort war niemand mehr, seit Mutter gestorben ist«, hatte Janne gesagt. »Ich hätte die Scheißhütte verkaufen sollen, aber ich habe vergessen, wie das geht.«

Der Schlüssel an einem Nagel unter ein paar Holzbrettern, dann die Jagd nach der Ursache für den verfaulten Geruch, schließlich Einsatz der entdeckten Seife, um die Überreste der toten Fledermaus im Waschbecken zu entfernen. Und um überall sauber zu machen. Zum Schluss roch es annehmbar. Mander fand das Bett und sank wie tot darauf nieder.

Zum ersten Mal seit sehr langer Zeit wusste er nicht, wie spät es war, als er aufwachte. Sein Magen schrie vor Hunger. Und er hörte Jannes Worte in seinen Ohren: »Konserven, Konserven, Konserven, das Einmachen war Mutters Lieblingsbeschäftigung. Aber du musst raus in den Erdkeller. Es gibt auch einen Brunnen in der Nähe, du weißt schon, so eine alte grüne Metallpumpe. Ach so, Grün kennst du nicht, aber Pumpe. Das Wasser ist in Ordnung, nach einer Weile.«

Er musste lange pumpen, bis der schlammige Geschmack verschwunden war, aber dann trank er direkt vom Hahn der Pumpe. Er fand einen Eimer, den er erst ausspülte und dann mit Wasser füllte. Darin hatten sich Schnecken angesiedelt, die spülte er weg. Setzte die Seife noch ein weiteres Mal ein. Die Kühle der Luft und die Mücken deuteten darauf hin, dass es vermutlich mitten in der Nacht war.

Die Zeit, in der er besser sah als alle anderen.

Er holte sich Konserven aus dem Erdkeller, hatte aber Schwierigkeiten, sie zu unterscheiden. Alles schmeckte gleich. Bis auf den Kaffee. Es gab tatsächlich Kaffee. Zuerst kochte er nur ein bisschen, als Test. Das Ergebnis schmeckte unerwartet gut. Oder aber sein Koffeinbedarf sorgte dafür, dass seine Qualitätsansprüche gesunken waren.

Er schlief ein wenig, dann ging er auf Entdeckungstour, Gehör und Gespür in Alarmbereitschaft, ebenso der Geruchssinn, aber da war nichts. Es gab keine Menschenseele in der Nähe, dessen war er sich vollkommen sicher. Dennoch ließ er noch einen Tag verstreichen, ehe er es wagte, baden zu gehen.

Und ausgerechnet jetzt verliert er die Seife. Sie segelt davon wie ein verlassenes Geisterschiff, und er wagt es nicht, nach ihr zu suchen. Stattdessen steigt er aus dem Wasser. Sauber, aber enttäuscht. Er findet ein Handtuch. Eigentlich ist es ein bisschen zu rau für ein Handtuch, es fühlt sich eher wie Segeltuch an, aber für Mander Petulengro ist es ein Handtuch. Er hat es dazu ernannt. So wie er das Universum zu seinem macht, indem er es umformt.

Im Haus trocknet er sich sorgfältig ab und kocht sich noch einen Kaffee. Als der Kaffee fertig und das Mahl für den Nachmittag bereitet ist – Konserven, Konserven, Konserven –, geht er zu seinem Gitarrenkoffer. Er hebt die Gitarre heraus, legt sie zur Seite und holt etwas bedeutend Kleineres aus dem Innenfutter.

Ein Handy.

Ein Smartphone. Nicht ganz so smart, wenn man blind ist, denn es gibt keine Knöpfe, der Tastsinn ist nicht einsetzbar. Aber er hat gelernt, das Telefon zu bedienen. Auch im ausgeschalteten Zustand, so wie jetzt. Janne hatte ihm dabei geholfen, die metallische Stimme einzustellen.

Mander will das Handy gar nicht einschalten. Er hat Angst, dass es Strahlen aussendet. Flugmodus, hatte Janne gesagt, dann dürfte es keine Strahlung haben, was diese Strahlung auch immer sein mochte.

Während er sich auf den Weg zum Küchentisch macht, spricht die metallische Frauenstimme zu ihm.

Er setzt sich hin, streicht mit der Hand über den Tisch, um sicherzugehen, dass keine weitere Fledermaus tot heruntergefallen ist. Als er die Hand hebt, steigt ein zarter Seifengeruch in seine Nase. Gestern hatte er den Tisch mit Seife abgewaschen.

Ihm fehlt die Seife.

Er drückt die kleine Erhebung an der Seite des Smartphones. Die metallische Frauenstimme schnarrt zuerst »Voice Memo«, dann folgt »Two twenty-four a.m. June thirtieth«, und unmittelbar danach erklingt eine männliche Stimme, die im gebrochenen Englisch sagt: »Lassen Sie uns doch vernünftig sein. Was wollen Sie von mir?«

Eine andere, viel dumpfere Stimme antwortet: »Dass Sie sich von diesen Ergebnissen distanzieren, Herr Professor. Sobald die Testergebnisse eintreffen, müssen Sie …«

Mander Petulengro schaltet die Audiodatei wieder aus, er kennt sie bereits auswendig. Sein Zeigefinger streicht sanft über das Gerät. Jetzt erklingt die Frauenstimme erneut: »Nine forty-seven a.m. June thirtieth«. Und dann hört er Jannes krächzende Stimme in unerwartet gutem Englisch. Vielleicht, denkt Mander, ist Janne früher wirklich Schriftsteller gewesen.

»Verdammt«, sagt Janne. »Du hast ja eine ganz schöne Reise hinter dir.«

»Vermutlich«, antwortet Mander Petulengros Stimme.

Er erkennt sie kaum wieder.

»Du bist also während des Krieges durch das ganze beschissene Jugoslawien gewandert?«, fragt Janne. »Auch durch Slowenien? Da ha es doch angefangen, oder? Im Juni 1991?«

»Nein«, sagt Manders Stimme. »Meine Reise begann im August 1992. Ich bin via Timişoara über die Berge nach Serbien gewandert. Ich habe überlebt, weil ich Gitarre gespielt und Lieder über die Geschichte meines Volkes gesungen habe.«

»Der blinde Barde«, sagt Janne. »Kennst du Demodokos?«

Mander erinnert sich, dass er den Kopf schüttelte, als Janne ihn das gefragt hatte. Aber davon ist nichts zu hören.

»Erzähl weiter«, sagt Janne. »Zuerst durch Serbien also?«

»Novi Sad, dann nach Kroatien über Vukovar.«

»Im Winter 1992? Da war der Krieg in Kroatien doch in vollem Gange?«

»Es war kalt und die Stimmung in Serbien nicht sonderlich gut. Aber als ich nach Kroatien kam, war es dort noch schlimmer. Der einzige Vorteil war, dass sie einander so sehr hassten, dass sie vergaßen, die Roma zu hassen.«

»Aber war der Krieg da schon ausgebrochen?«

»Es gab überall in den Wäldern Gruppen von Kämpfern. Aber denen gefielen meine Lieder. So überlebte ich. Manchmal haben sie mir sogar etwas zu essen gegeben. Dann bin ich weiter nach Bosnien gezogen. Ich hatte ja keine Karte, ich bin einfach drauflosgewandert. Schließlich landete ich in Banja Luka, das war nicht besonders lustig, eine hasserfüllte Stimmung. Danach bin weitergezogen nach Sarajevo. Und dort herrschte wirklich Krieg. Die Soldaten hatten sich auf den Hügeln verschanzt und schossen auf die Einwohner wie Scharfschützen.«

»So ein Mist, und du warst die ganze Zeit in Sarajevo? Die Stadt war doch bestimmt fünf Jahre lang belagert?«

»Das war die beste Zeit meines Lebens.«

Mander Petulengro erinnert sich, dass er ein Lächeln nicht unterdrücken konnte, als er das sagte.

»Ach so!« Janne lacht überrascht auf. »Gib zu, dass der Grund ein Mädchen war.«

»Luminitsa«, sagt Mander mit verträumter Stimme.
»Wie schön!«
»Nein. Sie blieb zurück. Und ich bin weitergezogen.«
»Sie blieb zurück?«
»Sie war auch blind. Wir bewegten uns nur nachts vorwärts, da konnten wir am besten sehen und die Scharfschützen am wenigsten. Aber eines Tages hat sie sich geirrt. Aber ich will davon nicht erzählen.«
»Alles in Ordnung. Wie schrecklich.«
»Ich habe Sarajevo in der Nacht vom 5. Februar 1994 verlassen. Zehn Jahre bin ich umhergewandert, habe mich nirgendwo zu Hause gefühlt. Ich habe gesungen und gespielt, bis ich genug zum Leben hatte, und bin am Ende nach Transsilvanien zurückgekehrt. Obwohl in Caşin keiner aus meiner Familie mehr lebte, hatte aber die Landschaft überlebt. Die Gerüche, die Winde. Aber ich hätte nicht zurückkehren sollen.
»Caşin?«
»Meine Heimatstadt im Landkreis Harghita. Ganz in der Nähe von Miercurea Ciuc. Aber dort gab es nichts mehr, außer Hass. Ich ging weiter nach Tîrgu Mureş. Dort landete ich in einem verlausten Pflegeheim. Wollte mich zur Ruhe setzen. Wollte dort in Frieden sterben. Aber daraus wurde nichts.«
»Und in deiner Heimatstadt war nichts mehr, außer Hass?«
»Sie hassten uns schon, als ich jung war. Dort gab es Rumänen, Ungarn und Roma. Aber die haben nie zusammengefunden. Eines Abends, ich war nicht älter als achtzehn damals, war ich mit meinen Cousins in einer Kneipe. Plötzlich wollten sie nicht zur Seite gehen, als ein paar Ungarn vor uns bedient werden wollten. So war es, die stellten die Mehrheit der Bevölkerung, also musste man ihnen den Vortritt lassen. Aber nicht an diesem Tag. Der Wirt warf uns aus der Kneipe. Ich bin nach Hause gegangen, aber meine Cousins drangen auf die Grundstücke der Ungarn ein, die diese nach der Befreiung zugewiesen bekommen hatten. Kollektiver Boden, der an alle verteilt wurde, nur nicht an die Roma. Sie haben ein paar Sachen gestohlen, Korn, Saatgut. Die übrigen Einwohner der Stadt versammelten sich daraufhin in der Kirche und bekamen Gottes

Segen, um sich zu rächen und alle Häuser der Roma in Caşin niederzubrennen. Hundertsechzig Roma wurden obdachlos, viele ernsthaft verletzt. Ich nahm meine Gitarre und ging fort. Ich konnte nicht länger bleiben. Aber ich fing an, Lieder darüber zu schreiben.«

»Dann hast du ein Pogrom überlebt?«

»Ich weiß nicht, was das bedeutet. Aber wer ist Demodokos?«

»Ach, vergiss es, Mander. Das ist nur Literatur. Wie ein Schilfrohr im Wind. Das Flüchtigste im Leben.«

»Das finde ich nicht. Ich will es gerne wissen.«

»Hast du schon einmal von Homer gehört? Der *Ilias* und der *Odyssee*?«

»Die alten Geschichten in Versform?«

»Genau. Sie handeln vom Krieg. Vom Krieg und der kriegerischen Heimkehr vom Krieg. In der *Odyssee* kommt ein blinder Sänger vor, Demodokos. Er bringt mit seinen Liedern den heimkehrenden Odysseus zum Weinen. Ich erinnere mich nicht an besonders viel, aber als ich dich sah, musste ich an die Worte denken, mit denen Demodokos vorgestellt wird: *Jetzo kam auch der Herold, und führte den lieblichen Sänger, / diesen Vertrauten der Muse, dem Gutes und Böses verliehn ward. / Denn sie nahm ihm die Augen, und gab ihm süße Gesänge.*«

»Wovon singt er denn?«

»Drei Gesänge, soweit ich es erinnere, einer davon ist sehr traurig. Das Wichtigste ist aber, dass viele glauben, dass Demodokos das Selbstporträt von Homer ist. Die Legende besagt, dass auch Homer ein blinder Barde gewesen ist. Der nach einer langen Reise durch die Länder um das östliche Mittelmeer in seine Heimatstadt zurückkehrte und sich dort zur Ruhe setzte. Auf der Insel Chios, im Ägäischen Meer vor der türkischen Küste. Dort findet sich der Ursprung aller Erzählungen.«

Mander spürte Jannes Lächeln bei den letzten Worten. Als hätte sich in diesem Augenblick ein anderer Mensch durch seine verwahrloste Hülle ans Licht gedrängt. Ein jüngerer Mensch, sein wahres Ich. Er hätte gerne sein Gesicht berührt.

Als Janne sich wieder gefangen und zu seinem alten Ich gefunden hatte – verkommen, von Bitterkeit und Giften zerfressen –, fragte er: »Wo hast du deine Gitarre?«

»Ich habe sie in einem Müllcontainer versteckt.«

»Lass uns von hier abhauen, diese beschissene Heilsarmee, dann holen wir die Gitarre und planen weiter. Vor allem, was du mit dem Handy machen sollst …«

»Das will etwas von mir«, sagt Mander jetzt. »Es kam in einem Schwall von Blut. Es will etwas Wichtiges von mir.«

»Dann musst du weiterziehen.«

»Ich habe Chefs, Herrscher. Die lassen mich nicht einfach gehen. Und sie werden mir dieses Telefon abnehmen.«

»Es gibt da eine Hütte …«

»Eine Hütte?«

»Eine verfallene Hütte, ein kleines dreckiges Sommerhaus an einem See außerhalb von Gnesta. Da war niemand mehr, seit Mutter gestorben ist. Ich hätte die Scheißhütte verkaufen sollen, aber ich habe vergessen, wie das geht.«

Mander Petulengro unterbricht die Aufnahme und schaltet zu der ersten zurück.

Während ein nächtliches Telefonat zwischen zwei ihm unbekannten Männern abgespielt wird, taucht er in ein ausgebombtes Kellerloch, das sich in eine äußerst gemütliche Bleibe verwandelt hatte. Er sieht es vor sich, wie er alles sieht, mit dem ganzen Körper. Als wäre er dort. Wo die Liebe wohnte. Tagsüber knallte und donnerte es draußen. Explosionen, Schüsse, Granaten. Da blieben sie in ihrer kleinen heilen Ecke der Welt. Wenn die Salven weniger wurden und die Kühle der Nacht sich herabsenkte, verließen sie den Keller. Sie fanden etwas zu essen und zu trinken und führten ein schönes und gemütliches Leben. Es währte schon so lange, dass es ihnen wie eine Ewigkeit vorkam. Jeder war Teil des anderen. Sie bewohnten einander nahezu. Ihre Leben war zu einem verschmolzen. Er kannte jeden Winkel ihrer Haut, jede Erhebung ihrer äußeren Hülle. Da waren nur Mander und Luminitsa. Luminitsa und Mander, und es gab nichts sonst. Schon gar kein Sarajevo.

Es war ein träger Morgen. Später Vormittag, wie sonst auch, sie waren ja nachts immer unterwegs. Denn dann sahen sie besser als alle anderen. Mander spürte, dass es kurz vor halb zwölf war. Er streckte sich und tastete nach Luminitsa. Sie war da, er hörte, wie sie sich streckte, er streichelte sie, sie räkelte sich unter seinen Händen. Ihre Berührungen waren so sanft, so exakt und aufeinander abgestimmt. Sie schliefen miteinander. Es war schöner als je zuvor. Dann drehte er sich auf die Seite, normalerweise schmiegte sie sich danach an ihn. Und nur kurze Zeit später glitten ihre Hände an seinem Körper entlang. Er sank in den süßesten Halbschlaf, den Schlaf nach gutem Sex.

Jetzt müsste er eigentlich ihre Hände auf seinem Körper spüren, ihr weicher Körper müsste sich an seinen schmiegen. Er drehte sich um. Und sie war nicht da. Er spürte, wie sie draußen auf der Straße vorbeischlich, ein Schatten vor dem zerborstenen Kellerfenster. Er meinte sogar, ihr glückseliges Lächeln spüren zu können, als läge sie noch in ihrem gemeinsamen Bett. Aber das war sie nicht. Dieses selige Gefühl hatte sie wohl glauben lassen, dass es mitten in der Nacht war.

Aber das war es nicht. Es war der 5. Februar 1994, zehn Minuten nach zwölf Uhr mittags. Mander war gerade aufgesprungen, als er die Explosion hörte. Sie war massiv, die Wände des Kellers erzitterten. Später stellte sich heraus, dass ein 120-mm-Mörsergeschoss auf dem Markaleplatz im Zentrum Sarajevos detoniert war. Es wurde das erste Markalemassaker genannt, ein zweites sollte noch folgen. Hundertfünfundvierzig Menschen wurden verletzt, achtundsechzig starben. Eine der Toten war Luminitsa. Er hat nie ihren Nachnamen erfahren. Sein einziger Trost ist, dass sie mit einem seligen Lächeln auf den Lippen starb.

Er fand ihren zerfetzten Körper. Er erkannte sie an ihrem Geruch. Der durch alle anderen Gerüche hindurchdrang, durch den Gestank von Tod und Leid. Denn er war viel, viel intensiver.

Er ließ sie zurück und ging.

Das Gespräch aus dem Handy auf dem Küchentisch ist zu seinem Ende gekommen. Die dumpfere, drohend klingende Stimme sagt: »Wenn Sie das tun, Professor, werden Sie mit Sicherheit sterben.«

Und der andere, in gebrochenem Englisch, erwidert: »Wenn ich es nicht tue, dann werden weitaus wichtigere Dinge sterben.«

Dann folgt Stille.

Mander Petulengro genießt die Stille. Dann streckt er sich nach seiner Gitarre aus und schlägt einen Akkord an.

Demodokos, denkt er.

Homer, denkt er.

Der blinde Dichter.

Ihm fehlt die Seife.

Dänisches Tagebuch 2

Stockholm, 4. Juni

Jetzt passt alles zusammen. Die Planung ist abgeschlossen. Der Ball ist in der Luft. Der letzte große Test für die endgültige chemische Zusammensetzung steht an. Jetzt wird die zukünftige Ladezeit festgelegt.

Das Ergebnis trifft bald ein. Wir sitzen alle an unseren Rechnern und warten. Es herrscht eine merkwürdige Stimmung in unserer Schaltzentrale, wie wir den Raum ironisch nennen, wo wir Schritt für Schritt unsere Erfolge erzielt haben. Er befindet sich hinter Virpis Büro. Jovan spielt Computerspiele, Virpi sucht Rezepte nach der Montignacmethode. Und ich, ich schreibe Tagebuch.

Dänisches Tagebuch.

Niemand weiß davon. Niemand würde das glauben. Ich bin nicht der Tagebuchtyp. Ich habe eine halb fertige Aktennotiz vorbereitet, die ich schnell öffnen kann, falls jemand kommt.

Mein letzter Eintrag ist fast einen Monat alt. Meine Befürchtungen haben sich als unbegründet erwiesen. Im Gegenteil, es hat sich alles in eine so positive Richtung entwickelt, dass das schon Grund genug dafür ist, dieses Dokument wieder zu öffnen.

Es könnte nämlich ein historisches Dokument werden.

Im vergangenen Monat sind mehrere Untersuchungen dieser Art aufgetaucht, aber keine davon ist so gut wie unsere. So zum Beispiel die wirklich raffinierte Idee, die Wagenkarosserie als Batterie zu verwenden.

Aber das liegt noch in ferner Zukunft, unsere Batterieflüssigkeit ist die Lösung, ich bin mir zunehmend sicher. Und bald ist auch das Problem der Lagerung aus der Welt geschafft. Für immer. Und auch für die Kostenfrage findet sich gerade eine Lösung.

Der Durchbruch, den mir Jovan nach Chicago gemeldet hat, ist wissenschaftlich eindeutig. Dann bleibt noch die praktische Umsetzung, das ist eine ganz andere Frage. Ich kann in einem Dokument wie diesem natürlich nicht auf allzu viele Details eingehen – kein Rechner ist sicher, so viel haben auch wir alten unverbesserlichen Forscher mittlerweile begriffen –, aber andeuten kann ich einiges zumindest.

Wir benötigen eine Serie von drei größeren unabhängigen Tests, und auf das Ergebnis des ersten Tests warten wir heute. Wenn wir das Nadelöhr des dritten Tests passiert haben, sind wir bereit, um in Produktion zu gehen.

Und die EU wartet schon.

Als das Gespräch stattfand, waren wir nur ein unbedeutendes Forscherteam in dem kleinen Land Schweden, das unter den Einsparungen ächzte. Aber es existierte eine Idee – meine Idee, darf ich hinzufügen –, doch das war Zukunftsmusik. Es handelte sich, in aller Kürze, um den Gedanken, verschiedene Batterieflüssigkeiten zu testen, um geeignete Testergebnisse zu erzielen. Aber das würde ein langer und zeitraubender Prozess sein.

Ich habe ihr nicht geglaubt und wusste bis dahin ehrlich gesagt nicht, was ein EU-Kommissar überhaupt macht. Dachte, sie sind so eine Art europäische Machthaber.

So war es auch.

Mit unerwartet großer Macht.

Und dann hatten wir plötzliche Aussicht auf einen kräftigen Fördermittelzuschuss, exakt die Summe, die wir benötigten, um diese Testserien durchzuführen. Statt die Prüfungen nacheinander ablaufen zu lassen, konnten wir jetzt einen einzigen groß angelegten Test durchführen, der alle denkbaren Varianten parallel prüfte. Und haben so ziemlich schnell eine optimale Lösung gefunden. Oder zumindest die optimale Richtung.

Eine Offenbarung habe sie gehabt, eine unerwartete Neujahrsvision. In Rauch gehüllt. Dahinter Flammen. Das Weiße inmitten des Schwarzen.

Das klang ehrlich gesagt nach einer ziemlich nebulösen Vision. Ich habe mich gefragt, was sie geraucht hatte.

Aber das Projekt und die Mittel waren alles andere als nebulös, sondern sehr konkret. Wir wurden ein EU-Projekt. Wenn auch etwas nebulös definiert. So als wäre dieser Nebel eine bereits etablierte Technik, eine Art Deckmantel. Wir bekämen ein halbes Jahr Zeit, nicht mehr. Wäre das überhaupt machbar?

Ja, antwortete ich. Das war tatsächlich machbar. Mit den erwähnten Mitteln. Ja.

Gut, sagte sie. Aber es darf nicht die üblichen Forschungsverzögerungen geben. Das darf auf keinen Fall passieren. Können Sie das einrichten, Professor? Ist Ihr Team gut genug?

Mein Team ist das Beste, das es gibt. Bisher ist es nur ausschließlich eine Frage der mangelnden Ressourcen gewesen. Die meisten Forschungsteams sind an starke kommerzielle Interessen gebunden. Die privaten Unternehmen haben mehr Durchschlagskraft als öffentliche Institutionen, das ist die Realität eines Forschers heutzutage. Dass die unabhängige objektive Forschung ein Schattendasein neben der gekauften, bestellten, interessenbasierten, subjektiv selektierenden Forschung führt.

Der Professor klingt ein wenig erschüttert?

Ja, mir gefällt diese Entwicklung überhaupt nicht.

Auch nicht, wenn Ihnen ein Posten in einem dieser privaten Unternehmen angeboten werden würde? Ein Posten mit dem fünffachen Einkommen? Haben nicht gerade solche felsenfesten Überzeugungen die Gewohnheit, angesichts derartiger Argumente ins Schwanken zu geraten?

Meine nicht.

Warum nicht?

Weil es meine unerschütterliche Überzeugung ist, dass wir eine unabhängige Forschung benötigen. Das ist die Grundfeste meines Lebens.

Und das gilt auch für Ihre Mitarbeiter?

Ja, allerdings. In höchstem Maße.

Sie alle sind hochkompetent, aber nicht habgierig?

Habgierig nicht, nein. Das ist der Unterschied. Wir wollen nichts lieber, als dieses ewige Rätsel zu lösen. Es hat die Industrie und die Forschung so lange gegängelt. Und es hat den Weg für die entscheidende Entwicklung im Umweltschutz versperrt. Es ist an der Zeit.

Ein lautes Lachen erklang durch das frisch erworbene Prepaidhandy, und sie sagte: Der Herr Professor ist ja genauso sprachgewandt wie ich.

Nur dass ich keine Vision hatte, Frau EU-Parlamentarierin. Schon sehr lange nicht mehr.

Dann ist es höchste Zeit dafür. Visionen sind nur äußerst selten ein göttlicher Fingerzeig auf eine Abkürzung, meistens sind sie das Resultat von harter Arbeit und Optimierung. Der Herr Professor hat ein halbes Jahr Zeit. Ich bereite Ihrem Team ein schönes Büfett, und Sie erarbeiten eine Vision.

Warum ausgerechnet ich?

Sie wurden mir vorgeschlagen.

Von wem?

Von einer unabhängigen Expertengruppe.

Dann ist die Sache gar nicht so geheim, wie Frau EU-Parlamentarierin es glauben machen wollte, nicht wahr? Dann benötigen wir diese sogenannten inoffiziellen Handys doch gar nicht.

Jetzt müssen Sie aufhören, mich eine Parlamentarierin zu nennen, ich bin EU-Kommissarin.

Natürlich, ja. Verzeihen Sie den Fehler. Meilenweiter Unterschied.

Genau genommen ja. Und die Antwort auf Ihre Frage: Doch, doch, die Sache ist noch geheimer, als Sie denken. Wir dürfen in Zukunft absolut keinen Kontakt haben, höchstens inoffiziellen. Niemals. Das muss der Herr Professor verinnerlichen.

Ich kenne mich aus mit Verschwiegenheit.

Und mit Exponenten.

Selbstverständlich. Aber was meinen Sie?

Sie sollten in Zehnerpotenzen denken. Die gängige Forscherverschwiegenheit hoch zehn. Haben Sie das verstanden?

Verstanden.

Das war alles.

So verlief der erste, etwas sonderbare Kontakt mit Marianne Barrière.

Und in diesem Augenblick kommt die Antwort auf die Tests herein. Auf sehr banalem Wege. Mit einem Fahrradkurier, eilige Schritte durch den beigen Korridor, verunsicherte Schritte durch Virpis Büro bis zu der zweiten Tür, ein brauner Umschlag, der Erhalt wird elektronisch quittiert. Der Schweißgeruch des Kuriers hängt noch für Minuten in der Luft, während drei Augenpaare den Umschlag anstarren.

Jovan hält ihn. Ich schreibe weiter in meinem Tagebuch. Es ist schon ein bisschen abartig, damit fortzufahren. Als wäre es ein Liveticker. Jovan und Virpi sehen mich an. Warten auf das Startzeichen. Ich schreibe, ohne auf die Tastatur zu blicken, der Leser möge die Tippfehler entschuldigen.

Leser? Haha.

Ja, hier ist das Startzeichen. Öffnet verdammt noch mal endlich diesen Umschlag.

Jovan reißt ihn auf. Ich sehe, wie sich Jovans und Virpis Blicke treffen. Aber ich habe kein Gespür dafür, Blicke zu deuten, soziales Verhalten zu lesen.

Zum Teufel, sagt doch etwas. Etwas Verständliches.

Da sehe ich, wie Jovan seinen Daumen hebt.

Danach versinkt alles in taumelnden Jubel.

Die leuchtende Zukunft gehört uns.

3 – Kurzsichtigkeit

Der Rundgang

Stockholm – Brüssel – Paris – Stockholm, 3. Juli

Die große Frau, die neben dem kleinen Mann stand, betrachtete den kleinen Mann neben der großen Frau und sagte mit sonorer Bassstimme: »Wie nett. Kommen Sie doch herein.«

Jorge Chavez und Sara Svenhagen betraten die mit ziemlich viel Krimskrams vollgestopfte Zweizimmerwohnung von Kim und Jamie Lindgren in der Högalidsgatan und machten es sich auf dem Sofa bequem.

»Wir interessieren uns vor allem für die Zeit nach Ihrem kurzen Disput über das Taxi an der Långholmsgatan«, sagte Svenhagen.

»Das kann ich gut verstehen«, entgegnete die große Frau mit der Männerstimme.

»Und wir haben auch schon alle Fragen dazu beantwortet«, fügte der kleine Mann mit der Frauenstimme hinzu.

»Wir wollen nur ein paar kleine Details ergänzen«, erklärte Sara Svenhagen und setzte ihr allerfreundlichstes Lächeln auf.

Das ließ beide dahinschmelzen. Kim, die Frau im Körper eines Mannes, sagte: »Ich habe so etwas noch nie zuvor gesehen. Und dabei habe ich in den Siebzigern sogar eine Lehre als Schlachter begonnen.«

»Die Stärke der Blutung deutet darauf hin, dass sein Herz sehr schnell geschlagen hat«, sagte Jamie, der Mann im Körper einer Frau. »Sein Blutdruck muss enorm gewesen sein. Und zudem muss der Schnitt perfekt gesetzt worden sein.«

»Das ist eine sehr professionelle Einschätzung der Lage«, sagte Chavez überrascht.

»Ich bin Krankenschwester in der Notaufnahme des Söder-Krankenhauses«, erklärte Jamie Lindgren und strich sich über seinen möglicherweise falschen Schnurrbart.

»Wie großartig«, sagte Svenhagen. »Was haben Sie noch gesehen? Den Mörder?«

»Eigentlich überhaupt nichts«, antwortete Kim Lindgren. »Also, ich zumindest nicht. Das ging alles so schnell. Wir stritten uns ja noch über das Taxi. Und er ist einfach an uns vorbeigerauscht. Und dann war überall Blut.«

»Ich habe auch nichts gesehen«, sagte Jamie Lindgren. »Noch nicht einmal, in welche Richtung er gelaufen ist.«

»In Ihrer Zeugenaussage, Kim, sagen Sie Folgendes: ›Das ging alles so furchtbar schnell. Dieses plötzliche Chaos, alle waren wie auf der Flucht. Und der Mann blieb zurück in diesem riesigen See aus Blut‹«, sagte Chavez.

»Typisch Kim, immer ein bisschen zu poetisch.« Jamie nickte. »Aber es entspricht tatsächlich der Wahrheit. Der schrecklichen Wahrheit.«

»Was meinen Sie mit ›alle waren wie auf der Flucht‹?«, fragte Svenhagen.

Kim und Jamie Lindgren warfen einander einen Blick zu. Sie sahen aus, als würden sie über die Worte nachdenken.

»Irgendwie war alles in Bewegung«, sagte Kim schließlich. »Aber eigentlich habe ich – wie schon gesagt – nur diesen Mann in diesem riesigen See aus Blut gesehen.«

»Und Sie, Jamie?«, hakte Svenhagen nach.

»Da herrschte wirklich ein großes Durcheinander«, antwortete Jamie zögernd. »Den Täter habe ich eigentlich auch nicht gesehen, mir ist nur aufgefallen, dass er sein Opfer beim Fallen gehalten hat. Aber ich erinnere mich an einen anderen Mann, der blutübergossen davonrannte.«

»Wie bitte?«, rief Kim laut. »So viel zum Thema zu poetisch!«

»Blutübergossen?«, wiederholte Chavez.

»Ja, doch, genau so sah es aus«, sagte Jamie und nickte. »Der Mann ist aufgesprungen und Richtung U-Bahnhof davongestürmt.«

»Aufgesprungen? Dieser Jemand hatte also vorher gesessen?«

»Ich habe ihn erst bemerkt, als er aufgesprungen ist. Und davonrannte.«

»Es war also ein Mann?«

»Ich erinnere mich an nichts Genaues, ich habe nur so ein Gefühl, dass es ein Mann war, ja. Er hat etwas in der Hand gehalten. Eine Schale.«

»Was für eine Art von Schale?«

»Weiß ich nicht. Das war wohl ein Bettler, nehme ich an.«

»In Hornstull gibt es ja viele davon«, fügte Kim hinzu.

»Und dieser Bettler war also ›blutübergossen‹?«

»Ich habe nur eine vage Erinnerung, ein Bild«, sagte Jamie Lindgren. »Aber das sieht so aus. Ein Mann, blutig, aufspringend, rennend, mit einer Schale in der Hand.«

»Das war's? Sie haben keinen Schimmer, wohin er gerannt ist?«

»Nein, es tut mir leid. Ich habe auch sofort fieberhaft versucht, den Erstochenen zu retten, das ist schließlich mein Job, aber ich hatte keine Chance. Die Polizei war wenige Minuten später da, überraschend schnell, und wir wurden von einem plumpen Polizisten verhört.«

»Ich verstehe«, sagte Jorge Chavez. »Sie bekommen unsere Handynummern. Rufen Sie bitte zuallererst uns an, wenn Ihnen noch etwas einfallen sollte. Die anderen Nummern, die Sie bekommen haben, sind nicht so wichtig.«

Sara Svenhagen warf ihrem Gatten einen kurzen Blick zu und erhob sich. Sie verabschiedeten sich bei dem sonderbaren Paar und gingen zur Tür. Da hielt Chavez mitten im Schritt inne, runzelte die Stirn und wandte sich noch einmal an das Ehepaar Lindgren.

»Was haben Sie eigentlich davon?«

Kim und Jamie Lindgren sahen erst einander und dann ihn vollkommen verständnislos an.

»Uns ist nicht ganz klar, was Sie meinen, Herr Wachtmeister.«

Kurz darauf standen Jorge und Sara vor dem Haus in der Högalidsgatan. Während sie sich auf den Weg zurück zur Långholmsgatan machten, sagte Jorge: »Das ist natürlich so eine Art Rollenspiel.«

»Aber es muss überhaupt nicht sexuell motiviert sein«, erklärte Sara. »Vielleicht gefällt es den beiden eben einfach, die Kleidung des jeweils anderen Geschlechts zu tragen.«

»Und Halsketten, Ohrringe und künstlichen Schnurrbart. Hör doch auf. Das ist total pervers.«

»Vielleicht würde dir das auch einmal gefallen?«, meinte Sara Svenhagen lachend.

»Wohl kaum«, schnaubte Jorge Chavez und bog um die Ecke. »Allerdings ist es unzweifelhaft, dass es dem Mörder gelungen ist, das Opfer auf die Schnelle zu durchsuchen. Er hat ›sein Opfer beim Fallen gehalten‹.«

»Auf jeden Fall wissen wir, dass es einen Bettler gegeben hat«, sagte Svenhagen. »Und dass dieser Bettler mit Blut ›übergossen‹ wurde und weggerannt ist.«

»Wir sind vor drei Tagen auf die Idee mit dem Bettler gekommen und haben sofort nach ihm gesucht. Aber keinen einzigen gefunden, die sind alle wie weggeblasen.«

Sie kamen an Mickes Plattenladen vorbei und warfen einen schnellen Blick auf die Luke unter dem Schaufenster. Schön sah sie nicht aus.

»Lass es uns noch einmal überprüfen«, sagte Svenhagen.

»Was überprüfen?«, fragte Chavez und versuchte, mit ihrem Tempo mitzuhalten.

»Ob hier wirklich keine Bettler sind. Drei Tage! Es kann doch sein, dass sie langsam wieder zurück an ihre Plätze kommen.«

Aber so war es nicht. Eine halbe Stunde lang liefen sie die Gegend ab, aber kein Bettler war in Sicht. Auch die Befragung der mundfaulen und verkniffenen Bewohner von Hornstull ergab nichts. Niemand erinnerte sich an niemanden, an keine Personen, keine Menschen, nur dass »es hier in der Gegend einen Haufen Bettler gibt«. Das war eine schreckliche Erkenntnis. Die Anwohner wussten zwar, dass es Bettler gab, aber nicht, wie diese aussahen. Nicht einmal das Geschlecht oder das Alter kannten sie.

»Nein«, sagte Sara Svenhagen, als sie sich wieder vor dem Kiosk trafen und die U-Bahn-Unterführung hinuntergingen. »Wir hören auf.«

»Paul hat vermutlich recht«, meinte Chavez. »Was mich nicht ganz unerheblich irritiert.«

»Ja«, erwiderte Svenhagen. »Die wenigen Zeugen haben den Bettler alle als ›den Zigeuner‹ beschrieben.«

»Eindeutig Bettlermafia.« Chavez nickte. »Die halten ihre Sklaven zurück, solange die Polizei hier in der Gegend unterwegs ist. Und wenn wir verschwunden sind, dann werden sie alle wiederkommen. Allerdings werden es dann andere Leute sein als vorher.«

»Unser Bettler ist aber trotz allem auch nur ein Zeuge unter vielen«, sagte Svenhagen und stieg die Treppe auf der anderen Seite der Unterführung wieder hinauf. »Außerdem könnte es sich bei ihm auch um einen geistig Behinderten oder Drogenabhängigen handeln, die sind in der Regel keine optimalen Zeugen.«

»Warum nicht gleich ein Blinder?«, rief Chavez und warf die Arme in die Luft.

Sie hatten ihr Auto erreicht, das sie vor der Bibliothek in der Hornsbruksgatan geparkt hatten. Chavez setzte sich hinters Steuer, und sie verließen Hornstull.

»Du solltest aber trotzdem kurz Den Haag Bericht erstatten«, sagte Svenhagen.

»Hm«, brummte Chavez.

Paul Hjelms Stimme kam aus den Lautsprechern und erfüllte das schicke Stockholmer Auto der Europol-Repräsentanten.

»Jorge, das muss leider schnell gehen. Bin auf dem Weg ins Berlaymont-Gebäude. Ich befürchte, die beschlagnahmen die Handys am Eingang.«

»Ich verstehe kein Wort von dem, was du sagst«, erwiderte Chavez.

»Das Berlaymont-Gebäude, Brüssel, Belgien. Das ist das glorreiche Hauptquartier der Europäischen Kommission.«

»Wie schön für dich. Dann will ich dich nicht länger stören.«

»Jetzt fängst du an mich zu stören!«

»Minimaler Fortschritt hier bei uns. Ein Bettler hat wohl den

Mord beobachtet und wurde mit Blut bespritzt. Allerdings ist dieser Bettler spurlos verschwunden. In Hornstull gibt es keinen einzigen Bettler mehr. Bettlerfrei, so wie die Schweden es am liebsten haben.«

»Euer Bettler gehört wahrscheinlich auch zur Bettlermafia. Die ist sowieso der Ansicht, dass wir Skandinavier zu geizig sind. Sie haben noch nicht begriffen, dass sie ihre Bettler mit einem EC-Kartenlesegerät ausrüsten sollten. Ich muss jetzt los.«

»Ich auch«, antwortete Chavez, beendete die Verbindung und fügte, wenn auch nicht sonderlich echauffiert, hinzu: »Du arroganter Sack.«

Ein weiterer makelloser Sommertag war in Stockholm angebrochen. Alle Prognosen hatten einen schlechten Sommer vorhergesagt, aber als sie auf das riesige Gelände der Königlich Technischen Hochschule fuhren, war keine Wolke am Himmel zu sehen.

Zumindest nicht am echten Himmel.

Am polizeilichen Ermittlungshimmel hingegen türmten sich dicke Kumuluswolken auf und kündigten ein kräftiges Gewitter an.

»Warum habe ich so ein schlechtes Gefühl dabei?«, fragte Sara Svenhagen.

»Vielleicht, weil es mir auch so geht?«

»Die Ermittlungen verlaufen mir zu ruhig. Benno ist ein Idiot. Er sieht die Zeichen nicht.«

»Tust du das denn?«

»Nicht direkt, aber ich fühle sie.«

»Über so etwas können wir nur privat reden, das weißt du?«

»Über Gefühle?«

»Was hältst du davon, wenn wir auf dem Weg von der KTH zu Hause vorbeifahren und ein bisschen über Gefühle reden?«

»Du Lustmolch!«

»Ich meine das ernst.«

»Ich auch.«

»Ich gebe dir ja recht. Es ist viel zu ruhig. Dass sich der hochverehrte Chefermittler Benno Lidberg taub und blind stellt und Quatsch über Europol verzapft, ist belanglos. Aber unsere Gefühle in dem Fall, die haben etwas zu bedeuten. Warum gelingt es uns nicht, auch nur das kleinste Detail über dieses EU-Forschungsprojekt herauszufinden, das der verstorbene Niels Sørensen geleitet hat?«

»Wenigstens gibt es hier Leute, mit denen man reden kann«, sagte Sara Svenhagen, stieg aus dem Auto und schaute zu dem Gebäude hoch, das aussah, als würde es im Warschau der Siebzigerjahre stehen.

Sie gingen durch trostlose Flure in den Ausläufern der Königlich Technischen Hochschule, bis sie schließlich vor einer verschlossenen Tür standen, auf der das Namensschild von »Professor Virpi Pasanen« angebracht war. Dort klopften sie an. Und traten ein.

Professor Virpi Pasanen war eine blonde, relativ korpulente Frau in den Vierzigern. Sie sah vom Bildschirm auf, der in einem sehr asketischen Büro auf dem Schreibtisch stand. Neben diesem Möbel gab es nur ein paar Plakate mit Molekülketten, ein Sofa und eine weitere Tür im hinteren Teil des Raumes. Als Pasanen die beiden Besucher erblickte, sprang sie fast panisch auf.

Chavez zog seinen Ausweis und sagte: »Verzeihen Sie, Frau Professor, wir hatten einen Termin vereinbart. Ich bin Jorge Chavez von der Polizei.«

Virpi Pasanen sammelte sich schnell wieder, setzte sich und sagte mit finnischem Akzent: »Entschuldigen Sie, seit Niels' Tod bin ich ein wenig durcheinander.«

»Das verstehe ich gut, mein herzliches Beileid. Das hier ist meine Kollegin Sara Svenhagen.«

»Wir haben schon mit der Polizei gesprochen«, sagte Pasanen und deutete auf ein paar Stühle, die vor ihrem Schreibtisch standen.

»Wen meinen Sie mit ›wir‹?«, fragte Svenhagen und setzte sich.

»Tja, das Forscherteam ...«

»Das jetzt aus Ihnen und dem Dozenten Jovan Biševac besteht?«

»Ich nehme an, ja. Aber wir sind nicht mehr viel wert. Niels war sehr wichtig für dieses Projekt.«

»Das ein EU-Projekt ist?«, fragte Chavez.

»Die Abteilung innerhalb des chemisch-technischen Fachbereichs hat EU-Gelder bekommen. Wir müssen Drittmittel nehmen, wo wir nur können.«

»Und womit beschäftigt sich diese Abteilung?«

Virpi Pasanen zuckte mit den Schultern. »Chemisch-technische Grundlagenforschung. Mit Schwerpunkt auf Elektrolytoptimierung, aber auch benachbarte Themengebiete.«

»Könnten Sie uns das ein bisschen detaillierter beschreiben?«, fragte Svenhagen.

»Ein Elektrolyt ist eine Substanz mit frei beweglichen Ionen mit elektronischer Leitfähigkeit. In der Regel handelt es sich um eine flüssige Substanz.«

»Und in welchen Bereichen soll das praktisch angewandt werden?«

»Ich glaube, ich habe diese Fragen schon einem Ihrer Kollegen beantwortet, einem Benny ...«

»Genau, das ist unser Vorgesetzter, Benno Lidberg«, sagte Chavez. »Der allerdings der Meinung ist, dass wir noch einmal genauer nachhaken sollten, da wir davon ausgehen, dass Niels Sørensens Tod unmittelbar mit seiner Arbeit zusammenhängt.«

Professor Virpi Pasanen sah ihn besorgt an.

»Und wie sind Sie zu diesem Schluss gekommen?«

Chavez musterte die Professorin und ließ seinen Blick dann über ihren Schreibtisch schweifen. Der war praktisch leer. Nur ein Rechner und ein iPhone befanden sich darauf. Normalerweise waren Forscher doch von zahllosen herumfliegenden Zetteln umgeben?

»Sagen Sie, arbeiten Sie an diesem Schreibtisch hier?

»Ich arbeite mit theoretischen Modellen«, erklärte Pasanen. »Und das findet ausschließlich am Rechner statt.«

»Soll ich Ihnen sagen, wie wir zu dem Schluss gekommen sind, dass der Tod des Professors mit dem Projekt zusammenhängt?«

»Gerne.«

»Deshalb!«, antwortete Chavez und zeigte auf ihren Schreibtisch.

»Das verstehe ich nicht …«

»Der Schreibtisch von Niels Sørensen war genauso leer.«

»Noch leerer«, warf Svenhagen ein.

»Wir kommen darauf zurück, aber vor allem war nichts in seinem Computer. Das Einzige, was unsere Experten gefunden haben, waren bereits veröffentlichte Forschungsergebnisse, seine eigenen und die anderer. Und auf seinem privaten Laptop, den wir bei ihm zu Hause sichergestellt haben, war auch nichts Verwertbares. Als hätte er gar kein Privatleben gehabt.«

»Niels lebte allein und nur für seine Arbeit«, erklärte Pasanen. »Da gab es nicht so viel Raum … für Hobbys.«

»Und offenbar auch nicht für eigene Forschungsarbeit«, folgerte Svenhagen.

»Es kann durchaus sein, dass Niels seine gegenwärtigen Forschungsunterlagen woanders aufbewahrte«, sagte Pasanen. »So eng haben wir nicht zusammengearbeitet.«

»Aber er war doch so wichtig für das Projekt?«

»Als Koordinator, ja, vor allem in ökonomischer Hinsicht. Aber über seinen Forschungsbereich weiß ich nicht genau Bescheid.«

»Und jetzt übernehmen Sie seinen Chefposten.«

»Das ist noch lange nicht geklärt. Es wird ein Nominierungsver…«

»Wir haben auch kein Handy gefunden«, unterbrach sie Chavez und zeigte auf Pasanens iPhone. »Und das kommt uns sehr merkwürdig vor.«

Pasanen zuckte gleichgültig mit den Schultern.

»Hatte er seine Unterlagen vielleicht auf dem Handy gespeichert?«, fragte Svenhagen.

»Das kann ich mir nicht vorstellen«, sagte Pasanen.

»Das ist unsere Hypothese«, fuhr Chavez fort. »Er hatte seine Forschungsergebnisse auf dem Handy, und dieses Handy wurde ihm gestohlen. Vom Mörder.«

»Sein Tod hängt also aller Voraussicht nach unmittelbar mit seiner Arbeit zusammen«, ergänzte Sara Svenhagen.

»Und jetzt ist der Mörder im Besitz der Forschungsergebnisse«, sagte Chavez. »Ihrer gemeinsamen geheimen Forschungsergebnisse. Von denen Sie angeblich nichts wissen wollen.«

Professor Virpi Pasanen wurde vom Gong gerettet. Und zwar im wortwörtlichen Sinne. Ein lauter Gong, den Chavez und Svenhagen sofort als Klingelton eines Handys identifizieren konnten, ertönte in dem sterilen Büro. Aber mit dem Klang stimmte etwas nicht. Es war kein iPhone-Signal, sondern ein Klingelton wesentlich älteren Datums. Fast parallel dazu hörten sie einen zweiten Ton, und Sara Svenhagen sah auf ihr Handy. Professor Virpi Pasanen zog eine Schreibtischschublade heraus und nahm das Gespräch auf einem eindeutig betagten Handymodell an.

»Ja, einen Augenblick noch.« Dann legte sie die Hand über das Mikrofon und flüsterte: »Das Gespräch muss ich unbedingt annehmen, das ist wichtig.«

»Wir müssen auch los«, sagte Svenhagen und sah auf das Display ihres Telefons.

»Müssen wir?«, fragte Chavez überrascht.

Svenhagen nickte und stand auf. Als Chavez die Tür öffnete, zeigte er darauf und sagte zu Pasanen gewandt: »Sie sollten sich ein besseres Schließsystem zulegen, Frau Professor. Adios.«

Als er die Tür hinter sich zuzog, sah er, wie Virpi Pasanen ihm noch hinterherblickte und dann ihr wichtiges Gespräch wiederaufnahm.

»Aha, ein Geheimhandy!«, sagte Chavez zu seiner Frau.

»Sie könnte doch eines für die Arbeit und ein privates haben«, schlug Svenhagen vor. »Daran muss zunächst nichts Komisches sein. Aber was ich habe, ist merkwürdig. Erinnerst du dich, dass ich mich bei allen Banken in der Stadt erkundigt hatte? Die SEB am Sergels torg 2 hat mir geantwortet. Niels Sørensen hatte am frühen Morgen des 30. Juni telefonisch ein Schließfach gemietet. Man kann tatsächlich so früh schon dort anrufen.«

»Interessant«, sagte Chavez.

»Natürlich ist es ihm nicht mehr gelungen, etwas in das Schließfach zu legen, da er etwa eine halbe Stunde später in der Nähe seiner Wohnung umgebracht wurde. Aber wir müssen trotzdem dort vorbeifahren.«

»Bedeutet das etwa, dass wir nicht bei uns zu Hause anhalten, um über Gefühle zu reden?«

»Das können wir hinterher machen.«

Chavez starrte seine Frau entgeistert an. Die lächelte ihn an und machte sich auf den Weg.

Hinter der Tür sagte Virpi Pasanen zur gleichen Zeit: »Die Polizei war hier.«

»Sie wissen, was Sie zu tun haben, Virpi«, antwortete eine Frauenstimme am anderen Ende der Verbindung.

»Ich weiß, es ist alles in Ordnung, Marianne. Ich habe Niels' inoffizielles Handy sofort an mich genommen. Aber die Polizei vermutet, dass er seine Forschungsergebnisse auf dem anderen Handy gespeichert hat. Und das ist verschwunden.«

»Das hat er hoffentlich nicht getan?«

»Natürlich nicht. Aber warum sollte der Mörder das Handy mitnehmen?«

»Um es durchzusehen, nehme ich an. Sie werden einen Anruf von mir darauf finden. Ein nächtliches Telefonat. Allerdings von meinem inoffiziellen Handy. Das lässt sich praktisch nicht zurückverfolgen.«

»Die Situation ist verdammt schwierig«, sagte Virpi Pasanen.

»Das kann ich verstehen«, antwortete die Frauenstimme. »Aber Sie sind bereit zu übernehmen, Virpi? Wir benötigen nur noch die letzten Ergebnisse.«

»Ich bin definitiv bereit. Aber die Polizei hat recht, wir sollten uns ein besseres Sicherheitssystem zulegen. Und ...«

»Ich sorge dafür, dass verschärfte Sicherheitsvorkehrungen getroffen werden, machen Sie sich keine Sorgen. Haben Sie sonst noch irgendwelche Bedenken?«

»Es wird leider nicht möglich sein, dass ich einfach so übernehme.«

»Das verstehe ich nicht.«

»Wir haben die Ergebnisse intern gesichert.«

»Ich weiß nach wie vor nicht, was Sie damit sagen wollen, Virpi.«

»Es handelt sich um eine relativ komplizierte Formel«, erklärte Pasanen. »Da sich die Formel ganz einfach teilen lässt, hat jeder von uns ein Drittel davon, Niels, ich und Jovan. Aus Sicherheitsgründen.«

»Jeder ein Drittel? Und Sie wissen nicht, was die anderen Drittel beinhalten?«

»Doch, im Großen und Ganzen schon. Aber nicht im Detail. Und hier zählen die Details. Die ganz winzigen Details.«

»Wie um alles in der Welt konnten Sie so etwas Hirnrissiges machen?«

Eine Weile herrschte Schweigen. Virpi Pasanen sah hoch zur Decke und schloss die Augen.

»Keiner von uns sollte allmächtig sein können. Wenn einem von uns gedroht werden sollte oder einer von uns ein verführerisches Angebot bekommen würde, würde niemand die ganze Formel verkaufen können. Wir fanden diese Regelung am sichersten. Wir hatten ja nicht geahnt, dass einer von uns stirbt.«

»Und Sie sind also der Meinung, Virpi, dass sich ein Drittel auf Niels' verschwundenem Handy befindet?«

»Das kann ich mir nicht vorstellen. Er muss es an einer besseren Stelle versteckt haben.«

»Und zwar so gut, dass wir es niemals finden werden. Und jetzt haben wir auch noch professionelle Mörder auf den Fersen.«

»Aber sie wissen nichts von dem Drittel.«

»Vielleicht nicht. Jovan und Sie müssen sich was ausdenken. Das können Sie doch so gut. Wo könnte Niels sein Drittel dieser Formel versteckt haben? Ihre gesamte Aufmerksamkeit muss sich darauf richten.«

Marianne Barrière beendete das Gespräch und warf das inoffizielle Handy gegen die Wand. Dann sank sie auf ihrem Stuhl im Berlaymont-Gebäude in Brüssel in sich zusammen. Es war alles umsonst. Ihr Projekt für ein neues, besseres Europa drohte wie ein Kartenhaus in sich zusammenzufallen. Nur Rückschläge. Und sogar in den eigenen Reihen.

Ein System zu verändern, das aus Sicherheitsgründen starr war, stellte eine große Herausforderung dar. Vielleicht war es wirklich Zeit für den Landsitz in der Provence. Den Gesetzesentwurf zurückziehen, ins innere Exil gehen und den Kontinent sich und seiner Selbstzerfleischung überlassen. Und dem ganzen Quatsch von der sonnenüberfluteten Veranda aus zusehen.

Sie öffnete ihren elektronischen Terminkalender und sah auf die Uhr. Ihr blieben noch vierzig Minuten Zeit bis zu dem gemeinsamen Lunch mit den Lobbyisten der Verpackungsindustrie. Sie drückte auf einen Knopf, und eine jüngere, energiegeladene Frau kam hereingerauscht.

Der Anblick ihrer Pressesprecherin Amandine verlieh Marianne Barrière in der Regel einen Energieschub. Heute erlebte sie jedoch die Ausnahme, die womöglich die Regel erst bestätigte. Sie fühlte sich einfach nur alt und grau, als sie die nahezu Funken sprühende Erscheinung erblickte.

»Ich mache einen kurzen Spaziergang, Amandine.«

»Ihr Lunch ist in achtunddreißig Minuten«, erwiderte Amandine knapp. »Soll ich Sie begleiten?«

»Ich will einen Moment allein sein.«

Marianne Barrière verließ das asymmetrisch geschnittene Gebäude der Europäischen Kommission und lief in Richtung Parc du Cinquantenaire, der auf Niederländisch »Jubelpark« genannt wurde. Von dort ging sie weiter auf den mächtigen Triumphbogen aus belgischem Granit zu, ein Anblick, der in ihr immer wieder eine große Ruhe erzeugte.

Ungefähr auf halber Strecke durch den Park hörte sie plötzlich eine Männerstimme hinter sich, die sagte: »Plan G.«

Abrupt drehte sie sich um, es dauerte einen Moment, bis sie ihn wiedererkannte.

»Paul Hjelm«, sagte sie schließlich, »Europol auf freiem Fuß.«

»Lassen Sie uns ein Stück zusammen gehen«, sagte er. »Das war ein sehr netter Abend neulich, vielen Dank.«

»Gleichfalls«, erwiderte Marianne Barrière.

»Sie sehen irgendwie bedrückt aus«, stellte Hjelm fest. »Hat es etwas mit dem Foto zu tun, das Sie in der Limousine geschickt bekommen haben?«

Sie lachte kurz auf.

»Wenn das schon alles wäre ...«

»Das Leben ist ein einziger Kampf. Was ist Plan G?«

»Ich weiß es nicht. Sind Sie darauf gestoßen?«

»Ja, im Zusammenhang mit der Bettlermafia in Amsterdam. Aber nur als Begriff, mehr nicht. Was meinen Sie damit, dass Sie es nicht wissen?«

»Für mich ist es auch nur ein Begriff. Der tauchte plötzlich auf, als es mir gelang, einen knallharten Christdemokraten im EU-Parlament zu überreden, meinem Gesetzesentwurf zuzustimmen. Während er unseren unheiligen Vertrag unterschrieb, sagte er: ›Hüten Sie sich nur vor Plan G.‹ Das war alles. Und das ist ein Mann, der keine Scherze macht.«

»Früher war ich Verschwörungstheorien gegenüber äußerst skeptisch«, erklärte Paul Hjelm. »Aber heute, was weiß man schon. Wer ist er?«

»Die ganze Angelegenheit ist streng geheim. Warum wollen Sie das wissen?«

»Sie wollten doch, dass ich weitergrüble«, sagte Hjelm.

Barrière lachte laut auf.

»Was haben Sie herausgefunden, Paul?«

»Dass jemand versucht, Sie unter Druck zu setzen.«

»Fahren Sie fort.«

»Als dann der Begriff Plan G plötzlich wiederauftauchte, habe ich angefangen nachzudenken. Sie hatten diese MMS im Wagen in Amsterdam bekommen. Ich versuchte mich genau an die Situation zu erinnern. Sie hielten das Handy von mir weggedreht. Aber dennoch habe ich einen ganz kurzen Blick darauf erhaschen können, weil es sich im Fenster spiegelte. Es war ein Foto. Und ich glaube, es war pornografisch.«

»Schwarz-weiß, alt, stimmt's Paul?«

»Ja, und das roch für mich nach Erpressung, meilenweit gegen den Wind. Dann tauchte dieser Plan G auf. Das war das Einzige, was Sie mich bei dem Essen im Muiderslot haben wissen lassen. Nur einen einzigen Begriff. Wahrscheinlich ist Ihr

Gesetzesentwurf bedroht, worum es dabei auch immer gehen mag. Bedrohung von mehreren Seiten?«

»Haben Sie schon einmal darüber nachgedacht, Detektiv zu werden, Paul?«

»Es ist eine Unsitte, die Leute immer mit ihrem Vornamen anzusprechen.«

Marianne Barrière nickte wie zu sich selbst und zeigte dann auf eine nahe gelegene Parkbank. Sie schlenderten hinüber und setzten sich.

»Ich nehme an, Sie sind inoffiziell hier«, sagte sie.

»Ja.«

»Dann können Sie nicht so mit den Muskeln spielen.«

»Ich bin ohnehin davon ausgegangen, dass Sie den inoffiziellen Weg bevorzugen. Außerdem ist es durchaus denkbar, dass ich mehr Muskeln habe, als man auf den ersten Blick vermutet.«

»Ich habe meinen PR-Mann darauf angesetzt.«

»Wie gut. Dann brauchen wir die Polizei nicht mehr.«

Marianne Barrière lachte erneut und fuhr dann fort: »Vermutlich existieren noch ein paar Aufnahmen aus einer fernen Vergangenheit. Ich wusste, dass Fotos gemacht wurden, aber ich hätte es nie für möglich gehalten, dass jemand eine Verbindung zu mir würde herstellen können. Man musste meine Identität kennen, um mich heute mit den Aufnahmen in Zusammenhang bringen zu können.«

»Und in dieser fernen Vergangenheit gab es nur wenige, die Ihre Identität kannten?«

»Sehr wenige. Drei. Zwei von ihnen habe ich meinem PR-Mann schon namentlich genannt. Ich kann mich nur nicht an den Nachnamen des dritten erinnern.«

»Leben bedeutet, Fehler zu machen. Sollen wir Menschen unser Vertrauen schenken, die noch nie einen Fehler begangen haben? Wie sonst sollten sie Dinge lernen? Und wir wollen doch, dass sie sich die Welt aneignen und sie begreifen.«

»Wir alle sind sexuelle Geschöpfe. Eine Legende besagt, dass sich unsere Zellen im Körper alle sieben Jahre komplett austauschen. Wenn das stimmt, wurde ich schon oft ausgetauscht.

Ich bin jetzt eine andere. Soll ich bestraft werden für meine Bedürfnisse als Zweiundzwanzigjährige?«

»Alle Zellen außer den Hirnzellen«, sagte Paul Hjelm.

»Das stimmt auch nicht mehr. Neuere Forschungen haben ergeben, dass sich im erwachsenen Gehirn sehr wohl neue Zellen bilden. Aber mein Gehirn bereut auch nichts. Ich habe dieses Leben damals geliebt. Leider wurde mein Betreten dieser Welt fotografiert.«

»Erinnern Sie sich an den Fotografen?«

»Je länger ich darüber nachdenke, desto überzeugter bin ich davon, dass es Pamplemousse war.«

»Pamplemousse? Wie Grapefruit?«

»Ich weiß, alberne studentische Spitznamen. Er war damals mein Freund und außerdem Amateurfotograf.«

»Wollen Sie, dass ich mir die Angelegenheit einmal genauer ansehe?«

»Mein PR-Mann ist bereits auf dem Weg nach Paris.«

»Das ist keine Antwort.«

»Ja, Paul. Es wäre mir sehr recht, wenn Sie sich das einmal genauer ansehen würden. Ich glaube allerdings, dass sich Plan G auf zwei Ebenen abspielt. Über die zweite kann ich jedoch noch nichts sagen. Aber halten Sie diesen Ball auf. Bitte, halten Sie ihn auf.«

Paul Hjelm sah Marianne Barrière an. Dieses Bitten und Flehen hatte er nicht gewollt. Oder wollte er doch einmal in seinem Leben der Ritter auf dem weißen Schimmel sein?

Er begann, seine Motive zu hinterfragen, sagte dann aber: »Sonst müssten Sie Ihren Gesetzesentwurf ad acta legen?«

»Ja. Ich habe nur noch zwei Wochen. Aber ich kann Ihnen dazu nichts sagen. Noch nicht.«

»Ich benötige fünf Namen«, erklärte Hjelm.

»Fünf?«

»Fünf. Den Namen des Parlamentsabgeordneten, der Ihnen gegenüber Plan G erwähnt hat, den von Pamplemousse und die der beiden anderen, die Sie aus den Achtzigern kennen, und den Namen Ihres PR-Mannes. Ich gehe davon aus, dass er Ihr Spindoktor ist.«

»Sie sind aber schlau.«

»Das gefällt Ihnen doch.«

»Mein Spindoktor heißt Laurent Gatien. Pamplemousse heißt Pierre-Hugues Prévost. Minou heißt Michel Cocheteux. Natz' richtiger Vorname lautet Ignatius, aber an seinen Nachnamen erinnere ich mich nicht mehr, er ist Deutscher. Und der Parlamentsabgeordnete ist Italiener und heißt Mauro Morandi. Können Sie sich das wirklich alles merken?«

»Ja«, sagte Hjelm. »Und Gatien ist gerade in Paris?«

»Pamplemousse und Minou wohnen dort. Beide bekleiden mittlerweile hohe Posten in der freien Wirtschaft. Aber viel mehr weiß ich nicht über sie.«

»Aber Sie vermuten, dass Pamplemousse die Fotos gemacht hat?«

»Ja. In Paris und in Westberlin. Dieses besagte Foto wurde in Berlin aufgenommen. Vermutlich 1985.«

»Danke«, sagte Hjelm. »Ich melde mich bei Ihnen.«

»Jetzt komme ich zu spät zu meinem Lobbyistenlunch.«

»Ein unerträglicher Verlust.«

Sie verabschiedeten sich, und Hjelm blickte ihrer kleinen Gestalt nach, wie sie den Parc du Cinquantenaire durchquerte und an der Avenue de la Joyeuse Entrée aus seinem Blickfeld verschwand. Dann holte er sein Handy aus der Jackentasche und beendete die Aufnahme des Programms Voice Memo. Er hörte sich die Aufzeichnung an. Der Ton war schlecht, aber er konnte die Namen heraushören und notierte sie sich auf einem äußerst physischen Stück Papier: Laurent Gatien, Pierre-Hugues Prévost, Michel Cocheteux, Ignatius X, Mauro Morandi. Dann löschte er die Aufnahme und wählte eine Nummer.

»Hallo, bist du beschäftigt? Ich habe einen Auftrag für dich: Fahr augenblicklich zum Flughafen von Brüssel, täusche einen Arztbesuch oder etwas Ähnliches vor. Das sind etwa siebzig Kilometer, dürfte nicht länger als eine Stunde dauern. Geheimauftrag, kein Wort zu niemandem. Wir treffen uns dort.«

Er dachte über das Leben nach, dachte an Kerstin, an das Reisen und an ein gemütliches abgelegenes Sommerhaus in den Stockholmer Schären, das es noch gar nicht gab. Er dachte an die Ruhe. Die Erinnerung daran verblasste zunehmend. Dann schlenderte er durch den Park und nahm sich ein Taxi.

Die siebzig Kilometer von Den Haag nach Brüssel waren natürlich nicht in einer Stunde zu schaffen. Daher hatte Paul Hjelm noch etwas Zeit für sich. Er saß am Flughafen und recherchierte. Das meiste hatte er zusammengetragen, als sie ihm vor dem Flughafen entgegenkam, klein, elegant, kraftvoll.

»Sehr gut«, sagte er. »Der Flug nach Paris startet in zwanzig Minuten.«

»Aber worum geht es?«, fragte Laima Balodis.

»Ich benötige deine Unbarmherzigkeit«, antwortete Paul Hjelm.

Sie sprachen während des Fluges kein einziges Wort.

Als sie aber in einem Mietwagen vor einer beeindruckenden Hausfassade in der Rue Vieille du Temple im Marais-Viertel standen und Paul Hjelm mit dem Fernglas aus dem Flughafenshop die Fenster im dritten Stock beobachtete, konnte Laima Balodis nicht mehr an sich halten.

»Verdammt.«

»Ja?«, sagte Hjelm, ohne das Fernglas zu senken.

»Was geht hier vor? Was machen wir hier?«

»Er hat Besuch«, entgegnete Hjelm, senkte das Fernglas und scrollte ein paar Fotos auf seinem Handy durch. »Behalte die Haustür im Auge, ob jemand herauskommt.«

»Mit vollem Einsatz«, sagte Balodis. »Aber würden wir nicht beide davon profitieren, wenn ich wüsste, worum es hier geht?«

»Nein«, erwiderte Hjelm und hielt bei einem der Fotos inne. »Nicht notwendigerweise.«

»Nee, klar«, brummte Balodis betreten.

»Ich gebe dir trotzdem ein paar Eckdaten. Die Wohnung, die wir gerade observieren, wird von einem Pierre-Hugues Prévost bewohnt, der in seiner Jugend Pamplemousse genannt wurde und Partner der Kanzlei Gille, Narcisse & Prévost ist. Die Kanzlei steht in engem Kontakt zur Partei UMP, deren Parteivorsitzender der möglicherweise schon bald entthronte Staatspräsident Nicolas Sarkozy ist. Bei dem Besucher handelt es sich aller Wahrscheinlichkeit nach um Laurent Gatien, von Beruf Spindoktor. Zum jetzigen Zeitpunkt befinden sich die beiden Herren vermutlich in einer heftigen Auseinandersetzung.«

»Und was haben wir damit zu tun?«

»Wir werden die Auseinandersetzung beenden. Ich bin der gute Bulle. Allerdings soll es am Anfang genau gegenteilig wirken.«

»Verstehe.« Balodis nickte. »Wie böse?«

»Böse!«, antwortete Hjelm und betrachtete ihr freundliches Gesicht. »Böse«, wiederholte er.

»Was wollen wir herausbekommen?«

»Wir wollen in Erfahrung bringen, wo sich dreißig Jahre alte Fotoaufnahmen befinden.«

»Und für mich gilt also das Need-to-know-Prinzip?«

»Du wirst gleich sowieso alles erfahren. Hör genau zu.«

»Jetzt kommt ein Mann aus dem Haus.«

Hjelm verglich dessen Aussehen mit dem Foto in seinem Handy. Es stimmte überein. Dies war Laurent Gatien, der Spindoktor, und er sah wütend aus.

»Also gut«, seufzte Hjelm. »Dann lass uns reingehen, bevor Pamplemousse wieder zu Kräften kommt.«

Sie betraten das stattliche Gebäude und stiegen in den dritten Stock hoch, und Hjelm klingelte, bevor sie verschnaufen konnten. Dazu hatten sie dann allerdings Zeit, bis Pierre-Hugues Prévost die offenbar ansehnliche Strecke bis zur Eingangstür hinter sich gelegt hatte. Ihnen öffnete ein ernst aussehender, elegant gekleideter Mann um die fünfzig vom Typ französischer Geschäftsmann.

»Polizei«, sagte Paul Hjelm auf Englisch und wedelte mit seinem Ausweis. »Dürfen wir hereinkommen?«

»Keine französische Polizei, wie ich sehe«, sagte der Mann in exzellentem Englisch und versuchte, einen Blick auf den vor ihm flatternden Ausweis zu erhaschen.

»Wir sind international tätig«, erklärte Hjelm und hielt abrupt die Hand still. Prévost las und nickte.

»In Ordnung«, sagte er. »Ein hoher schwedischer Polizeibeamter unterwegs in internationaler Mission. Und die Dame?«

»Litauische Polizei«, sagte Balodis und hielt ihm ihren ebenfalls nur halb echten Ausweis hin. »Wir arbeiten zusammen.«

»Mrs. Abromaite? Mr. Karlsson? Was kann ich für Sie tun?«

»Könnten wir eventuell hereinkommen?«

Prévost schüttelte kurz den Kopf und verbeugte sich dann mit einer ironischen Willkommensgeste. Hjelm trat ein, Balodis folgte ihm.

Sie wurden in einen eleganten Salon im Rokokostil geführt und setzten sich auf ein Sofa, auf dem Diderot gesessen haben könnte. Prévost nahm ihnen gegenüber Platz und hob die Handflächen.

Hjelm versuchte ihn einzuschätzen. Wie war das Gespräch mit dem Spindoktor verlaufen? Wer hatte gewonnen? War das ein arrogantes Lächeln, das in den Mundwinkeln des erfolgreichen Juristen spielte? Vermutlich war er als Sieger aus der Auseinandersetzung hervorgegangen und war sehr selbstsicher und zufrieden. Ein wunder Punkt.

»Sind Sie allein zu Hause?«, fragte Hjelm.

»Ich lebe allein«, antwortete Prévost, »nach einer äußerst kostspieligen Scheidung. Das erklärte Lebensziel von Frauen scheint es zu sein, ihre Männer bis auf die Knochen auszuziehen.«

»Vielleicht hat Ihre Frau die Fotos gefunden?«, schlug Hjelm ruhig und gelassen vor.

Prévost ließ sich nichts anmerken.

»Ich hatte gerade einen sehr uneinsichtigen Mann zu Besuch, mit dem ich über ebendiese fiktiven Fotos gesprochen habe«, sagte er. »Vermutlich arbeiten Sie mit ihm zusammen. Aber Sie werden von mir dasselbe zu hören bekommen: Ich habe keine Ahnung, von welchen Fotos die Rede ist.«

»Das habe ich befürchtet«, entgegnete Hjelm. »Aber Sie werden zugeben, dass es ein sehr schlechter Stil ist, nach dreißig Jahren diese äußerst privaten Aufnahmen in Umlauf zu bringen.«

»Da gebe ich Ihnen recht. Allerdings habe ich nichts damit zu tun.«

»Aber natürlich haben Sie das«, sagte Hjelm. »Sie war Ihre Geliebte, Ihre Freundin. Es ist jetzt fast dreißig Jahre her, siebenundzwanzig, glaube ich, dass Sie beide nach Westberlin gefahren sind und Sie Fotos von ihr in sehr intimen Momenten gemacht haben.«

Aus dem Augenwinkel sah Hjelm, wie Balodis die Augenbrauen hochzog. Er wusste, dass sie dachte, ihr Chef würde in privater Angelegenheit unterwegs sein. Während seine Frau in Den Haag saß und wartete.

Prévost streckte sich. Das hatte er natürlich alles schon einmal gehört. Vom Spindoktor. Die Frage war also, wann es Zeit war, eine neue Gangart einzulegen. Hjelm wartete noch ab.

»Marianne war meine Jugendliebe«, sagte Prévost. »Aber unsere Wege haben sich getrennt. Ich habe keine Fotografien. Sie suchen jemand anderen.«

»Obwohl es offensichtlich ist, dass Sie Ihre Zusammenkünfte fotografisch festgehalten haben.«

»Sie wissen überhaupt nichts von unseren, wie Sie sagen, Zusammenkünften, nicht wahr?«

»Nun, ich weiß, dass Sie mit der Kamera zugegen waren. Und ich weiß, dass Sie all die Jahre die Fotos aufbewahrt haben. Und ich weiß außerdem, dass mindestens eines davon im Umlauf ist und Sie dafür verantwortlich sind.«

Prévost legte die Stirn in tiefe Falten.

»Sind Sie überhaupt von der Polizei?«

»Selbstverständlich«, sagte Balodis. »Mein Kollege kann manchmal etwas ungehobelt sein, ich bitte um Entschuldigung. Aber es ist doch so, dass mindestens ein Abzug der Fotos fehlt?«

Zufrieden betrachtete Hjelm seine Kollegin.

»Es existieren keine Abzüge«, sagte Prévost mürrisch.

»Ich weiß, dass Sie das behaupten müssen.« Balodis nickte ihm zu. »Sie sind ein anständiger Mann, Jurist und Partner in einer feinen Kanzlei. Aber genau deshalb wissen Sie auch, dass Sie etwas Kriminelles getan haben. Und Sie wissen ebenfalls, dass die anderen mit dem Foto ein noch viel größeres Verbrechen begangen haben. Sie müssen an Ihrer Geschichte festhalten, das verstehe ich. Aber wir garantieren Ihnen, dass von uns niemand etwas erfahren wird.«

Hjelm lehnte sich über den Tisch und sagte mit dunkler Stimme: »Lassen Sie mich raten, wie sich das alles zugetragen hat, Monsieur Pierre-Hugues Prévost. Ein gediegenes Abendessen mit Ihren Freunden von der konservativen Partei. Nur Männer, versteht sich, vielleicht ein paar Stripperinnen, ein paar Prostituierte. Viel Rotwein, viel Calvados. Bis dahin hatten Sie Ihre ehemalige Beziehung zu Marianne Barrière geheim gehalten – Ehrensache –, aber der Wein und der Calvados lockern Ihre Zunge, Sie lassen sich hinreißen und erzählen, dass Sie vor langer Zeit einmal etwas mit einer Frau gehabt haben, die heute eine politische Gegnerin in einer wichtigen Position ist. Da die befreundeten Politiker in ähnlich bedeutenden Stellungen sich daran äußerst interessiert zeigen, erzählen Sie noch kleine intime Details. Die Stimmung steigt, und Sie setzen noch eins drauf, in dem Sie die Fotos erwähnen. Einer der Herren ist ausgesprochen daran interessiert und besteht darauf, die Abzüge zu sehen ...«

Pierre-Hugues Prévost lehnte sich zurück und sagte zu Balodis gewandt: »Sie sollten jetzt gehen. Und ich hoffe, dass Mrs. Abromaite ihren Kollegen im Zaum halten kann.«

Hjelm lehnte sich sehr weit vor, bis sein Gesicht unmittelbar vor Prévosts Nasenspitze war.

»Sie haben das alles vollkommen missverstanden«, sagte er. »Ich bin zu Ihrem Schutz dabei.«

Dann lehnte er sich wieder zurück, und in dieser Sekunde holte Balodis aus und versetzte Prévost einen knallharten Präzisionsschlag in den Solarplexus. Mit aufgerissenen Augen entfuhr ihm ein gedämpfter Laut, ein Stöhnen, bevor er vornüber auf den Glastisch fiel.

Hjelm stand auf und ging in die Küche. Er öffnete den Kühlschrank und inspizierte dessen Inhalt. Dann ging er weiter ins Badezimmer und entdeckte einen so aufwendigen Jacuzzi, wie ihn wahrscheinlich nur ein persönlicher Jacuzzi-Spezialist konstruieren konnte. Anschließend stieß er auf ein Zimmer, das man wohl als Bibliothek bezeichnen konnte, und lief an den Regalen entlang. Er entdeckte die komplette Sammlung der phantastischen Bücher der Reihe *Bibliothèque de la Pléiade* mit ihren charakteristischen Buchrücken. Zweitausendseitige Bände mit hauchdünnem Papier, die niemals zerrissen und immer genau an der aufgeschlagenen Stelle geöffnet blieben. Das war der Rolls-Royce der Bücherwelt.

Was gerade im Salon vor sich ging, war gegen alle Prinzipien, die Paul Hjelm hatte, aber er wusste auch, dass es keinen anderen Weg gab. Außerdem war dies keine polizeiliche Intervention, hier ging es um eine Politikerin, die im Begriff war, von den verdorbenen Krämerseelen zerstört zu werden, die umgeben von wunderschönen *Pléiade*-Bänden ihr Leben führten. Er summte vor sich hin, um die Geräusche zu übertönen.

Dann verließ er die Bibliothek und kehrte ins Wohnzimmer zurück. Laima Balodis saß auf ihrem Platz auf dem Sofa aus dem 18. Jahrhundert und Pierre-Hugues Prévost ihr gegenüber, auf der anderen Seite des Glastisches. Hjelm sah zunächst nur seinen Rücken und nickte Balodis zu, die vollkommen desinteressiert wirkte, obwohl ihre Frisur ein wenig unordentlich aussah. Dann erst sah er Prévost ins Gesicht, das von zerzaustem Haar umrahmt war. Ganz grau war es, der Blick starr. Ein kleines Blutrinnsal lief vom Haaransatz über die linke Hälfte des leichenblassen Gesichts, langsam, ganz langsam.

»Es tut mir furchtbar leid«, sagte Paul Hjelm und setzte sich. »Aber wir müssen wirklich wissen, wie es sich zugetragen hat. War es ungefähr so, wie ich es vorgeschlagen habe?«

Pierre-Hugues Prévost hob vorsichtig den Kopf und sah ihn an. Sein Blick war eigenartig klar und rein.

»Ziemlich genau so«, antwortete er tonlos. »Es gab Stripperinnen.«

»Sie müssen mir nicht alle Details verraten.« Hjelm legte seine Hand auf Prévosts Arm. »Mir genügt schon ein Name.«

»Ich bin ihm vorher noch nie begegnet«, sagte Prévost mit gleichbleibendem Tonfall. »Aber er gehörte zu den Kreisen, in denen ich mich bewege, das wusste ich, und einmal ist er auf eine meiner Cocktailpartys mitgekommen. Da habe ich von meiner Beziehung zu Marianne erzählt. Und die ist ehrlich gesagt schon ein bisschen abartig und pervers gewesen. Er war sehr interessiert. Ein paar Tage später kam er vorbei und bekam ein paar Fotos von mir. Sie ist immerhin eine politische Gegnerin!«

»Ein paar Fotos?«

»Drei, glaube ich. Die ... explizitesten ...«

»Glaube ich?«

»Weiß ich.«

»Und wer war dieser Mann?«

»Ich bin mir nicht sicher, ob ich das sagen darf ...«

»Von uns erfährt niemand, dass Sie uns das erzählt haben, Pierre-Hugues, das ist ein Versprechen. Allerdings kann ich Ihnen nicht versprechen, dass ich mich nicht noch einmal gründlicher in Ihrer Wohnung umsehen werde. Ich war noch nicht in allen Räumen. Obwohl vermutlich kaum etwas anderes an Ihre komplette Sammlung der *Pléiade*-Bände heranreicht.«

Prévosts Blick hellte sich für einen Moment auf.

»Sind die nicht einfach wunderbar?«

»Haben Sie einen davon gelesen?«

Er schüttelte den Kopf.

»In meiner Branche hat man für so etwas zu wenig Zeit.«

»Also, wer war dieser Mann?«

Pierre-Hugues Prévost saß eine Weile schweigend da, bevor er sagte: »Er heißt Fazekas. Fabien Fazekas. Ich glaube, er ist der Verbindungsmann zwischen der UMP und der FN. Es passierte in den hektischen Tagen, nachdem Sarkozy von Marianne wegen der Abschiebungen der Zigeuner angegriffen worden war. Das war ein Schlag unter die Gürtellinie. Die französische EU-Kommissarin startete einen Frontalangriff gegen ihren eigenen Staatspräsidenten. Große Schlagzeilen, große Aufregung.«

»Das ist jetzt etwa ein Jahr her?«

»Ja, so in etwa, es war im August letzten Jahres.«

»Erzählen Sie mir von Fabien Fazekas. Wenn Sie ihn als Verbindungsmann zwischen der UMP und der FN bezeichnen, meinen Sie damit die konservative Partei und die Front National, die Rechtsextremisten? Der Nachname klingt, ich weiß nicht genau, ungarisch?«

»Ja«, antwortete Prévost. »Halb Ungar, halb Franzose, so wie unser verehrter Staatspräsident. Fazekas agiert am rechten Rand des politischen Spektrums, als eine Art Spindoktor des Faschismus. Ich glaube, die UMP hatte ihn angeheuert, um in Sachen Fremdenfeindlichkeit zu polarisieren und Le Pen Stimmen zu stehlen. Das Letzte, was ich gehört habe, ist, dass Fazekas in Athen sei.«

»In Athen?«

»Er soll eine Partei zu neuem Leben erwecken, die im krisengebeutelten Griechenland auf dem Vormarsch ist. Sie nennen sich Goldene Morgenröte.«

»Goldene Morgenröte? Diese neonazistische Partei?«

»Das ist es, was ich gehört habe. In einem Jahr wird dort gewählt. Wenn der Europahass und die Fremdenfeindlichkeit zunehmen, schaffen die es ins Parlament. Dafür wird Fazekas schon sorgen. Er ist sehr überzeugend.«

Hjelm nickte und stand auf.

»Wo sind die restlichen Abzüge? Und die Negative?«

»Im Schreibtisch im Arbeitszimmer«, sagte Prévost. »Linke Schublade, gelber Pappkarton.«

Hjelm nickte Balodis zu, die sofort aufsprang. Während sie das Arbeitszimmer durchwühlte, blieben die zwei Männer schweigend im Wohnzimmer sitzen. Nach einer Weile kam sie mit einem gelben Pappkarton in den Händen zurück.

»Negative?«, fragte Hjelm.

»Die sind auch hier drin«, sagte Balodis.

»Ich glaube, ich muss ins Krankenhaus«, wimmerte Prévost und betastete vorsichtig seinen Körper.

Hjelm warf Balodis einen Blick zu, die sofort, aber kaum sichtbar den Kopf schüttelte.

»Ich lege Ihnen hier das Telefon hin«, sagte Hjelm. »Rufen Sie ruhig einen Notarzt, wenn Sie das Bedürfnis danach haben. Wir gehen jetzt.«

Und das taten sie, aber an der Tür drehte sich Hjelm noch einmal um.

»Was Sie auch tun, Herr Prévost, Sie dürfen auf keinen Fall mit Ihren Kontakten über unseren Besuch sprechen. Die werden Sie umgehend hinrichten. Und wenn die es nicht tun, dann werden wir das erledigen. Verstanden?«

Er konnte ein unerwartet deutliches Nicken bei der Gestalt auf dem Sofa beobachten, bevor er zur Wohnungstür ging.

Im Treppenhaus wechselten die beiden keinen Blick, Hjelm überprüfte, ob sein Handy auch dieses Gespräch ordnungsgemäß aufgezeichnet hatte. Das hatte es.

Sie stiegen ins Auto, Balodis setzte sich auf den Beifahrersitz und stellte den Pappkarton auf ihren Knien ab. Hjelm schob sich hinters Steuer und wollte den Motor starten. Erst da bemerkte er, wie stark seine Hand zitterte.

Auch Balodis sah auf die zitternde Hand und schüttelte den Kopf. »Ich kann nur hoffen, dass das hier nichts Privates war.«

Hjelm verzog das Gesicht zu einer Grimasse. »Das war es nicht. Im Gegenteil, es war extrem wichtig. Für die Demokratie.«

Eine Weile herrschte Schweigen, dann sagte Balodis: »Ich will nie wieder als dein *hit man* eingesetzt werden.«

Hjelm wandte sich ihr zu und blickte sie an. Und es kam ihm so vor, als würde er sie zum ersten Mal richtig ansehen. Dieses kleine unscheinbare Wesen hatte praktisch im Alleingang die Menschenhändlermafia in der litauischen Hafenstadt Klaipėda ausgehoben. Und zwar, indem sie fast ein halbes Jahr verdeckt als Prostituierte gearbeitet hatte. Er wusste genau, dass sie nach wie vor mit diesem Teil ihrer Vergangenheit kämpfte. Jetzt kam es ihm so vor, als hätte er sie vergewaltigt.

»Verzeih mir«, sagte er und hörte, wie absurd und unzureichend das klang.

»Erzähl mir lieber, worum es hier geht.«

»Das werde ich, versprochen. Aber du musst absolutes Stillschweigen bewahren.«

»Glaubst du tatsächlich, dass du mir das sagen musst? Was hast du mit diesem Fabien Fazekas vor?«

Hjelm schüttelte den Kopf. »Ich muss das inoffiziell angehen. Vielleicht habe ich einen geheimen Kanal nach Griechenland, den ich aktivieren könnte.«

»Über den du aber nichts sagen kannst?«

»Genau. Jetzt muss ich kurz telefonieren, ich habe heute früh einen Kollegen abgewürgt. Du kennst ihn, ihr habt vor ein paar Jahren in Riga und Berlin zusammengearbeitet. Ich muss anfangen, meine Mitarbeiter besser zu behandeln.«

»Chavez«, sagte Laima Balodis und lächelte. »Der Wahnsinnige. Stell ihn auf Lautsprecher.«

Hjelm erwiderte ihr Lächeln und wählte.

Zuerst hörten sie nichts, dann ertönten merkwürdige Geräusche, und schließlich meldete sich Chavez, eindeutig außer Atem: »Ja?«

»Hallo«, sagte Hjelm auf Englisch. »Ich spreche Englisch, weil Laima Balodis mithört. Unser Gespräch wurde vorhin ein bisschen abrupt beendet. Gibt es Fortschritte?«

»English, yes, okay. Ihr seid es, ja, hallo ...«

»Stören wir dich, bist du gerade beschäftigt?«

»Nein, ach Quatsch. Hallo, Laima.«

»Hallo«, antwortete Balodis etwas verhalten.

»Der Fall, ja, also«, stotterte Chavez. »Ähem, irgendetwas stimmt nicht mit diesem Forscherteam. Wir haben den Eindruck, dass dort geheime Forschungen betrieben wurden. Außerdem hat sich herausgestellt, dass Niels Sørensen etwa eine halbe Stunde vor seinem Tod ein Schließfach in einer Bank gemietet hat.«

»Ach, verdammt«, sagte Hjelm.

»Wir waren bei der Bank, das Schließfach ist unberührt. Aber es bestärkt unsere Theorie, dass sein Handy von großer Bedeutung war. Das ist nämlich spurlos verschwunden. Offensichtlich hatte er vor, es in diesem Schließfach zu deponieren. Aber der Mörder hat es ihm vorher abgenommen. So weit unsere Hypothese.«

»Vielen Dank für diese Informationen. Und grüß Sara bitte von mir.«

»Ja, sie grüßt zurück.«

Hjelm legte auf und drehte sich zu Laima Balodis, die in diesem Augenblick losprustete. Auch Hjelm fing an zu lachen.

»Müssen die in Stockholm gar nicht arbeiten?«

»Ist die Katze aus dem Haus, tanzen die Mäuse auf dem Tisch.«

Er schickte Kerstin Holm einen warmen Gedanken, legte »Loney Blues« von Loney Dear auf und fuhr los.

Jorge Chavez starrte auf sein Handy.

Unter ihm fauchte es: »Was hast du dir dabei gedacht, ans Telefon zu gehen?«

»Instinkt«, antwortete Chavez. »Mein beschissener Polizeiinstinkt. Total ungesund.«

Er sah Sara Svenhagen an, wie sie da nackt unter ihm lag, und das mitten am Tag.

»Lass jetzt nicht die Stimme der Vernunft sprechen«, mahnte Sara. »Warte noch.«

Während des Telefonats war er aus ihr herausgeglitten, geschrumpft. Aber der Anblick ihres wunderschönen Körpers erweckte die Kräfte wieder in ihm. Sie ergriff sein Glied und führte es.

»Paul lässt grüßen«, sagte Chavez und glitt tief in sie hinein.

»Da scheiß ich drauf«, stöhnte Sara Svenhagen und drückte den Schnurrbart wieder fest, der sich zu lösen begann.

Jorge Chavez warf das Handy vom Bett. Und gab sich ihr hin.

Die Urheimat

Chios, Griechenland, 4. Juli

Es hatte etwas Göttliches, wie der große stattliche Mann aus den Fluten stieg. Sie konnte sich daran nicht sattsehen. Das Wasser rann an seinem nackten, braun gebrannten mächtigen Körper herunter, und obwohl er in die Jahre gekommen war, kam es ihr vor, als würde sie der Geburt eines griechischen Halbgottes aus Poseidons Tiefen beiwohnen.

Die Krux daran war, dass besagter Halbgott ein Schwede in vierzehnter Generation war und Ahnen hatte, die mit Erik XI., dem Lispelnden und Lahmen, rohen Aal gegessen hatten.

Sie lagen an ihrer Lieblingsstelle, einem versteckt gelegenen kleinen Sandstrand zwischen ins Meer ragenden Klippen an der Nordostküste von Chios. Noch nicht einmal die Inselbewohner kannten den Strand, zumal sie Sonne ohnehin mieden. Vermutlich wurden sie deswegen so alt.

Die Sonne brannte in der Tat hemmungslos vom Himmel, lange würden sie hier nicht mehr bleiben können. Ludmilla Nyberg betrachtete ihren großen Mann, während er auf sie zukam. Seit er den dicken Stapel handgeschriebener Seiten mit den Worten »Jetzt ist es fertig« beiseitegelegt hatte, war etwas mit ihm geschehen. Zum einen hatten Ludmilla Lundkvist und Gunnar Nyberg endlich geheiratet. Zum anderen hatte er begonnen, seine innere Rastlosigkeit in körperliche Betätigung umzusetzen. Er baute sich auf dem Grundstück einen kleinen Schuppen und richtete sich dort ein kleines Sportstudio ein, joggte bereits am Morgen und unternahm lange Wanderungen, außerdem hatten sie häufiger Sex.

Im Ganzen betrachtet war das Leben mit diesem Gunnar tausendmal besser als mit dem mürrischen Schriftsteller, der er vorher gewesen war. Vor allem in solchen Momenten wie diesen, in denen er vor ihr stehen blieb und sie zärtlich anlächelte.

Sie konnten nackt in der Bucht baden. Das war ihr kleines Paradies. Und nichts würde sie aus ihrem Paradies vertreiben können.

Nichts.

Natürlich war da dieses Problem mit dem Geld. Ihre Lehrbücher für Russisch, von deren Verkauf sie lange hatten leben können, gingen nicht mehr so gut. Die Leute lernten Fremdsprachen heute über das Internet, da gab es einfachere, weniger anspruchsvolle Kurse. Und Gunnar hatte auch nicht zur Haushaltskasse beitragen können, seit sie nach Chios gezogen waren, und außerdem hatte er seine restlichen Ersparnisse in den Bau des Schuppens und in seine Sportausrüstung gesteckt. Er hatte sein Manuskript einigen schwedischen Verlagen geschickt, aber ein Vertragsabschluss war noch nicht zustande gekommen. Sie steckten in einer kleinen Finanzkrise.

Aber in ihrem Paradies war das gleichgültig. An diesem Strand gab es nur sie beide, sonst nichts. Ihre Blicke trafen sich, und er senkte den Kopf und sah an sich herunter, über den immer straffer werdenden Bauch und noch ein Stück weiter.

In diesem Augenblick klingelte sein Telefon. Es hatte bisher noch kein einziges Mal im Paradies geklingelt. Noch nie. Ludmilla war überrascht, dass es hier überhaupt Empfang hatte.

Sie sahen einander an. Er blinzelte irritiert und sah auf den wunderschönen Körper seiner frisch angetrauten Frau. Dann bückte er sich und holte das Handy aus der Tasche. Es schrie förmlich, Ludmilla hatte fast den Eindruck, dass es sich in seinen Händen wand.

»Geh nicht ran«, bat sie.

»Ich weiß nicht«, sagte Gunnar. »Die Nummer ist unterdrückt. Es könnten Tommy oder Tanja sein.«

»Deine Kinder haben doch keine unterdrückten Nummern.«

»Ich gehe trotzdem ran.«

Und das tat er.

»Gunnar Nyberg.«

»Hallo, Gunnar. Hier ist Paul.«

»Hallo Paul. Du, ich bin gerade ein bisschen …«

»Beschäftigt? So beschäftigt, dass du keine Zeit für Glückwünsche hast?«

»Du sprichst in Rätseln.«

»Ich habe gerade im Newsletter der EU gelesen, dass dir ein Stipendium für dein Romanprojekt ›Nostos‹ bewilligt worden ist. Ich finde zwar persönlich, dass du den Titel ändern solltest, aber das ist ja eine andere Sache.«

»Du machst Witze.«

»Die fanden deine Projektbeschreibung interessant.«

»Ich habe keine Projektbeschreibung verfasst.«

»Das habe ich für dich getan.«

»Aber du hast mein Buch doch gar nicht gelesen.«

»So funktioniert die EU. Nimm das Geld und lächle freundlich.«

»Ähm, gut, danke. Wie viel ist es denn?«

»Fünftausend Euro.«

»Das ist ja ein Vermögen in diesen Zeiten, vor allem hier in Griechenland. Wahnsinn! Danke.«

»Keine Dankbarkeit, Gunnar. Es könnte sogar noch etwas mehr werden. Ich würde dich nämlich gerne für eine Sache gewinnen.«

Gunnar Nyberg stutzte und räusperte sich. Plötzlich fragte er sich, worauf dieses Gespräch hinauslaufen würde. Ihn befiel beschämt die Erkenntnis, dass er mit Paul weitersprechen müsste, ohne dass Ludmilla zuhören konnte. Denn eines war sicher: Er vermisste die Polizeiarbeit. Und darauf schien Pauls Anruf hinauszulaufen, es roch förmlich danach, nach einem dreckigen kleinen Job als Ermittler.

Aber war er dazu überhaupt noch in der Lage? Er war schon lange nicht mehr so durchtrainiert gewesen wie jetzt, aber er war auch älter geworden, nicht mehr so reaktionsschnell bei Gefahr. Er lebte seit fünf Jahren in diesem Paradies. Seit einem halben Jahrzehnt. Hatte alle polizeilichen Instinkte heruntergefahren – und das in einer Welt, in der sich alles extrem verschärft hatte. Und Gunnar Nyberg war ja pensioniert.

Seine Antwort würde also davon abhängen, was ihm Paul Hjelm, sein alter Kollege, anzubieten hatte. Und wenn er eines benötigte, dann war es Geld.

»Was ist los?«, flüsterte Ludmilla von ihrem Handtuch aus. »Danke wofür?«

»Ich habe ein Stipendium erhalten ...«

»Wofür?«

»Für mein Buch, den Roman. Die finden, dass er spannend klingt.«

»Wer sind ›die‹?«

»Die EU«, antwortete Gunnar Nyberg, und als er begriff, wie grotesk das klang, fügte er noch hinzu: »Fünftausend Euro!«

Ludmilla riss die Augen auf, und ihr Wunsch, reflexhaft zu protestieren, verebbte wieder. Fünftausend Euro waren eine ordentliche Stange Geld.

»Ich muss mit ihm ein paar Details besprechen«, sagte Nyberg und zeigte aufs Telefon. »Ich soll irgendwelche umständlichen EU-Formulare ausfüllen.«

Ludmilla nickte, und Gunnar schlenderte den Strand hinunter. Als er das Gefühl hatte, außer Hörweite zu sein, setzte er sich in den feuchten Sand und hielt die Zehen ins Wasser. Die Türkei schien so nah, als müsste er nur die Hand ausstrecken, um das Land berühren zu können.

Er war nach wie vor nackt. Und er befand sich nach wie vor im Paradies.

»Bist du noch dran?«, fragte er in das altersschwache Gerät.

»Ich dachte, du wolltest ein paarmal tief Luft holen. Sehr clever das mit den EU-Formularen.«

»Wir führen ein Leben und eine Ehe, in der es keine Lügen gibt«, erklärte Nyberg und wippte mit den Zehen. »Ist damit jetzt Schluss?«

»Das bestimmst du selbst. Ich habe dir nur ein Angebot gemacht.«

»Wenn ich Faust bin, dann bist du also Mephisto?«

»Aber nur insofern, als Faust die Welt ist, in der nichts geschieht, und Mephisto die Welt, in der alles geschieht. Ich kann mich gut in die ereignislose Welt hineinversetzen, ich sehne mich oft danach. Für mich liegt sie in den Stockholmer Schären, im einsameren nördlichen Teil. *Heaven is a place where nothing ever happens.*«

»Shakespeare?«

»Talking Heads.«

»Was willst du?«

»Ich habe dich angelogen. Das hier ist gar kein Angebot. Es ist eine Bitte. Ein Flehen. Und ich bewege mich auf dünnem Eis.«

»Als hohes Tier in der EU bist du doch auf sicherem Boden. Dein Gehalt muss schwindelerregend hoch sein.«

»Gemessen an dem eines Schriftstellers ja. Aber das Eis ist genauso dünn. Vertraust du mir?«

»Ich vertraue dem Paul, der du einmal warst. In den zehn Jahren, die wir zusammengearbeitet haben, hast du dich zum besten Polizisten entwickelt, den ich kenne. Aber bist du auch heute noch dieselbe Person?«

»Nicht dieselbe Person. Aber derselbe Polizist. Vertraust du dem Polizisten?«

Gunnar Nyberg schwieg. Hauptsächlich, damit es nachdenklich wirkte. Aber er musste eigentlich nicht nachdenken. Nach einer angemessenen Zeit antwortete er: »Ja.«

»Meine Geschichte ist ziemlich lang. Und sie besteht aus drei Teilen. Hast du Zeit und Lust, sie dir anzuhören?«

»Solange du das Telefonat bezahlst.«

»Das ist schon veranlasst. Die drei Teile sind: mein eigentlicher Job bei Europol, ein großer aktueller Fall und mein inoffizieller Fall.«

»Gut.« Nyberg seufzte und legte sich rücklings in den Sand.

Als Ludmilla sah, wie er sich in den Sand fallen ließ und in den Himmel starrte, wunderte sie sich schon ein wenig über diese EU-Formulare. Die darauffolgende Zeit hatte eine eigenartige Struktur. Zuerst verspürte sie eine zunehmende Unruhe, die eine Klimax erreichte und dann wieder in sich zusammensank, um am Ende in eine eigenartige Ruhe überzugehen. Ein wortloses Erkennen. Sie sah zu, wie die Sonne sich mit unbekümmerter Langsamkeit über den hellblauen Himmel schob, und schlief schließlich ein. Als hätte sie jemand in den Schlaf gewiegt, in einer Aura aus Vertrauen. Ein Gespräch, das so lange dauerte, konnte ganz einfach keine schlechten Nachrichten bedeuten.

Als Gunnar Nyberg sich langsam wieder aufsetzte, dankte er Ludmilla insgeheim dafür, dass sie ihn genötigt hatte, Sonnencreme mit Lichtschutzfaktor fünfzig zu benutzen. Eine Höhe, die sonst nur sein alter Kollege Arto Söderstedt, der Mann ohne Pigmente, benutzte.

»So sieht es aus!«, sagte Paul Hjelm und klang heiser. »Hast du alles verstanden?«

»Das ist ein ganz schöner Hammer. Ich hoffe, du hast Störsender und den ganzen Kram in deinem Handy.«

»Wenn du wüsstest«, erwiderte Hjelm nur. »Was sagst du zu meinem Vorschlag und zu einer freiberuflichen Mitarbeit?«

»Die Goldene Morgenröte oder *Chrysi Avgi*, wie wir hier sagen, ist eine sehr gut bewachte Organisation. Da kann man nicht so einfach hereinspazieren und nach Fabien Fazekas fragen. Ganz zu schweigen davon, ihn dann zum Sprechen zu bringen, damit er die Abzüge und Negative herausrückt.«

»Hast du den Grizzlybären in dir begraben, Gunnar?«

Die Frage katapultierte Nyberg fünfzehn Jahre in die Vergangenheit. Zurück zu ihrem ersten gemeinsamen Fall als Partner. Hjelm und Nyberg hatten sich in die Tiefen der Stockholmer Unterwelt begeben, um Hinweise dafür zu finden, wer Schwedens Finanzelite eliminieren wollte. Damals hatte Hjelm zu ihm gesagt, er würde ihn an einen Grizzlybären erinnern, weil er sich von einer Sekunde auf die andere von einem gutmütigen Teddybären in einen wilden Grizzly verwandeln konnte und wieder zurück. Da hatte Nyberg zum ersten Mal in seinem Leben die Maske fallen lassen und hatte ihm von seiner Vergangenheit erzählt: als Bodybuilder und hochgradig gedopter Mr. Sweden, als gewaltbereiter Bulle auf Streife, als prügelnder Ehemann. Und Hjelm hatte ihn nicht verurteilt, er hatte fest an eine zweite Chance geglaubt.

Tat er das jetzt auch wieder? Wollte er Gunnar Nyberg erneut eine zweite Chance geben?

»Jetzt bist du Mephisto«, sagte er.

Hjelm lachte.

»Du sollst nicht stärker als die Jungs von der Goldenen Morgenröte sein. Du sollst nur cleverer als Fabien Fazekas sein, das ist alles.«

»Dafür benötige ich mehr Information«, erwiderte Nyberg gedämpft.

»Klingen die finanziellen Rahmenbedingungen denn akzeptabel?«

»Mehr als akzeptabel.«

»Wie steht es um deine Netzverbindung in der Einöde?«

»Etwas unberechenbar, aber im Großen und Ganzen überraschend gut.«

»Ich maile dir die übrigen Informationen über eine sichere Verbindung. Sieh sie dir an. Unsere Vertragsvereinbarung schicke ich gleich mit. Unterschreibe sie, scanne sie ein und maile sie mir zurück. Schon bist du Mitglied in der Freiberuflertruppe.«

»Mit gefälschten Zielvereinbarungen.«

»Nicht gefälscht, nur ein wenig ungenau.«

Und damit endete ihr langes Gespräch. Gunnar Nyberg stand auf. Erst da wurde ihm bewusst, dass er das Telefonat vollkommen nackt geführt hatte.

Er streckte sich. Weiter oben am Strand lag Ludmilla und schlief. Ihr Körper hatte eine interessante Pose eingenommen. Ihre Knie waren zur Seite gekippt, sodass er ihr direkt zwischen die Beine sehen konnte.

Während er langsam auf sie zuging und versuchte, sich den Sand vom Körper und vom Rücken zu streichen, beschäftigten ihn zwei Gedanken.

Der erste war: Was habe ich da gerade getan?

Der zweite war: Jetzt kommt der schwierige Teil.

Und dennoch übermannten ihn plötzlich ganz andere Gefühle. Er blieb vor Ludmilla stehen, die in diesem Moment – ein sechster Sinn – zum Glück erwachte. Schlaftrunken sah sie sich um und dann zu ihm hoch.

»Gunnar«, sagte sie mit belegter Stimme. »Wie schön, dass du dich so freust, mich zu sehen.«

Die Triaden

Utrecht – Amsterdam, 4. Juli

Natürlich gab es kein »Lager außerhalb von Utrecht«. Dafür gab es ein paar Flüchtlingsunterkünfte. Kerstin Holm hatte das Bedürfnis, dorthin zu fahren, vor Ort zu sein und mit den lokalen Polizeikräften zu reden. Aber dann würde sie operativ tätig werden, was in ihrer Funktion als nationale Repräsentantin nicht vorgesehen war. Dafür benötigte sie die Zustimmung ihres Chefs. Und ihr Chef war ihr Lebensgefährte.

Der jedoch der Meinung war, dass sie Schatten jagte.

So direkt hatte er das zwar nicht gesagt – hingegen hatte er ihr direkt ins Gesicht gelogen –, aber sie hatte es zwischen den Zeilen gelesen. Hatte er wirklich geglaubt, dass sie ihn in Den Haag besuchte, um seine Mätresse zu sein? Sie war eine hoch qualifizierte Polizistin, verdammt, und hatte keineswegs vor, dort nur Däumchen zu drehen.

Oder vielmehr hier. Denn jetzt war sie hier. In Utrecht. Eine interessante Stadt, aber sie nahm sie eigentlich gar nicht richtig wahr. Ihr Tunnelblick hatte sich bereits eingestellt, auch wenn sie bisher nicht mehr als einer Ahnung nachjagte. In Schweden war sie Wang Yunlis Söhnen Cheng und Shuang wesentlich näher gewesen.

Aber von dort waren sie verschwunden. An irgendeinen Ort in Europa verfrachtet. Als Handlanger für das organisierte Verbrechen. Vielleicht sogar einer Instanz, die »unseren gelben Freunden bei der anstehenden Lieferung« beistehen und »den Kontakt mit den Jungs im Lager außerhalb von Utrecht herstellen« sollte.

Allerdings gab es absurd viele Fragezeichen.

Dazu gehörte auch der Gesichtsausdruck von Kommissar van der Heijden – er war ein einziges großes Fragezeichen.

»Sie müssen verzeihen, Frau Holm, aber ich weiß nicht genau, worauf Sie hinauswollen. In Holland gibt es unzählige solcher Flüchtlingseinrichtungen, dazu gehört natürlich auch diese, außerhalb von Utrecht, aber in letzter Zeit hat der Flüchtlingsstrom signifikant abgenommen. Zurzeit haben wir jährlich nur etwa fünfhundert Neuzugänge, nicht mehr.«

»Aber es gibt sie noch, diese Flüchtlingslager außerhalb von Utrecht, oder?«

»Ja, das ist richtig«, bestätigte van der Heijden, »aber besonders groß sind sie nicht. Es wurde beschlossen, dass diese Immigration jetzt mal ein Ende hat.«

»Mir wurde gesagt, dass Sie sich auf diesem Gebiet am besten auskennen. Sind die Lager oder ihre Insassen in Zusammenhang mit irgendwelchen Verbrechen auffällig geworden?«

»Natürlich hat es das gegeben. Die Flüchtlinge selbst begehen aber oft nur kleinere Delikte wie Ladendiebstähle, oder es kommt zu Schlägereien, aber nach dem Machtzuwachs der PVV haben die fremdenfeindlichen Übergriffe zugenommen.«

»Sie meinen die Partei von Geert Wilders?«

»Ja, die die Freiheitspartei: Partij voor de Vrijheid.«

»Neoliberalismus und Fremdenfeindlichkeit in einem?«

»Ich bin Polizist, werte Dame, kein Politiker.«

»Ich auch und außerdem kein bisschen werte Dame. Haben Sie bei den chinesischen Flüchtlingen in letzter Zeit Veränderungen bemerkt?«

»Holland erkennt Chinesen nicht als Flüchtlinge an.«

»Das bedeutet aber nicht, dass es keine gibt.«

»Richtig. Und bei elternlosen Kindern müssen wir uns natürlich anders verhalten.«

»Kinder?«

»Ja, zum Beispiel.«

»Aber warum erwähnen Sie Kinder, wenn wir über Chinesen sprechen?«

»Wir hatten einige solche Fälle.«

»Wann? Vor Kurzem erst?«

»Es gab ein paar Fälle, wo Kinder plötzlich verschollen waren ...«

»Könnten Sie das ein bisschen ausführen?«

»Im Abstand von einigen Wochen hatten wir diese Vorfälle. Ich glaube, ich war der Einzige, der eine Regelmäßigkeit erkannte. Das interessierte niemanden wirklich. Die Kinder verschwanden einfach spurlos.«

»Verschwanden?«

»Ja, das ist ein paarmal passiert. Sie kommen in der Regel zu dritt. Im Abstand von einigen Tagen, aber immer zu dritt. Ich habe das auch an die Behörden weitergegeben, aber die interessiert das ebenfalls nicht. Wenn sie verschwinden, sind sie nicht mehr unser Problem.«

»Ich bin mir nicht ganz sicher, ob Sie derselben Meinung sind?«

»Ich bin Polizist ...«

»... und kein Politiker, ich weiß. Aber in einer Demokratie darf jeder eine Meinung haben. Aber Sie müssen nichts weiter dazu sagen. Ich glaube, ich habe mir eine Meinung über Ihre Meinung gebildet.«

»Man wird und ist doch Polizist, um Menschen zu helfen. Ja, verdammt, sogar um Tieren zu helfen. Oder Pflanzen. Da darf es keine Grenzen geben.«

»Aber es herrscht eine Atmosphäre von ...«

»Ich habe schon genug gesagt.«

»Sie kommen zu dritt?«

»Die Faktenlage ist zu dünn, um daraus eine statistische Tatsache zu machen – und nur darauf reagieren die Behörden – aber bisher war es so, ja. Immer zu dritt. Wir nennen sie *Die Triaden*. Im Scherz.«

»Galgenhumor. Braucht man, um zu überleben. Ich kenne das. Wie bei dem Science-Fiction-Schriftsteller Isaac Asimov, nicht wahr?«

»*Alles kommt immer in Gruppen zu dritt.*«

Sie lachten. Kerstin Holm hatte das Gefühl, dass sie van der

Heijden eine bedeutende Anzahl von Schritten näher gekommen war.

»Wir hatten 2005 bei uns in Schweden eine ähnliche Situation«, sagte sie. »Zwar waren es keine Dreiergruppen, aber es handelte sich um eine Reihe chinesischer Jungen mit einer identischen Ausstattung, inklusive Handy. Alle verschwanden innerhalb von wenigen Tagen spurlos. Ich bin vor allem an einem Zwillingspaar interessiert, Wang Cheng und Wang Shuang, die Mitte Oktober 2005 in Stockholm verschwanden.«

»Hm«, machte van der Heijden. »Ich will gar nicht darüber nachdenken, was das bedeutet.«

»Aber in Ihrem Fall bezieht sich das alles auf ein und dieselbe Flüchtlingsunterkunft?«

»Ja.«

»Befindet sich da denn zurzeit ein Junge?«

Kommissar van der Heijden betrachtete sie einen Augenblick. Dann hob er eine Augenbraue und sagte: »Lassen Sie mich das kurz überprüfen.«

»Sehr gerne.«

Der aufrechte Kommissar tauchte ab in das unendliche Universum seines Rechners. Als er daraus wieder hervorkam, sah er aus, als wäre er mit Lichtgeschwindigkeit gereist und zehn Jahre jünger geworden.

»Das trifft tatsächlich zu«, sagte er mit der Stimme eines jungen Mannes. »Er heißt Liang Zunrong und ist zwölf Jahre alt. Wenn er dem üblichen Muster folgt, müsste er in etwa drei Stunden die Unterkunft verlassen und dann verschwinden. Er verlässt die Anlage durch die Pforte, und, puff, weg ist er.«

Kerstin Holm erhob sich etwas ungestümer als beabsichtigt. Ihr Stuhl kippte zu Boden.

*

Sie rief aus dem Auto an.

»Kannst du meine GPS-Daten auslesen?«

»Hm, ja«, erwiderte Paul Hjelm. »Und ich sehe, dass du dich in einem Vorort von Utrecht befindest. Und da du dich bestimmt gut an meine Worte erinnern kannst, dass du nicht auf eigene Faust handeln sollst, bist du aller Wahrscheinlichkeit nach also aus rein privaten Gründen dort.«

»Hör auf. Ich sitze in meinem Wagen vor einer Flüchtlingsunterkunft. In etwa zweieinhalb Stunden wird ein zwölfjähriger chinesischer Junge die Anlage verlassen und danach spurlos verschwinden.«

»Oh nein.«

»Ich will ihn observieren.«

»Observieren? Mit Sender in der Kleidung und einem Chip im Handy?«

»Ich vermute, dass sie die Klamotten und das Handy wegwerfen«, sagte Kerstin Holm. »Alle eventuellen Spuren werden beseitigt. Es muss etwas Radikaleres sein.«

»Mikrochip im Körper?«

»Können wir das hinbekommen?«

»Meinst du in moralischer, technischer, juristischer oder zeitlicher Hinsicht?«

»Alles auf einmal. Ist das machbar?«

»Technisch, ja. Zeitlich, vermutlich auch. Juristisch, zweifelhaft. Moralisch, was meinst du?«

»Ja, moralisch absolut vertretbar. Das ist die Gelegenheit, endlich herauszufinden, was mit diesen chinesischen Kindern passiert. Außerdem könnte es sogar Licht in die Untersuchung bezüglich der Bettlermafia bringen, das ist doch eigentlich ein schlagendes Argument.«

»Hm«, brummte Hjelm. »Und wie hast du dir das rein praktisch gesehen vorgestellt?«

»Er wird alles erzählen, was mit ihm passiert ist. Daher würde eine Injektion – auch als Impfung oder Vitaminspritze getarnt – Aufmerksamkeit und Misstrauen erwecken. Gibt es keine andere Möglichkeit, ihm einen Chip zu implantieren?«

»Das hört sich ganz nach Sifakis' Spezialgebiet an. Sprich mit ihm darüber, während ich mir überlege, ob diese Aktion Sinn macht.«

Paul Hjelm stellte das Telefonat auf Sifakis um, allerdings

als Konferenzschaltung. Er hörte ihrer Unterhaltung zu und machte sich so seine Gedanken.

Einem Zwölfjährigen einen Mikrochip zu injizieren – war das mittlerweile das Betätigungsfeld der Polizei? Gehörte das zu den modernen internationalen Sicherheitsmaßnahmen? Auf der anderen Seite – war nicht der mögliche Nutzen um ein Vielfaches größer als mögliches Leid? Das Risiko, die Integrität des Jungen zu verletzen, war vergleichsweise gering – wahrscheinlich würde er als eine Art Sklave eingesetzt werden. Außerdem ließ sich der Chip sofort ausschalten, sollte das Kind nicht in Gefahr sein. Dann würde der Chip – von dem Sifakis gerade sprach – vom Körper ausgeschieden werden.

»Widerhaken?«, rief Kerstin Holm.

»Mikrofeine Widerhaken«, sagte Angelos Sifakis. »Sie verhaken sich im Magen, nachdem man sie mit einer speziellen Flüssigkeit zu sich genommen hat. Wenn der Chip ausgeschaltet wird, fallen die Widerhaken ab und werden ausgeschieden.«

»Man trinkt den Chip?«

»Ja.«

Hjelm unterbrach das Gespräch: »Ihr müsst einen Weg finden, dem Jungen etwas zu trinken zu geben, ohne dass er misstrauisch wird.«

»Ihr?«, wiederholte Kerstin Holm.

*

Eine knappe Stunde später saß sie Jutta Beyer gegenüber.

»Ich wusste gar nicht, dass du Auto fahren kannst«, sagte sie aufrichtig überrascht.

»Wie kommst du denn darauf?«, fragte Beyer. »Ich bin doch Polizistin.«

»Verzeih, ich weiß auch nicht. Vielleicht weil du immer Fahrrad fährst.«

»Hier ist der Chip.«

Jutta Beyer hielt ihr ein Reagenzglas durch die heruntergekurbelte Scheibe entgegen. Kerstin Holm schob ihre Hand durchs Fenster ihres Wagens und nahm es. Sie hielt es gegen die Lampe im Wageninneren. In der klaren Flüssigkeit schwamm ein winziges Partikel.

»So sieht Elektronik heutzutage also aus«, sagte sie nachdenklich.

»Extrem elektronisch«, betonte Beyer. »Sifakis lässt ausrichten, dass das Ding dreißigtausend Euro kostet. Und er hat noch hinzugefügt: Nicht verschütten!«

»Sehr umsichtig von ihm.«

»Bist du schon im Lager gewesen?«, fragte Beyer.

»Nein«, antwortete Holm. »Aber Kommissar van der Heijden hat dem Wachmann mein Kommen angekündigt.«

»Wollen wir reingehen?«

»Wir sollten vorher noch ordentlich parken.«

*

Als Holm und Beyer schließlich vor Liang Zunrongs Zimmer standen, blieb nur noch eine Stunde Zeit, dann würde der junge Chinese – gemäß dem Muster, als wäre er vorprogrammiert – verschwinden. Die Tür zu seinem Zimmer war geschlossen.

»Wenn er etwas zu trinken dastehen hat, dann lockst du ihn auf den Flur«, flüsterte Holm.

»Und wenn er nichts dahat?«

»Dann müssen wir improvisieren.«

Jutta Beyer sah sie missmutig an, während Kerstin Holm an die zerkratzte, aber massive Tür klopfte.

Es dauerte einen Moment, aber dann wurde geöffnet, und vor ihnen stand ein zartes Kind. Der Junge blinzelte sie aus braunen Augen an. Ein wehrloser, schutzloser Blick.

Sie mussten dieses Kind retten.

In Kerstin Holm zog sich alles zusammen. Als Jutta Beyer den Jungen mit einem unglaublich einnehmenden Lächeln auf den Flur herauszog, konnte sie einen Blick in das Zimmer werfen. Es wirkte wie eine Gefängniszelle. Ein Bett, ein Nachttisch, ein Stuhl. Auf dem Nachttisch stand eine Tasse mit dampfendem Tee.

Kerstin Holm zog das Reagenzglas aus der Jackentasche, goss die Flüssigkeit in die Teetasse und verließ den Raum sofort wieder. Fünf Sekunden, höchstens. Zügig ging sie den Flur hinunter. Beyer sah es aus dem Augenwinkel. Sie verabschiedete sich von Liang Zunrong. Der kehrte in sein Zimmer zurück und schloss die Tür.

Beyer rannte Holm hinterher. »Wir wissen erst, ob er den Chip zu sich genommen hat, wenn er sich in Bewegung setzt.«

Sie warteten in Kerstin Holms Wagen. Beyer öffnete ihren Laptop und lud ein Programm hoch.

»Da ist der sogenannte Blip, ein Peilsender.«

Sie zeigte auf den Monitor. Auf einem Kartenausschnitt von Utrecht blinkte ein blauer Punkt. Beyer zoomte näher heran, bis Kerstin Holm die Straßennamen lesen konnte. Schließlich erkannte sie sogar das lang gestreckte weiße Gebäude vor sich wieder. Und der Punkt blinkte mitten in diesem Gebäude.

»Jetzt heißt es warten«, sagte Beyer, nachdem sie das Bild maximal herangezoomt hatte.

Die Stunde verstrich furchtbar langsam. Verzweifelt suchten sie nach einem Gesprächsthema. Immer wieder schienen sie eines gefunden zu haben, doch es hielt nicht lange vor. Sie kannten einander zu wenig.

Dann endlich geschah etwas mit dem blauen Punkt. Zwar bewegte er sich nicht, aber er bekam auf einmal sonderbare Schatten. Und dann machte er einen kleinen Sprung, einen Schritt.

Die Tür der Flüchtlingsunterkunft öffnete sich. Eine hagere Gestalt kam heraus. Sie ging durch den kleinen Garten auf das Gartentor zu. Ihren Gang konnte man nicht als energisch bezeichnen, aber er war doch zielsicher, als würde der Junge genau wissen, wohin er wollte.

Beyer folgte dem blinkenden Punkt auf dem Rechner. Die Übereinstimmung mit dem Kartenausschnitt war perfekt. Es gab keinen Zweifel mehr daran, dass der zwölfjährige Liang Zunrong den Mikrochipsender heruntergeschluckt hatte.

Er trat hinaus auf die Straße und bog nach rechts. Sie sahen ihm hinterher, bis er aus ihrem Sichtfeld verschwand.

Kerstin Holm startete den Motor.

»Wir müssen herausbekommen, wer ihn abholt«, sagte sie.

Jutta Beyer nickte. »Wahrscheinlich geht es hier nur um kleine Fische. Aber fahr los. Sei vorsichtig.«

Holm fuhr. Behutsam. Sie hatten gerade wieder auf Sichtweite aufgeschlossen, als der Junge um die nächste Ecke bog. Er machte keinerlei Anstalten, sein Handy zu benutzen, auch das gehörte zum Schema. Der Wagen näherte sich langsam der Straßenecke. Nur wenige Meter entfernt sahen Beyer und Holm ein Taxi stehen.

Das Taxischild erlosch, und der Wagen setzte sich in Bewegung. Der blinkende Punkt auf Beyers Monitor nahm deutlich an Geschwindigkeit zu. Wortlos drehte Holm um und fuhr zurück zur Flüchtlingsunterkunft. Sie ließ Beyer an ihrem Wagen aussteigen und sagte: »Wir bleiben in telefonischem Kontakt. Und Abstand wahren.«

»Alles klar«, entgegnete Beyer und fixierte die Herzdame ihres Chefs. Dann fügte sie zu ihrer eigenen Überraschung hinzu: »Wettrennen?«

»Wettrennen?«, fragte Holm skeptisch.

»Zwei Perspektiven sind besser als eine.«

»Aber ich habe keinen Plip.«

»Blip«, korrigierte Beyer. »Und doch, den hast du. Du hast doch den Rechner dabei. Ich schicke dir gleich den Link.«

Kerstin Holm musste unweigerlich laut loslachen. Sie klappte ihren Laptop auf. »Aber kein Fehlstart, Jutta«, mahnte sie.

Auch Jutta Beyer lachte laut. Aber sie hielt sich nicht daran.

Jutta Beyer gewann. Zumindest war sie der Ansicht, dass sie als Erste ankam. Sie sah eine imaginäre Zielgerade vor sich, als sie ihren Wagen auf dem Seitenstreifen parkte und sich auf den Weg ins stillgelegte Industriegebiet von Buiksloterham machte.

Es war später Nachmittag. Die Strecke zwischen Utrecht und Amsterdam war flach und ziemlich stark befahren. Auf der Ebene lagen die Dörfer, Kleinstädte und Vororte dicht gedrängt in der Sonne, und der blinkende Punkt hatte sich durch die verschiedenen Ortschaften geschlängelt. Wahrscheinlich hatte der Junge mehrfach das Fahrzeug gewechselt. Die Frage war nun, wann sie sich sicher genug fühlten, um anzuhalten. Wann der kleine Chinese die Erlaubnis erhalten würde anzukommen – und damit einen wichtigen lokalen Standort des sich stetig ausdehnenden europäischen Sklavenhandels preiszugeben.

Als Beyer im Nachhinein den Weg des Peilsenders analysierte, erinnerte er sie stark an den Faden des Wollknäuels, mit dem ihr Katzenjunges vor ein paar Tagen gespielt hatte. Sie hatte das Kätzchen erst seit Kurzem und überlegte, ob sie es Paola nennen sollte.

Während sie aufmerksam und vorsichtig durch kleine Ortschaften wie Nes aan de Amstel, Loenersloot und Ouderkerk aan de Amstel und abstoßende Vororte wie Diemen, Duivendrecht und Bijlmer gefahren war, hatte sie viel Zeit zum Nachdenken gehabt. Aber die Gedanken wurden zunehmend düster. Was würde mit Liang Zunrong geschehen? Was hatte das Schicksal für den armen Jungen vorgesehen? Was hatte die Mafia mit einer Gruppe chinesischer Jungen vor? Wie lange lief das schon so?

Und stimmte das Gerücht, dass Kerstin Holm den Fall in Stockholm viel zu persönlich genommen hatte, als sie damals der Mutter eines Zwillingspaares mit einem ähnlichen Schicksal begegnet war?

Die Idee mit dem Wettrennen kam ihr mit einem Mal zynisch vor.

Trotzdem folgte sie dem blinkenden Punkt beharrlich und hielt den wohlüberlegten Abstand genau ein. Trotzdem wollte sie gewinnen.

Um Liang Zunrongs willen.

Die Sonne wanderte unverdrossen über das Himmelszelt, die Schatten wurden länger und länger. In Duivendrecht meinte Jutta Beyer den Wagen von Kerstin Holm im Augenwinkel an einer Kreuzung gesehen zu haben, und in der winzigen Ortschaft Nes aan de Amstel sah sie ihn definitiv für wenige Sekunden im Rückspiegel. Das Schlimmste war der Moment, als sie auf der Autobahn in einen Stau vor einer Baustelle geriet, aber offenbar steckte auch Liang Zunrongs Fahrzeug fest, denn der Punkt stand nur wenige Hundert Meter vor ihr auf der Stelle. Und dort gab es keine Gebäude. Doch sie waren ziemlich sicher auf dem Weg zu einem Gebäude oder einem Gebäudekomplex, wo sich einige Dinge klären würden.

Die Abenddämmerung war noch nicht hereingebrochen, aber von der Uhrzeit her war es Abend, als das Blinklicht des Senders in Richtung eines stillgelegten Industriegebietes in Buiksloterham abbog. Das Gelände lag am Fluss IJ, im Norden von Amsterdam. Diese Gegend war früher einmal ein Ort blühender Industrie gewesen. Die Schiffsindustrie hatte floriert, bis die Chinesen begannen, billigere Fahrzeuge zu bauen. Zwar konnte man Bemühungen um die Instandhaltung des Areals erkennen – überall standen halb fertige Neubauten, Maschinenparks, stillgelegte Baustellen –, aber im Großen und Ganzen war das ein ziemlich unheimlicher Ort.

Der Sender bewegte sich nach wie vor auf dem Bildschirm des Laptops, der auf dem Beifahrersitz lag. Aber er wurde langsamer. Sie war circa fünfhundert Meter hinter ihm und blieb in Deckung.

Plötzlich verharrte das Blinklicht auf der Stelle. Jutta Beyer hielt auf dem Seitenstreifen. Vor ihr lag eine Linkskurve, hinter ihr ein verfallenes Gebäude. Hoffentlich sah sie keiner. Aber jetzt war es zu spät, um umzudrehen. Also Ruhe bewahren und alles genauestens beobachten. Arto Söderstedts Winterschlaftaktik anwenden.

In Buiksloterham standen ausreichend verlassene Gebäude und Anlagen verstreut, um eine Vielzahl unterschiedlichster krimineller Aktivitäten zu beherbergen. Sie war wahrscheinlich schon ganz nah dran. Nahe am Zentrum, am Kern.

Der Peilsender stand weiterhin still.

Keine Bewegung.

Beyer lehnte sich zum Beifahrersitz hinüber und zoomte auf dem Laptop so nah wie möglich an den Sender heran. Es sah so aus, als würde er sich nicht weit von der Straße entfernt aufhalten, in einem großen flachen Gebäudekomplex. Es war jedoch nicht zu erkennen, um was für ein Gebäude es sich handelte. Groß war es jedenfalls. Und irgendwo darin befand sich Liang Zunrong. Reglos.

Jutta Beyers Versuch, ihre Phantasie zu bremsen, misslang. Sie sah einen riesigen Schlafsaal mit lauter kleinen chinesischen Jungen vor sich. Sie sah eine Art Trainingslager mit hartgesottenen Hauptfeldwebeln, wo gnadenlose Schikane herrschte und die Schwächsten erbarmungslos aussortiert wurden. Allerdings war ihr auch klar, dass es sich dabei nicht um eine Szene aus dem Film *Ein Offizier und Gentleman* handelte. Der Schlafsaal wurde in ihrer Vorstellung zu einer Art Wartesaal. Auf der anderen Seite der Wand stand der Käufer der Jungen. Er – denn mit größter Wahrscheinlichkeit handelte es sich um einen Mann – war bereit, eine stolze Summe hinzublättern, um seine perversen Gelüste zu befriedigen. Er war ein Mann, dem die herrschenden Umstände in der europäischen Gesellschaft zugutegekommen waren und ihn reich gemacht hatten, er war Unternehmer, ein Macher, ein Mann, der trotz seiner Sozialisation in einer demokratischen Gemeinschaft niemals demokratische Werte verinnerlicht hatte und der über Leichen ging, der von schnellen Kicks lebte und sein Leben auf die unmittelbare Befriedigung seiner Bedürfnisse ausrichtete, auf eine niemals versiegende Adrenalinzufuhr. Aber er spürte keinen Kick mehr, er hatte alles ausprobiert, alles getan, konnte sich alles leisten, aber nichts innerhalb der Grenzen des Gesetzes befriedigte ihn noch. Er wollte das Extreme. Jenseits der Grenzen des Gesetzes.

Der Sender verharrte nach wie vor auf der Stelle. Es gab keinen Zweifel, Liang Zunrong war angekommen. Er hielt sich irgendwo in diesem unübersichtlichen Gebäudekomplex auf. Beyer wartete noch einen Moment, dann fuhr sie los.

Es handelte sich doch nicht um einen geschlossenen Gebäudekomplex, wie die Karte es suggeriert hatte. Die Anlage lag etwa hundert Meter von der Straße entfernt und bestand eher aus mehreren frei stehenden Gebäuden, die unterschiedlich stark dem Verfall zum Opfer gefallen waren. Das war nicht gerade die Perle des aufstrebenden Buiksloterhams.

Es war schwer auszumachen, in welchem der Gebäude sich Liang Zunrong aufhielt. Jutta Beyer war gezwungen, den Wagen am Straßenrand stehen zu lassen und sich auf das Gelände zu begeben. Sie hatte ihr Handy mit dem Rechner gekoppelt, um den Sender im Auge zu behalten. In diesem Augenblick überkam sie das Gefühl, das Wettrennen gewonnen und die imaginäre Zielgerade weit vor Kerstin Holm überschritten zu haben.

Sie musste etwa hundert Meter über wucherndes Unkraut stapfen, ehe sie das eigentliche Gelände erreichte. Wenigstens wurde sie nicht von Absperrungen aufgehalten. Die ehemalige Toreinfahrt, die früher einmal ziemlich beeindruckend gewesen sein mochte, hing ramponiert in ihren Angeln, rechts und links gesäumt von einem zerrissenen, aber hier und da noch mit Stacheldraht versehenen Maschendrahtzaun. Sie sah auf ihr Display. Sie näherte sich dem Sender.

Jutta Beyer sah sich um. Es gab etwa zehn Ruinen auf dem Gelände, und der Junge konnte in jeder von ihnen sein. Der Boden war matschig, als hätte es hier geregnet. Sie versuchte, den Sender genauer zu lokalisieren, hatte aber Schwierigkeiten mit den Himmelsrichtungen. Jetzt stand sie am Tor und drehte sich mit dem Handy im Kreis, um die richtige Position zu finden. Schließlich hatte sie eine ungefähre Vorstellung, in welche Richtung sie gehen musste.

Behutsam, um nicht entdeckt zu werden, schlich sie an den Gebäuderesten entlang, blieb möglichst im Schatten und tastete immer wieder nach der Pistole im Halfter, die ihr in den unendlichen Stunden im Küchenschrank so schrecklich gefehlt hatte.

Sie näherte sich der größten und am besten erhaltenen Ruine, die eine geeignete Zuflucht für zwielichtige Unternehmen zu sein schien. Geduckt rannte sie in Richtung der Treppe, die zu einer großen Eingangstür führte.

Aber irgendetwas stimmte nicht. Sie blieb an der untersten Stufe stehen und studierte ihr Display. Der Sender befand sich weiter rechts, sie musste an der Treppe vorbei, um die Ecke und noch ein Stück weiter. Also folgte sie dem Verlauf der Gebäudefront, bog dann um die Ecke und stand unvermittelt in der Wildnis. Das Unkraut reichte bis zu einer kleinen Böschung. Als sie hindurchstapfte, sah sie, dass am Fuß des Abhangs eine Art Sumpf war, der sich deutlich vom lehmigen Boden abhob. Ein kleiner grauer Bach lief hindurch, mit wilder verwahrloster Uferkante. Der Gestank von verseuchtem Morast stieg zu ihr auf.

Und dann erblickte sie Kerstin Holm.

Ich glaube es nicht!, dachte Jutta Beyer.

Da wusste sie, dass sie verloren hatte.

Sie wollte gerade etwas Bissiges von sich geben, als sie Kerstin Holms Gesichtsausdruck sah. Etwas Unermessliches lag in ihrem Blick. Unermesslicher Schmerz.

Holm wandte sich ab und sah die Böschung hinunter. Erst da entdeckte Beyer die kleine Gestalt. Halb versunken im Matsch starrte sie in den grenzenlosen, gleichgültigen Himmel.

Und dennoch lag da noch eine, wenn auch vergebliche Hoffnung in Liang Zunrongs erloschenen braunen Augen.

Die Kommunikation

Amsterdam – Den Haag, 4. Juli

Nacht. Es war Nacht. Nachts passiert doch eigentlich nie etwas. Was ist denn eine Nacht? Eine bedeutungslose Pause zwischen zwei Tagen? Eine Zeitspanne für tiefe entspannte Atmung?

Oder die Zeit, in der das meiste geschieht?

*

Nach ihnen konnte man die Uhr stellen. Obwohl Adrian Marinescu sogar noch weiter ging. Er richtete sein Leben nach ihnen aus.

Kurz vor zehn Uhr abends gähnte Vlad in der Regel. Das war das Zeichen für Ciprian, aufzustehen und ins Schlafzimmer zu gehen. Er machte Vlads Doppelbett und schüttelte dabei sogar die Kissen aus. Dann kehrte er ins Wohnzimmer zurück, wo Fleischschrank Zwei – sobald sich Vlad auf den Weg ins Badezimmer gemacht hatte – das Schlafsofa auszog. Dann warteten sie, bis Vlad im Bad fertig war, ohne ein weiteres Wort im Schlafzimmer verschwand und die Tür hinter sich schloss. Er machte es sich in seinem Bett bequem – zum Glück trug er Unterhosen – und las noch ein paar Seiten in einem Buch. In der Zeit tauschten Pistole und Buch ihren Platz auf dem Nachttisch. Kaum hatte Vlad seine Zimmertür geschlossen, machten sich auch die beiden Leibwächter für die Nacht fertig. Manchmal kam es vor – unter sorgfältig gewahrtem Schweigen –, dass sie sich eine Flasche Wodka teilten, während sie sich auf ihrer jeweiligen Hälfte der homophob geteilten Matratze des Schlafsofas einrichteten.

Diese drei Rumänen waren wahrhaft seltsam. Marinescus Landsmänner, offensichtlich routinierte und hoch dotierte Mafiosi, waren in keinem Register zu finden. Kein einziger Fingerabdruck war irgendwo registriert. Er begriff nicht, wie das möglich war.

Vlads Gähnen war auch für Marinescus jeweiligen Partner der Abendschicht in der Wohnung der Reederwitwe Bezuidenhout das Zeichen zum Aufbruch. Das war zur Routine geworden. Danach blieb Adrian Marinescu allein in der Wohnung zurück.

Allein mit seinen Gedanken. Gedanken über Rumänien, über Rassismus, über den tief verankerten Hass auf die Roma, über Hass und Ungerechtigkeit im Allgemeinen, über die EU, über den Wunsch, etwas Größerem und Bedeutsameren anzugehören als dem eigenen Land. Was ihn aber noch mehr beschäftigte als die Gedanken, war das Gefühl von Scham.

Und als er sich mit dem Headset auf dem kahlen Schädel auf sein ungemütliches Feldbett legte, musste er an ebendieses Schamgefühl denken. An seine unglaubliche Erleichterung, dass er die Miete für eine eigene Wohnung einsparen konnte. Diesen großzügigen EU-Monatslohn – gemessen an rumänischen Verhältnissen – und den Überstundenzuschuss würde er im Großen und Ganzen unangetastet an seine Frau und die Kinder nach Bukarest schicken können. Sie würden ihre relativ große Wohnung halten können. Und je nachdem, was Europol für seine Zukunft vorsah, plante er, äußerst karg und sparsam zu wohnen, um auch in den kommenden Monaten so viel wie möglich nach Hause schicken zu können. Damit seine Familie auch bald aussah wie echte Europäer.

Adrian Marinescu war gut im Observieren. Ihm entging selten etwas, und jetzt durfte ihm wirklich nichts entgehen. Nicht die kleinste Kleinigkeit. Trotz der nationalen und internationalen Korruption war es ihm aus eigenen Stücken gelungen, diese Chance zu erhalten und zu ergreifen. Er durfte in Gedenken an all das Blut, das in Transsilvanien vergossen worden war, auf keinen Fall scheitern. Vor allem nicht, nachdem er zusammen mit Donatella Bruno die Observierungsmöglichkeiten optimiert hatte. Als die drei Sklavenhändler einmal alle gleichzeitig das Wohnzimmer verlassen hatten, war es ihnen gelungen, die Kameras neu zu justieren, sodass sie jetzt auf den Computermonitor auf dem Schreibtisch zeigten. Bisher hatte ihn Vlad zwar nicht benutzt, aber immerhin bestand jetzt die Möglichkeit, ihn dabei zu beobachten.

Während Marinescu vor sich hindöste – die Lautstärke für das Headset so hochgedreht, dass er beim kleinsten Schnarchen wach werden würde –, reisten seine Gedanken nach Bukarest zu seiner Familie. Die große Tochter hatte gerade mit der Schule begonnen, seine Frau schuftete in einer Fabrik, die ihre besten Zeiten schon längst hinter sich hatte. Adrian Marinescu wollte unbedingt ein richtiger Europäer werden, und er war auf dem Weg dorthin. Aber es würde noch lange dauern, bis er sich nicht mehr als der geduldete Anverwandte aus der Pampa fühlen würde.

Er justierte ein letztes Mal die Lautstärke für seine Kopfhörer, bevor er einschlief.

Zeitgleich kam Donatella Bruno in ihrer kleinen Einzimmerwohnung in einem der älteren Stadtviertel von Den Haag an. Reglos blieb sie im Flur stehen und wartete, bis sich in der anfangs pechschwarzen Dunkelheit schwache Konturen abzeichneten. Sie wollte kein Licht anschalten, sondern setzte sich im Dunkeln auf ihr einziges richtiges Möbelstück, ihr Schlafsofa. Dort blieb sie eine Weile sitzen und dachte an ihren Vorgänger Fabio Tebaldi. Sie sah ihn vor sich, als wäre er physisch anwesend, ein wütend schnaubender, aber tief im Inneren freundlicher und sehr vernünftiger Muskelberg. Donatella Bruno war die Letzte, die ihn lebend gesehen hatte, ihn und seine rumänische Kollegin Livinia Potorac, Marinescus Vorgängerin. Sie erinnerte sich genau an ihre Bedenken, als sie die beiden zu dem Schuppen im Wald außerhalb von Rom gefahren hatte, wo sie das Fahrzeug gewechselt hatten. Oft musste sie daran denken, dass sie den unermüdlichen Mafiajäger dort zum letzten Mal gesehen hatte, als er sich auf seinen Weg ins

Herz der Finsternis machte. Und dabei eine junge Mutter mit in den Tod riss.

Und jetzt saß sie hier. Im Norden Europas. Der Süden bebte. Die Korruption nahm unüberschaubare Ausmaße an. Südeuropa weigerte sich, neue Kredite aufzunehmen. Eine Schneise zog sich quer durch den Kontinent, vom Atlantik bis nach Russland. Und Berlusconi war auf dem Rückzug.

Sie liebte ihr Land über alles, aber trotzdem war es momentan schön, nicht in Italien zu sein. Es könnte das großartigste Land auf Erden sein. Aber das war es nicht. Die Berlusconi-Ära näherte sich zwar offenbar ihrem Ende, aber sie hinterließ eine größere Spur der Verwüstung als die Goten vor vielen Jahrhunderten. Nicht einmal die Mafia hatte Italien so zugesetzt. Diese komplizierte Mafia. Deren innere Strukturen deutlich älter waren als die Nation. Unersetzlich für die amerikanische Invasion im Faschismus durch ihren eindeutigen und expliziten Ehrenkodex. Aber auch die Geißel eines ganzen Landes. Dazu ein von Korruption zerfressener Staatsapparat. Vereinzelt gab es heldenhafte Richter und Polizisten, und eigentlich funktionierte die Rechtsprechung, aber alles wurde von einem machtgierigen Netzwerk überzogen. Und als Krönung des Elends gab es diesen Apostel der Oberflächlichkeit, den Messias des Machtmissbrauchs, den Peiniger der Menschheit, Silvio Berlusconi. Die Kunst, die eigenen schmutzigen Geschäfte zur politischen Agenda zu machen. Die Kunst, einen ganzen Staatsapparat, jede demokratische Institution in eine Tochtergesellschaft seiner eigenen Unternehmungen zu verwandeln.

Nein, genug der Entrüstung. Sie war jetzt im Norden. Allein im Norden. Im Süden hatte sie es als eine Notwendigkeit empfunden, allein zu leben, um ihren Selbstwert zu wahren in einer Welt des Machismo. Aber hier oben? Vor Kurzem hatte sie eine Affäre gehabt mit einem Universitätsprofessor aus London, der einen Hang zu ungewöhnlichen Geschenken hatte. Aber der Norden war eine andere Welt, und sie fühlte sich einsam. Alles war kühl und ernst. Geschäftig, karg, langweilig. Und die Menschen gingen früh zu Bett.

Sogar die Korruption war eine andere. Eine protestantische,

ernsthafte Korruption. Ein hart arbeitender Mensch sagt, dass ein anderer ein hart arbeitender Mensch ist, und vorzugsweise handelt es sich dabei um einen Verwandten. Also bekommt derjenige den Job. Unter der Hand. Eine Kultur der offiziellen Geheimnisse. Alle wissen davon, aber niemand spricht darüber.

Donatella Bruno holte den zerfledderten Stapel mit inoffiziellem Ermittlungsmaterial aus der Tasche, spürte aber gleich, dass sie keine Energie mehr dafür hatte. Nicht heute Nacht. Sie war nicht in der Stimmung.

Es war kurz vor Mitternacht und höchste Zeit, schlafen zu gehen. Natürlich gab es hier ein ausgeklügeltes System, um Überstunden auszugleichen, und daher die Möglichkeit, nach einem harten Einsatz am nächsten Tag auszuschlafen. Wurde aus Europa ein reines Nordeuropa? Lag es wirklich nur an den vielen Sonnenstunden und den kurzen Wintermonaten, dass es alle Nordeuropäer nach Süden zog? Lag es nicht auch an dem anderen Lebensstil? Ausgerechnet an jenem Lebensstil, den man gerade so ausdrücklich infrage stellte? Bei dem es nicht unablässig darum ging, die Einnahmen zu maximieren und zielstrebig auf das nächste Magengeschwür hinzuarbeiten?

Zeit, schlafen zu gehen.

Der Meinung war Corine Bouhaddi auch, die allein in der kleinen Einzimmerwohnung ein Stockwerk unter dem rumänischen Trio saß. Nachdem sie ein regelmäßiges Muster, eine Routine ausgemacht hatten, war beschlossen worden, dass ein Polizist auf diesem Posten ausreichte. Allerdings wurde die Arbeit dadurch um ein Vielfaches einsamer.

Im Grunde machte das Bouhaddi nichts aus. Das Alleinsein gehörte zu ihrem Wesen. Für sie bestand kein Unterschied darin, ob sie hier oder in ihrer Wohnung allein war. Es war das Gleiche. Und ihre Entscheidung. Ihre ganz eigene Entscheidung.

Sich als Muslima von einem starken, dominanten Kollektiv abzuwenden, einem Patriarchat, hatte zur Folge, dass man jede Form von Kollektiv mied, jede Form von Gemeinschaft. Vielleicht müsste das gar nicht sein, aber bisher hatte Corine Bouhaddi keine wirklich vernünftige Alternative gefunden. Sie musste frei sein, also musste sie allein sein.

Aber wie sie da in der verlassenen Wohnung in der Lauriergracht saß, in einem wirklich unangenehmen, feuchten Halbdunkel, spürte sie zum ersten Mal, dass das Alleinsein nicht ausreichte. Plötzlich genügte es ihr nicht mehr.

Aber sie wusste keinen Ausweg, hatte keinen Plan, um unvermittelt ihr Leben zu ändern. Corine Bouhaddi hatte sich für ihren Weg entschieden, und so war sie eine muslimische, einsame professionelle Europol-Polizistin. Die ab und zu einen Joint rauchte, weil Alkohol verboten war.

Konnte man das überhaupt ein Leben nennen?

Bouhaddi saß wie festgewachsen auf ihrem Stuhl am Schreibtisch und starrte auf die Monitore, auf denen sich absolut nichts ereignete. Sie wagte es nicht, sich für einen kurzen Moment aufs Sofa zu legen. Dann würde sie sofort einschlafen. Es war schrecklich. Sie war gezwungen, auf die nächtlichen, trostlosen Bildschirme zu starren und sich mit ihren Dämonen auseinanderzusetzen. Und sie hatte sich auch noch freiwillig für diesen Dienst gemeldet.

Der Dämon, der ihre Kindheit beherrscht hatte, war Aisha Qandisha, das schaurigste aller Geistwesen. Zuerst erschien sie immer in ihrer vollen Schönheit, das weiße Kleid, die langen Haare, die sinnlichen Bewegungen. Zu Anfang war es phantastisch gewesen. Bis der Schock kam, ihre Verwandlung. Wenn man älter wurde, hatte auch schon ihre Schönheit etwas Abschreckendes, weil man wusste, was noch kommen würde. Dieses Wissen konnte den Schock allerdings nicht mildern. Vielmehr verstärkte er ihn, und die Verwandlung der zuvor milden Gesichtszüge der Gräfin wurde zum schlimmsten Albtraum von Corines Kindheit. Sie kam immer so nah, so schrecklich nah. Sie steuerte in rollenden Bewegungen auf einen zu, das weiße Kleid flimmernd wie eine Fata Morgana und mit einem Lächeln auf den Lippen. Einem Lächeln, das mit jedem Schritt brüchiger wurde, während ihr Gesicht verweste, die Knochen durch blutige Fleischfetzen stießen und die geplatzten Augen die Wangen heruntertropften. Und jetzt war Aisha Qandisha wiedergekommen, ihr Gesicht verrottete, und sie kam immer näher und näher. Als würde sie ihre schnell verwesende Fleischlichkeit direkt auf Corines Sehnerv brennen wollen.

Und dann verschwand sie plötzlich. Wie zu Kindheitszeiten. Und hinterließ eine fürchterliche Leere. Corine Bouhaddi atmete tief ein und aus. Jetzt sah sie nichts mehr. Alles war Leere.

Auch auf den Monitoren. Kein Leben, nirgendwo. Die Rumänen über ihr schliefen, und vermutlich tat auch Marinescu auf der anderen Seite der Gracht dasselbe.

Die Einzige, die auf der ganzen weiten Welt wachte, war Corine Bouhaddi.

Dachte sie. Aber in einem kleinen Haus in der Ortschaft Loosduinen, die später zu Den Haag eingemeindet werden sollte, saß Angelos Sifakis und war hellwach. Er hatte kretische Wurzeln, seine gesamte Familie stammte von der Insel, er selbst aber war vor Jahren das letzte Mal dort gewesen. Obwohl er in Athen aufgewachsen war, meldete sich in ihm vor allem die Erinnerung an die Sommer seiner Kindheit auf Kreta. Auch sein Name war kretischen Ursprungs und historisch gesehen nicht ganz unproblematisch. Sifakis wusste zwar nicht, ob die Geschichte stimmte, aber die Legende besagte, dass der Name in die Zeit zurückreichte, als die Türken die Insel okkupierten. Sie bezeichneten die Kreter alle als »die Kleinen«, indem sie ihnen an ihre Namen den verniedlichenden und verunglimpfenden Zusatz »aki« hängten. Denn die Kreter waren rebellische Kerle, und die Türken mussten ihre Macht demonstrieren. Aber so einfach ging das nicht. Die Kreter nämlich veredelten den verunglimpfenden Zusatz und verwandelten ihn in das weitaus männlichere »akis«. Aus »To Sifaki« wurde also »O Sifakis«. So wie in Angelos Familie.

Auch von dieser Familie hieß es, sie sei rebellisch. Sie gehörte angeblich sogar zu den dickköpfigsten Bewohnern der ganzen Insel. Aber das ließ sich nicht beweisen. Erst nachdem Sifakis Polizist geworden war und einen Platz in einem Korps gefunden hatte, dessen Ausmaß an Korruptionsempfänglichkeit er noch gar nicht begriffen hatte, entdeckte er seine Wurzeln. Die unbändige Sturheit seiner Gene ließ ihn nachbohren, als er erst einmal Wind von der politischen Korruption bekommen hatte. Eigentlich hatte es sich um einen Routineauftrag gehandelt, den jeder Neuling bewältigen musste: Nach Korruption forschen, nichts finden. So lautete die Routine. Aber der junge Angelos Sifakis fand etwas. Und konnte nicht einfach wegsehen. Also schritt er zur Tat, und nur sehr wenige konnten sich seinem Griff entwinden. Er zog die Schlinge immer enger. Der junge Athener mit den kretischen Wurzeln wurde zu einem ernsthaften Problem. Er setzte große Teile seines Korps unter Druck und machte auch vor Politikern nicht halt. Er entdeckte Verbindungen, die er besser nicht aufgespürt hätte. Er fühlte die wachsende Bedrohung und kontaktierte die Presse. Das rettete ihm das Leben. Jetzt konnte er nicht ohne Weiteres beseitigt werden. Aber man konnte ihn auf anderem Wege loswerden. Man konnte ihn wegbefördern. Also schickten sie ihn zu Europol, als Griechenland seine größte Krise seit dem Dritten Makedonischen Krieg erlebte. Und der untadelige junge kretische Nachfahre ließ sich widerstandslos in einen Nordeuropäer verwandeln.

Aus der Distanz beobachtete er, was mit seinem Land passierte. All die Armut. Wie die Neonazis das Herz der Demokratie eroberten, während die ausländischen Banken die Zinsen anhoben und es dem Land unmöglich machten, weitere Kredite aufzunehmen. Mit wachsender politischer Instabilität gewannen die Rechtsextremisten zunehmend an Einfluss, und immer häufiger riefen die Leute nach den Vertretern der Goldenen Morgenröte statt nach der Polizei, wenn etwas geregelt werden sollte. Die Fremdenfeindlichkeit nahm zu. Die EU trat auf wie eine Unheil bringende Obrigkeit. Die Weltbank, die sich weigerte, Kredite zu gewähren, wurde zum personifizierten Bösen. Wir sind Griechen, unser Land ist die Wiege der Zivilisation, das darf uns niemand nehmen. Kein Ausländer darf unsere Kultur zerstören, so dachte die Bevölkerung.

Auch Sifakis kannte diese Gefühle. Zumindest im Kleinen. Aber die alten Griechen waren schon lange tot, und die Wiege der Zivilisation, sollte es sie denn geben, war schon längst außer Landes geschafft worden. Vor zweitausend Jahren. Seitdem schaukelte sie zwischen den verschiedenen Kulturen hin und her, immer am Rande der Zerstörung. Wo sie sich im Augenblick befand, ließ sich nur schwer sagen, aber Sifakis war sich sicher, dass sie nicht in Athen zu finden war.

Er lag in seinem Bett in dem kleinen Haus in Loosduinen vor dem Fernseher. Athen standen bedeutende Veränderungen bevor. Würde die Goldene Morgenröte wirklich den Sprung ins Parlament schaffen? Würden die Krawalle ein fester Bestandteil der griechischen Gegenwart werden? War Griechenland auf dem Weg, das Sorgenkind der EU zu werden?

Als die Uhr im CNN-Kanal auf zwei sprang, beschloss er, schlafen zu gehen. Aber er konnte seine Sorge über das Wohlergehen seines Landes nicht verdrängen. Auch nicht im Schlaf.

Schlaf war für Marek Kowalewski gerade nicht von größter Bedeutung. Er hatte einen merkwürdigen Abend gehabt. Das Leben im Westen unterschied sich so radikal von seiner Jugend in den Plattenbauten der Warschauer Vororte. Dennoch hatte er das Gefühl, sich ganz gut angepasst zu haben. Natürlich trug er noch Anzeichen seiner bäuerlichen Herkunft mit sich herum und dachte manchmal an seine Kindheit im Ostblock. Aber immer seltener.

Er hatte das Gefühl, als wäre er in der kurzen Zeit in New York reifer geworden. Er war dorthin gefahren als der eine Mensch und als ein anderer zurückgekommen. Mit deutlich verringertem Lungenvolumen.

Das Leben hatte sich grundlegend verändert, denn auf wundersame Weise hatte er an Attraktivität für das weibliche Geschlecht gewonnen. Er begriff nicht ganz, worauf das zurückzuführen war, aber es war unverkennbar. Er, der rotgesichtige Pole, war plötzlich zu einem Frauenmagneten geworden. Trotz verringertem Lungenvolumen.

Kowalewski blickte zur anderen Seite des Bettes. Die Frau, die dort lag und leise schnarchte, hieß Lieke. Sie war eine kleine Holländerin, deren perfekte Konturen sich unter dem Laken abzeichneten. Ihr gerader Rücken, die runden Pobacken, die durchtrainierten Schenkel. Er genoss den Anblick im milden Licht der Straßenlaterne, das durch die polnischen Spitzengardinen fiel. Es war göttlich.

Mit erregtem Staunen fuhr er mit der Hand über das Laken. Ein leises Wimmern ertönte. Als würde der Abend unter dem Laken ein zweites Mal erlebt werden. Als würde ihr Körper sich erinnern. Der Wunsch nach Wiederholung, nein Verbesserung. Der Wunsch des Körpers, sich noch einen Schritt weiter zu wagen. Der Traum von Vollendung.

Marek Kowalewski hob vorsichtig das Laken an und atmete den Duft ein. Haut. Weibliche Haut. Langsam schob er sich hinter Lieke und drückte sein Glied gegen ihr Hinterteil. Dann streichelte er ihr sanft über den Rücken und wartete ab.

Es dauerte nicht lange, und das zentrale Nervensystem übernahm. Noch im Halbschlaf drückte sie sich an ihn. Er hielt still, während sie ihren Hintern behutsam hin und her bewegte und ihn dann in sich eindringen ließ.

Er konnte nicht aufhören, über sein Leben zu staunen.

Es war drei Uhr, als Miriam Hershey sich in ihrem Bett umdrehte und Nicholas ansah. Er war ihr großes Geheimnis. Nur Laima Balodis wusste von ihm. Dabei stellte er wirklich keine Gefahr dar. Nur eine Anomalie in ihrem sonst so homogenen Leben. Er hatte keinerlei negative Auswirkungen auf ihre polizeiliche Tätigkeit. Im Gegenteil, eigentlich würde sie fast sagen, er machte sie zu einer noch besseren Polizistin.

Allerdings war Nicholas eigentlich nicht der Typ, der sich mit einer Polizistin einlassen sollte. Denn er war ein Gangster. Oder anders formuliert, ein ehemaliger Gangster. Ein Mann, der einst in den schlimmsten Gangs der Pariser Vororte verkehrte. Und der auch heute noch mit Kriminellen zu tun hatte, allerdings mit dem Ziel, dass diese ihre kriminellen Karrieren aufgaben, so wie er es getan hatte. Von seinen fünfunddreißig Lebensjahren hatte er zwanzig im Gefängnis gesessen. Aber eine Sache war vollkommen klar: Er würde nie wieder dorthin zurückkehren.

Aber er konnte seinem Körper nicht entfliehen. Miriam Hershey lag still neben ihm und betrachtete ihn. Er war wie ein Geschichtsbuch über ein vergeudetes Leben, eine Landkarte der Spuren sinnloser Gewalt. Es gab Narben aus der Kindheit von aufgeplatzten Lippen und Augenbrauen, Narben von Messerschnitten und zerbrochenen Flaschen aus der Pubertät, Zeugen der Selbstverstümmelung in Teenagerjahren, Schusswunden und Zeichen von bakteriellen Heroininfektionen, Folterwunden und eine zerfressene Nasenscheidewand vom Kokainkonsum. Nicht zu vergessen die vielen misslungenen Tattoos aus der Zeit im Knast.

Und all diese Zeichen und Spuren fanden sich auf einem Mann mit einem Herzen aus Gold und einem Gewissen aus Stacheldraht. Der unablässig an seiner Seele kratzte. Von innen.

Hershey studierte sorgfältig seinen Körper. Der nie zur Ruhe kam. Ständig wurde er von kleinen Stößen erschüttert wie kleine Erdbeben. Sie wünschte ihm so, dass er irgendwann einmal zur Ruhe kommen würde. Und tief in ihrem geheimen Inneren, sogar vor ihr selbst verborgen, hoffte sie, dass sie dann an seiner Seite sein würde. Dass sie in Frieden miteinander alt werden würden.

Sie ertastete die Stelle an ihrer linken Schläfe. Unter dem dicken Haaransatz zeichnete sich deutlich ein Relief ab, eine Quadratzentimeter große Unebenheit. Aber immerhin befanden sich alle Knochenstücke an ihrem angestammten Platz. Laima Balodis hatte sie sorgfältig aus einer großen Blutlache eingesammelt, oben in den andalusischen Bergen, und sie in einer Plastiktüte aufbewahrt, die sie dann den Rettungssanitätern mit in den Helikopter gegeben hatte.

Hershey gelang es in der Regel, die Erinnerungen an die Jagdhütte in der Nähe von Estepona zu verdrängen. An das Blutbad. Aber es suchte sie in den Nächten heim. Dann lag sie wieder angeschossen auf dem Boden. Stücke ihres Schädels waren weggeschossen worden. Sie spürte, wie ihre Schusshand von einem schweren Stiefel zu Boden gedrückt wurde. Sie blickte zu dem Mann über ihr hoch, dem mit dem markanten Unterkiefer, der sie nonchalant eine Dame nannte. Durch einen roten Schleier hindurch sah sie zu Laima Balodis hinüber und war davon überzeugt, dass sie tot war. Balodis lag reglos da, blutüberströmt. Hershey war sich sicher, dass sie beide dort in der verrotteten alten Jagdhütte sterben würden.

Jetzt legte sie die Hand an die Wand und dachte über Entfernung nach.

Laima Balodis wurde aus dem Schlaf gerissen und sah auf den Wecker auf dem Nachttisch in dem ehemaligen Studentenwohnheim im Südosten von Den Haag. Er zeigte vier Uhr. Genau genommen hatte sie gar nicht auf die Uhr gesehen, sondern auf die Wand dahinter. Es war die Wand, hinter der Miriam Hershey wohnte. Und vermutlich hatte die gerade einen Albtraum, der in Spanien spielte.

Vor einiger Zeit hatten sie beide eine vorübergehende erschwingliche Bleibe in Den Haag gesucht. Sie hatten es eilig gehabt umzuziehen, damit sie ihre Posten bei der neu eingerichteten, geheimen Europol-Einheit antreten konnten, die noch gar keinen Namen hatte. Und ihnen gefielen die Zimmer im Studentenwohnheim, es gab keinen Grund, dort wieder auszuziehen.

Bis vor Kurzem. Bis sich Miriam zu Laimas großer Verwunderung mit diesem Knastbruder zusammengetan hatte. Sie fragte sich ernsthaft, was er ihr geben konnte. Vielleicht »heilte« er sie?

Laima Balodis brauchte niemanden, der sie heilte. Sie hatte auch keine Albträume wegen der Ereignisse in Spanien. Dafür hatte sie – und das überraschte sie dann doch – einen kurzen, aber nicht weiter erschütternden Albtraum mit Paul Hjelm gehabt. Sie saßen zusammen und unterhielten sich. An einem ihr unbekannten Ort. Er war wie immer freundlich und zuvorkommend. Aber dann bemerkte sie plötzlich etwas Ungewöhnliches in seinem Mund. Sie konnte dem Gespräch gar nicht folgen, denn sie war so darauf konzentriert herauszufinden, was er da in seinem Mund hatte. Dann erkannte sie, was es war.

Es war ein Vampirzahn. Hinter den anderen Zähnen versteckt.

Sie hatte keine Lust, sein *hit man* zu sein.

Das halbe Jahr als Undercoverprostituierte in dem verrufenen Hafenviertel von Klaipėda hatte sie verdammt hart gemacht. Sie war der Neuling gewesen, die einzige Person in der litauischen Kriminalpolizei, die diesen Job übernehmen konnte. Ein paar Wochen Intensivtraining, um es milde auszudrücken, und dann auf in den Kampf. Hure spielen. So schlimm kann es kommen in dieser Welt. Die reinste Tortur, aber ohne doppelten Boden, vierundzwanzig Stunden täglich das Risiko, enttarnt zu werden, gepaart mit einem Dasein, das an sich schon pure Lebensgefahr darstellte. Nach ein paar Monaten kam das Verlangen nach Drogen. Die Notwendigkeit, sich zu betäuben. Sie widerstand der Versuchung. Fand andere Strategien. Wusste, dass ihr Auftrag zeitlich begrenzt war. Und sie kam der Menschenschmuggelmafia immer weiter auf die Spur. Zu dieser Zeit war sie todgeweiht und jederzeit bereit zu sterben. Die Lebensbedrohung wurde zum Alltag. Hinterher war es schwer, dem wieder zu entkommen. Das Dasein schien unwirklich. Diese unerträgliche Ruhe des Seins. Mit Ehrungen überhäuft, als Heldin gefeiert, zog sie nach Den Haag und wurde Europol-Polizistin.

Jetzt wurde ihr zum ersten Mal bewusst – und das war vielleicht ein Anzeichen dafür, dass sie ins normale Leben zurückfand –, dass sie in zwei zurückliegenden Opcop-Fällen einen großen Beitrag geleistet hatte. Das musste vorerst genügen. Auf der anderen Seite wusste sie auch, dass es wieder Zeit für ihre Albträume war. Die ersten Sonnenstrahlen des Morgens fielen durch ihre gardinenlosen Fenster, und dennoch wusste sie, dass die Zeit für die Dunkelheit gekommen war. Sobald der Gedanke an Klaipėda auftauchte. Dagegen konnte sie nichts tun.

Laima Balodis drehte sich um und legte ihre Hände an die Wand. Es war gut zu wissen, dass Miriam auf der anderen Seite lag. Nur wenige Zentimeter von ihr entfernt.

Felipe Navarro wunderte sich darüber, dass sein Sohn immer von den ersten Sonnenstrahlen wach wurde. So war es von Anfang an gewesen. Im Winter war er später aufgewacht und dann immer früher, je näher der Sommer rückte. Jetzt hatten sie Hochsommer, und wenn die Sonne durch die Spalten in der Holzjalousie blinzelte, wachte der Junge auf. Man konnte die Uhr nach ihm stellen.

Navarro tat noch etwas ganz anderes. Er richtete sein Leben nach ihm aus.

Eigentlich wäre es nicht weiter ungewöhnlich gewesen, dass sein Sohn beim ersten Sonnenlicht aufwachte. Viele Säuglinge reagierten empfindlich auf jede Art von Veränderung. Aber Felipe Navarros Sohn war eben blind zur Welt gekommen.

Erst als Navarro realisiert hatte, dass sich sein Sohn am Stand der Sonne orientierte, hatte er aufgehört, ein naiver Rationalist zu sein. Es gab einfach Dinge, die man nicht verstehen konnte. In den vergangenen Monaten mit seinem Sohn hatte er mehr gelernt als in seinem bisherigen Leben. Der Junge hatte ihm Türen geöffnet, von deren Existenz er nicht einmal geahnt hatte.

Wie oft hatte er versucht sich vorzustellen, wie es wohl sein mochte, nichts sehen zu können, ein Leben lang. Wie es war zu sterben, ohne einen einzigen optischen Sinneseindruck erlebt zu haben. Sich in das einzufühlen war ihm unmöglich.

Er erhob sich von dem Doppelbett, das er sich mit seiner Frau Felipa teilte – sie schlief noch tief und fest –, und ging hinüber zum Gitterbett. Der Junge schrie nicht. Kein Laut kam über seine Lippen. Er hatte sich auf den Bauch gedreht, die Gitter mit den Händen gepackt und versuchte, sich hochzuziehen. Eigentlich hätte er vor Anstrengung und Enttäuschung schreien müssen. Wie Babys das nun einmal tun. Denn schreien konnte sein Sohn. Diesbezüglich war er gesund. Aber er hatte offensichtlich einfach beschlossen, nicht zu jammern, während er sich nach oben in den Stand kämpfte. Es wirkte tatsächlich wie eine bewusste Entscheidung.

In diesem Augenblick traf auch Felipe Navarro eine Entscheidung, nämlich die, sich nicht zu erkennen zu geben. Er wusste, wie schwer das war – der Junge hörte alles –, aber er gab sein Bestes. Und offenbar war das Kind zu sehr mit seinem Vorhaben beschäftigt, als dass es hätte weinen oder hören können. Es kämpfte wie ein Wilder. Felipe ging in die Hocke und beobachtete diesen Kampf. Er hatte etwas Biblisches, Mystisches. Das war ein jahrtausendealtes Streben, das kurz vor dem Gelingen stand. Felipe sah die Anspannung in den kleinen Muskeln, es bereitete ihm beinahe einen physischen Schmerz. Wie der Schlussspurt beim Marathonlauf. Oder wie die Geburt eines Kindes.

Nichts würde jemals eine größere Bedeutung für ihn haben.

In diesem Augenblick hatte sich der Junge hochgezogen. Er stand zwei Sekunden lang aufrecht, dann kippte er nach hinten um und schlug mit dem Kopf gegen die Gitterstäbe. Aber auch jetzt weinte er nicht. Er krabbelte einfach nur über die zusammengeknüllten Laken zurück. Felipe meinte in seinem Blick – seinem Blick – so etwas wie Stolz lesen zu können.

Wahrscheinlich war die Blindheit des Jungen auch deshalb so schwer zu begreifen, weil er alle menschlichen Regungen zeigte. Womöglich sogar auf intensivere Weise.

Er schlich näher und sah, wie der Junge den Kopf drehte, um ihn auf seine Art anzusehen. Mit dem Gehör und etwas anderem. Etwas Ungreifbarem.

»Félix«, flüsterte er. »Papa ist hier.«

Und selbst wenn er sich das Lächeln auf den Lippen seines Sohnes nur einbildete, mit dieser Lüge konnte er leben.

Als er mit Félix auf dem Schoß auf der Bettkante saß und die Sonne immer kräftiger durch die Jalousie schien, war Felipe Navarro der glücklichste Mensch auf der Welt.

Genau in diesem Moment sprang am anderen Ende von Den Haag eine nach wie vor namenlose Katze in ein Bett. Das war mittlerweile zur Gewohnheit geworden. Sie legte vorsichtig eine Tatze auf das Ohr dieses merkwürdigen Wesens, mit dem sie sich die Wohnung teilte, und wartete ab. Wenn es keine Reaktion gab, ließ sie das Wesen ganz leicht ihre Klauen spüren. Früher oder später zuckte es dann zusammen und hob eine Hand ans Ohr – wie um eine Mücke zu verscheuchen. Aber da war die namenlose Katze schon längst wieder vom Bett gesprungen und sah das Wesen mit einem unschuldigen Blick an. Der möglicherweise »Hunger« bedeutete.

Allerdings registrierte die Katze an diesem Morgen mit einer gewissen Verwunderung, dass der Kopf des Wesens nicht an seinem üblichen Platz lag. Und das Wesen, das mit gesenktem Kopf auf der Bettkante saß, beachtete den bettelnden Blick der Katze überhaupt nicht.

Jutta Beyers Gedanken kreisten nämlich um etwas anderes. Sie dachte an den zwölfjährigen Chinesen Liang Zunrong.

Noch nie hatte sie der Anblick eines leblosen Körpers so mitgenommen. Sie fühlte sich schuldig und verfluchte das Paar Hjelm und Holm, das sie erst in einen dunklen Küchenschrank von lebensgefährlichen Gangstern gebracht und sie dann auf eine Verfolgungsjagd geschickt hatte, die ohne ihr Eingreifen garantiert nicht mit einem ermordeten Kind geendet hätte.

Sie fühlte sich miserabel. Aber als sie schließlich den bettelnden Blick ihrer Katze registrierte, durchströmte sie eine Welle der Zuneigung. Sie hob das Tier hoch und flüsterte ihm ins Ohr: »Zunrong.«

Da sich die bis dahin namenlose Katze nicht gegen den männlichen chinesischen Vornamen wehrte, sondern sich sogar schnurrend auf ihrem Schoß zusammenrollte, war es für Jutta Beyer entschieden. Ihre Katze hatte soeben einen Namen erhalten.

Jutta Beyer stand auf, schüttelte die Reste der nächtlichen Angst ab und sagte laut: »Jetzt gibt es was zu futtern, Zunrong!«

Zu diesem Zeitpunkt war es bereits sieben Uhr morgens, und der Wecker hatte schon zum vierten Mal in der Junggesellenbude von Paul Hjelm geklingelt, die sich im internationalen Stadtteil von Den Haag befand. Er hatte tatsächlich einen Wecker, dachte Kerstin Holm amüsiert und schaltete ihn aus. Sie hatte nämlich die ganze Nacht kein Auge zugetan. Paul und sie hatten stundenlang geredet, bis er plötzlich mitten in einem Satz eingeschlafen war.

Aber sie selbst ließen ihre Gedanken nicht zur Ruhe kommen. Sie war für den Tod eines Kindes verantwortlich.

Paul hatte gesagt, dass er die Verantwortung dafür übernehme, denn er habe die Aktion genehmigt und Beyer mit dem tödlichen Chip nach Utrecht geschickt. Und der war schließlich die Ursache für das Drama.

Kerstin Holm konnte ein Lächeln nicht unterdrücken, als sie bemerkte, wie elegant er versuchte, das Gespräch von der Schuldfrage zu professionelleren Inhalten zu lenken. Aber sie wollte nicht abschweifen. Nicht in den dunkelsten Stunden der Nacht. Da suchte sie nur Trost.

Aber jetzt, am frühen Morgen, blinzelte das Licht nicht nur durch die Fensterscheiben, nein, es ergoss sich förmlich ins Schlafzimmer. Paul Hjelm lag auf dem Bauch und hatte sich im Schlaf des Lakens entledigt. Er schien noch tief und fest zu schlafen. Normalerweise hätte sie sich auf ihn geworfen, wie so oft in den vergangenen Tagen. Heute schmiegte sie sich nur dicht an ihn, und weil es schon so hell war, entfuhr es ihr: »Die müssen den Chip gefunden haben.«

Er schlief mitnichten. Die Stimme, die ihr antwortete, klang alles andere als verschlafen.

»Oder sie haben euch gesehen.«

Großes Unbehagen überkam sie, und sie beteuerte: »Wir haben uns die ganze Zeit nur am GPS orientiert. Weder Jutta noch ich sind zu nah herangefahren. Sie können uns unmöglich gesehen haben.«

»Wenn es nicht noch einen anderen Wagen gab«, warf Paul Hjelm ein, drehte sich zu ihr um und nahm sie in die Arme. So eng umschlungen blieben sie eine Weile liegen. Ohne eine einzige Faser am Körper.

»Nein«, sagte Kerstin schließlich. »Das glaube ich nicht.«

»Ich auch nicht. Aber der Junge hat vielleicht von eurem Besuch erzählt. Es gibt viele Möglichkeiten. Und diese Leute scheinen unglaublich vorsichtig zu sein.«

»Aber wie haben sie den Chip entdeckt?«

Paul seufzte. »Elektronik lässt sich immer aufspüren. Mit der richtigen Ausrüstung.« Er legte seinen Arm um sie und zog sie an sich. »Du hast nichts falsch gemacht, Kerstin. Das Ergebnis ließ sich nicht vorhersehen. Wir waren gezwungen, schnell zu handeln. Ich trage die Verantwortung dafür.«

»Warum hast du mich angelogen?«

»Angelogen?«

»In deinem Büro. Als du behauptet hast, du würdest dir über Arto Gedanken machen. Aber das war es nicht, worüber du nachgedacht hast.«

»Hm«, brummte Paul Hjelm. »Nein. Aber ich wollte dich da nicht mit hineinziehen. Es war eine spontane Entscheidung.«

»Warum wolltest du ausgerechnet mich nicht mit hineinziehen?«

»Weil du als Angestellte von Europol bei Verdacht auf Dienstvergehen Meldepflicht hast. Dem wollte ich dich nicht aussetzen.«

»Du hast also vor, ein Dienstvergehen zu begehen?«

»Es handelt sich um eine parallele Ermittlung, ja. Eine nicht genehmigte.«

»Sogar jetzt willst du mir nicht davon erzählen? Während wir hier nackt nebeneinanderliegen?«

»Vielleicht gerade deshalb. Aber wenn du unbedingt willst, erzähle ich es dir natürlich.«

»Ja, ich will.«

»Erinnerst du dich an Marianne Barrière?«

»Natürlich tue ich das.«

»An diesem Abend im Muiderslot bat sie mich, sie zu informieren, falls ich von etwas Bestimmtem hören sollte.«

»Nämlich?«

»Plan G.«

»Aha, verstehe. Vlad soll sich *Stand-by* halten für folgende Projekte: Roter Faden, Plan G und Projekt URKA.«

»Ausgezeichnetes Gedächtnis, wie immer.«

»Obwohl ich mich nicht erinnere, dass Marianne Barrière von Plan G gesprochen hat.«

»Sie hat es mir zugeflüstert. Und kurz darauf hat sie eine MMS erhalten und sofort den gemeinsamen Abend für beendet erklärt. Wir beide haben ihn dann noch schön ausklingen lassen, soweit ich mich erinnere, aber sie ist in höchster Eile verschwunden …«

»Soweit du dich erinnerst?«

»Ähm … ja …«

»Du kannst dich also nicht erinnern?«

»Doch, allmählich kommt die Erinnerung zurück.«

»Wir müssen bald los. Du musst dich schon beeilen.«

»Ja, doch, jetzt erinnere ich mich wieder an den Abend in unserem Nest der beschaulichen, heteronormativen Zweisamkeit.«

»Erinnerst du dich an unser Bad?«

»Klar. Champagner auf dem Badewannenrand.«

»So kann man das nennen.«

»Ich finde, du bist gerade ein bisschen unkonzentriert.«

»Und wie würdest du das hier nennen?«

»Genuss?«

»Sprich ruhig weiter.«

»Fällt mir gerade ein bisschen schwer. Aber ich bin hier eindeutig Opfer einer Erpressung! Und genau das habe ich auch gedacht, als mir klar wurde, dass die EU-Kommissarin, eine der höchsten Politikerinnen Europas, erpresst wird. Ich habe mit Marianne Kontakt aufgenommen und begriffen ... ah ...«

»Begriffen ...?«

»... dass ... ah ...«

»Konzentrier dich! Dass?«

»Dass sie Opfer eines Komplotts ist. Aber sie wollte nicht darüber reden, weil die Situation zu dem Zeitpunkt sehr angespannt war. Der Gesetzesentwurf, erinnerst du dich daran?«

»Natürlich erinnere ich mich.«

»Ich bin der Sache nachgegangen. Habe eine Spur gefunden und bin ihr gefolgt.«

»Ihr gefolgt?«

»Nicht aufhören. Ihr gefolgt, ja. Die Spur führte nach Griechenland. Ich benötigte inoffizielle Hilfe.«

»Ich glaube es ja wohl nicht.«

»Nicht aufhören, bitte ...«

»Ist das dein Ernst?«

»Er hat zugesagt, und die Sache dürfte nicht allzu kompliziert sein. Er muss nur einem Mann drei Fotoabzüge abnehmen. Aua!«

»Gunnar Nyberg hat seit Jahren keinen Einsatz mehr gehabt und insgesamt auch nur einen einzigen außerhalb Schwedens, und das mit fatalen Folgen. In welches Inferno hast du ihn jetzt geschickt?«

»Nicht so wild ...! Das ist kein Inferno. Außerdem ist es Gunnar, Kerstin. Du kennst ihn doch.«

»Ich weiß, wie gut er war. Aber er ist alt geworden. Du schickst einen Rentner in die Hölle. Was hast du dir dabei gedacht?«

»Ich sage jetzt lieber nichts über Liang Zunrong …«

»Nein, das ist auch besser so.«

»Aua! Ich brauchte einen qualifizierten Ermittler vor Ort, ohne erst eine Polizeidirektion oder Sicherheitsfirma einweihen zu müssen. Das kannst du doch verstehen?«

»Ich nehme an, dass du ihm Geld aus dem EU-Topf angeboten hast?«

»Kann schon sein.«

»Hm.«

»Die Welt ist komplizierter geworden. Es wird immer schwerer zu entscheiden, was am besten ist. Oder besser gesagt, was das geringste Übel ist. Die Schwarz-Weiß-Moral greift leider nicht mehr. Und das gilt auch für chinesische Kinder, Kerstin. Es tut mir leid, aber so ist es nun einmal.«

»Ich weiß. Warum glaubst du, dass ich nicht aufgebe?«

»Weil heute ein neuer Tag ist, und dort draußen warten neue Ungerechtigkeiten auf uns. Das Leben geht weiter.«

»Für Liang Zunrong aber nicht«, sagte Kerstin Holm und biss sich auf die Lippen.

Arto Söderstedt fuhr abrupt aus dem Schlaf hoch. Das Bett neben ihm war leer. Ohne auf die Uhr zu sehen, stolperte er in den Flur und warf einen Blick ins Bad. Dann wankte er weiter in die Küche, ließ sich auf einen Stuhl fallen und erkannte, dass er allein in der Wohnung war.

Das war an und für sich nichts Bemerkenswertes, angesichts der Uhrzeit. Es war acht Uhr, seine Tochter musste zur Schule, und da es Dienstag war, hatte Anja sie auf dem Weg zu ihrem Yogakurs begleitet. In der internationalen Schule waren noch keine Sommerferien.

Verflucht, schon acht Uhr!

Söderstedt wollte als Frühstück nur rasch einen Schluck Joghurt aus der Flasche nehmen, verschüttete ihn aber auf dem Flur. Als er in sein gutes altes Meisterstück sprang, den Toyota Picnic, den er seit einem unvergesslichen Sommer um die Jahrtausendwende besaß, war er sich nicht einmal sicher, ob er sich eine Hose angezogen hatte. Er fuhr los – die Autoschlüssel hatte er zumindest dabei. Aber er hatte definitiv vergessen, die Kontaktlinsen einzusetzen, und während er in der Tasche nach seiner Brille wühlte, bildete sich vor ihm ein Totalstau.

Was für eine Erleichterung.

Er schob sich die uralte Brille auf die Nase, die allerdings nur die Sicht eines Vierundzwanzigjährigen korrigierte, und nutzte den Stillstand, um an sich herunterzublicken. Eine Hose trug er jedenfalls, wenn es sich dabei auch um ein Exemplar seiner Ehefrau Anja handelte, das ihm viel zu eng und viel zu kurz war. Jetzt konnte er sich konzentrieren.

Kommunikation. Kommunizierende Röhren. Alles, was zusammenhängt, gehört auch zusammen.

Nein. Nein, es war unmöglich, dass diese Heinis in der Wohnung in Amsterdam nicht kommunizierten. Sie hatten lediglich eine Kommunikationsform gewählt, die von der Opcop-Gruppe noch nicht entdeckt worden war. Sie wussten, falls sie observiert werden würden – und das würden sie in jedem Fall erst zu spät bemerken –, würden alle elektronischen Kommunikationswege überwacht, Internet, Handys und so weiter. Deshalb hatten sie sich gegen diese entschieden. Aber es gab noch eine andere Art der elektronischen Kommunikation. Eine ältere Form. Elektronisch, aber ohne Nutzung des Internets. Und wenn sie direkt kommunizieren wollten, gingen sie in die Kirche. Das hatte bestimmt auch etwas zu bedeuten, aber diese Frage interessierte Arto Söderstedt nicht weiter. Denn die eigentliche Kommunikation fand in der Wohnung statt, davon war er überzeugt. Und in diesem Fall gab es nur eine einzige Möglichkeit.

Der Stau löste sich so abrupt auf, wie er entstanden war. Arto Söderstedt würde nie begreifen, welchen physischen Gesetzmäßigkeiten solche Verkehrsströme folgten, besonders hier auf dem Kontinent, wo sich immer und überall vollkommen unvorhersehbare Staus bildeten. Aber wenigstens ging es jetzt weiter.

Er erreichte das nagelneue Gebäude von Europol, fuhr in die Tiefgarage, fand den Weg durch das Labyrinth und parkte seinen Wagen. Er sprang in den Fahrstuhl und wurde mit angsteinflößender Geschwindigkeit nach oben transportiert. Dort angekommen verließ er den Lift, begleitet von einer elektronischen Stimme, die ihr Äußerstes gab, um verführerisch zu klingen. Mit den richtigen Codes erreichte er schließlich auf rätselhaften Wegen die Räume der Opcop-Gruppe.

Natürlich hatten sich schon alle vor dem Whiteboard versammelt, wenn man von Navarro, Marinescu, Bouhaddi und Balodis absah, die in Amsterdam waren. Söderstedt versuchte, möglichst entschlossen auszusehen, als er auf seine Kollegen zuging und laut rief: »Bild!«

Alle Köpfe drehten sich zu ihm um. Seine Kollegen blickten ihn mit neutralem Gesichtsausdruck an. Erst da bemerkte er, dass ein Stuhl leer war. Der des Chefs.

In diesem Augenblick schlug die Tür, durch die Arto Söderstedt soeben gekommen war, erneut hinter ihm zu. Er sah, wie zwei gebrochene Helden das Herz der Abteilung betraten. Kerstin Holm wirkte niedergeschlagen, während sie zu ihrem Arbeitstisch schlich, und auch Paul Hjelm lief merkwürdig gebückt.

»Bild?«, wiederholte Hjelm und setzte sich.

»Die Wohnung«, präzisierte Söderstedt. »Jetzt sofort.«

»Und warum ausgerechnet jetzt?«

»Vlad spielt immer direkt nach dem Frühstück Computer. Also findet es in diesem Moment statt.«

»Was findet statt?«

»Die Kommunikation«, sagte Arto Söderstedt.

Angelos Sifakis stellte eine Verbindung zu der Kamera in der Wohnung her. Eine ihnen wohlbekannte Einstellung erschien auf dem Bildschirm. Die Leibwächter saßen auf dem Sofa und säuberten ihre Fingernägel – tatsächlich beide, der eine mit der Ecke eines Pornoheftchens –, und Vlad saß am Rechner und spielte scheinbar gelangweilt Snood.

»Wechsle bitte die Einstellung«, sagte Söderstedt.

Sifakis gehorchte ihm blind.

Sie sahen die erst kürzlich geänderte Kameraeinstellung, die direkt den Monitor zeigte. Die idiotischen Figuren des Spieles wurden in die Luft gesprengt, während eine Kanone an der

Bildschirmunterkante unablässig neue Figuren auf die Spielfläche schoss. Es war unerträglich öde.

»Das haben wir uns doch schon so oft angesehen«, rief Donatella Bruno. »Es ist grässlich.«

»Mit dem Recht des Älteren fordere ich mehr Geduld«, sagte Söderstedt. »Gleichzeitig aber auch eine größere Wachsamkeit der jüngeren Generation.«

Die Zeit verstrich. Eine ziemlich lange Zeit. Söderstedt war sich nicht sicher, ob die Wachsamkeit der jüngeren Generation ausreichend groß war. Seine eigene war es ganz bestimmt nicht. Da rief Miriam Hershey plötzlich: »Was war das denn?«

»Was?«, fragte Paul Hjelm, der in Gedanken offenbar ganz woanders gewesen war. Bei seinem Ischias?

»Ich habe es nur eine Zehntelsekunde lang gesehen«, sagte Hershey.

»Aber du bist dir sicher?«, fragte Söderstedt.

»Absolut«, Hershey nickte. »Da war etwas.«

»Die Bilder werden aufgezeichnet«, erklärte Sifakis. »Wir finden es heraus.«

»Aber was genau hast du gesehen?«, fragte Donatella Bruno.

»Alle aufgepasst!«, mahnte Söderstedt.

Erneut verstrich Zeit. Viel Zeit. Aber ihre Wachsamkeit hatte jetzt eine andere Qualität. Sie war geschärft.

Etwas blitzte auf dem Bildschirm auf. Dieses Mal für ungefähr eine halbe Sekunde. Zahlen waren zu sehen. Große Zahlen.

»Was geht denn hier ab?«, rief Marek Kowalewski.

»Erlaubt ihr mir eine Hypothese?«, fragte Söderstedt.

»Solange es eine solche bleibt«, entgegnete Hjelm.

»Ich nenne es nur dir zuliebe so.«

»Hör auf zu faseln«, sagte Hjelm mit neutraler Stimme.

»Die wesentliche Kommunikation erfolgt über die wattierten Umschläge«, hob Söderstedt an. »Vlad scannt sie ein. Damit prüft er jedoch keineswegs die Echtheit der Unterlagen beziehungsweise der Codes auf den Papieren, wie wir am Anfang angenommen haben. Nein, dabei findet die eigentliche Kommunikation statt, beim Scannen. Die Informationen bearbeitet

Vlad hinter der Oberfläche von Snood. Beim nächsten Scannen wird der nächste Bericht eingescannt, und gleichzeitig werden die neuen bearbeiteten Informationen wieder auf den Umschlag zurückübertragen.«

»Meinst du den Umschlag von gestern?«, fragte Hershey.

»Ganz genau.« Söderstedt nickte. »Auf dem Umschlag befindet sich ein elektronisch lesbarer Magnetstreifen, wie auf einer Kreditkarte, wesentlich avancierter natürlich. Der bestätigt wahrscheinlich auch die Echtheit des Materials, aber das ist sekundär. Das Vorrangige ist, dass die Rechenschaftsberichte bei diesem Prozess übermittelt werden, in einer – würde ich vermuten – Form der Zweiwegekommunikation. Beim Prozess des Scannens findet der eigentliche Informationsaustausch statt. Vlad erhält einen Rechenschaftsbericht aus den europäischen Dependancen und schickt diesen weiter an seine Chefs. Über den Magnetstreifen lassen sich Daten und Zahlen sowohl empfangen als auch versenden. Und uns fehlten bisher konkrete Zahlen.«

»Aha«, sagte Jutta Beyer. »Dann verwenden sie ja doch hoch entwickelte Technik.«

»Ja, aber ohne das Internet zu benutzen«, erwiderte Söderstedt. »Vermutlich ist das die Melodie der Zukunft, wenn man Informationen geheim halten will. Das Netz verrät früher oder später ja doch alles.«

In diesem Augenblick flackerte erneut etwas auf dem Bildschirm auf. Snood wurde für eine halbe Sekunde von einem mit Zahlen gespickten Dokument verdeckt.

»Vlad beherrscht den Prozess aus dem Effeff«, sagte Söderstedt. »Er fügt während des Spielvorgangs die Zahlen in das Dokument ein. Nur ab und zu muss er überprüfen, ob er sie auch richtig platziert hat.«

»Ach so«, sagte Angelos Sifakis. »Buchhaltung. Clever.«

»Danke«, entgegnete Söderstedt, obwohl niemand ernsthaft glaubte, dass Sifakis ihn gemeint hatte.

»Entschuldigt«, sagte Bruno, »aber das müsst ihr mir noch einmal genauer erklären.«

»Bitte erläutere deine Hypothese erneut«, bat Hjelm.

»Also, Vlad erhält einen Rechenschaftsbericht über die laufenden Einnahmen«, erklärte Söderstedt. »Ich glaube nicht, dass er sie gesondert von jeder Einheit oder Stadt bekommt, sondern es handelt sich wohl eher um nationale Ergebnisse: Wie viel haben zum Beispiel die Bettler in Belgien im vergangenen Monat eingenommen? Vlad führt darüber Buch. Genau das tut er im Moment – nachdem er den Bericht durchgesehen hat. Die Finanzen werden elektronisch eingegeben, die übrige Kommunikation findet mittels der Papiere in den Umschlägen statt. Ein sehr geniales System.«

»Und ein genialer Bulle!«, lobte Bruno. »Ich frage mich nur eine Sache.«

»Ja, bitte?« Arto Söderstedt war geschmeichelt.

»Wo zum Teufel ist das ganze Geld?«

»Diese Frage muss leider unbeantwortet bleiben«, entgegnete Söderstedt.

»Und sollte deine Hypothese zutreffen«, warf Hjelm ein, »auf welchem Weg wird an die höheren Instanzen Bericht erstattet? Was geschieht mit den Magnetstreifen? Haben wir gesehen, wie sie jemand von den Umschlägen reißt? Was passiert überhaupt mit den Umschlägen?«

»Ich meine, mich erinnern zu können, sie in den Tüten gesehen zu haben, die sie zu den Müllcontainern tragen«, sagte Kowalewski.

»Den Müll aus der Küche?«, fragte Jutta Beyer.

»Ja, die Mülltüten stammen alle aus der Küche.«

»Das heißt, die Streifen kleben entweder noch an den Umschlägen, wenn sie weggeworfen werden«, sagte Arto Söderstedt, »und werden von irgendwelchen Verbindungsmännern abgeholt – oder sie entfernen die Streifen vorher.«

Hjelm räusperte sich und fragte laut und vernehmlich: »Hat jemand beobachtet, wie einer der drei einen Magnetstreifen von einem der Umschläge entfernt hat?«

Alle schüttelten die Köpfe.

»Seht ihr«, sagte Jutta Beyer. »Dann wissen wir Bescheid!«

»Tun wir das?«, fragte Donatella Bruno. »Und was genau wissen wir?«

»Dass die Magnetstreifen auf dieselbe Weise entsorgt werden wie die Papiere in den Umschlägen. Im toten Winkel der Kamera.«

»Du meinst die angebliche Luke im Küchenfußboden?«, fragte Kowalewski.

»Ganz genau.« Beyer nickte. »Wir müssen da rein und uns die Bodenluke ansehen.«

»Das wäre natürlich optimal«, sagte Hjelm. »Ich stelle gleich ein Technikerteam zusammen, das überlegen soll, wie man diese Magnetstreifen vor Ort lesen kann, falls wir sie in die Hände bekommen. Allerdings scheint die Bodenluke nur ein vorübergehender Aufenthaltsort für die Magnetstreifen zu sein. Denn auf den Streifen befinden sich die Rechenschaftsberichte, die weitergegeben werden müssen. Sie können nicht ewig unter dem Küchenfußboden liegen. Sobald einer der drei die Wohnung verlässt, nimmt er wahrscheinlich die Magnetstreifen unauffällig mit. Vielleicht sollten wir uns genau darauf konzentrieren. Auf den Moment, in dem die Buchführung an die nächsthöhere Instanz weitergegeben wird.«

»Aber wir haben diese nächsthöhere Instanz bisher nur ein einziges Mal zu Gesicht bekommen«, gab Miriam Hershey zu bedenken.

Sie gab etwas auf der Tastatur ein, und nach einer Weile wichen die Aufnahmen des Snood spielenden Vlad dem Italienisch sprechenden Ciprian. Es war ein verschwommenes Foto aus einem Raum im Anne-Frank-Haus. Der Leibwächter Ciprian stand mit dem elegant gekleideten Italiener am Fenster. Der Italiener hatte ihm gerade den Umschlag ausgehändigt. Seine rechte Hand steckte in seiner Hosentasche.

»Da«, rief Hershey und zoomte das Bild näher heran. »Der hat zuvor auch in seiner Hosentasche gekramt. Ich erinnere mich daran. Und jetzt hat ihm Ciprian den Rechenschaftsbericht der europäischen Bettlermafia überreicht. Und zwar in Form von elektronisch lesbaren Magnetstreifen.«

»Das klingt plausibel«, sagte Arto Söderstedt.

»Ja, aber wo ist das ganze Geld?«, wiederholte Donatella Bruno ihre Frage.

Die Pressesprecherin

Brüssel, 5. Juli

Mit ihren sechsundzwanzig Jahren gehörte Amandine Mercier zu den jüngsten Kolleginnen, die eine Spitzenposition im Berlaymont-Gebäude bekleideten. Aber das war kein Zufall. Sie ging in ihrer Arbeit vollkommen auf und investierte ihre gesamte beachtliche Energie in ihre Tätigkeit bei der EU. Und sie glaubte an das, was sie tat. Sobald sie die ihr nach wie vor undurchsichtigen Spielregeln der Spitzenpolitiker durchschaut haben würde, würde sie auf der Karriereleiter weiterklettern. Der Posten als Pressesprecherin von Marianne Barrière war nur ein Schritt auf dem Weg zur absoluten Elite.

Und vielleicht hielt sie ebendieses Wissen davon ab, den Knopf zu betätigen.

Es war schon einige Male vorgekommen – Marianne Barrières Unvermögen, den richtigen Knopf zu drücken, um die interne Telefonverbindung auszuschalten, war für eine Perfektionistin wie Amandine Mercier äußerst irritierend. Bisher hatte sie dann stets selbst die Verbindung deaktiviert, aber dieses Mal hielt sie irgendetwas davon ab. Vielleicht hatte sie ja begonnen, die Konturen der Spielregeln zu erkennen.

Oder es lag an Mariannes Stimme. Die hörte sich vollkommen verändert an, als sie aus dem Lautsprecher erklang: »Pamplemousse?«

Amandine Merciers lange, sauber manikürte Klavierspielerfinger schwebten über dem Knopf. Grapefruit? Was war das für ein merkwürdiger Auftakt für ein Gespräch mit dem Spindoktor?

Denn Laurent Gatien war bei Marianne im Zimmer, schon wieder. Immer hing dieser Spindoktor bei ihr herum. Amandine war nicht neidisch auf diesen in der Tat kompetenten Geschäftsmann, der sie im vergangenen halben Jahr als Mariannes Vertrauensperson abgelöst hatte. Nein, sie verspürte keinen Neid, eher Abscheu.

Aus dem Lautsprecher ertönte jetzt Gatiens Stimme: »Ich habe sie beide getroffen, Pamplemousse und Minou. Sie scheinen mir beide sauber zu sein. Dann bleibt nur noch Natz.«

»Vergiss Natz«, sagte Marianne Barrières Stimme. »Er war es nicht. Und was heißt ›sauber sein‹? Ein bisschen ausführlicher, bitte.«

»Minou, also Michel Cocheteux, ist der Geschäftsführer eines großen Unternehmens, Entier S.A. Er hat lange bestritten, von den Sexeskapaden in deiner Jugend Kenntnis zu haben …«

Amandine Mercier zuckte zusammen an ihrem Schreibtisch in dem kleinen Büro, das zum Zentrum ihres Lebens geworden war. Und sie spitzte die Ohren.

»Es ist schön zu hören, was du da alles zusammengetragen hast, Laurent. Fahr einfach fort, ja.«

»Kurz gesagt, war er mindestens so besorgt wie du, dass seine einstigen Fehltritte an die Öffentlichkeit gelangen könnten.«

»Weiter?«

»Er konnte sich erinnern, dass jemand bei einigen eurer Sessions Fotos gemacht hat. Und nachdem er ein bisschen nachgedacht hatte, kam er zu dem Schluss, dass es Pamplemousse gewesen ist, Pierre-Hugues Prévost. Dem ich daraufhin sofort einen Besuch abgestattet habe. Aber er wusste überhaupt nicht, wovon ich rede. Ich schwöre dir, ich habe noch nie einen so unwissenden und unschuldigen Gesichtsausdruck gesehen wie den seinen.«

Während des nun folgenden Schweigens meinte Amandine Mercier kleine Wesen beobachten zu können. Winzige Teufelchen, die herumsprangen und Unheil verkündende Figuren bildeten. Immerhin arbeitete sie schon seit ein paar Jahren für Marianne Barrière und hatte Zeit gehabt, sie kennenzulernen.

»Ich verstehe«, sagte Marianne schließlich.

»Willst du dich selbst mit ihm in Verbindung setzen? Ich habe seine Nummer hier. Speicherst du sie dir gleich im Handy?«

Dann diktierte der Spindoktor eine Zahlenreihe, die Amandine ebenfalls notierte, auf einem Zettel.

»Ich muss dich noch eine Sache fragen«, fuhr Laurent Gatien fort. »Hast du Ernst gemacht mit dem, was du letztes Mal angedeutet hast?«

»Ich habe keine Ahnung, wovon du redest?«

»Na, dass du … du weißt schon … die Polizei?«

Erneutes Schweigen. Jetzt war es ein kleiner Tanz. *Dance macabre.*

»Laurent, willst du mich fragen, ob ich die Polizei kontaktiert habe?«

»Ja. Ich glaube nämlich, dass es ein großer Fehler wäre.«

»Was sollten wir denn deiner Meinung nach als Nächstes tun?«

»Soll ich das als ein Nein deuten?«

»Dich können wir jedenfalls nicht als drittklassigen Polizisten einsetzen. ›Ich schwöre dir, ich habe noch nie einen so unwissenden und unschuldigen Gesichtsausdruck gesehen wie den seinen.‹ Das ist wirklich schlechte Polizeiarbeit, Laurent.«

»Du weißt also etwas, das ich nicht weiß.«

»Pamplemousse ist derjenige, der die Fotos an den Mann gebracht hat. Und zwar an einen deiner Kollegen, der zurzeit die Goldene Morgenröte in Athen unterstützt.«

»Was? Aber was fällt dir ein? Einer meiner *Kollegen*?«

»Mit anderen Worten: Lass es gut sein. Ich kümmere mich darum. Aber jetzt weiter: Was sollen wir deiner Meinung nach als Nächstes tun?«

Wieder Schweigen. Der Tanz der Teufelchen. Schließlich erklang die Stimme des Spindoktors, redlich bemüht, wieder die Führung zu übernehmen.

»Wenn du nicht willst, dass wir diesen Natz zu fassen bekommen, dann weiß ich nicht, wie wir weiter vorgehen sollen.«

»Du hast keinen Plan B in der Hosentasche? Ich dachte, das ist deine Spezialität?«

»Solange du nichts Neues hörst, ist das ein gutes Zeichen. Vielleicht ist es doch nur ein dummer Scherz. Ich frage mich, ob wir so viel mehr unternehmen können, als eine gute Gegenkampagne vorzubereiten. Falls es zur Explosion kommt.«

»Übernimmst du das?«

»Ist schon in Arbeit.«

»Sehr gut. Wie sieht die Strategie aus?«

»Leugnen. Wir werden das Foto überarbeiten und dann nachweisen, dass es manipuliert wurde. Ziel ist es, es als Fälschung darzustellen und dabei deutlich zu unterstreichen, dass es sich hierbei um eine Lappalie handelt, denen aber Menschen in so exponierten Positionen leider immer wieder ausgesetzt sind. Alles leugnen und alles bagatellisieren.«

»Meinetwegen, mit der Strategie werde ich wohl klarkommen.«

Amandine Mercier hörte, wie Laurent Gatien aufstand.

»Und meine Liebe«, sagte er, »keine Polizei. Oder Privatdetektive. Oder wem du da dein Herz ausgeschüttet hast.«

Die Tür ging auf, Gatien rauschte an Amandine Mercier vorbei, ohne sie auch nur eines Blickes zu würdigen. Als er gegangen war, streckte sie den Arm aus und kappte die interne Telefonverbindung.

Einen Augenblick saß sie ganz still in dem kleinen Vorzimmer des großen Büros der EU-Kommissarin. Dann hob sie ihren Stift und zog zwei dicke Striche unter die Zahlenreihe auf dem Papier.

Die Agora

Athen, 5. Juli

Er hätte die siebenstündige Fährfahrt gut gebrauchen können, um sich in den Fall einzuarbeiten, aber für so eine Reise war die Zeit zu knapp. Statt des Fährhafens wurde es Omiros, wie der Flughafen von Chios genannt wurde. Omiros, der ganze Stolz der Insel, eher bekannt als »Homeros«. Homer, der blinde Dichter, der als Begründer der europäischen Literatur galt.

Der Flug nach Athen dauerte nur eine Dreiviertelstunde. Es gab also keine Gelegenheit, die Akten durchzuarbeiten, sondern ihm blieb nur ein intensives Studium der Gesichtszüge eines gewissen Fabien Fazekas.

Im Netz fand sich eine ganze Reihe von Fotos dieses französischen Spindoktors, der hauptsächlich für die rechtskonservative Seite tätig war. Er gehörte zu dem Kreis um Präsident Sarkozy und der konservativen Partei UMP, die ihn angeheuert hatte, um beim Thema Fremdenfeindlichkeit zu polarisieren und Le Pen Stimmen zu stehlen, also der französischen neonazistischen Partei Front National. Aus dieser Position heraus hatte er seine Fähigkeiten in ganz Europa angeboten. Zurzeit bestand sein Arbeitsauftrag darin, die Faschisten von der Goldenen Morgenröte ins griechische Parlament zu hieven.

Als Sarkozy wegen seiner Roma-Politik unter Beschuss geriet – die UMP hatte illegal Tausende EU-Bürger des Landes verwiesen –, erhielt Fabien Fazekas offenbar den Auftrag, bei der stärksten Kritikerin, der EU-Kommissarin für Umwelt, Marianne Barrière, nach möglichen Schwachstellen zu suchen. Und er wurde fündig, mithilfe ihrer ehemaligen Jugendliebe

Pierre-Hugues Prévost, alias Pamplemousse. Aber die Kritik an Sarkozy wurde nicht lauter, offenbar interessierte sich niemand für die europäischen Roma. Daher wurden die kompromittierenden Fotos für einen zukünftigen Einsatz archiviert.

Und dieser war nun gekommen.

Wenn Paul Hjelms Theorie stimmte, hatte Fabien Fazekas aus Athen eine MMS mit dem besagten Foto an Barrière geschickt. Sie musste zum Schweigen gebracht werden, weil sie einen Gesetzesentwurf vorbereitete, der Fazekas' Kreis auf irgendeine Weise bedrohte. Hjelm hatte das nicht weiter ausführen wollen, und für Nyberg war das auch nicht notwendig.

Paul Hjelm und Gunnar Nyberg hatten Unterlagen gefunden, die Fazekas' Aufenthalt in Athen bestätigten. Natürlich hatten sie keine Adresse ausfindig machen können, aber allem Anschein nach arbeitete der Mann praktisch täglich im Hauptquartier der Goldenen Morgenröte – ein gleichmäßiger Strom an Pressemitteilungen mit seiner Signatur verließ die Parteizentrale. Gunnar hatte das Gefühl, dass dieser Auftrag viel Geduld erfordern würde, und zwar weit mehr als bei einer klassischen Observierung. Wahrscheinlich würde er versuchen müssen, Fazekas in seiner Wohnung mit dem Foto zu konfrontieren.

Dass das Foto als MMS verschickt worden war, bedeutete, dass es in elektronischer Form existierte, also problemlos auch an andere versandt werden konnte. Außerdem gab es insgesamt drei Aufnahmen.

Es war das erste Mal, dass sich Gunnar Nyberg mit der Unübersichtlichkeit der digitalen Welt konfrontiert sah. Aber solange die Fotos noch nicht im Internet kursierten, konnten sie die Sache vielleicht noch in den Griff bekommen. Allerdings wusste Nyberg sehr wohl, wie leicht man Bilder ins Netz stellen konnte. Mit einem Mausklick zur Unwiderruflichkeit.

Er widmete sich wieder den Bildern, die Fabien Fazekas zeigten. Ein gut aussehender Mann. Drahtig, tadellos gekleidet, meist mit Polohemd, eine noble Erscheinung, die Eleganz ausstrahlte. Sein Stil erinnerte an jenen, den die alten Nazis nach dem Krieg pflegten. Polohemden und eine Aura von frisch-fröhlicher, sportlicher Gesundheit, Landspaziergänge mit dem Hund, Jagdgesellschaften. Als würden sie sich so von dem Meer aus Blut und den Myriaden von Gewaltverbrechen reinwaschen können. Vielleicht war der Vergleich ungerecht. Nein, war er nicht. Die Einnahmen aus dieser Spindoktor-Tätigkeit für die Goldene Morgenröte landeten vermutlich auf einem kleinen anonymen Konto – Gunnar Nyberg war mit den Athener Gepflogenheiten nicht sehr vertraut, aber eine Frau in einer exponierten Führungsposition wegen irgendwelcher Jugendsünden zu erpressen, das war mindestens niveaulos.

Das Flugzeug setzte zur Landung an. Beim Ausstieg empfing ihn eine erdrückende Hitze. Er war so dünn wie möglich angezogen, es machte nichts aus, wenn man ihn für einen Touristen hielt, Hauptsache, er fiel nicht zu sehr auf. Noch am Flughafen nahm er einen Mietwagen und hoffte inständig, dass die Krise den Athenern das Autofahren verleidet hatte. Er war schon einmal in dieser Stadt Auto gefahren, und das war alles andere als ein Vergnügen gewesen.

Das Erste, was ihm auf seiner Fahrt in dem klimatisierten und mit GPS ausgestatteten Wagen – den die EU bezahlte – auffiel, waren die leeren Straßen. Es war offensichtlich, dass sich die Menschen nicht wie sonst im Freien aufhielten, auf den öffentlichen Plätzen, der griechischen Agora. Und je mehr er sich dem Zentrum Athens näherte, desto deutlicher sah er, dass die Wiege Europas sich verändert hatte. Jeder zweite Laden stand leer, schien in aller Eile ausgeräumt worden zu sein, und je näher Gunnar Nyberg der Innenstadt kam, desto stärker wurde die Präsenz bewaffneter Polizisten, die durch die vollkommen verdreckten Straßen patrouillierten.

Der Parthenon, der antike Tempel und Wahrzeichen Athens, sah von der Akropolis hinunter auf die Stadt, und Gunnar Nyberg meinte Besorgnis in seinem Blick zu erkennen.

Auf dem Weg zur Plaka, der Altstadt, entdeckte er eine Gang junger Männer in schwarzen T-Shirts. Sie gingen bei Rot über die Straße, schlenderten an seinem Auto vorbei, johlten und fuchtelten mit ihren Schlagstöcken in der Luft. Auf ihren Rücken stand der Schriftzug in einer weißen Type, die an das klassische Griechenland erinnern sollte: XñõóÞ ÁõãÞ. Das war der erste Mob aus den Reihen der Goldenen Morgenröte, den Nyberg aus nächster Nähe zu Gesicht bekam. Und es sollte nicht der letzte sein.

Er hatte schon so einiges von ihnen gehört. Sobald ein Verbrechen geschah, das nur im Entferntesten eine »Ausländerbeteiligung« vermuten ließ, rief der Geschädigte, der Urgrieche, eher die Vertreter der Goldenen Morgenröte als die Polizei. Nicht, dass es da signifikante Unterschiede geben würde – erst vor Kurzem waren enge Verbindungen zwischen der Polizei und den Neonazis ans Licht gekommen –, aber es war eindeutig, dass sich die Bürgerwehr mit ihren schwarzweißen T-Shirts und den zum Einsatz bereiten Baseballschlägern als parallele Ordnungsmacht etabliert hatte.

Einer der jungen Männer legte sich auf Nybergs Motorhaube und machte ein paar universelle Handzeichen. Nyberg hatte einen guten Blick auf die Vorderseite des T-Shirts, auf der das markante, einem Hakenkreuz ähnliche Symbol der Partei prangte. Dann zog der Mob weiter Richtung Plaka. Der junge Mann ließ sich von der Motorhaube rollen und rannte seinen Kumpels hektisch hinterher; ohne seine Gang war er ein Nichts.

Nyberg entschied sich, ihnen zu folgen. Er hatte noch etwa eine Stunde Zeit, bis Fabien Fazekas möglicherweise die Parteizentrale zum Mittagessen verlassen würde (falls er sich dort überhaupt aufhielt). Er parkte den Wagen nachlässig und verkehrswidrig am Straßenrand und ging der Gruppe nach.

Die schmale Straße mündete in einen kleinen Platz. Die Sonne schien unbarmherzig, es hatte mindestens fünfunddreißig Grad im Schatten. Trotzdem sah Nyberg eine Gruppe von Männern in schwarzen T-Shirts vor einer Art Gulaschkanone stehen. Das verwirrte ihn zunächst, aber dann begriff er: Dies war eines der gemeinnützigen Angebote der Goldenen Morgenröte; man ging auf Stimmenfang, während man sich aufopfernd um die Mitbürger kümmerte, die unter der Krise litten. Gratisessen für waschechte, krisengeschüttelte Griechen, Arbeitsbeschaffung durch Drohgebärden gegen Arbeitgeber, die Ausländer beschäftigten, eine funktionierende Ordnungsmacht, die Ausländer schikanierte und verprügelte.

Das war ein Furcht einflößender Blick in die Zukunft Europas. Überall formierten sich antidemokratische Kräfte, die sich der Demokratie bemächtigten, um sie abzuschaffen.

Gunnar Nyberg kehrte zu seinem Wagen zurück und fuhr zum Hauptbahnhof. Auch hier war auf den Straßen wesentlich weniger Verkehr als gewöhnlich. Er fand das Gebäude der Parteizentrale und warf einen Blick auf die Uhr. Um diese Zeit gingen die Griechen normalerweise mittagessen. Natürlich war es reine Spekulation, dass Fabien Fazekas das Hauptquartier verlassen würde. Er konnte genauso gut vor dem Computer einen Imbiss einnehmen oder – ganz Workaholic – das Mittagessen ausfallen lassen. In diesem Moment ging die Tür auf, und Fabien Fazekas trat auf die Straße.

Leider war er nicht allein. In Begleitung eines muskulösen jüngeren Mannes in einem eleganten Anzug lief er Richtung Innenstadt. Das Straßenbild veränderte sich rasch, die Straßen wurden schmaler und steiler, die Gegend sah zunehmend wie ein Wohnviertel aus. Nyberg fuhr langsam und schwenkte ab und zu in freie Parkplätze – noch vor gar nicht allzu langer Zeit ein athenisches Paradoxon: freie Parkplätze. Aber auf diese Weise gelang es ihm, unentdeckt zu bleiben. Fazekas und der Anzug tragende Bodybuilder hatten nur Augen füreinander. Proportional zur Schweißsättigung seiner eigenen Baumwollkleidung stieg Gunnar Nybergs Hoffnung. Vielleicht war das Paar tatsächlich auf dem Weg nach Hause. Aber nach Hause zu welchem der beiden?

Schließlich bogen sie in eine Toreinfahrt. Kurz darauf sah Nyberg durch die Scheibe der sanft zufallenden Eingangstür, wie das Paar die Treppe hochging. Er sprang aus dem Wagen und erreichte in letzter Sekunde die Tür, ehe sie zuschlug, trat ein und lauschte. Die Schritte stiegen die Treppen hinauf, er schätzte, bis in den dritten Stock. Eine Tür wurde aufgeschlossen und dann zugeworfen. Nyberg blickte kurz auf die abgenutzten Namensschilder an der Tür, es waren ausschließlich griechische Namen, kein einziger Name französisch-ungarischer Herkunft. Folglich gehörte die Wohnung wahrscheinlich dem Bodybuilder und nicht Fazekas. Im dritten Stock gab es fünf Wohnungen. Zu viele. Er musste die Suche irgendwie eingrenzen.

So leise wie möglich stieg er die Stufen des engen Treppenhauses hoch. Im dritten Stock angekommen, blieb er reglos stehen und horchte. Er hörte aber nichts. Es war unmöglich herauszufinden, hinter welcher der Türen sich das Paar befand. Das irritierte ihn.

Für einen Augenblick ließ ihn sein polizeilicher Instinkt im Stich. Als groß gewachsener Schwede in einem athenischen Treppenhaus herumzulungern war keine besonders gute Idee. Aber wie sollte er sonst herausfinden, in welcher der Wohnungen Fabien Fazekas eventuell sein geheimes Versteck hatte? In seinem früheren Leben hätte er das Dilemma im Handumdrehen gelöst. Aber jetzt stand er unentschlossen im Gang herum.

Allerdings nur für einen kurzen Augenblick. Dann spielte ihm das Glück in die Hand. Hinter einer Tür mit dem Namensschild »Karagounis« hörte er ein Geräusch, als würde jemand einen großen Topf oder etwas Ähnliches auf den Boden werfen. Das hieß natürlich nicht notwendigerweise, dass sich Fazekas dort aufhielt. Aber die Wahrscheinlichkeit wuchs erheblich. Sie wuchs auf ausreichend groß.

In diesem Moment wurde eine Tür ein Stockwerk über ihm geöffnet. Nyberg schlich rasch nach unten, um nicht entdeckt zu werden. Er setzte sich in den Wagen. Es war unerträglich heiß. Er startete den kurz den Motor, schaltete die Klimaanlage an und drehte sie voll auf, dann stellte er den Motor wieder ab. Die Hitze nahm augenblicklich wieder zu, der Schweiß floss ihm in Strömen über den Rücken. Er hätte sich eine Flasche Wasser kaufen sollen. Oder gleich mehrere. Als die zwei Männer endlich aus dem Haus kamen, war ihm schwindelig. Die beiden liefen die Straße hinunter, wobei ihre Hände sich wie zufällig berührten. Einfach so. Eine kurze, verbotene Berührung, die niemand bemerkt hätte. Wäre da nicht ein Zivilfahnder gewesen, der die beiden keine Sekunde aus den Augen ließ und so geistesgegenwärtig war, den Vorgang mit seiner Handykamera zu filmen.

Nyberg wartete, bis sie um die nächste Ecke gebogen waren, ehe er zurück ins Haus ging. Drei Stockwerke hoch. Er hatte ein starkes Verlangen, die Tür mit dem Schild »Karagounis« einzutreten. So wie früher. Aber er beherrschte sich und machte sich mit dem Schlüsselbund mit den fast verrosteten Dietrichen ans Werk. Das dauerte elendig lange. Die Nachbarn konnten jederzeit auftauchen. Aber das taten sie nicht.

Endlich stand er in der Wohnung. Ein sauberer, aufgeräumter Unterschlupf. Bis auf das Schlafzimmer. Dort lag kein Topf auf dem Boden, sondern eine Vase. Zersplittert. Das Bett zerwühlt, das Laken zerrissen. Streifen des Lakens am Kopfende des Bettes befestigt, Blutspuren, andere Spuren. Handy aus der Tasche. Bestandsaufnahme. Nyberg hob vorsichtig die Ecke der Bettdecke an, die auf den Boden gerutscht war und in das Blumenwasser voller Glassplitter hing. Unter der Decke lag etwas. Es dauerte einen Augenblick, ehe er erkannte, was es war. Ein Dildo, groß und schwarz. Auch den filmte er.

Dann verließ er das Schlafzimmer wieder. Den Ort der Katastrophe. Mit einem leichten Ekelgefühl. Es war ziemlich lange her, dass er so etwas gemacht hatte. Spuren sammeln. Im Dreck wühlen. *Digging in the dirt*.

Nirgendwo ein Rechner. Keine Unterlagen. Nach wie vor wusste er nicht, wem die Wohnung gehörte. Er stellte sich in die Mitte des Wohnzimmers der kleinen Zweizimmerwohnung und ließ seinen Blick durch den Raum wandern, in jede Ecke, auf der Suche nach einem potenziellen Versteck für drei Fotos. Es gab unzählige davon.

Mutlos ging er zurück ins Schlafzimmer. Dort stand ein Kleiderschrank. Mit vielen Fächern und verborgenen Winkeln. Nyberg stellte sich davor, und seine Hoffnung wuchs, als er sah, dass dort Anzüge in Fazekas' Größe hingen. Er untersuchte jede Lücke, fand Schlitze im Holz, meinte einen Gegenstand in einer relativ breiten Spalte zu sehen.

Da wurde die Wohnungstür geöffnet.

Gunnar Nyberg dachte keine Sekunde lang nach, sein Instinkt übernahm. Er warf sich unters Bett. Sein Knie stieß gegen eine Reisetasche, was ein Geräusch verursachte. Für einen Moment war er sicher, dass seine Tarnung aufgeflogen war. Qualvolle Sekunden lang. Dann hörte er ein Gespräch, das draußen im Flur geführt wurde. Es war eindringlich. Eindringlich und affektiert genug, um die Geräusche eines großen Mannes zu übertönen, der unter einem Bett herumkroch.

Gesprochen wurde in gebrochenem Englisch.

»Aber warum? Etwa jetzt gleich?«

»Ganz genau, jetzt gleich.«

»Aber wir sind doch mitten in den Vorbereitungen … Medienstrategien … all das.«

»Daran ändert sich auch nichts. Ich arbeite von dort aus weiter. Das ist kein Problem.«

»Jobbik, also. Okay, ich verstehe.«

»Nein, du verstehst nichts. Aber das ist auch in Ordnung. Kannst du mir ein Taxi rufen?«

Schweigen. Plötzlich eine hektisch tastende Hand unter dem Bett. Nyberg sah sie ins Leere greifen. Zuerst wollte er die Reisetasche in ihre Richtung schieben, aber er hielt sich zurück. Zog die Beine an und wartete. Endlich fand die Hand, was sie suchte. Zerrte die Tasche unter dem Bett hervor. Nyberg hörte, wie Sachen in die Tasche geworfen wurden.

»Aber, du weißt schon, ich meine … was ist mit uns?«

»Mit uns? Wie ich schon sagte: Es ändert sich nichts.«

»Aber warum ist das so …?«

»Das ist nur vorübergehend. Die wollen mich aus der Schusslinie nehmen. Ich komme bald wieder. Hast du das Taxi bestellt? Wie weit ist es bis zum Flughafen?«

Erneut Schweigen. Bewegungen. Ein griechischer Wortwechsel, gehetzt, fast jähzornig.

Dann erneut die Stimme des Jüngeren: »Das Taxi ist in zehn Minuten da. Bis zum Flughafen dauert es etwa eine Dreiviertelstunde. Hast du ein Ticket?«

»Sie mailen es mir.«

Gunnar Nyberg lag unter dem Bett und dachte nach. Er dachte scharf nach. Vielleicht war das hier die letzte Gelegenheit. Vielleicht würde Fabien Fazekas in Ungarn untertauchen und für immer von der Bildfläche verschwinden. Jobbik. Eigentlich müsste er sich jetzt unter dem Bett hervorrollen, den Bodybuilder mit einem gut platzierten Schlag zu Boden schicken und sich dann auf Fazekas stürzen. Warum nicht mit dem Dildo?

Aber das Risiko war zu groß. Der Bodybuilder war jung und durchtrainiert. Nyberg erkannte mit Steroiden gestählte Muskeln aus tausend Metern Entfernung, und diese hier waren sogar direkt vor ihm. Wenn er doch nur eine Waffe hätte …

Nein, er musste sich gegen seinen Instinkt entscheiden und abwarten. Vielleicht würde sich noch eine Gelegenheit am Flugplatz ergeben. Sonst wäre er gezwungen, nach Budapest zu fliegen. Wo die rechtsextreme Partei Jobbik Fabien Fazekas »aus der Schusslinie nehmen« wollte. Nyberg erkannte drei wichtige Dinge: Dass Jobbik Fazekas in Ungarn untertauchen ließ. Dass mit der Schusslinie Nyberg gemeint war. Und dass es ein Leck geben musste.

Paul Hjelm hatte ihm versichert, dass nur er selbst, Laima Balodis und Marianne Barrière von Fazekas' Rolle in der Erpressungsaffäre wussten und dass der Mann sich in Griechenland aufhielt. Jemand musste geplaudert haben, und das war wohl kaum Paul Hjelm gewesen. Und auch nicht Balodis, eine von Hjelms engeren Vertrauten.

Nyberg hörte, wie Fazekas in seinem Kleiderschrank wühlte, noch etwas in die Tasche stopfte und dann die Wohnung verließ. Der Bodybuilder schlurfte hinter ihm her. Dann wurde die Tür zugezogen.

Nyberg wartete eine Minute. Es war eine unendlich lange Minute. Dann krabbelte er aus seinem Versteck. Natürlich würde er den Weg zum Flughafen von Athen, Eleftherios Venizelos, finden, aber es würde wesentlich einfacher sein, wenn er die ganze Zeit über Sichtkontakt zu Fazekas hätte. Dem Taxi folgen könnte. Zehn Minuten, hatte er gesagt. Wie viele waren es jetzt noch? Fünf?

Er nahm sich die Zeit, den Kleiderschrank zu überprüfen, folgte der Spalte im Holz bis nach unten. Aber da war nichts zu sehen. Das, was dort gesteckt hatte, war nicht mehr an seinem Platz.

Vermutlich waren es die Fotos gewesen, und Gunnar Nyberg hatte sie sich entgehen lassen. Er hatte sich Fazekas und die Fotos entgehen lassen. Er hatte versagt.

Aber jetzt musste er nach vorn sehen. Den Fehler wieder ausmerzen. Durch das kleine Fenster der Eingangstür konnte er erkennen, dass Fazekas allein auf der Straße stand. Keine Spur mehr von dem Bodybuilder. Nyberg wartete. Sein Wagen stand auf der anderen Straßenseite. Es würde ein Leichtes sein, dorthin zu laufen. Hauptsache, das Taxi kam bald.

Ihn befiel wieder das Gefühl, versagt zu haben. Natürlich hätte er den Bodybuilder niederschlagen können. Ihm wäre es auch gelungen, Fazekas unter Druck zu setzen und sich die Fotos zu schnappen. Und natürlich konnte er das auch jetzt noch tun. Wer würde heutzutage schon dazwischengehen, wenn er Fazekas durch die Tür ins Treppenhaus und nach oben in die Wohnung zerren würde, mit Reisetasche und allem? Nicht viele.

Gerade legte er die Hand auf die Türklinke, als das Taxi kam. Fazekas war schneller eingestiegen, als Nyberg reagieren konnte. Das Taxi fuhr los.

Immer handelte er ein bisschen zu spät.

Während er zu seinem Wagen rannte, musste er nüchtern feststellen, dass er nicht mehr mithalten konnte. Mit dem Leben als Polizist. Gunnar Nyberg war ein Schriftsteller geworden. Und viel zu langsam. Er hatte ein schlechtes Timing.

Alle Taxis in Athen sahen gleich aus. Gelb, identisches Taxischild. Er war der Ansicht, das richtige zu verfolgen, als sie sich dem Zentrum näherten. Aber ganz sicher konnte er nicht sein. Außerdem wurde es zunehmend unruhiger auf den Straßen. Die Leute rannten die Bürgersteige entlang. Lärm drang von draußen ins Auto, unklar, woher er kam. Noch mehr Menschen, vereinzelte Schreie. Das Gedränge nahm zu, die Leute sprangen auf die Fahrbahn, überall flatterte etwas, zerrissene Kleidung, Fahnen, Flaggen. Und die Menschen hatten Waffen – vor allem Steine jeder Größe. Unten am Syntagmaplatz vor dem Parlament aber waren es dann nicht mehr nur Steine – es waren zerschlagene Marmortreppen der Luxushotels, in denen nur reiche Ausländer abstiegen.

Hier herrschte Krieg. Auf den Stufen des Parlamentsgebäudes, wo die symbolisch gekleideten Wachen sonst wie Paradiesvögel auf- und abstolzierten, hatte sich ein ganzes Geschwader schwer bewaffneter Polizisten mit Gasmasken aufgestellt. Auf der anderen Seite der Wand aus Tränengasnebel stand das Volk, stand Griechenland. Es schien, als hätte sich ein repräsentativer Querschnitt aus der Bevölkerung auf dem westlichen Teil des Platzes an der Straße Stadiou eingefunden. Da waren die linken Hooligans mit nackten Oberkörpern, die den Polizisten abgebrochene Marmorstücke entgegenwarfen. Aber es gab auch ältere Damen, die mit ihren Gehstöcken fuchtelten, sowie eine Gruppe Akademiker, die mit ihren Geldbörsen klapperte. Dort stand die personifizierte Wut des Volkes gegen ein immer unberechenbarer werdendes, sich täglich verschlechterndes Leben, gegen die Korruption, gegen die EU, gegen die jahrelangen ökonomischen Lügen, die das Regime verbreitet hatte, mithilfe der Investmentbanken wie Goldman Sachs. Lügen über eine kreative Buchhaltung, die am Ende ein wenig zu kreativ wurde. Und deren Folgen nun die Bevölkerung aufs Schlimmste ausbaden musste.

Am Rand der Demonstration sah Gunnar ein paar kleinere Gruppen von Männern in schwarzen T-Shirts. Das war der Mob der Goldenen Morgenröte, der auf seinen Einsatz wartete. Bei dieser Art von Konflikt gingen sie immer als Gewinner hervor. Sie warteten geduldig den richtigen Zeitpunkt ab.

Dem Taxi – hoffentlich war es das richtige – gelang es, der Meute mit einer Kehrtwende zu entkommen und in die entgegengesetzte Richtung davonzufahren. Dafür umschlossen die Demonstranten nun Nybergs Wagen und begannen, ihn hin und her zu schaukeln. Es wurden immer mehr, eine beängstigend große Menschenmenge, die sich um seinen Mietwagen drängte. Als sich zufällig hinter ihm eine Lücke auftat, nutzte er diese Gelegenheit. Er legte den Rückwärtsgang ein, brauste los, wendete den Wagen, bog in die nächstgelegene Straße und jagte mit quietschenden Reifen davon.

Es gelang ihm, das Taxi wieder einzuholen, kurz bevor es in die Straße abbog, die auf den Lykabettoshügel, den Stadtberg von Athen, hinaufführte, der wie der geduldete Verwandte vom Land seit Jahrtausenden neidische Blicke auf die Akropolis warf. Danach war es weitaus einfacher, dem Taxi auf den verschlungenen Straßen zum Flugplatz zu folgen.

Auf dem Weg rief er Paul Hjelm an und beschrieb die Umstände, ohne sein eigenes Versagen zu stark zu betonen, und stellte die etwas elliptische, weil unvollständige Frage: »Der nächste Flug von Athen nach Budapest?«

Er hörte Hjelm im Hintergrund auf der Tastatur seines Computers tippen und eine eventuelle Kritik herunterschlucken: »Viertel nach drei geht ein Direktflug. Aegean Air!«

»Kannst du mir ein Ticket buchen?«

»Klar«, sagte Hjelm. »Ich nehme an, dass du auf deinem griechischen Handy Mails empfangen kannst?«

»Ich kann so einiges mit meinem griechischen Handy anstellen. Aber darauf muss ich später zurückkommen.«

»Ich buche dir ein Ticket, aber eigentlich solltest du unbedingt versuchen, ihn noch am Flughafen einzukassieren. Wird er Gepäck aufgeben?«

»Er hat nur eine kleine Reisetasche. Handgepäckgröße. Ich glaube nicht. Ich habe noch eine Stunde Zeit vor dem Abflug. Wie wäre es mit einem Toilettengang, den er nie wieder vergisst?«

»Versuche es«, antwortete Hjelm. »Aber kein Risiko! Du wirst nur eine Chance bekommen. Und die musst du ergreifen. Wie ist die Stimmung in Athen?«

»Schlecht«, entgegnete Nyberg. »Die Griechen waren mal ein glückliches Volk.«

»Und das werden sie auch wieder. Wir müssen abwarten, wie das mit den Ungarn wird. Sei vorsichtig, Gunnar.«

»Eines noch, Paul«, sagte Nyberg rasch. »Es muss ein Leck geben.«

»Was meinst du damit?«

»Fazekas ist auf der Flucht. Er flieht von der Goldenen Morgenröte zu den Jobbiks, weil er gewarnt worden ist. Und zwar gerade eben. Jemand weiß, dass einer wie ich hinter ihm her ist. Er wurde vor etwa einer Dreiviertelstunde durch eine Mail gewarnt. Und dann ist er sofort abgehauen.«

Es wurde merkwürdig still in der Leitung. Gunnar Nyberg dachte gerade, die Verbindung wäre unterbrochen worden, als er Paul Hjelms Stimme wieder hörte.

»Ich werde das überprüfen.«

Dann wurde die Verbindung tatsächlich unterbrochen. Als Nyberg auf das Flughafengelände bog, stellte er fest, dass es zwei Uhr war. Er war gegen halb zehn von Chios kommend hier gelandet – dieser Athenbesuch war besonders kurz gewesen. Dennoch fand er, dass er geradezu absurd viel gesehen hatte.

Fabien Fazekas ließ sich bis zum Eingang fahren und stieg aus. Gunnar Nyberg stellte den Mietwagen auf einem Kurzzeitparkplatz ab und rannte ihm hinterher. In der Abflughalle blieb er abrupt stehen. Keine Spur von Fazekas.

Erst beim Check-in fand er ihn wieder. Er stand bereits weit vorn in der Schlange. Nyberg stellte sich hinten an, als er erkannte, dass Fazekas mit jemandem redete. Zuerst nahm er an, er würde telefonieren, aber dann begriff er, dass er mit einem realen Menschen sprach, und zwar auf Ungarisch.

In diesem Augenblick war Fazekas am Schalter angelangt und hob seine Tasche auf das Gepäckband. Während diese sich auf den Weg zum Flugzeug begab, versuchte Gunnar Nyberg sich so unsichtbar wie möglich zu machen. Was ziemlich schwierig war. Als Fazekas sich vom Schalter abwandte, erkannte er, dass dessen Gesprächspartner ein enger Vertrauter sein musste, ein glatzköpfiger Mann Ende fünfzig. Sie lachten und gurgelten in ihrer so einzigartigen wie unverständlichen Sprache, während sie zu den Sicherheitskontrollen hinübergingen. Nyberg versuchte, die Lage einzuschätzen. Das war alles überhaupt nicht gut. Die Wahrscheinlichkeit, dass Fazekas die Fotos mit der Reisetasche eingecheckt hatte, war ziemlich groß. Und die Wahrscheinlichkeit, dass er eine Gelegenheit bekommen würde, um dem Ungarn mit Gewalt die Fotos abzunehmen – die sich wohl ohnehin im Bauch des Fliegers befanden –, war geradezu verschwindend gering.

Eine schwere Last fiel von Gunnar Nybergs Schultern. Zumindest für ein paar Stunden. Das war vielleicht genau die Atempause, die er jetzt benötigte.

Natürlich wusste er, dass die Last ihr Gewicht verdoppelt haben würde, wenn er sie wiederaufnahm. Aber vorerst war er sie los.

Als Erstes würde er sich jetzt um den Mietwagen kümmern und sich dann in Ruhe ein Bier genehmigen.

Budapest, here I come.

Konfetti

Stockholm, 5. Juli

Benno Lidberg musterte seine Besucher mit einer würdevollen Überheblichkeit. Sie saßen in seinem Büro im Polizeipräsidium auf Kungsholmen in Stockholm, und er hatte das Gefühl, alle Trümpfe in der Hand zu halten. Er hatte nichts zu verlieren.

»Ihr habt die komplette Einsicht in die Untersuchungsakten, könnt die Ermittlungen quasi live mitverfolgen. Es gibt keinen Grund, sich zu beklagen.«

»Aber wir beklagen uns auch gar nicht.«

»Und trotzdem seid ihr hier?«

»Wir machen uns über Dinge Gedanken, die wir nicht in den Akten gefunden haben. Gefühle. Intuition. Instinkte.«

»Wir haben nicht so viele Frauen im Team.«

Er wusste, dass das Paar auf der anderen Seite seines Schreibtisches ein echtes Ehepaar war, auch wenn das ihre Nachnamen nicht verrieten. Daher bereiteten ihm derartige Bemerkungen einen besonderen Spaß. Ebenso wie die Möglichkeit, gegen die politische Korrektheit zu verstoßen.

»Unter Umständen kann man über Gefühle und Instinkte verfügen, auch ohne eine Frau zu sein«, sagte der Mann.

»Aber wir arbeiten mit Fakten«, entgegnete Benno Lidberg. »Um alles andere müssen sich die Astrologen kümmern.«

»Die Astrologen der Stockholmer Polizei?«, fragte die Frau.

Benno Lidberg kam es so vor, als hätte das Paar die Rollen getauscht. »Mir ist immer noch nicht klar, was ihr hier wollt«, sagte er.

»Ich weiß«, entgegnete der Mann. »Habt ihr mittlerweile herausgefunden, was mit dem Handy von Professor Niels Sørensen passiert ist?«

»Und habt ihr etwas über den Forschungsschwerpunkt des EU-geförderten Forscherteams an der Königlich Technischen Hochschule in Erfahrung gebracht?«, fragte die Frau.

Kriminalkommissar Lidberg wand sich ein wenig auf seinem Stuhl und sagte: »Die EU ist wohl eher die Abteilung der werten Herrschaften!«

»Und was ist mit dem Handy?«

»Keine Spur.«

»Handyortung?«

»Haben wir gemacht. Nichts.«

»Aber deswegen sind wir auch gar nicht hier«, erklärte die Frau.

»Sara Svenhagen«, sagte Benno Lidberg in einem Ton, der besonders bissig klingen sollte, »wie geht es dir? Arbeitet dein Daddy noch in der Pathologie?«

»Er hat die Position des Chefs des Staatlichen Kriminaltechnischen Labors verlassen und ist pensioniert. Aber, da wir gerade davon reden, die Obduktionsprotokolle sind doch schon eingetroffen?«

»Und ihr habt sie auch schon längst gelesen«, sagte Lidberg und scrollte sich durch Dateien in seinem Computer. »Keine Überraschungen: ›Zusammenfassend lässt sich feststellen, dass Niels Sørensen an den Folgen einer durchtrennten Halsschlagader starb. Die Waffe war sehr scharfkantig, aber wesentlich länger als ein Skalpell oder ein Rasiermesser, vermutlich mindestens fünfzehn Zentimeter lang, aller Wahrscheinlichkeit nach ein extrem scharfes Messer vom Typ *combat knife*. Aus rechtsmedizinischer Sicht gilt der Todesfall als unnatürlich, obwohl ein extrem hoher Blutdruck vor dem Anbringen der Schnittwunde den Eintrittszeitpunkt des Todes beschleunigt hat.‹ Der Mann war also außer Puste, als es ihn erwischt hat.«

»Und wie lautet deine Schlussfolgerung?«

»Dass er verfolgt wurde und es wusste.«

»Von wem?«

»Das versuchen wir, wie gesagt, herauszufinden.«

»Aber ihr habt doch sicher schon eine Art Täterprofil erstellt?«

»Es handelt sich um eine Person, die den Umgang mit sehr scharfen Messern beherrscht; eventuell verfügt sie über Schlachterkompetenzen.«

»Diese Frage haben wir bereits erörtert, willst du wissen, warum wir hier sind?«, fragte Chavez.

»Nein, nicht wirklich.«

»Wir sind wegen der Zeugen von Hornstull hier.«

»Ach, Rucki-Zucki. Die berühmt-berüchtigte Elite aus dem A-Team.«

»Du darfst mich gerne Rucki-Zucki nennen, Hauptsache du beantwortest mir meine Frage.«

»Die da lautete?«

»Die lautet: Wie konnte der wichtigste Zeuge von allen vom Erdboden verschwinden?«

»Oder anders ausgedrückt«, sagte Sara Svenhagen, »habt ihr alle möglichen Orte überprüft, wo ein eventueller Zeuge untertauchen könnte?«

»Darüber haben wir nämlich nichts in den Akten gefunden«, fügte Jorge Chavez hinzu.

»Ihr wisst genau, dass es Verhörprotokolle von mindestens dreißig Zeugen gibt.«

»Aber die waren alle absurd irrelevant.«

»Das war solide Polizeiarbeit«, blaffte Lidberg. »Und das nennt Rucki-Zucki also irrelevant.«

»Chavez, ich heiße Jorge Chavez. Und bin dir so derart übergeordnet, dass du es dir gar nicht vorstellen kannst. Ja, sie alle sind irrelevant.«

»Ich weiß, niemand hat nichts gesehen. Was aus polizeilicher Sicht bemerkenswert, aber eben unanfechtbar ist.«

»Was wiederum eigentlich nur heißt, dass sich niemand besonders bemüht hat, die Grenzen von Faulheit und Lustlosigkeit zu überschreiten.«

»Oder, einfacher ausgedrückt«, warf Sara Svenhagen ein, »wo hätte man nachhaken können? Zum Beispiel ein Detail, das nicht unmittelbar aus den Protokollen hervorgeht. Normalerweise gibt es doch immer irgendetwas, an dem der Chef beim Lesen hängen bleibt. Du weißt, was ich meine. Gefühl und Instinkt. Und dies ist deine Chance, Arbeit zu delegieren, ohne dein Budget zu belasten. Gib uns einen Hinweis, und wir gehen der Sache kostenfrei nach, ohne dass es jemand mitbekommt.«

»Ihr fischt im Trüben.«

»Absolut«, gab Chavez zu. »Also, was hast du für uns?«

Kriminalkommissar Benno Lidberg schüttelte den Kopf und sagte dann endlich – nach mindestens zehn sehr unterschiedlichen Grimassen: »Die Herberge.«

»Die Herberge?«

»Dort unten gibt es so ein Sozialzentrum. Von der Heilsarmee.«

»Ich erinnere mich, das stand in den Unterlagen«, sagte Sara Svenhagen. »Aber dieses Thema wurde so schnell abgefertigt, dass wir dem nicht nachgegangen sind.«

»Wenn du mir die Pistole auf die Brust setzt, würde ich sagen, dass ihr dort suchen solltet.«

»Anfänger?«

»Der ermittelnde Polizist hat möglicherweise nicht alle Spuren verfolgt.«

»Kannst du das ein bisschen genauer erläutern?«

»Das muss fürs Erste genügen, verdammt. Ich habe auch noch anderes zu tun.«

Chavez und Svenhagen wechselten auf dem Weg zu ihrem glänzenden Europol-Wagen nur einen einzigen Satz. Chavez hatte die Ehre, ihn auszusprechen: »Das ging besser als erwartet, was?«

Die Baustelle in Hornstull hatte erneut ihr Aussehen verändert. Die Långholmsgatan war viel schmaler geworden, daher gab es keine Chance, direkt vor dem Sozialzentrum der Heilsarmee zu parken. Dafür allerdings bot sich die Seitenstraße Bergsunds strand an, zumindest wenn man sich einen Parkschein zog.

Was auch erfolgte, bevor das Paar um die Ecke bog und vor

den Türen des Sozialzentrums stehen blieb. Es war Nachmittag, außerhalb der Öffnungszeiten, aber mit einer gewissen Hartnäckigkeit gelang es ihnen nach einer Weile, einen groß gewachsenen Mann mittleren Alters in Uniform an die Tür zu locken, der sie besorgt, aber streng ansah.

»Wir haben geschlossen.«

»Wir sind von der Polizei.«

»Ich habe schon mit der Polizei gesprochen.«

»Das wissen wir. Wer sind Sie?«

»Wenn Sie nicht wissen, wer ich bin, können Sie auch nicht wissen, dass ich schon mit der Polizei gesprochen habe.«

»Der Punkt geht an Sie«, sagte Chavez. »Wir haben ganz unverblümt angenommen, dass uns der Geschäftsführer Major Bengtsson öffnet, der am 1. Juli um 09:12 Uhr ein kurzes Gespräch mit Polizeianwärter Jakobsson führte, das ich kurz verlesen darf: ›Kamen gestern früh irgendwelche Verdächtige hierher?‹ Bengtsson antwortete: ›Verdächtige? Was meinen Sie damit?‹ Polizeianwärter Jakobsson sagte: ›Zum Beispiel ein Bewaffneter?‹ Bengtsson antwortete: ›Wir beschlagnahmen alle Waffen. Und gestern früh kam hier niemand mit einer Waffe an.‹ Polizeianwärter Jakobsson: ›Und sonst auch kein anderer Verdächtiger?‹ Bengtsson erwidert: ›Ich weiß nach wie vor nicht, was Sie mit *Verdächtiger* meinen.‹ Jakobson wiederholt: ›Also, kein Verdächtiger?‹ Und Bengtsson seufzt und sagt: ›Meinetwegen. Nein.‹ Und damit war dieses intellektuell höchst stimulierende Gespräch leider beendet.«

»Allerdings wurde es als ein vollständiges und aussagekräftiges Verhör zu Protokoll gegeben«, ergänzte Sara Svenhagen. »Was man von diesem Text jedoch kaum behaupten kann.«

»Kommen Sie herein«, sagte Major Bengtsson. »Was ist Polizeianwärter eigentlich für ein Dienstgrad?«, fragte er auf dem Weg in sein Büro.

»Haben Sie das nicht auch in der Heilsarmee?«, entgegnete Chavez.

»Diesen ganzen Militärkram darf man nicht für bare Münze nehmen. Ich vermute also, es handelte sich um einen noch nicht ganz flügge gewordenen Polizisten?«

»Das gilt nicht grundsätzlich«, sagte Chavez. »Aber dieser Kandidat kam offenbar ohne Flügel zur Welt.«

»Diesen Dienstgrad erhält man beim Eintritt in den Polizeidienst, Probezeit«, erklärte Sara Svenhagen.

»Ich verstehe«, sagte Major Bengtsson und führte sie in ein sehr spartanisch eingerichtetes Büro. »Sie wollen noch einmal nachhaken.«

Major Bengtsson bot den beiden Zivilpolizisten zwei abgewetzte Holzstühle an, die äußerst unbequem aussahen, und ließ sich federleicht hinter seinen Schreibtisch sinken. Allerdings sah auch sein Stuhl nicht besonders bequem aus. Es war unverkennbar, dass Major Bengtsson niemand war, den man an der Nase herumführen konnte. Er sah aus wie die Inkarnation des Mottos »Streng, aber gerecht«. Ein Hauch von Gottvater.

»Wollen wir die Zeit zurückdrehen, zu Donnerstag, dem 30. Juni«, sagte Chavez. »Waren Sie vor Ort, Herr Major?«

»Ich bin immer vor Ort«, lautete die Antwort. »Und bitte nennen Sie mich nicht Herr Major. Ich heiße Lars-Åke.«

»Wir sind Jorge Chavez und Sara Svenhagen«, stellte Chavez sie beide vor, »Europol, Reichskriminalamt. Wie Sie wissen, wurde an jenem Morgen um 07:43 Uhr ein Mord begangen. Wann sind Sie hier eingetroffen?«

»Gegen halb acht. Wir öffnen von neun bis zwölf Uhr. Danach kann man noch hierbleiben und am Gottesdienst teilnehmen, der an bestimmten Nachmittagen abgehalten wird. In der Regel leite ich ihn.«

»Also auch an besagtem Donnerstag?«

»Ja.«

»Haben viele an diesem Gottesdienst teilgenommen?«

»Morgens zum Frühstück kommen bis zu hundert Leute. Sie dürfen hier auch duschen, außerdem versorgen wir sie mit Kleidung, wenn wir genug dahaben. Aber nur wenige Gäste bleiben bis zum Gottesdienst.«

»Und an diesem Donnerstag ist Ihnen wirklich nichts Außergewöhnliches aufgefallen? Kein ungewöhnlicher Besucher?«

»Es war voll wie immer«, sagte Lars-Åke Bengtsson. »Ich kann mich ehrlich gesagt an nichts Außergewöhnliches erinnern.

Wie ich schon Ihrem Polizeianwärter gegenüber erklärt habe: Kein Verdächtiger. Um welchen Verdacht geht es denn überhaupt? Mord?«

»Es handelt sich bei dieser Person wohl nicht um einen Verdächtigen, sondern eher um einen Zeugen aus dem Bettlermilieu«, sagte Sara Svenhagen. »Möglicherweise war sie blutverschmiert.«

»Sie?«

»Die Person. Denn bisher kann niemand bezeugen, dass es wirklich ein Mann war. Aber ein Bettler war es wohl mit Sicherheit.«

»Wir verzeichnen in letzter Zeit einen stetig zunehmenden Strom an Rumänen, und leider bin ich gezwungen festzustellen, dass es sich dabei meist um Bettler handelt. Aber blutverschmiert? Nein, das wäre mir aufgefallen. Und dann hätte ich wahrscheinlich die Polizei gerufen.«

»Gut, ist eine leicht bekleidete Person darunter gewesen?«

»Leicht bekleidet?«

»Jemand, der sich seine blutverschmierte Kleidung vielleicht vorher ausgezogen hat?«

Zum ersten Mal bemerkten die Polizisten eine kleine Veränderung des sonst so ungeheuer aufgeräumten Gesichtsausdrucks von Major Bengtsson. Sie wechselten Blicke, beide hatten es registriert. Gegen den inneren Impuls warteten sie ab. Die Zeit verstrich.

Dann kräuselte Lars-Åke Bengtsson die Lippen und meinte: »Ja, jetzt, wo Sie das so sagen ...«

Sie schwiegen, saßen reglos da. Er sollte sich so viel Zeit nehmen, wie er brauchte.

»Also, ich war dafür nicht zuständig«, erklärte er schließlich. »Aber ich erinnere mich an einen Rumänen mit nacktem Oberkörper ... Ich bin mir jedoch nicht mehr sicher, ob das an dem besagten Donnerstag war ...«

»Wenn Sie ›Rumäne‹ sagen, meinen Sie damit ...?«, fragte Chavez.

»Nein. Ich sage nicht ›Zigeuner‹ oder ›Roma‹, wie sehr Sie auch darauf bestehen mögen.«

»Darauf bestehen?«

»Ja, die Polizei besteht darauf. Es wird gerade so viel über ›Zigeuner‹ geredet. Und das, obwohl man gedacht hatte, diesen Begriff gäbe es nicht mehr.«

»Und dieser Rumäne war also ...«

»Oben ohne, würde ich sagen, ja. Er hat natürlich etwas aus der Kleiderkammer bekommen, vorher konnte er duschen. Außerdem bin ich der Meinung, er hätte am Gottesdienst teilgenommen. Aber viel mehr kann ich dazu nicht sagen.«

»Wenn Sie nicht zuständig waren«, hakte Sara Svenhagen nach, »wer war es dann?«

»Das wird Leutnant Ahl gewesen sein.«

»Leutnant Ahl?«

»Allerdings ist sie krankgeschrieben. Es kam unlängst zu einem beklagenswerten Zwischenfall in einem Pendlerzug. Eine Bande Jugendlicher ...«

»Leutnant Ahl. Vorname?«

»Louise. Louise Ahl. Sie wohnt draußen in Tullinge.«

Sie verließen das Büro und verabschiedeten sich.

»Wir haben keine konkreten Zeitangaben«, gab Sara Svenhagen zu bedenken, als sie im Wagen saßen und über die Västerbro fuhren. »Und wir haben keinerlei Anhaltspunkte, ob der Mann mit nacktem Oberkörper wirklich unser Zeuge ist. Wir haben überhaupt keine brauchbare Information.«

»Ich finde, du klingst wie Benno«, sagte Chavez, während sie der Straße über die kleine Anlage Rålambshovsparken folgten, die in der Julisonne badete. »Solide Polizeiarbeit muss doch nicht notwendigerweise bedeuten, dass man jede Information negativ auslegt. Wir haben unsere Vermutung bestätigt bekommen. Ein Rumäne mit nacktem Oberkörper ist wahrscheinlich am Donnerstagmorgen im Sozialzentrum der Heilsarmee aufgetaucht, und zwar kurz nach der Tatzeit. Mein Vorschlag: erst zur KTH, dann nach Tullinge. Ich bin sicher, dass er es war. Ja, ich bin überzeugt, dass wir unseren Zeugen gefunden haben.«

Sara Svenhagen musterte ihren Ehemann und zog die Nase kraus. »Leutnant Ahl«, sagte sie nur.

Den Rest des Weges zur Königlich Technischen Hochschule schwiegen sie.

Schon wieder diese klobigen Ostblockbauten, die an den Kalten Krieg erinnerten. Man konnte nicht behaupten, dass das mehr oder weniger geheime Forschungsteam der EU im modernsten Forschungslabor des Kontinents untergebracht war. Aber vermutlich benötigten sie auch kaum Laborausrüstungen. Es hatte den Anschein, dass der Hauptteil der Forschung auf dem Computer stattfand – und wahrscheinlich im Inneren einiger besonders brillanter Köpfe. Wovon der eine, wahrscheinlich der wichtigste, leider nicht mehr mit Blut versorgt wurde.

Als Sara Svenhagen und Jorge Chavez vor der Tür mit Professor Virpi Pasanens Namensschild ankamen, stellten sie eine Veränderung fest. Die alte Tür war allem Anschein nach durch eine Hochsicherheitstür ersetzt worden. Svenhagen sah sie sich genauer an. Kartenlesegerät, digitales Codeschloss, ferngesteuertes Schloss, Fingerabdruckscan.

»Mist«, sagte Chavez. »Dann habe ich mir das bei unserem letzten Besuch nicht eingebildet. Sie hatte wirklich eine Scheißangst!«

»Und verfügt über Ressourcen, um sich umgehend so eine hoch technisierte Sicherheitstür einbauen zu lassen«, ergänzte Svenhagen.

»Wo klingelt man denn da?«, fragte Chavez und hob die Hand, um auf einen Knopf zu drücken.

Rasch packte sie seine Hand. Er sah sie verdutzt an.

»Ich weiß nicht«, sagte sie. »Wollen wir nicht erst ausprobieren, ob sie offen ist?«

»Die sieht nicht besonders offen aus«, widersprach Chavez, aber er hatte begriffen, was seine Frau meinte.

»Nenn es Gefühl oder Instinkt«, sagte Svenhagen und öffnete ihre Jacke.

Chavez ging sogar noch einen Schritt weiter und zog seine Waffe. Dann nickte er ihr zu. Sie drückte die Klinke herunter.

Die massive Sicherheitstür glitt geräuschlos auf. Chavez sprang ins Zimmer, die Waffe im Anschlag. Er brauchte nur

Zehntelsekunden, um zu erkennen, dass das kleine Büro leer war. Zwei Details hatten sich allerdings seit ihrem letzten Besuch verändert. Zum einen war auch die Tür zu dem angrenzenden, unbekannten Zimmer durch eine solide Sicherheitstür ersetzt worden. Zum anderen lag auf dem Sofa ein zusammengeknülltes Bettlaken.

Und es roch muffig. Als hätte sich jemand länger in dem Raum aufgehalten, als es angebracht war. Chavez zeigte mit der Pistole auf das Sofa. Svenhagen nickte und trat an den Schreibtisch. Er sah so kalt und leer aus wie beim letzten Mal. Nur ein Rechner und ein Smartphone, sonst nichts. Sie nahm den Hörer ab, die Telefonanlage erforderte einen Code. Dann hob sie die Tastatur des Computers hoch. Darunter war etwas festgeklemmt. Ein kleines Gerät. Eine Fernbedienung. Für das Schloss der Sicherheitstür.

Während Chavez das Laken auf dem Sofa genauer inspizierte, stand Svenhagen reglos da und dachte nach. Eine auf diese Weise mehrfach gesicherte Tür würde man niemals offen stehen lassen, vor allem wenn man sie erst vor Kurzem in Todesangst hatte einbauen lassen. Auch eventuelle Eindringlinge hätten kein Interesse daran, die Tür offen stehen zu lassen, im Gegenteil. Die Einzige, die davon profitieren konnte, war Virpi Pasanen selbst. Bei einem Angriff. Als eine Art Hilferuf – in der Hoffnung, dass jemand vorbeikommen und sich wundern würde. Daher hatte sie die Fernbedienung schnell unter die Tastatur geschoben. Mehr hatte sie nicht tun können.

Svenhagen betrachtete die Fernbedienung. Darauf waren mehrere kleine Knöpfe angebracht, aber nur ein einziger großer roter. Es war nicht unwahrscheinlich, dass dies der Notfallknopf war, der alle anderen Schlösser außer Kraft setzte …

Sie zeigte auf die Tür zum Nebenzimmer und zog ihre Pistole. Chavez runzelte die Stirn und nickte. Svenhagen schlich zur Tür. Ihr Herz pochte. Als sie die Hand auf die Klinke legte, hoffte sie, dass dies nicht ihre letzte Tat sein würde.

Es war unmöglich, die Tür unbemerkt zu öffnen. Sie ging nach innen auf, in den unbekannten Raum hinein, der sich dahinter verbarg. Sara Svenhagen wollte zunächst testen, ob sie die Tür aufstoßen konnte. Aber sollte sie verschlossen sein, würde sie damit ihr Kommen ankündigen und eventuell den Tod einer Geisel verantworten. Sekundenlang schossen ihr die verschiedenen Überlegungen durch den Kopf. Dann drückte sie die Klinke herunter.

Und stieß die Tür auf.

Chavez stürzte in das Zimmer, die Waffe im Anschlag. Svenhagen sah, wie ein Blitz durch den großen Raum schoss. Und sie sah, wie der Blitz in die Brust ihres Mannes einschlug und er leblos zu Boden fiel. Mit erhobener Waffe stürmte sie in das Zimmer und konnte gerade noch erkennen, wie eine Gestalt mit einer Sturmmaske aus dem Fenster sprang. Vor dem Fenster lag Virpi Pasanen mit Klebeband gefesselt und geknebelt, ihre weit aufgerissenen hellblauen Augen blitzten vor Entsetzen. Sara Svenhagen rannte zum Fenster und sah hinaus. Sie entdeckte eine etwa vier Meter lange Leiter, die an der Hauswand lehnte, und sah noch einen Schatten, der hinter der nächsten Ecke verschwand. Sie drehte sich um und sprang die wenigen Meter zu Chavez, der mausetot aussah. Aber als sie bei ihm war, hörte sie seine Atemzüge. Zwei dünne Drähte klebten auf seiner Brust und führten zum Fenstersims.

Svenhagen wusste sofort, was das war. Die Hinterlassenschaft einer Elektroimpulswaffe, einer Elektroschockpistole. Die Polizei setzte solche Waffen ein. Bestimmte Abteilungen der Polizei. Ganz spezielle Abteilungen. Ihr Mann würde sich gleich wieder erholen.

Sie verschaffte sich einen Überblick. Der Raum war eine Art Forschungslabor, wo die verschiedensten chemischen Experimente durchgeführt werden konnten. Aber in erster Linie standen auch dort Computer. Es gab drei klar abgegrenzte Arbeitsplätze und mindestens zehn Computer einer Rechnergeneration, die sie noch nie zuvor gesehen hatte. Auf dem Boden vor einer der Arbeitsflächen lag ein Mann. Auch er war mit Klebeband geknebelt und gefesselt worden, und auch seine, allerdings dunklen, Augen waren weit aufgerissen. Das musste Dozent Jovan Biševac sein. Virpi Pasanen schien es jedoch am schlimmsten getroffen zu haben. Svenhagen kniete sich neben sie und zog ihr vorsichtig das Klebeband vom Mund.

»Sie kamen von hier drinnen«, stieß sie hervor. »Ich saß in meinem Büro, und sie kamen aus dem Labor. Von hier.«

»Geht es Ihnen gut?«, fragte Svenhagen.

»Ja, was ist mit Jovan? Er war hier drin. Ist er tot?«

»Nein, er lebt«, sagte Svenhagen und zog nun auch Biševac das Klebeband vom Mund.

»Sie sind durchs Fenster gekommen«, sagte er mit leichtem Akzent. »Ich dachte, das sollte auch sicher sein, verdammt.«

Mustergültige Zeugen, dachte Svenhagen spontan, ehe ihr der richtige Gedanke kam. Sie stieg über ihren bewusstlosen Mann hinweg, holte die kleine Fernbedienung aus dem Nebenzimmer und hielt sie Pasanen hin.

»Sie haben Ihr Leben gerettet, indem Sie die Tür offen gelassen haben. Jetzt retten wir unser Leben, indem wir sie abschließen. Ist es der rote Knopf?«

»Ja«, sagte Pasanen. »Das ist die Überbrückungstaste, ein sogenannter Overrideknopf. Mit dem kann man alle Schlösser gleichzeitig öffnen und verschließen. Aber Sie sollten vorher das Fenster zumachen.«

So nüchtern und vernunftbetont kann man doch gar nicht sein, dachte Svenhagen, zerrte ihren Ehemann von der Labortür weg, schloss beide Türen und das Fenster sorgfältig und drückte dann auf den roten Knopf. Es klickte in vielen Schlössern – es klang wie ein verrückt gewordener Specht.

Svenhagen folgte den zwei dünnen Drähten, die von der Brust ihres Mannes bis zum Fenster reichten. Sie waren aus der Waffe abgefeuert worden und hingen nun lose am Fenstersims. Darunter lag eine dünne Schicht kleiner Teilchen, Konfetti ähnlich, und zum Teil war auch Pasanens Körper davon bedeckt. Sara Svenhagen erinnerte sich an die Vorführung einer solchen Elektroimpulswaffe, damals war sie noch ein Mitglied der A-Gruppe gewesen. Wenn die Waffe abgefeuert wird, werden zeitgleich etwa dreißig kleine Konfettischnipsel freigesetzt, auf denen die Seriennummer der Patrone steht. Vielleicht konnten Kriminaltechniker die Teilchen analysieren. Die Techniker von Herrn Gernegroß Benno Lidberg.

Sie seufzte und biss in den sauren Apfel.

Nachdem sie das qualvolle Telefonat mit Benno Lidberg beendet hatte, hörte sie eine heisere Stimme krächzen: »Jetzt befrei die doch endlich von ihren Fesseln.«

Sara Svenhagen drehte sich um und sah Jorge Chavez auf dem Boden kauern. Er zog sich die Nadeln aus der Brust. Ihr Herz pochte nach wie vor absurd laut, aber sie musste innerlich lächeln, als sie ihn sagen hörte: »Muss ich hier denn alles selbst machen?«

Dänisches Tagebuch 3

Stockholm, 29. Juni

Die Liljeholmbucht in der Abenddämmerung. Gibt es etwas Schöneres auf der Welt? Die Laternen der kleinen Boote, die rot leuchtend Richtung Mälaren und grün leuchtend hinaus aufs Meer fahren. Die ungewöhnliche Spiegelung der Brücke und dieses Orange, das wie ein mildes Feuer über die leichte Kräuselung der Wasseroberfläche gegossen scheint.

Stockholm. Wenn ich das in meiner Jugend in Århus gewusst hätte. Von Schweden hatte ich nur eine vage Vorstellung. Unbedeutendes Land im Osten, in der Nähe der Sowjetunion. Arbeitsmoral, keine Lebensfreude, zahllose Selbstmörder. Schwedisches Modell, soziale Ingenieurskunst, Stahlindustrie, Autos. Der Kontinent war mir viel näher, Deutschland, Europa. Schweden war Ostblock, das Andere. Als Neutralität verkleidete Feigheit. Stockholm war Moskau näher als Paris.

Dass mein Weg nach Europa eines Tages über Stockholm führen würde, war damals so unvorstellbar. Stockholm. Die schönste Hauptstadt der Welt?

Ach, ich weiß nicht. Aber die Schönheit, die ich jetzt gerade hier vor mir sehe, ist geradezu überwältigend.

Ich hatte bisher in meinem Leben nicht viel für Poesie übrig. Worte, die schön sein wollen. Darin fühlte ich mich nie zu Hause. Worte existieren, um die Wirklichkeit zu beschreiben. Und die Wirklichkeit besteht aus Materie. Materie lässt sich beschreiben – und vor allem lässt sie sich verändern. Etwas anderes als Materie gibt es nicht.

Endorphine erzeugen das Gefühl und Vermögen, Schönheit

wahrzunehmen. Die Empfindung von Ausgeglichenheit ist nichts anderes als das richtige Zusammenspiel von Chemikalien im Gehirn. Ab und zu begegnet uns ein konditionierter visueller Stimulus, den wir als Schönheit deuten. Die Chemie im Gehirn wird vorübergehend in Ordnung gebracht. Ich vermute, dass Dichter deshalb auch so häufig die Nähe von Schönheit und Tod betonen. Das Gehirn weiß, dass die Schönheit nur vorübergehend ist. Das Erleben von Schönheit geht einher mit der Erkenntnis, dass sie vergänglich ist. Dass sie sterben wird.

Dichter beschreiben, auf ihre primitive und antiquierte Weise, nichts anderes als chemische Veränderungen in unserem Gehirn.

Ich kann diesen Anblick jeden Tag von meinem Küchenfenster aus genießen. Er ist großartig, hat aber bisher noch nie einen so tiefen Eindruck auf mich gemacht. Mein chemisches Gleichgewicht ist offenbar durcheinandergeraten. »Denn das Schöne ist nichts als des Schrecklichen Anfang, den wir noch grade ertragen, und wir bewundern es so, weil es gelassen verschmäht, uns zu zerstören. Ein jeder Engel ist schrecklich.«

Rilkes Worte über die Schönheit ergreifen mich immer wieder. Das Schöne ist des Schrecklichen Anfang. Nimmt jetzt das Schreckliche seinen Anfang? Weil ich den Engel heute gesehen habe? Der sich aber noch nicht dazu herabgelassen hat, mich zu vernichten? Aber sein Blick war nicht gnädig. Das letzte Mal habe ich ihn in Chicago gesehen, heute war es auf der anderen Straßenseite des Bergsunds strand.

Ich betrachte die Innenfläche meiner rechten Hand. Die Narbe von dem Schnitt ist noch deutlich zu sehen, als wäre die Lebenslinie durchtrennt worden.

Ich meine, ihn oben auf der Liljeholmsbron stehen zu sehen, mit stolzer Gebärde ans Geländer gelehnt. Er breitet seine schwarzen Flügel aus und beobachtet mich. Sieht zu, wie ich mich angesichts des Todes verhalte. Alles ist Schönheit. Er umhüllt meine Welt mit einer zutiefst schrecklichen Schönheit.

Wir warten auf die Antwort. Ob sich die Probleme mit der Energiedichte, der Reichweite, den Ladezeiten, dem Umwelteinfluss lösen ließen. Ich bin davon überzeugt. Wir haben es geschafft.

Und darum ist auch der Engel hier. Der Todesengel.

Ich werde das Wichtigste auf dem Handy speichern. Das ist das Einzige, was jetzt noch von Bedeutung ist. Ich kann es ja nicht ins Internet stellen, und einen USB-Stick habe ich natürlich auch nicht zu Hause. Das Handy wird meine Lebensversicherung werden.

Allerdings nicht nur meine.

Unsere.

Die des Projekts.

Der Zukunft.

Es ist eine verhältnismäßig einfache Prozedur. Ich werde das gleich morgen früh erledigen. Ich bereite alles vor, stelle mir den Wecker. Aber zuerst muss ich diesen Text hier beenden.

Als ich den Blick hebe und durchs Fenster sehe, ist der Engel verschwunden. Der Abend ist angebrochen, die kurze schwedische Julinacht hat begonnen. Die Liljeholmbucht liegt noch da, die Lampen sind noch da.

Aber die Schönheit ist verschwunden.

Es herrscht ein chemisches Ungleichgewicht in meinem Gehirn.

Die Kanarienvögel

Amsterdam, 5. Juli

Alles ging seinen gewohnten Gang. Drei Minuten vor zehn fing Vlad an zu gähnen. Ciprian stand auf und ging ins Schlafzimmer, während sich Vlad auf den Weg ins Badezimmer machte. Fleischschrank Zwei zog das Schlafsofa aus, bis es an den Schreibtisch stieß.

Obwohl Felipe Navarro sich nichts sehnlicher wünschte, als nach Hause zu Félix und Felipa zu fahren, verspürte er doch eine maßlose Enttäuschung. Über einen weiteren verlorenen Tag. Als er sah, wie Vlad nach seiner wie immer äußerst sorgfältigen Zahnpflege ins Schlafzimmer schlurfte, seufzte er laut und begab sich in das pompöse, aber in die Jahre gekommene Badezimmer der Witwe Bezuidenhout. Da er ungern auch nur eine einzige Sekunde seiner Observierungseinheit verpasste, hatte er so einiges loszuwerden. Das unablässige, gefühlt unendliche Plätschern sorgte dafür, dass er nur das Ende des unverständlichen Wortschwalls mitbekam, den Adrian Marinescu im Wohnzimmer von sich gab. Navarro gelang es nicht, den Toilettengang ordentlich zu beenden. Seine Hose war unangenehm feucht, als er aus dem Badezimmer stürzte.

»Was ist passiert?«, rief er. »Was hast du gesagt?«

Marinescu hatte eine Hand erhoben und deutete auf den Monitor. Die beiden Leibwächter lagen auf ihren gewissenhaft voneinander getrennten Teilen des Sofas und führten eine flüsternde Unterhaltung.

»Das wurde aber auch Zeit, Mann. Meine Petit Coronas sind seit vorgestern alle.«

»Der Dakk ist auch leer. Du oder ich?«

»Wir müssen abwarten, wie der Plan ist. Gute Nacht, Silviu.«

»Gute Nacht.«

Felipe Navarro gelang tatsächlich das Kunststück, sich fast zwei Minuten still zu verhalten, nachdem die Leibwächter das Licht gelöscht hatten. Er spürte, wie ein, zwei Tropfen Urin langsam an seinem linken Bein herunterliefen. Dann erst fragte er: »Hat Vlad gesagt, was ich glaube, dass er gesagt hat?«

»Dass sie morgen die Wohnung verlassen«, bestätigte Marinescu und justierte sein Headset, das sich im Laufe des Tages scheinbar noch tiefer in seinen Schädel gedrückt hatte.

»Was genau hat er gesagt?«, hakte Navarro nach.

»Wörtlich hat er gesagt: ›Morgen werden meine beiden Kanarienvögel ihren Käfig für eine Weile verlassen.‹«

»Nicht mehr?«

»Er ist noch einmal aus dem Bett aufgestanden, hat seinen Kopf durch den Türspalt gesteckt und exakt diese Worte gesagt. Nicht mehr.«

»Morgen werden meine beiden Kanarienvögel ihren Käfig für eine Weile verlassen?«

»Ja.«

»Wie soll man das verstehen? Werden alle drei rausgehen?«

»Ich habe selten Zeit, meine Übersetzungen auch noch zu interpretieren«, erwiderte Marinescu trocken.

»Dann versuche es jetzt!«, forderte Navarro. »Das ist deine Muttersprache, du lebst in dieser mystischen Sprache, und du kennst alle ihre Nuancen, und vor allem kennst du die drei Jungs am besten. Wird Vlad seine ›Kanarienvögel‹ alleine mit einem Auftrag losschicken, oder wird er mit ihnen aus dem Haus gehen?«

»Du bist hier der Analytiker und Stratege«, entgegnete Mariescu. »Aber …«

»Aber?«

»Die Leibwächter haben Vlad nur ein einziges Mal allein gelassen, in der Kirche, als er danach in den Rotlichtbezirk gegangen ist, um sich zu vergnügen. Er hat die beiden noch nie zusammen weggeschickt und ist allein zu Hause geblieben. Das ist noch nie vorgekommen.«

»Du glaubst also, dass sie morgen früh alle drei die Wohnung verlassen werden?«

»Ich denke, dass alles darauf hindeutet. Alternativ schickt er die Leibwächter einzeln los mit je einem Auftrag. Auch das ist schon vorgekommen. Ciprian vormittags und Silviu nachmittags.«

»Silviu?«

»Ciprian hat ihn doch gerade so genannt. Wir haben immerhin den Namen von Fleischschrank Zwei.«

»Ich musste gerade an Petit Coronas und Dakk denken. Könnten das nicht Codewörter sein?«

»Das glaube ich nicht«, sagte Marinescu. »Dakk ist der beste rumänische Wodka, Dakk Premium Wodka, und das andere sind kubanische Zigarren, Rafael González Petit Coronas, das ist Ciprians Lieblingsmarke. Sehr teuer.«

Felipe Navarro beruhigte sich langsam wieder und sagte schließlich: »Wir müssen uns verdammt sicher sein, wenn wir unseren Schlaf opfern, um uns für morgen eine Strategie auszudenken.«

»Ich weiß nicht, ob ich Schlaf übrig habe, den ich opfern könnte«, grummelte Marinescu.

»Nein«, sagte Navarro und holte sein Handy hervor. »Das musst du auch nicht, du kannst die Arbeit ruhig uns Analytikern und Strategen überlassen. Ich versuche, Sifakis zu erreichen, vielleicht kommt auch Hjelm dazu, und dann setzen wir uns in die Küche und machen einen Plan.«

»Die ganze Nacht über?«

»Ich verspreche, dass wir ganz leise sein werden«, sagte Navarro und wählte Paul Hjelms Nummer. Während er wartete, dass sein Chef sich meldete, konnte er es sich nicht verkneifen, noch etwas hinzuzufügen: »Ich glaube, wir haben endlich eine Zugriffsmöglichkeit.«

4 – Einsicht

Die Junggesellenbude

Den Haag, 6. Juli

Paul Hjelm saß noch lange in seinem neuen Büro. Seine Mitarbeiter verließen nach und nach in kleinen Gruppen das Europol-Gebäude und winkten ihm zum Abschied kurz zu. Am Ende war außer ihm nur noch einer da. Aber er hoffte, dass Angelos Sifakis nicht zu ihm hereinkäme. Sonst hätte er ihm abermals verheimlichen müssen, womit er beschäftigt war. Dabei sollte sein Stellvertreter doch eigentlich sein engster Vertrauter sein. Aber die Sache, mit der er sich jetzt seit ein paar Stunden herumschlug, vertrug noch keine Mitwisser.

Endlich waren die Baupläne eingetroffen. Die Satellitenaufnahmen standen zur Verfügung, und die Thermokameras lieferten Bilder auch aus größerer Distanz. Und jetzt saß er an seinem Schreibtisch und studierte die Grundrisszeichnungen eines Hauses in der nördlichen Peripherie einer zentraleuropäischen Stadt. In der Sekunde, in der er die Mail mit den Bauplänen losschickte, wurde die Tür aufgestoßen. Ihm gelang es gerade noch, eine tödlich langweilige Aktennotiz zu öffnen, bevor er den Blick hob und in Angelos Sifakis' leuchtende Augen schaute.

»Es geht los, verdammte Scheiße!«, brüllte der sonst so besonnene Nachkomme des kretischen Geschlechts. »Navarro hat gerade angerufen. Er sagt, wir haben eine Zugriffsmöglichkeit in Amsterdam.«

Hjelm überlegte lange, ob er an der nächtlichen Strategiesitzung in der Wohnung der Reederwitwe Bezuidenhout in Amsterdam teilnehmen sollte. Eine ganze Nacht Seite an Seite mit Navarro und Sifakis, zweien der schnellsten und klügsten Köpfe Südeuropas, war sehr verlockend für einen Chef, den es nach wie vor aufs Feld zog, der sich viel mehr vom operativen als vom administrativen Geschäft angezogen fühlte. Aber am Ende siegte seine Vernunft. Er würde morgen einen kühlen Kopf brauchen, besonders wenn Navarro und Sifakis eventuell erschöpft sein würden.

Also entschied er sich für ein spätes Abendessen in seiner sogenannten Junggesellenbude, die mitnichten eine Junggesellenbude war, sondern vielmehr die von Sehnsüchten erfüllte Heimstatt eines Familienvaters im Exil. Er wusste nicht, ob Kerstin noch wütend auf ihn war – oder alternativ mit sich selbst haderte. Auf jeden Fall gab es selbst zubereitete Caprese, Spaghetti alla puttanesca und Barolo. Oder mit anderen Worten: Salat, Pasta und Rebensaft.

Allerdings südeuropäisch und daher besonders lecker.

Sie saßen auf dem Balkon, auf dem er sich sonst sehr selten aufhielt, und aßen. Unterhielten sich dabei? Kaum. Es hatte sich etwas zwischen sie geschoben, nichts Ernsthaftes, nichts Bedrohliches, aber es war wie eine hauchdünne Membran aus Distanz.

»Wie findest du die Aussicht?«, fragte Paul Hjelm.

»Schön«, antwortet Kerstin Holm.

»Das dort hinten ist die Altstadt.«

Umfangreicher wurde die Kommunikation nicht, bis der Abend in die Nacht überging.

Ehrlich gesagt, wusste er nicht mehr, wann er das letzte Mal vor Mitternacht eingeschlafen war. Das musste in der Zeit vor Den Haag gewesen sein. Damals, in der Heleneborgsgatan in Stockholm. Es ist jetzt ganz schön lange her, dass ich zuletzt in Stockholm war, dachte er und döste ein. Das Letzte, was er vor Augen hatte, ehe er neben Kerstin einschlief, war Hornstull. Hornstull im Zustand der Veränderung. Wenn er in die Stadt zurückkommen würde, wann auch immer das sein würde, wäre nichts mehr wie zuvor. Das war ein sehr interessanter Gedanke. Die Welt veränderte sich, während man selbst abwesend war. Und zwar radikal.

Viermal in dieser Nacht wurde er von Anrufen aus Amsterdam geweckt. Das waren unnötig viele, wie er fand, bis er um 03:48 Uhr einsah, wie viele Aspekte berücksichtigt werden mussten, damit Jutta Beyer kein zweites Mal in diesem Küchenschrank hocken musste. Oder etwas Ähnliches passierte. Als ihn schließlich ein seltsam intensives Klingelzeichen weckte, das er nicht zuordnen konnte, versuchte er auszurechnen, wie viel Schlaf dreimal anderthalb Stunden ergaben. Denn es war nicht später als halb sechs, als dieses sonderbare Klingeln ertönte.

Er hatte doch seinen Handywecker nicht auf halb sechs gestellt? Nein, niemals.

Dann plötzlich kam ihm der Gedanke, dass tatsächlich noch nie jemand an seiner Tür geklingelt hatte. Seit drei Jahren wohnte er schon in dieser Wohnung, und niemand hatte bisher an seiner Tür geklingelt.

Aber jetzt klingelte es an der Wohnungstür.

Er drehte sich zu Kerstin um, aber die schlief noch tief und fest. Sie war ohnehin praktisch nicht weckbar am frühen Morgen ohne ihr spezielles Wecksignal, das sich auf unerklärliche Weise in ihr Unterbewusstsein bohren konnte. Folglich musste er sich selbst aus dem Bett schälen, nach dem Morgenmantel greifen und ihn sich überwerfen, während er Richtung Tür stolperte.

Es gab eigentlich einen Türspion, aber der war blind. Hjelm musste es darauf ankommen lassen.

Er öffnete die Tür. Draußen stand eine junge Frau, die er wiederzuerkennen glaubte. Aber ihn blendete das Treppenhauslicht, und er verlor die Spur wieder. Dafür spürte er, dass er sie sehr verwundert und fragend aus besonders kleinen Augen ansah.

»Mir ist durchaus bewusst, dass ich gerade dabei bin, ein Dienstvergehen zu begehen«, sagte die junge Frau.

»Vermutlich gleich mehrere«, erwiderte Paul Hjelm, als ihm klar wurde, wer vor ihm stand. Aber er konnte sich nicht an ihren Namen erinnern.

»Ich heiße Amandine Mercier«, half ihm die junge Frau auf

die Sprünge. »Wir sind uns vor ein paar Tagen ganz kurz im Berlaymont-Gebäude in Brüssel begegnet. Ich bin die Pressesprecherin von Marianne Barrière.«

Hjelm nickte. Er erinnerte sich daran, dass sie ihm etwas schnippisch zu verstehen gegeben hatte, dass Marianne Barrière beschäftigt und nicht zu sprechen sei. Er hatte Ewigkeiten gewartet. Hatte er ihr überhaupt seinen Dienstausweis gezeigt? Vermutlich nicht ...

»Allerdings stand auf Ihrem Dienstausweis ein anderer Name«, fuhr Amandine Mercier fort, und Paul Hjelm begann, negative Schwingungen zu verspüren. Es war halb sechs Uhr morgens, und sie war hundertachtzig Kilometer von ihrem Arbeitsplatz entfernt. Was wollte diese Frau von ihm?

»Was wollen Sie?«, fragte er nachdrücklich.

»Das sind doch Sie, der verdeckt die Erpressung von Marianne Barrière untersucht?«

»Ich bin ein ranghoher Europol-Beamter, wie kommen Sie auf so einen Gedanken?«

Amandine Mercier seufzte vernehmlich und sagte dann: »Darf ich bitte reinkommen?«

»Natürlich nicht«, entgegnete Paul Hjelm. »Sie dürften sich noch nicht einmal in diesem Treppenhaus befinden. Dass Sie noch nicht verhaftet sind, grenzt an ein Wunder.«

Zehn Minuten später saßen sie unten in dem Café, das rund um die Uhr geöffnet war. Paul Hjelm trug angemessenere Kleidung und sah auch Amandine Mercier mit anderen Augen. In Anbetracht der Uhrzeit war sie sehr sommerlich angezogen.

»Ich hatte keine Zeit, mich umzuziehen«, sagte sie.

»Weil es Ihnen aus mir unerfindlichen Gründen gelungen ist, meine ausgesprochen geheime Adresse herauszubekommen.«

»Ich glaube, es ist wichtig«, sagte sie.

Paul Hjelm dachte nach, während er an seinem ziemlich ungenießbaren Cappuccino nippte. Er erinnerte sich an das Telefonat mit Gunnar Nyberg, der ihn auf dem Weg zum Flughafen von Athen angerufen hatte. Und er hatte ihm mitgeteilt, dass Fazekas auf der Flucht sei. Er fliehe von der Goldenen Morgenröte zu den Jobbiks, weil er gewarnt worden sei.

»Ich höre«, sagte er.

»Gestern habe ich zufällig – ich betone: zufällig – ein inoffizielles Gespräch zwischen Marianne und ihrem Spindoktor mitangehört. Die sprachen von einem Mann namens Pamplemousse. Kommt Ihnen der Namen bekannt vor?«

»Fahren Sie einfach fort.«

»Laurent Gatien, der Spindoktor – ich gehe davon aus, dass Sie ihn kennen –, echauffierte sich sehr darüber, dass Marianne sich eventuell an die Polizei gewandt haben könnte. Er wollte die Angelegenheit intern behandeln, allerdings ist unklar, wie viel er weiß. Von Ihnen weiß er zum Beispiel nichts.«

»Die einzige Quelle wären Sie, Amandine«, sagte Hjelm und fühlte sich sofort niederträchtig. Aber er wusste, dass er klare Grenzen ziehen musste.

»Wollen Sie wissen, wie ich Sie gefunden habe?«

»Nein. Es ist, wie es ist. Aber wir kommen darauf zurück. Ich wiederhole mich: Warum sind Sie hier?«

Amandine Mercier nahm Anlauf. Es war unverkennbar, dass sie ihren Mut zusammennehmen musste, ehe sie zum Sprung ansetzte.

»Als Sie zu Pamplemousse fuhren, haben Sie da vorher seine Telefonate überprüft?«

»Sprechen Sie weiter«

»Dann wäre Ihnen nämlich aufgefallen, dass er im Lauf des Tages sechsmal von einer bestimmten Nummer angerufen wurde. Es war zwar eine unterdrückte Nummer, aber nach einigem Hin und Her habe ich den Besitzer ausfindig machen können, der sich so oft bei Pamplemousse gemeldet hat. Es war Laurent Gatien, Mariannes Spindoktor.«

»Ich nehme an, dass Gatiens Auftrag lautete, Pamplemousse aufzusuchen und mit ihm zu sprechen. Dann ist es doch nicht weiter verwunderlich, wenn er ihn vorwarnt und sich ankündigt.«

»Für meinen Geschmack waren das zu viele Telefonate. Sechsmal fand ich zu auffällig. Außerdem wurde zu lange gesprochen. Ich hatte das Gefühl, dem nachgehen zu müssen.

Mein Auftrag lautet nämlich, Marianne um jeden Preis zu schützen. Ich hoffe, Sie können das verstehen.«

»Ich höre Ihnen weiterhin aufmerksam zu«, entgegnete Paul Hjelm.

»Also habe ich die anderen Telefonate von Gatiens Handy überprüft.«

»Und?«

»Hier, bitte sehr«, sagte Amandine Mercier und knallte eine Liste auf den Tisch. »Das ist ein vollständiger Einzelverbindungsnachweis seines Handys. Ich glaube, dass vor allem die letzten Posten besonders interessant sein könnten.«

Paul Hjelm ging die Liste durch. Am Ende tauchte eine Reihe von Nummern auf, die alle mit der Landeskennung 0030 begannen.

»Erst fünf verschiedene Nummern, mit denen jeweils höchstens eine Minute gesprochen wurde«, sagte Amandine Mercier. »Dann folgte ein längeres Gespräch von etwa sechs Minuten.«

»Als hätte er …«

»Ganz genau«, rief Mercier ungestüm. »Als hätte er sich erst bis zur richtigen Nummer durchfragen müssen. Am Ende ist es ihm dann gelungen. Die Nummer ist allerdings geheim, der Name des Teilnehmers ließ sich nicht ermitteln. Aber die vorherigen sind offizielle Nummern.«

»0030 ist das nicht …?«

»Griechenland, genau«, bestätigte Mercier. »Und eine der Nummern führt direkt in die Telefonzentrale der Partei Goldene Morgenröte. Haben Sie von denen schon einmal gehört?«

Paul Hjelm senkte den Kopf, ihn überkam plötzlich eine unendliche Müdigkeit. Der Grund dafür war nicht nur, dass er in einem Rhythmus von jeweils nur anderthalb Stunden geschlafen hatte, unterbrochen von aufreibenden Diskussionen und Entscheidungen, sondern wegen all dieser Machenschaften in Europa. Verbrechen, Betrügereien, gekaufte Loyalitäten. Diese Gier. Dieser Neid. Auf den Reichtum der anderen.

Er schloss die Augen so lange, bis er gewiss sein konnte, dass Amandine Mercier es registriert hatte.

»Darf ich das zur Sicherheit noch einmal zusammenfassen«,

sagte er schließlich. »Marianne Barrières engster politischer Ratgeber, der Spindoktor Laurent Gatien, hat also fünf verschiedene griechische Nummern gewählt, wobei die letzte der Telefonzentrale der Goldenen Morgenröte gehört. Dort erhält er eine Handynummer und führt dann ein etwa sechsminütiges Gespräch mit dem Teilnehmer. Das alles geschah gestern, am 5. Juli um 12:42 Uhr.«

»Ganz genau«, bestätigte Mercier.

»Arbeiten Sie schon lange für Barrière?«, fragte Paul Hjelm.

»Seit fast drei Jahren.«

»Und dann taucht da plötzlich ein Spindoktor auf und übernimmt Ihren Platz als engster Vertrauter?«

»Zunächst war ich besorgt, ja, aber das war unnötig. Sein Job war von Anfang an klar umrissen. Aber seine Aufträge waren geheim, ich habe davon nichts erfahren. Meine Aufgaben haben sich in keiner Weise verändert, sie wurden nicht weniger, und auch meine Position als Vertraute ist dadurch nicht bedroht.«

»Wie können Sie sich da so sicher sein?«

»Marianne kommt ausschließlich zu mir mit ihren Anliegen. Den persönlichen. Den wichtigen.«

»Könnten Sie mir ein Beispiel dafür geben?«

»Wann sie sich an mich wendet?«

»Ja.«

»Na ja, das können Kleinigkeiten sein, wie Kleidungsfragen ... Oder Bekenntnisse.«

»Bekenntnisse?«

»Ja, nun ja, Bekenntnisse sind nicht so Mariannes Sache, aber es kann sich beispielsweise um Notfälle handeln, unterschiedlichster Natur.«

»Um die sich dann eine enge Vertraute kümmern muss?«

»Ja, genau. Die es erfordern, dass ich mich darum kümmere. Wie der Kleidernotfall letzten Frühling, falsche Farbe für den falschen Anlass, oder die Augenbrauen im vergangenen Winter, oder der vergessene Pass im letzten Herbst. Dann bin ich diejenige, die da ist und hilft. Bei solchen Problemen wendet sie sich an mich.«

»Augenbrauen?«

»Das war in den Weihnachtsferien, ich habe sogar meinen Skiurlaub in Courchevel abgebrochen und bin mit ihr zu meinem Make-up-Stylisten gefahren. Das war am 2. Januar, sie hatte ihre Augenbrauen verloren. Ich habe dafür gesorgt, dass er sie wiederherstellt. Nur um ein Beispiel zu nennen.«

»Ich habe das Gefühl, dass Ihre Aufrichtigkeit mir gegenüber sehr selektiv ist, Amandine.«

»Wie meinen Sie das?«

»Wenn Sie tatsächlich das ganze Gespräch zwischen Barrière und Gatien mitangehört haben, werden Sie weitaus mehr erfahren haben. Sagen Sie mir bitte, worum es hier eigentlich geht. Erzählen Sie mir ganz genau, was Sie wissen.«

Amandine Merciers Gesichtsausdruck veränderte sich, jetzt sah sie beinahe unterwürfig aus, als hätte sie gerade eine Erkenntnis wie ein Blitz getroffen. »Ich würde nie etwas tun, was Marianne schaden könnte«, sagte sie rasch und wirkte auf einmal so viel jünger als ihre sechsundzwanzig Jahre.

»Nicht vorsätzlich, nein, das glaube ich auch nicht«, entgegnete Paul Hjelm. »Aber Sie leben in einer rücksichtslosen Welt, in der man übrigens auch überall seine Spuren hinterlässt. Und für mich klingt es so, als hätten Sie eine ganze Reihe von Spuren hinterlassen. Wenn die Leute, die hinter Marianne her sind, auf die Idee kämen, zu suchen, würden die Sie im Handumdrehen finden. Wir können gleich damit anfangen: Wo und womit haben Sie Ihre Recherchen gemacht? Auf Ihrem Rechner, mit Ihrem Handy, mit Ihrem Internetanschluss?«

Amandine Mercier wurde kreidebleich. Sie begriff, wie unendlich weit sie davon entfernt war, die Spielregeln der Spitzenpolitiker durchschaut zu haben.

»Meinen Sie, dass ich in Gefahr bin?«, fragte sie mit heiserer Stimme.

»Ja«, antwortete Paul Hjelm knapp.

»Wirklich? Oh mein Gott ...«

»In einer Woche wird Marianne Barrière ihre große Sommerrede halten, richtig? Bis zu diesem Termin schweben alle in ihrer unmittelbaren Nähe in Gefahr. Vor allem, wenn diese Personen sie verraten haben.«

»Ich habe sie nicht verraten.«

»Wir werden sehen, ob Sie es nicht schon getan haben. Ich wiederhole: Ihr Rechner, Ihr Handy, Ihr Internetanschluss?«

Mercier schüttelte energisch den Kopf. »Ich bin in ein Internetcafé in Brüssel gegangen, das die ganze Nacht geöffnet hat. Und ich habe ein neues Telefon mit einer neuen Prepaidkarte verwendet.«

Hjelm nickte. »Sehr gut«, sagte er. »So weit alles in Ordnung. Wer hat Sie dabei gesehen?«

»In dem Café? Der Besitzer vermutlich. Und ein paar armselige Gestalten, die sich Pornos angesehen haben. Sonst niemand.«

»Würde Sie der Cafébesitzer identifizieren können?«

»Ich habe mich nicht mit Namen angemeldet, wenn Sie das meinen.«

»Einerseits ja. Aber ich meine auch, ob er Sie erkennen würde, wenn ihm jemand ein Foto von einer energiestrotzenden Amandine Mercier vor die Nase halten würde. Würde er Sie darauf erkennen können?«

»Ich weiß nicht …«

»Sie hatten keine Zeit, sich umzuziehen, das heißt also, dass Sie in diesem Outfit im Internetcafé gewesen sind. Man kann demnach kaum von einer Verkleidung sprechen. Haben Sie in der Nähe des Cafés geparkt?«

»Meine Güte!«

»Beantworten Sie einfach meine Frage. Polizeiarbeit ist ein bisschen komplizierter, als die meisten annehmen, glauben Sie mir.«

»Ich bin nicht zum Café gefahren. Ich bin zu Fuß dorthin gegangen und habe mir danach mein Auto geholt und bin nach Den Haag gefahren.«

»Und wie haben Sie mich gefunden?«

»Sie haben sich mir als Polizist vorgestellt, Herr Karlsson aus Schweden. Und als Marianne erzählte, dass sie Kontakt zur Polizei aufgenommen hat, habe ich angenommen …«

»Sie haben vorhin angedeutet, dass Gatien nur vermutete, dass Marianne Barrière sich eventuell an die Polizei gewandt haben könnte«, unterbrach sie Paul Hjelm.

Amandine Mercier schwieg und sah ihn schuldbewusst an.

»Na los, spucken Sie es aus«, forderte Paul Hjelm sie auf.

»Ich bin Ihnen gefolgt«, gestand sie.

»Sie haben uns verfolgt?«

»Der Park in Brüssel, Sie haben sich doch im Jubelpark getroffen. Ich habe Ihr Gespräch nicht mitanhören können, aber ich habe mitbekommen, dass Sie für Europol arbeiten und Hjelm heißen, nicht Karlsson. Ich habe Ihren Namen bei Europol gefunden und begriffen, dass Sie ein hohes Tier sind. Aber natürlich gab es keine Anschrift. Die musste ich auf anderem Weg herausbekommen.«

»Wie denn? Mitten in der Nacht?«

»Ich kenne jemanden bei PostNL ...«

»Sie kennen also einen Mann, der bei der niederländischen Post arbeitet und Ihnen mitten in der Nacht die streng geheime Adresse eines Polizeichefs gibt? Einfach so?«

»Er ist mein Ex. Es tut mir leid, mir fiel kein anderer Weg ein.«

»Ein Mann in einer leitenden Position bei der PostNL, der für Sie mitten in der Nacht gegen alle erdenklichen Gesetze verstößt ...«

»Ich würde seinen Namen gern aus der Sache heraushalten.«

»Meinetwegen. Aber ich setze Ihre Einsicht voraus, dass es gute Gründe gibt, unsere Adressen geheim zu halten.«

»Ich verstehe das, natürlich. Meine Anschrift ist auch geheim. Ich weiß genau, was das bedeutet. Aber ich bin davon ausgegangen, dass ich Sie nicht an Ihrem Arbeitsplatz aufsuchen sollte.«

»Sie hätten doch anrufen können.«

»Ja, das hätte ich tun können.«

»Zurück zur Ausgangsfrage. Erzählen Sie mir alles, was Sie wissen.«

»Es wurden Namen genannt. Spitznamen wie Pamplemousse,

natürlich. Aber auch Minou und Natz. Pamplemousse' richtiger Name ist Pierre-Hugues Prévost, er ist Anwalt. Minous richtiger Name ist Dr. Michel Cocheteux, er ist Geschäftsführer eines großen Unternehmens, Entier S.A.«

»Und in welchem Zusammenhang wurden sie genannt?«

»Es ging um Fotografien.«

»Was für Fotografien?«

Amandine Mercier wand sich auf dem unbequemen Stuhl. »Gatien sagte etwas von Sexeskapaden in Mariannes Jugend ...«

»Dann verstehen Sie ja auch, weshalb Ihre absolute Verschwiegenheit notwendig ist. Weiter?«

»Sie haben ihre Strategie besprochen: ›Alles leugnen und alles bagatellisieren.‹«

»Ein Letztes noch: Warum sind Sie bei der Vorwahl Griechenlands stutzig geworden?«

»Ich kann mich noch genau an Mariannes Worte erinnern: ›Pamplemousse ist derjenige, der die Fotos an den Mann gebracht hat. Und zwar an einen deiner Kollegen, der zurzeit die Goldene Morgenröte in Athen unterstützt.‹«

Paul Hjelm nickte. Diese junge Dame hatte eigenständig ganz hervorragende Polizeiarbeit geleistet. Riskant, aber nicht tödlich.

Der Spindoktor spielte ein falsches Spiel. Die Zusammenhänge waren noch nicht ganz klar – auch Ursache und Wirkung waren noch diffus –, aber es gab keinen Zweifel mehr. Laurent Gatien hatte Fabien Fazekas in Athen angerufen, um ihn zu warnen.

»Wann genau hat das Gespräch von Marianne Barrière mit ihrem Spindoktor stattgefunden?«, fragte er.

»Das muss gestern so zwischen 12:10 Uhr und 12:25 Uhr gewesen sein.«

Hjelm sah auf die Liste, die vor ihm auf dem Tisch lag. »Die erste Nummer in Griechenland hat Gatien um 12:28 Uhr angerufen, dann noch vier weitere – darunter die Telefonzentrale der Goldenen Morgenröte –, bevor er um 12:42 Uhr das letzte und längste Telefonat geführt hat. Das ist wohl noch im Berlaymont-Gebäude geschehen.«

»Genau so muss es gewesen sein!«, rief Amandine Mercier enthusiastisch.

»Und wie sind Sie an diese Liste gekommen? Sagen Sie mir bitte nicht, dass Sie auch einen Ex beim Handyanbieter Mobistar haben?«

»Das war eher weibliche List.«

Zum ersten Mal lächelte Amandine Mercier, und auch Paul Hjelm konnte sich ein Lächeln nicht verkneifen. Das Gespräch war beendet, es gab keine offenen Fragen mehr, er musste sie nicht weiter unter Druck setzen. Er stand auf. Auch sie erhob sich, und erst da bemerkte er, wie müde sie aussah, trotz ihrer ungeheuren Energie.

»Fahren Sie jetzt direkt wieder zurück nach Brüssel? Schaffen Sie die hundertachtzig Kilometer, ohne hinterm Steuer einzuschlafen?«

»Ich muss. Marianne hat ihr erstes Meeting um neun Uhr. Das muss ich noch vorbereiten.«

»Könnten Sie sich nicht bei Ihrem Post-Ex für ein Stündchen hinlegen?«

»Wohl kaum.« Mercier lachte. »Er ist verheiratet.«

Sie verabschiedeten sich. Paul Hjelm sah ihr nach, wie sie in ihr kleines Auto stieg. Sie würde auch diesen Tag überstehen, dank ihres ungeheuren Energieüberschusses. Als sie losfuhr, winkte sie ihm zu. Er hob ebenfalls die Hand und winkte zurück.

Auf dem Weg nach Hause warf er einen Blick auf sein Handy. Es war fast halb sieben. Noch gab es keine Neuigkeiten aus Amsterdam, zum Glück. Und auch nicht aus Ungarn.

Er dachte über Schadensminimierung nach. Wie viel Schaden würde der Spindoktor im Laufe des Tages anrichten können? Hjelms Aufmerksamkeit wurde in Amsterdam benötigt. Für Sifakis' und Navarros Plan. Er entschied, die Angelegenheit mit Laurent Gatien noch ruhen zu lassen.

Der Verräter der Verräter.

Der Mann, neben dem Brutus aussah wie ein Prachtjunge.

Plötzlich kam ihm ein ganz anderer Gedanke. Er holte die Liste mit den Einzelverbindungsnachweisen hervor und richtete sein Augenmerk auf die letzte Zeile. Mit großer Wahrscheinlichkeit war das Fazekas' Handynummer. Die könnte jemandem nützlich sein. Jemandem, dessen Schicksal im Moment im Ungewissen lag.

Er schickte Gunnar Nyberg Fazekas' Nummer und ging nach Hause.

Es war fraglich, ob er wieder würde einschlafen können.

Szebb Jövőért Polgárőr Egyesület

Gyöngyöspata, Ungarn, 6. Juli

Das SMS-Signal hätte ihn bestimmt geweckt. Aber Gunnar Nyberg war schon lange wach. Er hielt ein brennendes Feuerzeug in der Hand. Die Luft roch nach Benzin.

Als das Flugzeug aus Athen am vergangenen Nachmittag gelandet war, hatte es geregnet. Und wie erwartet, wurden die ersten Minuten in Ungarn zu einer Belastungsprobe. Die Aufgabe, gleichzeitig Fabien Fazekas im Auge zu behalten und einen Mietwagen zu organisieren, war für Nyberg nicht zu bewältigen. Daher kam seine alte Fingerfertigkeit zum Einsatz. Er hatte schon während des Fluges alles präpariert, hatte Stahldraht zurechtgebogen und eine Metallklammer angeschliffen, die er von einem Handgepäck abgerissen hatte. Auf dem Parkplatz am Flughafen Budapest-Ferihegy, wohin er Fazekas und seinem Begleiter folgte, suchte er dann nach einem geeigneten Wagentyp. Zu modern durfte das Auto für seine Kenntnisse nicht sein. Als er dann im strömenden Regen einen uralten dunkelblauen BMW entdeckte – ohne Fazekas und seinen kahlköpfigen Freund aus den Augen zu verlieren, die sich ununterbrochen unterhielten wie alte Klassenkameraden, die sich nach vierzig Jahren wiedertrafen –, durfte er rasch zu seiner Freude feststellen, dass seine Fähigkeit ungebrochen war, flott ein Auto zu knacken und es kurzzuschließen. Es sollte sich jedoch in naher Zukunft als Problem herausstellen, dass dieses Fahrzeugmodell nicht besonders kälteresistent war. Schon gar nicht in den rauen kalten Nächten Zentraleuropas.

Aber davon wusste er noch nichts. Was er hingegen wusste,

war, dass irgendetwas nicht stimmte, als sie das Flughafenareal verließen – Fazekas' roter Passat bog nämlich nach links ab, statt nach rechts auf die große Zubringerstraße zu fahren. Dabei zeigte ein gut lesbares Schild an, dass rechts die Bundesstraße 4 in das Stadtzentrum von Budapest führte. Aber sie fuhren nach links. Diese Straße führte zu einem Ort, dessen Name ihn an Tolkien denken ließ – Monor. Aber sie sollten Monor nie erreichen. Nach etwa fünf Kilometern bog der Passat nach Norden auf die Autobahn, die Europastraße 71, der sie eine Weile folgten, um erneut abzubiegen und weiter gen Norden zu fahren.

Gunnar Nyberg hatte ausreichend Zeit, verschiedene Gedanken in seinem Kopf hin und her zu bewegen. Ein phantastischer Buchtitel war entstanden: *Aber sie sollten Monor nie erreichen.* Aber er wälzte auch andere, etwas wichtigere Gedanken. In Ungarn war er noch nie gewesen, dabei war es für ihn das Land der Helden von 1989. Schon im Mai hatten die Ungarn als Erste die Grenzen geöffnet und damit den Weg nach Österreich frei gemacht, was schließlich zu dem bizarren Zusammenbruch des Ostblocks und dem Fall der Sowjetunion geführt hatte. Für Nyberg war Ungarn immer der westlichste aller Ostblockstaaten gewesen, der aufgrund seines zentraleuropäischen Hintergrunds dem Herzen Europas so viel näher stand. Österreich-Ungarn, die Habsburger, die Donau. Zentraleuropa.

Und so war es anfangs nach der Wende auch gewesen. Ungarn wurde zum Vorreiter der Westintegration. Aber kurz darauf folgte eine Krise nach der anderen, Schlag auf Schlag. Die Helden des Runden Tisches und ihre neu gegründete Opposition vom Sommer 1989 durchliefen diverse Wandlungen. Die konservative Partei Fidesz, Fiatal Demokraták Szövetsége – eine junge, demokratische Allianz, die 1988 unter anderem von dem damals sechsundzwanzigjährigen Viktor Orbán ins Leben gerufen wurde – spürte bald die Veränderung in der ungarischen Volksseele und wollte um jeden Preis mitmischen, lange bevor die »politische Triangulation« zu einem gängigen Terminus wurde. Sie erkannten, dass die Massen im neuen Millennium sich zu einer Seite hingezogen fühlten, zu den Jobbiks, den Neofaschisten. Wenn man an der Macht bleiben wollte, musste man sich mit den Rechtsextremisten zusammentun.

Vor nicht mehr als einer Woche hatte Ungarn seinen Ratsvorsitz in der Europäischen Union abgegeben. Als Ministerpräsident Viktor Orbán im Januar vor dem Europaparlament in Straßburg gesprochen hatte, war er von einigen Abgeordneten der ungarischen Grünen mit Protesten empfangen worden. Sie hatten sich den Mund zugeklebt und hielten ihrem Premier leere Titelseiten von namhaften ungarischen Zeitungen entgegen, auf denen nur ein einziges Wort in roten Buchstaben stand: »Zensiert«. Das war ein Protest gegen das umstrittene Mediengesetz, das seit Januar in Ungarn galt und eines Landes mit demokratischen Ambitionen nicht würdig war. Die Medien sollten damit in Schach gehalten werden und durften ausschließlich national opportune Nachrichten bringen, was sich besonders auf den kulturellen Sektor bezog. Es kündigte sich eine echte Zensur an in jenem Land, das für die nächsten sechs Monate die EU-Ratspräsidentschaft innehaben würde.

In erster Linie bildeten sich jedoch immer mehr Milizen, selbst ernannte Gesetzeswächter, bevorzugt in Uniformen. Sie erinnerten an die Pilkors-Bewegung im Zweiten Weltkrieg, jene prodeutschen Stoßtruppen, die für die Nazis hilfsbereit die ungarischen Juden ausfindig machten und sie ins Konzentrationslager deportierten. Die Magyar Gárda zum Beispiel gehörte dazu, die ungarische Garde, aber auch die schwarz gekleideten Gestalten der Gruppierung Szebb Jövőért Polgárőr Egyesület, des Bürgerwehrvereins »Für eine schönere Zukunft«. Die hatten sich Anfang des Jahres in der Ortschaft Gyöngyöspata, nordöstlich von Budapest, zusammengefunden und einen umfassenden und anhaltenden Krieg gegen die Bewohner, vor allem gegen die dort ansässigen Roma geführt. An Ostern war die Situation eskaliert, was eine Massenevakuierung der Roma zur Folge hatte.

Nyberg musste nicht einmal auf das Autobahnschild sehen,

um zu wissen, welches Ziel der rote Passat ansteuerte. Gyöngyöspata.

Es war eine Fahrt in das Herz der Finsternis.

Noch immer regnete es ununterbrochen, allerdings weniger stark als vorher. Der Himmel war ein einheitliches Grau, stahlgrau, die Landschaft karg, die Bäume der Wälder sahen mager aus, wie ausgelaugt. Sie näherten sich dem Mátragebirge. Dann hatten sie die kleine Stadt erreicht, die nicht mehr als dreitausend Einwohner zählte.

Gunnar Nyberg wäre viel lieber nach Budapest hineingefahren. Es war so viel einfacher, in einer Großstadt unerkannt zu bleiben. Gyöngyöspata war nicht nur klein, es war auch eine sehr wachsame Stadt. Und je weiter sie hineinfuhren, desto deutlicher wurde es, dass sie sogar mehr war, als nur wachsam. Sie war okkupiert.

Durch die Säuberungsaktionen der vergangenen Monate hatte Gyöngyöspata die Weltöffentlichkeit auf sich aufmerksam gemacht. In der Stadt hatten vorher rund vierhundertfünfzig Roma gelebt, von denen zweihundertsiebzig bei einem Aufmarsch der rechtsextremistischen Gruppierung Vederö gezwungen wurden, ihre Häuser zu verlassen. In diesem Land gab es offenbar eine unendlich große Anzahl faschistischer Gruppierungen. Allerdings war die Präsenz einer anderen Gruppe in der Stadt weitaus dominanter: die der stiernackigen, schwarz gekleideten Anhänger des Bürgerwehrvereins »Für eine schönere Zukunft«, Szebb Jövőért Polgárőr Egyesület, die in enger Verbindung zu den Neonazisten der Jobbiks standen. Diese Leute wollten sich also um Fabien Fazekas »kümmern« und ihn »aus der Schusslinie nehmen«.

Der Ausgangspunkt dieser Schusslinie, also Gunnar Nyberg, hielt Abstand. Viel Verkehr herrschte nicht in der Stadt, aber ausreichend, um den unscheinbaren, dunkelblauen BMW unsichtbar zu machen. Diesen Teil der Polizeiarbeit beherrschte er wenigstens noch. Der Passat fuhr nach Norden, an den Stadtrand, wo die Präsenz der schwarzen Jacken immer markanter wurde. Zahlreiche Gruppen, und immer nur Gruppen, nie Einzelpersonen. Schließlich erreichte der Passat ein Haus hinter einem hohen Stacheldrahtzaun, bog durch das Tor, das von ebenfalls schwarz gekleideten Männern bewacht wurde, fuhr den Kiesweg bis vor die zweistöckige Villa hinauf und hielt vor einer imposanten Veranda.

Nyberg passierte die Einfahrt mit seinem BMW. Die Wachen würdigten ihn keines Blickes. Glücklicherweise stand auf dem einzigen Nachbargrundstück eine verfallene Hütte. Er bog in die Einfahrt und parkte hinter einer zum Teil eingestürzten Mauer, die ihn sowohl vor den Wachen als auch vor den Hausbewohnern verbarg. Das Problem war nur, dass auch er nichts sehen konnte.

Er stieg aus und inspizierte das vermüllte, verlassene Grundstück. Er wagte einen Blick über die Mauer und konnte sich ein Bild vom Garten machen. Wenn er ein paar größere Steine beiseiterollte und das Auto ein Stück vorfahren würde, könnte er Fazekas' Unterkunft vom Auto aus observieren. Sein Dilemma war lediglich, dass man dann die Motorhaube sehen würde, wenn man auf dieser Seite des Hauses aus dem Fenster schaute. Die nächsten Stunden – in denen es aufhörte zu regnen, aber eine extrem hohe Luftfeuchtigkeit blieb – verbrachte er damit, den Standort seines Autos zu tarnen. Dann fuhr er den Wagen ein Stück vor. An und für sich musste er nun ausreichend geschützt sein. Und durch die Windschutzscheibe hatte Nyberg einen perfekten Blick auf das Haus.

Auch wenn der Blick natürlich von dem zwei Meter hohen Stacheldrahtzaun gestört war, der um die Villa gezogen war, bis zur Rückseite des Gartens, von wo ein Wald relativ steil in die Ausläufer des Mátragebirges anstieg. Nyberg konnte von seinem Standort aus nicht die Wachen am Tor einsehen, aber das Wichtigste war ohnehin das Haus. Das Wichtigste war Fabien Fazekas. Und der befand sich in dem Haus. Das hier war sein Unterschlupf.

Gunnar Nyberg beobachtete das Gelände und dachte nach. Sein Plan war es, so lange auf seinem Posten zu bleiben, bis er sich ein Bild von der Lage gemacht hatte. In erster Linie über die Anzahl bewaffneter Wachen. Und im Idealfall, wo sich Fazekas aufhielt. Danach würde er sich auf eine Erkundungstour begeben. Aber die Lage war – ehrlich gesagt – nicht besonders gut.

Da piepste sein Handy. Eine SMS.

»Lagebericht?«

Nyberg hob seine linke Augenbraue und antwortete: »F in Haus in Gyöngyöspata, bewacht von schwer bewaffneter Bürgerwehrmiliz. Überwachung erfolgt in gestohlenem Wagen. Lage: mittelgut.«

»Assistenz erwünscht?«

Gunnar Nyberg lachte so laut, dass sein Echo durch den dunkelblauen BMW hallte. »Distanzassistenz?«, lautete seine elegante Antwort. Es war ein gutes Gefühl, sich so lange mit Worten beschäftigt zu haben.

»Was sagst du zu hochtechnologischer Distanzassistenz?«

Eine unerwartete Wärme durchströmte Gunnar Nybergs riesigen Körper. Man hatte ihn noch nicht aufgegeben. Er würde Paul Hjelm vorwerfen können, dass er ihn so lange hatte schwitzen lassen, aber er hatte nie vorgehabt, ihn aufzugeben. Er hatte nur den richtigen Augenblick abgewartet. Aber Nyberg wäre doch gerne vorgewarnt worden.

»Sehr gerne«, tippte er.

»Adresse?«

»Habe ich leider nicht. Kein GPS, habe altes Auto geklaut.«

»O.k. Ich orte dein Handy. Warte.«

Gunnar Nyberg wartete. In der Zwischenzeit holte er seinen Laptop aus dem Rucksack. Er hatte so eine Vorahnung, dass er zum Einsatz kommen würde. Aber er schaltete ihn noch nicht ein. Er wollte ihn voll aufgeladen lassen. Dann hielt er sein Handy hoch, mit dem Paul Hjelm ihn lokalisieren würde, um den Akku zu überprüfen. Es durfte sich auf keinen Fall abschalten. Ihm kam der Gedanke, ob sich auf dem Grundstück unter Umständen eine funktionierende Steckdose befand, aber das erschien ihm mehr als unwahrscheinlich. Das Unternehmen würde wahrscheinlich mit dem Ladezustand des Handys stehen und fallen.

Es verging etwa eine Viertelstunde, dann kam eine weitere SMS: »SMS verwenden, zieht weniger Strom.«

Kannst du jetzt auch schon meine Gedanken aus der Distanz lesen?, dachte Nyberg. Distanzgedankenlesen via Handy. Die neue App. Dann rief er sich zur Vernunft. Zum Glück zeigte der Akku noch zweiundachtzig Prozent an. Nyberg las den Rest der Mitteilung: »Karte zeigt eine Ruine. Größere Villa nebenan. Eingezäunt an drei von vier Seiten. Das?«

Oh geliebte Hochtechnologie, dachte Gunnar Nyberg und antwortete: »Genau das.«

»Hast du Internet?«

»Wenn du mir erlaubst, mich mit nicht ungarischem 3G einzuloggen?«

»Gib mir paar Minuten, besorge dir eine sichere Verbindung. Satellitenbild schicke ich als Link.«

Nyberg öffnete seinen Laptop, baute die Internetverbindung auf und folgte dem Link. Eine Luftaufnahme erschien auf dem Bildschirm. Es war die große Villa nebenan, nur eben von oben. Er erkannte ganz deutlich die eingestürzte Mauer des Nachbargrundstücks mit einem dunkelblauen BMW. Er hoffte inständig, dass die dort drüben nicht mit einer ähnlichen Hochtechnologie ausgestattet waren.

»Sehe«, schrieb Nyberg knapp.

»Gut«, antwortete Hjelm. »Überprüfe noch eine Sache, die funktionieren soll.«

»Was?«

»Will keine unnötigen Erwartungen schüren. Abwarten.«

Das tat er. Gunnar Nyberg legte den Laptop auf den Beifahrersitz und sah hinaus in die Dämmerung. Ein Mann trat auf den Balkon, der zum Tor zeigte. Er war schwarz gekleidet und zündete sich eine Zigarette an, über seiner Schulter hing eine Maschinenpistole. Nyberg klappte den Laptop auf. Er sah, wie derselbe Mann auf den Balkon trat und sich eine Zigarette anzündete. Die elektronische Verzögerung war beträchtlich. Etwa vier Sekunden.

»Schwer bewaffnete Bürgerwehrmiliz« schien leider eine mehr als zutreffende Beschreibung gewesen zu sein. Und es gab keine Möglichkeit herauszubekommen, wie viele von ihnen sich im Haus aufhielten.

Eine Stunde verstrich. Er hatte schon die Befürchtung, den Kontakt zu Den Haag verloren zu haben. Das Satellitenbild erlaubte einen guten Überblick, aber nicht mehr. Bisher war ihm die hochtechnologische Distanzassistenz keine echte Assistenz gewesen.

Da veränderte das Bild auf dem Monitor plötzlich sein Aussehen. Die Umrisse des Hauses waren identisch, aber die Oberfläche sah anders aus. Die Mauern des Gebäudes waren dunkellila, und in ihrem Inneren bewegte sich eine Anzahl roter und gelber Flecken. Ein gelber Fleck stand draußen auf dem Balkon. Aber der größte Fleck war tiefrot und befand sich in einem BMW hinter einer eingestürzten Mauer.

»Du bist am wärmsten«, hieß es in der nächsten SMS. Und dahinter kam, ob man es glaubte oder nicht, ein Smiley.

Gunnar Nyberg lachte laut. Er war eindeutig der Wärmste von allen. Und er spürte, wie ihm noch wärmer wurde.

»Frag nicht«, schrieb Hjelm. »Die Technik heißt Advanced Spaceborne Thermal Emission and Reflection Radiometer. Sind die zu sechst im Haus?«

Nyberg zählte die Flecken. Sechs inklusive dem Raucher auf dem Balkon. Fünf plus Fazekas. Vier plus Fazekas und seinem kahlköpfigen Kompagnon. Vier Leibwächter und zwei weitere vorn am Tor. Die Flecken, die sich im Haus bewegten, waren wahrscheinlich die Leibwächter. Zwei Flecken saßen sich gegenüber, das waren möglicherweise Fazekas und sein Begleiter.

»Zwei Stockwerke«, schrieb Hjelm. »Nicht zu ermitteln, in welchem Stock sie sich aufhalten. Ich suche Baupläne. Kann dauern.«

»Wie schaffst du es, das alles heimlich zu organisieren?« Nyberg musste das fragen.

»Daher dauert es auch länger.«

Die Dunkelheit brach an, es wurde Nacht. Der Regen hatte wieder zugenommen, die Kälte erst recht. Nyberg packte seine Notration aus, die er sich auf dem Athener Flughafen gekauft hatte. Eine beklagenswerte Kost für einen Mann, der erst seit Kurzem wieder vermehrt auf seine Ernährung achtete. Zitternd aß er seine Sandwiches, Nüsse und Chips und trank dazu

Mineralwasser. Er schielte zu den fünf Dosen Energydrinks. Entweder trank er die alle aus, um sich die Nacht über wach zu halten – oder aber er versuchte, ein bisschen zu schlafen, trotz der eisigen Kälte in diesem offenbar vollkommen unisolierten Auto. Falls in der Villa alles stabil und ruhig wirkte. Er würde jetzt ohnehin nichts ausrichten oder dort eindringen können, zu viele Schwerbewaffnete. Eventuell in der Nacht. Eventuell wenn alle schliefen. Aber ihm blieb nur die Hoffnung auf eine günstigere Entwicklung. Und auf die Baupläne.

Die trafen um 22:13 Uhr per Mail ein. Ohne Text. Vermutlich hatte das zu bedeuten, dass Paul Hjelm nicht mehr allein und ungestört im Büro war. Und er die Baupläne unter erschwerten Umständen verschicken musste.

Während Gunnar Nyberg die Pläne studierte, nahm auch die Aktivität im Gebäude ab. Die Leute gingen zu Bett. Aber es war gut zu erkennen, dass zwei Leibwächter weiterhin durch die Gänge patrouillierten. Zwar wesentlich träger als zuvor, aber er würde nicht ins Haus eindringen können, ohne sofort von ihnen erschossen zu werden.

Die Küche hatte einen separaten Eingang. Die Ausmaße der Tür deuteten darauf hin, dass es sich dabei nicht um eine stabile Sicherheitstür handelte, und sie befand sich an der Rückseite des Hauses, ging zum Wald hinaus und würde vermutlich leicht zu öffnen sein.

Er zoomte sich näher heran und suchte nach Überwachungskameras. An der Frontseite war eine angebracht, über dem Haupteingang sowie eine am Tor. Weitere konnte er nicht entdecken.

Die Bürgerwehr »Für eine schönere Zukunft« hatte diese Stadt vor einem Jahr unter ihre Kontrolle gebracht. Allerdings vertraute man in ihrem Hauptquartier – und Nyberg ging davon aus, dass diese Villa das Hauptquartier war – noch auf traditionelle Waffen. Es waren Maschinenpistolen, aller Wahrscheinlichkeit nach MP5 von Heckler & Koch, die von vermutlich relativ verlässlichen Schützen bedient wurden.

Andererseits kamen die Mitglieder dieser Miliz aus der Gosse, getrieben von persönlicher Frustration über ein missglücktes Leben – wie professionell waren sie organisiert? Frustration war zwar ein nicht zu unterschätzender Faktor, wenn es um die Bereitschaft ging, anderen Schmerzen zuzufügen, aber sie stand in der Regel auch kühler Professionalität im Weg.

Während er seinen Gedanken nachhing, die sich im Kreis drehten, überlistete sich sein Kopf selbst. Nyberg schlief ein und wachte erst Stunden später mit einem Ruck wieder auf. Die Kälte war gewaltig. Sein Körper war vollkommen steif, zum einen weil er so lange reglos dagesessen hatte, zum anderen wegen der Kälte. Am Horizont konnte er schon einen zarten Streifen Morgendämmerung ausmachen. Auch die Villa tauchte als Silhouette aus der Dunkelheit auf. Nach einem Blick auf den Laptop dankte er Ludmilla insgeheim, weil sie darauf bestanden hatte, den Stand-by-Modus bei dem Gerät einzurichten. Deshalb war der Akkustand noch bei über sechzig Prozent, als er den Laptop wieder hochfuhr.

Auch im Hauptquartier gab es Aktivität zu vermelden, allerdings keine sechzig Prozent. Dank der rot-gelben Flecken konnte er genau ausmachen, wo die Bewohner sich gerade aufhielten, zum Teil sogar, wer sie waren. Die Kombination aus Bauplan und Wärmebild zeigte an, dass Fazekas und sein Begleiter in einem der fünf Zimmer im ersten Stock schliefen. Dem Zimmer, das am weitesten von der Treppe entfernt lag. Zwei weitere Flecken befanden sich in der Eingangshalle und bewegten sich nicht. Vermutlich lagen die Männer auf Feldbetten direkt hinter der Eingangstür. Sie schliefen, aber ganz bestimmt nur einen leichten Schlaf, komplett bekleidet und mit der MP5 unterm Arm. Die übrigen Flecken waren auf Kontrollgang, hauptsächlich wohl, um sich wach zu halten. In unregelmäßigen Abständen kamen sie an einer Art Basisstation im Erdgeschoss vorbei, ganz in der Nähe der Feldbetten. Da schien ein Tisch zu stehen. Bisher sah Gunnar Nyberg keine Möglichkeit für einen Zugriff.

Die Erkenntnis hatte ihn im Schlaf beschlichen. Er hatte es wohl nicht wahrhaben wollen, aber es war eine Tatsache, dass er selbst die günstigere Entwicklung einleiten musste.

Kein anderer als Gunnar Nyberg.

In seinem Kopf entstand ein Plan. Was hatte er? Immerhin ein Auto. Er hatte ein Auto mit Benzin. Außerdem musste er dringend pinkeln und sich die Beine vertreten. Er war steif wie ein Brett – wie lange hatte er jetzt schon in dieser Tiefkühltruhe gesessen?

Nachdem er drei der fünf Energydrinks getrunken hatte, schälte er sich aus dem Wagen. Es regnete nach wie vor, aber es war ein feiner Nieselregen. Er pinkelte und inspizierte dann das verlassene Grundstück, auf dem überall Müll herumlag. Warum vermüllten verlassene Grundstücke immer so schnell? Lag es daran, dass die Leute ihr altes Zeug einfach über die Zäune warfen? War das ein Wesenszug des Menschen?

Aber vielleicht ließ sich einiges davon noch verwenden? Der alte Wasserschlauch dort, der Eimer, die alte Frisbee-Scheibe, das dritte Feuerzeug, das er fand und das auch funktionierte. In seiner Tasche hatte er noch silbernes Klebeband und im Auto lag ein altes Bettlaken. Er legte das Frisbee auf den Eimer, es würde einen guten Deckel abgeben, wenn er es ordentlich mit dem Klebeband befestigte. Dann drehte er den Tankdeckel ab und schob den Wasserschlauch hinein. Die Kombination aus Hochtechnologie und Niedrigtechnologie war unschlagbar, dachte er und sog an dem Wasserschlauch. Es schmeckte beschissen. Aber schon tropfte Benzin in den Eimer. Als dieser zur Hälfte gefüllt war, zog er den Schlauch aus dem Tank und warf ihn weit weg. Dann legte er das Frisbee auf den Eimer, darauf das Feuerzeug, die Rolle Klebeband sowie das alte Bettlaken. Und oben auf diesen Turm platzierte er seinen Laptop. Vorsichtig hob er die Konstruktion hoch. Doch, das würde er schaffen, auch quer durch den Wald. Denn das würde sein Weg sein. Er stellte den Turm auf den Boden und tastete Brust- und Hosentaschen ab. Handy und Dietriche waren, wo sie hingehörten. Er war bereit.

In sicherem Abstand folgte er dem Stacheldrahtzaun, tauchte in den Wald ein und lief behutsam mit seinem Gepäck über Stock und Stein. Zwischen den Baumstämmen sah er die Konturen der Rückseite des Hauses. Auf Höhe der Küchentür hielt er an. Das war in der Tat eine nicht besonders stabil aussehende Tür. Daneben befand sich ein Fenster, in der Küche brannte kein Licht. Die Küchentür selbst war fensterlos. Er schlich weiter. Das Benzin im Eimer gluckerte bedrohlich, aber die Frisbee-Scheibe lag fest darauf. Er erreichte das Ende des Stacheldrahtzauns und folgte erneut in sicherem Abstand dem Zaun, bis er vorn an der Straße ankam. Dann schaute er sich um. Keine Menschenseele zu sehen. Er sah das Tor ein Stück die Straße hinauf, keine Spur von den Wachen.

Etwa fünf Meter vom Zaun entfernt stellte er den Eimer auf den Boden, tauchte das Bettlaken in das Benzin und wrang das Laken aus. Es brannte an den Händen, aber das stachelte ihn nur an. So, Schweinebande! Ein Ende des Lakens steckte er in den Eimer und drückte das Frisbee darauf. Seine Hände rieb er mit Erde ein, um das Benzin abzurubbeln. Dann klebte er das Frisbee fest über den Eimer. Die heraushängende Lakenrolle zog er ein Stück über die Straße, das Klebeband steckte er sich in den Hosenbund. Dann schüttelte er den Eimer, ehe er ihn wieder abstellte und so viele Zweige um ihn herum drapierte, wie er in der Eile finden konnte.

Sorgfältig wählte er einen kleinen Stock aus, dünn wie ein Streichholz, aber länger. Ihn legte er an das andere Ende des Lakens und roch dann an seinen Händen. Sie rochen eher nach Erde als nach Benzin. Von woher kam der Wind? Es herrschte praktisch Windstille. Ein Blick auf den Laptop verriet ihm, dass sich zwei der Leibwächter noch auf ihren Feldbetten befanden. Die anderen beiden bewegten sich ebenfalls in die Richtung, wohl zu dem Tisch, an dem sie bis zu ihrem nächsten Kontrollgang vermutlich Karten spielten.

Nyberg grub ein Loch in den Boden und türmte einen kleinen Haufen Erde auf, in den er seine Hände stecken könnte, falls sie doch Feuer fangen sollten. Er testete das Feuerzeug ein letztes Mal. Es funktionierte tadellos. Ein weiterer Blick auf den Laptop. Die zwei Flecken bewegten sich nicht mehr, wahrscheinlich saßen sie am Tisch in der Eingangshalle.

Der Zeitpunkt war nicht der geeignetste, aber ein besserer würde sich nicht ergeben. Er zündete das Feuerzeug an.

Da hörte er ein Geräusch – er hatte eine SMS erhalten und blickte auf sein Handy. Die Nachricht war von Hjelm. Fabien Fazekas' Handynummer. Was zum Teufel sollte er jetzt damit anfangen?

Er schob das Handy zurück in die Tasche, zündete den kleinen Stock an, wartete, bis er Feuer fing, und rannte, so schnell er konnte, in Richtung Wald, den Laptop fest unter den Arm geklemmt. Eine enorm heiße Druckwelle, gefolgt von einer herrlich lauten Explosion, brachte ihn zu Fall. Er lag mit aufgeschürften Unterarmen auf dem Boden, den geretteten Laptop aufgeklappt vor sich. Die Flecken waren bereits in hektischer Bewegung. Die beiden am Tisch Sitzenden waren zum Fenster gerannt und hinausgesprungen, und die beiden Schlafenden hatten ihre Betten verlassen. Der eine rannte über die Veranda auf das lodernde Feuer zu.

Wahnsinn, dachte Gunnar Nyberg zufrieden, rappelte sich auf und lief in den Wald, ich weiß tatsächlich noch, wie man eine Benzinbombe baut.

Drei der Leibwächter, die für die Innenräume zuständig waren, hatten also das Haus verlassen. Gunnar Nyberg schlich zur Küchentür. Im Haus befand sich nur noch ein einziger Wachmann. Nyberg sah ihn die Treppe hochgehen. Nein, er rannte, die Bewegung war wesentlich schneller als bisher. Die Flecken im ersten Stock waren ebenfalls in Bewegung, Fazekas und sein Begleiter. Wahrscheinlich hatte ihnen der Wachmann befohlen, oben zu bleiben, denn er kam die Treppe allein wieder hinunter. Da hatte Gunnar Nyberg allerdings schon die Küchentür mit dem Dietrich geöffnet. Als er sah, dass die Wache in die Küche stürmte, duckte er sich. Der Fleck blieb am Fenster stehen. Direkt über Nybergs Kopf, dann bewegte er sich langsam, aber unverkennbar auf die Küchentür zu.

Nyberg wartete. Der Fleck bewegte sich sehr behutsam und geschmeidig. Er würde gleich die Tür öffnen. In etwa vier Sekunden.

Mist!, schoss es Gunnar Nyberg durch den Kopf, und er sprang auf. Die Übertragungsverzögerung – vier Sekunden.

Dann reagierte er. Er ließ den Laptop fallen und trat mit

voller Wucht die Tür ein. Die Wache schlug mit dem Hinterkopf an einen Türpfosten. Nyberg sah, dass der Mann bewusstlos war, und schnappte sich seine MP5. Wusste er überhaupt noch, wie man mit so einem Ding umging?

Allein der Gedanke, jemanden zu erschießen …

Die weitaus wichtigere Frage war, wo sich Fazekas und sein Freund aufhielten. Nyberg warf einen kurzen Blick auf den Laptop, nur um festzustellen, dass er kaputt war. Kein Lebenszeichen. Er warf ihn in den nächstbesten Busch und rannte ins Haus, die MP5 im Anschlag. Drinnen lauschte er, aber hörte nichts außer dem Gebrüll der Leibwächter auf der Straße, die wahrscheinlich dieses »dreckige Zigeunerpack« umbringen wollten. Fazekas und sein Begleiter befanden sich ziemlich wahrscheinlich noch im ersten Stock. Nyberg hatte keine Zeit zu verlieren. Die beiden würden auf den Balkon laufen und die Leibwächter warnen können. Er rannte die Treppe hoch. Sie hatten garantiert gehört, wie er die Tür eingetreten hatte, und waren vorbereitet. Während er den Flur hinunterlief, warf er einen Blick in das Zimmer mit Balkon, es war leer. Am Ende des Flurs angekommen, holte er Schwung und trat auch die Tür zu Fazekas' Schlafzimmer ein.

Der Kahlköpfige lag auf einem Bett und hielt eine Pistole auf ihn gerichtet. Die Pistole zitterte.

Nyberg zielte mit der MP5 auf den Mann und bellte ihn auf Englisch an: »Lass die Waffe fallen, oder du stirbst.«

Der Kahlköpfige ließ die Pistole augenblicklich los. Nyberg schlug ihm mit dem Schaft der Maschinenpistole auf den Kopf. Wie eine gefällte Eiche sank er auf das Bett.

Aber wo zum Teufel war Fazekas?

Das Zimmer war schnell durchsucht, Nyberg raste zurück auf den Flur, und dort blickte er auf vier weitere verschlossene Türen. Erneut lief er in den Raum mit dem Balkon. Von dort drohte die größte Gefahr, aber Fazekas war nicht da. Wo zum Teufel hatte er sich versteckt?

Ein Lächeln glitt über sein Gesicht, als er sein Handy aus der Brusttasche holte. Rasch öffnete er die letzte SMS, die er geschickt bekommen hatte, und drückte auf die darin enthaltene

Zahlenreihe. Hinter einer der Türen ertönte ein Klingelzeichen. Am Schloss erkannte er, dass es sich um eine Toilette handelte.

Fabien Fazekas hatte sich im Klo eingeschlossen.

Gunnar Nyberg seufzte und trat die Tür ein. Er packte Fazekas, der sich in der Badewanne hinter dem Duschvorhang versteckt hatte, und hängte sich die MP5 über die Schulter.

»Hol die Fotos«, befahl er.

Fazekas starrte ihn an. Nyberg zerrte ihn in das Schlafzimmer, wo sein kahlköpfiger Begleiter bewusstlos auf dem Bett lag.

»Die Fotos«, wiederholte Nyberg.

Fazekas holte einen Umschlag aus seiner Reisetasche, den Nyberg aufriss. Er zählte drei Abzüge. Dann griff er mit der rechten Hand in seinen Hosenbund. Fazekas zuckte zusammen, in Erwartung, hingerichtet zu werden. Aber Nyberg hatte statt einer Waffe sein Klebeband gezückt und fesselte Fabien Fazekas damit. Er legte sich den Gefangenen über die Schulter, lief die Treppe hinunter und verschwand durch die Küchentür. Auf dem Weg in den Wald schnappte er sich seinen lädierten Laptop und rannte mit Sack und Pack zurück zu seinem Wagen hinter der eingestürzten Mauer. Alle Leibwächter waren mit dem Feuer beschäftigt. Nyberg warf die silberne Mumie auf den Beifahrersitz des BMW, schloss den Wagen kurz und verließ Gyöngyöspata mit quietschenden Reifen.

Es hatte wieder angefangen zu regnen.

Noch eine Frage

Amsterdam, 6. Juli

Dieser Einsatz sollte nicht an Personalmangel scheitern. Paul Hjelm hatte die gesamte Kerntruppe der Opcop-Einheit nach Amsterdam beordert, während die nationalen Repräsentanten die Europol-Räume in Den Haag ganz für sich allein hatten. Ob es daran lag, dass Kerstin Holm heute mit dem richtigen Fuß aufgestanden war oder dass sie einmal wieder einen Tag lang Chefin sein würde, konnte er nicht ausmachen. Aber auf jeden Fall hatte sie an diesem Morgen gute Laune und war weitaus gesprächiger als an den Tagen zuvor. Er hatte sie gerade am Hauptquartier von Europol abgesetzt und sich auf den Weg nach Amsterdam gemacht, als sein Handy klingelte. Er schaltete auf Lautsprecher.

»Hjelm.«

»Nyberg hier«, hallte es lakonisch durchs Wageninnere.

»Darf ich die Tatsache, dass wir miteinander telefonieren, anstatt zu simsen, als ein gutes Zeichen deuten?«

»Ich würde sagen, ja. Ich sitze im Auto und blicke über eine wunderschöne, sehr steile Schlucht in Zentralungarn. Fabien Fazekas sitzt neben mir. Ihm gefällt diese herrliche Aussicht auch sehr gut. Es hat aufgehört zu regnen. Die Sonne kommt heraus.«

»Das freut mich. Bist du ins Haus reingekommen?«

»Ja, ich habe einen Weg gefunden. Aber mein Rechner ist bei dem Coup draufgegangen.«

»Du hast von deinem Roman hoffentlich eine Sicherheitskopie erstellt?«

»Den habe ich mit der Hand geschrieben. Aber ich hoffe, ihr kommt für die Reparatur auf?«

»Davon bin ich überzeugt. Und die Fotos?«

»Habe ich. Die sind ziemlich detailreich. Ich habe jedoch Fazekas' überzeugendes Versprechen, dass sich die einzige elektronische Kopie – abgesehen von einer weiteren – auf seinem Handy befunden hat. Dessen Speicher ist jetzt vollständig gelöscht, und das gute Stück liegt in der Schlucht.«

»Inwiefern war sein Versprechen überzeugend?«

»Ich habe meinerseits in Athen ein paar Aufnahmen gemacht. Fazekas ist es sehr wichtig, dass diese Filme weder in die Hände seiner Freunde von der Goldenen Morgenröte noch in die Parteizentrale der Jobbiks gelangen. Man nennt das wohl Auge um Auge. Der erpresste Erpresser.«

»Sehr gut. Ein digitales Bild existiert also noch?«

»Das ist natürlich ein Unsicherheitsfaktor, aber unter Garantie der einzige. Er hat einem Mann in Berlin das Foto geschickt, den er stur Natz genannt hat. Mithilfe einiger Überredungskunst habe ich den richtigen Namen des Mannes herausbekommen. Er heißt Ignatius Dünnes und wohnt im Bezirk Friedrichshain. Soll ich hinfahren?«

»Nein«, antwortete Paul Hjelm. »Darum kümmere ich mich.«

»Sehr schön«, sagte Nyberg. »Ich will ohnehin nur noch zurück nach Chios, nach Hause zu Ludmilla. Das hier ist nicht mehr meine Welt. Zum Glück.«

»Ich befürchte, so sieht unsere Welt aus, ob wir es wollen oder nicht«, entgegnete Paul Hjelm. »Aber du hast noch die ehrenvolle Aufgabe, die Fotos zu verbrennen.«

»Mit dem größten Vergnügen. Mein Feuerzeug funktioniert einwandfrei. Was mache ich mit Fazekas?«

»Dein Auftrag ist inoffiziell, wie du weißt. Wir können ihn also nicht verhaften. Aber im Grunde geht es auch um seine Auftraggeber. Wer hat ihn denn beauftragt, Marianne Barrière zu erpressen? Ich vermute, das hast du ihn auch schon gefragt?«

»Das war meine zentrale Frage. Kopfunter in die dreihundert Meter tiefe Schlucht hängend, hat er bei dem Leben seiner

Mutter geschworen, dass er aus eigenem Antrieb gehandelt hat. Die Fotos sollten in dem Frankreich-Roma-Konflikt vor einem Jahr zum Einsatz kommen. Fazekas hat damals für die konservative Partei Frankreichs, die UMP, gearbeitet. Die Erpressung verantwortet er aber angeblich allein. Das bedeutet natürlich keineswegs, dass seine Version der Wahrheit entspricht. Aber sollte er tatsächlich lügen, dann hat er vor etwas anderem eine noch größere Angst als davor, vor seinen Nazifreunden als Homosexueller geoutet zu werden und praktisch dem Tode geweiht zu sein. In dem Fall muss er richtig große Angst vor etwas haben. Also, was mache ich mit ihm?«

»Du kannst ihn doch da an der Schlucht ohne Handy zurücklassen? Sollte er noch Geld, Kreditkarten und seinen Pass bei sich haben, darfst du die gerne an die Schlucht verfüttern. Ob er seine Kleidung behalten soll, kannst du selbst entscheiden.«

»Die Schlucht war mir sehr behilflich. Sie hat sich ein paar Leckerbissen verdient.«

»Deine Gage wird heute ausbezahlt, mit einer kleinen Risikozulage.«

»Meine Dankbarkeit ist dir gewiss«, sagte Nyberg und beendete das Gespräch.

Paul Hjelm spürte, wie sein Grinsen in den Mundwinkeln spannte. Gunnar hatte die Angelegenheit nicht nur allen Widrigkeiten zum Trotz erledigt, er hatte sie auch vollkommen unbeschadet überlebt.

Er würde ihn sogar ein weiteres Mal einsetzen können …

Nein. Nein, weg mit diesen Gedanken. Lass den armen Mann seine Pension genießen.

Er hoffte sehr, dass der Roman gelungen war. Aber handgeschrieben?

Ignatius Dünnes, Berlin, Bezirk Friedrichshain. Der ominöse Natz. Stellte er ein reelles Risiko dar? Marianne hatte mehrfach betont, dass er das nicht sei. Warum eigentlich nicht? Sobald er Zeit hätte, würde er überprüfen, wer dieser Ignatius Dünnes war.

Aber jetzt rief er Adrian Marinescu an.

»Chef?«

»Ja. Ich bin auf dem Weg, die Hälfte habe ich schon hinter mir. Was hast du?«

»Noch ist keiner eingetroffen. Navarro und Sifakis liegen in Bezuidenhouts Doppelbett und schnarchen im Kanon. Ich will nur darauf hinweisen, dass Vlad, Ciprian und Silviu schon aufgewacht sind. Die bekommen gleich das Frühstück geliefert. Ich weiß bloß nicht, was ich machen soll, wenn die plötzlich abhauen.«

»Das ist ein kalkulierbares Risiko«, sagte Hjelm. »Sie haben bisher noch kein einziges Mal die Wohnung vor zehn Uhr verlassen. Jetzt ist es 08:14 Uhr. Wir haben das Treffen bei dir um neun Uhr anberaumt. Aber weck die beiden Herrschaften ruhig schon auf. Du kannst ihnen ja Frühstück ans Bett bringen.«

»Aber ich …«

»Das war ein Scherz. Dennoch solltest du die zehnfache Menge belegte Brötchen bestellen. Im Ernst, wir werden sie brauchen.«

»Okay«, sagte Marinescu und legte auf.

»Apropos! Silviu?«, rief Hjelm. Aber die Leitung war schon tot.

Er fuhr weiter. Die Autobahn war unerwartet leer. Hätte er eigentlich einem seiner Mitarbeiter anbieten sollen, mit ihm zu fahren? Nein, entschied er, denn dann hätte er mit Gunnar niemals so ein offenes Gespräch führen können. Außerdem würden sie im Lauf des Tages eventuell mehrere Pkw in Amsterdam benötigen.

Das Letzte, was er von Sifakis und Navarro gehört hatte, war ihr fertiger Plan. Er klang perfekt. Hjelm hoffte, dass sie ihn nicht noch einmal abgeändert hatten. Drei Schurken gab es zu beschatten, pro Schurke zwei Schatten, also sechs Personen im Einsatz: Kowalewski, Hershey, Balodis, Bouhaddi, Bruno und Sifakis, Letzterer allerdings als Einsatzleiter der Verfolger. Jutta und Arto würden in die Höhle des Löwen gehen, mit einem universellen Lesegerät für Magnetstreifen – das hoffentlich funktionierte. Paul Hjelm würde zusammen mit Navarro als Koordinator und Marinescu als Übersetzer in der Wohnung der Reederwitwe Posten beziehen. Kerstin Holm war zuständig für die Truppe in Den Haag. Die Rechnung müsste aufgehen.

Als er die Wohnung in der Lauriergracht betrat, waren zu seiner Überraschung bereits alle versammelt. Und zwar wirklich alle. Es war ziemlich eng im Wohnzimmer der Reederwitwe. Sie aßen gemeinsam Frühstück.

»Wir haben den Ablauf einmal durchgespielt«, sagte Navarro schmatzend, ein halbes Croissant im Mund. »Chef, du kennst den Plan ja schon.«

»Keine letzten Veränderungen?«

»Nein«, antwortete Sifakis. »Café Tulip ist der Ausgangspunkt für alle, auch wenn natürlich das Risiko besteht, dass sich das Trio bereits vor der Tür trennt. In dem Fall müssen sich die zuständigen Verfolgerpaare ranhalten.«

»Wir sind mit insgesamt sechs Richtmikrofonen ausgerüstet, die wie gewöhnliche Handys aussehen«, sagte Navarro. »Und wir haben sechs Tonspuren, alle werden aufgezeichnet, aber in Echtzeit wird es ein bisschen drunter und drüber gehen, etwa weil wir nur einen Übersetzer haben. Wenn eure Zielperson sofort übersetzt werden soll, müsst ihr uns das deutlich signalisieren. Das Codewort dafür ist ›wichtig‹, damit werdet ihr sofort auf Kanal eins gesetzt, den wir in Echtzeit mithören und eventuell simultan übersetzen. In Ausnahmefällen können wir zwei gleichzeitig schaffen. Für alle sonstigen Gespräche haben wir fünf Nummern für diese fünf Handys hier. Ihr könnt uns also immer in der Zentrale erreichen.«

»Jedes Paar hat eine rot-grüne Ortung«, fügte Sifakis hinzu. »Der Peilsender des einen wird mit einem grünen Blip angezeigt, der andere mit einem roten. Am Anfang werdet ihr im Café Tulip einen rot-grünen Mischmasch bilden, der sich dann aber auflösen und zerstreuen wird.«

»Balodis und Kowalewski nehmen Vlad«, sagte Navarro, »Hershey und Sifakis nehmen Ciprian, und Bouhaddi und Bruno nehmen Silviu. Noch irgendwelche Fragen dazu?«

»Ich habe eine Frage«, warf Paul Hjelm ein.

»Ja?«, sagte Navarro.

»Wer zum Teufel ist Silviu?«

Die sechs brachen auf. Sie wurden zu einem rot-grünen Mischmasch im Café Tulip, teilten sich dann in rot-grüne Paare auf und setzten sich an unterschiedliche Tische. Einem Paar gelang es, den Fensterplatz zu ergattern, es war aber nicht auszumachen, welchem.

Hjelm ließ sich in der Wohnung der Reederwitwe zwischen Navarro und Marinescu auf einen Stuhl sinken. Er griff nach einem belegten Brötchen und einem Pappbecher mit Cappuccino und korrigierte die Position des Monitors. Dann öffnete er eine Einstellung und sagte: »Hallo?«

»Aha, der Chef höchstpersönlich ist zugegen?«

»Danke der Nachfrage, mir geht es gut und selbst?«

»Außerordentlich gut«, erwiderte Arto Söderstedt. »Wir sind geladen und entsichert. Will heißen, Jutta ist geladen. Ich bin ich selbst.«

»Ich hätte auch nichts anderes erwartet«, erklärte Paul Hjelm. »Habt ihr diese Lesegeräte für Magnetstreifen im Griff?«

»Ich übergebe jetzt das Wort«, sagte Söderstedt, und Jutta Beyer erschien auf dem Bildschirm.

»Magnetstreifen sind eine uralte Technik, ein Relikt aus der Zeit von Förderbändern und Kassetten. Eigentlich lässt sich diese Technik nicht besonders variieren, aber unsere Experten hatten Schwierigkeiten, die Sache mit dem Scannen zu erklären. Auf einem Magnetstreifen gibt es kein lichtempfindliches Material. Wahrscheinlich handelt es sich hier um eine Zweiphasenlösung, der Magnetstreifen wurde mit einer lichtempfindlichen Substanz getränkt, auch so eine uralte Technik, und die kann dann aktiviert und zu einem Bit werden, einer Eins oder einer Null. Der Scanner überprüft dann nur, ob es eine Eins oder eine Null ist, was vermutlich von jedem einzelnen Lieferanten aktiviert werden muss. Auf jeden Fall von jedem nationalen Anführer der Bettlermafia.«

»Summa summarum müsstet ihr in der Lage sein, die Magnetstreifen zu lesen?«

»Ja. Unsere Lesegeräte müssten alle Möglichkeiten abdecken. Sie umfassen alle bekannten Techniken und ihre Varianten.«

»Sehr gut«, sagte Hjelm und lehnte sich zurück.

So saß er eine ganze Weile. Unter anderen Umständen hätte ihn das Warten nervös gemacht, aber ihn beschäftigten zahlreiche Gedanken. Fazekas, Gatien, Barrière – worum ging es bei dieser Erpressung wirklich? Stand hinter Fazekas eine noch größere Institution als die konservative Partei Frankreichs, eine weitaus angsteinflößendere Instanz? Etwas, was ihm eine größere Angst einjagte als die Nazis, für die er arbeitete, oder sogar die Angst vor dem Tod? Oder hatte er wirklich auf eigene Faust gearbeitet? Aber was war dann mit Gatien? Der Spindoktor, der auf fast wundersame Weise Barrières Gesetzesentwurf durchgeboxt hatte? Warum sollte er sein eigenes Werk vernichten? War er gekauft worden? Oder eher – bedroht worden? Auch von einer höheren Instanz? Lautete sein Auftrag, Marianne Barrière aus so großer Höhe abstürzen zu lassen, dass sie sich nie wieder davon erholen würde? Alles schien sich um diesen Gesetzesentwurf zu drehen. Worum ging es darin? Um die Umwelt offenbar – bei diesem Thema wollte sie politischen Anstand einfordern. Aber was war das Konkrete? Ein Verbot? Von was? Von etwas Großem, etwas richtig Großem. Was war sehr bedeutend in unserer Welt? Was war das größte Unternehmen der Welt? Paul Hjelms Gedanken flogen weiter nach Stockholm. Und befassten sich mit der Nachricht, dass sein bester Freund mit einer Elektroschockpistole niedergeschossen worden war. Zum Glück hatte Jorge am Telefon ganz aufgeräumt und lebhaft geklungen, fast so, als hätte der elektrischen Schock zu einer Art Erleuchtung geführt. Er redete noch schneller als sonst. Aber die professionelle Vorgehensweise der Täter in der Königlich Technischen Hochschule hatte ihn an Chavez' Bericht besonders interessiert. Ein Forscherteam der EU, das in dieser brutalen Weise angegriffen wird? Die beiden betroffenen Forscher hatten sich noch nicht dazu geäußert, standen aber unter Personenschutz. Es ging im weitesten Sinne um Chemietechnik. War das nur sein unter Schlafmangel stehendes Gehirn, das ihn Gespenster sehen ließ? Neue hoch technisierte Sicherheitstüren, die unter Zeitdruck eingebaut worden waren. Verdammt, das hing doch alles miteinander zusammen! Was hatten Sara und Jorge noch gesagt? »Elektrolytoptimierung«, was zum Teufel war das? Ein Elektrolyt war zum Beispiel die chemische Verbindung in Batterien. Jene Flüssigkeit, die dafür sorgte, dass eine Autobatterie Strom erzeugen konnte. Das Elektrolyt zu optimieren bedeutete also, bessere Batterien herzustellen. Bessere Autobatterien. Die Forschung beschäftigte sich schon lange mit der Herausforderung, Batterien zu entwickeln, mit denen Autos ganz ohne Benzin würden fahren können. Der Professor aus Stockholm war ermordet worden. Von einem professionellen Mörder. Weil er kurz davor gestanden hatte, eine Lösung für dieses Problem zu finden? Weil er einen Weg gefunden hatte, Benzin überflüssig zu machen? Weil er im Auftrag der EU gearbeitet hatte, im Auftrag von Marianne Barrière? Weil Marianne Barrière im Begriff war, einen Gesetzesentwurf für Elektroautos vorzulegen? Es ging um die Zulassung von Benzin und Dieselmotoren in Europa! Und zwar so einschneidend, dass der Gesetzesentwurf eine große Bedrohung darstellte – verdammt! –, eine riesige Bedrohung für die größten Unternehmen der Welt.

Die Ölkonzerne.

»Sie bewegen sich.«

»Was?«, fragte Hjelm.

»Ich wollte dich nicht stören, Chef, aber das Trio hat sich in Bewegung gesetzt.«

Hjelm starrte Navarro an, als hätte er ihn noch nie zuvor gesehen. Dann versuchte er sich wieder in die Gegenwart einzuklinken. Er sah Vlad, Ciprian und Silviu auf die Straße kommen, die Kamera befand sich nur drei Meter entfernt und war am Fenster angebracht. Er schob sich das Headset auf den Kopf und betrachtete die rot-grünen blinkenden Peilsender.

»*Stand-by*«, sagte Navarro in sein Headset. »Alle drei sind auf der Straße.«

Ihre Hoffnung war, dass alle drei nach rechts abbiegen und das Café Tulip zu Fuß in Richtung Stadtzentrum passieren würden. Das war anfangs auch der Fall. Marinescu stand am Teleskop und verfolgte die drei außerhalb der Reichweite der Kamera.

»Silviu hebt eine Hand«, sagte er.
»Eine Hand?«, rief Navarro.
»Er winkt sich ein Taxi heran.«
»Verdammt«, schimpfte Navarro und schaltete sein Headset ein. »Corine und Donatella, Silviu ruft sich ein Taxi. Wessen Auto steht am nächsten?«
»Meines«, sagte Kowalewski im Café Tulip. »Das steht praktisch direkt vor der Tür. Soll ich übernehmen?«
»Wir ändern den Plan nicht. Gib Corine die Schlüssel. Aber, Corine, ihr dürft nicht los, bevor Vlad und Ciprian vorbeigegangen sind.«
»Aber trotzdem dem Taxi folgen, das verschwindet?«, fragte Corine skeptisch.
»Gebt euer Bestes. Jutta und Arto, ihr geht jetzt in die Wohnung.«
»Sind auf dem Weg«, erwiderte Jutta.
Sie sahen, wie Beyer und Söderstedt in das Apartment eindrangen, während zeitgleich ein grüner und ein roter Blip aus dem Café Tulip stürzten und die Prinsengracht hinaufjagten. Hoffentlich gelang es Bouhaddi und Bruno, Silvius Taxi einzuholen.
Kurz darauf begaben sich auch die verbliebenen vier blinkenden Punkte auf die Lauriergracht und folgten in unterschiedlichen Abständen der Straße, bis sie in die Prinsengracht mündete. Dann bogen sie nach Norden ab.
»Das Muster wiederholt sich«, sagte Navarro in sein Headset. »Wenn sie die Brücke zur Reestraat nehmen, würde ich vorschlagen, dass Angelos die Prinsengracht weiter entlangläuft und sich an der Schlange beim Anne-Frank-Haus anstellt.«
»Ganz in Übereinstimmung mit dem Plan«, sagte Sifakis mit eiskalter Stimme.
Das erste Sendersignal bog auf die Brücke ab, es war rot. Ein weiteres rotes und ein grünes folgten ihm. Das zweite grüne ging weiter geradeaus. Die drei Signale erreichten die nächste Brücke, wo die Reestraat in die Hartenstraat überging. In allen Headsets war Balodis' Stimme zu hören: »Wichtig. Alles wie beim letzten Mal. Ciprian geht die Keizersgracht hoch, Vlad geradeaus weiter die Hartenstraat entlang.«

Das eine rote Signal bog auf die Keizersgracht ab, es war Hershey, die Ciprian folgte und sich daher von Balodis und Kowalewski trennte. Sifakis' grünes Signal hatte das Anne-Frank-Haus fast erreicht. Ciprian schien exakt denselben Weg zu nehmen wie beim letzten Mal. Er ging Richtung Westermarkt und würde dann die viel befahrene Straße überqueren. Aus dem Augenwinkel sah Hershey das spitze Dreieck des Homomonumentes, das in den Kanal ragte. Eines der vielen Touristenboote glitt unter der Brücke hindurch. Einen Häuserblock entfernt hatte Sifakis' grünes Signal aufgehört sich zu bewegen. Er stand in der Warteschlange vor dem Anne-Frank-Haus. Das Kanalboot wurde langsamer, um am Anleger haltzumachen, Ciprian lief weiter bis zum Westermarkt, dort musste er an der Straße kurz anhalten. Auf der anderen Straßenseite erhob sich der monumentale Turm der Westerkerk in den hellblauen Sommerhimmel. Miriam Hershey näherte sich Ciprian. Sie wusste, dass er auf dem Weg zum Anne-Frank-Haus war. Fast hatte sie die Straße erreicht, da drehte sich Ciprian plötzlich um. Er sah sie direkt an, blickte in ihr Gesicht, daran bestand kein Zweifel. Die Frage war, ob er sie mit dem Anne-Frank-Haus in Verbindung brachte. Wohl kaum. Er hatte sie dort praktisch nicht gesehen, zumindest nicht bewusst. Sie war gezwungen, weiter in seine Richtung zu gehen, ohne ihn anzusehen. Eine Lücke im Verkehr entstand, aber er überquerte die Straße nicht, sondern blieb stehen. Hershey ahnte Schlimmes, musste aber unauffällig ihren Weg fortsetzen. Als sie nebeneinander am Straßenrand standen, wusste sie, dass sie die Observierung abbrechen musste. Der große Mann mit der viel zu dicken Jacke lächelte sie an. Sie erwiderte das Lächeln und überquerte die Straße, als die Ampel auf Grün sprang. Ciprian war stehen geblieben, er blickte nach links. Dann lief er los, in einem gelassenen Laufschritt. Hershey sah noch, wie er in der Sekunde auf das Touristenboot sprang, als es ablegte.

»Wichtig«, rief sie ins Richtmikrofon.

»Ich höre«, antwortete Navarro.

»Ciprian ist weg, er ist in ein Kanalboot gesprungen, nach

Süden, Anlegestelle Westermarkt. Und ich bin verbrannt, er hat mich gesehen.«

»Angelos«, rief Navarro. »Anne-Frank-Haus gestrichen. Schaffst du es zur nächsten Anlegestelle des Kanalboots? Welche ist das überhaupt?«

»Verdammter Mist«, fluchte Sifakis.

»Volle Kraft voraus, nach Süden, am Kanal entlang«, spornte ihn Navarro an. »Schnell, wie heißt der nächste Halt des Bootes?«

Hjelm suchte fieberhaft im Computer, aber die Anzahl der Boote und Reedereien war schier unüberschaubar.

»Das hängt davon ab, welche Gesellschaft und Linie es war«, hörten sie Jutta Beyers Stimme. »Ich würde tippen, unten an der Leidsegracht.«

»Das ist etwa ein Kilometer die Prinsengracht hinunter, fünfte Brücke nach links«, ergänzte Hjelm.

»Wie gut, dass ich meine Laufschuhe anhabe«, schnaubte Sifakis.

»Miriam, du kehrst zur Basisstation zurück, wenn du nicht mehr einsatzfähig bist«, befahl Navarro.

»So ein Mist«, schimpft Hershey. »Ich habe das nicht kommen sehen. Ich hätte mich einfach auf eine Bank setzen können. Aber ich bin davon ausgegangen, dass er zum Anne-Frank-Haus geht.«

»Das konnte niemand vorhersehen«, sagte Hjelm. »Komm zurück.«

»Was macht die Bodenluke in der Küche, Jutta?«, fragte Navarro.

»Wir suchen noch.«

»Ihr sucht?«, wiederholte Navarro und wechselte zur Kameraeinstellung in der Wohnung auf der anderen Kanalseite. Nur ein Teil der Küche war zu sehen, Arto Söderstedt stand reglos in der Ecke.

»Arto sieht nicht so aus, als würde er suchen«, sagte Paul Hjelm.

»In diesem Küchenfußboden gibt es zwar eine Luke«, sagte Söderstedt, »aber sie lässt sich nicht ohne passendes Werkzeug öffnen. Die Kerle scheinen ein Spezialwerkzeug dafür zu verwenden.«

»Macht weiter. Laima und Marek, wie sieht es bei euch aus?«

»Wie beim letzten Mal«, antwortete Laima Balodis. »Vlad überquert gerade den Dam und befindet sich auf dem Weg in den Rotlichtbezirk oder alternativ zur Oude Kerk. Oder zu beidem. Marek hofft auf Ersteres.«

»Wichtig«, rief Marek Kowalewski. »Das ist nicht wahr. Ich bin Pole.«

»Hört auf, das Codewort zu missbrauchen«, mahnte Navarro.

»Griff gefunden«, meldete Jutta Beyer. »In einer Schublade. Arto probiert ihn aus. Wir meinen, kleine Löcher entdeckt zu haben, in die er passen könnte.«

»Test startet jetzt«, sagte Arto Söderstedt.

Navarro konnte sie nicht auf dem Monitor sehen, da sich diese Stelle im toten Winkel befand.

»Passt. Luke geöffnet«, vermeldete Söderstedt. »Ich fotografiere die Briefe ab, Jutta nimmt sich die Magnetstreifen vor.«

»Sind denn welche da?«, fragte Navarro.

»Ein paar«, antwortete Söderstedt. »Genug zumindest. Aber die haben heute bestimmt einige mitgenommen. Wenn sie die Wohnung verlassen, geben sie ihre Unterlagen weiter. Ist ja klar.«

»Ciprian, zum Beispiel. Wie sieht es aus, Angelos?«, fragte Navarro.

»Ich laufe, so schnell ich kann, ohne Aufmerksamkeit zu erregen«, schnaufte Sifakis. »Wir sollten uns als Jogger verkleiden.«

»Vielleicht eine ganz gute Idee für die Zukunft. Beeil dich«, fügte er ein bisschen gehässig hinzu.

»Wichtig«, ertönte es da erneut in den Headsets. Es war die Stimme von Donatella Bruno.

»Was gibt es, Donatella?«, fragte Navarro.

»Silviu ist mit dem Taxi bis zum Vlothaven gefahren. Hafengebiet. Viel Schiffsindustrie. Wir sind noch im Wagen. Er läuft den Kai hinunter. Könnt ihr uns sehen?«

»Ja, natürlich«, sagte Navarro und fixierte ein grünes und

ein rotes Signal, etwa fünf Kilometer nördlich des Stadtzentrums.

»Hier werden Containerschiffe gelöscht. Mit riesigen gelben Kränen. Ziemlich heruntergekommenes Hafenviertel. Ciprian läuft an einer großen Lagerhalle entlang, die direkt am Kai liegt.«

»Sind da genügend Leute, damit ihr ihm unauffällig folgen könnt?«

»Die meisten sind Hafenarbeiter, aber ich glaube, wir können es trotzdem wagen. Er kann ja überall und jederzeit verschwinden. Wir gehen, beide.«

Es roch unverkennbar nach Hafen, eine Mischung aus Erdöl, Teer und Tang. Mit zielsicheren Schritten ging Silviu den Kai hinunter. Und plötzlich war er weg, wie vom Erdboden verschluckt. Oder vom Meer. Bouhaddi gab Bruno ein Zeichen und schlich in die Lagerhalle zu ihrer Linken. Donatella Bruno setzte ihren Weg den Kai hinunter fort und versuchte zu rekonstruieren, auf welcher Höhe Silviu verschwunden war. Sie erreichte eine weitere Lagerhalle, deren riesiges Tor offen stand. Dahinter war alles schwarz. Sie machte sich auf den Weg in die Dunkelheit.

Das unbehagliche Gefühl, in einem verlassenen Industrieareal zu sein, verstärkte sich, als sich ihre Augen an die Dunkelheit gewöhnt hatten. Container, Taue, schwere Ketten, enorme Reifen, aber auch alte Eisenbahnschienen, die wie zufällig aus der Halle zum Wasser führten. Es roch aufdringlich nach Eisen, Elektrizität, Schmieröl. Und es herrschte absolute Stille. Donatella Bruno horchte angestrengt. Kein einziger Laut war zu vernehmen. Ein merkwürdiger, verlassener Ort. Müsste in einem Hafen nicht eifrige Betriebsamkeit herrschen? Und plötzlich hörte sie einen Laut, wie ein akustischer Tropfen, der in ihr Ohr drang. Sie folgte dem Laut, und er verstärkte sich, wurde zu einem Geräusch, zu Stimmen, in einer Sprache, die sie nicht kannte. Sie kauerte hinter einer Metallkonstruktion, die sie niemals hätte beschreiben können. In etwa zehn Metern Entfernung entdeckte sie Corine Bouhaddi, die hinter einer ähnlichen Konstruktion in Deckung war. Da begriff sie auch, dass die Geräusche, die sie hörte, aus ihren Kopfhörern kamen und von dem Mikrofon aufgefangen wurden, das Corine in die Richtung der beiden Männer hielt, die vor einer Mauer standen und sich sehr leise unterhielten. Das Sonderbare daran war, dass sie weder rumänisch noch niederländisch sprachen.

Marinescu schwieg, stattdessen hörte Bruno plötzlich Paul Hjelm sagen: »Ich werde verrückt, die sprechen dänisch.«

»Okay«, sagte Navarro. »Und, Chef, kannst du das übersetzen?«

»›Ihr müsst euch in Kopenhagen verdammt noch mal zusammenreißen. Das ist die größte Stadt im Norden, ihr könnt euch so schlechte Ergebnisse nicht leisten. In Århus, Ålborg und Randers läuft es gut, einigermaßen in Odense und Esbjerg, aber Kopenhagen ist verdammt noch mal die größte.‹

›Ich weiß, ich habe keine Erklärung dafür. Vielleicht Großstadtzynismus? Wir müssen ein paar Leute umschichten, das Netz enger stricken. Können wir Leute aus Schweden oder Norwegen haben?‹

›Einen Teufel werden wir tun. Wir hatten vor ein paar Tagen eine Flucht in Stockholm, so etwas muss unterbunden werden. Ihr müsst eure Prioritäten ändern. Nächstes Mal will ich zehn Prozent Zuwachs sehen. Hier.‹«

»Hier?«, wiederholte Navarro.

»Er gibt ihm eine kleine Plastiktüte«, flüsterte Bouhaddi. »Ich glaube, es sind die Magnetstreifen.«

»Ja, sieht ganz danach aus«, bestätigte Bruno, ebenfalls flüsternd.

»Das ist das erste Mal, dass wir so etwas hören«, sagte Navarro.

»Sie verabschieden sich«, flüsterte Bouhaddi. »Ich gehe in Deckung.«

»Ich glaube, ich schaffe es bis zum Auto, bevor die draußen sind«, sagte Bruno gedämpft.

»Kein Risiko«, befahl Navarro und wandte sich dann Paul Hjelm zu: »Silviu spricht also Dänisch?«

»Er hat kaum einen Akzent, er muss ziemlich lange in Dänemark gelebt haben.«

»Und sich dort wahrscheinlich der bösen Seite verschrieben

haben«, sagte Navarro. »Ich habe den Film *Pusher* gesehen, Dänemark ist ein knallhartes Land.«

»Wenn du meinst ...«, sagte Hjelm.

»Silviu hat einen Umschlag bekommen«, zischte Bouhaddi.

»Ich kann das Boot sehen«, schnaufte es jetzt in ihren Headsets.

Hjelm war vollkommen verwirrt, aber Navarro hatte alles im Griff.

»Angelos, alles in Ordnung bei dir?«, fragte er Sifakis.

»Ich habe es eingeholt, es legt gerade an«, keuchte Sifakis.

»Sind viele Leute drauf?«, fragte Hjelm.

»Ziemlich. Mal sehen, ob ich jemanden entdecke, der mich an unseren Italiener erinnert. Bis jetzt noch nicht.«

»Wir haben nur ein Auto«, meldete Donatella Bruno. »Wem sollen wir folgen, Silviu oder dem Dänen?«

»Genau das wollten wir ja eigentlich vermeiden«, seufzte Hjelm. »Wir müssen an Silviu dranbleiben, Arto und Jutta sind noch in der Wohnung. Der Däne scheint keine besonders große Nummer zu sein. Hat ihn jemand fotografiert?«

»Ja, ich«, sagte Bouhaddi und kassierte dafür einen Seitenblick von Donatella Bruno. In dem Moment lief Silviu an ihrem Auto vorbei. Hier würde er nur schwer ein Taxi erwischen.

»Schick es uns«, bat Hjelm sie.

»Das Boot legt jetzt an«, sagte Sifakis, der wieder zu Atem gekommen war. »Ich steige ein. Kann Ciprian achtern sehen.«

»Allein?«, fragte Navarro.

»Sieht so aus.«

Da klapperte es hinter Hjelm und Navarro. Miriam Hershey kam zur Tür herein. Sie boten ihr den letzten freien Sitzplatz an dem breiten Schreibtisch an, auf den sie sich mit einem lauten Plumps fallen ließ.

»Keine Oude Kerk heute«, hieß es da im Headset.

»Nicht?«, fragte Navarro.

»Nein«, sagte Laima Balodis. »Vlad ist an der Kathedrale vorbeigegangen. Und jetzt passiert er den Ort, an dem er das letzte Mal die SIM-Karte in den Kanal geworfen hat.«

»Okay. Danke, bleib an ihm dran.«

»Da steht ein Mann auf«, sagte Sifakis. »Vielleicht ist er es.«

»Unterhalte dich mit deinem Sitznachbarn«, befahl Hjelm.

»Wie bitte?«

»Du darfst nicht aussehen wie ein Alleinreisender, das ist zu auffällig, unterhalte dich. Sei gesellig. Und schick uns ein Foto, wenn das geht.«

Sifakis verstummte. Doch Sekunden später traf eine MMS ein. Die Aufnahme zeigte den lachenden Angelos Sifakis, im Hintergrund das Achterdeck. Sein Gesicht war unterbelichtet und verschwommen, dafür aber war der Hintergrund scharf. Ciprian stand an Deck und grüßte den Mann, der sich ihm näherte. Von dem sah man allerdings nur den Rücken.

Hjelm vergrößerte das Foto und zeigte darauf: »Und?«, fragte er an Hershey gewandt.

»Das ist schwer zu sagen. Vielleicht. Der gleiche Körperbau. Ein ähnlicher maßgeschneiderter, eleganter Anzug.«

Es klingelte, und eine zweite MMS traf ein. Ciprians Gesprächspartner hatte sich hinter dem idiotisch grinsenden Sifakis ins Profil gedreht.

»Die wenden sich ab«, hörten sie Sifakis flüstern. »Ich versuche, näher heranzukommen. Wichtig, ich versuche das Gespräch aufzunehmen. Hört gut zu.«

Auch das zweite Foto wurde geöffnet, und Hershey rief: »Ja, verdammt, das ist er.«

»Du kannst doch Italienisch, oder?«, fragte Hjelm.

»Nicht gut.«

»Ciprian auch nicht. Also los.«

»Ciprian fragt: ›Irgendwelche neue Infos?‹

›Nein, das hat geklappt. Nichts von dem anderen?‹

›Kontakt mit Projekt URKA.‹

›Ist das alles?‹

›Ja.‹

›Neue Priorität für Plan G.‹

›Wir sollen aufmerksam sein.‹

›Gut. Persönliche Instruktionen, hier.‹« Hershey verstummte.

»Das Boot hat die Leidsegracht verlassen«, zischte Sifakis. »Und sie unterhalten sich nicht mehr. Sie vollführen gerade so eine Art doppelten Handschlag, bei dem meiner Meinung nach Gegenstände ausgetauscht wurden, kleine Dinge, vermutlich Magnetstreifen. Beim nächsten Halt werden sie getrennte Wege gehen. Ich versuche herauszubekommen, wie die Anlegestelle heißt. Kann einer von euch da aufkreuzen?«

»Verdammt«, stöhnte Hershey. »Ich bin doch verbrannt!«

»Aber doch nur für Ciprian, nicht für den Italiener«, sagte Hjelm. »Nimm meinen Wagen, du fährst die Prinsengracht hinunter, vorbei an der Leidsegracht. Früher oder später muss dieses Scheißboot ja mal anhalten. Hier sind die Autoschlüssel, der Wagen steht direkt vor der Hintertür, hundertprozentig mit Knöllchen an der Windschutzscheibe. Los, lauf!«

Miriam Hershey stürmte mit der Energie eines Menschen los, der soeben eine zweite Chance bekommen hatte. Kurz darauf hörte Hjelm sie mit Vollgas die Lauriergracht hinunterjagen. Es war elf Uhr an einem Vormittag im Juli, sie würde es schaffen können.

Dann fiel ihm der Satz wieder ein, den er gerade gehört hatte: »Neue Priorität für Plan G.«

Das momentane Tempo der Ereignisse war so absurd hoch, dass keine Zeit für tiefere Gedanken blieb. Aber ein hoch dotierter italienischer Mafioso hatte soeben seinem Mitarbeiter gesagt, sie sollten dem Plan G eine höhere Priorität einräumen. Einem Plan, dessen Konturen Paul Hjelm sowohl in Stockholm als auch in Brüssel, in Athen und sogar im gottverfluchten Gyöngyöspata wiederzuerkennen glaubte. Ein Plan, dessen einziges Ziel war, Marianne Barrière und ihren Gesetzesentwurf zu Fall zu bringen.

Ihm wurde ganz schwindelig. Er war gezwungen, diese Gedanken beiseitezuschieben. Jetzt musste er im Hier und Jetzt bleiben.

Und in diesem Hier und Jetzt ertönte Sifakis' Stimme: »Die nächste Anlegestelle heißt Vijzelgracht, sagt der Kapitän.«

»Hast du Angelos gehört, Miriam?«, fragte Navarro. »Ich wiederhole: Vijzelgracht. Wo ist das? Weiß das jemand?«

»Ich suche schon«, sagte Hjelm und haute in die Tasten. »Direkt südlich vom Zentrum, gar nicht so weit vom großen

Amstelkanal entfernt. Von der Leidsegracht die dritte Brücke, wenn du die Prinsengracht hinunterfährst. Miriam?«

»Ich bin auf der Prinsengracht«, schnaubte Hershey. »Kurz vor der Leidsegracht. Die dritte sagst du?«

»Die dritte«, bestätigte Hjelm.

»Also, ich bin sicher, dass er exakt denselben Weg geht«, ließ sich da eine andere Stimme im Headset vernehmen, und es dauerte einen Moment, bevor Hjelm sie zuordnen konnte.

Da hatte Navarro allerdings schon längst geantwortet: »Okay, Laima. Vlad ist also wieder auf dem Weg ins Bordell Red Red Love, habe ich das richtig verstanden?«

»Es sieht ganz danach aus.«

»Das tut er nicht, um irgendwelche Gelüste zu befriedigen«, rief Navarro. »Deshalb geht er nicht ins Bordell. Das ist alles minutiös geplant. Der macht dort Geschäfte. Er trifft jemanden. Und das hat er letztes Mal auch getan.«

»Wir sind gleich da«, meldete Balodis. »Wollt ihr, dass ich reingehe?«

»Auf keinen Fall«, sagte Navarro. »Marek geht. Wir wollen so wenig Aufmerksamkeit wie möglich erregen.«

»Dann muss ich wieder vor der Tür herumlungern?«, beschwerte sich Balodis. »Und mich wieder dämlich anmachen lassen?«

»Du bist Mareks Back-up. Falls etwas passieren sollte. Ich hoffe, du hast deine Dienstwaffe parat. Und nimm Mareks solange in Gewahrsam.«

»Das sagst du nur, um mich zu besänftigen.«

»Hjelm hier«, mischte sich Paul Hjelm ein. »Felipe hat recht. In so einem Bordell gibt es haufenweise Waffen. Marek darf seine auf keinen Fall mitnehmen.«

»Ja, dein Urteil ist wie immer vorbildlich«, kam es von Laima Balodis.

Hjelm hörte, wie Navarro und Marinescu neben ihm und die anderen im Headset scharf Luft holten. Er selbst lachte, wenn auch etwas angestrengt.

»Wichtig. Bin da«, hörten sie Hershey sagen. »Ich glaube, ich kann das Boot sehen, ich hoffe, dass es auch gleich anlegt.«

»Das tut es«, bestätigte Sifakis. »Ich bleibe also an Ciprian dran. Miriam, vergiss nicht, dass deine Beschattung die mit Abstand wichtigste ist, wahrscheinlich die wichtigste in diesem Fall.«

»Das sagst du doch nur, um mich zu besänftigen«, murrte Hershey.

»Ihr Mimosen«, kommentierte Jutta Beyer.

»Wie geht es bei euch voran, Jutta?«, fragte Hjelm, um Ausgleich bemüht

»Leider eine zähe Sache«, antwortete Beyer. »Die Magnetstreifen sind einfach in die Luke geworfen worden. Ich muss versuchen, sie ins Lesegerät zu stecken, ohne sie dabei zu beschädigen. Ein Drittel habe ich schon geschafft. Arto hat Fotos gemacht, jetzt hilft er mir, die Streifen zu reinigen. Aber eine halbe Stunde brauchen wir bestimmt noch.«

»Corine und Donatella?«, fragte Navarro. »Was ist bei euch?«

»Silviu hat ein Taxi erwischt«, sagte Bruno. »Aber uns ist nicht ganz klar, wo er hinfährt. Ihr seht ja, wo wir sind. Die Richtung stimmt irgendwie nicht, er fährt eher nach Westen als zurück nach Süden.«

Das rot-grüne Zwillingssignal befand sich tatsächlich am linken oberen Rand der Karte und war auf dem Weg, den Bildschirmausschnitt zu verlassen. Auf jeden Fall war Silviu nicht auf dem Heimweg. Zum Glück.

»Ciprian will hundertprozentig Zigarren kaufen«, sagte Angelos Sifakis. »Ich werde den restlichen Tag damit verschwenden, ihm bis zu seinem Spezialgeschäft für Petit Coronas zu folgen, während Miriam ermitteln darf, welches Ziel unser italienischer Mafiakontakt hat.«

»Mit deinem Wehklagen liegst du bestimmt nicht verkehrt«, sagte Paul Hjelm.

»Vermutlich ist auch Silviu nur auf dem Weg zum einzigen Geschäft in ganz Amsterdam, das den rumänischen Wodka der Marke Dakk Premium verkauft.«

»Hm, stimmt. Legt das Boot jetzt an?«

»In etwa fünfzehn Sekunden. Miriam?«

»Ich bin vor Ort«, bestätigte Miriam Hershey. »Steigt Ciprian aus? Er darf mich nicht entdecken.«

»Es sieht nicht danach aus«, sagte Sifakis. »Sie haben sich verabschiedet. Der Italiener geht zur Gangway, Ciprian steht noch auf dem Achterdeck.«

»Sehr gut«, sagte Hershey. »Ich übernehme den Italiener jetzt. Ich sehe ihn. Es wird heute keine Beschattungsverluste von Miriam Hershey mehr geben. Das verspreche ich, auf Leben und Tod.«

»Ausgezeichnet«, entgegnete Paul Hjelm. »Miriam macht jetzt ihren Job. Angelos, kannst du sehen, was da passiert?«

»Der Italiener geht auf ein Auto zu ... Das hält nicht, das fährt ... Genau, er steigt in einen fahrenden silbernen Wagen ein, ist das ein Pontiac? Ich vermute. Kann kein Kfz-Kennzeichen sehen. Hast du ihn, Miriam?«

»Sitze im Wagen«, antwortete Hershey. »Habe den Pontiac vor mir. Kfz-Kennzeichen lautet: SZ-BV-72. Habt ihr das?«

»Die Überprüfung läuft schon«, sagte Hjelm. »Ausgezeichnet.«

»Männlicher Fahrer, sonst kein weiterer Insasse«, sagte Hershey.

»Was du auch tust, verlier sie bloß nicht«, mahnte Navarro.

»Vielen Dank für den Hinweis«, fauchte Hershey zurück.

»Wir haben das Red Red Love erreicht«, sagte Balodis. »Vlad geht gerade rein. Kein Zögern, der stiefelt einfach rein. Ganz anders als der gleich nachfolgende, etwas ungehobelte polnische Tourist. Ausgerüstet mit einer geheimen Waffe.«

»Nämlich mit meiner scharfen Intelligenz«, ergänzte Kowalewski. »Vlad ist drin. Ich warte noch einen Augenblick. Ich vertraue auf deine Rückendeckung, Laima. Hier ist meine Pistole.«

»Danke sehr«, sagte Laima Balodis. »Jetzt habe ich zwei. Ich werde dich nicht enttäuschen, das weißt du.«

Das wusste Marek Kowalewski. Er stieß die Tür des Red Red Love auf. Zwei muskelbepackte Türsteher musterten ihn kritisch und tasteten ihn besonders sorgfältig ab. Sein Handy durfte er behalten. Hinter der Schwingtür war es sehr dunkel. Das gedämpfte rote Licht erinnerte ihn an die infraroten Wärmelampen, die in seiner Kindheit fast der Hälfte der polnischen Bevölkerung – steif von körperlich harter Arbeit – eine Krebserkrankung beschert hatten. Eine barbusige Frau um die dreißig kam mit ausgebreiteten Armen auf ihn zu.

»Willkommen, großer Mann. Hinterlege bitte deine Kreditkarte dort an der Kasse.«

Kowalewski lächelte, dachte an den Europol-Etat und legte seine Kreditkarte auf den Tresen. Er würde sie sofort nach Verlassen des Bordells sperren lassen müssen, aber wahrscheinlich war es dann schon zu spät.

Zwei jüngere, ebenfalls barbusige Frauen mit halterlosen Strümpfen gesellten sich hinzu. Sie nahmen seine Hände und kicherten unnatürlich.

»Komm, großer Mann«, sagte die Rechte.

»Wir gehen hoch«, sagte die Linke.

Kowalewski schaute die Treppe hoch und sah gerade noch, wie sich eine Tür schloss. Dahinter war bestimmt Vlad verschwunden. Er lächelte die beiden Frauen an, die offensichtlich slawischer Herkunft waren, und folgte ihnen die Treppe hinauf. Die Eleganz, mit der sie auf ihren extrem hochhackigen Schuhen liefen, ließ allerdings zu wünschen übrig.

Sie hatten den Treppenabsatz erreicht, das Licht wirkte auch hier wie von Infrarotlampen. Die jungen Frauen kicherten albern.

»Hier«, sagte Kowalewski und zog eine der Frauen in das Zimmer neben der Tür, die gerade ins Schloss gefallen war. Der anderen signalisierte er, stehen zu bleiben.

»Ich glaube, eine ist genug«, sagte er und schob die Tür zu.

Die Frau im Zimmer stellte sich als Sonja vor und fragte ihn, wie er es wolle. Rasch sah Kowalewski sich im Raum um, überprüfte vor allem die Decke und erkannte sofort, dass sich hinter dem schwarzen Fleck über der Tür eine Überwachungskamera verbarg. Das schien kompliziert zu werden.

»Ich will, dass du nichts sagst, Sonja«, bat er. »Ich werde dir die Hand auf den Mund pressen und so tun, als würde ich nicht wollen, dass du redest. Aber ich werde nicht grob sein, ich tue nur so als ob. Ist das okay?«

Sonja sah ihn verwundert an. Dann sagte sie schließlich: »Du bist der, der bezahlt.«

»Ich will dir auf keinen Fall wehtun, das musst du wissen. Aber ab jetzt wirst du eine Weile kein Wort mehr sagen. In Ordnung? *Wichtig.*«

Sie nickte. Er legte ihr die Hand auf das Gesicht, nicht so sehr auf den Mund, eher über die Augen, während er mit der freien Hand das Richtmikrofon in Form eines Handys aus der Tasche fingerte und es gegen die Wand drückte. Er verbarg es mit seinem Körper vor dem elektronischen Auge über der Tür.

»Kann irgendjemand etwas hören?«, rief Navarro aufgeregt.

»Nicht, wenn du laut brüllst«, sagte Paul Hjelm. »Warte. Da ist doch etwas.«

Es raschelte und knisterte in den Headsets. Ab und zu meinten sie, Fetzen in gebrochenem Englisch durch das krächzende Rauschen zu verstehen. Am Ende gelang es ihnen sogar, vereinzelte Wörter, halbe Sätze herauszuhören:

»... gefunden ...?«

»... selbstver ... wie imm ...?«

»... mehr als ... gute Woch ...«

»... Adr ... ha ... lüssel ...?«

»... hier ... vierhundertf ...«

»... wann ... Transf ...«

»... ächste Woche reich ...«

Während hinter der Wand dieser obskure Wortwechsel stattfand, bekam Marek auf der anderen Seite ein Problem. Mit der einen Hand, die das Mikrofonhandy verbarg, stützte er sich gegen die Wand, als würde er gleich ohnmächtig werden, mit der anderen hielt er Sonja Augen und Mund zu. Auf einmal wurde er unsicher, ob sie genug Luft bekam, und nahm die Hand weg. Sie lächelte ihn an, legte ihren Finger auf die Lippen und glitt an ihm herunter. Er wollte weder das Handy loslassen noch sie mit Gewalt packen. Und vor allem wollte er nicht reden. Nicht einen einzigen Laut von sich geben. Es war vermutlich schwierig genug, etwas von der Unterhaltung auf der anderen Seite der Wand zu verstehen.

Im Nachhinein hätte er nicht mehr schwören können, ob er

tatsächlich unter den gegebenen Umständen alles in seiner Macht Stehende getan hatte, um sie daran zu hindern. Aber ihm war es immerhin gelungen, kein Geräusch zu machen, das Mikrofon gegen die Wand zu pressen und somit das Gespräch zwischen Vlad und seinem Gegenüber aufzunehmen. Aber er hatte auch zugelassen, dass Sonja seine Hose aufknöpfte. Er hatte sie gewähren lassen, und plötzlich entfuhr ihr ein kleiner Ausruf: »Oh mein Gott!«

Das hatte er nicht verhindern können. Hoffentlich hatten sie es nicht im Nachbarzimmer gehört – obwohl, vermutlich war das in so einem Etablissement nicht weiter ungewöhnlich –, aber es war definitiv in der Wohnung der Reederwitwe Bezuidenhout zu hören gewesen.

»Jesses«, entfuhr es Felipe Navarro. »Was ist da denn passiert?«

»Unklar«, sagte Paul Hjelm. »Findet die Unterhaltung im betreffenden Raum noch statt?«

»Warte«, sagte Navarro. »Vielleicht. Nein. Nein, die ist beendet. Ich meine, eine Tür zu hören, die gerade geöffnet wird.«

»Kannst du mich hören, Marek?«, fragte Hjelm. »Wenn ja, dann sag: Aufhören!«

»Aufhören!«

»Prima. Und jetzt raus da. Vielleicht siehst du draußen Vlad mit einem Mann zusammenstehen. Halte genügend Abstand, bezahle, und dann folgst du Vlad. Ja? Sag noch einmal ›Aufhören‹, wenn du das verstanden hast.«

»Aufhören«, wiederholte Kowalewski.

»Aber ich habe doch schon aufgehört«, sagte Sonja. »Das war der größte …«

»In einer anderen Welt würde ich dich retten, Sonja, und ins richtige Leben mitnehmen. Aber das hier ist diese Welt. Ich muss gehen.«

Er riss sich los, trat auf den Flur hinaus und sah um die Ecke die Treppe hinunter. Dort stand Vlad noch mit einem elegant gekleideten Mann mittleren Alters zusammen und unterhielt sich, ehe sie das Etablissement verließen. Kowalewski ging die Treppe hinunter und bezahlte einen Betrag, der seine Kreditkarte wahrscheinlich sprengen würde. Vlad und sein Begleiter unterhielten sich draußen auf der Straße noch kurz, dann verabschiedeten sie sich und gingen in entgegengesetzte Richtungen davon. Kowalewski legte den Kopf in den Nacken, sah in den Himmel und atmete tief ein und aus. Diese Welt, dachte er.

So ein Scheiß.

Dann folgte er Vlad.

Laima Balodis löste sich aus dem Schatten der Bäume vor dem Red Red Love. Kowalewski warf ihr einen Blick zu und musste zu seiner Verärgerung sehen, wie sie mit den Lippen die Worte »Oh mein Gott!« formte.

Dann drehte sie sich um und folgte den geschmeidigen Schritten des eleganten Mannes. Sie hörte Navarro in ihrem Ohr sagen: »Es ist mehr als wahrscheinlich, dass er mit dem Auto gekommen ist, Laima. Wir haben keines in der Nähe, versuche, ein Taxi zu bekommen. Du darfst ihn unter keinen Umständen verlieren. Verstanden?«

»Verstanden. Ich sehe ein Taxi, allerdings weiß ich ja nicht, wie weit er noch zu gehen gedenkt.«

»Vermutlich ein ganzes Stück«, schätzte Paul Hjelm. »Lass das Taxi stehen. Bei ihm handelt es sich bestimmt um einen anständigen Mitbürger, der seinen Wagen ein Stück entfernt geparkt hat und nicht mit dem Rotlichtbezirk in Verbindung gebracht werden will. Und noch weniger mit dem europäischen Bettler- und Sklavenhandel. Lass uns wissen, wie es läuft.« Er schaltete sein Mikrofon ab und wandte sich an Navarro: »Die Aufnahmen sind sehr bruchstückhaft. Aber wir können doch etwas daraus schließen, oder?«

Navarro beugte sich über seine Notizen und sagte: »Zuerst fragt Vlad, ob X es gefunden hat, was für X ganz selbstverständlich ist. Dann fragt X Vlad, ob die Lieferung wie immer war. Vlad antwortet, dass es mehr ist als erwartet und dass es eine gute Woche gewesen ist. X bittet um die genaue Adresse und den Schlüssel. Vlad händigt ihn aus und nennt eine Zahl: ›Vierhundertf…‹ oder ›Vierhundertv…‹, was leider vieles bedeuten kann: 404, 405, 414, 415, 424, 425, 434, 435 und so weiter bis 495. Dann fragt X, wann der Transfer erwartet wird, und Vlad antwortet, dass es ausreicht, wenn er erst nächste Woche stattfindet. Wie haben wir das zu verstehen?«

»Das war der erholsamste Tag seit Langem für mich«, sagte Adrian Marinescu, der die ganze Zeit schweigend neben ihnen gesessen hatte. »Kein einziges rumänisches Wort. Erlaubt ihr mir, dass ich meinen Senf dazugebe?«

»Selbstverständlich«, sagte Paul Hjelm.

»Es ist also eine Lieferung eingetroffen. X erhält von Vlad die Adresse und einen Schlüssel. Die Adresse heißt irgendetwas mit ›Vierhundertf‹ oder ›Vierhundertv‹, was auf ein Magazin, eine Garage oder eine Lagerhalle schließen lässt. Was dort aufbewahrt wird, soll gewaschen werden. Es ist Geld. Scheine, Bares von den Bettlereinheiten aus ganz Europa. X ist ein Bankkontakt, der das Geld waschen kann. Er lässt das Geld durch seine Bank laufen und sorgt für den Transfer zu einem vereinbarten Zeitpunkt. Und dafür kassiert er vermutlich einen beträchtlichen Prozentsatz der Summe.«

»Ehe das Geld nach Italien transferiert wird?«, schlug Navarro ergänzend vor.

»Das könnte ich mir vorstellen«, sagte Marinescu. »Auf jeden Fall nicht nach Rumänien.«

»Das klingt plausibel«, sagte Hjelm. »Jede nationale oder lokale Einheit sorgt dafür, dass aus den vielen Münzen Scheine werden. Diese Scheine werden dann zu Vlad nach Amsterdam geschickt, um sie dort waschen zu lassen und sie in die Hauptzentrale der Bettlermafia nach Italien zu transferieren. So lässt sich auch Geld verdienen. Sogar widerlich viel Geld.«

»Hallo, ihr da draußen«, rief Navarro. »Lagebericht, einer nach dem anderen bitte. Angelos?«

»Ciprian befindet sich in dem besagten Geschäft und kauft Zigarren. Ich fühle mich überqualifiziert für meine aktuelle Tätigkeit.«

»Corine und Donatella?«

»Wir sitzen seit geraumer Zeit vor einem rumänischen Geschäft in einem westlichen Vorort von Amsterdam. Silviu können wird durch das Fenster sehen. Er unterhält sich ausgiebig mit allen, denen er dort begegnet, und hat sich eine Kiste mit Wodka gekauft. Hier passiert gerade nichts Akutes.«

»Danke«, sagte Navarro. »Miriam?«

»Wir fahren nach wie vor. Ich habe den Eindruck, er macht eine Stadtrundfahrt in seinem silbergrauen Pontiac. Aber ich bin dran.«

»Sehr gut. Jutta?«

»Wir sind fast durch«, antwortete Jutta Beyer. »Wir haben sechs Fotos der codierten Briefe und gleich acht von zehn Magnetstreifen eingelesen.«

»Ausgezeichnet. Marek?«

»Folge Vlad zu Fuß«, berichtete Kowalewski. »Ich habe das Gefühl, dass er auf dem Nachhauseweg ist.«

»Stimmt. Das sieht so aus. Ich glaube, Vlad wird in etwa einer Viertelstunde zurück sein, Jutta?«

»Wir sind in zehn Minuten hier raus«, versprach Jutta Beyer.

»Gut. Und Laima? Wie sieht es bei dir aus?«

»Euer X ist bei seinem Auto angekommen. Das stand wie erwartet ein ganzes Stück außerhalb des Rotlichtbezirks geparkt. Ich sitze jetzt in einem Taxi und warte. Wir sind bereit.«

Das Auto von X war ein schwarzer Lexus. Es folgte eine anspruchsvolle Fahrt, die kreuz und quer durch Amsterdam führte. Laima Balodis saß auf dem Rücksitz und hörte, wie der Taxifahrer schnaufte und fluchte, aber ihm gelang es dennoch, dem schwarzen Wagen unauffällig zu folgen. Das Taxi hatte keine Klimaanlage, und Balodis fing sofort an zu schwitzen.

»Das geht so nicht, Laima«, sagte Paul Hjelm.

»Im Augenblick schon.«

»Der Mann will eventuelle Verfolger abschütteln. Das kann kein Taxi für uns übernehmen. Ich hole dich mit Felipes Auto ab, ein blauer Seat. Ich melde mich, wenn ihr steht, zum Beispiel an einer roten Ampel. Dann bezahlst du und springst bei mir rein. Unauffällig, versteht sich.«

»Alles klar«, sagte Laima Balodis.

Auch die übrigen Kollegen erstatteten Bericht. Beyer und Söderstedt verließen die Wohnung des Trios mit einem Rechner voller Geheimnisse, die keine Geheimnisse mehr waren. Ciprian kam, gefolgt von Sifakis, mit frischen Zigarren und neuen Magnetstreifen zurück. Silviu traf mit dem Taxi ein, mit einer Kiste Wodkaflaschen und zwei Umschlägen sowie Bouhaddi und Bruno im Windschatten. Als Letzter erreichte Vlad die Wohnung, mit Kowalewski im Schlepptau. Das rumänische Trio war wieder in der Wohnung auf der anderen Seite der Lauriergracht vereint.

»Erfolgreicher Tag?«, fragte Vlad mit der Stimme von Marinescu.

»Ja, alles klar! Das Paket ist geschnürt«, antwortete Ciprian.

Obwohl das nicht ganz stimmte. Zwei Schnüre bewegten sich noch quer durch Amsterdam, wie ein Wollknäuel in den Pfoten eines Katzenjungen. Hjelm gelang es, Balodis' Taxi an einer roten Ampel abzufangen.

»Ich habe den Eindruck, er versucht niemanden mehr abzuschütteln«, erklärte Balodis und warf sich auf den Beifahrersitz.

»Wir fahren nach Südwesten«, sagte Hjelm. »Was befindet sich da?«

»Die Universität, der Vondelpark, das Olympiastadion, das Nieuwe Meer, Büros, Gewerbegebiete«, zählte Jutta Beyer auf.

Der tiefschwarze Lexus fuhr die Durchfahrtsstraße Hobbemakade hinunter, bog nach Osten ab und kurz darauf wieder nach Süden.

Da meldete sich Miriam Hershey: »Wir verlassen auch die Innenstadt. Mein Pontiac fährt in etwa in dieselbe Richtung. Südsüdwest, eher nach Westen. Westsüdwest, vielleicht.«

»Ihr seid nicht weit voneinander entfernt«, sagte Navarro mit einem Blick auf die Karte. »Unter Umständen gehören die beiden zusammen, der Italiener und der Mann aus dem Bordell.«

Er warf Marinescu einen Blick zu, der eine Grimasse schnitt. Plötzlich war die Wohnung voller Leute. Kowalewski kam gerade zur Tür herein, Bouhaddi und Bruno waren bereits eingetroffen, so auch Beyer, die Sifakis einen USB-Stick reichte.

»Darauf sind alle Daten von den Magnetstreifen«, sagte sie. »Und die abfotografierten Briefe.«

»Hast du sie dir angesehen?«, fragte er.

»Auf den Magnetstreifen befindet sich eine Art Buchhaltung«, erklärte Beyer. »Aber es ist sehr wenig explizit.«

»Perfekt«, sagte Sifakis. »Lass mich das einmal ansehen.«

Das Wohnzimmer war erfüllt von Stimmengewirr.

Felipe Navarro biss sich auf die Zunge und versuchte sich zu konzentrieren. Hersheys rotes Signal und Balodis' grünes bewegten sich tatsächlich in etwa in dieselbe Himmelsrichtung. Sie waren nur wenige Kilometer voneinander entfernt. Balodis und Hjelm fuhren in Navarros Seat voraus, Hershey in Hjelms Toyota hinterher.

Aber dann passierte etwas. Hershey bog ab und fuhr Richtung Westen in das Stadtviertel Oud-Zuid, das in einem relativ jungen Stadtbezirk von Amsterdam lag und paradoxerweise »Alt-Süd« hieß. Hjelm und Balodis hingegen setzten ihren Weg nach Süden fort, grob in Richtung Ringweg Zuid, der in die Europastraße 19 mündete. Hersheys Signal näherte sich langsam dem eleganten Stadtviertel im Norden von Oud-Zuid.

»Ich glaube, wir nähern uns dem Ziel«, sagte sie.

Sie folgte dem silbergrauen Pontiac in eine Gegend, die fast ländlich wirkte. Als sie in die kleine Straße Dijsselhofplantsoen bog, die parallel zum Kanal verlief, war sie sich nicht sicher, ob es sich bei den Gebäuden um Mehrfamilienhäuser oder Villen handelte. Die Häuser waren riesig. Plötzlich wurde der Pontiac langsamer, Hershey bremste ab, bog in einen Parkplatz und wartete. Der Wagen fuhr scharf rechts in eine Einfahrt und hielt vor einer Schranke, der Fahrer streckte den Arm aus dem Fenster, zog eine Karte aus dem Automaten und tippte einen Code ein. Die Schranke öffnete sich, und der Wagen fuhr weiter.

Hershey wartete noch einen Moment. Dann fuhr sie langsam an der Schranke vorbei. Der Pontiac stand vor dem Haus, die beiden Männer stiegen gerade die Treppe zum Eingang der Villa hoch, groß wie ein italienischer Palazzo. Aber die beiden sahen ja auch aus wie echte Italiener. Am Tor war ein dezentes Schild angebracht, auf dem »Notos Imports« stand.

Hershey parkte ein Stück weiter die Straße hinunter und fragte: »Könnt ihr sehen, wo ich bin?«

»Ja«, sagte Navarro.

»Könnt ihr überprüfen, ob es eine Firma mit dem Namen Notos Imports gibt?«

»Kannst du das mal eben checken, Adrian?«

»Ich habe doch vorhin das Kfz-Kennzeichen überprüft«, sagte Hjelm aus dem zweiten Verfolgerauto. »Der silbergraue Pontiac ist unter dem Firmennamen Notos Imports angemeldet. Allerdings nur mit einer Postfachnummer.«

»Aber die Firma gibt es tatsächlich unter dieser Adresse«, sagte Marinescu mit Blick auf den Rechner.

»Und was findest du unter diesem Kennzeichen? Schwarzer Lexus, 4-PDK-91?«, fragte Hjelm.

»Überprüfe ich, warte«, antwortete Marinescu.

Miriam Hershey blieb im Wagen sitzen. Sie beugte sich vor und seufzte. Die Stirn auf dem Lenkrad, ballte sie die rechte Hand zu einer Faust. »Yes!«, entfuhr es ihr.

»Was ist los, Miriam?«, fragte Navarro.

Hershey verfluchte die Technik, ununterbrochen wurde man überwacht.

»Nur ein kleiner Freudenschrei. Notos Imports ist, soweit sich das beurteilen lässt, der Deckmantel, unter dem sich der Amsterdamer Ableger der 'Ndrangheta versteckt. Das Haus hier ist riesig. Und wir haben eine direkte Verbindung zur Bettlermafia.«

»Eine Frage, Miriam«, meldete sich Angelos Sifakis.

»Ja?«

»Was befindet sich gegenüber von Notos Imports? Auf der anderen Straßenseite?«

Hershey lachte laut auf. Es war Zeit für eine neue Observierung. Nichts nahm jemals ein Ende.

Der schwarze Lexus fuhr mit hoher Geschwindigkeit den Ringweg Zuid hinunter. Hjelm musste sich ranhalten, um an ihm dranzubleiben. Es herrschte dichter Verkehr, was Vor- und Nachteile hatte. Der Vorteil war, dass sie nicht zu sehen waren. Der Nachteil war, dass der Lexus schlecht zu sehen war. Doch da tauchte er wieder auf, er hatte auf die rechte Spur gewechselt, kurz vor einer Brücke.

In diesem Augenblick sagte Marinescu: »Der schwarze Lexus ist auf einen Doktor Jaap Van Hoensbroeck gemeldet, Jahrgang 1961. Er ist Anwalt und wohnt im Zentrum von Amsterdam. Die Adresse habe ich hier.«

»Ein Herr Doktor, also«, sagte Paul Hjelm und nahm ebenfalls die Abfahrt Knooppunt De Nieuwe Meer. Sie waren in einer Art Gewerbegebiet, und als der Wagen nach einigem Zickzack auf einem Parkplatz hielt, ballte Laima ihrerseits die Faust und rief: »Yes!«

»Was meinst du damit?«, fragte Hjelm sie.

»Weißt du nicht, wo wir uns hier befinden?«

»In einem großen und hässlichen Gewerbegebiet?«

»Mitnichten«, sagte Balodis und zeigte auf ein Schild, auf dem deutlich zu lesen stand: »Self-Storage«.

»Aha. Ein Lagerraum«, sagte Hjelm.

»Der Doktor geht jetzt dort hinein, was sollen wir tun?«

»Ihm folgen«, sagte Sifakis. »Tut so, als würdet ihr einen Lagerraum mieten wollen. Versucht, dem Doktor nachzugehen. Wir können unmöglich alle Räume überprüfen, die mit ›Vierhundertf‹ oder ›-v‹ beginnen. Das sind zweiundzwanzig Stück.«

»Hast du das gerade ausgerechnet?«, fragte Balodis und öffnete die Autotür.

»Das war nicht so schwer. Ungleich schwerer wird es für euch, da reinzukommen, ohne Misstrauen zu erwecken. Und dann ein Schloss zu knacken, das es euch nicht leicht machen wird. Außerdem wird die Anlage vermutlich sowohl bewacht sein als auch mit Kameras überwacht werden.«

»Ich bin gut im Schlösserknacken«, sagte Balodis. »Wenn wir da hineinkommen und die richtige Tür finden, dann bekomme ich das hin.«

Hjelm folgte ihr. Er dachte fieberhaft nach. Der Doktor ging zielstrebig die Treppe hoch und sah sich kein einziges Mal um. Auch an der Tür mit dem Schild »Rezeption«, an der eine Art Fußgängersteg entlangführte, ging er, ohne zu zögern, vorbei. Etwa zehn Meter dahinter befand sich eine weitere Tür, ohne Schild. Wahrscheinlich war das ein direkter Zugang zu den Lagerräumen, wenn man den passenden Schlüssel besaß. Und das tat der Doktor. Er holte ihn aus der Tasche und öffnete die Tür damit, dann ließ er sie sanft hinter sich zugleiten.

Balodis jagte mit großen Schritten die Treppe hoch, rannte wie eine Gazelle zu der Tür und bekam sie zu fassen, ehe sie ins Schloss fallen konnte. Hjelm joggte ihr hinterher, sie winkte ihn hektisch zu sich. Schließlich bestand die Gefahr, dass die Tür über eine Alarmsicherung verfügte, die jeden Augenblick losschrillen konnte, wenn sie zu lange offen stand. Er lief, so schnell und so leise er es vermochte.

Vorsichtig zogen sie die Tür hinter sich zu. Vor ihnen taten sich mehrere Reihen knallgelber Metalltüren in den unterschiedlichsten Größen auf. Es gab offenbar Lagerräume in jedem erdenklichen Ausmaß. Und ebenso viele Gänge mit noch mehr Türen. Und einer der Gänge hatte den Doktor verschluckt.

Er war nirgendwo zu sehen.

Sie teilten sich auf und liefen einen Gang nach dem anderen ab, keine Menschenseele. Hjelm suchte fieberhaft nach Nummern, die mit 4 begannen. Er rannte einen Gang hinunter, der vielversprechend aussah, die Nummern fingen immerhin mit einer 3 an. Es waren große Türen, sehr große Türen, dahinter mussten sich ganze Garagen verbergen. Dann bog er um die nächste Ecke. Und tatsächlich, dort begannen die Türen mit einer 4. Er hatte den richtigen Gang entdeckt, jetzt mussten sie nur noch den Doktor finden. Und dabei am besten unsichtbar bleiben. Er ging an den Türen 404 und 405 vorbei und versuchte, daran zu lauschen, konnte aber keinen Laut hören. Was aber nicht unbedingt heißen musste, dass der Doktor nicht dort drinnen war. Vielleicht war er einfach nur sehr leise.

Hjelm lief weiter, war schon vorbei an der 414 und 415, da hörte er plötzlich Schritte vom anderen Ende des Ganges. Das war gar nicht gut. Sein Instinkt sagte ihm, nicht aufzublicken, sondern einen Schlüssel herausholen und auf eine der Türen zuzugehen.

Das tat er auch und bereitete sich innerlich darauf vor, dem Doktor ein gleichgültiges Lächeln zu schenken. Aber es war nicht der Doktor. Es war Laima Balodis. Sie schüttelte den Kopf.

Hjelm flüsterte: »Bist du an 440 bis 495 vorbeigekommen?«

»Die gibt es nicht. Dieser Gang endet bei Nummer 435. Es gibt keine höheren Nummern.«

Gleichzeitig drehten sie sich um und blickten den Gang hinunter. Dort befanden sich die Türen, an denen Hjelm vorbeigegangen war, 404 und 405 weiter hinten, 414 und 415 näher dran. Hinter ihnen lag der Gang, der um die Ecke verlief und aus dem Balodis so plötzlich aufgetaucht war. Hjelm packte sie am Arm, als sie auf die Türen 414 und 415 zugehen wollte.

»Zurück in den Gang. Wir müssen warten. Er ist hinter einer dieser Türen«, flüsterte er.

Sie zogen sich zurück. Balodis linste um die Ecke. Sie warteten. Fünf Minuten, zehn, fünfzehn. Balodis stand reglos an der Ecke, den Blick auf den Gang gerichtet. Zwischendurch hörten sie Sifakis oder Navarro etwas sagen, aber es ließ sie unberührt. Sie waren hoch konzentriert.

Dann öffnete sich, etwa fünfundzwanzig Meter den Gang hinunter, eine Tür. Balodis hielt ihre Position noch einige Sekunden, erst dann zog auch sie den Kopf zurück. Sie blickte Hjelm an. Hjelm blickte sie an. Sie nickte. Dann formte ihr Mund ein Wort: »Dreizehn.«

Er versuchte erst gar nicht zu verstehen, was sie damit meinte, denn in diesem Augenblick hörten sie, wie Doktor Jaap Van Hoensbroeck – wenn er es denn auch tatsächlich war und nicht nur jemand sein Auto gestohlen hatte – die Tür sorgfältig abschloss und mehrfach zum Test die Klinke herunterdrückte. Das Klimpern des Schlüssels hallte durch den Gang. Am Ende auch das Geräusch von Schritten. Sie wurden immer leiser und verklangen dann ganz. In der Ferne hörten sie das Schlagen einer Tür.

Balodis sah vorsichtig um die Ecke, zog sich aber gleich wieder zurück und flüsterte: »Niemand mehr da.«

»Okay«, sagte Hjelm. »Wir gehen rein.«

Balodis zählte laut, während sie an den Türen auf der linken Seite des Ganges vorbeiliefen, dann blieb sie stehen.

»Diese hier«, sagte sie. »Die dreizehnte.«

»Gut«, sagte Hjelm. »Das ist die 405. Schaffst du das mit dem Schloss?«

»Geht morgens die Sonne auf?«

Paul Hjelm musste so lange über ihre Antwort nachdenken, dass er ganz überrascht war, als er plötzlich einen schwarzen Raum vor sich sah, der sich hinter der geöffneten Tür auftat. Balodis tastete an der Seite nach einem Lichtschalter. Eine nackte Glühbirne erleuchtete den Raum. Er war voller Koffer. Übereinandergestapelt, auf dem Boden liegend. Hjelm trat an den erstbesten heran, zögerte kurz und drückte dann auf das Schloss. Es sprang auf, und der Deckel hob sich. Wie von einem starken Wind getragen öffnete er sich und offenbarte den Inhalt des Koffers.

Es waren Geldscheine. Euro. Hauptsächlich Hunderteuroscheine.

Hjelm und Balodis sahen einander an, mit neutralen Mienen. Dann machte sich ein Lächeln auf ihren sonst so beherrschten Gesichtern breit.

Die Versuchung war einfach zu groß. Sie öffneten alle Koffer, an die sie herankamen. Einen nach dem anderen.

Jeder einzelne war voll mit Geldscheinen. Fast ausschließlich Euro, aber sie entdeckten auch Britische Pfund, Schwedische, Dänische und Norwegische Kronen, Polnische Złoty, Russische Rubel, Ungarische Forinth, ja sogar ein paar amerikanische Dollarnoten.

Hjelm und Balodis sahen einander an und nickten.

Dann nahm Hjelm sein Handy und machte ein Foto. Schließlich sagte er in sein Headset: »Vor nicht allzu langer Zeit kam eine bestimmte Frage auf.«

»Was für eine Frage?«, kam es von Felipe Navarro.

»Wo denn das ganze Geld sei«, antwortete Paul Hjelm und schickte eine MMS.

Der Bruce Lee von Tullinge und der Homer von Hornstull

Stockholm, 6. Juli

Auf der einen Seite des Tisches im Verhörraum saßen ein dunkelhaariger Mann und eine hellhäutige Frau. Auf der anderen Seite des Tisches im Verhörraum saßen ebenfalls ein dunkelhaariger Mann und eine hellhäutige Frau. Aber damit erschöpften sich die Übereinstimmungen schon.

»Hören Sie zu«, sagte Jorge Chavez. »Sie haben nichts davon, wenn Sie schweigen. Zum letzten Mal: Womit beschäftigen Sie sich hier?«

»Die Grundvoraussetzung für unser Projekt ist absolute Diskretion«, erklärte Professor Virpi Pasanen. »Und das gilt nach wie vor, sogar in weitaus größerem Umfang als zuvor. Das Projekt und seine Mitarbeiter müssen sich nur ihrem Auftraggeber gegenüber verantworten.«

»Wir sind von der Polizei«, betonte Chavez. »Sie haben kein Recht, sich über das Gesetz zu stellen.«

»So ist es aber«, sagte Jovan Biševac. »Sie haben uns das Leben gerettet und verhindert, dass wir abgestochen und auf der Straße liegen gelassen werden wie Niels. Unsere Dankbarkeit Ihnen gegenüber hat aber nichts mit unserer Schweigepflicht zu tun.«

»Und die ist bedingungslos«, bestätigte Virpi Pasanen. »Es tut mir leid.«

»Wir sind nicht von der schwedischen Polizei«, sagte Sara Svenhagen. »Wir sind von Europol. Wir repräsentieren internationales Recht. Sie müssen mit jemandem sprechen, Sie sind Opfer eines brutalen Überfalls geworden. Wenn Sie es vorziehen, mit Benno Lidberg zu reden, ist das vollkommen in Ordnung. Er wird für Ihr Schweigen großes Verständnis haben.«

»Ich hätte große Lust, Sie einfach auf die Straße zu schicken«, sagte Chavez aufgebracht.

»Sie müssen uns Personenschutz gewähren«, protestierte Pasanen. »Wir sind in Lebensgefahr.«

»Erzählen Sie mir bitte etwas über diesen Raum hinter Ihrem Büro, Virpi, dieses Forschungslabor. Sie haben mir gesagt, dass Sie es Schaltzentrale nennen, vermutlich ist das ironisch gemeint. Und Niels Sørensen hat die Arbeiten geleitet? Sie haben nur zu dritt hier geforscht?«

»Hier waren wir nur zu dritt, ja«, sagte Biševac. »Aber im Laufe des Projekts hatten wir natürlich viele Mitarbeiter, die uns zugearbeitet haben.«

»Die von dem eigentlichen Zweck des Projekts aber nichts wussten?«

»Ja, so ungefähr«, bestätigte Biševac und zuckte mit den Schultern.

»Warum wurde Niels Sørensen ermordet?«

»Weil jemand, wie ich schon sagte, den Abschluss unseres Projekts verhindern will.«

»Über das wir aber nichts weiter sagen können«, ergänzte Virpi Pasanen.

»Jetzt habe ich aber wirklich die Nase voll.« Chavez sprang auf und stürmte aus dem Zimmer.

Sara Svenhagen stand ebenfalls auf. Aber sie blieb am Tisch stehen und sagte: »Sie sind doch zwei intelligente Menschen. Sie wissen, dass wir Sie nicht bis in alle Ewigkeit hier unter unseren Schutz stellen können. Sie wissen, dass das ein Ende haben wird. Wir können mit Ihnen dieses Ende gemeinsam erreichen, wir beide, nicht die Kollegen, die gleich zu Ihnen kommen werden. Sie müssen mit uns reden, mit mir. Wir haben die Macht, nicht die.«

Der schnelle Blick, den Virpi Pasanen und Jovan Biševac wechselten, hatte nichts zu bedeuten. Solange sie nicht reden. Svenhagen stand eine Weile schweigend da und schaute die beiden Forscher an. Die regten sich nicht. Dann verließ auch sie das Zimmer.

Chavez wartete vor der Tür und empfing sie mit einem Wort: »Tullinge.«

Als sie im Auto saßen, sagte Sara mit Blick auf ihr iPad: »Die Konfetti waren ohne Identifikationsnummer.«

»Ich habe keine Ahnung, wovon du gerade redest«, entgegnete Chavez, während er einen Lastwagen überholte.

»Die Kriminaltechniker sind perplex«, ergänzte Svenhagen. »Konfetti von diesen Elektroschockpistolen sind immer gekennzeichnet. Aber diese hier waren es nicht.«

»Verdammt«, sagte Chavez. »Maßgeschneiderte Waffen?«

»Das hier riecht nach etwas richtig Großem«, meinte Svenhagen.

Leutnant Ahl wohnte nur wenige Hundert Meter vom Bahnhof in Tullinge entfernt, zwischen Flemingsberg und Tumba, in einem unscheinbaren Mietshaus, das wahrscheinlich damals im Rahmen des millionenschweren Stadtentwicklungsprogramms gebaut worden war, aber nicht besonders beeindruckend aussah.

Ihre Wohnung hingegen war überraschend gemütlich eingerichtet. Auch wenn alles vielleicht ein bisschen in die Jahre gekommen war.

»Entschuldigen Sie bitte die Störung«, sagte Sara Svenhagen, nachdem sie den Anblick des Nasenverbandes verwunden hatte, der es praktisch unmöglich machte, Leutnant Ahls wahres Alter zu schätzen. Sie setzten sich auf das harte, ziemlich unbequeme Sofa.

»Es ist schön, Besuch zu bekommen«, entgegnete Leutnant Ahl, die zu ihrem Nasenverband die Uniform der Heilsarmee trug. »Möchten Sie einen Kaffee?«

»Wenn Sie ohnehin einen aufsetzen wollten, gerne«, meinte Svenhagen mit einem schnellen Blick zu ihrem Mann. Sie hätte ihm am liebsten ein kleines Zeichen gegeben, ihn gebremst, damit er nicht das sagen würde, was er im Begriff war zu sagen. Aber sie sah keine Möglichkeit

»Was ist mit Ihrer Nase passiert?«

Leutnant Ahl war auf dem Weg in die Küche. Sie blieb stehen und drehte sich um.

»Manchmal verliere ich meinen Glauben an die Menschlichkeit. Das ist eine große Schwäche, ich weiß. Unsere Stärke sind unser Vertrauen und unser Glaube, beständig und allen Widrigkeiten zum Trotz. Aber manchmal verlässt mich mein Glaube.«

»Haben Sie schon mit der Polizei gesprochen?«, fragte Chavez.

»Ich bin direkt ins Krankenhaus von Huddinge gefahren«, erzählte Louise Ahl. »Das war die nächste Station. Diese Schlägertypen! Letztes Mal haben sie mir meine Abzeichen abgerissen. Aber dieses Mal habe ich mich gewehrt.«

»Wie meinen Sie das, Sie haben sich gewehrt?«

»Es war unchristlich, aber auf einmal erinnerte ich mich wieder an das Training in meiner Jugend. Ich war bei den Olympischen Sommerspielen 1988 in Seoul dabei.«

»Bei den Olympischen Sommerspielen?«

»Ich will darüber nicht reden. Und ehrlich gesagt bin ich auch nicht krankgeschrieben, die Verletzung ist nicht der Rede wert.«

»Nicht krankgeschrieben, sondern – gesperrt, also suspendiert?«

»Ich habe sie nicht bei der Polizei angezeigt, aber sie haben es getan.«

»Die Schläger?«

»Ja, leider haben sie Beweise, und die sprechen für sie. Seit Monaten tyrannisieren sie diesen Zug, jeden Tag zur selben Zeit.«

»Welche Beweise denn?«

»Da gibt es wohl was, das sich ›Juhtup‹ oder so nennt …«, sagte Leutnant Ahl und wühlte in einem Stapel Papiere auf dem Schreibtisch. Schließlich hielt sie ihnen ein Dokument entgegen, auf dessen Briefkopf das unverkennbare Logo der staatlichen Polizeimacht prangte. Chavez las es durch, nickte, zog eine Augenbraue hoch, reichte das Schriftstück an Svenhagen weiter und sagte: »Das heißt YouTube.«

Leutnant Ahl sah ihn aus großen Augen an.

»Sind Sie gekommen, um mich abzuholen? Muss ich nicht erst vor Gericht?«

Sara Svenhagen hatte in der Zwischenzeit den angegebenen Link in ihrem iPad geöffnet. Sie setzte sich damit neben Leutnant Ahl, und auch Chavez kam dazu. Gemeinsam sahen sie den Film an, der auf YouTube gestellt worden war.

Gefilmt wurde er im Waggon des Zuges. Gegenüber den Stehplätzen neben der Tür erhoben sich gerade vier Jugendliche, alle etwa um die siebzehn. Eine junge Frauenstimme sagte: »Oh nein, diese Idioten schon wieder.« Aller Wahrscheinlichkeit nach war sie auch diejenige, die filmte. Die Jugendlichen gingen zu einem Fahrgast, einer jungen Frau, und malten ihr mit Stiften im Gesicht herum, alle vier. Die Augen der Frau waren vor Angst weit aufgerissen. Eine andere Frauenstimme forderte: »Jetzt müsst ihr aber wirklich damit aufhören.« Zwei der Jugendlichen ließen von der jungen Frau ab und gingen zu einem Sitz auf der anderen Seite des Ganges. »Will die alte Oma schon wieder Soldat spielen und sich hier einmischen?« Köpfe waren zu sehen, aber ein Kopf unterschied sich von den anderen in dem sommerheißen Waggon, denn er trug einen eigentümlichen Hut. Und dann holte einer der Jugendlichen aus und schlug zu, traf mit der Faust die Hutträgerin, deren Hinterkopf zur Kamera zeigte. Der Hut flog zu Boden, und ihr Kopf wurde nach hinten geschleudert, über die Kante der Sitzlehne. Dann erhob sich die Hutträgerin und offenbarte ihre Uniform. Um den überraschten Jugendlichen in der nächsten Sekunde mit einem sauberen Karateschlag zu treffen. Der brach wie leblos zusammen. Das Kamerabild erzitterte, und die junge Frauenstimme rief: »Wow, was geht denn hier ab?« Die drei anderen Jugendlichen starrten die uniformierte Gestalt an, die wesentlich kleiner war als die Jungen. Dann gingen sie zum Angriff über. Daraufhin bekam der erste Angreifer einen Tritt in den Bauch und fiel sich übergebend vornüber. Der zweite wurde mit einem Handkantenschlag gegen den Hals ausgeschaltet und kippte auf den Boden. Einer war noch übrig. Zum ersten Mal drehte sich die uniformierte

Person jetzt zur Kamera, und die Zuschauer blickten in das blutverschmierte Gesicht von Leutnant Louise Ahl. Und obwohl ihre Nase gebrochen und deformiert war, ging sie auf den vierten Jugendlichen zu. Dieser wich zurück, stolperte über den schlaffen Körper seines Kumpels und konnte sich gerade noch fangen. Dann aber traf ihn ein Fußtritt von Ahl. Er flog auf die Kamera zu, es war zu sehen, wie sein blutiges Gesicht gegen eine Fensterscheibe prallte. Dann rutschte er langsam zu Boden und hinterließ eine schmierige Blutspur. Der Film endete abrupt mit einer Nahaufnahme von Louise Ahls Gesicht, den Blick voller Reue. Im Hintergrund brandete Applaus auf.

»Ich hätte ihn nicht angreifen dürfen«, sagte Louise Ahl. »Den Letzten hätte ich laufen lassen müssen.«

»Olympische Sommerspiele?«

»Karate.« Leutnant Ahl nickte. »Technisch war ich immer brillant, aber mir fehlten die mentalen Voraussetzungen. Ich litt unter Depressionen, wollte nur Theater spielen.«

»Und jetzt haben diese Typen Sie angezeigt?«

»Ja, deswegen sind Sie doch hier, um mich abzuholen?«

»Wohl eher, um Ihnen eine Tapferkeitsmedaille zu verleihen«, murmelte Chavez, wurde aber von Svenhagens Stimme übertönt.

»Nein, deshalb sind wir nicht hier. Wir wollen mit Ihnen über den Morgen des 30. Juni reden.«

Leutnant Ahl wandte den Blick Sara Svenhagen zu, die in diesem Moment all die Klarheit, Schärfe und den Abgrund darin sehen konnte.

»Sie wollen über den sonderbaren Fremden sprechen. Das kann ich gut verstehen.« Ahl nickte.

»Der sonderbare Fremde?«

»Der weiße Blick. Er war praktisch nackt, als er kam. Er duschte. Ich habe das Blut gesehen und mich gefragt, wo er verletzt war.«

Chavez und Svenhagen wechselten einen schnellen Blick.

»Welches Blut?«

»Ich konnte keine Verletzung entdecken, aber als er duschte, verfärbte sich das Wasser rosa.«

»Wir fangen noch einmal ganz von vorn an«, entschied Chavez. »Wir befinden uns also im Sozialzentrum der Heilsarmee in Hornstull, richtig?«

»Ja, wo sollten wir denn sonst sein?«, fragte Leutnant Ahl.

»Wann betrat der sonderbare Fremde das Sozialzentrum?«

»Wir hatten gerade geöffnet, es war etwa fünf Minuten nach neun.«

»Was meinen Sie mit ›praktisch nackt‹?«

»Ja, das war etwas merkwürdig. Nackter Oberkörper, kurze Hosen, vielleicht waren es sogar Unterhosen. Ich habe keine Wunde und kein Blut an ihm gesehen, erst als er unter der Dusche stand.«

»Und was meinen Sie mit dem ›weißen Blick‹?«

»Ich habe im Laufe der Zeit schon viele Blinde gesehen, aber diejenigen unter ihnen, die weder Iris noch Pupille haben, sind wirklich ungewöhnlich. «

»Wie sah er aus, abgesehen davon?«

»Er war Roma.«

»Hatte er etwas bei sich? Eine Schale zum Betteln, zum Beispiel?«

»Ein Handy«, sagte Leutnant Ahl.

Chavez warf seiner Frau einen Blick zu und spürte mit einem gewissen Widerwillen, dass er an sie abgeben musste. Sie war im Grunde wesentlich geeigneter für Verhöre, und jetzt war ein sensibler Moment.

»Er kam also in Unterhosen an einem Morgen im Hochsommer und hatte ein Mobiltelefon in den Händen?«, fasste Svenhagen zusammen und fand, dass es sich fast literarisch anhörte.

»Das Handy hatte Kopfhörer«, ergänzte Ahl.

»Dann nahm er eine Dusche und bekam Frühstück und Kleidung?«

»Ja. Und danach hat sich Janne um ihn gekümmert. Das hat mir am Anfang nicht besonders gefallen, das muss ich zugeben. Er erzählt immer so viele Lügengeschichten.«

»Ist Janne ein Kunde?«

»Kunde? Nein, wir sagen Gast. Er ist ein Stammgast.«

»Was heißt das, dass Janne sich um ihn gekümmert hat?«

»Nun ja, sie saßen lange zusammen. Die beiden haben Englisch miteinander gesprochen. Und sich diese Kopfhörer in die Ohren gesteckt und sich etwas angehört.«

»Sie haben sich etwas zusammen auf dem Handy angehört?«

»Ja, sie haben sogar am Gottesdienst von Major Bengtsson teilgenommen. Da hatten sie die Dinger allerdings auch in den Ohren, das habe ich genau gesehen. Allerdings war das danach.«

Svenhagen versuchte das Gehörte einzuordnen. Sie suchte nach der Kernaussage, dem hervorstechenden Wort. Und fand es.

»Danach?«

»Nachdem er mir dieses komische Ding gegeben hat.«

»Haben Sie dieses komische Ding noch?«

»Natürlich, er sagte, es sei sehr wichtig, darauf aufzupassen.«

»Könnten Sie es holen und uns zeigen?«

»Das ist nicht nötig«, sagte Leutnant Ahl. »Ich habe es hier.«

Sie nahm ihre Kette aus dem Ausschnitt. Neben einem großen Kreuz hing etwas, das mit noch größerer Wahrscheinlichkeit ein USB-Stick war.

»Er fragte, ob er einen Rechner benutzen dürfte. Ich kenne mich damit nicht aus, aber Janne hat ihm geholfen.«

Sara Svenhagen beobachtete amüsiert, wie ihr Mann wieder zum Leben erwachte. Er musste sich sehr zusammenreißen, um nicht die Hand auszustrecken und an Leutnant Ahls Kette zu zerren. Was ganz bestimmt eine schlimmere Bestrafung zur Folge gehabt hätte.

»Ich glaube, dass der sonderbare Fremdling das da für uns in Sicherheit wissen wollte«, sagte Svenhagen und zeigte auf den eigenartigen Halsschmuck.

»Ich fange auch an zu begreifen, dass es so gewesen sein muss«, entgegnete Louise Ahl und öffnete umständlich den Kettenverschluss.

Als sie Tullinge verließen, sagte Chavez: »Durchgeknallt oder durchgeknallt?«

Sara Svenhagen saß auf dem Beifahrersitz und versuchte

den USB-Stick mithilfe verschiedener Kabel und Tricks mit ihrem iPad zu verbinden. Zum Glück war ihr Wagen von Europol bestens ausgestattet. »Du stehst kurz davor, deinen Normalitätsbegriff erheblich zu erweitern, Jorge«, antwortete sie. »Nur deine Sprachfähigkeit kommt da noch nicht hinterher.«

»Jetzt aber mal ehrlich«, protestierte Chavez. »Haben wir da gerade ein Video gesehen, in dem eine Tante von der Heilsarmee vier Schlägertypen plattgemacht hat?«

»Auch das ist eine gute Übung, um seine Haltung der Normalität gegenüber zu überprüfen«, erwiderte Svenhagen und befestigte das letzte Kabel.

»Habe ich es richtig gesehen, hunderttausend Klicks auf YouTube?«, fragte Chavez.

»Mindestens«, bestätigte Svenhagen. »Und mittlerweile vermutlich weitaus mehr. Leutnant Ahl ist im Begriff, eine Volksheldin zu werden.«

»Ich weiß, wie sehr du es genießt, mich auf die Folter zu spannen«, sagte Chavez. »Aber jetzt ist es genug. Was ist auf dem USB-Stick drauf?«

»Dokumente von der Heilsarmee«, erklärte Svenhagen und blätterte durch die Dateien. »Wahnsinnig viele Dokumente. Wahrscheinlich haben sie den Stick aus dem Büro genommen.«

»Es muss aber noch etwas anderes darauf sein.«

»Warte. Hier. Eine Audiodatei.«

»Eine Audiodatei von dem Handy, das mit großer Wahrscheinlichkeit einmal dem verstorbenen Professor Sørensen gehört hat. Aber ich kann nicht weiterfahren, während wir uns das anhören.«

Er schwenkte auf den Standstreifen der Schnellstraße und schaltete die Warnblinklichter ein. Die tickten beständig, während Svenhagen die Datei öffneten. Sie lauschten:

»Ja, Sørensen hier?«

»Do you speak English, professor?«

»Of course I do. Wer sind Sie?«

»Das spielt keine Rolle. Sie wissen genau, was ich will.«

»Ich habe nicht die blasseste Ahnung.«

»Sie müssen das nächste Testergebnis vernichten, Herr Professor.«

»Also, ich verstehe wirklich nicht, wovon Sie …«

»Sie erwarten es in den nächsten Tagen, nicht wahr, Herr Professor? Schon bald wird das Elektrolytproblem für immer gelöst sein. Alle Fragen zur Energiedichte, der Reichweite, den Ladezeiten und dem Umweltfaktor. Sie wissen genau, wovon ich rede.«

»Lassen Sie uns doch vernünftig sein. Was wollen Sie von mir?«

»Dass Sie sich von diesen Ergebnissen distanzieren, Herr Professor. Sobald die Testergebnisse eintreffen, müssen Sie sie verwerfen und einen produktiveren Weg wählen. Verstanden?«

»Ich bin noch nie vom Weg der Wahrheit abgewichen und habe auch für die Zukunft nicht vor, es zu tun.«

»Ich bin mir nicht ganz im Klaren, ob wir dieselbe Sprache sprechen, Herr Professor. Wahrscheinlich ist es besser, kein Blatt vor den Mund zu nehmen. Dann haben alle denselben Ausgangspunkt. Was werden Sie also tun, wenn die nächsten positiven Testergebnisse eintreffen?«

»Jubeln. Den Prozess beenden. Das Ziel erreichen. Hoffentlich.«

»Wenn Sie das tun, Professor, werden Sie mit Sicherheit sterben.«

»Wenn ich es nicht tue, dann werden weitaus wichtigere Dinge sterben.«

Das laute, wütende Hupen auf der Schnellstraße hatte plötzlich keine Bedeutung mehr. Sara Svenhagen und Jorge Chavez sahen sich an. Es stimmte also. Jeder einzelne Verdacht hatte sich erhärtet. Sie atmeten schwer.

»Die Aufnahme wurde am 30. Juni um 03:20 Uhr gemacht«, sagte Svenhagen. »Ein paar Stunden später hat Sørensen die Bank angerufen, um ein sicheres Schließfach für das Handy zu mieten und diesen Drohanruf sicher aufzubewahren. Es dreht sich alles um seine Forschung, um diese Testergebnisse. Wir müssen sofort zu Pasanen und Biševac.«

Chavez sah skeptisch aus.

»Ich weiß nicht so recht«, sagte er.

»Was zum Teufel weißt du nicht?«, schrie ihn Svenhagen unbeherrscht an, was ungewöhnlich für sie war.

»Irgendetwas stimmt an dieser Sache nicht. Ja, es ist ein wichtiges Gespräch. Der Professor wird fünf Stunden später ermordet. Aber das ist noch nicht alles.«

»Wie meinst du das?«

»Das genügt mir noch nicht. Der Professor wirkt sehr rational, extrem anständig und mutig, das lässt sich schon aus den wenigen Sätzen heraushören. Sein Handy zu opfern und es in ein Bankschließfach zu sperren wegen des Anrufs eines Verbrechers, den wir aller Wahrscheinlichkeit nach nicht werden ausfindig machen können, das ist jedoch kein besonders rationaler Akt.«

»Damit willst du also andeuten, dass ...«

»Dass noch mehr auf diesem Handy sein muss, genau. Unsere zwei Schattenmenschen, der sonderbare Fremde und Janne, wissen natürlich davon. Die wollten uns damit nur einen Anstoß geben. Sie haben sich mit dem Handy irgendwo verkrochen. Und darauf befindet sich etwas wirklich Wichtiges.«

»Übertreibst du jetzt nicht ein bisschen? Janne ist ein Penner aus Hornstull, und der sonderbare Fremde ist ein blinder bettelnder Roma.«

»Ich habe den Eindruck, Sara Svenhagen, als müssten Sie Ihren Normalitätsbegriff erweitern.«

»Du mieser Kerl!«

»Virpi und Jovan oder Janne?«

»Janne liegt doch auf dem Weg.«

So kam es, dass das Paar kurze Zeit später vor einer Kellertür in Hornstull, nicht weit entfernt vom Högalidsparken kauerte. Sie entsprach exakt der Beschreibung von Leutnant Louise Ahl und war eine versteckt gelegene Kellertür in der dunkelsten Ecke eines unbenutzten Hinterhofes. Chavez klopfte. Er wartete, dann versuchte er es erneut. Schließlich öffnete sich die Tür. Eine Kellergestalt sah durch den Spalt. Bart und Haare formten einen großen Ball, der den Kopf gigantisch aussehen ließ.

»Janne?«, fragte Chavez.

»*Fuck off*«, lautete die Antwort.

Einen kurzen Moment lang wünschte sich Chavez, dass auch er 1988 an den Olympischen Sommerspielen in Seoul teilgenommen hätte. Allerdings wäre er damals erst dreizehn Jahre jung gewesen. Also wandte er einen sehr unsportlichen, hinterhältigen Trick an.

»Wir sind von der Wohnungsbaugesellschaft. Morgen werden die Kellerräume hier mit Maschinen geräumt.«

Der Mann mit dem kugelrunden Kopf starrte ihn an. Dann fing er an zu kichern und sagte mit heiserer Stimme: »Kommt rein, ihr Scheißbullen.«

Sie betraten den winzigen Raum, eine wilde Mischung aus Pennerhöhle und Büro. Ein uralter Rechner stand auf einem Tisch, eine Reihe von Handys war an Kabel angeschlossen. Keines davon war ein Smartphone.

»Ist ganz schön schwer, an die ranzukommen«, sagte Janne.

»Was?«

»Ihr sucht doch ein iPhone. Manometer, habt ihr lange gebraucht.«

»Hättet ihr damit nicht eigentlich direkt zur Polizei gehen sollen?«, fragte Chavez.

»Die hätten die Sache doch nur vermasselt. Wir wollten, dass sich ein paar richtige Bullen darum kümmern. Seid ihr die richtigen? Sie schon, aber du?«

Da konnte Chavez nicht mehr an sich halten und lachte laut. Das hallte ganz ordentlich in dem kleinen Raum.

»Sie ist eindeutig die Richtige, das kann ich versichern. Mich gibt es als Zugabe.«

»Dann stell mal die richtigen Fragen.«

»Willst du uns nicht einen Sitzplatz anbieten?«

»Zum Piepen.«

»Warum hast du dich überhaupt mit ihm unterhalten?«

»Es waren seine Augen. Er war so offensichtlich blind, aber er benahm sich überhaupt nicht wie ein Blinder.«

»Erlaube mir die Bemerkung, dass du dich auch nicht wie ein typischer Penner benimmst.«

»Welcher Penner tut das schon? Wir sind doch nur ein wildes Trüppchen Menschen, die mit den immer starrer werdenden Spielregeln des Lebens nicht mehr zurechtkommen. Man kann doch nicht erwarten, dass jeder Mensch so gut mit Geld umgehen kann wie ein bescheuerter Banker, oder?«

»Schreibst du?«, fragte Chavez mit Blick auf den Rechner.

»Jeden Tag.« Janne nickte. »Ich war mal ganz erfolgreich. Oder sagen wir eher, auf dem Weg zum Erfolg.«

»Sind das deine Werke?«, fragte Svenhagen und zeigte auf die Bücher, die an der Wand lehnten. »Der Name sagt mir etwas.«

Janne musterte sie ausgiebig. Dann nickte er erneut und stellte fest: »Nein, das hast du nicht nur gesagt, um mir zu schmeicheln.«

»Schmeicheln ist eine sehr unterentwickelte Begabung von mir, aber ich habe noch nichts von dir gelesen.«

»Das haben nur sehr wenige getan. Willst du ein Exemplar haben?«

»Kann ich?«, fragte Sara Svenhagen und nahm das etwas fleckige Buch entgegen. »Meinst du das im Ernst?«

»Klar.«

»Wie nett. Danke.«

»Was ist denn schiefgelaufen?«, fragte Chavez und las die Buchrücken. Es gab insgesamt fünf Titel.

»Gar nichts«, antwortete Janne. »Nichts ist schiefgelaufen. Ich habe mich so entwickelt, wie das ein Schriftsteller eben tut. Langsam. Aber die Welt veränderte sich schneller. Und auch die Verlagsbranche hat sich Mitte der Neunzigerjahre gewaltig verändert. Man bekam nicht mehr die Chance auf Misserfolge, ehe man seinen Durchbruch hatte. Die Verlage begannen, Autoren schon nach zwei Veröffentlichungen wieder aus dem Programm zu nehmen. Ich habe ein paar Ausgaben im Selbstverlag herausgegeben, das hat mir den Rest gegeben, ich bin bankrottgegangen. Dann habe ich noch einmal eine zweite Chance bekommen. Das war 1997. Danach war Schluss.«

»Und seitdem schreibst du im Untergrund?«

»Habe geschrieben, getrunken, Drogen genommen, abgehangen. Bin eben am Leben gescheitert. Ich habe irgendwo Kinder. Keine Ahnung, wo die jetzt sind. Mindestens drei Frauen habe ich unglücklich gemacht.«

»Was ist noch auf dem Handy, außer dem Telefonat?«

»Richtige Frage.« Janne lachte und entblößte seine fünf Zähne.

»Und jetzt will ich die richtige Antwort hören«, erwiderte Chavez.

»Ein Tagebuch, auf Dänisch«, sagte Janne.

Chavez schaute ihn verdutzt an.

»Hast du es gelesen?«, fragte Sara Svenhagen.

»Ich habe es gelesen, aber ich erinnere mich nicht mehr daran, worum es ging. Ich kann mich nur an alte Sachen erinnern. An altes Unrecht.«

»Aber ihr habt lange in den Räumen der Heilsarmee zusammengesessen und geredet?«

»Wir haben die Aufnahme abgehört. Und haben über Manders Schicksal gesprochen. Mander Petulengro. Was für eine miese Lebensgeschichte. Hat mich tatsächlich inspiriert, was nicht häufig vorkommt. Ein blind geborener Roma, Sänger und Musiker, den der Hass seiner Mitmenschen aus seiner Heimatstadt in Transsilvanien vertrieben hat. Während des Jugoslawienkrieges ist er über den Balkan gewandert. Und er hat das alles überlebt. Fand die Liebe seines Lebens, die dann ermordet wurde. Kehrte in seine zerstörte Heimat zurück. Bereitete sich auf den Lebensabend in einem sogenannten Pflegeheim vor. Wurde aber stattdessen als Sklave von diesen schlauen Gewinnern des Neoliberalismus gekauft und schließlich Zeuge eines schrecklichen Mordes, einer Hinrichtung, Schlachtung. Ausgerechnet hier in Hornstull, diesem kaputten Ort. Natürlich musste ich ihm helfen. Es kam mir vor, als hätte ich Homer höchstpersönlich geholfen.«

»Konntest du ihm helfen?«

»Klar«, sagte Janne. »Mander Petulengro badet im See meiner Kindheit.«

»Er badet im See deiner Kindheit?« Chavez prustete los.

»Wo hast du auf einmal die Luft her?«, fragte Janne.

»Und dieser See, wo liegt der?« Svenhagen blieb sachlich.

»Außerhalb von Gnesta. Ich habe ihm eine audiovisuelle Wegbeschreibung zur Hütte gegeben, wenn die Herrschaften verstehen, was ich meine.«

»Hat er Bescheid gegeben, dass er dort auch angekommen ist?«

»Direkt nach seiner Ankunft, ja. Dann habe ich ihm gesagt, dass er das Handy nur auf Flugmodus gestellt lassen sollte.«

»Warum hast du ihm das geraten?«

»Diese Handys senden wie wahnsinnig Signale«, erklärte Janne.

»Kannst du uns genau beschreiben, wo die Hütte steht?«

»Und nicht nur das«, entgegnete Janne stolz und klappte seinen uralten Laptop auf. »Ihr bekommt sogar die exakten GPS-Koordinaten. Wenn die Herrschaften noch die Geduld aufbringen zu warten, die Hackerschaltung ist ein bisschen langsam.«

»An was schreibst du denn gerade?«, fragte Sara Svenhagen, während sie warteten.

»Gerade sitze ich an einem Krimi«, erzählte Janne und lachte laut. »Es gibt kein geeigneteres Genre, um von der Kulturelite verachtet zu werden.«

Auf der Autobahn nach Süden, Richtung Gnesta, fragte Chavez: »Ist es gut?«

Svenhagen sah von dem fleckigen Buch auf.

»Ich bin noch nicht weit gekommen.«

»Wie heißt es denn?«

»*Vier Variationen*«, sagte Sara Svenhagen. »Vier ist die japanische Unglückszahl.«

Mander Petulengro war zu Tode gelangweilt. Außerdem hatte er keine Lust mehr auf Konserven. Sogar die Sekunden schleppten sich träge voran. Er hatte das Handy auf Flugmodus gestellt, wie Janne es ihm geraten hatte. Aber jetzt hielt er es einfach nicht mehr aus. Er musste menschliche Stimmen hören, und wenn es nur seine eigene war.

Er schaltete das Handy an und hörte sich alles an, was er darauf fand. Auch den Drohanruf. Seine Unterhaltung mit Janne.

Sogar der metallischen Frauenstimme lauschte er, die ihm ein Tagebuch in einer fremden, sonderbar gutturalen Sprache vorlas.

Als er das Tagebuch wieder abstellen wollte, fiel ihm eine Sache ein, die er ganz vergessen hatte. Ihm gelang es erneut, bis zu den Einstellungen des Apparates zu gelangen.

Die metallische Frauenstimme sagte: »Flugmodus ausgeschaltet.«

Das bedeutete, dass der Flugmodus in der vergangenen halben Stunde nicht eingeschaltet gewesen war. Er musste sich vertippt haben.

Da wusste Mander Petulengro, dass es schon zu spät war.

Der Berliner Dom

Den Haag – Brüssel – Berlin, 6. Juli

Das Foto von den Koffern, die vor Geldscheinen überquollen, prangte auf der Whiteboard-Tafel, während die Helden von Amsterdam einer nach dem anderen eintrafen. Es war noch gar nicht so spät, der Tag hatte noch nicht einmal die Hälfte seiner Strecke zurückgelegt. Aber der Fotograf und seine Assistentin waren noch nicht erschienen.

»Außerdem haben sie mein Auto«, maulte Navarro.

Besagtes Auto befand sich auf der Autobahn zwischen Amsterdam und Brüssel.

»Ich hätte es wissen müssen«, sagte Laima Balodis auf dem Beifahrersitz.

»Wie meinst du das?«, fragte Paul Hjelm.

»Deine galante Rettungsaktion mit dem Taxi. Du hattest einen Plan. Einen bösen Plan.«

»Ich benötigte erneut deine Hilfe. Dieses Mal haben wir eindeutige Beweise, Handgreiflichkeiten dürften also nicht nötig werden.«

»Aber dennoch nimmst du mich mit, für alle Fälle?«

Hjelm runzelte die Stirn und sah zerknirscht aus.

»Das müsste schnell erledigt sein«, versuchte er zu beschwichtigen. »Ich werde dafür sorgen, dass du einen angemessenen Ausgleich erhältst.«

Laima Balodis lehnte sich im Sitz zurück und sagte: »Brüssel also, ja?«

»Zuerst ja.«

»Zuerst, ja klar. Und wenn ich Pläne für heute Abend habe?«

»Zuerst Brüssel, danach Berlin. Wir sind gegen Abend wieder zurück in Den Haag.«

»Mein letzter Aufenthalt in Berlin war ein wenig aufreibend.«

»So wird es dieses Mal nicht werden, versprochen.«

»Das versprichst du mir also?«, wiederholte Balodis, und die Temperatur im Wagen sank um zehn Grad.

Als sie Brüssel erreichten, empfing sie strahlender Sonnenschein.

Das Büro der PR-Agentur Arc-en-Ciel hatte seine Brüsseler Dependance in dem architektonisch innovativeren Teil der Stadt eröffnet, sowohl das Berlaymont-Gebäude als auch das NATO-Hauptquartier waren von dort zu Fuß zu erreichen.

Der Spindoktor Laurent Gatien war in seinem Büro, das hatte Paul Hjelm vorher telefonisch überprüft. Sie liefen durch nüchterne Flure, und als Hjelm Gatiens Zimmer erreicht hatte und die Tür aufstieß, sprangen sofort fünf Praktikanten in Probezeit auf und liefen ihm entgegen.

Das wiederum gab Laima Balodis die Möglichkeit, direkt ins Büro des Spindoktors hineinzumarschieren, ihn mit Nachdruck auf dem Sofa zu platzieren und ihm ins Ohr zu flüstern: »Ich soll Sie schön von Fabien Fazekas aus Ungarn grüßen.«

Gatien gab den Praktikanten sofort hektisch Zeichen, dass sie sich entfernen sollten. Er ließ Paul Hjelm nicht aus den Augen, der die Tür hinter sich schloss und langsam auf das Sofa zukam.

»Ich vermute, Sie wissen, wer ich bin«, sagte Hjelm.

»Ich vermute es«, bestätigte Gatien. »Aber ich vermute auch, dass Sie oder Ihre reizende Freundin hier sich nicht vorstellen werden.«

»Wie konnten Sie das nur tun?«, fragte Hjelm. »Leugnen ist zwecklos, ich habe Einzelverbindungsnachweise sämtlicher Gespräche mit Griechenland, Paris und Ungarn. Beantworten Sie einfach nur meine Frage. Wie konnten Sie das zerstören, was Sie beide unter größter Geheimhaltung aufgebaut hatten? Und Sie haben da einen großartigen Job gemacht.«

Laurent Gatien saß stumm auf dem Sofa und starrte mit leerem Blick vor sich.

»Nicht einfach nur großartig«, sagte er tonlos. »Legendär. Es sollte eine klassische Kampagne werden, nicht nur im strategischen Sinne, sondern auch im klassischen Kampf für das Gute. Trotz aller Widrigkeiten. Und ich bin wirklich aufrichtig von der Sache überzeugt.«

»Also, wie konnten Sie das tun?«

»Ich habe viele Eigenschaften – ja, Sie sind Polizist, Privatdetektiv, Söldner oder was auch immer –, aber ich bin nicht besonders mutig. Bei Androhung einer bestimmten Art von Gewalt knicke ich ein. Und ich spreche nicht von der Art von Gewalt, die Sie oder Ihre verräterisch durchtrainierte Assistentin mir antun könnten. Ich spreche von richtiger Gewalt.«

»Peitsche also!«, sagte Hjelm. »Aber ein bisschen Zuckerbrot gab es auch.«

»Kein Zuckerbrot.« Gatien schüttelte den Kopf. »Das schwöre ich. Aber die Peitsche war eindrucksvoll.«

»Plan G?«

»Ich weiß nach wie vor nicht, was und wer sich dahinter verbirgt«, erklärte der Spindoktor und zuckte mit den Schultern. »Aber es handelt sich definitiv um Leute, die sich gegen das Verbot von benzinbetriebenen Fahrzeugen in europäischen Großstädten sträuben.«

»Geht es in dem Gesetzesentwurf darum?«

»Hatte sie nicht genug Vertrauen, um es Ihnen zu erzählen? Ach was, ich kann sie verstehen. Wenn sie mir schon nicht trauen konnte …«

»Sie sollte in der Tat niemandem vertrauen, wenn ihr Vorhaben gelingen soll.«

»Aber jetzt kann es nicht mehr gelingen. Es ist alles zu spät. Alles ist zerstört. Ich habe es zerstört. Machen Sie mit mir, was Sie wollen.«

»Es kann nach wie vor gelingen. Aber Sie müssen mir alles über diesen Plan G erzählen. Alles, was Sie darüber wissen.«

»Ich habe wirklich keinen blassen Schimmer. Ich bin kein Teil dieses Plans. Die hatten gerade erst Kontakt zu mir aufgenommen, als Marianne mir von dem Foto erzählte. Mein erster Auftrag war es, diesen Pamplemousse aufzusuchen und dafür zu sorgen, dass er die Klappe hält. Was er ja ganz offensichtlich nicht getan hat.«

»Wer hat mit Ihnen Kontakt aufgenommen? Haben Sie jemanden getroffen?«

»Nein, das lief alles nur über Telefon. Unterdrückte Nummer, keine Chance, den Teilnehmer am Ende der Leitung zu ermitteln. Aber er war Amerikaner.«

»Amerikaner?«

»Er sagte, mein Auftrag bestehe aus zwei Teilen: zum einen dafür zu sorgen, dass die Erpressung wirksam bleibt – im Klartext: bei Bedarf Fazekas warnen –, und zum anderen so zu tun, als würde ich eine Strategie ausarbeiten, wie wir auf die Veröffentlichung der Fotos reagieren. In Wirklichkeit aber sollte ich eine alternative Strategie verfolgen.«

»Sie sollten sich gegen Marianne Barrière stellen und sich in unterschiedlicher Form über ihren moralischen Verfall äußern?«

»Ja, so ungefähr.« Gatien nickte.

»Und warum haben Sie sich darauf eingelassen?«

»Während des besagten Telefonats bekam ich eine Mail. Sie bestand aus drei Videofilmen. Aus Oxford, Yale und Barcelona. Dort studieren und arbeiten meine drei Töchter. Es waren vollkommen harmlose Filmchen, meine wunderbaren Töchter in ganz alltäglichen Situationen. Aber eine Sache war unverkennbar: Diese Leute hatten auf alle drei jemanden angesetzt. Und sie verfügen über starke Mittel und ausreichend Rücksichtslosigkeit, und zwar in einer grausamen Kombination.«

»Und warum erzählen Sie mir das jetzt, Ihre Töchter sind doch nach wie vor in höchster Gefahr?«

»Ich bin, wie gesagt, nicht besonders mutig und befürchte, dass Sie diese wunderschöne Frau nicht aus rein ästhetischen Gründen als Begleitung gewählt haben. Außerdem sind Sie im Großen und Ganzen über den Sachverhalt informiert. Denn Sie sind bestimmt kein einfacher Privatdetektiv. Unser Gespräch lässt mich vermuten, dass Sie ein Polizist in einer gehobenen Position sind. Nur jemand wie Sie hat vermutlich eine Chance, an diese Kerle ranzukommen. Ich wünsche Ihnen viel Glück, von ganzem Herzen. Aber ich flehe Sie an, lassen Sie diese Leute nicht denken, ich hätte etwas verraten. Können Sie mir das versprechen? Sonst verurteilen Sie drei unschuldige lebensfrohe Mädchen zum Tode.«

»Wenn Sie nicht im Gegenzug plötzlich auf die Idee kommen, den Amerikaner zu informieren?«

»Ich wüsste gar nicht, an wen ich mich wenden sollte. Ich habe keine Kontaktdaten.«

»Und das zweite Bein?«

»Welches zweite Bein?«

»Das eine Bein des Projekts ist die Durchsetzung des Gesetzesentwurfs, damit das EU-Parlament dafür stimmt. Das zweite Bein ist das Forscherteam, das an der Optimierung der Batterien von Elektroautos arbeitet. Habe ich recht?«

»Sie wissen ziemlich gut Bescheid.«

»Und doch viel zu wenig.«

»Ich habe nichts mit diesem zweiten Standbein zu tun. Darum hat sich Marianne ganz allein gekümmert. Nicht einmal Kontaktdaten habe ich von diesen Leuten. Ich weiß nur, dass sie Niels, Virpi und Jovan heißen. Sonst nichts.«

Paul Hjelm dachte nach. Er hatte also recht gehabt, das zweite Standbein des Projekts war das geheime Forscherteam. Marianne hatte ihm aber nur von dem anderen erzählt. Eine kluge Frau.

»Ihre einzige Aufgabe besteht nun darin, so weiterzumachen, als wäre nichts geschehen«, sagte Hjelm. »Aber verschreiben Sie sich ab jetzt ganz und gar Mariannes Projekt und geben Sie diesen Leuten nichts mehr. Und zwar absolut nichts. Wenn Sie müssen, dann speisen Sie sie mit irgendeinem Quatsch ab. Sie sind doch rhetorisch geschickt. Verstanden?«

»Ja«, sagte Gatien und blickte auf seine Hände.

»Ich habe eine Pressemitteilung über Sie vorbereitet. Ein Anruf genügt, und sie wird veröffentlicht. Das würde Sie zugrunde richten und Ihren Töchtern das Leben kosten. Allen dreien. Verstehen Sie, was ich sage?«

»Das würden Sie niemals tun …«

»Wollen Sie es darauf ankommen lassen?«

»Nein! Nein, ich habe verstanden. Heißt das, dass die Fotos aus der Welt sind? Kann ich die vergessen?«

»Möglicherweise schon bald«, antwortete Hjelm. »Sie hören von mir.«

Sie ließen den Spindoktor in seinem Büro zurück und sahen auf der Fahrt sogar noch ein bisschen von Brüssel. Später, im Flugzeug, fragte Laima Balodis: »Pressemitteilung?«

»In der Eigenschaft als meine Assistentin hast du die Erlaubnis, sie zu verfassen.«

»*Fuck off.*«

»Ich finde, deinem Ton mir gegenüber mangelt es an Respekt.«

»*Fuck* noch mehr *off.*«

Wenige Stunden später fuhr ein Taxi am Brandenburger Tor vorbei und weiter Unter den Linden. Die Silberlinden blühten dieses Jahr später als sonst, und das Taxi durchströmte ein wunderbarer Duft. Die mächtigen Bäume, die in einer langen Reihe die Paradestraße säumten, leuchteten in strahlendem Weiß. Gegenüber der Humboldt-Universität lag der Bebelplatz, und hinter dem Historischen Museum auf der einen und der Staatsoper auf der anderen Seite gab die Straße den Blick frei auf eine ganz besondere Insel – die Museumsinsel. Früher hatte dort das Berliner Schloss, ein mächtiger Renaissancebau, gestanden, das aber 1945 bei Bombenangriffen schwer zerstört und dann 1950 gesprengt wurde, um Raum für einen großen offenen Platz zu schaffen. Der damalige stellvertretende Vorsitzende im Ministerrat der DDR, Walter Ulbricht, träumte von einem Paradeplatz für beeindruckende Aufmärsche. Dreihundert Jahre Geschichte gingen in einer gewaltigen und sehr symbolischen Rauchwolke auf. Als einziges Relikt blieb der etwas verloren wirkende Lustgarten vor den großen Museen und dem geistlichen Kontrapunkt zum Schloss, dem Berliner Dom, der 1905 eröffnet wurde.

Das Taxi fuhr an Sonnenanbetern vorbei, die auf der Rasenfläche des Lustgartens wie abgestürzte Möwen lagen, und hielt vor dem Eingangsportal der Kirche. Paul Hjelm und Laima Balodis stiegen aus und gingen die Treppe hoch. Als sie die ersten Schritte in das Gotteshaus machten, erfüllten im Wechsel zwischen lang gehaltenen Tönen und schnellen Tonfolgen abwärts führende Oktaven den mächtigen protestantischen Kirchenraum.

Hjelm und Balodis blieben wie erstarrt stehen. Dann setzte auf dem Orgelpunkt des Grundtons eine dunkle, tiefe Akkordbrechung ein, die von der Ewigkeit Gottes oder zumindest seines Stellvertreters kündete. Der enorme Resonanzkörper des Berliner Doms wurde erfüllt von Johann Sebastian Bachs bekanntestem Orgelwerk, der *Toccata und Fuge in d-Moll*. Mit Verklingen der letzten Töne hatten die beiden Polizisten die Empore erreicht und standen tief bewegt vor dem Organisten.

»Phantastisch«, stieß Hjelm hervor.

»Vielen Dank«, erwiderte der magere Mann überrascht und schob seine Brille auf die Stirn. »Ich übe nur ein bisschen.«

»Mir war Bach immer zu blasphemisch«, sagte Hjelm.

»Weil er Gott überstrahlt?«, der Organist lachte. »Tief in seinem Inneren wusste das fromme Lamm davon. Allerdings ist gerade diese *Toccata und Fuge*, BWV 565, immer wieder in den Verdacht geraten, wesentlich später verfasst worden zu sein. Meiner Meinung nach kann sie aber nur von Bach stammen.«

»Ein unglaublicher Klang, diese Orgel.«

»Eine Sauer-Orgel von 1905, Deutschlands größte pneumatisch gesteuerte Orgel aus der Spätromantik.« Liebevoll strich der Organist über die Klaviatur.

»Was ist mit dem Foto geschehen?«

»Foto?«

»Von Marianne Barrière, Westberlin 1985.«

Der Organist zog seine Hand zurück und nickte, lange und langsam. Zwischen seinen Augenbrauen hatte sich eine steile Falte gebildet.

»Wenn Sie gekommen sind, um mich zu töten, dann will ich vorher noch eine Fuge spielen«, sagte er dann.

»Welche denn?«, fragte Hjelm neugierig.

»Die *Fuge in a-Moll*, glaube ich«, lautete die Antwort, und der Organist legte die Hände auf die Tasten.

»Wir sind von der Polizei«, sagte Paul Hjelm und hielt dem Mann seinen gefälschten Dienstausweis hin. Laima Balodis tat es ihm nach.

»Karlsson und Abromaite, von der schwedischen respektive litauischen Polizei, die sich mit der Erpressung einer französischen EU-Kommissarin beschäftigen? Tja, das klingt logisch und naheliegend …«

»Beantworten Sie bitte einfach nur meine Frage.«

»Es tut mir leid«, entgegnete der Organist stur. »Aber ich weiß nicht, für wen Sie arbeiten.«

»Sie sind Ignatius Dünnes, richtig?«

»Sollte das eine Antwort sein?«

»Ich arbeite für Marianne Barrière. Rufen Sie ruhig bei ihr an und überprüfen Sie das.«

Ignatius Dünnes musterte Paul Hjelm eingehend. Dann nickte er nur kurz und stand auf.

»Könnten wir dieses Thema an einem anderen Ort besprechen als im Haus Gottes?«

»Auf der Treppe vor dem Haus Gottes?«

Ignatius Dünnes lachte. »Warum nicht?«

Hjelm und Balodis nahmen Dünnes auf der obersten Treppenstufe in ihre Mitte.

»Es erscheint mir glaubwürdig, dass Sie für Marianne arbeiten. Sie sind ihr Typ.«

»Sie auch, wenn ich das richtig verstanden habe.«

»Ja, doch, das kann man ruhig so sagen.«

»Sie sind also auch auf dem Foto zu sehen?«

»Es wurde mir mit der indirekten Drohung geschickt, dass ich nie wieder Kirchenorgel spielen würde. Was der Fall wäre, wenn man mich aus der Gemeinde ausschließt.«

»Ohne Absender?«

»Ja.«

»Sie wissen, dass Marianne auch ein Foto erhalten hat?«

»Ich weiß davon.«

»Sie haben also nach wie vor Kontakt zu ihr?«

»Wir sind Freunde und stehen in regelmäßigem E-Mail-Verkehr.«

»Sie hat mehrfach erklärt, dass sie sich nicht an den bürgerlichen Namen von Natz erinnern könne …«

»Sie hat immer versucht mich zu beschützen.« Dünnes lächelte. »Sie ist der Ansicht, ich sei eine zerbrechliche Künstlerseele. Ich habe keinen besseren Freund als sie. Wir sind im … Einklang.«

»Was haben Sie mit dem Foto gemacht?«

»Augenblicklich gelöscht natürlich.«

»Hätten Sie etwas dagegen, wenn ich mich davon selbst überzeugen würde?«

Wortlos reichte Ignatius Dünnes ihm sein Handy und blickte hinauf in den wolkenfreien Berliner Abendhimmel.

»Gott? Tja, ich weiß nicht …«, sagte er zögerlich. »Mein Glaube an Bach ist größer, wenn ich das so sagen darf. Aber vielleicht brauchen wir das Böse, um das Gute zu erkennen. Die Frage ist nur, warum es so viel davon geben muss …«

»Sie haben ein iPhone 4S und kein einziges Bild im Speicher?«, fragte Hjelm.

»Ich bin nicht so der visuelle Typ. Sehen Sie sich dagegen mal meine Musikbibliothek an«, meinte Dünnes.

Hjelm gab ihm das Handy zurück, legte den Kopf in den Nacken und betrachtete denselben Abendhimmel. »Es gibt ein bisschen zu viel davon. Von dem Bösen, meine ich.«

»Vor allem, wenn das Gute genötigt wird, es auszuüben«, sagte Balodis und erntete damit einen überraschten Blick von Dünnes und einen scharfen von Hjelm.

Er ging jedoch nicht darauf ein, sondern fragte: »Beinhaltet Ihr ›Einklang‹ auch, dass Sie sich gegenseitig Dinge anvertraut haben?«

Ignatius Dünnes sah Hjelm amüsiert an. »Sie hat Ihnen nicht alles erzählt, oder?«

»Nein. Aber ich habe mir meine Gedanken gemacht.«

»Marianne wird in Kürze einen Gesetzesentwurf vorlegen. Der beinhaltet, dass alle Autos, die mit einem Erdölprodukt betrieben werden, in sämtlichen europäischen Städten mit mehr als zehntausend Einwohnern Fahrverbot erhalten werden. Das Gesetz soll bis spätestens 2016 umgesetzt werden. Die

Voraussetzung dafür ist, dass Marianne eine sowohl ausreichend gute als auch ausreichend nachhaltige Alternative vorweisen kann. Und diese Alternative muss vorliegen, ehe sie in etwa einer Woche ihre große Sommerrede vor der Presse hält.«

»Worum geht es dabei? Elektroautos?«

»Volks-Elektroautos. Billige und funktionale Elektroautos, die sich alle Bürger bis 2016 leisten können. Dafür soll es EU-Fördergelder geben. Sie will ihre momentane Macht ausnutzen, um etwas gegen die globale Erwärmung zu unternehmen. Und gleichzeitig will sie politischen Mut in einem Europa säen, in dem Politik entweder zum puren Lobbyismus oder zu einer Politik der Gewalt verkommen ist. Sie bezeichnet den jetzigen Zustand als ›Postdemokratie‹. Der von Gewinnoptimierungsstreben durchdrungene Zustand nach der Demokratie.«

»Kein geringer Anspruch«, sagte Laima Balodis.

»Und auch keine geringen Gegner«, ergänzte Ignatius Dünnes. »Sie war überzeugt, dass sie die wichtigsten Säulen ihres Plans abgesichert hatte. Aber offenbar ist ihr das noch nicht gelungen.«

Eine Weile standen sie auf der Kirchentreppe beisammen und sinnierten über die Situation. Über die Demokratie.

»Eine Frage nagt in mir«, sagte Hjelm dann. »Warum hat Fabien Fazekas Ihnen ein Foto geschickt? Sie können doch gar keinen Druck ausüben?«

»Ich weiß auch nicht«, antwortete Dünnes. »Ich vermute, die haben herausgefunden, wie nah wir uns gestanden haben. Vielleicht dachten sie, ich könnte Einfluss auf sie ausüben. Inoffiziellen Einfluss. Sie anflehen: ›Rette mein Dasein als Kantor, liebe Marianne, verrate deine Visionen!‹«

»Sie haben sich geirrt?«

»Sie haben nicht den Hauch einer Vorstellung, wie sehr die sich geirrt haben.«

»Das freut mich zu hören«, sagte Paul Hjelm.

»Mich auch«, bekräftigte Laima Balodis. »Außerdem werde ich ab jetzt meinem Vorgesetzten mit etwas mehr Respekt begegnen.«

»Auch das freut mich zu hören«, erklärte Hjelm.

»Aber ich habe noch eine wichtige Frage«, sagte Balodis und sah Dünnes an.

»Ja, welche denn?«

»Obwohl Sie ja nicht jetzt gleich sterben müssen, könnten Sie doch trotzdem noch etwas spielen?«

»Ich hatte gerade vor, genau dieselbe Frage zu stellen«, sagte Hjelm.

Dünnes lachte und entgegnete: »Ich frage mich gerade, ob nicht doch die *Fuge in a-Moll* Bachs schönstes Orgelwerk ist. BWV 543, Sie wissen schon.«

Als die ersten Töne in die hohe Kuppel des Berliner Doms aufstiegen, blickten Hjelm und Balodis einander an. Und was sie da in den Augen des jeweils anderen sahen, ließ sich nur mit einem Wort beschreiben.

Hoffnung.

Konserven, Konserven, Konserven

Gnesta, 6. Juli

Mittsommer war erst wenige Wochen her, man konnte also nicht so recht von einer Abenddämmerung sprechen. Dennoch hatte sich eine eigentümliche Dunkelheit über die Gegend gelegt, als der Wagen in den Wald hinter dem kleinen Stadtzentrum von Gnesta bog. Die Konturen waren verschwommen, und der dunkle Mischwald schien den Weg beinahe zu verschlingen. Sie hatten das Gefühl, als würden die Bäume bedrohlich näher rücken und den Wagen angreifen wollen.

Den glänzenden Europol-Wagen.

Laut GPS hatten sie noch drei Kilometer vor sich, aber Sara Svenhagen konnte sich nicht vorstellen, dass es diesen Weg auch in drei Kilometern noch geben würde. Aber er führte dennoch immer weiter. Es war kaum zu glauben, dass es so trostlose Gegenden in der unmittelbaren Nähe von Stockholm gab. Schweden war und blieb ein dünn besiedeltes Land.

Der Wagen fuhr an einem Bach vorbei und kam schließlich zu einer Reihe von Briefkästen mitten im Nichts. Wahrscheinlich lagen die Grundstücke im Wald verstreut. Chavez rollte langsam weiter bis zu einem Schild, das zu Svenhagens Verwunderung vor einer starken Verschmälerung des Waldwegs warnte. Von dort an wand sich der Weg als winziger Pfad durch den Wald. Sie überprüften die GPS-Angaben auf dem Bildschirm. Laut GPS lag ihr Ziel in dreihundert Metern Entfernung, links im Wald. Es gab keine Möglichkeit, bis dorthin weiterzufahren. Es war aber auch nicht klug, den Wagen einfach stehen zu lassen wie einen unübersehbaren Hinweis dafür, dass sie vor Ort waren. Chavez fuhr ein Stück weiter. Svenhagen schwieg. Sie dachten dasselbe. Nach etwa hundert Metern entdeckten sie einen kleinen Waldweg zu ihrer Rechten. Chavez fuhr den Wagen so tief hinein, dass er von der Hauptroute aus nicht zu sehen war.

Wortlos stiegen sie aus. Sie liefen das Stück zurück und bogen dann in den Pfad ein. Der war nun kaum mehr zu sehen in der zunehmenden Dämmerung. Und die Luft veränderte sich, sie wurde klarer, frischer. Es roch nach Wasser. Hinter einem kleinen Pappelhain tauchte plötzlich ein kleiner See auf, der nicht auf der Karte verzeichnet gewesen war. Und an diesem See stand eine kleine Hütte. Unter anderen Umständen wäre das ein wunderschöner Anblick gewesen. Jetzt war es eher unheimlich.

Der Ort wirkte vollkommen verlassen.

Chavez und Svenhagen näherten sich der Hütte. Eine kleine, morsche Treppe führte zu einer Veranda hinauf, die noch mitgenommener aussah. Leise schlich Chavez die Stufen hoch. Kein Geräusch war zu hören. Svenhagen folgte ihm.

Vor der Eingangstür lag eine Fußmatte, die vor vierzig Jahren »Trautes Heim, Glück allein« verkündet hatte. Chavez zog seine Pistole aus dem Halfter und öffnete langsam die Tür. Es war pechschwarz dahinter. Er tat einen Schritt ins Dunkle.

Etwas kam auf ihn zugeflogen. Chavez sah es zu spät, um sich zu ducken, konnte aber wenigstens ausweichen, sodass der Gegenstand ihn nur an der Schulter traf, aber dennoch umwarf. Es war ein großes Einweckglas, gefüllt mit einer Flüssigkeit. Er meinte, einen Fötus oder etwas Ähnliches darin gesehen zu haben. Während er fiel, sah er, wie die Fußmatte unter Sara Svenhagen weggezogen wurde und auch sie die Treppenstufen hinunterstürzte.

Chavez prallte auf den Boden und schrie: »Fucking hell, Mander! We are the police!«

*

Sie saßen am Küchentisch. Mander Petulengro verband Sara Svenhagen den Kopf mit den für Blinde typischen Bewegungen, als würde er in einer anderen Welt agieren. Geronnenes Blut verzierte ihre Wangen. Jorge Chavez massierte und bewegte seine Schulter und spürte, wie ein Schmerz ihn durchzuckte.

»Sie hätten sagen sollen, dass Sie von der Polizei sind«, meinte Mander Petulengro.

»Wir wussten doch nicht, wer schon alles hier ist«, erklärte Chavez.

»Ich habe nicht so viele Waffen, um mich zu verteidigen.«

»Tja, man nimmt, was man kriegen kann«, sagte Chavez und betrachtete das Einweckglas vor sich auf dem Tisch. Darin befand sich kein Fötus, wie er angenommen hatte. Es waren eingelegte Gurken. Die Wäscheleine, an der das Glas unter der Decke gehangen hatte, war noch um den Deckel gewunden.

»Konserven, Konserven, Konserven«, sagte Petulengro gequält. »Ich kann keine Konserven mehr sehen.«

»Sie bekommen ein richtiges Festmahl, wenn wir das Handy bekommen.«

Mander Petulengro nickte und reichte Chavez wortlos das Smartphone. »Ich habe aus Versehen den Flugmodus für eine halbe Stunde ausgeschaltet«, erklärte er. »Deswegen dachte ich auch zuerst, dass mich jemand aufgespürt hat und mir an den Kragen will.«

»So ein Mist«, fluchte Chavez und sprang auf. »Wir müssen hier weg. Sofort.«

Sie verließen das Haus. Sara Svenhagen war noch ganz benommen und musste gestützt werden. Es war tatsächlich noch dunkler geworden. Der Pfad durch den Wald war praktisch nicht mehr auszumachen.

Chavez hatte kaum seine Taschenlampe an seinem Schlüsselbund hervorgeholt, als sie einen Motor hörten. Er heulte noch einmal auf, dann wurde es still.

Chavez sah Petulengro an. Auch er hatte den Wagen gehört, vermutlich wesentlich früher als sie. Petulengro packte ihn am Arm und führte sie durch die immer dichter werdende Dunkelheit. Sie gingen an einer alten grünen Pumpe vorbei und kamen zu einer kaum sichtbaren Tür in einem mit Gras bewachsenen Erdhügel. Als sie sie öffneten und in die pechschwarze Dunkelheit eintauchten, schlug ihnen typischer modriger Kellergeruch entgegen.

Chavez spürte, wie Mander Petulengro sich gegen ihn lehnte und flüsterte: »Das ist meine Zeit. Jetzt sehe ich besser als alle anderen.«

»Hast du noch mehrere Fallen aufgebaut?«, flüsterte Chavez zurück.

Aber da war Petulengro schon verschwunden.

Chavez schaltete seine kleine Taschenlampe ein und überprüfte die Tür. Die war fest verschlossen. Dann sah er sich in dem kleinen Erdkeller um – ein Regal mit Konserven neben dem anderen, dazu Unmengen von Gläsern mit löslichem Kaffee von unklarem Haltbarkeitsdatum und ein Kabelsalat, der notdürftig von Kabelbindern gebändigt wurde. Schließlich richtete Chavez die Taschenlampe auf seine Frau.

Sara Svenhagen sah ohne Frage ziemlich mitgenommen aus, und der Eindruck entstand nicht in erster Linie wegen des schiefen Kopfverbandes aus einer Art Segeltuch, sondern vor allem wegen ihrer Gesichtsfarbe. Ihre Blässe wurde durch die dunklen Streifen geronnenen Blutes, die von den Schläfen über die Wangen führten, noch betont. Sie hatte ohne jeden Zweifel eine Gehirnerschütterung.

Chavez streichelte ihr über die Wange und flüsterte: »Bist du in Ordnung?«

»Natürlich bin ich das«, erwiderte sie ebenfalls flüsternd. »Aber hätten wir Mander wirklich allein und unbewaffnet gehen lassen dürfen? Ihn erwartet eine Art Eliteeinheit. Ich habe den einen ja in der KTH gesehen. Das sind knallharte Profis.«

»Er hat recht damit, dass wir die größte Chance haben, wenn wir hier unten bleiben«, entgegnete Chavez. »Wir haben das Handy, wir haben Waffen, und es gibt nur einen Eingang.«

»Wenn sie uns nicht eine Handgranate reinwerfen«, sagte Svenhagen zuversichtlich.

Sie setzten sich auf den Boden, den Blick auf die Tür gerichtet, den Rücken an die Regale gelehnt und die Waffen im Anschlag. Die Zeit verstrich. Draußen war kein Laut zu hören.

Chavez' Innenleben entsprach nicht seiner soeben vorgetragenen Einsicht. Er saß wie auf heißen Kohlen. Er wollte hinaus, wollte Mander helfen. Schließlich hatte er eine Waffe. Sie hätten Mander auch eine geben sollen. Sie sollten ihm zur Seite stehen, der Gefahr ins Auge sehen.

Immerhin konnten sie sehen ...

Mander Petulengro hatte wirklich ungewöhnlich weiße Augen. Er war blind geboren, wie sah da seine Welt aus? Musik, Laute, Sprache, Gefühle. Er verfügte über eine extrem ausgebildete Sensibilität, die ihm laut Janne das Leben gerettet hatte, während des Jugoslawienkrieges in den Balkanländern. Er hatte überlebt, das schon, aber er war auch noch nie mit westlichen Söldnern konfrontiert worden, die mit Elektroschockpistolen und einer Hightechausrüstung ausgestattet waren. Wahrscheinlich sahen sie mit ihren Nachtsichtgeräten und Wärmedetektoren im Dunkeln genauso gut wie er.

Auf der anderen Seite gingen sie davon aus, dass er allein auf dem Grundstück war. Sie würden nicht nach weiteren Bewohnern suchen. Allerdings würden sie definitiv das Handy suchen. Und sie würden auf jeden Fall den Erdkeller finden. Früher oder später würden sie also kommen. Und dann würde ganz bestimmt jemand ums Leben kommen.

»Lies vor«, flüsterte Sara. »Wir müssen uns ablenken.«

»Vorlesen?«

»Ja, lies aus dem Tagebuch vor. Du kannst es aus dem Dänischen übersetzen. Du hattest doch mal so eine fischige dänische Freundin.«

Chavez sah ein, dass dies das Beste war, was sie im Moment tun konnten. Sich die Wartezeit auf den Tod zu vertreiben. Also las Jorge Chavez vor.

Es gab insgesamt nur vier Tagebucheinträge, und keiner war besonders lang. Sie erfuhren von einer Konferenz in Chicago, von einem rücksichtslosen Wissenschaftsjournalisten, von neuen wissenschaftlichen Errungenschaften, von plötzlich auftauchenden Gefahren, von Testergebnissen, auf die gewartet wurde, von der Schaltzentrale hinter Virpi Pasanens Büro, in der sich so Bedeutsames ereignet hatte, von dem Kontakt zu einer EU-Kommissarin namens Marianne Barrière, von einem Todesengel mit schwarzen Flügeln auf der Liljeholmsbron und davon, dass Niels Sørensen die wichtigsten Dokumente auf seinem Handy gespeichert hatte.

Chavez hatte drei der vier Einträge vorgelesen, als Sara Svenhagen plötzlich wisperte: »Kannst du das Rilkezitat bitte noch mal wiederholen?«

»Warum?«

»Ich weiß nicht. Weil es so schön ist …?«

Jorge Chavez musste unweigerlich lächeln. Und wiederholte die Zeilen: »›Denn das Schöne ist nichts als des Schrecklichen Anfang, den wir noch grade ertragen, und wir bewundern es so, weil es gelassen verschmäht, uns zu zerstören. Ein jeder Engel ist schrecklich.‹«

Da kratzte es an der Tür des Erdkellers.

Jeder Engel ist schrecklich, dachte Chavez, schob das Handy in die Hosentasche und zielte auf die Tür. Svenhagen hatte die Pistole bereits im Anschlag. Im Schein der Taschenlampe war gut zu sehen, dass beide Läufe zitterten.

Dann herrschte absolute Stille. Kein einziger Laut war zu hören. Dort draußen könnte alles Mögliche vor sich gehen. Um einen Vernichtungsschlag vorzubereiten.

Eine unerträglich lange Minute verstrich. Der Lichtkegel der Taschenlampe fing an zu flackern, ihre Strahlkraft war dem Untergang geweiht. Ein Engel ging durch den Erdkeller.

Ein Engel mit schwarzen Flügeln.

Dann wurde die Tür geöffnet.

Das Erste, was sie sahen, waren zwei wie von selbst leuchtende weiße Augen. Dann hörten sie Mander Petulengro sagen: »Meine beste Waffe ist, dass die Menschen mich unterschätzen.«

Sie lagen direkt vor der Tür. Zwei große, stattliche schwarz gekleidete Männer mit Sturmhauben. Neben ihnen lagen ein paar zerbrochene Einweckgläser, die einst eingelegte Gurken beherbergt hatten.

»Konserven, Konserven, Konserven«, sagte Mander Petulengro.

Chavez stand auf und half seiner Frau auf die Beine. Die letzten Zuckungen seiner Taschenlampe nutzte er, um den Kabelsalat zu inspizieren. Kabelbinder. Es gab noch genug unbenutzte. Er nahm sie mit nach draußen. Auf dem Weg erlosch die Taschenlampe.

Dafür aber besaß einer der niedergestreckten Männer eine kraftvolle Stablampe, die Chavez an sich nahm, und mithilfe seiner Frau fesselte er die beiden Söldner mit den Kabelbindern an Händen und Füßen, Armen und Beinen. Sie würden sich niemals allein befreien können.

Dann drehte er sich um, er wollte sich bei Mander Petulengro bedanken.

Aber der war weg.

Er war nirgendwo zu sehen. Verschwunden. Wie ein Engel.

Sara und Jorge suchten nach ihm, begriffen aber bald, dass es sinnlos war. Mander Petulengro hatte seinen Auftrag erfüllt. Danach hatte er sich in Luft aufgelöst.

Nachts sah er besser als jeder andere.

Sara und Jorge setzten sich auf einen Stein und betrachteten die beiden zur Strecke gebrachten Söldner.

»Du bist dran, Benno anzurufen«, sagte Sara Svenhagen schließlich.

Chavez kicherte, aber er biss in den sauren Apfel.

Danach saßen sie eine Weile schweigend da und sahen die letzten Streifen des Sonnenlichts im verzauberten Wasser des Sees verschwinden. Es war unfassbar schön.

Sie umarmten einander und blieben so sitzen, bis die Dunkelheit sie umschloss. Sie hatten seltsamerweise beide das Gefühl, dass dies ihr Platz war.

»Lies den letzten Eintrag noch vor«, bat Sara Svenhagen.

Dänisches Tagebuch 4

Stockholm, 30. Juni

Morgendämmerung über Liljeholmsviken. Morgendämmerung an einem Tag, der nicht werden wird wie die anderen. Es ist ein besonderer Tag, das kann ich spüren.

Das nächtliche Telefonat hallt noch in mir nach. Ich habe hinterher mein Handy ausgeschaltet, aber ich konnte das Gespräch aufzeichnen. Die Genauigkeit der Erinnerung:

»Was werden Sie also tun, wenn die nächsten positiven Testergebnisse eintreffen?«

»Jubeln. Den Prozess beenden. Das Ziel erreichen. Hoffentlich.«

»Wenn Sie das tun, Professor, werden Sie mit Sicherheit sterben.«

»Wenn ich es nicht tue, dann werden weitaus wichtigere Dinge sterben.«

Dass ich das wirklich gesagt habe. »Wenn ich es nicht tue, dann werden weitaus wichtigere Dinge sterben.«

Ich bin eigentlich nicht besonders schlagfertig. Ich bin ein Mensch, der nachdenkt, bevor er spricht. Aber dieses eine Mal ist es mir gelungen. Und das saß.

»Ich bin noch nie vom Weg der Wahrheit abgewichen und habe auch für die Zukunft nicht vor, es zu tun.«

Mir ist klar, dass ich einen sehr guten Plan brauche. Aber die Bauarbeiten an der U-Bahn-Station erschweren mein Vorhaben erheblich. Außerdem weiß ich nicht, wie ernst ich diese Drohung nehmen soll. War es wirklich der rücksichtslose Wissenschaftsjournalist aus Chicago, den ich da gestern hier um die

Ecke in der Bergsunds strand gesehen habe? Oder habe ich das alles nur geträumt? War das eine Art Tagtraum von einem gefallenen Engel, einem schrecklichen Engel? Das Licht ist zurückgekehrt und mit ihm die Vernunft. Die natürliche Helligkeit der Vernunft. Heute herrscht wieder ein besseres chemisches Gleichgewicht in meinem Gehirn. Ich muss mir ein Bankschließfach mieten. Kann man dort schon so früh am Morgen anrufen?

Sollte das mein Todestag sein, muss ich vorher alles auf dem Handy abspeichern und es in dem Bankschließfach sicher deponieren. Das Wichtigste aber ist die Formel.

Mein Drittel der Formel.

Ebeltoft, die Stadt meiner Kindheit. Die schönste Stadt Dänemarks. Dünen, Segelboote, das lange Rasenstück vor Großvaters Sommerhaus, das bis hinunter zum Meer reichte. Das Glücksgefühl auf dieser kurzen Strecke, die Erinnerung an das Gras unter den nackten Füßen, dann der Sand, dann das Meer.

Das Haus hat jetzt einen neuen Besitzer. Mir tat es weh zu sehen, dass sich mein altes Kinderzimmer in eine Playstation-Bude verwandelt hat. Aber ich habe gute Miene zum bösen Spiel gemacht. Bin durch das Haus gelaufen, habe mir alles zeigen lassen, als würde ich nicht jeden Quadratzentimeter besser kennen, als es die neuen Besitzer je tun werden. Sie haben mir die Waschküche gezeigt, die Werkstatt und den Wintergarten. Ich nickte freundlich und sah hoffentlich wehmütig aus.

Sie hatten den alten Außenbordmotor behalten, im Tischlerschuppen. Aber das war auch das Einzige. Großvaters Außenbordmotor, der nun zum Komplizen wurde. Zu einem Aufbewahrungsort.

Das letzte Testergebnis müsste jeden Tag eintreffen. Du wirst es auch erhalten, Virpi, als SMS auf das inoffizielle Handy. Zum ersten Mal ist das kein Risiko.

Ich finde es durchaus angebracht, ein paar Abschiedsworte zu schreiben, falls es doch zum Äußersten kommen sollte.

Ich, Niels Sørensen, habe kein vielseitiges Leben geführt. Ich habe früh erkannt, dass die Wissenschaft auf einem sehr hohen Niveau angelangt ist und man ihr sein Leben verschreiben muss, wenn man es zu etwas bringen will. Es ist richtig, dass wir vorwiegend in Teams arbeiten, die Zeiten der einsamen Denker sind vorbei, aber dennoch ist und bleibt das Denken das Ausschlaggebende. Um sich dem ernsthaft hinzugeben, erfordert es Opfer. In meinem Fall habe ich meine Freunde geopfert, ja sogar meine Familie, um der Beste auf meinem Gebiet zu werden. Um an Grenzen zu gelangen, die noch niemand zuvor überschritten hat. Es gibt nicht mehr viele in den westlichen Ländern, die so denken. Die anderen wollen ein vollkommenes, abwechslungsreiches Leben führen, und vor allem wollen sie es zeigen. Sie wollen ihr Leben vorzeigen, es soll bewundert werden. Sie haben keine wahren Ziele mehr, weder in der spirituellen noch in der intellektuellen Welt, kennen nicht mehr jenes Streben, das uns einst an die Spitze der Zivilisation geführt hat. Sie bevorzugen breit und flach vor spitz und gezielt, Lebenskompetenz vor Spitzenkompetenz. Genuss statt Fortschritt.

Von unserer Sorte gibt es noch ein paar, aber wir sind wenige.

Eine vom Aussterben bedrohte Spezies.

Ganz anders ist das mit den ausländischen Studenten, allen voran den asiatischen. Japaner opfern traditionell alles, um ganz an die Spitze zu kommen. Aber auch sie sind verwestlicht. Sie sind nicht mehr bedingungslos bereit, zwanzig Stunden am Tag zu studieren. Auf der anderen Seite der Welt aber erhebt sich das größte Land der Welt. Sie werden – beinahe unbemerkt – auf einem Gebiet nach dem anderen die Besten, erobern einen Wissenschaftszweig nach dem anderen. Wenn die westliche Welt dann gefallen ist, so wie Rom einst aus lauter Trägheit fiel, dann werden die Chinesen bereitstehen, um zu übernehmen. Sie haben die Hölle auf Erden erlebt. Sie sind aus der Hölle auferstanden. Sie sind bereit, die Position zu übernehmen, die ihnen in ihrem Verständnis ohnehin zusteht: die Weltherrschaft. So wird es kommen. Ich hoffe nur, dass bis dahin ein wenig demokratisches Verständnis in ihre Welt Eingang gefunden haben wird. Sonst wird das Leben auf der Erde zur Hölle.

Die Werte, auf die unsere westliche Zivilisation ihren Erfolg gebaut hat, haben mittlerweile andere übernommen. So wie damals in Rom – wo die Trägheit, Oberflächlichkeit und das große Bedürfnis nach sozialer Anerkennung die Oberhand gewonnen hatten – steuern wir auf unseren Untergang zu. Aber nicht die Chinesen haben Schuld daran, auch nicht die Araber oder Inder, sondern ausschließlich unser Sträuben, den nächsten Schritt zu wagen.

Das Universum verändert sich unablässig. Unsere Auffassung vom Universum, wie es sich seit dem Urknall vor etwa 13,7 Milliarden Jahren entwickelte, hat nicht länger Bestand. Der kosmologische Status quo, an den wir seit Albert Einstein glauben, gilt nicht mehr. Das Universum sieht gar nicht so aus, wie wir es uns vorgestellt haben. Jetzt brauchen wir standhafte Forscher, die in der Lage sind, die alten Wahrheiten auf den Kopf zu stellen. Und wo gibt es die?

Es heißt, wir befänden uns in der Anfangsphase der Lebensdauer unseres Universums. Es entspräche also in etwa dem Zustand eines Säuglings, der soeben den Mutterleib verlassen hat und – ohne das Geringste sehen oder verstehen zu können – seinen ersten Schrei tut. Aus kosmologischer Sicht sind jedoch wir dieser Säugling. Man wird eines Tages an diesen belanglosen Augenblick in der universellen Geschichte zurückdenken und sich fragen: Was waren das für primitive Wesen? Wie war es für sie überhaupt möglich zu denken? In einer Welt, die darauf basierte, sich gegenseitig aufzufressen? Man wird auf uns herabsehen, so wie wir die einzelligen Organismen in den Weltmeeren betrachten. Etwas Biologisches findet statt, Fortpflanzung, Fressen, nicht viel mehr. Aber aus ihnen entwickelte sich etwas Größeres und Wichtigeres.

Das ist mein Testament. Wenn jemand – trotz aller Widrigkeiten – diese Worte jemals lesen sollte, werden sie ihm womöglich negativ oder sogar deprimiert erscheinen. Aber so empfinde ich es überhaupt nicht. Alle Wesen, die jemals dieses Universum bewohnen werden, müssen im Rahmen ihres individuellen Kontextes gegen ihre eigenen Grenzen und Begrenzungen ankämpfen. Und jedes Wesen, dem es gelingt, einen neuen Weg zu bereiten, sich von seinen naturgegebenen Beschränkungen zu befreien, ist es wert, bewundert zu werden.

Auch mein Team ist es wert, bewundert zu werden, weil wir eine Technik entwickelt haben, die den Untergang der Erde noch einmal um ein paar Hundert Jahre aufschieben kann. Vielleicht wird es einem einzigen Molekül von mir gelingen, oder wenigstens einem Atom, das einst ein Teil von mir war, auch Teil jener saubereren Welt zu sein, die wir dadurch erschaffen konnten.

Wir haben das Elektroauto erfunden. Das wahre Elektroauto.

Damit soll alles enden.

Vielen Dank, dass ich ein Teil davon sein durfte.

Die Neue Kathedrale

Den Haag, 7. Juli

Eine Woche hatten die Bauarbeiten in den hinteren Bereichen des Großraumbüros der Opcop-Gruppe gedauert, aber keiner hatte sie so richtig wahrgenommen. Sie hatten auch wahrhaft wichtigere Dinge zu tun gehabt, als sich an der Anwesenheit von Bauarbeitern zu stören. Daher war es fast ein Schock, als die Arbeiter plötzlich verschwunden waren, die Plastikfolien abgenommen wurden und alles fertig war.

Angelos Sifakis war wie immer der Erste vor Ort. Er spürte sofort, dass etwas anders war als sonst, konnte es aber nicht benennen. Nachdenklich wanderte er in dem wunderschönen Morgenlicht durch den Raum und bemerkte die Treppe erst, als er direkt davorstand. Sie war so weiß wie die Wände der Zentrale, Camouflage sozusagen, und wand sich wie eine Spirale in das obere Stockwerk. Dort oben befanden sich die sehr großen, noch geschlossenen Abteilungen des neu eingeweihten Hauptquartiers von Europol.

Zögerlich nahm er die ersten Stufen. Auch sie waren weiß, kalkweiß, jungfräulich weiß, und er war sich auf einmal nicht sicher, ob er sie überhaupt betreten durfte. Er fühlte sich ihrer nicht würdig.

Aber dann gab er sich einen Ruck, nahm zwei Stufen auf einmal und ließ damit der Treppe wenigstens die Hälfte ihrer Unschuld. Am oberen Ende befand sich eine einzige Tür. Eine monumentale Tür. Vorsichtig berührte er sie. Da glitt sie mit hydraulischer Schwerelosigkeit auf, und Sifakis stand plötzlich in der Neuen Kathedrale.

Es war ein ganz besonderes Erlebnis. Der Architekt hatte seinen Auftrag sehr ernst genommen, und offenbar hatte dieser gelautet, eine exakte Kopie des ehemaligen Opcop-Konferenzraums im alten Europol-Gebäude zu errichten. Der Nachbau des alten Raums mit dem Spitznamen Kathedrale war formvollendet umgesetzt worden. Und dennoch war die Atmosphäre eine vollkommen andere. Hatte die alte Kathedrale noch einen bürokratischen Odem gehabt, herrschte in der Neuen Kathedrale eine fast schon sakrale Atmosphäre. Sifakis konnte sich nicht erklären, wodurch sie hervorgerufen wurde. Auch hier waren die siebenundzwanzig Bildschirme so geschickt in die mit Holzquadraten vertäfelte Wand eingelassen, dass nur ein geschultes Auge sie gleich erkannte. Und dennoch war irgendetwas anders.

Aber Angelos Sifakis kam nicht darauf, obwohl er mindestens eine Stunde allein in der Neuen Kathedrale saß, bis die Kollegen eintrafen. Es blieb ein Rätsel, auch als alle auf ihren Plätzen saßen. Alle waren in diesem Fall Paul Hjelm, Laima Balodis, Miriam Hershey und er selbst.

»Meine Güte«, sagte Hjelm. »Großer Raum, wenig Nähe. Wie in einer richtigen Kirche.«

»Navarro und Marinescu sind in Amsterdam«, meldete Sifakis. »Bouhaddi und Bruno auch. Beyer und Söderstedt haben im Stadtteil Amsterdam Oud-Zuid in den neuen Observationsräumen, die einem Unternehmen mit dem äußerst originellen Namen New Media N.V. gehören, Position bezogen. Ihren Berichten zufolge wird Notos Imports scharf bewacht. Der Italiener und sein offenbar ebenfalls italienischer Chauffeur haben das Gebäude bisher nicht wieder verlassen. Ein Teil der Ausrüstung aus der Lauriergracht wird in diesem Augenblick nach Oud-Zuid gebracht. Wir erlauben uns eine Schwerpunktverlagerung unserer Überwachungstätigkeit.«

»Danke«, sagte Paul Hjelm. »Arto Söderstedt lässt grüßen und Folgendes mitteilen: Notos war einer der sogenannten Anemoi, das waren in der griechischen Mythologie die Götter des Windes. Notos war der Sommerwind, der die warme Luft aus dem Süden trug. Arto behauptet mit Nachdruck, dass die

Wahl des Namens nicht frei von Ironie sei. Und er sieht darin den Beweis, dass die 'Ndrangheta Humor hat.«

»Notos Imports ist ein im holländischen Handelsregister geführtes Unternehmen. N.V. heißt das hier, *naamloze vennootschap*, das sich angeblich dem Import von Südfrüchten verschrieben hat«, erklärte Sifakis. »Die holländischen Behörden haben bisher noch keine Auffälligkeiten vermerkt.«

»Südfrüchte, alles klar.« Paul Hjelm nickte. »Gab es bisher eine nennenswerte Kommunikation?«

»Wir hatten noch nicht die geeignete Ausrüstung, um das zu überprüfen«, antwortete Sifakis. »Wir erwarten mehr Informationen im Laufe des Tages.«

»Dann können wir uns so lange ja um etwas anderes kümmern«, sagte Hjelm. »Die Großaktion gestern hat uns schließlich nicht nur den Namen der lokalen Dependance der 'Ndrangheta geliefert, Notos Imports, sondern auch vermutlich deren Monatseinnahmen. Die Beträge auf einigen der Magnetstreifen scheinen mit der Geldmenge in dem Lagerraum übereinzustimmen. Wir sprechen hier von Millionen. Die Bettlermafia ist zurzeit wohl eine ausgesprochen einträgliche Branche, neben dem Waffen- und Drogenhandel.«

»Was machen wir mit dem Geld?«, fragte Balodis. »Ist es nicht an der Zeit zuzuschlagen?«

»Wir werden gegen die Bettlermafia vorgehen und auch zuschlagen«, versprach Hjelm. »Wir werden Vlad, Ciprian und Silviu festnehmen und auch ihren Geldwäscher Jaap Van Hoensbroeck – macht euch keine Sorgen. Wir haben genügend Beweise. Es ist eher eine Frage des richtigen Zeitpunkts. Denn was ist das Wichtigste an diesem Fall?«

»Die Bettler zu befreien«, sagte Miriam Hershey. »Den Sklaven ihre Freiheit zu schenken.«

»Richtig!« Hjelm nickte. »Das ist selbstverständlich ein wichtiger Aspekt. Aber das Business wird sich erholen und einfach an anderer Stelle wiederaufblühen, wenn wir nicht die Wurzel allen Übels packen. Die Drahtzieher und großen Bosse im Hintergrund erwischen. Und wir sind näher dran als jemals zuvor. Zum ersten Mal kennen wir Mitglieder der 'Ndrangheta und sind hinter ihnen her. Wir haben die Mafiabosse sozusagen in Reichweite. Wir dürfen uns das nicht entgehen lassen.«

»Was bedeutet das rein praktisch für uns?«, fragte Balodis.

»Dass wir darauf hoffen und warten, bis einer bei Notos Imports Kontakt mit einem der höheren Bosse aufnimmt«, erklärte Sifakis.

»Oder im besten Fall nach Italien fährt«, sagte Hjelm.

»Begleitet, versteht sich«, ergänzte Hershey.

»Dann lassen wir das Geld jetzt Geld sein?«, fragte Balodis.

»Die Scheine sind markiert«, sagte Sifakis. »Bruno und Bouhaddi waren gestern noch im Lagerraum und haben alle Scheine chemisch gekennzeichnet. So können wir sie jederzeit orten und kommen auf diesem Weg auch an Jaap Van Hoensbroeck und die Investmentbank heran, für die er arbeitet. Aber auch das – zum richtigen Zeitpunkt.«

»Genau«, stimmte Paul Hjelm zu. »Außerdem haben wir ja noch einen zweiten Fall. Ihr habt heute Nacht meinen Bericht erhalten über unseren Abstecher unter anderem nach Berlin und was wir dort herausgefunden haben. Es gibt also noch einen zweiten Fall, um den wir uns kümmern müssen. Ich hoffe, ihr habt Verständnis dafür, dass ich gezwungen war, am Anfang inoffiziell zu ermitteln.«

»Ich verstehe allerdings nach wie vor nicht, wie diese beiden Fälle miteinander in Verbindung stehen sollten«, sagte Miriam Hershey.

»Das ist auch noch nicht ganz klar«, gab Hjelm zu. »Bei der gestrigen Aktion haben wir gehört, wie der Italiener Ciprian aufgefordert hat, dem Plan G neue Priorität einzuräumen. Hinter Plan G verbirgt sich ein weitestgehend unbekannter, aber offenbar raffinierter Plan, einen Gesetzesentwurf zu Fall zu bringen, den die EU-Kommissarin Marianne Barrière in Kürze vorlegen wird. Der Entwurf beinhaltet eine massive europäische Offensive zugunsten des Elektroautos der Zukunft ab dem Jahr 2016, in Verbindung mit einem Fahrverbot für benzinbetriebene Fahrzeuge in allen großen europäischen Städten. Neben der reinen Erpressung kam es aber noch zu weitaus größeren Verbrechen gegen ein internationales Forscherteam, das an der Entwicklung einer revolutionären Elektroautobatterie arbeitete. Der Leiter dieses Teams, Niels Sørensen, wurde vor einer Woche in Stockholm brutal auf offener Straße ermordet, und die übrigen Mitglieder des Teams wurden Opfer eines Entführungsversuchs, bei dem ein schwedischer Vertreter der Opcop-Gruppe mit einer Elektroschockpistole angeschossen wurde.«

»Chavez«, rief Balodis spontan. »Geht es ihm gut?«

»Ja, ihm geht es gut«, bestätigte Hjelm. »Und das, obwohl Sara Svenhagen und er gestern noch einen harten Einsatz hatten und sie zwei Söldner ausgeschaltet haben, die hinter dem Handy von Sørensen her waren. In diesem Handy befinden sich äußerst wertvolle Informationen gespeichert. Zum einen die Aufzeichnungen aus einem Tagebuch, aus dem wir erfahren, dass die Forscher die entscheidende Formel gedrittelt und unter sich aufgeteilt haben. Daraus geht ebenfalls hervor, dass Sørensen sein Drittel in seinem Elternhaus in Ebeltoft in Dänemark versteckt hat. Zum anderen ist auf dem Handy ein nächtliches Telefonat aufgezeichnet, in dem der Professor eindeutige Todesdrohungen erhält. Zum Glück war der Mann so geistesgegenwärtig, das Gespräch mitzuschneiden. Ich will, dass ihr ganz genau zuhört.« Hjelm öffnete die Audiodatei und spielte sie ab.

Laima Balodis hatte bereits nach dem ersten Wortwechsel eine Reaktion gezeigt. Als Miriam Hershey dann aufsprang, blass und außer sich, stoppte Hjelm die Aufnahme.

»Diese Stimme …«, sagte Hershey heiser.

Der Klang der Stimme hatte sie schlagartig in eine verfallene Jagdhütte in Andalusien katapultiert, eine Hütte des Todes. Sie lag am Boden, und alles, was sie sehen konnte, war rot. Blut lief ihr in die Augen, und die Pistole in ihrer Hand wurde von einem Stiefel zu Boden gedrückt. Mit dem letzten Rest ihrer Kraft sah sie an dem Mann in seiner Tarnkleidung hoch, in sein Gesicht. Er hatte eine kräftige Kinnpartie und einen bohrenden Blick aus braunen Augen. Formvollendet sagte er: »Seien Sie unbesorgt, werte Dame, wir töten keine Polizisten.«

»Hast du die Stimme wiedererkannt?«, fragte Hjelm und sah Hershey fest in die Augen.

»Verdammt, ja, das habe ich. Er wurde Chris genannt.«

»Ich kann mich auch an die Stimme erinnern«, sagte Balodis atemlos. »Das ist er.«

»Hört euch noch den Rest an«, bat Hjelm.

Das Gespräch wurde fortgesetzt und endete mit einer zitternden Stimme, die mit dänischem Akzent den heroischen Satz sagte: »Wenn ich es nicht tue, dann werden weitaus wichtigere Dinge sterben.«

»Und?«, fragte Hjelm.

»Ich bin mir hundertprozentig sicher«, erklärte Hershey bestimmt. »Das ist Christopher James Huntington.«

»Von der sogenannten Sicherheitsfirma Asterion Security Ltd.«, ergänzte Balodis.

Paul Hjelm nickte. »Das war mein erster Gedanke. Aber ich habe seine Stimme ja nie gehört. Das habt nur ihr. Ihr beide.«

»Aber was hat das zu bedeuten?«, fragte Balodis.

»Es bedeutet, dass dieser Plan G auf das Konto von Asterion geht«, sagte Hjelm, »jener Sicherheitsfirma, die häufig mit der organisierten Kriminalität in Verbindung gebracht wurde. Und die auch früher schon mit der 'Ndrangheta zusammengearbeitet hat.«

»Das also ist die Verbindung der beiden Fälle?«

»Vielleicht geht es auch nur darum, dass eine Hand die andere wäscht. Huntington bittet um Unterstützung, falls sie Hilfe bei Plan G benötigen. Und die Mafia sagt Wenn ihr uns dafür den Weg ebnet, um in ein paar neuen Städten in den USA unsere Bettler zu etablieren. So in der Art.«

»Haben die Söldner aus Stockholm geplaudert?«, fragte Hershey.

»Wir haben ja schon des Öfteren Leute von Asterion festnehmen können. Was sie alle auszeichnet, ist, dass sie kein Wort sagen, keine Identität haben und in keinem Register auftauchen. Sie sitzen ihre Strafe ab und schweigen bis zum letzten Tag. Huntington hat da ein extrem funktionierendes System etabliert.«

»Und ein einträgliches«, ergänzte Sifakis. »Es gibt inoffizielle Berechnungen, nach denen unsere lose zusammengewürfelte

Gruppe Asterion auf Platz fünf der Liste der erfolgreichsten Sicherheitsfirmen der Welt steht.«

»Krieg, Gewalt und Verbrechen sind und bleiben die besten Geschäftsideen in dieser Welt«, seufzte Hjelm und sammelte seine Unterlagen zusammen.

»Und wie sieht die Fortsetzung der heimlichen Ermittlungshälfte unseres Falles aus?«, fragte Sifakis, als Hjelm sich erhob.

Paul Hjelm wusste, dass Sifakis sich rächen wollte. Er war zwar ein nachsichtiger Mann, mit schwach ausgeprägten Rachegelüsten, doch ein wenig Vergeltung wollte er haben für die Tatsache, dass eine laufende Ermittlung vor ihm geheim gehalten worden war. Schließlich war er der stellvertretende Chef der Opcop-Gruppe.

»Unser Job wird es sein«, antwortete Hjelm, »dafür zu sorgen, dass Marianne Barrière ihre große Rede vor der EU halten kann, ohne einem gewalttätigen Druck nachgeben zu müssen, und zwar unabhängig davon, wie wir zu dem politischen Inhalt stehen. Mit der Erpressung hatte Asterion bestimmt nichts zu tun. Ich glaube, die Auftraggeber haben ihre Attacke von zwei Flanken her aufgebaut. Die Erpressung wurde von einer Gruppe Faschisten im Dunstkreis des rechtsextremen Spindoktors Fabien Fazekas beauftragt. Der Erpressungsversuch ist missglückt, diese Flanke ist vernichtend geschlagen worden, aber die andere Flanke, die weitaus gewalttätigere, existiert nach wie vor. Das Forscherteam an der Königlich Technischen Hochschule in Stockholm wartet auf ein letztes Testergebnis, dann können sie die Formel umsetzen und ein neues epochales Elektrolyt für die Autobatterie vorlegen. Sobald die Formel veröffentlicht werden kann – es handelt sich schließlich um ein staatliches und kein privates Projekt, bei dem ausschließlich der ökologische und nicht der finanzielle Gewinn im Vordergrund steht –, wird die kommerzielle Produktion der neuen Generation von Elektroautos anlaufen können. Die Formel ist aber erst mit dem letzten Drittel von Sørensen vollständig, den er wahrscheinlich in der kleinen dänischen Stadt Ebeltoft versteckt hat. Unsere schwedische Opcop-Einheit wird sich heute zusammen mit dänischen Kollegen dorthin begeben. Laut der neuesten Informationen aus Stockholm geht es dabei um ein Elektrolyt, das die Wiederaufladung der Autobatterien mit Elektrizität unnötig macht – bisher das schwache Glied in der Ökobilanz –, weil das dann chemisch möglich sein wird, ohne Abfallprodukte. Es ist wie bei den herkömmlichen Autos, man fährt, bis die Batterie leer ist, dann tauscht man die Batterieflüssigkeit, das Elektrolyt, an der Tankstelle aus. Dort wird es jedoch in großen Behältern chemisch wieder aufgeladen, ganz ohne Abfallprodukte. Das ist ein geschlossener Kreislauf ohne negativen Effekt auf die Umwelt.

»Wahnsinn«, stieß Hershey aus. »Aber du hast vorhin von Auftraggebern gesprochen, die das verhindern wollen. Wer sind die denn? Was verbirgt sich hinter diesem Plan G?«

»Ich weiß es nicht«, gestand Hjelm. »Aber spekulieren ist ja erlaubt. Wer könnte Interesse daran haben, dass die Leute weiterhin Unmengen Erdölprodukte verbrauchen?«

»Die Ölindustrie.« Sifakis nickte und sah plötzlich so einiges klarer. Er erkannte auch den Unterschied zwischen der alten und der Neuen Kathedrale. Er sah alles schärfer, als hätte sich sein Sehvermögen plötzlich um ein Vielfaches verstärkt. Er hatte einen Röntgenblick.

»Und die EU-Kommissarin?«, fragte Laima Balodis. »Diese Barrière? Sie ist doch jetzt in den letzten Tagen vor der Rede total in der Schusslinie?«

»Das ist wie eine zweistufige Rakete«, sagte Hjelm. »Wenn wir die Formel finden, wird die über kurz oder lang bei den Automobilherstellern sein – obwohl deren Existenz nach wie vor geheim ist. Früher oder später aber wird die Formel sowieso dafür sorgen, dass unsere Fahrzeuge weder mit Benzin noch mit Diesel fahren. Die Ölindustrie hat in jedem Fall verloren. Aber wenn sie den Gesetzesentwurf verhindern, erkaufen sie sich noch ein bisschen Zeit, um sich umzustellen. Ein EU-Gesetz ist wie eine exakt eingestellte Zeitbombe, die in einigen der größten und mächtigsten Unternehmen großen Schaden anrichten kann. Wenn die Formel erst einmal veröffentlicht wurde, kann sich Marianne Barrière in Sicherheit wiegen, denn dann ist es ohnehin zu spät. Seit heute wird sie rund um die Uhr von Leibwächtern bewacht. Die Nachrichtendienste mehrerer Länder sind beteiligt, da wir ja nicht über eine echte europäische Leibgarde verfügen.« Und nach einer kurzen Pause setzte er hinzu: »Und private Sicherheitsbeamte wollen wir auf keinen Fall einstellen.«

5 – Röntgenblick

Einsam in Gesellschaft

Brüssel, 7. Juli

Marianne Barrière sah sich in ihrem geräumigen Zimmer im Berlaymont-Gebäude um. Die Welt war unzweifelhaft aus den Angeln gehoben worden. Der Ort, der in den vergangenen Jahren ihr warmes Nest gewesen war, ihre Oase der Einsamkeit, in der die meisten ihrer Ideen das Licht der Welt erblickt hatten, dieser Ort war zu ihrem Gefängnis geworden. Aber es war kein westliches Gefängnis, sondern eher ein afrikanisches mit vielen Menschen in einer Zelle.

Zwei weibliche Leibwächter hatten sich in ihrem Büro häuslich niedergelassen, zwei weitere männliche Kollegen draußen bei Amandine, die in ein anderes Zimmer umziehen musste.

Außerdem durfte Marianne Barrière das Gebäude nicht mehr verlassen. Ihr persönliches Eigentum war auf dem Weg in ihr Büro. Bis sie ihre Sommerrede draußen vor dem Gebäude auf dem Schumanplatz halten würde, durfte sie keinen Fuß vor die Tür setzen.

Das Hauptquartier der Europäischen Kommission war schon unter normalen Umständen streng bewacht. Aber jetzt nahm das Ganze absurde Züge an, als würde Europa in Flammen stehen. Allerdings im Geheimen. Niemand durfte von der Bedrohung erfahren, der die EU-Kommissarin ausgesetzt war, noch nicht. Wenn sie ihre Rede gehalten hätte, würde sie erzählen können, was sie wollte. Aber dazu würde sie wahrscheinlich nicht die geringste Lust haben. Oder die Möglichkeit dazu.

Weil sie unter Umständen tot war.

Auf einmal kam es ihr wie eine Ewigkeit vor, dass sie bei

Glatteis auf der Autobahn angehalten und gesehen hatte, wie die Welt in einer Stichflamme aus Benzin explodiert war. Das kleine weiße Elektroauto. Der Mann, der zu seiner eigenen Überraschung vollkommen unverletzt dem Höllenfeuer entstiegen war. Er wurde zum Sinnbild ihrer Überzeugung.

Eine sich verändernde Welt. Eine Welt, die ihre eigenen demokratischen Prämissen ernst nahm. Eine Welt, in der Großunternehmen nicht einfach machen konnten, was sie wollten.

Sie hatten es auf vielen Wegen versucht, aber bisher hatten sie ihr nicht direkt gedroht. Doch nach Paul Hjelms Auffassung war die Bedrohung jetzt äußerst akut, da alles andere nicht gefruchtet hatte. Alle indirekten Aktionen waren ins Leere gelaufen, jetzt waren die Attentäter gezwungen, andere Maßnahmen zu ergreifen. Auf mysteriösem Wege hatte Paul Hjelm die Erpressung vereitelt und würde bald schon im Besitz der Formel sein. Sie fragte sich, wie wohl seine Methoden aussahen. Aber dem Gedanken ging sie nicht weiter nach.

Sie wünschte sich mehr als jeder andere eine friedvolle Welt, eine Welt, in der Macht keine Bedeutung hatte, in der Stärke nicht ausschlaggebend war. Aber sie war auch nicht naiv. Um das Böse zu besiegen, das mit großer Stärke ausgestattet war, brauchte es eine noch größere Stärke.

Aber sie freute sich darüber, dass ihre Intuition sie bei diesem Mittelalterbankett auf dem Muiderslot nicht getäuscht hatte. Paul Hjelm war ein Polizist, dem man vertrauen konnte.

Sie setzte sich an ihren Schreibtisch und versuchte sich einzureden, dass alles ganz normal und wie immer war. Als aber eine große Gondel vom Dach in den zwölften Stock heruntergelassen wurde, besetzt mit drei Männern, die mit zwei weiteren Männern im Inneren des Gebäudes sämtliche Fenster durch schusssicheres Glas ersetzen sollten, fiel es ihr schwer, sich Normalität vorzutäuschen. Aber ihr blieben nur noch wenige Tage. All ihre Gedanken und Diskussionen der letzten Jahre, ihre politische Überzeugung und Vision von einer europäischen Gemeinschaft sollten in eine Rede Eingang finden, die nicht länger als eine halbe Stunde dauern durfte.

Die Medien waren schon hinter ihr her. Es hatte sich herumgesprochen, dass etwas Außergewöhnliches bevorstand. Das war Laurent Gatiens genialem Talent zuzuschreiben, eine brodelnde Erwartungshaltung entstehen zu lassen. Er hatte den richtigen Leuten gegenüber Andeutungen gemacht, hatte in seinen Pressemitteilungen den richtigen Ton getroffen und ein undefiniertes Verlangen erzeugt. Er hatte die Neugierde der Journalisten kunstvoll angestachelt.

Laurent hatte so verändert gewirkt bei ihrer morgendlichen Besprechung. Übrigens auch Amandine. Verständlicherweise waren auch die beiden von der Situation ziemlich mitgenommen. Laurent hatte sich verhalten, als hätte er eine Injektion Vitalität erhalten, wie ein zum Tode Verurteilter, der eine zweite Chance bekommt. Amandine hingegen war eher schnippisch und nicht wie sonst freundlich und zuvorkommend. Sie hatte Laurent immerzu bissige Blicke aus den Augenwinkeln zugeworfen, der sie natürlich überhaupt nicht beachtet hatte. Es gab Anzeichen dafür, dass Laurent Gatien tatsächlich nicht von der Existenz der Amandine Mercier wusste.

Es knirschte und knackte, während die Männer den Anweisungen der Leibwächter folgend die Fenstergläser austauschten. Marianne Barrière versuchte den Einstieg in ihre Rede zu finden. Kein Redenschreiber würde auch nur in die Nähe dieser Zeilen kommen dürfen. Natürlich würde sie Laurent am Ende ihre Aufzeichnungen geben, damit er die eine oder andere rhetorische Verbesserung vornehmen konnte, aber die Rede sollte um jeden Preis aus ihrer Feder stammen. Jedes einzelne Wort.

Wenn sie anders gestrickt gewesen wäre, hätte sie gedacht: Mit dieser Rede werde ich in ihrer Erinnerung bleiben.

Sie aber dachte: Diese Rede wird den Ausschlag geben.

Aber natürlich dachte sie nicht über den Unterschied nach.

Als sie wieder vom Schreibtisch aufsah, waren alle schusssicheren Fenster eingebaut und die fünf Glasermeister spurlos verschwunden.

Das war ein gutes Zeichen. Sie hatte alles ausgeblendet, also war sie auf dem richtigen Weg.

Sie senkte den Kopf und nahm den zweiten Teil der Rede in Angriff.

Das Europaparlament

Amsterdam – Straßburg, 7. Juli

Das Unternehmen New Media N.V. im Stadtteil Amsterdam Oud-Zuid hatte in großer Eile sein Büro geräumt. Arto Söderstedt nahm an, dass das nur mäßig erfolgreiche Medienunternehmen für die Vermietung ein Angebot erhalten hatte, das es einfach nicht ausschlagen konnte.

Die Räume waren klein und eng, aber perfekt gelegen für ihren Zweck. Söderstedt und Beyer musste sich in eine Ecke quetschen, während die Techniker große Teile der Ausrüstung aus der Lauriergracht installierten. Navarros gigantischer Arbeitstisch hatte radikal verkleinert werden müssen, wie es Söderstedt nicht ganz uneigennützig durch den Kopf ging. Als die Techniker sich dann endlich zurückzogen, gab Jutta Beyer Söderstedt die notwendigen Instruktionen.

Zwei Kameras, dazu eine Wärmebildkamera und drei starke Richtmikrofone waren auf die Räume der Notos Imports auf der anderen Seite der friedlichen Vorstadtstraße gerichtet. Darüber hinaus erhielten sie noch weitere externe Kamerabilder, von Geräten auf den Nachbargrundstücken, die Europol offenbar auch angemietet hatte und die so justiert worden waren, dass sie auf das Gebäude zeigten. Das bedeutete, dass sie das gesamte Gebäude von allen Seiten mit Kameras abgedeckt hatten.

In Amsterdam konnte man eigentlich nicht wirklich von Vororten sprechen. Entweder man wohnte in der Innenstadt oder in einer benachbarten Stadt. So gab es auch keine erwähnenswerten Villenvororte. Natürlich standen hier Villen, sogar sehr große, aber sie befanden sich nicht in der Stadt.

Trabantenstadt, dachte Arto Söderstedt. Ein schönes, altmodisches Wort.

Die Wärmebildkamera bestätigte, was sie bereits beobachtet hatten: dass dieses Gebäude sehr gut bewacht wurde. Das gesamte Grundstück schien Notos Imports zu gehören, was bedeutete, dass nicht weniger als acht Personen zugange waren. Davon waren offenbar sechs Wachleute – ab und zu waren flüchtig Waffen zu erkennen. Nur der Italiener aus dem Anne-Frank-Haus und sein Chauffeur schienen sich mit anderen Dingen zu beschäftigen, als mit Waffen herumzulaufen.

»Wir können ihn nicht die ganze Zeit den ›Italiener aus dem Anne-Frank-Haus‹ nennen«, sagte Söderstedt und zoomte die Aufnahme der Wärmebildkamera näher heran. Der Mann saß, nach Haltung und Strahlung zu urteilen, an einem Schreibtisch und hatte einen Rechner vor sich stehen. Das Gebäude war mit WLAN ausgestattet, aber bislang war es den Technikern nicht gelungen, den Code zu knacken. Der stellte sich als ungewöhnlich kompliziert heraus.

»Wie sollen wir ihn denn sonst nennen?«, erwiderte Jutta Beyer und justierte eine der Kameras auf dem Nachbargrundstück links vom Haus, wo sich eine kleine Gruppe von Laubbäumen und ein moosbewachsener Findling befanden. Durch dieses Wäldchen hindurch sahen sie auf den Haupteingang von Notos Imports. Beyer präzisierte die technischen Details und stellte die Schärfe ein.

»Im Mietvertrag ist ein Antonio Rossi als Geschäftsführer angegeben«, sagte Söderstedt. »Das ist praktisch der Hans Müller Italiens. Trotzdem schlage ich vor, ihn so zu nennen.«

»Antonio?«

»Genau. Deckname Antonio.«

Paul Hjelm würde sich später, als er diesen Vorschlag hörte, ein Grinsen nicht verkneifen können. Momentan grinste er auch, aber aus einem anderen Grund. Er befand sich gerade in Frankreich, genauer gesagt in Straßburg, dem offiziellen Sitz des Europäischen Parlaments. Das Europäische Parlament war an drei Orten vertreten. Plenartagungen des Parlaments fanden sowohl in Straßburg als auch in Brüssel statt, und in Luxemburg war das Generalsekretariat untergebracht. Schuld an Hjelms aktuellem Grinsen war die Tatsache, dass er soeben die enorm hohe Summe der Ausgaben erfahren hatte, die nötig waren, um die fast achthundert Parlamentarier und deren mindestens so zahlenreiches Personal zwischen den drei Städten hin und her zu transportieren. Zu seiner eigenen Überraschung brach es aus ihm heraus: »Zweihundert Millionen Euro im Jahr?«

»Ungefähr, ja!«, lautete die Antwort des jovialen Christdemokraten, der ihm in einem der zahlreichen Konferenzräume im Louise-Weiss-Haus gegenübersaß. »Das ist tatsächlich eine Angelegenheit, die wir klären müssen. Aber sie wird kontrovers diskutiert. Soll sich alles, was mit der EU zu tun hat, in Brüssel zentrieren, oder hat die Aufteilung nicht doch große Vorteile? Wir müssen uns für einen der Orte entscheiden. Aber das braucht Zeit, verehrter Herr Kommissar, Demokratie braucht Zeit.«

»Ich weiß«, erwiderte Hjelm. »Die Langsamkeit ist ein Garant für die Demokratie. Aber das ist doch eine gewaltige Summe.«

»Ich nehme allerdings an, dass Sie nicht extra aus Den Haag gekommen sind, um über die Reisekosten des Europaparlaments zu diskutieren.«

»Nicht im Geringsten. Ich möchte über Plan G sprechen.«

Der italienische EU-Parlamentarier Mauro Morandi legte seine joviale Art von einer Sekunde zur anderen ab. Die toskanische Lebensfreude war wie weggeblasen. Er sah Hjelm feindselig an.

»Ich habe keine Ahnung, wovon Sie reden.«

»Und ich wäre nicht hier, wenn ich mir nicht sicher wäre, dass Sie etwas darüber wissen.«

»Warum sollte ich das?«

»Als Marianne Barrière und ihr Spindoktor Laurent Gatien Sie aufsuchten, um den Herrn Europaparlamentarier für ihren Gesetzesentwurf zu gewinnen, haben Sie Ihre Kollegin vor dem Plan G gewarnt.«

»Habe ich das?«

»Trifft das nicht zu?«

Mauro Morandi wandte den Blick zur Seite. Aber dort gab es nichts zu sehen. Der scheußliche Konferenzraum hatte noch nicht einmal Fenster und war darüber hinaus äußerst uninteressant eingerichtet. Es gab absolut nichts, an das man seinen Blick hätte heften können.

»Heutzutage in Europa Christdemokrat zu sein ist nicht leicht«, sagte er schließlich.

»Nicht?«, fragte Hjelm. »Ich habe genau den gegenteiligen Eindruck.«

»Christdemokraten sind konservativ, sie glauben an eine Art natürliche Ordnung der Dinge, die vor Hunderten von Jahren festgelegt wurde. Einige Menschen sind einfach geeigneter, die Welt zu regieren, als andere. Menschen mit Traditionen, mit gesunder christlicher Gesinnung, das ist eine Art vererbte Kompetenz.«

»Es existiert also eine Ordnung, an der nicht gerüttelt werden darf?«

»Genau. Das Problem ist nur, dass man sich dadurch in der Nachbarschaft zu deutlich dunkleren Mächten und Überzeugungen befindet. Wichtig ist es, die Balance zwischen ihnen und dem Irrglauben des Liberalismus zu finden. Wir sind die einzig wahren Wächter der westlichen Traditionen.«

»Darf ich also annehmen, dass in ebendiesen dunkleren Kreisen dieser Plan G erwähnt wurde?«

»Ich werde Ihnen keine Namen nennen.«

»Das will ich auch gar nicht. Sie haben so viel Anstand besessen, eine politische Gegnerin zu warnen, der Sie professionellen Respekt entgegenbringen. Ich bin hier, weil ich hoffe, dass dieser Respekt nach wie vor existiert.«

»Sie arbeiten also für Barrière?«

»Ich arbeite gegen Plan G. Das ist ein krimineller, antidemokratischer Plan, der auch nicht vor Gewalt und Mord zurückschreckt.«

Morandi wandte erneut den Blick ab, in eine nicht allzu ferne brutale Zukunft. Zögernd ergriff er nach einer Weile wieder das Wort: »Da es Barrière tatsächlich gelungen ist, das christdemokratische Lager zu spalten, kam es danach zu einigen inoffiziellen Treffen der führenden Vertreter. Eines Nachts, während eines solchen Treffens, wurde dieser Plan G genannt. Ich kam zu dem Schluss, dass ich ihren Gesetzesentwurf unterstützen will und es an der Zeit ist, endlich zu handeln und uns von der Abhängigkeit vom arabischen Öl zu befreien. Für mich ist das eine logische Konsequenz in der technologischen Entwicklung der westlichen Welt, gar nicht zuallererst aus ökologischer Sicht. Denn für bestimmte Dinge reicht die liberale Freiwilligkeit nicht aus, dann benötigen wir ein Gesetz. Aber es kam zu massivem Widerstand, die Gegenseite setzte sich dafür ein, dass Barrière zum Schweigen gebracht werden müsse, um jeden Preis. Es steht zu viel auf dem Spiel.«

»Und was genau haben Sie über Plan G erfahren?«

»Aber Mord?«, fragte Morandi zurück und sah skeptisch aus. »Das kann ich mir nicht vorstellen.«

»Mord, Entführung, Erpressung«, zählte Hjelm leise auf.

»Ja, wie gesagt, es steht viel auf dem Spiel ...«

»Was genau wissen Sie?«

»Bei einem der nächtlichen Treffen saßen wir mit einer Gruppe von Leuten zusammen, die behaupteten, sie hätten gute Kontakte zu ein paar Jugendbekanntschaften von Marianne Barrière. Ich kann Ihnen versichern, dass einige frauenfeindliche Ausdrücke fielen.«

»Wurden auch Spitznamen genannt?«

»Spitznamen?«

»Ja, Spitznamen, Codenamen dieser Jugendbekanntschaften?«

»Ja, stimmt. Ein Name fiel besonders oft. Ich glaube sogar – aber darauf dürfen Sie mich nicht festnageln –, dass er so etwas wie der Kopf dieser damaligen Geschichte war.«

»Pamplemousse?«, rief Hjelm und zweifelte sofort an seiner Urteilskraft. Hatte ihn Pierre-Hugues Prévost wirklich so an der Nase herumführen können? Hatte er Balodis' Befragungstechnik tatsächlich wesentlich besser weggesteckt, als es den Anschein gehabt hatte?

»Nein«, sagte Morandi in diesem Augenblick. »Dieser Name

fiel auch, aber ein anderer Codename wurde als Anführer bezeichnet. Ich versuche mich gerade an ihn zu erinnern.«

Paul Hjelm erstarrte zu Eis. Seine Adern füllten sich mit den Klängen von Bach. War es möglich, dass der sanftmütige Organist des Berliner Doms, der Mann mit den sensiblen Fingern, hinter Plan G stand? Natz. Ignatius Dünnes. Hjelm spürte, wie ihm alle Farbe aus dem Gesicht wich.

»Geht es Ihnen nicht gut?«, fragte Morandi besorgt.

»Nennen Sie mir bitte den Codenamen.«

»Ich kann mich nicht an ihn erinnern.«

»War es Natz?«

Schweigend saß Morandi da. Eine ganze Weile. Dann rief er mit leuchtenden Augen: »Nein, aber jetzt ist es mir wieder eingefallen. Es war Minou.«

Paul Hjelm seufzte erleichtert auf.

»Minou? Haben Sie auch seinen richtigen Namen erfahren?«

»Es fielen keine richtigen Namen, darüber herrschte eine stillschweigende Übereinkunft. Aber soweit ich das mitbekommen habe, ist er ein hohes Tier bei einem der größten Unternehmen Frankreichs. Geschäftsführer und Vorstand.«

»Und welche Branche?«

»Das hier haben Sie auf keinen Fall von mir!«, beschwor ihn Morandi.

»Selbstverständlich nicht.«

»Kennen Sie den Ausdruck ›Supermajor‹?«

»Ich weiß nicht recht ...«

»Ein Mineralölunternehmen, das ein Supermajor ist, gehört zu den fünf, sechs größten privaten Unternehmen der Welt. Das ist wie die Champions League, die Königsklasse.«

»Was wollen Sie mir damit sagen?«

»Dass dieser Minou der Geschäftsführer eines solchen Unternehmens ist. Und es ist ja auch nur logisch, dass die Ölindustrie der größte Gegner von Elektroautos ist.«

»Und was wurde über diesen Plan gesagt?«

»Das G steht für Gasolin. Ein Gegenfeuer mit Benzin, sozusagen. Und es hieß, dass eine international tätige Sicherheitsfirma damit beauftragt werden würde, ihn auszuführen. Aber

Genaues wusste da keiner. Ich habe das allerdings ziemlich ernst genommen und wollte Marianne vorsichtig warnen. Sie ist eine mutige Frau. Politisch vom rechten Kurs abgekommen, aber mutig. Sehr mutig.«

Während Hjelm durch das Europäische Viertel von Straßburg spazierte, dort, wo sich die Ill mit dem Canal de la Marne kreuzt und wo das Europäische Parlament, der Europarat und der Europäische Gerichtshof ihren Sitz haben, erhielt er die ersten Informationen über Minou via Handy. Das vierte und bisher unbekannte Mitglied der Orgien. Marianne Barrière, Pierre-Hugues Prévost, Ignatius Dünnes – und Michel Cocheteux.

Der Doktor der Betriebswirtschaft, der zuvor Politikwissenschaften und Wirtschaft an der Sorbonne studiert hatte. Nach dem Studium war er direkt in die Ölindustrie eingestiegen, bei dem französischen Unternehmen Entier S.A., das mittlerweile tatsächlich zu der Klasse der Supermajor-Unternehmen gehörte. Er kletterte relativ schnell die Karriereleiter hoch und war vor fünf Jahren zum Geschäftsführer ernannt worden. Heute zählte er zu den einflussreichsten Geschäftsmännern Frankreichs.

Paul Hjelm ärgerte sich darüber, dass er diese Verbindung nicht sofort erkannt hatte, beruhigte sich aber damit, dass sich zu viele Umwege aufgetan hatten. Aber jetzt fiel alles an seinen Platz.

Michel Cocheteux hatte zusammen mit Marianne Barrière Politikwissenschaften studiert, bis er sich auf die Wirtschaft konzentrierte. In dieser Zeit begannen sie, zusammen mit Mariannes Geliebtem Prévost, an sexuellen Orgien teilzunehmen. In Paris und in Berlin, wo sich auch Ignatius Dünnes von dieser Gruppe angezogen fühlte. Cocheteux erinnerte sich, dass Prévost Fotos von den Sessions gemacht hatte. Vielleicht hatte er sich sogar damals auf Spurensuche begeben, als er die Leiter in den Unternehmensolymp aufstieg, damit ihn solche Fotos nicht selbst eines Tages zu Fall bringen würden. Unter Umständen händigte ihm Prévost auch alle Fotos aus, auf denen er zu sehen war. Aber Cocheteux merkte sich, dass Marianne auf einigen der Aufnahmen in diskreditierenden Positionen zu sehen war. Und als sie dann einige Jahre später zu einer reellen Bedrohung seiner Branche und seines Unternehmens wurde, kontaktierte er Prévost ein zweites Mal. Der musste ihm allerdings mitteilen, dass diese Fotos bereits in die Hände von einem Mann namens Fabien Fazekas gelangt waren, der – direkt oder indirekt – im Auftrag der französischen Regierung gehandelt hatte, als Reaktion auf Mariannes Proteste gegen die Abschiebung der Roma aus Frankreich. Da sie dann allerdings gar nicht zum Einsatz kommen mussten, war Fazekas nach wie vor in deren Besitz, als ihn ein Mann namens Michel Cocheteux anrief. Oder und wahrscheinlicher: Er erhielt einen äußerst unheimlichen Anruf von einem Amerikaner namens Christopher James Huntington. Und Fazekas hatte schnell begriffen, dass man diesen Mann weder verraten noch enttäuschen sollte.

So musste es gewesen sein. Michel Cocheteux hatte sich seine Hände nicht schmutzig gemacht. Plan G beziehungsweise »Plan Gasolin« war Asterions Werk, das Werk von Christopher James Huntington. Er hatte Fabien Fazekas die eine Flanke übergeben und sich selbst um die zweite Flanke gekümmert. Denn er musste die Fortschritte des Forscherteams an der KTH in Stockholm im Auge behalten.

Paul Hjelm hatte die Nacht mit den Tagebucheinträgen von Professor Niels Sørensen verbracht. Beängstigende, aber auch poetische Zeilen. Sørensen hatte ein ihm selbst wohl unbekanntes poetisches Talent besessen. Aber vor allem wurde Hjelm eines klar: Es war durchaus denkbar, dass dieser Wissenschaftsjournalist in Chicago im Mai diesen Jahres, der Sørensen auch aller Wahrscheinlichkeit nach am 30. Juni in Hornstull umgebracht hatte, kein anderer gewesen war als Christopher James Huntington höchstpersönlich.

Der Einsatz in Andalusien, in Estepona, hatte sie gelehrt, dass Christopher James Huntington sehr gerne persönlich operativ tätig war, auch wenn er der Chef war. Genau wie er selbst, schoss es Paul Hjelm durch den Kopf.

Plan G war eindeutig Asterions Werk. Im Auftrag des Vorstandsvorsitzenden des Mineralölunternehmens Entier S.A, eines Supermajors in der Ölindustrie.

Und mit Unterstützung der wohl gefährlichsten Mafia Europas.

Während Paul Hjelm am Flussufer entlanglief, pfiff er einen alten Klassiker. Es dauerte einen Augenblick, bis ihm bewusst wurde, dass es »It's a wonderful world« war.

Zwillinge

Utrecht – Amsterdam, 7. Juli

Kerstin Holm hatte sich von diesen Wochen so einiges erhofft. Zum Beispiel, dass Paul mehr Zeit haben würde und sie gemeinsam einen schönen Sommer verbringen und Holland, vielleicht auch Belgien und Luxemburg näher erkunden könnten. Stattdessen war er so beschäftigt wie nie zuvor.

Und bei ihrem einzigen Arbeitseinsatz hatte sie im Gegenzug den Tod eines Kindes auf ihr Gewissen geladen. Sie kam nicht darüber hinweg. Es war schlichtweg unmöglich. Paul hatte es einfach weggewischt, aber Kerstin konnte das nicht. Es verfolgte sie Tag und Nacht.

Während der gestrigen Aktion in Amsterdam hatte sie die stellvertretende Leitung in Den Haag übernommen. Sie hatte sich etwas davon versprochen, war besserer Laune gewesen, aber in Den Haag hatte sich nichts, absolut gar nichts ereignet. Alles hatte in Amsterdam stattgefunden.

Die Ermittlungen im Mord an dem zwölfjährigen Liang Zunrong steckten fest. Die Kollegen der Amsterdamer Polizei waren dafür zuständig, und es ging einfach nicht voran. Keine Zeugen, niemand wusste etwas. Kerstin Holm hatte das dumpfe Gefühl, dass sich der Fall ziemlich bald in die zahllosen ungelösten Fälle einreihen und von dem gigantischen Archiv der Ungerechtigkeit verschluckt werden würde.

Und da sie sich außerdem zu Tode langweilte, während alle anderen im Zentrum von Amsterdam Teil eines aufregenden Einsatzes waren, war die Lage für sie auf dem besten Wege, unerträglich zu werden. Sie war drauf und dran, sich einfach in das nächste Flugzeug zu setzen und nach Stockholm zurückzukehren, zu ihrem Sohn Anders und in das Polizeipräsidium auf Kungsholmen, zu allem, was ihr vertraut und wichtig war.

Da klingelte das Telefon. Sie wusste kaum, wie sie sich melden sollte, und fühlte sich wie eine blutige Anfängerin.

»Ja«, sagte sie harsch.

»Ich würde gerne mit Kerstin Holm sprechen«, erklang eine Stimme auf Englisch, die ihr irgendwie bekannt vorkam.

»Am Apparat«, antwortete sie.

»Hier ist Kommissar van der Heijden aus Utrecht, falls Sie sich an mich erinnern. Sie hatten mich vor dem unglückseligen Vorfall mit dem jungen Chinesen Liang Zunrong aufgesucht.«

»Ich erinnere mich«, entgegnete sie knapp.

»Ich habe Neuigkeiten«, sagte Kommissar van der Heijden.

Das war gestern gewesen. Einen Tag später saß sie ihm im Utrechter Polizeigebäude gegenüber. Sie hatte ihn als einen fähigen und scharfsinnigen Polizisten wahrgenommen, vorsichtig mit unüberlegten Äußerungen, jedoch klar in seinen Ansichten.

Jetzt sagte er: »Sie haben sich für ein Zwillingspaar interessiert, das im Oktober 2005 nach Schweden kam und nur wenige Tage später verschwand. Wang Cheng und Wang Shuang. Die beiden waren damals dreizehn Jahre alt.«

»Das ist richtig.«

»Ich habe etwas getan, was womöglich juristisch nicht ganz einwandfrei ist«, gestand van der Heijden, ohne seinen Blick von ihr zu wenden. »Wollen Sie es dennoch hören?«

»Auf jeden Fall!«, sagte Holm.

»Etwas an dieser ganzen chinesischen Geschichte hat mein Interesse geweckt, weshalb ich mir, nicht ganz legal, Krankenhausdaten näher angesehen habe.«

»Sie haben meine hundertprozentige Aufmerksamkeit«, sagte Kerstin Holm.

Kommissar van der Heijden war vielleicht bisher kein besonders herausragender Polizist gewesen – offensichtlich hatte er seine polizeiliche Karriere damit verbracht, keinerlei Aufhebens von sich zu machen –, aber damit war es jetzt vorbei. Als er sprach, erinnerte er Kerstin Holm irgendwie an eine zehn Jahre jüngere Ausgabe von Paul Hjelm.

»Ich habe einen der Namen in den Krankenhausdaten von Rotterdam aus dem Frühjahr 2006 gefunden.«

»Einen Namen?«

»Von einem der Zwillinge. Es ist ein sehr aufschlussreiches Dokument.«

»Aufschlussreich?«

»Offenbar ist bei der Aufnahme im Krankenhaus etwas schiefgelaufen. Der Patient wurde zweimal registriert. Die Verletzungen waren relativ markant: gebrochene Metacarpophalangealgelenke und Rupturen des Musculus rectus abdominis – allerdings wurde dieselbe Verletzung im Abstand von fünf Minuten zweimal registriert, beim ersten Mal lückenhaft, beim zweiten Mal vollständig, samt Passnummer.«

»Ich glaube, ich kann Ihnen nicht ganz folgen«, gestand Kerstin Holm ehrlich.

»Ich habe es zuerst auch nicht verstanden«, gab van der Heijden zu. »Deshalb bin ich ins Krankenhaus nach Rotterdam gefahren und habe mir die handschriftliche Originalkartei angesehen. Der verletzte Dreizehnjährige hat sich zuerst als Wang Shuang angemeldet, dann änderte er seine Meinung aus irgendeinem Grund und nannte sich stattdessen Shuang Ricci. Auf diesen Namen lief auch sein amerikanischer Pass. Ich habe mit der Krankenschwester gesprochen, die damals in der Notaufnahme die Verletzung aufgenommen hatte. An den Fall selbst konnte sie sich nicht erinnern, hat aber erklärt, dass diese Frakturen und Rupturen typische Verletzungen bei Schlägereien seien. Da mein anatomisches Wissen nicht besonders ausgeprägt ist, bat ich sie, mir das genauer zu erläutern. Sie erklärte, es handele sich dabei um gebrochene Fingerknöchel und stumpfe Gewalteinwirkung auf die Bauchmuskeln.«

Kerstin Holm schwieg und versuchte die Information zu verdauen.

»Und seine Schmerzen haben ihn für einen Augenblick seine neue falsche Identität vergessen lassen?«

»So würde ich das sehen«, sagte van der Heijden.

»Ein amerikanischer Pass? Aus den USA?«

»Ja. Ich habe die Passnummer überprüft. Sie existiert natürlich nicht, der Pass war gefälscht. Zur Sicherheit habe ich seinen Namen durch alle Datenbanken gejagt: Shuang Ricci, amerikanischer Staatsbürger, geboren am 17. Januar 1992, so wie es im Pass angegeben war. Und das ergab in der Tat einen Treffer – einen etwas unerwarteten Treffer allerdings.«

»Sie haben immer noch meine ungeteilte Aufmerksamkeit.«

»Ein Shuang Ricci ist vor einem halben Jahr von New York aus in die Niederlande eingereist. Er hat eine gültige Arbeitserlaubnis.«

»Er ist hier?«, rief Kerstin Holm.

»Ich hatte einen Geistesblitz und habe dann nach einem Cheng Ricci gesucht. Es wäre ja durchaus möglich, dass die Zwillinge noch immer zusammen sind. Dasselbe Geburtsdatum. Und auch da landete ich einen Treffer. Ein Cheng Ricci ist eine Woche später mit dem Flugzeug von Detroit kommend in Schiphol gelandet.«

»Ich glaub es nicht!«

»Beide haben eine gültige Arbeitserlaubnis«, fuhr Kommissar van der Heijden fort. »Und beide haben dieselbe Adresse angegeben. Genauer gesagt diese hier.«

Als ihr der gründliche Kommissar einen gelben Post-it-Zettel mit einer handgeschriebenen Adresse reichte, hätte Kerstin Holm ihn am liebsten umarmt. Aber stattdessen fragte sie: »Wie heißen Sie eigentlich mit Vornamen?«

Van der Heijden antwortete: »Paul.«

Im Taxi auf dem Weg von Utrecht zu der Adresse in einem der Außenbezirke Amsterdams ging Kerstin Holm die neuen Informationen noch einmal durch. Am 12. Oktober 2005 waren die Zwillinge Wang Cheng und Wang Shuang in Schweden eingetroffen, nachdem man sie aus ihrer Heimatstadt Bengbu, rund achtzig Kilometer nordwestlich von Shanghai, entführt hatte. Sie gehörten zu einer großen Gruppe chinesischer Kinder, die mit exakt dem gleichen Gepäck nach Schweden einreisten und auf exakt die gleiche Weise aus ihren Flüchtlingsunterkünften verschwanden. Am 14. Oktober waren die Zwillinge aus dem Heim in Åkersberga spurlos verschwunden.

Bis heute. Im März 2006 war einer von ihnen in einem Krankenhaus in Rotterdam aufgetaucht. Mit einem falschen amerikanischen Pass, einem neuen Namen und Verletzungen wie nach einer Schlägerei. Was war in diesem halben Jahr passiert?

Die gerissenen oberen Bauchmuskelfasern deuteten darauf hin, dass Shuang Prügel bezogen hatte. Die gebrochenen Fingerknöchel wiederum verwiesen darauf, dass er Prügel ausgeteilt hatte. Und zwar ordentliche Prügel. Kerstin Holm musste die verborgenen, dunklen Winkel ihres Verstandes durchforsten, um sich auszumalen, was passiert sein könnte. Ob es um so etwas wie Gladiatorenkämpfe mit Kindern als Protagonisten ging? Sie wusste zwar, dass es zivilisationsmüde Männer gab, die an allem Gefallen fanden, was einen Tabubruch darstellte, aber sie hatte noch nie davon gehört, dass Männer in der Gruppe onanierten, während sich Kinder in einer Arena prügelten. Das passte alles einfach nicht zusammen. Der amerikanische Pass. Der Krankenhausaufenthalt. Der neue Name. Waren sie nicht vielmehr – in der Ausbildung, im Training?

Wie auch immer, sie lebten. Die Zwillinge Wang waren jetzt neunzehn Jahre alt und wieder zurück in Europa, in den Niederlanden, um was – um zu arbeiten?

Das Taxi bog in die Seitenstraße eines eleganten Viertels von Amsterdam ein, das Kerstin Holm nicht kannte.

»Fahren Sie noch ein Stück weiter«, sagte sie, als das Taxi an der angegebenen Adresse angekommen war. Hundert Meter weiter bat sie den Fahrer anzuhalten und sah dem Taxi nach, als es davonfuhr.

Sie hatte keine Ahnung, was Cheng und Shuang jetzt trieben, und wollte die Sache vorsichtig angehen. Sie wusste nur zwei Dinge – erstens, dass die beiden vor mehr als fünf Jahren einem schweren Verbrechen zum Opfer gefallen waren und dann unter Umständen für Nahkämpfe ausgebildet worden waren. Mit anderen Worten: Nicht die beste Voraussetzung für eine direkte Konfrontation. Und zweitens brauchte sie ein

Foto der beiden. Sie musste Abzüge an Wang Yunli in Bengbu mailen, damit die ihr bestätigen konnte, ob die beiden wirklich ihre Zwillingssöhne waren. Die eigene Mutter würde sie wiedererkennen, wie sehr und unter welchen Umständen die Pubertät sie auch geformt hatte. Holm musste sich an die beiden heranschleichen und heimlich Bilder machen.

Das Amsterdam, das sie jetzt vor sich hatte, war so ganz anders als das ihr bekannte. Die Gegend wirkte gediegen, die Häuser hatten Platz, und es gab auch ein wenig Grün zwischen den Grundstücken.

Kerstin Holm schlich sich auf das Nachbargrundstück der angegebenen Adresse und fand eine passable Position auf einem moosbewachsenen Findling in einem kleinen Gehölz. Von dort konnte sie über die Mauer und zum Haupteingang des Gebäudes sehen. Das Gebäude, in dem sich womöglich Cheng und Shuang aufhielten.

Das Haus hatte zu allen Seiten hin Fenster, viele Fenster. Sie blieb, so gut es ging, in Deckung und rührte sich nicht. Ab und zu tauchten Leute an einem der Fenster auf und schauten hinaus.

Nach etwa einer halben Stunde sah sie einen Mann mit asiatischem Aussehen in dem Fenster über der Haustür. Seine Gesichtszüge wirkten kalt, und er würde mit etwas gutem Willen als frühreifer Neunzehnjähriger durchgehen. Sie nahm ihr Handy, um ein paar Aufnahmen zu machen. Der junge Mann blieb noch eine Weile am Fenster stehen. Sie hoffte inständig, dass ihre Tarnung nicht aufgeflogen war. Hinter ihm tauchte ein weiterer Asiat auf. Sie sprachen kurz miteinander, dann drehten sie sich um und waren verschwunden.

Vor lauter Begeisterung über ihre Fotos tat sie einen falschen Schritt. Sie konnte gerade noch einen Sturz abfangen, rutschte aber auf dem Moos aus und machte einen unfreiwilligen Spagat.

Das tat verdammt weh.

*

»Wir registrieren Bewegung«, sagte Jutta Beyer.

Arto Söderstedt versuchte in dem kleinen Raum die Richtmikrofone zu justieren, aber es war wie verhext. Wurde bei Notos Imports nicht gesprochen, verdammt? Gehörte es zum Wesen der Mafia, kein Wort zu wechseln?

»Was?«, brummte er, die Zunge in den Mundwinkel geklemmt.

Beyer zoomte die Aufnahme von einer der beiden Überwachungskameras heran, aber sie hatte nicht das Haus von Notos Imports, sondern das Gebäude daneben ins Visier genommen. Oder vielmehr das Nachbargrundstück.

Söderstedt ließ die Maus los und starrte auf den Bildschirm. Aus einem Busch auf dem Nachbargrundstück ragte ein Bein heraus, ein Frauenbein, das schnell wieder zurückgezogen wurde. Die besagte Person musste sich direkt unter der Überwachungskamera an der Gebäudefassade befinden, die auf den Haupteingang von Notos gerichtet war.

Während Söderstedt sich das Bild genauer ansah, stand Beyer auf.

»Ich gehe rüber«, erklärte sie in der Tür.

»Jetzt warte mal. Wir wissen doch noch gar nicht, wen wir hier vor uns haben. Eine Spionin? Sie könnte bewaffnet sein. Sei vorsichtig, Jutta.«

Aber kurz darauf tauchte Beyer bereits auf dem Bildschirm auf und überquerte die Straße.

»Verdammt«, sagte Arto Söderstedt ins Leere.

Jutta Beyer schlich auf das Nachbargrundstück. Sie meinte nämlich, das Gesicht des Eindringlings erkannt zu haben. Sie näherte sich der kleinen Gruppe von Bäumen bei dem Findling. Da spürte sie eine Pistolenmündung im Nacken.

»Kein Wort«, zischte eine Frauenstimme.

Beyer hob die Hände und flüsterte: »Ich bin's, Kerstin. Jutta Beyer.«

*

Drei Augenpaare studierten das Handyfoto auf dem Bildschirm. Die beiden Männer mit dem asiatischen Aussehen sahen wie typische Leibwächter aus. Knallhart, eiskalte Profis bis in die Fingerspitzen.

»Du meinst also, sie wurden von Kindesbeinen an auf die Mafia eingeschworen?«

»Das ist eine Theorie«, sagte Kerstin Holm. »Sie wurden entführt und zu Soldaten erzogen. Ganz klassisch. Denkt an die afrikanischen Kindersoldaten, die gekidnappten Kinder in Uganda, die zu Auftragsmördern ausgebildet werden. Sie wachsen ohne Empathie und Mitleid auf. Natürlich sind sie vollkommen abgestumpft. Perfekte Mordmaschinen.«

»Dann haben wir es hier mit uneingeschränkter Loyalität zu tun«, schloss Jutta Beyer. »Komplette Gehirnwäsche, seit dem dreizehnten Lebensjahr.«

»Man kann und sollte den Begriff Gehirnwäsche hinterfragen«, sagte Söderstedt. »Ich bin der Meinung, dass es mit dreizehn schon etwas zu spät für eine komplette Persönlichkeitsveränderung ist. Sie könnten noch über Reste eines alten Gefühlsrepertoires verfügen und sich so ihre Menschlichkeit bewahrt haben.«

»Die Mafia erschließt sich immer neue Wege im Sklavenhandel der Gegenwart«, seufzte Beyer. »Ich glaube, mir wird übel.«

»Mir war noch nie anders.« Söderstedt nickte mit einem gutmütigen Lächeln.

»Könnte es sein, dass wir gerade einen Weg ins System gefunden haben?«, fragte Jutta Beyer nachdenklich.

»Mithilfe der Zwillinge?«, hakte Söderstedt nach. »Tja, es ist bestimmt nicht vollkommen undenkbar, dass eine Konfrontation mit ihrer kleinen Mama der knallharten Fassade zusetzt.«

»Ich habe Wang Yunli das Foto gemailt«, erklärte Kerstin Holm und sah von ihrem Mobiltelefon auf.

»Ohne Hinweise darauf, wo es aufgenommen wurde, hoffe ich«, sagte Söderstedt. »Wenn die Jungs gegenüber ihrer neuen Familie uneingeschränkt loyal sind, kann jeder noch so kleine Hinweis darauf, dass sie beobachtet werden, die ganze Überwachung zunichtemachen.«

»Ich habe Yunli nur gebeten, sich das Bild anzusehen«, sagte Holm. »In China ist es jetzt schon Nacht, es ist also nicht gesagt, dass sie heute noch antwortet.«

»Und wir brauchen auch etwas Zeit, um zu entscheiden, wie wir mit dieser neuen Situation am besten umgehen«, fügte Jutta Beyer hinzu.

Damit war die Diskussion beendet, und ihre Blicke richteten sich erneut auf die Bilder der Überwachungskameras. Das Gebäude auf der anderen Straßenseite wirkte vollkommen friedlich.

Krähenfüße

Ebeltoft, Dänemark, 7. Juli

Die Dänen sind das glücklichste Volk der Welt – das hatte eine große Studie kürzlich herausgefunden –, und diese Tatsache schienen die Opcop-Repräsentanten des Landes zu bestätigen. Während sie von Kopenhagen nach Norden Richtung Själlands Udde fuhren, zur direkten Fährverbindung nach Ebeltoft, hatte Sara Svenhagen den Eindruck, dass Mads Knudsen und Stine Østergaard vor Wohlbefinden förmlich strotzten. Knudsen war ein augenscheinlich unkomplizierter junger Mann mit dem Körper eines Schwimmers, seine Chefin Østergaard war zehn Jahre älter, sommersprossig und nicht sparsam mit unflätigen Ausdrücken. Svenhagen mochte beide auf Anhieb, sie waren das absolute Gegenteil des strengen Professors Niels Sørensen – dem sie noch nie begegnet war, und den sie womöglich ebenso gemocht hätte. Wenn auch auf eine andere Art.

Das Dänisch der beiden war allerdings schwer verständlich. Sie sprachen schnelles Kopenhagener Dänisch, das konsequent jede Pause zwischen den Worten ignorierte. In Saras Ohren vermischte sich alles zu einem einzigen langen Wort. Jorge Chavez hatte damit hingegen keine Schwierigkeiten. Sara wusste ja, dass er vor langer Zeit eine Beziehung zu einer dubiosen Dänin gehabt hatte. Aber Sara wollte den Finger nicht auf alte Wunden legen, also sie sagte lediglich, und das nicht zum ersten Mal: »Kannst du das bitte noch einmal wiederholen?«

Stine Østergaard drehte sich auf dem Beifahrersitz herum und artikulierte, so deutlich sie es vermochte: »Der jetzige Besitzer, ein Morten Thygesen, lebt mit seiner Familie in Århus und wollte erst nächste Woche in sein Sommerhaus fahren, hat sich aber freigenommen, um uns dort in etwa einer Stunde zu treffen.«

Das war ein sehr langer Satz gewesen, der in Saras Ohren zu einem einzigen, sehr langen Wort wurde. Aber sie hatte ihn verstanden.

»Fein«, erwiderte sie.

Die Fähre war ein komfortabler Katamaran, mit dem die Überfahrt von Seeland nach Jütland nur eine Dreiviertelstunde dauerte. Der nachweislich seekranke Chavez ahnte allerdings, dass die Seefahrt bei stürmischem Wind etwas beschwerlicher als an diesem herrlichen und windstillen Hochsommertag sein konnte.

Sie genossen die Überfahrt bei Kaffee und Kuchen, denn es waren zu viele Leute an Bord, um ein ausführliches Gespräch über den laufenden Fall führen zu können. Stattdessen unterhielten sie sich darüber, wie der Alltag in der dänischen Opcop-Gruppe aussah.

»Ich bin selten in Den Haag«, sagte Østergaard, »im Gegensatz zu Mads, der einmal im Monat hinfährt und die Holländerinnen schwängert.«

»Mads und ich sind uns ein paarmal begegnet«, sagte Chavez zu Svenhagen. »Und wenn die Terminpläne es zuließen, sind wir zusammen um die Häuser gezogen – ohne Holländerinnen, ich schwöre es.«

»Ich habe bei euch meistens mit einer Mette Møller zu tun gehabt«, sagte Svenhagen.

»Sie hat Urlaub«, erklärte Østergaard, »du musst dich mit uns zufriedengeben.«

»Ich bin sehr zufrieden«, erwiderte Sara Svenhagen.

Wenig später lief die Fähre im Hafen von Ebeltoft ein. Ein langer Pier mit vier riesigen Windrädern hieß sie willkommen. Alle verharrten kurz in der hochsommerlichen Windstille.

Mads Knudsen steuerte den Wagen mitten durch die Kornfelder. Es kam ihnen zumindest so vor, als würden sie auf schmalen überwucherten Schotterwegen fahren, während sie kaum über die dicken Ähren hinausschauen konnten. Die Wege wurden immer schmaler, bis schließlich das Meer zwischen den versprengten Gärten zu sehen war.

»Sie können nicht vor uns hier sein«, sagte Chavez. »Sie können nur herfinden, indem sie uns folgen. Wenn sie kommen, kommen sie nach uns. Ihr habt den Bericht darüber erhalten, was uns erwartet. Geht keine Risiken ein.«

Die Dänen wechselten Blicke. Sie waren bereit.

Dann hatten sie ihr Ziel erreicht. Knudsen wendete den Wagen, sodass er in Fluchtrichtung stand, und parkte auf dem Seitenstreifen. Sie gingen die kiesbedeckte Auffahrt auf ein Haus mit markanten, dicht geschnürten Schilfrohrbündeln auf dem Dach zu, einem typischen dänischen Strohdach. Auf der Auffahrt stand ein in Dänemark registrierter SUV. Stine Østergaard überprüfte mit ihrem Smartphone das Kfz-Zeichen und nickte.

Die Dänen gingen ums Haus herum zur Terrasse, vor der sich eine Rasenfläche bis zum Meer hinunter erstreckte. Das war der Lieblingsweg des jungen Niels Sørensen gewesen – durch das Gras, über den Sand und bis hinunter zum Meer. Chavez und Svenhagen sahen ihre dänischen Kollegen auf der anderen Seite des Hauses durch die Glastüren, die Eingangstür und die Terrassentür, vor dem Meereshintergrund. Chavez klopfte an die Scheibe. Ein Mann tauchte im Inneren des vornehmen Sommerhauses auf. Er trug Tenniskleidung, war hochgewachsen, durchtrainiert und wirkte sehr dänisch. Er sah in beide Richtungen, zu beiden Türen, und machte eine fragende Geste.

»Hier vorn«, rief Chavez.

Der Mann schloss auf und fragte auf Dänisch: »Kommen Sie von beiden Seiten?«

»Ja«, antwortete Chavez. »Lassen Sie die anderen ruhig auch herein.«

Gesagt, getan. Mads Knudsen und Stine Østergaard traten ein. Es roch frisch und nach Seife.

Das Sommerhaus war hell und sparsam möbliert und noch dazu blitzsauber, geradezu pedantisch. Chavez hatte rasch eine

Vorstellung davon, was für ein Typ dieser Morten Thygesen war. Er ließ Østergaard das Gespräch führen.

»Morten Thygesen?«, fragte sie.

»Wer sonst?«, antwortete Thygesen. »Ich habe, wenn ich ehrlich bin, Ihr Anliegen nicht ganz verstanden.«

»Sie hatten vor ein paar Wochen Besuch von einem Mann namens Niels Sørensen, ist das richtig?«

»Ja«, erwiderte Thygesen. »Er ist hier herumgelaufen und hat sich alles angesehen. Als Kind hatte er die Sommerferien hier verbracht. Er nannte es eine nostalgische Reise in die Vergangenheit. Ich habe ihn gewähren lassen.«

»Haben Sie das Haus den Verwandten von Sørensen abgekauft?«

»Das weiß ich nicht. Ich habe es vor fast zwanzig Jahren von einer Frau namens Olsen erworben. Möglich, dass sie eine Verwandte von ihm war.«

»Dürfen wir uns hier ein bisschen umsehen?«

»Natürlich«, sagte Morten Thygesen und machte eine einladende Geste.

Etwas unschlüssig liefen sie durchs Haus, Thygesen schlich um sie herum, weshalb sie sich aufteilten und versuchten, den Anschein zu erwecken, dass sie etwas suchten. Als Thygesen sich in dem offenen Wohnbereich Knudsen und Svenhagen anschloss, trat Østergaard an Chavez' Seite und flüsterte: »Ich dachte, du wüsstest, wo sich die Formel befindet?«

»Das tue ich auch«, flüsterte Chavez zurück. »Aber ich habe ein komisches Gefühl. Es ist zu aufgeräumt hier. Ich will noch abwarten.«

»Gut«, erwiderte Østergaard flüsternd. »Ich habe nämlich dasselbe Gefühl. Er hat am Telefon ganz anders geklungen.«

»Als ob er bedroht werden würde.«

»Vielleicht.«

Sie trennten sich wieder und setzten ihre Suche fort. Chavez kam in ein Zimmer, das er anhand von Niels Sørensens Tagebuchaufzeichnungen sofort wiedererkannte: eine Playstation-Bude, in der Tat. Alle erdenklichen Spielkonsolen stapelten sich unter einem riesigen Großbildschirm. An der einen Wand standen Boxen mit einer schier unendlichen Menge an Spielen. Chavez kannte vielleicht gerade einmal zehn davon. Das war kein Zimmer für Kinder, hier spielten Erwachsene – oder zumindest ein Erwachsener.

Morten Thygesen steckte seinen Kopf zur Tür herein. Chavez lächelte ihn strahlend an und sagte: »Was für ein großartiges Zimmer. Welches ist Ihr Lieblingsspiel?«

»Ich verstehe Schwedisch nicht so gut«, erwiderte Thygesen. In dem Moment kam aus dem Wohnzimmer ein Geräusch, als ob etwas zu Bruch gegangen wäre. Thygesen stürzte sofort los. Von draußen hörte Chavez, wie Østergaard sich lautstark entschuldigte.

Sara Svenhagen schlüpfte zu ihm ins Zimmer. »Hast du auch ein schlechtes Gefühl?«, wisperte sie.

»Du auch?«, erwiderte er nur.

Sie nickte. »Das ist er nicht. Der wohnt hier nicht, da bin ich mir sicher.«

»Wenn das so ist, steht er in Verbindung mit seinen Kollegen«, sagte Chavez. »Direktverbindung, sie hören alles mit. Wir müssen ihn ausschalten und so tun, als wäre nichts geschehen.«

»Und wie zum Teufel bringen wir das den Dänen bei?«

»Østergaard ist auf derselben Spur wie wir. Schnell, die Spiele!«

Svenhagen hatte begriffen. Sie zog ein paar zufällig gewählte Spiele hervor und ging augenscheinlich neugierig die Verpackungen durch. Morten Thygesen stieß wieder zu ihnen.

Svenhagen sah mit bedauernder Miene auf und fragte: »Ist etwas kaputtgegangen?«

»Nicht weiter schlimm«, bemerkte der groß gewachsene Mann mit einem Lächeln. »Wonach suchen Sie denn?«

»Gibt es hier noch andere Räumlichkeiten?«, wollte Svenhagen wissen.

»Wir haben noch die Waschküche, die Werkstatt und den Wintergarten. Möchten Sie sich das ansehen?«

»Gerne«, antwortete Svenhagen und schob sich an ihm vorbei.

Mads Knudsen schlenderte zu Chavez, zeigte ihm den Schlagring und flüsterte: »Sollen wir ihn ausschalten?«

»Aber vollkommen geräuschlos«, mahnte Chavez mit einem Nicken. »Bei erstbester Gelegenheit. Ich fange ihn auf.«

Im Wohnzimmer saß Stine Østergaard in der Hocke und sammelte die Porzellanscherben auf. Sie blickte auf, als Thygesen nach der Klinke der Eingangstür greifen wollte.

»Autsch!«, rief sie und lutschte an ihrem Finger.

Morten Thygesen drehte sich zu ihr um, jetzt hatte Knudsen ihn direkt vor sich. Er legte die ganze Kraft eines trainierten Schwimmers in den Schlag. Thygesen gab nur ein leises Stöhnen von sich. Chavez fing den Körper auf, der sehr schwer war. Hohe Dichte.

»Nett von dir, mir zur Hand zu gehen«, sagte Østergaard mit fröhlicher Stimme. »Es ist nicht schlimm, ich habe mich nur an einer Scherbe geschnitten.«

»Ich würde gerne das Zimmer mit der Playstation noch einmal genauer unter die Lupe nehmen«, sagte Knudsen, zog den Schlagring vom Finger und schüttelte mit einer Grimasse seine blutige Hand, während Chavez und Svenhagen lautlos den gefällten Körper zu Boden gleiten ließen. Aus Thygesens weißen Tennisshorts zogen sie einen winzigen Sender.

Chavez reichte ihn an Knudsen weiter und sagte ruhig: »Wir sehen uns solange oben um.«

»Ich will nur kurz die Spiele durchsehen«, sagte Knudsen und griff sich den Sender.

Als Knudsen und Østergaard verschwunden waren, öffnete Chavez geräuschlos die Haustür. Sie schlichen zu dem Gebäude hinüber, das vermutlich der Tischlerschuppen war.

In Sørensens Tagebuch hatte gestanden: »Sie hatten den alten Außenbordmotor behalten, im Tischlerschuppen. Aber das war auch das Einzige. Großvaters Außenbordmotor, der zum Komplizen wurde. Zu einem Aufbewahrungsort.«

Der Außenborder stand in einer entlegenen Ecke des erstaunlich aufgeräumten Tischlerschuppens. Er wirkte in der Tat eher wie ein Dekorationsgegenstand, allerdings ganz und gar nicht wie ein Versteck. Chavez schraubte den Deckel ab.

Svenhagen übernahm ihn, während Chavez seine Finger in den Tank steckte. Nichts. Sorgfältig tastete er alles ab, aber seine Finger reichten nicht bis in jeden Winkel. Svenhagen hielt ihm einen harten Gummistöpsel hin, den er in einer Schublade der Tischlerbank gefunden hatte, und Chavez rührte damit vorsichtig in dem alten Benzintank des Außenborders herum. Dabei stieß er auf einen Gegenstand. Es fühlte sich an wie ein Stück Papier, festgeklebt in der hintersten Ecke des Tanks. Er stieß wiederholt mit dem Gummistöpsel dagegen, bis es sich löste. Er zog es zu sich heran und sah in den Tank. Es war tatsächlich ein Stück Papier, ein sorgfältig gefalteter Din-A4-Bogen. Und darin befand sich ein winziger USB-Stick.

Er bekam ihn mit den Fingerspitzen zu fassen und steckte ihn in die Hosentasche. Dann machte er eine Geste zu Svenhagen, und sie kehrten ins Sommerhaus zurück.

Als sie hereinkamen, hörten sie Stine Østergaard sagen: »Ich kann ja verstehen, dass dir *Final Fantasy* am besten gefällt, aber ist das siebte wirklich das beste?«

Svenhagen bedeutete Knudsen mit einer Geste, das Spielezimmer zu verlassen, und nickte ihm zu. Auf ihre stumme Aufforderung hin überließ er ihr den Sender. Dann gesellte sich Svenhagen zu Østergaard und sagte fröhlich: »Nein, oben war nichts.«

Chavez zog Knudsen zur Terrassentür.

»Wir haben ihn«, flüsterte er. »Bist du gut im Weitwurf?«

»Eher im Kraulen, aber natürlich kann ich auch werfen«, flüsterte dieser.

»Wir drei gehen jetzt zum Wagen. Du schnappst dir den Sender und sagst ein paar passende Abschiedsworte, dann wirfst du ihn auf das Nachbargrundstück und rennst zum Auto, als würdest du fünfzig Meter Freistil bei den Olympischen Spielen schwimmen. Verstanden?«

Knudsen nickte. Østergaard und Svenhagen kamen aus dem Haus. Svenhagen legte den winzigen Sender in Knudsens Hand. Der blieb an der Terrassentür stehen, bis die anderen außer Sichtweite waren. Die Vordertür ließen sie weit offen stehen.

»Ich frage mich, ob es nicht auch ganz interessant wäre,

einen Blick auf das Haus des Nachbarn zu werfen«, sagte er, öffnete die Hintertür und schleuderte den Sender in hohem Bogen davon. Er sah nicht, wo er landete, denn jetzt lief er wie ein Besessener zur Straße hinunter.

Chavez saß bereits hinter dem Steuer und ließ den Motor an, als er Knudsen sah, der auf den Wagen zugerannt kam. Kaum hatte der sich auf den Rücksitz geworfen, trat Chavez das Gaspedal durch.

Etwa fünfzig Meter hinter ihnen wurde ein Auto angelassen. Zwei Kugeln pfiffen an ihnen vorbei, als sie scharf nach rechts abbogen. Østergaard starrte aus der Heckscheibe.

»Jetzt«, schrie sie. »Na los, doch, Schlappschwanz: Jetzt!«

In diesem Augenblick kam der schwarze Kastenwagen hinter ihnen schleudernd zum Stehen. Zwei schwarz gekleidete Männer sprangen heraus und starrten auf die Reifen. Einer von ihnen trat dagegen.

Stine Østergaard brüllte fröhlich: »Jeder Europol-Wagen, der etwas auf sich hält, hat natürlich Krähenfüße im Kofferraum.«

Sara Svenhagen hatte den Laptop angeschaltet und den USB-Stick angeschlossen. Alles, was sich auf dem kleinen Speichermedium befand, war eine Bilddatei, eine jpg-Datei. Sie suchte Paul Hjelms Mailadresse heraus und schickte sie ihm. Mit einem tiefen Seufzer mailte sie die Datei auch an alle Mitglieder der Opcop-Gruppe, die ihr einfielen.

Da erreichte ihr Wagen Ebeltoft. Mit quietschenden Reifen fuhren sie vor dem Polizeirevier vor.

Im Gebäude angekommen, genehmigten sie sich jeder ein kaltes Pils und stießen auf eine erfolgreiche skandinavische Zusammenarbeit an. Sie brauchten fünf Anläufe, bis die grünen Flaschen sich trafen.

Ihre Hände zitterten zu sehr.

Reflexionen

Den Haag, 9. Juli

Man konnte vielleicht nicht gerade von Ruhe sprechen, aber nach der anstrengenden Arbeit der letzten Tage hatte sich die Situation zumindest etwas entschärft. Paul Hjelm hatte sogar für etwas Zeit gehabt, was er am meisten hasste: Besprechungen.

Aber sie waren nun einmal notwendig, denn es ging um die Sicherheit. In erster Linie um Marianne Barrières Sicherheit.

Von Virpi Pasanen und Jovan Biševac aus Stockholm war inzwischen die Bestätigung gekommen. Der USB-Stick aus Ebeltoft enthielt tatsächlich das letzte Drittel der Formel, das von Niels Sørensen.

Der Kontakt mit Sara und Jorge war kurz gewesen, aber aufschlussreich. Entgegen allen Erwartungen war es Asterion offensichtlich doch gelungen, Niels Sørensens Kindheitsparadies aufzuspüren, bevor die skandinavische Opcop-Gruppe dort eingetroffen war. Noch ungeklärt waren das Wie und auch das Warum. Asterion hatte nicht gewusst, dass die Formel in drei Teile aufgeteilt worden war oder dass ein Detail in Sørensens Vergangenheit eine Untersuchung lohnte. Aber Christopher James Huntington hatte geahnt, dass das Handy, dessen Spur Asterion aufgenommen hatte, als es plötzlich für eine halbe Stunde eingeschaltet worden war, etwas Wesentliches enthielt. Und die Tatsache, dass sie auf so beeindruckenden Widerstand gestoßen waren, bestärkte das noch zusätzlich. Offenbar hatte Asterion daraufhin versucht, Orte aus Sørensens Vergangenheit aufzuspüren, und war dabei auf das Sommerhaus seines Großvaters in Ebeltoft gestoßen. Der jetzige Besitzer, Morten Thygesen, erzählte bereitwillig vom Besuch des Professors vor ein paar Wochen, woraufhin er unschädlich gemacht und durch einen dänischen Söldner ersetzt wurde. Viele Stunden später fand man ihn mit Isolierband gefesselt und geknebelt in einem Besenschrank an seinem Arbeitsplatz in Århus – unverletzt, aber zu benommen, um eine sinnvolle Zeugenaussage zu machen.

Außerdem hatte in Schutzgewahrsam ein erstes offizielles Verhör mit den beiden Forschern stattgefunden. Es war aufgezeichnet worden, und Paul Hjelm saß nun zum ersten Mal seit langer Zeit wieder in seinem Büro und sah sich den Mitschnitt an.

Während des Verhörs hatte Virpi Pasanen eine SMS erhalten. Auf dem Bildschirm schloss sie kurz die Augen.

»Ist dies das sogenannte inoffizielle Handy?«, fragte Sara Svenhagen von der anderen Seite des Verhörtisches.

»Ja«, antwortete Pasanen ruhig. »Das letzte Testergebnis ist gerade gekommen. Die Werte waren sogar noch besser als erhofft. Es ist vollbracht.«

Jovan Biševac war alles andere als ruhig. Er sprang auf und vollführte in dem engen Verhörzimmer im Polizeipräsidium auf Kungsholmen in Stockholm einen regelrechten Siegestanz.

»Verflucht«, rief er aus, als er sich wieder gesetzt hatte, »dafür gibt es den Nobelpreis.«

Pasanen zeigte ihm das Telefon. Er machte große Augen und rieb sich die Hände.

»Was genau hat das zu bedeuten?«, wollte Jorge Chavez wissen.

»Alles ist so weit fertig«, erklärte Biševac. »Wir liefern die Formel an Brüssel, und das Entwicklungsteam übernimmt.«

»Aber wir werden an der weiteren Entwicklungsarbeit beteiligt sein«, ergänzte Pasanen. »Ich wünschte nur, Niels hätte das noch erleben können.«

Als Paul Hjelm die Videodatei schloss, sah er die Mail, die in einem anderen Dialogfenster geöffnet war. Sie war ihm von Kerstin Holm weitergeleitet worden.

Er dachte über die letzten Tage nach. Wie sie sich nach Kerstins seltsamer Entdeckung vom Verbleib der Zwillinge Wang, jetzt Cheng und Shuang Ricci, wieder angenähert hatten. In all ihrer Bosheit war die Umbenennung der Jungen jedoch auch genial: Die beiden hatten ihre chinesischen Vornamen behalten dürfen, weil ihre Herkunft offensichtlich war, aber ihr neuer Nachname funktionierte in den USA genauso wie in Italien. Und in diesen beiden Ländern sollten sie vermutlich auch zum Einsatz kommen. Den Ursprungsländern der Mafia.

Paul konnte Kerstin verstehen. Sie hatte so einiges entbehren müssen in ihrer Urlaubswoche, war extra hergekommen, und dann hatte er sie quasi einfach sitzen gelassen, um mehr oder weniger ununterbrochen zu arbeiten. Sie hatte auch die professionelle Herausforderung entbehren müssen, und das war für sie besonders nach der Katastrophe mit dem jungen Liang Zunrong schwer zu ertragen. Vielleicht hatte ihn dasselbe Schicksal erwartet wie die Zwillinge. Und darum war er auch entbehrlich gewesen. Kanonenfutter.

Sie hatten viel darüber gesprochen. Wie diese Art von Menschenhandel eigentlich ablief. Vermutlich wurden die jungen Chinesen von einem örtlichen Repräsentanten aufgrund physischer und psychischer Vorzüge ausgewählt – ja, womöglich wurden einige Kinder speziell für militärische Zwecke, andere für sexuelle und wiederum andere für administrative ausgesucht. Es war durchaus möglich, dass der Kinderhandel im großen Stil betrieben wurde, und vor allem in kreativer Zusammenarbeit der verschiedenen Mafiaorganisationen weltweit.

Kerstin Holm ließ Liang Zunrongs Schicksal nicht los. Und während ihrer endlosen Diskussionen schlug ein Gedanke in Paul Hjelm Wurzeln, nein, eher Widerhaken. Er hatte seine Idee bisher mit niemandem aus der Gruppe geteilt, denn er war sich selbst nicht sicher, wie gut sie tatsächlich war. Aber er und Kerstin hatten den Gedanken während ihrer stundenlangen nächtlichen Gespräche mehrfach durchgespielt.

»Wenn sie den Chip während einer Autofahrt ermitteln konnten, muss jedes einzelne Gebäude da unten mit modernsten Empfängern ausgestattet sein«, lautete Kerstins erster Einwand.

»Aber sie überprüfen nur, wenn sie Verdacht geschöpft haben«, sagte Paul. »Liang Zunrongs Körper wurde haargenau unter die Lupe genommen, weil ein fremdes Element im Blutkreislauf angezeigt worden war. Antonio befindet sich aber schon im System.«

»Nennst du ihn ernsthaft Antonio?«

»Deckname Antonio.«

»Arto hat sie nicht mehr alle.«

»Es geht also darum, einen Weg in das System zu finden, und vielleicht führt er über die Zwillinge Ricci. Hast du schon eine Antwort aus China?«

»Nein«, hatte Kerstin Holm bisher geantwortet.

Mittlerweile hatte allerdings sogar ein langer Mailwechsel stattgefunden. Paul Hjelm studierte die Korrespondenz auf dem Rechner. Er las sie ein zweites Mal.

Ja, Wang Yunli hatte ihre Söhne erkannt. Ihre Worte reichten nicht aus, um auszudrücken, wie sie sich fühle, schrieb sie. Ihr Leben habe wieder einen Sinn bekommen. Ja, selbstverständlich komme sie nach Europa. Sie werde den erstbesten Zug nach Shanghai und den ersten Flug nach Schiphol nehmen. Ihre Dankbarkeit sei grenzenlos. Sie wisse nicht, ob der PC wegen all der Tränen, die sie auf die Tastatur vergossen habe, noch funktioniere.

»Ich bin mir nicht sicher«, hatte Hjelm zu Kerstin gesagt. »Es ist ein enormes Risiko.«

»Weil ihre Loyalität der Mafia gehört?«

»Sie sind hart gedrillt worden, haben das denkbar härteste Training absolviert. Es ist anzunehmen, dass sie Bengbu und ihre Mutter so gut wie vergessen haben. Wenn Yunli sich unbedacht ihren Kindern nähert, wird das sofort großes Misstrauen erregen. Dann löst sich die ganze Bande blitzschnell in Luft auf, und unsere gesamte Arbeit war umsonst. Das dürfen wir nicht riskieren.«

»Zwischendurch sind sie aber doch auch in der Stadt unterwegs, oder?«, sagte Holm.

»Anfangs sah es so aus, als ob keiner der acht Bewohner dort drinnen überhaupt jemals wieder das Haus verlassen würde. Jetzt wissen wir, dass sie es ab und zu doch tun. Die Zwillinge waren gestern in der Innenstadt von Amsterdam. Sie haben Nachschub besorgt, sind aber auch ein bisschen durch die Straßen gebummelt. Kowalewski und Bouhaddi haben sie beschattet.«

»Haben sie irgendein Muster im Ablauf entdecken können?«

»Dafür ist es noch zu früh«, sagte Hjelm. »Woran denkst du?«

»Ob man eine zufällige Begegnung in der Stadt arrangieren könnte, um bei den anderen kein Misstrauen zu erwecken.«

Dieses Gespräch hatte gestern stattgefunden. Seither hatte Paul Hjelm über seine Idee nachgedacht. Selbst wenn es ihnen gelänge, eine scheinbar zufällige Begegnung zu arrangieren, was würde dabei herauskommen? Wie sollte Wang Yunli es bei dem Gefühlschaos, das sie erfassen würde, gelingen, den beiden ein brauchbares Geheimnis zu entlocken? Und welches in diesem Fall? Mitten in diese Überlegungen hinein rief Arto Söderstedt an.

»Das Problem sind eigentlich nicht die Richtmikrofone«, sagte er.

»Sondern?«

»Dass sie nicht reden.«

»Rufst du mich etwa an, um mir zu erzählen, dass nichts passiert?«

»Sagen wir mal so, sie reden nur sporadisch«, korrigierte sich Söderstedt. »Da erscheinen wir Nordländer gegen diese Italiener wie Schwätzer.«

»Du bist definitiv ein Schwätzer.

»Ja, ja.«

»Sie haben also geredet?«

»Sie benötigen, ich zitiere, ›Toilettenpapier, Stifte, Glühlampen, Tintenpatronen‹. Die Einkäufe werden innerhalb der nächsten Stunde getätigt werden.«

»Ich habe vergessen, wer von uns vor Ort ist.«

»Und das, obwohl du doch nie etwas vergisst.«

»Ich bin nicht in der Stimmung dafür, Arto.«

»Du hast dich verändert, seit du Chef geworden bist. Irgendetwas hast du auf dem Weg verloren. Donatella und Corine sind hier. Sie sind furchtbar nervtötend, du weißt schon: ADHS.«

»Wissen wir, wer von ihnen einkaufen gehen soll?«

»Aus dem Grund rufe ich eigentlich an, auch wenn du lieber ein wenig plaudern würdest. Ich habe eine Phrase aufgeschnappt von den Leibwächtern: *Giovani viene prima.* Die ist grammatikalisch zwar unschön, aber meines Erachtens so zu interpretieren, dass die Jugend zuerst an der Reihe sei. Es war ein Witz der älteren Leibwächter – ich glaube nicht, dass sie auch Italiener sind, eher Kroaten –, und ich glaube, dass es bedeutet, dass die Zwillinge Ricci gehen werden.«

»Mist«, gab Hjelm von sich. »Ich muss mal eben nachdenken.«

»Das tue ich ununterbrochen«, entgegnete Arto Söderstedt und legte auf.

Paul Hjelm dachte weiter nach. Antonio Rossi hatte in den vergangenen Tagen das Gebäude von Notos Imports kein einziges Mal verlassen. Nichts deutete also darauf hin, dass er das Haus aus anderen Gründen verließ, als um den Repräsentanten der Bettlermafia, Ciprian, zu treffen. Aber da stimmte etwas nicht. Die 'Ndrangheta (sofern die Männer ihr angehörten) hatte bestimmt keinen Ableger in Amsterdam, nur um Vlad und seine Männer im Auge zu behalten. Deren Geschäft machte doch nur einen Bruchteil ihrer weitverzweigten Aktivitäten aus. Ihr Hauptgeschäft war und blieb der Drogenhandel, vor allem Kokain, und es war anzunehmen, dass sowohl Amsterdams Restaurantbranche als auch die Waffenbranche von der 'Ndrangheta kontrolliert wurden, vermutlich auch Amsterdams berüchtigte Coffeeshops. Und innerhalb des relativ untergeordneten Menschenhandels selbst gab es bedeutendere Einnahmequellen als das Betteln – Prostitution, Billiglohnarbeiter. Da das einzige feststellbare Muster in der Villa in Oud-Zuid an das Verhalten der Rumänen in der Wohnung in der Lauriergracht erinnerte – nämlich dass auf elektronische Kommunikation offenbar vollkommen verzichtet wurde –, müsste

Antonio sich eigentlich ziemlich häufig in der Stadt aufhalten, um Magnetstreifen oder anderweitig verschlüsselte Nachrichten auszutauschen. Das Problem war nur, dass er das nicht tat, zumindest bislang nicht. Vielleicht machte er es wie Vlad und überließ den Fleischschränken den physischen Informationsaustausch – aber weshalb hatte er dann ausgerechnet Ciprian persönlich getroffen, und das nicht nur ein-, sondern gleich zweimal?

Weil er ihm etwas besonders Wichtiges mitzuteilen hatte?

Weil er der Mafia gegenüber die Bedeutung von Plan G unterstreichen wollte?

Denn Plan G war die beiden Male explizit erwähnt worden, als Antonio Rossi persönlich in Kontakt zu der Bettlermafia getreten war, zuerst in dem zweifach verschlüsselten Brief, dann mündlich, an Bord des Touristenschiffs.

War die Mafia tiefer in das Vorhaben verstrickt, als Paul Hjelm bisher hatte glauben wollen? Wie genau hatte eigentlich die Zusammenarbeit von Asterion und der 'Ndrangheta zuletzt ausgesehen?

Er musste an den ersten großen Fall der Opcop-Gruppe zurückdenken, bei dem ein sterbender Chinese ihnen eine geflüsterte Botschaft hinterlassen hatte. Christopher James Huntington hatte im Auftrag der 'Ndrangheta unter verschiedenen Decknamen gearbeitet. So hatte sich Asterion Security Ltd. um die Kontakte zwischen europäischen Möbelunternehmen und der Mafia gekümmert, damit Erstere in der Fahrrinne vor Lettland Unmengen an Chemikalien entsorgen konnten. Damals war der Auftragsweg klar gewesen: Die 'Ndrangheta beauftragte Asterion.

Ob das jetzt erneut der Fall gewesen war? Aber was würde das bedeuten? Paul Hjelm lief ein eiskalter Schauer über den Rücken. Er erstarrte. Nein, das war unmöglich. So schlimm konnte und durfte es einfach nicht sein.

Selbstverständlich wusste Hjelm, dass die Mafia schon lange bestrebt war, legale Geschäfte zu tätigen – oder zumindest eine respektable Fassade zu errichten. Sie wollte Geld von Blut und Gehirnmasse reinigen, es dann waschen und am liebsten mit legalen wie illegalen Geschäften gleichermaßen viel verdienen, um auf lange Sicht nur noch mit legalen Geschäften auszukommen und sich vollkommen natürlich in die hyperkapitalistische globale Gesellschaft zu integrieren, in der sich niemand darum scheren würde, ob das Unternehmenskonglomerat auf einem Fundament aus Leichenteilen und schrecklichem Leid basierte. Solange die Bestechungsgelder umfangreich genug waren.

So funktionierte eine kerngesunde Volkswirtschaft. Denn Geld stank nicht. Besonders dann nicht, wenn es gewaschen wurde.

Trotzdem kam Hjelm der Gedanke zu gewagt vor: die Ölbranche. Ein Grundpfeiler der globalen Infrastruktur. Das schwarze Gold.

Die Tatsache, dass die staatlich gelenkten Ölkonzerne achtundachtzig Prozent der Erdölvorräte kontrollierten, hinderten die sechs größten privaten Konzerne nicht daran, zusammengenommen mehr als zweihundertdreißig Milliarden Euro im Jahr umzusetzen. Das waren schwindelerregende Summen.

Wenn es sich nun so verhielt, dass die 'Ndrangheta die Kontrolle über einen der zehn größten Ölkonzerne der Welt übernommen hatte, dann war sie verständlicherweise wütend, sicherlich sogar sehr wütend, dass der Branche durch einen radikalen Gesetzesentwurf aus der Feder einer der mächtigsten Politikerinnen der EU schwere Knüppel zwischen die Beine geworfen werden sollten. In diesem Fall würde die 'Ndrangheta den Gesetzesentwurf wohl verhindern wollen.

In ihrer Welt würde sie den Widerstand einfach niederknüppeln, aber nun bewegte sie sich in einer Welt, in der zumindest vorerst noch andere Gesetze als das Faustrecht galten. Also musste man zu anderen Methoden greifen, diskreter arbeiten und sich nicht direkt einmischen.

Je länger Paul Hjelm über die Sache nachdachte, desto einleuchtender erschien ihm seine Vermutung. Das *big business* war heutzutage so groß, dass die Unternehmen mächtiger waren als die meisten Länder. Staaten standen am Rande des Bankrotts, weil sie den Großkonzernen Geld schuldeten. Und diese waren ohne Weiteres bereit, ganze Staaten, ganze Bevölkerungen für die eigene Dividende zu opfern. Was unterschied diese Großkonzerne von der Mafia? Dass sie Steuern bezahlten? Klar, solche Beispiele gab es, aber auch Beispiele für das Gegenteil, und in einigen Fällen war es unklar, ob die mächtigsten Konzerne den Staaten wirklich mehr bezahlten, als über verschiedene Formen von Subventionen, Steuervergünstigungen und anderem wieder an sie zurückfloss. Und mittlerweile hatten sich die Großkonzerne auch so manches von der Mafia abgeschaut, vor allem was clanartige Organisationsformen und absolute Treueschwüre anbelangte. Die Kunst, Sekten zu bilden.

Da entsprach es nur einer grausigen eiskalten Logik, dass einer der größten Ölkonzerne der Welt, Entier S.A., die Frau aufzuhalten versuchte, die eine Bedrohung seiner Geschäfte darstellte, zumal wenn die Interessen der süditalienischen Mafia innerhalb des Konzerns tangiert wurden. Und zu diesem Zweck hatte man sich an eines der weltgrößten und moralisch höchst zweifelhaften Sicherheitsunternehmen gewandt, Asterion Security Ltd., das auch in Amsterdam präsent war. Einer Stadt, die inmitten der anderen Eurostädte Brüssel, Den Haag und Straßburg das Zentrum in diesem Teil der Welt bildete.

Das Szenario wurde immer schlüssiger. Man hatte versucht, die EU-Kommission zum Schweigen zu bringen, das war nicht gelungen, man hatte versucht, das Forschungsprojekt zu stoppen, das war ebenfalls nicht gelungen. Was noch blieb, war Marianne Barrière persönlich. Ihr Wort. Ihr Wort, bevor es die Medien erreichte. Ihr Wort, bevor es auf Papier gebannt und unterzeichnet wurde. Ihr Körper, bevor er physisch den Gesetzesentwurf bei der entsprechenden Behörde eingereicht hatte.

Sie hatten noch eine letzte Chance.

Paul Hjelm hatte keinen Zweifel mehr. Antonio Rossi war in Amsterdam, um den Mord an Marianne Barrière zu beaufsichtigen, bevor ihr Gesetzesentwurf Wirklichkeit wurde.

Rossi selbst würde mit aller Wahrscheinlichkeit das Land rechtzeitig vor dem Attentat verlassen. Man würde ihn nie damit in Verbindung bringen. Aber er würde die Durchführung sicherstellen, ohne je in Kontakt zu Asterion zu treten. So musste es sein, dachte Paul Hjelm, Antonio Rossi war auf dem Absprung nach Italien, deshalb hielt er sich jetzt so bedeckt. Sie hatten höchstens noch ein paar Tage, um den Chip in seinen Körper zu schleusen. Den Chip, den man trinkt und der sich mittels mikrofeiner Widerhaken im Magen festsetzt.

Das Risiko musste von jetzt an anders bewertet werden. Die Gefahr, dass Rossi jeden Augenblick verschwinden konnte, war groß. Damit nahm plötzlich die Wahrscheinlichkeit dramatisch zu, dass Wang Yunli tatsächlich etwas bewegen könnte. Vielleicht gelang es ja doch, das Zusammentreffen einigermaßen zufällig wirken lassen.

Paul Hjelm rief Angelos Sifakis zu sich, der nach den ersten Sätzen ausrief: »Chinesische Touristenbusse?«

»Gibt es ein zentrales System? Können wir herausfinden, wo sie in Amsterdam parken? Und zwar ganz schnell?«

»Klärst du mich auf, oder soll ich wieder im Dunkeln tappen?«

»Hör auf, mich dafür zu bestrafen. Die Zwillinge Wang werden eventuell bald in die Stadt fahren. Ich möchte ihre Mutter in einen chinesischen Touristenbus setzen oder sie zumindest in die unmittelbare Nähe einer chinesischen Reisegruppe bei einer Stadtführung bringen. Die Umstände müssen glaubhaft sein. Das Beste wäre, wenn wir die Zwillinge dazu bringen könnten, die Mutter zu entdecken, nicht umgekehrt. Halt mich auf dem Laufenden.«

Sifakis ging. Hjelm rief Holm an.

Nach ein paar Minuten kam sie herein. Sie war nicht allein. In ihrer Gesellschaft befand sich eine kleine chinesische Frau um die fünfundvierzig. Es war das erste Mal, dass Paul Hjelm Wang Yunli leibhaftig gegenüberstand. Er sagte: »Es ist höchste Zeit, dass Sie endlich Ihre Söhne wiedersehen.«

Rembrandtplein

Amsterdam, 9. Juli

Corine Bouhaddi saß in einem Straßencafé und betrachtete Rembrandt. Rembrandt war aus Bronze und befand sich auf dem Rembrandtplein in Amsterdam. Dort stand er schon sehr lange.

Trotzdem wirkte er bedeutend lebendiger als die Herren im Café gegenüber. Sie tranken Tee und taten das schon so lange, dass Bouhaddi allmählich fürchtete, dass sie das Café verlassen würden, bevor es so weit war. Zuerst hatten sie in einem Großmarkt eingekauft und hatten unglaublich lange dafür gebraucht, als ob sie es nicht gewöhnt wären, sich in der Alltagswelt zu bewegen. Dann waren sie gemächlich durch ein beinahe unanständig schönes hochsommerliches Amsterdam gebummelt. Nichts an ihrem Verhalten ließ erkennen, dass es für sie mehr sein könnte als ein normaler fauler Tag in der Stadt.

Die Herren hießen Cheng und Shuang Ricci und waren eher Jünglinge, die allerdings durchaus angsteinflößend wirkten. Zwei Neunzehnjährige, die geradewegs einem asiatischen Actionfilm entstiegen schienen und mit denen das Leben nicht zimperlich umgegangen war. Sie waren in ihren gefühllosen Konturen erstarrt.

Nur eine Mutter konnte sie noch lieben.

Bouhaddi stand dem ganzen Unternehmen skeptisch gegenüber, es konnte wer weiß wie enden. Sie hatten nicht einmal Gewissheit, dass die Brüder nicht ausrasten und ihre Mutter auf offener Straße ermorden würden. Sie kannten starke Gefühle vermutlich nicht, sodass niemand vorhersehen konnte, wie sie auf einen derartigen Gefühlsschock reagieren würden.

Und die Zeit verging viel zu langsam.

Gerade verließ der dritte Touristenbus den Platz, und Rembrandt hatte wieder Luft zum Atmen. Bouhaddi warf einen Blick an den Brüdern Ricci vorbei zum nächsten Straßencafé in der langen Reihe am Rembrandtplein. Donatella Bruno saß auf der anderen Seite. Sie passte hervorragend in ein Straßencafé in einer europäischen Großstadt. Diese italienische Weltgewandtheit. Bouhaddi hatte die Anmachversuche während der vergangenen halben Stunde gezählt, die sie hier an ihrem jeweiligen Cafétisch unter Amsterdams Sonne verbracht hatten. Vier hatten es bei Bruno versucht – darunter eine Hardcorelesbe mit trainierten Oberarmen und Nasenring –, niemand bei Bouhaddi. Wenn sie die beiden Blumenverkäufer nicht mitrechnete, die etwas lustlos versucht hatten, ihre traurigen Rosen an einen so offensichtlich hoffnungslosen Fall wie sie zu verscherbeln.

Das Handy vibrierte. Bouhaddi sah, dass Donatella Bruno gleichzeitig nach ihrem griff.

»Lage unverändert?«, fragte Paul.

Bruno konnte sich zuerst außer Hörweite bringen. Sie sagte: »Aber nicht mehr lange. Was macht ihr?«

»Der letzte Touristenbus war russisch, das hätte nicht funktioniert«, sagte Hjelm. »Der nächste ist chinesisch. Haltet euch bereit. Wang Yunli wird irgendwo inmitten der chinesischen Horde mit der Kamera um den Hals und einem abgegriffenen Reiseführer in der Hand auftauchen.«

Wang Yunli mit einer Mission, dachte Corine Bouhaddi skeptisch. Im Sturm der Gefühle die eigenen Söhne über Pläne und Aufträge auszuhorchen war wohl eher ein Kunststück. Hjelm und Sifakis hatten hart daran gearbeitet, die passenden Worte für Yunli vorzubereiten. Sie würden sehen, ob die Zwillinge tatsächlich – wider Erwarten – für die Fragen ihrer Mutter empfänglich sein würden.

Nach ein paar Minuten rollte tatsächlich der nächste Touristenbus auf den Rembrandtplein. Die Türen öffneten sich, und eine erstaunliche Anzahl Chinesen strömte heraus. Wang Yunlis Lieblingsfarbe sei Rot, hatte Hjelm gesagt, weshalb sie rote Kleidung tragen sollte, das hatte sie immer getan. Außerdem könnte es etwas bei den Brüdern auslösen.

Niemand konnte mehr ernsthaft behaupten, alle Chinesen würden dieselbe Kleidung tragen – die Kulturrevolution lag wahrlich lange genug zurück –, trotzdem befanden sich mehrere Rotgekleidete in dem Menschenstrom. Eine Frau trug jedoch ein Kleid, ein rotes Kleid, und ihr gelang es, sich unter eine kleine Gruppe sich lebhaft unterhaltender Menschen zu mischen, die sich auf das Café zubewegten, in dem Cheng und Shuang Ricci vor ihren überdimensionierten Teetassen saßen.

Corine Bouhaddi senkte den Kopf und beobachtete die Szene aus den Augenwinkeln. Sie war sich ganz und gar nicht sicher, ob sie dieses Wiedersehen miterleben wollte, wie auch immer es ausgehen mochte. Entweder würde sie die Pistole zücken oder vor Peinlichkeit versinken müssen.

Da sprang einer der Zwillinge auf. Bouhaddi wusste mittlerweile, dass er zu den Menschen gehörte, deren Mienenspiel sich selten radikal veränderte. Aber jetzt tat es das. Der sitzende Zwilling sah die Reaktion seines Bruders und griff mit beeindruckender Geschwindigkeit zur Waffe – Bouhaddi klopfte das Herz bis zum Hals –, aber auf eine Geste des Stehenden hin verschwand die Waffe ebenso schnell wieder in der Jeansjacke. Niemand hatte etwas bemerkt. Vor allem nicht die Frau in dem roten Kleid, die jetzt vermutlich schwer mit alten, tiefen Gefühlen in ihrem Herzen kämpfte, der es aber dennoch gelang, das harmlose Geplauder mit ihren vermeintlichen Mitreisenden fortzusetzen.

Hjelms Plan war aufgegangen. Die Zwillinge hatten ihre Mutter entdeckt und nicht umgekehrt. Das ließ die Szene sehr viel glaubwürdiger erscheinen.

Der stehende Zwilling rief etwas. Wang Yunli sah in seine Richtung und schlug die Hand vor den Mund. Sie ließ den Reiseführer fallen. Auf wackligen Beinen näherte sie sich dem Cafétisch.

Bouhaddi benötigte weder eine Pistole, noch musste sie im

Erdboden versinken. Stattdessen brauchte sie Geduld, sehr viel Geduld. Nach den ersten unbeholfenen, aber unverkennbar herzlichen Umarmungen setzte sich Wang Yunli an den Tisch ihrer Söhne. Sie umschloss ihre Hände, mal Chengs, mal Shuangs, dann beide, und ein stundenlanges Gespräch nahm seinen Anfang.

Donatella Bruno saß ihnen am nächsten, und sie war es auch, die das Richtmikrofon in Form eines Handys auf das Trio richtete. Ihre Aufgabe war es, Worte aufzunehmen, die sie nicht verstand, die niemand in der Opcop-Gruppe verstand. Aber Corine Bouhaddi, außer Hörweite, meinte fast alles zu verstehen. Es war ein Gespräch über drei Leben, die mit einer einzigen Handlung zerstört worden waren. Es war ein Gespräch über die Heimat. Ein Gespräch über das Leben der Zwillinge, und es war ein Gespräch über ihre uneingeschränkte Loyalität, die nur der Tod brechen konnte. Und so endete es – in Tränen. Und mit zunehmend hektischeren Blicken auf die Uhr. Zuletzt blieb Wang Yunli allein zurück.

In ihrem schönen roten Kleid sah sie sehr, sehr traurig aus. Schließlich stand sie auf und lief eine Straße hinunter, den Halvemaansteeg. Sie ging, als sei sie nur noch ein halber Mensch.

Bouhaddi und Bruno folgten ihr in unterschiedlich großen Abständen. Sie sahen häufiger über die Schulter als nach vorn, aber es gab keinerlei Anzeichen dafür, dass Wang Yunli verfolgt wurde. Wie verabredet betrat sie das vereinbarte Café, in dem sie Kerstin Holm und Paul Hjelm erwarteten.

Als Bouhaddi und Bruno hereinkamen, saß Wang Yunli über den Tisch gebeugt zusammengesunken auf einem Stuhl. Holm hatte die Arme um sie gelegt. Hjelm wirkte zurückhaltender.

Als sie schließlich ihre Worte wiederfand, sagte Wang Yunli: »Morgen Abend. Sie sollen ihren Chef in einen Klub begleiten.«

»Einen Klub?«, hakte Hjelm nach.

»Club Pollino«, sagte Wang Yunli. »Um neun Uhr.«

Dann brach sie in Tränen aus.

Club Pollino

Amsterdam, 10. Juli

Es war nichts, worauf er stolz war.

Er schob die Porträts aller weiblichen Untergebenen in einer Reihe auf den Bildschirm und versuchte sie mit den Augen eines italienischen Mafiabosses zu sehen.

Paul Hjelm hatte eine Menge legitimer Gründe dafür und hätte mit aller Wahrscheinlichkeit sein Handeln auch vor einem Saal radikaler Feministinnen erläutern können. Trotzdem kam es ihm moralisch zweifelhaft vor, die Perspektive einzunehmen, die die Welt ständig zu dominieren drohte, die Machtperspektive, die Perspektive eines Mannes, der eine Frau zu einem Objekt machte. Die Perspektive, die Menschen zu Dingen machte. Kurz gesagt: Welche hatte den größten Sex-Appeal?

Es waren fünf – Jutta Beyer, Miriam Hershey, Laima Balodis, Corine Bouhaddi und Donatella Bruno. Alle waren auf ihre Weise anziehend und in knackigem Alter. Keine von ihnen war älter als fünfunddreißig. Antonio Rossi war selbst um die fünfunddreißig, ein Aufsteiger bei der 'Ndrangheta, wahrscheinlich Süditaliener, vermutlich aus Kalabrien. Ein typischer Mittelmeertyp. Männer dieses Typs standen auf Blondinen, jedenfalls als Zufallsbekanntschaften. Die Blondesten, die Zuhälter Paul Hjelm anzubieten hatte, waren Beyer und Balodis, ein norddeutscher und ein baltischer Typ.

Er hatte Laima Balodis im Laufe dieses Falles näher kennen- und ihre Persönlichkeit zunehmend schätzen gelernt. Sie war schließlich die heimliche Heldin der Opcop-Gruppe, die entscheidende Rollen in ihren bedeutendsten Fällen gespielt hatte. Darüber hinaus mochte er ihren respektlosen Humor, der sie wahrscheinlich während ihrer langen Zeit als falsche Prostituierte bei der russisch-litauischen Mafia am Leben erhalten hatte. Was ebenfalls für sie sprach: ihre Routine als Undercoveragentin. Aber – und nun war die Machoperspektive gefragt – sah sie nicht zu osteuropäisch aus? War sie hübsch genug für einen stilbewussten Italiener?

Jutta Beyer war es jedenfalls, wenn sie denn wollte, aber sie ließ sich nicht davon beirren, was andere dachten, und war mit ihrem nüchternen Stil zufrieden. Bloß nicht gefallen, nur um zu gefallen. Mit ihr konnte es funktionieren, aber gerade ihre Authentizität war eventuell ein Nachteil. Würde sie überhaupt überzeugend genug handeln können?

Zuhälter Hjelm musste die Blondinenperspektive vorerst in Klammern setzen.

Corine Bouhaddi war in Hjelms Augen ungemein attraktiv, doch es lag auf der Hand, dass ihre dunkle Haut und ihr muskulöser Körperbau sie disqualifizierten. Für einen Macho war sie von geringem Interesse. Antonio Rossi würde sie keines Blickes würdigen.

Zwei dunkle Schönheiten blieben Hjelm noch. Mit Miriam Hershey hätte er obendrein eine routinierte Undercoveragentin. Oder er könnte ein Risiko eingehen und ihm eine Landsmännin schicken. Vielleicht war Rossi nach seinem langen nordeuropäischen Exil ja nach Italienerinnen?

Hjelm klickte die ersten drei Frauen weg und zoomte die Bilder von Miriam Hershey und Donatella Bruno näher heran, sodass sie nebeneinander auf dem Bildschirm lagen. Da durchzuckte ihn etwas wie ein elektrischer Schlag – ein großes Unbehagen. Es waren unzweifelhaft zwei sehr schöne Frauen. Und im Moment waren sie beide nur Objekte.

Schließlich wählte er eine von ihnen aus.

★

Miriam Hershey saß an einem der hinteren Tische im Club Pollino in Amsterdams Innenstadt. Sie saß nicht allein an dem Tisch.

Pollino war ein Gebirgszug in Nordkalabrien, der sich besonders durch zweierlei auszeichnete: seine reiche Fauna mit Wölfen, Königsadlern, Uhus und Rehen und seine paläolithischen Höhlenmalereien. Und auf irgendeine Weise war beides in diesem proppenvollen Klub vertreten. Sowohl Wildtiere als auch Höhlenmenschen waren im Überfluss vorhanden.

Hershey musterte ihren Tischkavalier. Er war ein kräftiger Mann.

Sie lehnte sich vor und fragte: »Stimmt das?«

»Was?«

»Dass du, du weißt schon, ziemlich gut bestückt bist?«

»Mensch!«, platzte Marek Kowalewski heraus und errötete.

Miriam Hershey grinste ihn an und ließ den Blick weiter zum Bartresen schweifen. Dort saß Donatella Bruno in einem schicken kurzen Sommerkleid und sah ausgesprochen schön aus, wenngleich auch sehr einsam.

Die Einsamkeit war indes selbst gewählt. An Angeboten mangelte es ihr nicht, vielmehr musste sie durchschnittliche Bewerber verscheuchen, die dadurch sogleich in ihrer frauenfeindlichen Überzeugung bestärkt wurden.

Der Club Pollino war ein Ort, in den Donatella Bruno normalerweise keine zehn Pferde gebracht hätten. Ein wahrer Fleischmarkt. Ihr waren die vielschichtigen, subtileren Verführungstaktiken lieber. Ja, sie war eine urbane intellektuelle Römerin, und dies hier war das ländliche Italien, jedenfalls der Versuch einer Replik von Süditalien, Kalabrien, 'Ndrangheta inklusive. Und vor einer halben Stunde hatte der Uhrzeiger bereits die neun passiert, sie fühlte sich allmählich ziemlich exponiert.

Paul Hjelm und sie hatten sich zuvor ausführlich mit der Frage befasst. Wie man es auch drehte und wendete, sie war eine italienische Polizistin, und das seit mehr als zehn Jahren. Bestand nicht das Risiko, dass die 'Ndrangheta über alle italienischen Polizisten Bescheid wusste? Dass Antonio Rossi die Gefahr sofort wittern würde? Anderseits war sie ausschließlich in Rom tätig gewesen, bei der örtlichen römischen Polizei, und sie war nie auch nur in die Nähe einer Mafiaermittlung gekommen. Nicht bevor sie ein Mitglied der Opcop-Gruppe geworden war. Die Mafia konnte eigentlich nicht jeden unbedeutenden kleinen Polizisten in dem großen Land kennen. Darüber hinaus würde sie ja verkleidet sein, oder zumindest aufgemotzt, gestylt, und Rossi würde so niemals eine Verbindung herstellen können.

Letzteres war vor allem ihr Argument gewesen. Sie wollte die Aufgabe nämlich unbedingt übernehmen, aus Gründen, über die sie nicht sprechen konnte. Sie hatte nämlich eine nicht offiziell genehmigte Ermittlung am Laufen, und es war das erste Mal, dass sie Gelegenheit bekam, einen dieser Männer aus nächster Nähe zu betrachten. Ein hochrangiges Mitglied dieser Organisation, die alle für die 'Ndrangheta hielten. Sie tat das nicht. Und hatte begonnen nach Beweisen zu suchen.

Da wurde die Tür aufgerissen. Zwei Chinesen kamen herein, sie sahen eiskalt aus. Es gab nicht einen einzigen freien Tisch, trotzdem bereitete es ihnen keine Schwierigkeiten, einen Sitzplatz zu finden. Sie setzten sich an einen Tisch in der Nähe der Bar, in die Nähe von Donatella Bruno. Cheng und Shuang Ricci befanden sich nur fünf Meter von ihrem Barhocker entfernt, auf dem sie, einen Campari in der Hand, eingezwängt am vollen Tresen saß. Sie warf einen Blick zu dem Tisch in der Ecke. Ein kurzes Nicken von Kowalewski und Hershey. Sie waren in Bereitschaft.

Da betraten Antonio Rossi und sein Kollege den Klub. Die Volksmenge teilte sich wie das Rote Meer vor Moses. Ohne sie eines Blickes zu würdigen, glitten die beiden an den Zwillingen Ricci vorbei und erreichten die Bar. Sie ließen sich etwa vier Meter von Donatella Bruno entfernt auf zwei plötzlich freien Hockern nieder und konnten sofort bestellen.

Es war schon ein seltsames Phänomen, dass es so einfach war zu erkennen, mit wem man bloß keinen Streit anfangen sollte, egal in welchen Kreisen man sich bewegte. Die Bar befand sich in der für alle klar erkennbaren neutralen Zone zwischen der kriminellen und der normalen Welt. Niemandem konnte das verborgen bleiben. Im Grunde war der Club Pollino nur ein überdeutliches Abbild der Welt.

Rossi und sein Kollege bekamen ihr Bier. Das war alles – ein Bier. Sie waren offenbar nicht der Getränke wegen in den Club Pollino gekommen. Das war auch dem Blick zu entnehmen, den Antonio Rossi Donatella Bruno zuwarf.

Ihr Puls schlug schon länger schnell, er hatte sich drastisch erhöht, als die Zwillinge hereingekommen waren, und nun war er kurz vor dem Maximum, was Bruno jedoch nicht daran hinderte, ein Lächeln auf ihr Gesicht zu zaubern, das, wie sie hoffte, enorm strahlend war.

Er rief sie zu sich. Ein Verhalten, das sie im Normalfall mit Schimpfwörtern goutiert hätte. Aber dies hier war kein Normalfall.

Kaum hatte er sie zu sich beordert, lösten sich an die zehn Personen vom Tresen. Als Donatella Bruno durch die Gasse, die sich so plötzlich aufgetan hatte, geschlüpft war, schloss diese sich wie naturgegeben wieder hinter ihr.

Und sie stand dem hochrangigsten Mafioso, den sie je gesehen hatte, leibhaftig gegenüber.

»Italienerin?«, fragte er ausdruckslos.

Sie lächelte. »Woher wissen Sie das?«

»Was tun Sie hier?«

»Ich habe ein einjähriges Künstlerstipendium hier in Amsterdam. Und Sie?«

Zu gewagt? Na ja, wohl eher eine gewöhnliche Frage. Er musste doch wohl auf gewöhnliche Fragen gefasst sein?

Zum ersten Mal lächelte er. Ein wölfisches Lächeln.

»Geschäfte«, sagte er. »Südfrüchte.«

Sie lachte auf. Es kam spontan. Das hätte ihr nicht passieren dürfen.

»Das Wort habe ich schon ewig nicht mehr gehört«, sagte sie entschuldigend.

»Es ist ein grausiges Wort«, entgegnete er und feuerte erneut sein wölfisches Lächeln ab.

Bruno ließ beiläufig den Blick durch den Raum schweifen.

Hershey saß allein am Tisch. Der Zeitpunkt war gekommen. Und ihr Puls übertraf sein eigenes Maximum.

In dem Moment ertönte ein lauter Knall, weiter hinten im Lokal. Die Zwillinge Wang hatten ihre Hände schon unter den Jeansjacken, Rossi und seine Marionetten fuhren herum, und als die Luftschlangen im Konfettiregen langsam auf einen Tisch im hinteren Teil des Klubs herabsegelten, hatte Donatella Bruno schon das Reagenzglas aus der Tasche gezogen und die Flüssigkeit in Rossis Bierglas gegossen.

Die Leute an dem betreffenden Tisch waren betrunken – Kowalewski hatte sich aus diesem Grund für ihn entschieden – und begannen nun kichernd, mit den Luftschlangen um sich zu werfen. Schnell waren sie im ganzen Raum verteilt. Die Zwillinge setzten sich wieder, Rossi wandte sich wieder Bruno zu.

»Ganz schön was los hier heute Abend. Sind Sie öfter hier?«

»Manchmal«, erwiderte Donatella Bruno.

»Läuft's gut?«, fragte er.

Trink dein Bier, dachte Bruno und lächelte süßlich. Trink endlich das Bier aus.

»Wie meinen Sie das?«, fragte sie. »Wie heißen Sie eigentlich?«

»Luigi«, antwortete Antonio Rossi. »Und Sie?«

»Maria«, sagte Donatella Bruno. »Prost, Luigi.«

Sie stießen miteinander an, Bruno leerte ihren Campari, Rossi trank die Hälfte seines Bieres. Ob er den Mikrochip damit schon in seinem Körper hatte, war ungewiss.

»Also?«, sagte er auffordernd und ließ sie mit seinem scharfen Blick nicht aus den Augen.

»Also was?«, fragte sie.

»Läuft's gut?«

»Manchmal«, sagte sie zurückhaltend, aber lächelnd.

»Beschreiben Sie mir das etwas genauer«, forderte er und zeigte wieder sein wölfisches Lächeln.

»Mein Campari ist leer«, sagte sie. »Darf ich vorschlagen, dass Sie eine neue Runde bestellen, während ich mir die Nase pudere?«

»Aber gern«, entgegnete Antonio Rossi zuvorkommend.

Bruno stand auf und ging langsam in Richtung Damentoilette. Sie sperrte sich in einer Kabine ein, nahm das Handy heraus, das keines war, und sagte: »Und?«

»Warte«, flüsterte Hershey. »Er bestellt gerade.«

»Hat er es ausgetrunken?«

»Noch nicht. Jetzt kommt eine Frau auf ihn zu. Ja, er scheint sehr an ihr interessiert zu sein.«

»Niemand auf dem Weg hierher? Die Brüder Wang?«

»Nein. Jetzt.«

»Jetzt?«

»Ja, jetzt hat er das Bier runtergekippt, alles. Er nimmt sein neues Bier, gibt deinen Campari seiner neuen Bekanntschaft und flüstert ihr etwas zu.«

»Vermutlich ›Läuft's gut?‹«, sagte Donatella Bruno, verließ die Kabine und trat durch die Hintertür der Toilette hinaus in die Amsterdamer Nacht.

Im Laufschritt eilte sie davon.

Das Schloss, revisited

Den Haag, 12. Juli

Proportionen, dachte Angelos Sifakis und sah sich in der Neuen Kathedrale um. Auf dem Podium wurde nach einem technischen Fehler gesucht. In seiner Eigenschaft als technikaffinstes Mitglied der Opcop-Gruppe wäre er normalerweise hingestürmt und hätte sich der Sache angenommen. Doch es war erst das zweite Mal, dass er sich in dem neuen, imposanten Konferenzraum befand, und das Gefühl des Besonderen brauchte noch Zeit, um sich zu legen.

Es war, als ob eine Binde von seinen Augen genommen worden wäre.

Alles drehte sich um Proportionen. Zwei augenscheinlich identische Räume, die eine so unterschiedliche Wirkung auf ihn hatten, und alles drehte sich um winzige Nuancen, die mit dem bloßen Auge kaum zu erkennen waren.

Als gäbe es zwei Versionen von Europa. In der einen herrschten Frieden und bestimmte übereinstimmende Ansichten, es gab eine freie und klug geführte Debatte, menschenwürdige Flüchtlingspolitik, einen gewissen Zukunftsglauben, eine vernünftige Umweltpolitik, Solidarität mit den Schwächeren und ein gesellschaftliches Klima, in dem neue Ideen auf fruchtbaren Boden fielen.

Die andere Version sah exakt genauso aus, auch wenn die Proportionen etwas schief waren. Hier herrschten ein aggressives Diskussionsklima, ständiger Hass und ständige Frustrationen über eingebüßte Privilegien, Fremde wurden zu Sündenböcken gemacht, die Umweltbedrohung wurde als

Verschwörungstheorie abgetan, die Schwachen waren selbst schuld, und neue Ideen wurden nicht mehr geboren.

Eine Frage der Proportionen, sonst nichts.

Jetzt hatte man am Podium endlich die Technik in den Griff bekommen, und Paul Hjelm sagte: »Der Peilsender bewegt sich.«

Da sich in der Neuen Kathedrale nicht besonders viele versammelt hatten, konnte man nicht gerade behaupten, dass er angestarrt wurde, aber es kam dem sehr nahe.

Endlich erschien das Bild, das diese kryptische Äußerung hätte begleiten sollen, auf der großen Leinwand, die von der Decke herabhing und ihrerseits eine Reproduktion der elektronischen Whiteboard-Tafel draußen im Großraumbüro war. Das Bild zeigte einen roten Punkt, der sich auf einer Karte bewegte. Oder, wenn man so wollte: Der Blip bewegte sich.

Hjelm fuhr fort: »Seitdem Antonio Rossi vorgestern Abend den Mikrochip geschluckt hat – gefolgt von einem kurzen, wenngleich nicht einsamen Besuch in einem Hotelzimmer in unmittelbarer Nähe des Club Pollino –, hat er sich in den Firmenräumen von Notos Imports in Oud-Zuid aufgehalten. Aber jetzt nicht mehr. Er bewegt sich, unseren Leuten in Oud-Zuid zufolge, mittels Auto und einer ganzen Armee von Leibwächtern, und die Richtung deutet auf den Flugplatz Schiphol hin.

»Yes!«, sagte Marek Kowalewski. »Wir haben ihn.«

»Im besten Fall, ja«, bestätigte Hjelm. »Er könnte uns durchaus zum heimlichen Hauptquartier der 'Ndrangheta führen. Sobald Rossi in Italien festgesetzt wird und die Sommeransprache der EU-Kommission gehalten wurde, werden wir zuschlagen. Bis dahin setzen wir die Überwachung von Vlad, Ciprian und Silviu fort. Wir werden dann gegen die Bettlermafia in der Lauriergracht und gegen Doktor Jaap Van Hoensbroeck vorgehen. Die Koffer sind vom Lager abgeholt worden und unterwegs, um uns die verworrenen Wege der Geldwäsche zu weisen.«

»Wer von uns soll morgen in Brüssel mit dabei sein?«, fragte Laima Balodis.

»Ja, die Frage ist berechtigt. Die Vorbereitungen für die Überwachung des Schumanplatzes vor dem Berlaymont-Gebäude in Brüssel sind allmählich abgeschlossen. Hundertzwanzig Polizisten werden daran beteiligt sein, der Großteil von ihnen Überwachungsspezialisten. Es gibt keinen Quadratmeter mehr auf dem Platz, von dem aus ein Attentat verübt werden könnte. Eigentlich ist alles mehrfach abgesichert.«

»Gegen Asterion?« Donatella Bruno klang skeptisch.

»Ich weiß. Deshalb möchte ich ja auch, dass so viele wie möglich von uns auf dem Schumanplatz anwesend sind. Wir besprechen das heute Abend, wenn alle da sind. Pro Überwachungspunkt benötigen wir nur eine Person, das reicht aus. Adrian bleibt da, wo er ist, und behält die Lauriergracht im Auge, und ich bin der Ansicht, dass du, Donatella, vorerst zur Genüge im Brennpunkt des Geschehens gestanden hast. Übernimmst du morgen die Überwachung von Notos Imports?«

Donatella Bruno lächelte schwach und nickte.

»Wird jemand dort sein?«, wollte sie wissen.

»Das wissen wir nicht«, sagte Hjelm. »Es ist denkbar, dass diese Überwachung auch am Ende ihres Weges angelangt ist.«

»Wir sind auf dem Weg zum Ende des Weges«, sagte Sifakis philosophisch und musterte erneut die Proportionen der Kathedrale.

Sie beendeten die Besprechung. Die Opcop-Gruppe zerstreute sich, Hjelm und Sifakis blieben allein zurück.

»Wir können davon ausgehen, dass Huntington noch ein Ass im Ärmel hat«, sagte Sifakis.

»Ich weiß«, erwiderte Hjelm. »Aber was können wir noch zusätzlich tun, außer alles zu überprüfen und überall Leute zu postieren?«

»Einen Ortswechsel vornehmen?«, schlug Sifakis vor. »Eine separate Planung für einen ganz anderen Veranstaltungsort vorbereiten und der Presse in letzter Sekunde mitteilen, dass ein anderer Platz in relativer Nähe ausgewählt wurde?«

Hjelm lächelte schwach und sagte: »Was glaubst du, was wir getan haben?«

Sifakis lachte laut und entgegnete: »Wie befreiend, dass du deinen Stellvertreter so konsequent in deine Pläne einweihst.«

»Das ist eine höchst geheime Absprache unter sechs Polizeichefs gewesen«, sagte Hjelm. »Und ich darf auch jetzt nicht darüber reden.«

»Und weiter?«

»Marianne Barrière wird sich hinter Panzerglas in einem sicheren Gebäude befinden. Im Freien wäre es zu riskant. Es ist ein großer Konzertsaal mit überschaubaren Eingängen. Zufrieden?«

»Mehr als zufrieden«, sagte Angelos Sifakis.

Er verließ die Neue Kathedrale. Hjelm blieb noch eine Weile sitzen. Es war an der Zeit für eine kleine Auslandsreise. Irgendwann würde er höchstwahrscheinlich von den unzähligen Bonuspunkten profitieren, die er bei diversen Fluggesellschaften gesammelt hatte, aber das würde in einem anderen Leben sein. Er sah auf die Leinwand, die gerade zur Kassettendecke hochgezogen wurde und schließlich in ihrem erstaunlich schmalen Kasten verschwand.

Auf der Wendeltreppe zum Großraumbüro packte ihn eine plötzliche Unruhe. Was, wenn alles nur eine List war? Wenn Antonio Rossi gar nicht auf dem Weg zum Flugplatz war?

Auf dem nächstgelegenen Schreibtisch war ein Computer eingeschaltet. Hjelm dachte nicht groß darüber nach, wem er gehörte. Er rief den Stadtplan auf. Der rote Punkt bewegte sich zielstrebig auf Schiphol zu, daran bestand kein Zweifel. Paul Hjelm wurde offenbar langsam paranoid von den vielen Wendungen dieses Falls.

Mit einem selbstironischen Lächeln klickte er das Dialogfenster weg und blieb an einem Schriftstück hängen, das ihn verblüffte. Er las nicht nur einen Namen, der ihm schon lange nicht mehr untergekommen war, er las gleich zwei.

Als er aufblickte, sah er Donatella Bruno von der Damentoilette kommen. Schnell entfernte er sich vom Computer, fing die Polizistin wie zufällig ab und fragte: »Kommst du auf einen Abstecher mit in mein Büro?«

»Sagen Sie das zu allen Mädchen?«, erwiderte Donatella Bruno.

Als die Tür hinter ihnen geschlossen war, setzte sich Hjelm

schwerfällig an seinen Schreibtisch und fragte: »Hast du eine inoffizielle Ermittlung am Laufen?«

Bruno sah ihn an und warf einen bestürzten Blick über die Schulter in die offene Bürolandschaft. Sie sah ihren Rechner frei zugänglich dastehen.

»Ich habe zwei Namen gelesen, die hier und da erwähnt wurden«, fuhr Hjelm fort. »Fabio Tebaldi und Lavinia Potorac. Unsere toten Kollegen.«

»Das sind nur die italienischen Ermittlungsergebnisse«, sagte Bruno.

»Nein«, entgegnete Hjelm und schüttelte den Kopf. »Das sind sie nicht. Die Ermittlungsergebnisse kenne ich in- und auswendig, ich habe sie gelesen, bis mir die Augen geblutet und die Tränen sich mit Blut vermischt haben. Diese Daten sind auch auf deinem Rechner, das stimmt, aber da ist noch viel, viel mehr.«

»Ich überprüfe ein paar Dinge in meiner Freizeit«, sagte Bruno beherrscht. »Das ist ja wohl kaum verboten?«

»Aber ich beschuldige dich ja gar nicht, etwas Verbotenes getan zu haben«, sagte Hjelm. »Ich möchte nur wissen, was du da machst. Ob es uns und unseren Fall irgendwie beeinflussen könnte.«

Bruno griff nach Hjelms Besucherstuhl und setzte sich. Sie wirkte gehetzt. Als ob sie bei etwas sehr Beschämendem erwischt worden wäre und händeringend nach einer Erklärung suchte.

»Erzähl es mir einfach«, sagte Hjelm mit seiner väterlichsten Stimme.

»Ich habe sie zu einem geheimnisvollen Ort bei Rom zu einem nicht registrierten Wagen gebracht«, begann Bruno. »Ich habe sie nicht nur ihrem sicheren Tod entgegenfahren lassen, ich habe sie sogar unterstützt, ja sogar dazu ermutigt.«

»Das war ganz allein mein Fehler«, widersprach Hjelm. »Ich muss mit dieser Schuld leben. Sie wird niemals vergehen.«

»Es gibt da Details, die einfach nicht stimmen«, sagte Donatella Bruno jetzt mit einer völlig anderen Stimme, einer festen, klaren.

»Was für welche?«, fragte Hjelm, auch seine Stimme klang anders.

»Ich bin mir nicht sicher, was da oben in dem Schloss in der Basilicata wirklich passiert ist«, sagte Bruno.

»Aber das ist doch offensichtlich. Die abtrünnigen Mitglieder Il Sorridente, der Lächelnde, und Il Ricurvo, der Krumme, wurden in dem Schloss gemeinsam mit Tebaldi und Potorac in die Luft gesprengt. Die DNA aller vier Toten wurde nachgewiesen. Potorac wurde durch die erste, kleinere Sprengladung getötet, danach Tebaldi durch die größere. Von dem Schloss blieb nichts als ein Haufen schwarzer Asche übrig, weil das Erdgeschoss mit einem geruchsneutralen Brandbeschleuniger präpariert war. Die Bombe, die Tebaldi tötete, war an Il Sorridentes Körper befestigt. Sowohl er als auch Il Ricurvo wurden zerfetzt, aber da waren sie bereits tot. Bis auf diese vier DNA-Spuren hat man keine weiteren gefunden. Ende der Geschichte.«

»Nicht, wenn man genauer hinsieht«, wandte Bruno ein. »Die Hypothese, dass Potorac zuerst in die Luft gesprengt wurde, gründet sich nur auf einen kleinen DNA-Fund nahe der Stelle, an der die erste, kleinere Bombe gezündet wurde. Ebenso gab es nur wenige DNA-Spuren von Tebaldi.«

»Von dem Schloss blieb nichts als ein Haufen schwarzer Asche übrig«, wiederholte Hjelm. »Und schwarz heißt wirklich schwarz. Ich habe die Fotos gesehen. Das Schlossinnere war vollkommen verkohlt. Ein schwarzes Loch.«

»Wie will man dann wissen, dass Il Sorridente und Il Ricurvo da schon tot waren? Es hieß, am Körper des Lächelnden sei die viel größere Bombe befestigt gewesen. Woher will man wissen, dass sie exakt dort gesessen hat? Und tatsächlich befestigt war?«

Hjelm sah auf die Uhr und blinzelte heftig. Dann sagte er: »Wir müssen uns demnächst eingehender darüber unterhalten. Jetzt habe ich keine Zeit. Ich muss einen Abstecher ins Ausland machen. Hast du etwas Verwertbares, eine Hypothese?«

»In den Ermittlungsunterlagen sind so viele Ungereimtheiten, dass mir die Haare zu Berge stehen«, sagte Bruno.

»Hypothese?«, wiederholte Hjelm.

Donatella Bruno seufzte schwer und holte tief Luft. Dann sagte sie: »Ich glaube nicht, dass Fabio Tebaldi und Lavinia Potorac im Schloss gestorben sind. Ich glaube, dass die Mafia sie mitgenommen hat.«

»Zur Hölle!«, rief Hjelm aus und sprang auf. »Glaubst du, dass sie noch leben?«

»Es ist über zwei Jahre her«, sagte Bruno. »Da ist das mehr als zweifelhaft. Aber sie sind nicht dort gestorben. Die haben uns gefälschte DNA-Spuren verkauft.«

»Und zu welchem Zweck?«

»Was gab es denn zu der Zeit Neues auf dem Markt? Europol hatte gerade klammheimlich eine neue operative Einheit gegründet. Sie wollten natürlich mehr darüber erfahren.«

»Über Opcop? Du meinst …?«

»Das bedeutet, dass sie die ganze Zeit über uns Bescheid gewusst haben.«

»Wenn ich nicht schon vorher skeptisch war, dann bin ich es definitiv jetzt«, sagte Hjelm bestimmt. »Wenn du privat derart wesentliche Informationen ermittelt hast, musst du dir doch darüber im Klaren sein, dass sie in höchstem Maße Auswirkungen auf unseren aktuellen Fall haben können! Diese Leute sind drauf und dran, eine EU-Parlamentarierin zu ermorden, um ein wichtiges internationales Gesetz zu verhindern. Wir wären mit unseren Ermittlungen nie so weit gekommen, wenn sie über uns Bescheid gewusst hätten. Das kauf ich dir nicht ab. Und wenn du wirklich davon überzeugt wärst, hättest du mir das gleich von Anfang an erzählt.«

»Ich habe nur Indizien«, sagte Bruno hilflos. »Ich habe keinen einzigen Beweis.«

Hjelm setzte sich wieder und schloss die Augen. Er presste Daumen und Zeigefinger gegen seine Nasenwurzel und verzog das Gesicht zu einer Grimasse.

»Du wirst mit mir das ganze Material durchgehen, sobald diese Sache überstanden ist. Glaubst du, dass das einen Einfluss auf unsere Überwachung von Marianne Barrière in Brüssel haben könnte?«

»Nein«, sagte Bruno. »Da bin ich ganz deiner Meinung. Sie haben es versucht, sind aber gescheitert. Weder Fabio noch Lavinia haben geredet, sonst hätten wir es mittlerweile bemerkt. Sie wurden gefoltert, sie haben geschwiegen und sind umgebracht worden. Was mich im Grunde am meisten interessiert, ist, wie die Polizeiermittlungen so sabotiert werden konnten.«

»Und hast du eine Idee?«

»Fabio hat mir gegenüber einmal etwas erwähnt. Etwas über einen Kaffeefleck. Wenn es auf wichtigen Papieren einen Kaffeefleck gebe, sei das ein Anzeichen dafür, dass sie echt seien, wenn auch alles andere gefälscht wäre. Ich glaube, dass der Mann mit dem Kaffeefleck der Einzige war, dem er vertraut hat – und dass dieser ihn verraten hat.«

»Ist das alles?«

»Da ist noch eine Sache, aber ich weiß nicht, ob ich mich traue, sie zu erwähnen.«

»Ich muss jetzt wirklich los. Wir müssen dieses Gespräch später fortsetzen. Aber kannst du eine Andeutung machen?«

»Ich glaube nicht, dass es sich hier um die 'Ndrangheta handelt.«

»Okay, raus jetzt«, befahl Hjelm. »Und schick mir Balodis.«

Minou

Paris, 12. Juli

Es waren hektische Tage in der Maisonettewohnung unter dem Dach in der Avenue Montaigne. Die Sommerferien hatten gerade begonnen, die drei Teenager verließen nur widerwillig ihre Zimmer und kommunizierten mittels gutturaler Laute, die nur für Eingeweihte verständlich waren. Ihre Mutter, Angelique Cocheteux, lief von einem zum anderen und versuchte die drei zumindest dazu zu bewegen, sich zum Frühstück blicken zu lassen. In der Regel endete es damit, dass sie das Frühstück in die jeweiligen Zimmer trug, wo die dröhnenden Computerspiele sich gegenseitig zu übertönen versuchten, das eine blutrünstiger als das andere.

Ihr Vater, Michel Cocheteux, empfand diese morgendliche Kakofonie als äußerst beruhigend, nicht zuletzt, weil er sich im Gegensatz zu seiner Frau ihr jederzeit entziehen konnte.

Er saß zu Hause in seinem großzügigen Büro und plante den Tag, den Blick über Paris' Dächer gerichtet. Er war ein glücklicher Mann, und das wusste er. Er wusste auch, dass so ein Leben seinen Preis hatte. Das war nun einmal die Rolle des Patriarchen: verspottet und vernachlässigt und der Einzige, der Geld nach Hause brachte. Er lächelte.

Es war schon eine ganze Weile her, dass er gelächelt hatte. Die Arbeit befand sich in einem kritischen Stadium, kritischer, als er jemals hätte ahnen können, als er den prestigeträchtigen Posten als Vorstandsvorsitzender von Entier S.A., dem Vorzeigeunternehmen, angeboten bekommen hatte, einem der funkelndsten Juwelen in der französischen Krone der Unternehmen. Niemand hatte an dem unaufhörlichen Wachstum der Ölindustrie gezweifelt. Natürlich drohten die Erdölreserven der Erde allmählich zur Neige zu gehen, aber zum einen glaubte er nicht so recht daran – er war überzeugt davon, dass es noch viele unentdeckte Erdölvorkommen gab –, zum anderen würde dieser Umstand dann in so ferner Zukunft liegen, dass seine eigene Zeit als Direktor längst Vergangenheit wäre. Niemals hätte er sich träumen lassen, dass die Bedrohung von innen, aus Europa, aus der EU kommen könnte.

Die Europäische Union hatte zwar als Friedensprojekt begonnen, in einer Zeit, in der die Erinnerung an die permanenten Kriege innerhalb Europas noch lebendig gewesen war, aber heutzutage gingen alle davon aus, dass die EU mittlerweile eine Organisation war, die ausschließlich der Unternehmensförderung diente. Ein wirtschaftlicher Zusammenschluss von Staaten, die alle in erster Linie aktiv daran arbeiteten, sich selbst abzuschaffen und ihre Besitztümer an Leute zu verscherbeln, die sie besser verwalteten. Krieg war nicht länger ein Thema. die Revolutionen waren niedergeschlagen worden, und die Politik handelte heute nur noch, um den Unternehmen den Weg zu ebnen. Die großen Unternehmen waren die Zukunft dieser Welt. Die Unternehmen wussten, wie die Welt regiert werden musste.

All dies war für ihn so selbstverständlich, dass er den ersten Gerüchten keinen Glauben geschenkt hatte, die von einer zukünftigen EU-Gesetzgebung zur drastischen Reduzierung des Fahrzeugverkehrs sprachen. Alle wussten, dass das unrealistisch war. Natürlich würde die Autoindustrie immer effektivere Verbrennungsmotoren entwickeln, aber das wurde dadurch kompensiert, dass die Menge an Fahrzeugen ständig zunahm. Es war undenkbar, dass eines der größten Unternehmen der Welt jemals Schwierigkeiten haben würde, seine Produkte abzusetzen.

Doch die Gerüchte hatten sich zunehmend verdichtet und schließlich den Aufsichtsrat erreicht. Und der war sofort alarmiert und der Ansicht, dass etwas unternommen werden müsste.

Michel Cocheteux, Doktor der Wirtschaftswissenschaften mit Abschluss an der Sorbonne und Vorstandsvorsitzender von Entier S.A., hatte Schwierigkeiten, die Gesellschafterstruktur des Unternehmens zu beschreiben. Die Anteilseigner waren Konsortien, Investmentbanker, Private Equity Firms, Risikokapitalvereinigungen, und die eigentlichen Eigentümer waren schwer auszumachen. Nicht, dass es ihn wirklich interessierte – sofern es nicht seine eigene, ansehnliche Zuteilung von Aktien und Optionen berührte, selbstverständlich –, aber er war auserwählt worden, um diesen Job zu erledigen, und er musste erledigt werden. Nicht zuletzt, weil ihn die Aktionäre, mittels der Gesellschafterversammlung, auf den Posten berufen hatten.

Er brauchte Hilfe, um dem Gerücht auf den Grund zu gehen. Also ließ er sich Tipps geben und nahm Verbindung zu einem der genannten Sicherheitsunternehmen auf. Es hieß Asterion Security Ltd. und genoss einen hervorragenden Ruf. Sie erledigten ihre Aufträge schnell und sauber. Michel Cocheteux vereinbarte ein erstes Treffen mit dem Vorstandsvorsitzenden, einem hartgesottenen Amerikaner namens Christopher James Huntington. Dieser wollte sich mit einem Bericht und einem möglichen Maßnahmenpaket wieder bei ihm melden.

Er arbeitete schnell. Aber der Bericht war alarmierend. Ein entsprechender Gesetzesentwurf sollte tatsächlich in einer nicht allzu fernen Zukunft eingebracht werden, und es fiel Michel Cocheteux sehr schwer, das zu glauben, was Huntington zu berichten wusste: Eine neue Generation von Elektroautos sollte die Basis für ein zukünftiges Verbot sämtlicher Verbrennungsmotoren in den Städten Europas sein. Das Schlimmste war, dass besagter Elektromotor auch in Schwertransportern, Schiffen und später sogar in Flugzeugen zur Anwendung kommen konnte.

»Es dreht sich um die Batterien«, sagte Huntington.

»Batterien?«

»Sie befinden sich gerade in der Entwicklungsphase. Wir wissen noch nicht, wie und wo, aber das herauszufinden würde zu unserem Maßnahmenpaket gehören, das wir Ihnen anbieten können.«

»Hätten Sie die Möglichkeit, diesen Gesetzesentwurf zu verhindern?«

»Das würde zwar einen nicht unerheblichen Einsatz verlangen, aber es ist machbar. Hinter dem Vorschlag steckt die EU-Kommissarin für Umwelt, eine Französin namens Marianne Barrière.«

Marianne, dachte Michel Cocheteux. Ihm fiel ein Name ein, der ihm schon ewig nicht mehr in den Sinn gekommen war – Minou –, vielleicht errötete er sogar ein wenig. Anscheinend bemerkte Huntington seine innere Not, denn er fragte: »Sie kennen die Dame?«

Michel Cocheteux wurde in die hedonistischsten Jahre seiner Jugend zurückkatapultiert. Vor seinem inneren Auge lief ein Film ab.

»Ja«, sagte er, und so kam eines zum anderen.

Er hatte Christopher James Huntington nur einmal persönlich getroffen. Sie waren darin übereingekommen, dass es für alle Beteiligten so am besten wäre. Und jetzt steckte er in einer Lawine fest, die mit rasender Geschwindigkeit immer größer und größer wurde.

Er stellte fest, dass er allein am Vormittag fünf Besprechungen hatte, schaute mit grimmiger Miene auf seine Rolex, packte die Aktentasche und warf einen Blick in das Zimmer seines ältesten Sohnes, wo er seine Frau zuletzt gehört zu haben glaubte. Sie saßen zusammen auf dem Bett und spielten ein Computerspiel, in dem Köpfe rollten.

»Das sind nur Zombies, Papa«, so hatte sein Sohn vor einer Woche gesagt.

»Ich bin dann weg«, rief Michel Cocheteux. »Tschüss.«

Seine Frau und sein Sohn winkten, ohne vom Spiel aufzusehen, und er verließ die Wohnung.

Wie sonst auch nahm er die Treppen statt den Fahrstuhl hinunter zur Tiefgarage. Die Treppe vom Himmel in die Unterwelt, wie er zu scherzen pflegte. Mit athletischen Schritten ging er zu seinem großartigen Porsche Cayenne Turbo S.

Aber da standen Leute neben seinem Wagen. Das konnte doch nicht sein? Niemand hatte Zutritt zu dieser Tiefgarage.

Michel Cocheteux kam gar nicht auf den Gedanken, Angst zu haben. Erst, als die beiden Personen sich umdrehten. Da war er sich sicher, in ihren Händen Waffen zu erkennen.

Er konnte nicht einmal mehr schreien.

Seine Aktentasche glitt ihm aus der Hand. Sie klappte auf, und Papiere flogen wie in Zeitlupe heraus, wichtige Papiere.

Er öffnete den Mund. Er wusste, dass er tot war.

Da sagte der Mann, der gar keine Waffe, sondern nur einen Notizblock in der Hand hielt: »Wir würden gerne mit Ihnen sprechen, Monsieur Cocheteux.«

Sprechen, dachte Michel Cocheteux und spürte, wie ihm das Blut aus dem Gesicht wich.

Sprechen.

»Mein Name ist Karlsson«, sagte der Mann.

»Und meiner Abromaite«, sagte die Frau.

Die Rede

Brüssel, 13. Juli

Als die Opcop-Gruppe im Konzerthaus eintraf, waren sie die einzigen Menschen dort. Das war eine bewusste Entscheidung gewesen. Es war fünf Uhr morgens, und draußen wurde es gerade langsam hell. Paul Hjelm empfing seine Kollegen am Haupteingang und geleitete sie durch ein großes modernes Foyer zum linken Zuschauereingang. Wie im Gänsemarsch liefen sie den Korridor zur Bühne entlang, dabei musterten sie die annähernd fünfhundert Sitzplätze im Parkett und die beiden Ränge darüber. Der Raum wirkte wie ein klassischer Konzertsaal, ohne größere architektonische Finessen, der entworfen worden war, um die bestmögliche Akustik zu gewährleisten.

Hinter dem Orchestergraben – in dem ein ganzes Symphonieorchester Platz hatte – war eine Art Glaskäfig aufgebaut auf der Bühne. Und in der Mitte des Glaskäfigs stand ein Rednerpult.

Vor der ersten Reihe des Parketts stand ein weiteres, provisorisches Rednerpult. Ein Großbildschirm war, ebenso provisorisch, am Bühnenrand aufgestellt worden. Hjelm ging zu dem vorderen Pult und klappte einen Laptop auf. Das Bild des Monitors wurde auf den Großbildschirm übertragen.

»Das Panzerglas wurde gestern eingesetzt«, sagte Hjelm, »und es soll das beste sein, was es zurzeit auf dem Markt gibt. Dennoch gibt es natürlich Scharfschützengewehre, gar nicht zu schweigen von Panzerfäusten oder Granatwerfern, die es durchschlagen können. Alle möglichen Positionen für einen

Scharfschützen müssen also gesichert werden. Das versteht sich von selbst. Dann ist da noch der Geleitschutz ins Gebäude und wieder hinaus. Während die offizielle EU-Limousine im Konvoi vom Berlaymont-Gebäude zum Konzerthaus fährt, wird Marianne Barrière von mir und Balodis, in meinem Wagen, hierher gebracht. Sie wird durch den hinteren Notausgang in das Gebäude geführt, durch den Garderobentrakt. Es gibt noch drei weitere Notausgänge, zwei Türen im Foyer und eine oben bei den Rängen, daneben zwei Bühneneingänge, zwei Personaleingänge und eine Dachluke. Einschließlich des Haupteingangs gibt es also zehn Zugänge in das Gebäude. Ihr könnt das auf dem Plan hier sehen. Die Bühneneingänge und die Personaleingänge sind blockiert. Alle übrigen sechs Eingänge werden durch uniformierte Sicherheitsbeamte verstärkt bewacht. Überhaupt werden alle Einsatzkräfte uniformiert sein, um leicht identifizierbar zu sein. Wir werden also die einzigen Polizisten in Zivil sein. Wenn ihr demnach jemanden Verdächtigen ohne Uniform seht, dann ist das kein Polizist. Ihr werdet eine deutlich sichtbare Dienstmarke an der Kleidung tragen, sodass die uniformierten Kollegen auch euch erkennen.«

»Was befindet sich unter und über der Bühne?«, fragte Jutta Beyer.

»Ich habe mich schlaugemacht und erfahren, dass der offene Raum über der Bühne Oberbühne genannt wird. Dort gibt es nur Scheinwerfer und dergleichen. Alle Leitern dort hinauf sind entfernt worden, es führt kein Weg nach oben. Unter der Bühne befindet sich dagegen eine Unterbühne, einschließlich einer Luke im Bühnenboden, aus der man auftauchen kann. Diese Unterbühne – die man über eine Treppe hinter der Hauptbühne erreicht – wird schwer bewacht sein. Und einer von euch wird sich ebenfalls dort aufhalten.«

»Gibt es noch weitere Räumlichkeiten?«, fragte Corine Bouhaddi.

»Etwa zehn Künstlergarderoben und Arbeitsräume hinter der Bühne. Oben auf den Rängen ist ein Technikraum, vor allem mit technischen Geräten, und eine Besenkammer, sonst nichts. Unten, rechts vom Parkett, befindet sich ebenfalls ein Raum für die Technik. Der Tontechniker sitzt allerdings mit im Zuschauerraum, in der Nähe des rechten Eingangs. Dann sind da selbstverständlich noch einige Räumlichkeiten im Foyer – Garderoben, Toiletten, Verwaltungsräume. Aber hier im Konzertsaal gibt es nicht so viele Orte, an denen man sich verstecken könnte. Hinter der Bühne befinden sich eindeutig die meisten Räume. Die belgische Polizei kontrolliert die Presseakkreditierungen und führt die Einlasskontrollen mit mobilen Metalldetektoren und einem Röntgenprüfgerät durch, Eintrittskarten werden ja ohnehin nicht verkauft. Was das Personal des Hauses angeht: Es gibt nur einen Tontechniker und vier sogenannte Veranstaltungshostessen des Konzerthauses, die die Platzierung der Fernsehkameras koordinieren und den Fotografen die Plätze zuweisen, darüber hinaus werden noch ein paar Bühnentechniker vor Ort sein. Das gesamte Personal des Konzerthauses wird rote T-Shirts mit einem klar erkennbaren Logo tragen.«

»Sie werden wahrscheinlich versuchen als Journalisten getarnt ins Konzerthaus zu kommen, oder?«, fragte Miriam Hershey.

»Denke ich auch«, stimmte Hjelm zu. »Die Veranstaltung beginnt um elf Uhr, die Polizei erhält die Information, dass sie verlegt worden ist, um acht Uhr, die Presse um zehn. Die Asterion-Leute werden dann eine Stunde Zeit haben, um ihre Pläne zu ändern. Durch die Verlegung erreichen wir – vorausgesetzt es ist nichts durchgesickert –, dass sich weder ein Auftragsmörder vorab verstecken noch Fremdmaterial vorher installiert werden kann. Trotzdem werden sowohl wir als auch die nationalen Einheiten vor der Veranstaltung jeden Millimeter von einer Meute Bombenspürhunde überprüfen lassen.«

»Wie sollte denn etwas durchgesickert sein?«, fragte Marek Kowalewski.

»Wir sind neun«, sagte Hjelm und musterte seine Gruppe, bevor er fortfuhr: »Daneben sind noch der Direktor von Europol informiert und die Chefs der Länderpolizei der Niederlande, Belgien, Frankreich und Deutschland. Allerdings wissen noch nicht einmal Bruno und Marinescu, wo wir sind.«

»Wenn die Polizeieinheiten schon um acht Uhr von der Verlegung erfahren«, sagte Arto Söderstedt, »dann besteht doch ein erhöhtes Risiko, dass etwas durchsickern könnte?«

»Vollkommen richtig«, sagte Hjelm. »In diesem Fall hätte Asterion drei Stunden statt einer Zeit. Das ändert aber nicht sonderlich viel an den Voraussetzungen. Einen noch späteren Zeitpunkt konnte ich den Länderpolizeichefs nicht abringen.«

»Wie viele kommen von der Presse?«, fragte Angelos Sifakis.

»Nur akkreditierte Journalisten sind zugelassen«, sagte Hjelm. »Und bei der letzten Berechnung waren das dreihundertachtzig aus ganz Europa, es wird im Laufe des Vormittags voll werden hier. Das Gerücht, dass heute etwas Bahnbrechendes passieren wird, hat sich herumgesprochen.«

»Dieser Spindoktor hat ganze Arbeit geleistet«, konstatierte Laima Balodis. »Was es uns schwerer macht.«

»Keine Journalisten auf den Rängen?«, fragte Felipe Navarro.

»Nein«, sagte Hjelm. »Die Ränge sind für die Aufklärung. Zwei von euch werden sich dort oben mit Ferngläsern und ein paar Kollegen der nationalen Einheiten positionieren. Kugelsichere Westen gibt es übrigens am Eingang.«

»Dann lass uns jetzt den Einsatzplan besprechen«, schlug Söderstedt vor.

Hjelm holte tief Luft und hob an: »Balodis und ich kommen also mit Barrière am hinteren Notausgang an. Wir eskortieren sie zur Bühne und in den Glaskasten. Dann kehrt Balodis zum Bereich hinter der Bühne zurück und überwacht mit Bouhaddi die Künstlergarderoben. Die Treppe zum Dachboden befindet sich hinter den Künstlergarderoben, und Bouhaddi ist auch für die Dachluke verantwortlich sowie Balodis für die Treppe zur Unterbühne. Ich selbst befinde mich auf der Bühne mit Blick über den Zuschauerraum, wo Sifakis und Navarro sich aufhalten, Sifakis links, Navarro rechts, von hinten aus gesehen. Kowalewski und Hershey kümmern sich um die Ränge, Kowalewski um den oberen, Hershey um den unteren. Söderstedt überwacht das Foyer sowie die beiden Notausgänge, und Beyer ist für den kritischen Raum unter der Bühne verantwortlich.«

»Weil ich enge, dunkle Räume gewöhnt bin?«, grummelte Jutta Beyer.

Hjelm ignorierte ihren Einwand und zeigte auf den Bildschirm. »Weil wir eine großzügige Bewachung durch Polizisten an sämtlichen Notausgängen und selbstverständlich am Haupteingang haben, wird Söderstedt allein im Foyer zurechtkommen müssen, aber wir sollten trotzdem den Notausgang im Blick haben, der über eine steile Treppe von den Rängen unter dem Foyer hindurch auf die Straße führt. Deshalb habe ich mir erlaubt, dafür zusätzliches Personal einzusetzen. Den schmalen Gang übernimmt Kerstin Holm. Sie trifft in Kürze ein. Fragen?«

Es gab keine Fragen.

Und auch keine Antwort.

*

Still und konzentriert saß Marianne Barrière auf dem Rücksitz. Ihr Blick schweifte über die seltsame Stadt, die Europas Hauptstadt geworden war, das Symbol der EU, im Guten wie im Schlechten.

Paul Hjelm musterte sie im Rückspiegel. Sie wirkte ruhig und gefasst, aber er ahnte, wie es in ihr aussah.

Sie hatte sich in einer riesigen Traube von Leibwächtern durch das Berlaymont-Gebäude bewegt, die so dick gewesen war, dass es wirkte, als ob sie von einer Boa constrictor verschluckt worden sei. Unmittelbar vor dem großen Hauptportal waren Hjelm und Balodis erschienen und hatten sie zur Garage geleitet. Die Leibwächterschar hatte unterdessen ihren Weg ungerührt zu einer wartenden Limousine fortgesetzt und wiederum eine große Traube an der Beifahrertür gebildet. Das sollte Asterion in die Irre führen, falls sie das Hauptquartier der EU-Kommission beschatten sollten.

Vermutlich taten sie das aber gar nicht.

Sie wurden von zwei Wagen mit Leibwächtern eskortiert, beides Zivilfahrzeuge, unauffällig wie Hjelms privater Toyota Prius.

»Wir treffen knapp zehn Minuten vor Ihrem Auftritt ein«, sagte Hjelm. »Sie können sich fünf Minuten in der Garderobe sammeln. In der Zeit überprüfen wir den Bereich hinter der Bühne ein letztes Mal, dann begleite ich Sie – nur ich, niemand sonst – auf die Bühne.«

»Und in den Käfig«, sagte Marianne Barrière mit einem schiefen Lächeln.

Nach ein paar absichtlichen Schlenkern durch das Zentrum von Brüssel kamen sie am Konzerthaus an. Die kleine Auffahrt zur Rückseite des Gebäudes war abgeriegelt und schwer bewacht. Langsam fuhren sie hinein bis zum hinteren Notausgang, der ebenfalls gut gesichert war. Die Leibwächter sprangen aus den Verfolgerautos und bildeten ein Spalier bis zur Tür. Hjelm, Barrière und Balodis betraten das Konzerthaus. Bouhaddi empfing sie und nickte kurz.

»Die Künstlergarderoben sind sauber«, sagte sie und kehrte zur Treppe zurück, die zum Dachbereich führte. Auf der Etage des oberen Rangs, wo sich Kowalewski im Zuschauerraum befand, gab es auch einen kleinen kargen Raum, von dem eine Stahltreppe zu einer Dachluke hinaufging. Davor waren drei schwer bewaffnete uniformierte französische Elitepolizisten positioniert worden. Leider waren die Einsatzkräfte international besetzt, Bouhaddi hielt nicht viel von französischen Polizisten. Sie hatte also wieder einmal Pech und fragte sich enttäuscht, ob sie wohl die langweiligste aller Positionen zugewiesen bekommen hatte. Auf diesem Weg würde ganz sicher niemand ins Gebäude eindringen.

»Alles in Ordnung bei euch?«, fragte sie.

»Was glaubst du wohl, wonach das aussieht?«, erwiderte der selbst ernannte Chef der Franzosen.

Sie gehörten zu der Sorte französischer Polizisten, vor denen Bouhaddi einst geflohen war. Sie ging wieder hinunter zu den Garderoben. Warf einen Blick hinein. Balodis stand an der Tür Wache, Barrière sah ihre Papiere durch, Hjelm nickte Bouhaddi zu, die Hand über ein Handy gelegt, auf das er mit einem Kopfnicken deutete und sagte: »Lauriergracht.«

Bouhaddi nickte und ging weiter zu den anderen Garderoben. Hjelm trat in den Flur hinaus und sagte ins Telefon: »Zwei?«

»Ja«, bestätigte Adrian Marinescu. »Ich bin gerade aufgewacht. Wir hatten die Observierung ja ein bisschen gelockert, ich habe ein Nickerchen gemacht.«

»Wer fehlt? Vlad?«

»Nein, Ciprian. Die gehen ja manchmal einfach so in die Stadt …«

»Sonst nichts Ungewöhnliches?«, fragte Hjelm.

»Nein«, antwortete Marinescu. »Sie spielen Alltag.«

»Gut, danke«, sagte Hjelm. »Tschüss.«

Er nahm die Gelegenheit wahr, auch in Oud-Zuid anzurufen.

»Gut, dass du dich meldest«, sagte Donatella Bruno. »Ich wusste nicht, ob ich es wagen durfte, bei euch anzurufen.«

»Bei Notos Imports tut sich also etwas?«

»Ich weiß nur nicht so genau, wie ich es interpretieren soll«, sagte Bruno. »Bis auf die Zwillinge ist niemand mehr da. Vermutlich haben sie die Aufgabe, alle Spuren zu verwischen.«

»Um entweder in die USA zurückzukehren oder nach Kalabrien zu reisen, wo wir einen deutlichen Ausschlag von Antonio Rossis Peilsender haben. Und?«

»Ich bin mir nicht ganz sicher, was sie gerade machen«, sagte Bruno.

»Ich habe sehr wenig Zeit, Donatella.«

»Also gut, meiner Interpretation zufolge haben sie soeben zwei Leichen in Plastiksäcken in das Haus geschleppt und schütten jetzt Benzin über alles.«

»Verdammt!«, rief Hjelm. Bouhaddi kam aus einer Garderobe gestürmt und starrte ihn an.

»Ich weiß«, sagte Bruno. »Was soll ich machen? Sie werden jeden Augenblick alles in Brand stecken.«

»Okay«, sagte Hjelm und machte eine beruhigende Geste in Bouhaddis Richtung. »Wenn du kannst, folgst du ihnen im Wagen. Aber sei vorsichtig. Und ruf zuerst die Feuerwehr.«

»Jetzt?«

Hjelm atmete tief ein, fasste einen Entschluss und sagte: »Nein. Warte, bis es brennt.«

Balodis steckte den Kopf aus der großen Garderobe und tippte auf die Uhr. Hjelm beendete das Gespräch und schüttelte den Kopf. Er hätte es kommen sehen müssen. Er hätte wissen müssen, dass Cheng und Shuang Ricci alles daransetzen würden, wieder Wang Cheng und Wang Shuang zu werden.

Und er hatte nicht vor, sie daran zu hindern.

Er betrat die Garderobe. Marianne Barrière hatte sich erhoben und ihre Papiere zu einem Stapel zusammengeschoben. Sie lächelte ihn an. Er erwiderte das Lächeln.

Bouhaddi kam herein und sagte: »Hier ist ein Bühnenarbeiter, der ein Anliegen hat.«

Ein sehr nervöser junger Mann in einem roten T-Shirt betrat den Raum und sagte: »Man hat mich gebeten, Sie zu fragen, ob Sie auf der Bühne Wasser wünschen.«

»Gern«, antwortete Marianne Barrière.

Hjelm nahm die Flasche Mineralwasser, einen Flaschenöffner und ein Glas und scheuchte den Bühnenarbeiter davon. Dann begleitete er die EU-Kommissarin die Treppe zur Bühne hoch. Sie blieben hinter einem schwarzen Vorhang stehen. Nur sie beide.

Paul Hjelm und Marianne Barrière.

»Jetzt ist es so weit«, sagte Hjelm. »Sie können es sich immer noch anders überlegen.«

»Das habe ich nicht gehört«, entgegnete Barrière und umarmte ihn.

Er teilte den Vorhang und trat auf die Bühne. Der Zuschauerraum war wirklich voll besetzt. Kameras klickten wie Schüsse aus Maschinenpistolen. Fernsehteams standen an der hinteren Wand und an den Seitengängen aufgereiht. Das dumpfe Theatergemurmel, das Hjelm entgegenscholl, als er den Vorhang beiseitegezogen hatte, verstummte jäh. Er ging zu dem Glaskasten und öffnete die Tür. In aller Eile sah er sich in der engen Kabine um. Er sah in jede einzelne Ecke und nach oben, zum Dach des Konzerthauses und der Obermaschinerie. Nichts. Dann stellte er die Wasserflasche auf das Rednerpult und machte der EU-Kommissarin Platz. Er schloss sorgfältig die Tür hinter ihr und trat an den Rand der Bühne, um den Zuschauerraum im Auge zu behalten. Auf dem oberen Rang sah er Kowalewski, auf dem unteren Hershey, er entdeckte Sifakis von sich aus gesehen rechts und Navarro links im Zuschauerraum, auf ihrer jeweiligen Seite der Sitzplätze im Parkett. Und er sah jede Menge Polizisten mit wachsamen Blicken.

Marianne Barrière begann zu sprechen. Aber es war kein Laut zu hören. Der Tontechniker saß am rechten Eingang zum Zuschauerraum, links von Hjelm also, in einem abgegrenzten Bereich, der etwa zehn Sitzplätze umfasste. Wie alle anderen Angestellten des Konzerthauses trug auch er ein rotes T-Shirt, und als Hjelm ihm einen bösen Blick zuwarf, kam endlich Leben in ihn.

Marianne Barrière begann:

Ja, ich befinde mich in einem Käfig, wie ein Tier im Zoo. Falls ich bis zum Ende meiner Rede komme, werden Sie wissen, weshalb. Bis dahin werden wir so tun, als wäre alles wie immer. Herzlich willkommen also, zu einer weiteren Rede im Rahmen der traditionellen Reihe »Die Sommerrede der EU-Kommissare«. Es ist wohltuend zu sehen, dass mehr als die üblichen zwanzig Reporter erschienen sind. Entweder stecken die europäischen Medien im Sommerloch, oder Ihre journalistischen Instinkte sind wieder zum Leben erwacht. Denn es dürfte klar sein, dass es hier nicht um das übliche, unverbindliche Geplänkel eines Politikers geht, dessen Hauptziel es ist, in großen Mengen EU-Gelder einzustreichen, und der es vermeidet, sich mit den falschen Leuten anzulegen, weil er so leicht und schmerzfrei wie möglich durch das Politikerdasein gleiten möchte. Nein, heute geht es um zwei wichtige Dinge. Es geht darum, eine spektakuläre Innovation europäischer Wissenschaftler zu präsentieren. Und es geht um einen Gesetzesentwurf, der seinesgleichen in der sechzigjährigen Geschichte der Europäischen Union sucht. Und deshalb stehe ich hier auch umgeben von Panzerglas, und meine Rede handelt von meinem langen Weg bis hierher.

Während der Rede sah Hjelm vom Bühnenrand zu Sifakis hinüber, der im Korridor bei dem mit einem Metalldetektor gerahmten Eingang zum Zuschauerraum stand. Sifakis sah sich um und spähte aus der Tür, wo er Söderstedt erkannte, der durchs Foyer wanderte und zu seiner Irritation feststellen musste, dass er die ganze Rede verpassen würde. Er sah aus dem Fenster zu dem bewachten Notausgang hinüber, auf Höhe des Cafés, und winkte Holm zu, die den Polizisten dort zunickte und in den unterirdischen Gang schlüpfte, wo sie der eine oder andere schwer bewaffnete Polizist grüßte. Das Unangenehme war, dass in ihren Augen dieser Gang der perfekte Zugang für einen Attentäter war. Holm kam zu der steilen Treppe, die zu den Rängen hochführte, und erreichte zuerst den unteren Rang, wo sie die Tür des Notausgangs öffnete und Hershey einen Blick zuwarf, die das Fernglas senkte und die Hand zum Gruß hob. Dann setzte sie es erneut an die Augen und ließ den Blick wieder über die Menge schweifen. Alles war in Ordnung, alles schien reibungslos zu verlaufen, aber die Minuten verstrichen sehr langsam. Hershey wandte ihre Aufmerksamkeit Navarro zu, der die rechte Seite des Zuschauerraumes von der Bühne aus überwachte. Er fing ihren Blick auf und winkte ihr zu, dann schaute er zu Kowalewski hinüber. Navarro winkte ihm ebenfalls zu, und Kowalewski drehte das Fernglas etwas gereizt zu der Tür am Ende des Ranges, weil dort gerade Bouhaddis Kopf erschien und sie eine Geste machte, die vermutlich »Alles okay« signalisieren sollte.

Sie wandte sich von den nervigen französischen Polizisten ab und sah die Treppe, die hinter die Bühne führte, hinunter, wo Balodis gerade eine leere Künstlergarderobe überprüfte und mit einem Nicken zu Bouhaddi hochsah. Balodis machte im Flur vor den Garderoben weiter. Es waren viele, beunruhigend viele Räume, sie waren zwar alle überprüft worden, aber das war eine Viertelstunde her, sogar länger als eine Viertelstunde. In der Zeit konnte viel passiert sein. Sie kam zu der Treppe, die zur Unterbühne führte. Beyer sah hinauf und machte eine fragende Geste, bevor Balodis den Daumen hochhielt und Beyer sich zurück ins Dunkle zu den drei bewaffneten deutschen Polizisten gesellte. Sie sah zu der Luke hoch, die sich direkt unter Marianne Barrières Füßen befand.

Hier unten passierte wirklich nichts. Hier im Dunkeln.

Dann hörte sie plötzlich Schritte über sich.

Europa besteht und hat schon immer aus einem Flickenteppich versprengter Volksgruppen bestanden, die so lange isoliert gelebt haben, dass sie eigene Sprachen entwickelten. Unsere gemeinsame Geschichte ist immer von Krieg geprägt gewesen. Wenn Menschen dem Fremden begegnen, werden sie aggressiv – das ist die Lehre, die wir aus der Geschichte ziehen. Wir streben nach Gleichgewicht, nach einem zeitlosen Zustand, aber wenn wir ihn erreicht haben, werden wir unruhig. Wenn etwas hinzukommt, das unser Gleichgewicht stört, bringt es diesen zeitlosen Zustand ins Wanken, nach dem wir uns zu sehnen glauben, und wir werden von Hass erfüllt. Krieg bricht aus, wenn wir das Gefühl haben, diese Zeitlosigkeit wäre bedroht. Aber nach Tausenden Jahren Krieg waren wir es leid – die unglaublichen, unbeschreiblichen Leiden des Zweiten Weltkriegs brachten uns zu der Einsicht, dass es so nicht weitergehen konnte. Wir versuchten eine Organisation zu gründen, die einen Krieg in Europa unmöglich machen sollte.

Während Paul Hjelm über die Zuhörer und weiter zu Barrière sah, die gerade ihre Mineralwasserflasche öffnete, wurde vor seinem inneren Auge eine Farbe sichtbar. Er erkannte das Bild, bevor er die Farbe erkannte. Es erinnerte ihn an ein Versäumnis, an etwas, das er übersehen hatte. Es erinnerte ihn an etwas, das mit Nachlässigkeit zu tun hatte. Dann kam die Farbe. Sie war rot. Blutrot, doch das traf es nicht ganz, es war eher das Rot eines … T-Shirts. Als sich Barrière das Wasser einschenkte, sah Hjelm, wer dieses T-Shirt getragen hatte. Es war ein sehr nervöser junger Mann gewesen. Zu nervös?

Er sprintete los, über die Bühne, riss die Glastür auf, griff sich Marianne Barrières Glas, das sie gerade zum Mund führen wollte, lächelte ihr aufmunternd zu und nahm Glas und Flasche mit hinter die Bühne, hinter den schwarzen Vorhang. Dort stand Balodis mit gezückter Waffe. Er schüttelte den Kopf und reichte ihr das Wasser.

»Der Bühnenarbeiter«, sagte er nur. Balodis schoss davon. Hjelm gab eine Meldung über Funk: »An alle, vergiftetes Mineralwasser. Erhöhte Alarmbereitschaft. Marek, Lagebericht?«

»Im Moment nichts Auffälliges«, sagte Kowalewski vom obersten Rang. Barrière fuhr mit ihrer Rede fort, als ob nichts geschehen wäre. Im Auditorium war ein wenig Unruhe entstanden, leises Gemurmel.

»Gut. Erhöhte Alarmbereitschaft! *Es geht los!*«

Hjelm kehrte zurück auf die Bühne. Aus dem Augenwinkel registrierte er einen roten Schimmer, eine hastige Bewegung. In diesem Moment warf Marianne ihm einen Blick zu, während sie weitersprach:

Das Problem ist, dass unsere Organisation sich in einem so hohen Maße von einem Friedensprojekt zu einem Unternehmensprojekt entwickelt hat. Es stimmt, dass wir stark sein müssen, um mit großen Wirtschaftsmächten wie den USA oder China zu konkurrieren, aber der Kapitalismus ist zu einer Ideologie geworden. Er war nie als Grundlage eines politischen Systems gedacht. Er ist nur dafür entworfen worden, Unternehmen effizient zu führen. Wenn er plötzlich zur Ideologie wird, entstehen unzählige unangenehme Nebeneffekte, weil der Kapitalismus unendlich viele blinde Flecken aufweist. Wir müssen die EU von den Kapitalisten zurückerobern und das ursprüngliche Friedensprojekt wieder in Angriff nehmen, das Projekt, das auf dem Gemeinschaftsgedanken gegründet war. Der Kapitalismus ist immer das Gegenteil von Gemeinschaft, der Kapitalismus als Ideologie propagiert, dass nur das Ich zählt. Wollen wir wirklich, dass die einzige treibende Kraft eines ganzen Kontinents darauf ausgerichtet ist, die eigenen Brieftaschen zu füllen? Haben wir das nicht schon hinter uns gelassen?

Was Felipe Navarro von seinem blind geborenen Sohn gelernt zu haben glaubte, war ein feineres Gespür für die Welt. Er sah die Dinge heute mit anderen Augen. Dadurch, dass er so langsam lernte, wie er Sinneseindrücke in visuelle Eindrücke umwandeln konnte, war er manchmal beinahe der Ansicht, einen Röntgenblick entwickelt zu haben. Das war ihm in der Einsatzzentrale in der Lauriergracht nicht immer gelungen, und doch hatte er das Gefühl, auf der richtigen Spur zu sein.

Aber was er jetzt gerade verspürte, war zunächst nur ein diffuses Gefühl. Paul Hjelm war gerade in den Glaskäfig gestürzt und hatte Marianne Barrière das Wasserglas entrissen. Eine Welle der Unruhe ging durch die Zuhörerschaft, ein Raunen folgte, aber von seinem Beobachtungsposten neben der Bühne aus, mit Blick über das gesamte Auditorium, meinte Navarro, eine Anomalie wahrgenommen zu haben. Eine Abweichung. Irgendwo hatte jemand anders als die Menge reagiert. Nachdem durch Hjelms und Barrières umsichtiges Handeln wieder

Ruhe eingekehrt war, wusste Navarro noch immer nicht, was genau er gesehen hatte. Aber er ahnte etwas. Als ihn jedoch Hjelms Appell zu erhöhter Alarmbereitschaft erreichte, lief Felipe Navarro bereits den Gang hoch.

Seit der Neoliberalismus auf breiter Front Anklang findet, wurde die Vorstellung von einer Gemeinschaft sukzessive ausgehebelt. Durch die Ego-Gesellschaft wurde die Ausgrenzung ein wesentlicher, ja aktiver Teil gesellschaftlicher Mechanismen. Die Welt und das Überleben in ihr wandelte sich zu einem fortwährenden Wettkampf mit extrem eng gefassten Spielregeln, in dem die einzige wertvolle Kompetenz wirtschaftliches Geschick ist. Sehr viele Menschen wurden an den Rand gedrängt. Arbeitslosigkeit und Außenseiterdasein erzeugen jedoch eine enorme Frustration. Neue Gemeinschaften, die überhaupt nicht neu, sondern im Gegenteil uralt waren, lebten wieder auf, Gemeinschaften, die sich darauf gründeten, Sündenböcke zu benennen. Ich möchte sogar so weit gehen zu behaupten, dass die Welle von Rechtsextremismus, die zu unserem Entsetzen in ganz Europa immer höher schwappt, eine Folge des Neoliberalismus ist, des Kapitalismus, der zur Ideologie wurde. Ein paar Mitspieler haben sehr viel gewonnen, die allermeisten aber haben umso mehr verloren. Was wir nun zu spüren bekommen, ist die rachsüchtige Revanche der Verlierer. Verlierer, die überhaupt keine Verlierer hätten sein müssen.

Navarro versuchte sich zu erinnern, was genau er wahrgenommen hatte. Jemand, der anders als die anderen reagiert hatte? Nicht mit Entsetzen und Erstaunen, sondern mit Enttäuschung. Es war keine große Bewegung gewesen, nur ein Gesichtsausdruck. Und dann fiel es ihm wie Schuppen von den Augen. Er sah klarer als mit den eigenen Augen.

Inzwischen hatte er schon fast die Hälfte des Weges zurückgelegt, als er plötzlich ganz deutlich den Gesichtsausdruck des Tontechnikers vor seinem inneren Auge sah. Er hatte enttäuscht ausgesehen. Und mit einem Mal war alles sonnenklar. Phase eins war gescheitert, jetzt ging er zu Phase zwei über. Der Tontechniker holte etwas aus einer kleinen Tasche. Es war eine Ampulle, eine gläserne Ampulle in Form einer Kugel, gefüllt mit einer farblosen Flüssigkeit. Der Tontechniker stand auf und hob den Arm wie zum Wurf. Da fiel sein Blick auf

Navarro, der mit gezogener Dienstwaffe auf ihn zustürmte. Der Techniker wollte in die Tasche auf dem Mischpult greifen, hielt aber in der Hand bereits die fragile Glaskugel. Er musste die Kugel also erst in die andere Hand nehmen. Aber da hatte Felipe Navarro ihn schon mit seiner Waffe niedergestreckt, indem er sie mit einer Kraft gegen dessen Schläfe geschlagen hatte, die ihn selbst überraschte. Der Tontechniker fiel rückwärts auf die leeren Sitzplätze innerhalb der Absperrung, während die Glaskugel in hohem Bogen in den Seitengang flog. Als sie sich auf dem Scheitelpunkt ihrer Flugkurve befand, fiel das Licht von einem der großen Kristallkronleuchter des Konzerthauses auf sie. Da leuchtete die kleine Glaskugel wie ein Feuerball.

Navarro ließ die Waffe fallen und hechtete wie ein Fußballtorwart hinter ihr her. Er fing sie weich auf, knallte aber umso härter auf den Boden. Mit den Rippen prallte er gegen einen Stuhlrücken, und ein heftiger Schmerz durchzuckte ihn. Trotzdem stand er schon wieder auf den Beinen, als Sifakis angelaufen kam, und gemeinsam zogen sie den Tontechniker aus dem Zuschauerraum.

Einige verblüffte Aufschreie waren aus dem Publikum zu hören. Marianne Barrière schien zu ahnen, was vor sich ging, fuhr aber trotzdem emphatisch fort:

Einige Dinge sind so leicht zu zerstören und so schwer wieder aufzubauen. Dabei geht es doch vor allem um Gemeinschaft, um das Gefühl, gemeinsam an einem Ziel zu arbeiten. Das Gefühl zu haben, dass man Teil eines sinnvollen großen Ganzen ist. Die letzten Jahrzehnte waren von unendlicher Innovationskraft geprägt, vor allem auf dem Gebiet der Informationstechnologien, und der Großteil davon ist von privatwirtschaftlichen Unternehmen entwickelt worden, in Forschungseinrichtungen, von denen die staatlich finanzierte Forschungswelt nur träumen kann. Das ist auch gut so. Aber gewinnorientierte Unternehmen können der Entwicklung auch im Weg stehen. Sie können bestimmte Entwicklungen verhindern, wenn sie nicht ihren Interessen dienen. Es gibt also keine Fürsorge für das Gemeinwohl bei diesen Unternehmen, auch wenn es uns manchmal so erscheint. Manchmal stimmen ihre Ziele mit dem, was gut für die Allgemeinheit ist, überein, manchmal aber auch ganz und gar nicht. Wenn Unternehmen auf einem Sektor einen gewissen Einfluss haben, wollen sie nicht, dass irgendetwas ihre Unternehmensentwicklung stört. In diesem Fall ist das Ergebnis aber für uns alle im höchsten Maße kontraproduktiv.

Paul Hjelm hatte die Glaskugel durch die Luft fliegen sehen und sofort gewusst, dass es sich um Flüssigsprengstoff handelte. Er hatte die anderen Polizeichefs lange davon zu überzeugen versucht, den Glaskäfig auch oben zu verschließen, war aber aus rein haushaltstechnischen Erwägungen überstimmt worden. Und Asterion hatte den Schwachpunkt sofort erkannt.

Aber Felipe Navarro hatte die missliche Lage abgewendet. Sein Handeln war beispielhaft gewesen, einschließlich seines beherzten Sprungs. Natürlich war die Menge unruhig geworden, und Ausrufe wurden laut, aber Marianne Barrières Worte schienen die Journalisten doch stärker zu fesseln. Es brach keine Panik, kein Chaos aus. Vielleicht hatten sie gerade nicht nur Mariannes Leben, sondern auch ihren Vortrag gerettet.

Hjelm flüsterte ins Mikrofon: »Arto, Kerstin, zum rechten Eingang. Felipe und Angelos haben einen Attentäter gefasst. Tempo, Tempo.«

Sifakis kehrte gerade wieder in den Saal zurück, als Söderstedt herbeigeeilt kam. Navarro sank neben einen bewusstlosen Mann in einem roten T-Shirt auf die Knie und reichte Söderstedt eine mit einer Flüssigkeit gefüllte Glaskugel.

»Sei bloß vorsichtig damit«, sagte er und verzog das Gesicht.

Söderstedt nahm die Kugel und ahnte, was er da in Händen hielt. Einsatzkräfte eilten herbei und nahmen sich des Rotgekleideten an, der langsam wieder zu sich kam. Navarro legte seine rechte Hand auf die Rippen und stöhnte. Sifakis kam mit einer kleinen Tasche aus dem Zuschauerraum und durchsuchte sie. Und zog eine Schusswaffe heraus – eine Pistole mit Schalldämpfer.

»Aber, die Metalldetektoren?«, sagte Söderstedt ungläubig und hielt die Glaskugel vorsichtig in seinen gewölbten Handflächen.

»Die Pistole ist aus Plastik«, sagte Sifakis. »Er muss sie in Einzelteilen transportiert und vor Ort zusammengesetzt haben. Fass sie mal an.«

»Kann gerade nicht«, sagte Söderstedt.

Kerstin Holm tauchte außer Atem hinter ihm auf und hielt ganz plötzlich die eigenartige Plastikpistole in der Hand. Sie sah vollkommen echt aus, war aber federleicht.

»Kein schweres Geschütz«, sagte Sifakis, »sie verrichtet im Nahkampf aber bestimmt ihre Dienste.«

Balodis erschien hinter ihnen und schob einen anderen, bedeutend jüngeren Mann in einem roten T-Shirt vor sich her.

»Also?«, drängte sie ihn.

Der junge und noch immer *sehr nervöse* Bühnenarbeiter nickte und sagte: »Ja. Ja, das ist er. Er hat mir gesagt, ich solle der Politikerin das Getränk bringen.«

Da ertönte Hjelms Stimme in ihren Ohren: »Zu viele haben ihre Posten verlassen. Es ist nicht gesagt, dass der Angriff abgewendet ist. Es können noch mehr von ihnen hier sein. Alle, sofern sie in der Lage dazu sind, kehren auf ihre Posten zurück. Die nationalen Einsatzkräfte übernehmen den Mann. Wie geht es dir, Felipe? Kannst du den Dienst wieder antreten?«

»Ich bin nie ausgetreten«, schnaubte Navarro. »Ich bin bereit.«

»Gut«, sagte Hjelm. »Arto, versuche, etwas aus dem Attentäter herauszukriegen. Alle anderen zurück auf Positionen.«

Arto Söderstedt wandte sich an einen der Polizisten. »Das ist ein Beweismaterial. Tödlicher Sprengstoff. Eher darfst du einen Säugling fallen lassen.« Der junge belgische Polizist starrte wie paralysiert auf die Glaskugel, nahm sie zögernd und ging davon. Die Tür zum Saal öffnete sich, und Söderstedt konnte endlich wenigstens Fragmente von Marianne Barrières Rede hören:

Vor etwa hundert Jahren wurde in Europa intensiv nach einem alternativen Brennstoff geforscht. Man hielt Erdöl für umweltschädlich, leicht entflammbar, zu schwer zugänglich und nur begrenzt verfügbar. Man dachte in alle Richtungen und war auf jedem Gebiet sehr weit gekommen, als der Zweite Weltkrieg ausbrach. Der Zweite Weltkrieg war ein Ölkrieg. Alle Ideen zum Thema Wasserstoff, Brennstoffzellen und leistungsstärkere Batterien wurden zurückgestellt, und als der Krieg vorüber war, gab es keine Alternativen zum Erdöl. Mit großer Verzögerung haben wir wieder damit begonnen, nach alternativen Energien zu forschen. In Erwartung hochqualitativer Brennstoffzellen hieß die vernünftigste Alternative Batterien. Elektroautos. Und jetzt habe ich das Vergnügen, ein Forschungsergebnis zu präsentieren, das seinesgleichen sucht. Ein EU-Projekt in Stockholm hat kürzlich den Durchbruch geschafft. Nun wird es möglich sein, die Flüssigkeit in der Batterie einfach auszutauschen, wenn die Energie verbraucht ist – man muss also nicht mehr warten, während der Akku an der Steckdose aufgeladen wird. Man »tankt« gewissermaßen das Auto an der »Tankstelle« durch den Austausch der Batterieflüssigkeit. Die entladene Batterieflüssigkeit wird durch einen ungefährlichen chemischen Prozess neu aufgeladen und ist anschließend für die erneute Anwendung bereit, ohne dass das geringste Nebenprodukt dabei anfällt. Ausschlaggebend ist, dass die Technik preiswert ist. Sie eignet sich zur Massenproduktion. Elektroautos werden preiswerter als benzinbetriebene Wagen, sie fahren genauso schnell, sind aber absolut umweltfreundlich und müssen nicht häufiger als ein benzinbetriebenes Auto betankt werden. Es handelt sich um einen richtigen Volks-Wagen, eine große Errungenschaft der EU-Forschungseinheit, die von der Automobilindustrie in Serie produziert werden kann und von der EU subventioniert werden wird. Es wird preiswert sein, seinen alten Wagen gegen einen Volks-Elektrowagen zu tauschen. Und im Verbrauch wird das neue Elektroauto ebenfalls preiswerter sein als herkömmliche Kraftfahrzeuge mit Benzinmotor.

Arto Söderstedt musterte den Mann vor sich. Er trug ein rotes T-Shirt und war mit Hand- und Fußfesseln gefesselt. Ein kurzer Blick in die Augen des Mannes genügte, um zwei Dinge zu erkennen: dass er im Krieg gewesen war, in vielen Kriegen, und dass er kein Sterbenswort sagen würde. Kein einziges.

»Ich nehme an, es macht keinen Sinn, Sie zu fragen, ob Sie das einzige Kanonenfutter von Asterion sind?«, fragte Söderstedt dennoch.

Der Mann würdigte ihn noch nicht einmal eines Blickes.

Söderstedt machte eine Geste zu den Polizisten, und als der falsche Tontechniker abgeführt wurde, hörte er wieder diese Stimme in seinem Ohr, die Stimme des Chefs: »Achtung, Alarm auf der anderen Seite des Foyers, Arto. Die Einsatzkräfte haben zwei Männer in der Toilette gefasst. Geh hin und sieh nach.«

Obwohl Hjelm die Verbindung sofort wegdrückte, hörte er Söderstedts Seufzer. Aber er konnte es nicht ändern. Er musste jedem noch so kleinen Hinweis nachgehen. Was er, wie ihm plötzlich klar wurde, nicht getan hatte. Er sah, wie sich Navarro mehr oder weniger zurück auf seinen Posten schleppte. Ein Held, der sich bereitwillig noch weitere zehn Minuten quälte, bevor er endgültig zusammenbrach. Er war wie diese Fußballspieler, die noch das Victoryzeichen machten, während sie auf der Trage vom Spielfeld gebracht wurden.

Sein Verdacht machte sich wieder bemerkbar, mit frischer Kraft. Etwas wollte sichtbar werden. Es erinnerte ihn an ein Versäumnis, an etwas, das er übersehen hatte. Kürzlich? Ja, kürzlich. Hier. Im Konzerthaus. Was war es?

»Arto hier«, meldete sich eine Stimme.

»Ja?«

»Schlägerei auf der Toilette, weil die Übertragungsgeschwindigkeit nicht für zwei Reporter reichte, die nicht die ganze Rede abwarten wollten, sondern versucht haben, ihre vorläufigen Berichte aus nebeneinanderliegenden Kabinen zu versenden. Falscher Alarm.«

»Gut, danke«, sagte Hjelm und fragte sich, wann er das zuletzt gesagt hatte. Es löste etwas in ihm aus. Er hatte »Gut, danke« zu Marinescu gesagt, als dieser von dem Trio in der Lauriergracht sprach und sagte: »Sie spielen Alltag.« Obwohl Ciprian da schon längst das Haus verlassen hatte.

»Erbitte ausführlichen Lagebericht von allen, in alphabetischer Reihenfolge«, befahl Hjelm, um Bedenkzeit zu gewinnen.

Ciprian. Die Sache hatte ihn schon die ganze Zeit beschäftigt. Weshalb hatte sich der hochrangige Mafioso Antonio Rossi nur mit einem Leibwächter von Vlad getroffen, wo doch dieser selbst der Chef der europäischen Bettlermafia war?

Verdammt. War Ciprian etwa mehr als nur Vlads Leibwächter? Ciprian, der sich jetzt nicht mehr in der Wohnung in Amsterdam aufhielt?

Während die Lageberichte der neun Opcop-Mitglieder eintrafen, die im Konzerthaus verteilt waren, versuchte Hjelm sich an das Gespräch zu erinnern, das Sifakis auf dem Touristenschiff in Amsterdam abgefangen hatte. Zwischen Ciprian und Antonio Rossi. Die abschließenden Sätze des Gesprächs. Rossi hatte gesagt: »Neue Priorität für Plan G.« Und Ciprian: »Wir sollen aufmerksam sein.« Dann wieder Rossi: »Gut. Persönliche Instruktionen, hier.«

Was meinte er damit?

Und plötzlich ging ihm ein Licht auf: Ciprian hatte persönliche Instruktionen von Rossi erhalten und zwar in Form eines persönlichen Magnetstreifen, der ihm dort auf dem Schiff überreicht worden war. Und jetzt hatte Ciprian die Wohnung verlassen.

»Mensch, Chef, nun melde dich schon!«

»Was?«, fragte Hjelm. »Ja, Angelos, was gibt's?«

»Es fehlt doch noch einer«, erklang Sifakis' Stimme.

»Wovon redest du?«

»Du hast uns um einen Lagebericht in alphabetischer Reihenfolge gebeten. Eine hat sich nicht gemeldet.«

Paul Hjelm, spürte, wie er eine Gänsehaut bekam, als er fragte: »Wer?«

Da es in Kürze eine reale Chance dafür geben wird, umweltschädliche mit Benzin oder Diesel betriebene Autos gegen Elektroautos auszutauschen, habe ich beschlossen, diese Reform durch einen Gesetzesentwurf voranzutreiben, der in der ganzen EU Gültigkeit haben soll – und hoffentlich schnell ein weltweites Vorbild sein wird. Im Jahr 2016 sollen alle Fahrzeuge, die mit fossilen Brennstoffen betrieben werden, in allen Städten mit über zehntausend Einwohnern verboten werden. Die Luftqualität in Europas Städten wird sich erheblich verbessern, der Ausstoß von Treibhausgasen wird dramatisch gesenkt, tödliche Verkehrsunfälle werden zurückgehen. Unsere Abhängigkeit von begrenzten Ölressourcen in der Welt wird drastisch sinken. Und die Technik wird selbstverständlich weiterentwickelt werden. Sie ist schon jetzt für den Schwerlastverkehr anwendbar, und in Kürze werden auch Flugzeugmotoren, die auf dieser Technik basieren, entwickelt werden, davon bin ich überzeugt. Wir stehen, meine Freunde, vor einem entscheidenden Paradigmenwechsel. Die Welt wird von nun an ein anderer Ort sein, ein bes-

serer Ort zum Leben. Abgase werden innerhalb kürzester Zeit Vergangenheit sein.

Weil der Name Beyer im Alphabet zwischen Balodis und Bouhaddi kam, ergab sich für die beiden Letztgenannten die Gelegenheit für ein kurzes Gespräch im Gang vor den Künstlergarderoben. Sie vernahmen deutlich Jutta Beyers Stimme aus der Unterwelt, einschließlich ihrer Klage, zu wenig zu tun zu haben.

»Ich gehe wohl am besten wieder nach oben«, sagte Bouhaddi.

»Ich beneide dich nicht«, erwiderte Balodis.

»Seid ihr sicher, dass jetzt alles sauber ist?«

»Ich denke doch, dass wir das jetzt im Griff haben. Der Vortrag kann nicht mehr länger als fünf Minuten dauern.«

»Acht, glaube ich«, sagte Bouhaddi, sah von der Uhr auf und ging. Sie hasste es wirklich, zu den ungehobelten Franzosen zurückkehren zu müssen. Es war wie in der Fremdenlegion.

Sie nahm die Treppe in drei Schritten. Erst auf der letzten Stufe erblickte sie ihr Hassobjekt, den Chef der französischen Polizisten. Er starrte sie an. Vom Fußboden aus.

Ein Blutrinnsal lief von seinem Haaransatz schräg über die Stirn. Bouhaddi blieb abrupt stehen. Sie sah drei tote Polizisten, bevor sie den Mann erblickte. Sie bekam nicht einmal die Gelegenheit, eine Verbindung zwischen seinem Gesicht und der Lauriergracht herzustellen, dann wurde sie von zwei gezielten Schüssen aus einer Pistole mit Schalldämpfer getroffen.

Ciprian?, schoss es Corine Bouhaddi durch den Kopf, bevor sie vornüberfiel. Er trat ihr ins Gesicht.

Ciprian nahm ihre Dienstmarke und befestigte sie an seinem viel zu dicken Jackett. Er betrat den Rang mit einer länglichen Tasche und ging hinter der Balustrade in die Hocke, als plötzlich zwei Polizisten um die Ecke bogen. Da erhob er sich und winkte ihnen fröhlich zu. Einer winkte zurück, der andere sah ihn verwirrt an. Er schoss auf beide, traf jeden von ihnen mit zwei gezielten Schüssen in die Brust und hockte sich wieder hin.

Marek Kowalewski ließ das Fernglas sinken und sah zur

Seite. Waren da nicht eben gerade noch zwei Einsatzkräfte gewesen? Und hatte er nicht ein komisches Geräusch gehört?

Er zog seine Pistole und legte das Fernglas beiseite. Dann schlich er an den Rand des obersten Rangs und sah vorsichtig um die Ecke. Zwei starke lautlose Schüsse trafen seine Brust. Der Schmerz ließ ihn zu Boden sinken. Als er aufsah, erblickte er einen Mann, den er kannte. Das war doch Ciprian! Dann bekam er einen Tritt ins Gesicht.

Ciprian bewegte sich in der Hocke weiter voran. Er blieb hinter der Balustrade, während er seine Tasche öffnete und sorgfältig das Präzisionsgewehr zusammensetzte, das ihm all die Jahre so treue Dienste erwiesen hatte. Die Kugeln konnten Panzerglas durchschlagen. Er hatte mit diesem Gewehr schon Panzer gestoppt, hatte auf den Hängen Sarajevos mit diesem Gewehr gelegen und drei Hauswände mit einer Kugel durchbohrt. Es hatte ihn nie im Stich gelassen. Er war ganz ruhig. Zwar war es etwas spät, um den Feind noch loszuwerden, aber ohne ihre Hartnäckigkeit und ihren Kampfgeist würde der Gesetzesentwurf niemals realisiert werden. Ciprians Anweisungen waren wie immer eindeutig.

Marek Kowalewski hasste es aufzugeben. Er hatte Blutgeschmack im Mund und kaute zahnlos auf seinen eigenen Zähnen herum. Außerdem hatte er das Gefühl, seine Nase würde ihm schief im Gesicht sitzen. Aber so schnell gab er nicht auf. Die Pistole lag zwei Meter von ihm entfernt. Langsam kroch er in die Richtung. Ciprian hatte das Gewehr bereits über den Rand der Balustrade gehoben, als er sich umdrehte und Kowalewskis Mühen bemerkte. Er schüttelte den Kopf wie beim Anblick eines ungezogenen Kindes, legte das Gewehr beiseite und ging neben Kowalewski in die Hocke.

Kowalewski war noch einen halben Meter von seiner Pistole entfernt, als Ciprian seine Waffe mit Schalldämpfer hob. Kowalewski hielt inne und sah direkt in Ciprians Augen, als dieser ihm die schallgedämpfte Pistole auf das Gesicht richtete. Kowalewski dachte nicht daran, dem Blick auszuweichen. Der dumpfe Knall eines Schusses erklang. Obwohl er vermutlich gerade einen Kopfschuss abbekommen hatte, wendete Kowalewski den Blick nicht ab. Ciprian hingegen wirkte betrübt, als ob die Pistole versagt hätte. Dann erklang ein weiterer dumpfer Schuss, und eine blutige Rosette erblühte auf Ciprians Stirn. Er sackte vornüber.

Kowalewski sah verschwommen eine Gestalt. Mit gezogener Pistole. Ebenfalls mit Schalldämpfer.

Eine Plastikpistole.

Die Gestalt sprach, und Kowalewski hörte in seinem Headset: »Kerstin Holm hier. Ich habe einen Scharfschützen getötet.«

Kowalewski ahnte, dass er lächelte. Er stammelte: »Noch einen Schuss. Nur zur Sicherheit.«

Dann verlor er das Bewusstsein.

Kerstin Holm öffnete sein Hemd und riss die kugelsichere Weste auf. Zwei große blaue Flecken prangten auf Kowalewskis unbehaarter Brust.

Dann stand sie auf und trat an die Balustrade. Sie nahm sein Fernglas und sah hinunter auf die Bühne. Das Fernglas zitterte in ihrer Hand. Marianne Barrière sprach noch immer, aber es war die Gestalt links von ihr, die Holms Aufmerksamkeit fesselte.

Es war Paul Hjelm. Er schwieg. Warf ihr aber wie eine Operndiva einen Luftkuss zu.

Nehmen wir dies zum Anlass für den Beginn einer neuen Ära. Lassen Sie uns neue Werte in der Politik verankern. Wir dürfen nicht zulassen, dass die Gesetze der Wirtschaft uns Menschen kleinhalten. Es ist unsere Pflicht, dagegen aufzubegehren. Wir sollten wieder vorwärtsdenken. Lassen Sie Selbstlosigkeit und Anstand wieder einen Teil der Politik werden. Trotz aller Weltuntergangsprophezeiungen sind wir in vielerlei Hinsicht auf dem richtigen Weg. Die Welt ist ein besserer Ort geworden, die Diktaturen in Lateinamerika und Afrika sind gestürzt, die Fremdenfeindlichkeit hat insgesamt gesehen abgenommen, Seuchen sind ausgerottet worden, die Malariaimpfungen nehmen zu, und es werden auch immer weniger Kriege geführt. Das Böse in unserer heutigen Welt ist konservativ, es will diese positiven Kräfte hemmen, weil die eigenen Privilegien in Gefahr sind. Lasst uns die Welt wieder ins Lot bringen, lasst uns der Dominanz der Ökonomie eine klare Absage erteilen. Kapitalismus ist keine Ideologie, wir sollten den Begriff wieder für das verwenden, wofür er bestimmt ist: nämlich für die effiziente Produktion von Waren und Dienstleistungen. Aber er hat nichts in unseren Köpfen zu suchen. Für so viele Menschen wie möglich die gleichen Ausgangsbedingungen zu schaffen, das ist von nun an die Zielsetzung der Politik. Es soll nicht mehr darum gehen, die Kluft zwischen Reich und Arm zu vergrößern, nicht der Gedanke soll uns bestimmen, dass nur das Ich zählt, wir wollen Menschen nicht mehr dazu zwingen, in jeder Lebenssituation nur an den materiellen Gewinn zu denken. Wir Menschen sind mehr als das. Heute machen wir den ersten Schritt, um wieder den Anstand in die Politik einkehren zu lassen.

6 – Die Blindheit

Blindekuh

Gnesta – Den Haag, 15. Juli

Das bärtige Kellerwesen mit dem kugeligen Haarschopf erinnerte hier im Unterholz eher an einen Troll. Es bewegte sich erstaunlich sicher zwischen den Bäumen, als sei es hier zu Hause. Es sah aus, als würde es einem inneren Kompass aus längst vergangenen Zeiten folgen. Als sich der Wald jenseits des letzten Pappelhains lichtete, hielt es abrupt an.

Die Familie, die ihm durch den Wald gefolgt war, blieb direkt hinter ihm stehen. Sie sahen bestimmt nicht genau das, was er sah, aber das, was sie sahen, war großartig. Der kleine Waldsee glitzerte in der Sonne und zauberte unzählige Lichtreflexe auf die kleine verfallene Hütte. Nichts erinnerte mehr an den entsetzlichen Abend vor gut einer Woche.

»Wahnsinn«, sagte die neunjährige Isabel.

»Ich will baden«, sagte der fünfjährige Miguel.

»Nacktbaden!«, rief Jorge Chavez laut und rannte zum See. Die Kinder folgten ihm mit einem ziemlich zappeligen Laufstil. Sara Svenhagen ertappte sich bei der Frage, woher sie den wohl hatten. Wessen Genpool machte sich da bemerkbar?

Während sich Jorge, Isabel und Miguel in das dunkle Wasser des Sees stürzten, ging das Kellerwesen zu einer alten grünen Wasserpumpe und legte seine Hand darauf. Strich dann sanft darüber.

»Die Steine, wo ich als Kind gespielt habe«, sagte Janne dumpf.

Sara ging zu ihm und sagte: »Du kannst wieder hierher ziehen.«

Janne schüttelte langsam den Kopf.

»Nein, ich gehöre nicht in die Provinz. Ich fühle mich wohl in Hornstull. Aber eine eigene Wohnung wäre schön.«

»Wir kümmern uns darum. Wenn du möchtest. Du wirst genug Geld dafür haben.«

Janne ging weiter zum Erdkeller und legte die Hand auf die Tür, von der die Farbe abblätterte.

»Ja, verflucht«, flüsterte er. »Lauter Erinnerungen, von denen ich nicht wusste, dass sie noch existieren.«

»Ich habe dein Buch gelesen«, sagte Sara.

Janne lächelte schief und fuhr sich durch den kugeligen Haarschopf.

»Oh weh«, entgegnete er.

»Es ist gut«, sagte Sara. »Bizarr, aber gut. Du hast noch viel zu erzählen.«

Janne drehte sich um und sah sie direkt an.

»Eines nur.«

»Ja?«

»Darf ich euch ab und zu besuchen kommen?«

Sara Svenhagen beobachtete ihre ausgelassen planschende Familie und schmunzelte. Dann antwortete sie: »Wenn du nicht zu lange bleibst.«

Janne lachte laut und ging zum See. Er zog sich aus und stürzte sich ins Wasser.

*

Paul Hjelm saß schon ziemlich lange allein in der Neuen Kathedrale, bevor die Mitglieder der Opcop-Gruppe nach und nach eintrudelten, mehr oder weniger erschöpft. Schließlich fehlten nur noch zwei.

»Navarro?«, fragte Hjelm.

»Krankgeschrieben«, antwortete Angelo Sifakis. »Sechs gebrochene Rippen. Ich wusste gar nicht, dass man sich so viele Rippen brechen kann.«

»Er hat fünfhundert Menschen das Leben gerettet«, sagte Hjelm. »Ich glaube, er denkt adamitisch.«

Niemand konnte fragen, was er damit meinte, weil in diesem Moment ein Mann mit prägnanten Dellen auf der Glatze mit ausladenden Schritten den Raum betrat und verwundert den imposanten Konferenzraum betrachtete.

»Aha«, sagte Arto Söderstedt. »Adrian Marinescu in Zivil. Ich dachte schon, du wärst ein Olm.«

Marinescu legte nachdenklich den Kopf schief und ging an seinen Platz in der Kathedrale. Ohne Headset und Morgenmantel erkannte ihn keiner so ganz wieder.

»Olm?«, wiederholte er und setzte sich.

»Schwanzlurche, die nur in Sloweniens und Kroatiens Höhlensystemen vorkommen«, referierte Söderstedt. »Sie sind blind und sterben, wenn sie ihre Höhlen verlassen.«

»Sehr witzig«, sagte Marinescu. Und schmunzelte.

»Und wie geht's unseren verletzten Helden?«, fragte Hjelm. »Corine?«

»Tja«, sagte Corine Bouhaddi aus ihrem Mumienverband. »Kopfschmerzen, aber das ist mir die plastische Chirurgie wert. Es kann jedenfalls nicht schlimmer als vorher aussehen.«

»Wahnsinn, mit welcher Kraft der zugetreten hat!«, murmelte Marek Kowalewski aus einer ähnlichen Bandagierung. »Meine Vorderzähne sind alle futsch.«

»Warum, zum Teufel, haben die nationalen Einsatzkräfte keine kugelsicheren Westen getragen?«, fragte eine Stimme aus den hinteren Regionen der Kathedrale. Es war Kerstin Holm.

»Der Rechtsmediziner hat drei Geschosse in Ciprians Hinterkopf im Obduktionsbericht erwähnt«, sagte Hjelm, »Darunter ein Schuss aus nächster Nähe. Waren wirklich drei nötig?«

»Mensch, das war doch eine Plastikpistole«, sagte Holm. »Ich hatte doch keine Ahnung, wie die funktioniert. Als ich das letzte Mal jemanden getötet habe, war das am Holocaustmahnmal in Berlin. Einen Terroristen namens Ata. Das ist keine schöne Erinnerung.«

»Ich verdanke deiner Frau mein Leben«, sagte Kowalewski.

»Wir sind nicht verheiratet«, entgegnete Kerstin Holm.

Hjelm zog die Augenbrauen hoch und erklärte dann: »Die Entscheidung, die Einheiten mit kugelsicheren Westen auszustatten, lag bei den Polizeichefs der einzelnen Länder. Ich hatte dazu geraten. Meine Leute würden sie auf jeden Fall tragen, habe ich gesagt. Ciprian hat fünf von ihnen getötet, alles Franzosen.«

»Ein zentraler Beschluss wäre besser gewesen«, meinte Söderstedt. »Vielleicht befinden wir uns ja auf dem Weg zu solchen Lösungen.«

»Und wie ihr wisst, haben wir gestern in der Lauriergracht zugeschlagen«, fuhr Hjelm fort. »Vlad und Silviu wurden festgenommen. Man kann bis in alle Ewigkeit darüber streiten, ob der Zeitpunkt perfekt war oder nicht. Hätten wir früher eingegriffen, hätten wir auch Ciprian erwischt, dann hätte er niemals Gelegenheit gehabt zu schießen, fünf französische Polizisten wären noch am Leben und zwei Nasenbeine der Opcop-Gruppe noch an ihrem angestammten Platz. Andererseits hätten wir dann zwei Gegenspieler gewarnt, und die Mafia und Asterion hätten sich auf die neue Situation einstellen können. Wenn sie spitzgekriegt hätten, dass wir ihnen so dicht auf den Fersen waren, wäre alles anders gekommen. Denn wenn sie geahnt hätten, dass wir schon wussten, dass sie während der Rede zuschlagen würden, hätten sie wahrscheinlich zu bedeutend drastischeren Mitteln gegriffen, um Marianne Barrière zu beseitigen. Ich gehe davon aus, dass wir es in dem Fall ganz bestimmt mit einem Bombenanschlag auf das Konzerthaus und Hunderten von Toten zu tun gehabt hätten. Dann wäre das gleich ihre erste Wahl gewesen. Deshalb glaube ich, dass wir trotz allem richtig gehandelt haben.«

Ein mehr als beredtes Schweigen breitete sich in der Neuen Kathedrale aus.

»Man hätte sich auch für das große Szenario entscheiden können, oder?«, sagte Arto Söderstedt schließlich. »In dem Moment, in dem wir die Bosse dieser verfluchten Sklavenhändlermafia einbuchten werden, werden sich die Türen der Sklavenzellen in ganz Europa öffnen, und ein Heer erstaunter Roma-Bettler wird die Freiheit erblicken. Was haben wir jetzt stattdessen?«

»Eine nicht sonderlich erschütterte Führung der Sklavenhändlermafia«, gab Hjelm zu. »Vlad sagt kein Wort, Silviu auch nicht, aber wenigstens ist ihm rausgerutscht, dass Ciprian eine Vergangenheit als Söldner und Heckenschütze in diversen Kriegen hatte, vor allem im Jugoslawienkrieg. Sein Gewehr hätte unzweifelhaft den Glaskasten durchschlagen. Doch das haben zwei Menschen verhindert und so Marianne Barrières Leben gerettet: Marek und Kerstin.«

»Ich bin nur gekrochen«, brummte Marek Kowalewski.

»Wenn du nicht gekrochen wärst, hätte ich nicht geschossen«, wandte Kerstin Holm ein. »Ich kam gerade aus dem Notausgang und konnte die Plastikpistole ziehen.«

»Also war dein Kriechen doch sehr nützlich«, sagte Hjelm.

»Man soll nie aufgeben«, lispelte Kowalewski weise.

»Wir haben aber keine weiteren Hinweise auf die wahren Identitäten von Vlad, Silviu und Ciprian – und werden wahrscheinlich auch nichts finden. Ausradierte Identitäten. Und Asterions Attentäter im Konzerthaus, der sogenannte Tontechniker, ist ebenfalls nicht zu identifizieren. Und schweigt eisern. Die Glaskugel enthielt einen bedeutend stärkeren Sprengstoff als das bekannte Nitroglyzerin. Wenn er freigesetzt worden wäre, wären vermutlich alle gestorben. Deshalb der enttäuschte Gesichtsausdruck, von dem Felipe gesprochen hat. Durch das Mineralwassermalheur wurde der Tontechniker vom Auftragsmörder zum Selbstmordattentäter. Die Flasche enthielt ein extrem tödliches Gift, und im Deckel haben sie die Spur einer Kanüle gefunden.«

Hjelm verstummte und betrachtete seine Truppe. Er wollte alles noch einmal zusammenfassen, aber das war nicht leicht. Es war ein unendlich vielschichtiger Fall gewesen.

Und außerordentlich bedeutsam.

Schließlich fuhr er fort: »Minou, alias Michel Cocheteux, hat dem Druck nicht standgehalten, alles zugegeben und erzählt, was er wusste. Leider war das nicht besonders viel. Abgesehen davon, dass er vom Aufsichtsrat unter Druck gesetzt wurde, den Gesetzesentwurf zu verhindern. Die Tatsache aber, dass Ciprian den Auftragskiller gespielt hat, scheint mehr als nahezulegen, dass die ’Ndrangheta zu den Beteiligten gehörte. Antonio Rossi und die ’Ndrangheta vertrauten Christopher James

Huntington und Asterion offenbar nicht voll und ganz, sie wollten eine eigene letzte Instanz im Spiel haben. Ciprian war neben Vlads Handlanger auch der handverlesene Attentäter der 'Ndrangheta. Aber wir werden niemals erfahren, wer er wirklich war.«

»Und die Bettler?«, fragte Jutta Beyer. »Europas Sklaven?«

»Ungeklärte Situation«, antwortete Hjelm »Es bleibt fraglich, ob die nationalen und regionalen Einheiten ihre Aktivitäten ohne zentrale Führung weiterbetreiben können. Vielleicht, vielleicht aber auch nicht. Leider ist unklar, ob aufgrund unseres Ermittlungserfolgs besonders viele Bettler befreit werden, jedenfalls wird daraus kein Auftritt. Das Foto des dänischen Mafiamitglieds vom Amsterdamer Hafen gibt trotzdem Anlass zur Hoffnung. Von dort ausgehend, können wir uns vielleicht durch die Hierarchie arbeiten.«

»Wenigstens zwei Personen haben wir befreien können«, sagte Donatella Bruno. »Cheng und Shuang Ricci haben die Räume von Notos Imports in Oud-Zuid in Brand gesteckt, und in Schiphol verliert sich ihre Spur. Ich konnte ihnen nicht bis zum Flughafen folgen. In dem niedergebrannten Gebäude fanden sich jedoch zwei verkohlte Leichen, deren DNA sie als die Brüder Ricci identifizieren ließ. Und heute kam die Nachricht, dass Wang Yunli, die vorgestern abgereist ist, bei einem Autounfall in Beijing ums Leben gekommen ist.«

»Unsere Zwillinge haben viel gelernt!«, sagte Hjelm. »Hoffen wir, dass es für ein neues Leben reicht. Wenn man irgendwo untertauchen kann, dann in China.«

»Ferner wurde Doktor Jaap Van Hoensbroeck gefasst«, meldete Sifakis, »und hat angefangen auszupacken. Außerdem sind die markierten Geldscheine aufgetaucht. Zusammen mit den Informationen auf den Magnetstreifen lässt sich allmählich ein recht klares Bild von der Organisationsstruktur der europäischen Bettlermafia erstellen. Auch wenn wir die obersten Verantwortlichen nicht gefasst haben, wissen wir nun doch, dass die Mafia auch im europäischen Menschenhandel aktiv ist.«

»Zwar haben wir zu unserem Bedauern den Kontakt nach

Kalabrien gestern verloren«, erklärte nun Hjelm. »Zuvor hatten wir doch ein paar Tage lang tatsächlich direkten Kontakt zur Führungsriege der 'Ndrangheta. Wir haben Antonio Rossis Bewegungsmuster in San Luca und anderen in der Nähe liegenden Städten in Kalabrien und Umgebung aufgezeichnet. Aber dann war plötzlich Schluss. Der Sender hörte auf zu blinken. Wir versuchen mithilfe unserer Techniker noch die exakten Gründe dafür herauszufinden, aber es scheint kompliziert zu sein. Wir wissen nicht genau, wann und wo Rossi verschwunden ist. Wir müssen darauf hoffen, dass wir das Problem lösen und wieder eine Verbindung zu dem Chip herstellen können. Es könnte auch ein rein technischer Fehler sein.«

Er hielt inne, ließ den Blick über das Auditorium schweifen und seufzte tief.

Dann sagte er: »Wenn wir uns die Ergebnisse der letzten Wochen genauer ansehen, so ist das eine Polizeiarbeit, die – wie ich hoffe – bald ihre angemessene Anerkennung erfahren wird. Leider ermitteln wir ja immer noch inoffiziell, und es scheint nach wie vor unklar, wie lange dieser Zustand noch Bestand haben wird. Aber, meine Freunde, das war eine hervorragende Polizeiarbeit. Ein großes Dankeschön euch allen.«

Die Opcop-Gruppe erhob sich und sammelte ihre Stifte ein. Paul Hjelm musterte seine Leute. Bessere Kollegen gab es nicht. Es war ein Geschenk, in dieser äußerst kritischen Zeit für Europa ein Teil dieser Truppe zu sein.

Als sie alle etwas unschlüssig die Neue Kathedrale verließen, räusperte er sich und sagte: »Außerdem haben wir Europa ein bisschen sauberer gemacht.«

Er hoffte, dass es kein schallendes Gelächter war, was er da als Antwort zu hören bekam.

*

Das kleine Wesen umklammerte die Bettkante und zog sich hoch. Felipe Navarro war sich sicher, dass der kleine Félix zu ihm aufsah, während er selbst dazu gezwungen war, auf der rechten Seite zu liegen. Auf der linken Seite oder gar auf dem

Rücken zu liegen war undenkbar. Doch, sein Sohn sah ihn tatsächlich an, wenn auch nicht mit den Augen.

Dann begann Félix, am Fußende des Bettes hochzuklettern. Er stemmte sich gegen den Körper seines Vaters und robbte zu ihm, bis zu seinem Gesicht.

Felipe schloss nicht die Augen, wie er es sonst tat, wenn Félix sein Gesicht abtastete. Er schaute zu. Schaute zu, wie die kleinen Finger sein Gesicht untersuchten, wie sie sahen. Es war phantastisch.

»Weißt du, was Blindekuh ist, Félix?«, fragte er seinen Sohn. »*La gallina ciega?* Das ist ein Spiel. Einer ist die Kuh, mit verbundenen Augen. Er muss einen der anderen fangen. Und wer gefangen wurde, wird als Nächstes die Blinde Kuh. So leicht und doch so schwer.«

Da kletterte Félix auf seinen Oberkörper und setzte sich rittlings darauf. Ein unglaublicher Schmerz durchzuckte Felipe, so etwas hatte er noch nie erlebt. Sein Sohn hüpfte auf und ab, er hüpfte auf seinen sechs gebrochenen Rippen.

Felipe sollte ihn hochheben, wenn er das überhaupt konnte.

Er sollte es wirklich tun. Das sagte ihm die Vernunft.

Nein, dachte Felipe Navarro, als sein blinder Sohn erneut auf seinem Brustkorb hüpfte.

Nein, dachte er. Genauso soll es sein.

Die ganze Wahrheit

Brüssel, 16. Juli

Obwohl es Samstag war, empfing ihn Amandine Mercier mit einem strahlenden Lächeln und hüllte ihn in ihr revitalisierendes Energiefeld. Sie hatte ihr Büro zurückbekommen, ihr kleines Reich.

»Kommissar Karlsson, nehme ich an?«

»Sehr witzig«, erwiderte Paul Hjelm und lächelte charmant.

Sie erwiderte das Lächeln noch charmanter und führte ihn ins Büro ihrer Chefin.

Marianne Barrière wirkte erstaunlich vital. Sie kam ihm entgegen und umarmte ihn. Er erwiderte die Umarmung. So standen sie eine Weile.

»Wie geht es dir?«, fragte er schließlich.

»Ja, Paul, wie geht es mir?«, sagte sie, eine Hand auf seinen Arm gelegt. »Ich kann meinem Glücksstern gar nicht genug dafür danken, dass ich genügend Urteilskraft besaß, um dir zu vertrauen. Ich habe mich in dieser Zeit auf niemanden verlassen, noch nicht einmal auf Amandine.«

»Das hättest du aber tun sollen«, entgegnete Paul Hjelm.

Marianne Barrière lächelte und führte ihn zu der Sitzgruppe, die direkt vor dem Fenster aus Sicherheitsglas stand.

»War sie daran beteiligt?«

»Sie hat uns dabei geholfen, Gatiens Verrat aufzudecken«, sagte Hjelm.

»Ich habe mit Laurent gesprochen«, erklärte Barrière. »Ich weiß über die Sache mit seinen Töchtern Bescheid. Mittlerweile scheint sie niemand mehr zu beschatten.«

»Du verzeihst ihm also?«

Marianne Barrière warf einen Blick aus dem Fenster in Brüssels strahlenden Sommerhimmel.

»Ich brauche ihn«, sagte sie. »Zumindest noch ein Weilchen.«

»Die Medien rühren groß die Werbetrommel. Obwohl ich sagen würde, dass das dein Verdienst, und nicht Gatiens ist.«

»Meine Botschaft ist zumindest weit verbreitet worden«, stimmte Barrière zu. »Es wird sich zeigen, ob sie irgendwo auf fruchtbaren Boden fällt. Vielleicht ist es mir doch gelungen, der Welt gegenüber anzudeuten, dass Politik mehr vermag, als Kapital zu verwalten.«

»Ich denke, du hast mehr als das getan«, sagte Hjelm.

»Darf ich dir etwas anbieten? Kaffee? Tee? Reichtümer und goldene Berge?«

»Gern goldene Berge. Nein danke, ich bin auf dem Sprung, Kerstin wartet unten im Wagen auf mich, wir wollen Urlaub machen. Morgen fahren wir für ein paar Tage in die Flitterwochen.«

»Ja, aber warum ist sie denn nicht mit hochgekommen? Es ist lange her, dass wir uns getroffen haben. Bei dieser Feier in, wie heißt es noch gleich, Muiderslot. Was war das nur für eine eigenartige Veranstaltung.«

»Sie ist nicht mitgekommen, weil ich allein mit dir sprechen wollte«, sagte Hjelm.

»Hoppla, worüber denn?«

»Über ein paar versengte Augenbrauen vom 2. Januar dieses Jahres. Über eine ernste Massenkarambolage auf der Autobahn, mit zwölf Toten. Über die Zeugin ›M. Barrière, EU-Beamtin‹, die von Europas aktivster Verkehrspolizei, der Polizei von Braunschweig, vorgeladen wurde.«

»Ich habe dir doch von meiner Offenbarung auf der Autobahn erzählt?«, sagte Barrière. »Das war so bizarr. Die Welt stand in einem Flammenmeer aus Benzin, und mittendrin war dieses kleine weiße Elektroauto, und sein Fahrer hatte das Inferno überlebt. Weil es kein Benzin getankt hatte, das explodieren und brennen konnte. Wir werden auch die Todesfälle durch Verkehrsunfälle drastisch eindämmen können, Paul.«

»Ich weiß«, sagte Hjelm. »Und ich bin ganz deiner Meinung. Das ist großartig. Aber was hattest du dort zu suchen?«

»Ich bin mit dem Wagen auf der Autobahn unterwegs gewesen. Worauf willst du hinaus?«

»Du sitzt doch nie selbst am Steuer. Du bist EU-Kommissarin, du hast einen Chauffeur, eine Limousine. Du musst nicht selbst fahren. Aber ausgerechnet an diesem Tag, einen Tag nach Silvester, bist du selbst gefahren, bei extrem hoher Glättegefahr und auf einem der gefährlichsten Abschnitte der deutschen Autobahn.«

»Ich hatte Urlaub, so ungewöhnlich ist das doch nicht. Ich hatte frei. Mein Chauffeur auch.«

»Aber warum hast du das Auto nach Berlin genommen? Warum bist du nicht geflogen?«

»Ich habe Silvester mit einem guten Freund verbracht. Worauf willst du hinaus?«

»Es fällt mir schwer, meine Arbeit zu machen, wenn die Menschen mir gegenüber nicht aufrichtig sind. Du bist Auto gefahren, weil du keine Spuren hinterlassen wolltest. Aber das hast du doch getan, diesmal jedenfalls.«

»Und?«

»Du hast gesagt, dass es Bilder aus deiner Jugend waren. Du hast gesagt, dass diese Sexspiele deiner Jugend angehörten. Das stimmt doch so nicht, oder? Ich habe mich gerade eingehend mit Natz unterhalten, dem hervorragenden Organisten Ignatius Dünnes. Plötzlich wurde mir klar, weshalb sie ihm ein Foto von euren Jugendsünden geschickt haben. Es war eine indirekte Drohung, die besagte: ›Wir wissen, dass ihr beiden das immer noch macht.‹«

»Natz«, sagte Marianne Barrière träumerisch. »Es fällt ihm so entsetzlich schwer, ein Geheimnis für sich zu behalten.«

»Du warst bei ihm in Berlin, oder? Er hat dich vor Deutschlands angeblich gefährlichster Autobahn gewarnt, der A2 zwischen Helmstedt und Peine.«

»Was spielt das für eine Rolle?«

»Weil ihr beide immer noch Gruppensexspielchen macht. Wenn ich Natz richtig verstanden habe, warst du auf einer richtiggehenden Silvesterorgie. Begreifst du denn nicht, dass du dich dadurch angreifbar für weitere Erpressungsversuche machst? Auf dir ruhen jetzt Europas Hoffnungen.«

Marianne Barrière sah erneut aus ihrem Fenster. »Warum bist du so wütend auf mich?«, fragte sie.

»Zufälligerweise war es ein fünfundzwanzig Jahre altes Foto«, sagte Hjelm. »Aber es hätte genauso gut von gestern stammen können. Du setzt dich verhängnisvollen Risiken aus.«

»Ich habe gelernt, vorsichtig zu sein«, sagte Barrière ruhig. »Und kann man überhaupt jemals die Wahrheit über sich selbst erzählen? Die ganze Wahrheit? Was wäre das für eine Welt?«

»Ich mache mir nur Sorgen um dich.«

»Tatsächlich? Weshalb bist du eigentlich hergekommen?«

Hjelm erhob sich und lief auf und ab. Dann sagte er: »Um dir zu erzählen, dass Kerstin und ich heute heiraten werden.«

Nostos

Chios, Griechenland, 16. Juli

Gunnar Nyberg hatte einen seltsamen Tag verbracht, seitdem er die Nachricht am Vormittag erhalten hatte. Aufgewühlt war er umhergelaufen und war schließlich eine Stunde in seinen Trainingsraum gegangen. Die neu installierte Klimaanlage, die er sich hatte leisten können, machte alles so viel einfacher. Jetzt konnte er auch nachmittags Sport treiben. In den heißesten Stunden um die Mittagszeit war es immer noch unmöglich, aber jetzt, gegen Abend, war es erträglich. Danach ging er zu Ludmilla und fragte sie, ob sie mit zum Baden kommen wollte. Sie war in ein Buch vertieft und winkte nur ab. Also trabte er allein und mit aufgepumpten Muskeln den tückischen Schafspfad zum paradiesischen Strand hinunter.

Die Sonne ging langsam unter und zeichnete rote Farbnuancen in den klaren Sommertag, und als er zwanzig Minuten später unten eintraf, war die ganze Bucht in ein fast überirdisches rosa Licht getaucht.

Mit anderen Worten – alles war wie immer.

Bis auf die Tatsache, dass in der Bucht jemand war.

Er hatte den schlechtesten Aussichtspunkt des ganzen Strandes gewählt und saß frontal vor einer Klippe, die von einer anderen Perspektive aus gesehen unvergleichlich war. Einen Moment lang wusste Nyberg nicht, ob er zu dem Fremden hinübergehen sollte oder nicht. Aber es kam ihm albern vor, es nicht zu tun. Also ging er hin. Die Kleidung des Fremden war abgetragen, seine Haut braun, sein Gesicht von Falten durchzogen und seine Augen geschlossen.

»*Hi there*«, sagte Nyberg.

Der Fremde drehte sich nicht um. Er saß ruhig auf seinem ungeeigneten Aussichtspunkt und sagte: »Gehört der Strand Ihnen?«

Nyberg trat näher heran und erwiderte: »Soweit ich weiß, gehört der Strand niemandem. Auch wenn meine Frau und ich meistens allein hier sind.«

»Ist Ihre Frau auch hier?«

Nyberg hatte sorgfältig darauf geachtet, sich nicht an den Besucher anzuschleichen. Er war ganz offen auf ihn zugegangen. Und jetzt begriff er auf einmal. In seiner direkten Art fragte er: »Sind Sie blind?«

Der Besucher – er wollte ihn nicht länger den Fremden nennen – erwiderte: »Ja. Ich bin von Geburt an blind.«

»Verstehe«, sagte Nyberg und kam etwas näher. »Nein, meine Frau ist nicht mitgekommen. Sie ist beschäftigt.«

»Stört Sie meine Anwesenheit?«, fragte der Besucher.

Nyberg lächelte. Dieser Mann schien so direkt zu sein wie er selbst.

»Kein bisschen. Nichts hindert mich daran, wie immer nackt zu baden.«

Da lachte der Besucher. Er schlug die Augen auf.

»Unglaublich, was Sie für weiße Augen haben«, sagte Nyberg.

»Das hat man mir oft gesagt«, entgegnete der Besucher. »Ich selbst habe keine Ahnung, wie das aussieht. Allerdings wusste ich auch nicht, dass ich Zigeuner war, bis ich deshalb verprügelt wurde.«

»Sagt man Zigeuner?«, fragte Nyberg. »Ich dachte, man würde Roma sagen?«

»Man sagt, was man will«, antwortete der Besucher. »Ich bin ein Individuum, keine Gruppe.«

»Blinder Bastard?«, schlug Nyberg vor.

»Warum nicht?«, sagte der Besucher und lachte erneut.

»Wie heißen Sie?«

»Sie können mich Demodokos nennen«, sagte der Besucher.

»Und Sie können mich Omiros nennen«, schlug Nyberg vor.

»Sind Sie Grieche?«, fragte Demodokos.

»Ich bin ein Individuum«, sagte Nyberg, »keine Gruppe.«

Sie lachten leise, während langsam die Dämmerung anbrach.

»Ich bin kürzlich an ein paar Orten gewesen, wo Ihre Leute nicht gut behandelt werden«, sagte Nyberg.

»Ich bin nie woanders gewesen«, entgegnete Demodokos.

Ein Moment verstrich. Nyberg dachte über seine Worte nach. Dann erklärte er: »Sie sitzen an einer schlechten Stelle, rein visuell betrachtet.«

»Zeigen Sie mir den schönsten Platz«, erwiderte Demodokos.

Nyberg führte den Besucher zu seinem Lieblingsplatz, am Rande des Strands, wo man die Sonne zwischen den Klippen untergehen sehen konnte. Erst als sie aufstanden, fiel ihm auf, dass der Besucher eine Gitarre dabeihatte.

»Merken Sie den Unterschied?«, fragte Nyberg, als sie sich gesetzt hatten.

»Warten Sie, ich muss es erst erspüren.«

Sie saßen eine Weile still da.

Dann sagte Nyberg: »Demodokos. Genau. So hat sich Homer einigen Quellen zufolge in der Odyssee genannt.«

»Sie sind kein Grieche. Ihr Akzent klingt nach dem Land, aus dem ich gerade gekommen bin.«

»Ich bin Schwede«, sagte Nyberg. »Ich heiße Gunnar Nyberg. Ich bin nach Chios gezogen, um ein Buch zu schreiben. Es ist jetzt fertig. Und nun weiß ich nicht so genau, was ich tun soll.«

»Donnerwetter«, sagte Demodokos. »Ein Buch? Ein richtiges Buch?«

»So ganz kann ich es auch noch nicht begreifen, obwohl ich heute früh erfahren habe, dass ein Verlag meinen Roman veröffentlichen will.«

»Glückwunsch«, sagte Demodokos. »Wie heißt es denn?«

»Nostos«, antwortete Nyberg. »Das ist griechisch für ›Heimkehr‹.«

Demodokos nickte lange. Dann sagte er: »Ja, Sie haben recht, dieser Platz ist schöner.«

Nyberg nickte ebenfalls. »Man sagt, Homer kehrte am Ende

seiner Reise durch eine von Kriegen erschütterte Welt nach Chios zurück.«

»Das habe ich auch gehört«, sagte Demodokos und reichte ihm die Hand. »Und ich heiße nicht Demodokos, sondern Mander Petulengro.«

Gunnar Nyberg schüttelte ihm die Hand und sagte: »Ich wollte baden gehen. Wollen Sie mitkommen, Mander?«

»Haben Sie Seife? Ich habe keine.«

»Ich habe sogar Shampoo.«

Als sie wieder aus dem Meer kamen, versank die Sonne darin und ließ es bluten. Mander Petulengro nahm seine Gitarre und fing an zu spielen. Er sang ein Lied auf Romani. Langsam versank die Sonne ganz im Meer und ließ nur einen orangefarbenen Nachklang zurück.

»Danke«, sagte Gunnar Nyberg.

Als er beobachtete, wie sich die allerletzten Lichtfragmente in Mander Petulengros weißen Augen widerspiegelten, war er davon überzeugt, dass der Mann sehen konnte.

Nach der Abenddämmerung

Den Haag, 16. Juli

Paul Hjelm und Kerstin Holm heirateten still und heimlich im Rathaus von Den Haag. Ohne Trauzeugen.

Als sie aus dem Gebäude kamen, dämmerte es. Sie fuhren nach Hause und schliefen miteinander. Zweimal.

Dazwischen schalteten sie den Laptop an und buchten einen Flug nach Paris, vier Nächte, Mini-Flitterwochen, kamen aber nicht so weit, ein Hotel zu buchen, andere Instinkte waren stärker. Als er von hinten in sie eindrang, fiel der Rechner mit einem beunruhigenden Geräusch zu Boden, was ihnen jedoch total egal war.

Danach schlief sie mit dem Kopf auf seiner Schulter ein. Er streichelte ihr über das Haar und dachte an Kerstins vergangene Wochen in diesem Teil von Europa.

Sie hatte trotz aller Widrigkeiten eine Menge erreicht. Sie hatte Wang Yunli wieder mit ihren Zwillingssöhnen vereint, aber auch miterleben müssen, wie ein zwölfjähriger Chinese ermordet wurde. Zum zweiten Mal in ihrem Leben hatte sie einen Mörder erschossen. Sie hatte Marek Kowalewskis und Marianne Barrières Leben gerettet. Und womöglich auch Europa gerettet.

Erst jetzt spürte Paul Hjelm, wie fürchterlich müde er war. Wie dieser Fall ihm alle Kraft geraubt hatte. Für einen flüchtigen Moment erlaubte er sich, zufrieden zu sein. Ihnen war das meiste geglückt.

Schlafen konnte er trotzdem nicht.

Er war frisch verheiratet und glücklich, und seine gerade

angetraute Ehefrau schlief tief und fest in seinem Arm, aber schlafen konnte er trotzdem nicht.

Er griff nach dem Laptop.

*

Donatella Bruno saß auf ihrem einzigen richtigen Möbelstück, der Schlafcouch, in ihrer neuen Einzimmerwohnung in Den Haags ältestem Stadtteil. Das inoffizielle, abgegriffene Ermittlungsmaterial lag vor ihr auf dem Tisch verstreut, als es an der Tür klingelte. Es war Samstagabend, gegen zehn Uhr, wer sollte um die Zeit an ihrer Tür klingeln? Sie holte ihre Dienstwaffe und sah durch den Spion. Da stand ein junger Mann, der eine Schirmmütze von einer Botenfirma trug. Er hielt ein Paket in der Hand.

Donatella Bruno versteckte die rechte Hand mit der Pistole hinter ihrem Rücken und öffnete.

»Ein Paket für Frau Donatella Bruno«, sagte der Bote.

»Fräulein«, korrigierte sie.

»Selbstverständlich«, sagte er lächelnd.

»Liefern Sie auch samstagabends aus?«, fragte sie.

»Rund um die Uhr, jeden Tag«, antwortete der Bote. »Das ist unsere Marktlücke, um gegen die harte Konkurrenz zu bestehen.«

»Stellen Sie es dorthin«, sagte sie und zeigte auf die Kommode hinter der Tür.

Sie unterschrieb elektronisch mit der linken Hand und sah den jungen Mann die Treppen hinunterlaufen, schloss die Tür und guckte noch eine Zeit lang durch den Spion. Alles blieb ruhig.

Dann legte sie die Dienstwaffe beiseite und musterte das Paket. Es war quadratisch und vielleicht etwa dreißig Zentimeter breit. Sie besah es sich genauer. Der Absender lautete »Loving gifts«, eine Adresse in London. Das beruhigte sie. Ihr letzter Liebhaber war ein Universitätsdozent aus London mit einer Neigung zu außergewöhnlichen Geschenken gewesen.

Sie trug das Paket zum Schlafsofa und stellte es auf das Ermittlungsmaterial. Vermutlich sollte sie es nicht öffnen. Aber die Neugierde war stärker. Mit einem Brieföffner schlitzte sie das Paketband auf und öffnete den Deckel.

Im Paket lag der Kopf eines Mannes. Ein wölfisches Lächeln umspielte noch seine Lippen.

Donatella Bruno stieß einen Schrei aus und zuckte zurück.

Dann sah sie ihn sich näher an.

Aus seinem Mund ragte, wie eine groteske Zigarre, ein kleines Reagenzglas mit einer Flüssigkeit. In der Flüssigkeit schwamm ein sehr kleiner Gegenstand.

Ein Mikrochip.

Da fiel ihr Blick auf die leuchtenden Digitalziffern neben dem Kopf. Sie zählten rückwärts.

00:05, 00:04.

Donatella Bruno stieß einen Stoßseufzer aus und dachte: Ihr habt gewonnen.

00:03, 00:02.

Dann dachte sie: Scheiße.

00:01, 00:00.

Und dann gab es nichts mehr.

*

Nachdem Paul Hjelm festgestellt hatte, dass der Laptop den Sturz von der Bettkante überlebt hatte, suchte er nach Hotels in Paris. Er wollte etwas Besonderes, wollte, dass es besondere Tage würden.

Doch dann ertönte plötzlich ein Alarm. Er wusste nicht mehr so ganz, was er eingestellt hatte, bevor er zu einer anderen Homepage gewechselt hatte.

Es war der Peilsender. Das elektronische Signal von Antonio Rossi, das wieder aktiviert worden war.

Hjelms Puls schlug schneller. Zu seinem großen Erstaunen sah er, dass der Sender hier, in Den Haag, war. War Rossi zurückgekehrt, ausgerechnet hierher?

Da erlosch der Blip abermals, und zeitgleich gab es draußen

eine dumpfe Detonation. Er trat ans Fenster. Über der Altstadt stieg eine Rauchwolke in die Höhe.

Da gab sein Rechner ein Geräusch von sich. Ein Geräusch, das Hjelm kannte. Er hatte eine Mail erhalten.

Die Mail kam von einem unbekannten Absender. Er öffnete sie. Sie enthielt keinen Text, nur eine Videodatei.

Er klickte darauf, und ein Dialogfenster erschien. Er wusste nicht, was er da sah, registrierte aber, dass das Video nicht länger als fünfundzwanzig Sekunden dauerte.

Zwei Menschen saßen in recht großem Abstand zueinander draußen an einer Hausmauer. Es war helllichter Tag. Der Kameramann ging langsam näher heran, die beiden Sitzenden wurden immer deutlicher. Schließlich sah Hjelm, dass es sich um einen Mann und eine Frau handelte. Der Mann war von Narben übersät, verwahrlost, dreckig, trug einen Bart und hielt eine Tageszeitung hoch. Die Frau sah genauso mitgenommen aus und war zahnlos. Doch Hjelm erkannte die beiden nicht, er begriff nicht, was er da sah.

Nicht, bis die Kamera so nahe herangezoomt hatte, dass die Zeitung sichtbar wurde. Es war *La Repubblica*, Italiens größte Tageszeitung, und es war die heutige Ausgabe, von Samstag, dem 16. Juli.

Da erkannte Paul Hjelm vertraute Züge in den geschundenen Gesichtern.

Vor zwei Jahren hatte er sie in einem Schloss in der Basilicata in Süditalien ihrem Schicksal überlassen.

Es waren Fabio Tebaldi und Lavinia Potorac.

Tebaldis trockene Lippen formten ein Wort. Das Flüstern hallte in Paul Hjelms Wohnung wider, wie ein eiskaltes Brüllen aus der Tiefe eines Grabes.

»Hilf uns.«

Dann war das Video zu Ende.

OPCOP-Gruppe, Europol

Zentrale – Den Haag, Holland:

Paul Hjelm: Schwedischer Kriminalbeamter, der zu seiner Überraschung operativer Chef der geheimen, mittlerweile etablierten Opcop-Gruppe innerhalb von Europol geworden ist.

Jutta Beyer: Gewissenhafte Kriminalbeamtin aus Berlin, die in den verschiedensten Bereichen der operativen Ermittlungsmethoden bewandert ist. Bildet mit Arto Söderstedt ein unzertrennliches Team.

Marek Kowalewski: Polnischer Kriminalbeamter mit Schwerpunkt Wirtschaftskriminalität, der über eine Vielzahl ungeahnter Talente verfügt und konsequent guter Laune ist.

Miriam Hershey: Ehemalige britisch-jüdische Agentin des MI5, die vor Kurzem knapp dem Tode entronnen ist und eine klassische Teamkonstellation bildet mit:

Laima Balodis: Hartgesottene litauische Polizistin und ehemaliger Spitzel bei der Mafia, die von ihrem Chef für zwielichtige Operationen eingesetzt wird.

Angelos Sifakis: Stellvertretender Chef der Opcop-Gruppe und Vertrauensmann, bekämpfte früher die Korruption in Athen und ist der Mann mit Überblick.

Corine Bouhaddi: Hochgewachsene muslimische Drogenpolizistin aus Marokko – via Marseille – mit einer gewissen Vorliebe für grasähnliche Substanzen.

Felipe Navarro: Ermittler in Sachen Wirtschaftskriminalität aus Madrid, dessen Leben sich vor Kurzem grundlegend verändert hat und der keine Krawatte mehr trägt.

Donatella Bruno: Neues Teammitglied, zuvor Korruptionsermittlerin und Chefin der nationalen Opcop-Einheit in Rom.

Adrian Marinescu: Neues Teammitglied aus Bukarest, Abhör- und Überwachungsspezialist, vor allem für Mafiamitglieder.

Arto Söderstedt: Finnlandschwedischer Kriminalbeamter mit einer Vergangenheit als Mafiaanwalt, Akademiker, Lehrer an der Polizeischule und Actionheld.

Nationale Einheit – Stockholm, Schweden:

Kerstin Holm: Ehemalige Polizeichefin, die nach ihrer Kündigung Chefin des nationalen Büros der Opcop-Gruppe in Stockholm wurde.

Jorge Chavez: Erfahrener Ermittler mit chilenischen Wurzeln, der zwischen Stockholm und Den Haag hin und her pendelt.

Sara Svenhagen: Vernehmungsexpertin und der dritte Teil des Stockholmer Triptychons der Opcop-Gruppe, auch sie pendelt zwischen Stockholm und Den Haag hin und her.

Am Rand des Geschehens:

Gunnar Nyberg: Auf Chios lebender Schriftsteller, ehemaliger Kriminalbeamter der A-Gruppe, wird inoffiziell als Undercoveragent von seinem alten Kollegen Paul Hjelm eingesetzt.